Mistletoe Moments

EIN ADVENTSKALENDER

Alexandra Flint ✶ Sandra Grauer ✶ Jennifer Alice Jager
Stefanie Lasthaus ✶ Saskia Louis ✶ Anne Lück
Nina MacKay ✶ Greta Milán ✶ Kim Nina Ocker ✶ P. J. Ried
Sarah Saxx ✶ Marius Schaefers ✶ Rebekka Weiler
Jana Schäfer ✶ Sabine Schoder ✶ Stella Tack

Mistletoe Moments

EIN ADVENTSKALENDER

Alexandra Flint ✶ Sandra Grauer ✶ Jennifer Alice Jager
Stefanie Lasthaus ✶ Saskia Louis ✶ Anne Lück
Nina MacKay ✶ Greta Milán ✶ Kim Nina Ocker ✶ P. J. Ried
Sarah Saxx ✶ Marius Schaefers ✶ Rebekka Weiler
Jana Schäfer ✶ Sabine Schoder ✶ Stella Tack

Ravensburger

1 3 5 4 2

Originalausgabe

© 2024, Ravensburger Verlag GmbH,
Postfach 2460, D-88194 Ravensburg

Text © 2024
1. & 2. Dezember: Greta Milán, © Foto: Réne Limbecker
3. & 4. Dezember: Jana Schäfer, © Foto: privat
5. Dezember: Rebekka Weiler, © Foto: privat
6. Dezember: Stella Tack, © Foto: Gabriele Schwab
7. & 8. Dezember: Saskia Louis, © Foto: Lukas Nuxoll
9. & 10. Dezember: P. J. Ried, © Foto: Emily Bähr
11. Dezember: Anne Lück, © Foto: privat
12. & 13. Dezember: Marius Schaefers, © Foto: Picture People
14. & 15. Dezember: Sarah Saxx, © Foto: privat
16. Dezember: Stefanie Lasthaus, © Foto: privat
17. & 18. Dezember: Jennifer Alice Jager, © Foto: Jennifer Alice Jager
19. & 20. Dezember: Sandra Grauer, © Foto: privat
21. Dezember: Kim Nina Ocker, © Foto: Tarik Güven
22. & 23. Dezember: Nina MacKay, © Foto: Sarah Kastner
24. Dezember: Alexandra Flint, © Foto: Maximilian J. Dreher
31. Dezember: Sabine Schoder, © Foto: privat

Umschlag- und Innengestaltung: unter Verwendung von Fotos von
© Vodoleyka von Adobe Stock

Alle Rechte vorbehalten

Printed in Germany

ISBN 978-3-473-58672-1

ravensburger.com

GRETA MILÁN

Christmas Cookie Crush I

Aufgeregt drückte ich meine Nase gegen die eiskalte Fensterscheibe und spähte hinab auf die 10th Avenue. Mein winziges Apartment lag im achten Stock eines Mehrfamilienhauses in Chelsea auf der Westseite von Manhattan. Ohne meine Brille konnte ich auf die Entfernung nicht viel erkennen, trotzdem versuchte ich, auf der belebten Straße unter mir eine vertraute Gestalt auszumachen.

Bisher hatte es noch nicht geschneit, allerdings war ich zuversichtlich, dass es nicht mehr lange dauern würde, bis New York unter einer weißen Decke verschwand. Auch die Vorweihnachtsstimmung griff immer mehr um sich. Die Wintermärkte hatten seit Kurzem geöffnet. Überall schmückten bunte Lichterketten die kahlen Bäume, herrlich kitschige Weihnachtsdekorationen zierten nahezu jedes Schaufenster und am vergangenen Mittwoch war der berühmte Weihnachtsbaum am Rockefeller Center während der alljährlichen Lighting Show erstrahlt.

Meine Lippen verzogen sich zu einem Lächeln. Vor vier Jahren hatten meine Freunde und ich bei eben jener Show beschlossen, mit einer eigenen Tradition zu beginnen. Seither feierten wir an jedem ersten Dezember unsere ganz private *Christmas Cookie Party*, bei der es am Ende sogar einen Preis für die leckersten Cookies gab.

In den letzten beiden Jahren hatte Laney das Rennen gemacht und ich ging jede Wette ein, dass sie uns auch dieses Mal alt aussehen ließ. Aber das war okay – solange wir nur endlich wieder zusammen waren.

Laney, Sadie, Braxton, Curtis und ich hatten im Herbst unseren Abschluss an der NYU gemacht, und obwohl wir einander geschworen hatten, uns weiterhin regelmäßig zu treffen, hatte uns der Ernst des Lebens schnell einen Strich durch die Rechnung gemacht. Anfangs hatten wir das kleine Wunder, dass wir alle innerhalb kürzester Zeit Jobs in der begehrten Journalismusbranche gefunden hatten, exzessiv gefeiert. Aber wie sich herausgestellt hatte, musste selbst eine kleine Praktikantin wie ich mindestens fünfzig Stunden pro Woche ackern, wenn sie es bei der *New York Times* jemals zu etwas bringen wollte.

Und genau das wollte ich.

Das war der einzige Punkt, bei dem ich genauso ehrgeizig war wie Laney. Ich träumte schon mein ganzes Leben davon, eines Tages bahnbrechende Storys als Investigativjournalistin zu schreiben. Aber bis dahin war es noch ein weiter Weg.

Die Klingel schrillte so laut, dass ich vor Schreck zusammenzuckte. Eilig durchquerte ich das Wohnzimmer, das aufgrund der geringen Größe vielleicht ein klein wenig mit Dekoration überfrachtet war. Auf dem Sofa lag eine kunterbunte Steppdecke mit Rentierprint. Mein Fernseher wurde von zahlreichen Weihnachtsengeln flankiert, die beinahe von dem schmalen Sideboard purzelten, und auf den Fensterbänken brannten Kerzen in allen Formen und Farben. Lichterketten hingen an jeder Wand – und selbstverständlich baumelte ein Mistelzweig am Türrahmen.

Ich stürmte darunter hindurch in den kleinen Eingangsbereich und aktivierte die Gegensprechanlage. »Hallo?«

»Christmas Cookie Party Time!«, schallte es im Chor.

Lachend drückte ich den Summer und begrüßte drei Minuten später zwei meiner vier besten Freunde.

»*Amazing Grace!*« Curtis trat mit ausgebreiteten Armen aus dem Fahrstuhl und riss mich sogleich an sich. »Ist das schön, dich zu sehen!«

Ich gab einen erstickten Laut von mir.

»Wenn du weiter so fest zudrückst, siehst du sie gleich bewusstlos am Boden«, bemerkte Laney spöttisch und zerrte an seinem Arm, damit er mich wieder auf die Füße stellte.

Ihre Begrüßung fiel wesentlich sanfter aus. »Hey, Gracie.«

Mir stiegen Tränen in die Augen, weil ich mich so sehr freute, die beiden zu sehen. »Schön, dass ihr da seid.«

Ich trat beiseite, um meine Freunde einzulassen.

»Sind wir die Ersten?«, fragte Laney, während sie sich die Pudelmütze vom Kopf zog. Ihr schwarzes Haar ergoss sich über ihre Schultern.

»Ja, aber Sadie und Braxton müssten auch gleich da sein.«

»Ich fasse es nicht, dass beide zugesagt haben.« Curtis schob sich die schweren Boots von den Füßen. »Ich hätte gewettet, dass mindestens einer von ihnen absagt.«

Offen gestanden hatte ich das auch befürchtet.

Laney und Braxton waren das Traumpaar unserer Clique gewesen. Wie Ross und Rachel. Chuck und Blair oder – was Laney mit ihrem Faible für Vampire stets behauptete – wie Elena und Damon. Und dann, kurz nach dem Abschluss, war es plötzlich aus und vorbei gewesen. Der Schock hing uns immer noch in den Knochen und ziemlich sicher war das auch einer der Gründe, weshalb wir uns seither nicht mehr zu fünft getroffen hatten.

»Glaubt ihr, Sadie kommt klar?«, fragte Laney, nachdem sie ihren Mantel aufgehängt hatte. »Sie hat mir zwar versichert, alles wäre wunderbar. Aber es fällt mir schwer, das zu glauben.«

»Ich habe sie extra gefragt, ob es für sie in Ordnung ist, Braxton einzuladen«, erwiderte ich nachdenklich. »Sie meinte, sie wäre über ihn hinweg.«

Curtis schnaufte. »Und wer sagt, dass Brax über *sie* hinweg ist?«

Laney und ich schauten ihn irritiert an.

»Na ja, er hat sich immerhin von ihr getrennt«, wandte ich ein und musterte Curtis nachdenklich, der meinem Blick jedoch auswich.

Mein Bauchgefühl sagte mir, dass er mehr wusste als wir. Allerdings kam ich nicht dazu nachzuhaken, weil sich die Fahrstuhltüren in diesem Moment erneut öffneten.

Braxton trat aus der Kabine und kam in einem edlen Herrenmantel auf uns zu. Sein blondes Haar war vom Wind zerzaust und seine Mundwinkel hoben sich zu einem verhaltenen Lächeln, fast so, als wäre er nicht sicher, ob er überhaupt willkommen war.

»Hey, Mann!«, begrüßte Curtis ihn fröhlich, während ich auf Braxton zuging, um ihn zu umarmen. Immerhin hatte ich ihn ebenfalls vermisst.

»Hey.«

»Hallo, Gracie.« Er drückte mich kurz an sich. »Danke für die Einladung.«

»Ich freue mich, dass du gekommen bist.«

»Traditionen sollte man wahren«, erwiderte er leise.

»So ist es«, stimmte Laney ihm zu und begrüßte ihn ebenfalls voller Euphorie.

Nachdem alle ihre Winterklamotten abgelegt hatten, gingen wir ins Wohnzimmer, wo meine Freunde natürlich über meine Deko herzogen, was ich kichernd über mich ergehen ließ.

Die offene Küche befand sich am hinteren Ende des Raumes und wurde nur durch eine frei stehende Kücheninsel vom Wohnbereich getrennt. Ich hatte sie extra leer geräumt, damit wir Platz zum Backen hatten.

Laney zog eine grüne Schachtel mit einer goldenen Schleife aus ihrer Umhängetasche und stellte sie auf die Arbeitsfläche. »Hier haben wir schon mal den Hauptpreis.« Sie grinste breit, ehe sie selbstgefällig hinzufügte: »Den ich sehr wahrscheinlich wieder mit nach Hause nehmen werde.«

»Nicht dieses Jahr«, widersprach Curtis feixend und streckte die Hand aus, um den Deckel zu heben. Doch Laney klopfte ihm auf die Finger. Er jaulte gespielt auf und wir lachten.

Laney schüttelte belustigt den Kopf. »Sei nicht so ein Baby.«

Curtis gluckste. »Ich werde dich später zitieren, wenn du mir heulend diese hübsche Schachtel überreichst.«

»Es sei denn, ihr zieht beide den Kürzeren«, mischte ich mich ein und war froh über die gelöste, vorfreudige Stimmung. Es war genau wie früher.

Da landete eine Plastiktüte mit einem Platschen auf der Arbeitsfläche. »Nicht, wenn ich auch noch ein Wort mitzureden habe.«

Entgeistert betrachteten wir den Teig, der durch die Folie schimmerte. Die Färbung reichte von Royalblau bis Burgunderrot, dazwischen funkelten weiße Schokosplitter wie Sterne in einer Galaxie.

»Was ist das?«, stieß Laney schockiert aus.

»Blue Velvet Cookies.« Braxtons Mundwinkel zuckten. Allmählich schien er sich ebenfalls zu entspannen. »Ich dachte, ich probiere es mal mit einer eigenen Kreation.«

»Beeindruckend.« Curtis bückte sich, öffnete seinen Rucksack und holte eine Plastikbox hervor. Doch bevor er sie öffnen konnte, klingelte es erneut.

»Noch nicht zeigen!«, befahl ich und eilte hinaus, um Sadie zu öffnen.

Während ich darauf wartete, dass der Fahrstuhl meine Freundin raufbrachte, betete ich zu den Weihnachtsengeln, dass sie die Wahrheit gesagt hatte. Ich wollte auf keinen Fall, dass sie sich wegen Braxton schlecht fühlte. Aber ohne ihn wäre unsere Christmas Cookie Party einfach nicht dieselbe gewesen.

Wir fünf waren schon im ersten Semester zu einer festen Clique zusammengewachsen, hatten nächtelang gebüffelt, gefeiert und uns in allen Lebenslagen gegenseitig unterstützt. Für mich war es schrecklich, dass wir in den letzten Monaten nur noch per Chat oder Telefon kommuniziert hatten. Deshalb setzte ich große Hoffnungen in diesen Abend, und bisher lief es ja ganz gut.

Das *Pling* erklang und ich richtete mich freudig auf. Doch als Sadie aus der Kabine trat, senkten sich meine Mundwinkel im selben Tempo, wie mir der Magen in die Kniekehlen rutschte – denn hinter ihr erschien ein junger Mann, der sie ganz offensichtlich begleitete.

Grundsätzlich hatte ich natürlich kein Problem damit, wenn meine besten Freunde jemanden zu unseren Verabredungen mitbrachten. Ganz im Gegenteil. Ich lernte immer gern neue Leute kennen. Aber ausgerechnet heute Abend konnte ich mir kaum etwas Schlimmeres vorstellen.

Sadie schien das nicht so zu sehen. Sie kam strahlend auf mich zu und umarmte mich. »Hi, Gracie.«

Ich konnte mir einen misstrauischen Blick über ihre Schulter beim besten Willen nicht verkneifen. Der Kerl war hinter Sadie stehen geblieben. Braunes Haar fiel ihm in die Stirn und touchierte seine dunklen Brauen. Seine Augen waren so dunkelgrün wie der Mistelzweig, der ein Stück hinter mir hing. Als sich seine Lippen zu einem Lächeln hoben, bohrten sich zwei Grübchen in seine Wangen.

Verdammt! Er war süß, richtig sympathisch ...

Curtis' Worte kamen mir in den Sinn. Er hatte angedeutet, dass Braxton noch immer unter der Trennung litt. Wenn das stimmte, könnte sich dieser Abend in eine völlig falsche Richtung entwickeln.

Panik machte sich in mir breit. Doch meine Freundin wirkte diesbezüglich recht unbekümmert. Sie winkte ihren Begleiter zu sich. »Grace, das ist Ren. Ren – Grace.«

»Hi.« Der Typ reichte mir die Hand und schüttelte sie mit sanftem Druck. Seine Finger waren trotz der Eiseskälte warm. »Freut mich, Grace.«

»Mich auch«, presste ich hervor, weil ich nicht unhöflich sein wollte. Es war ja schließlich nicht seine Schuld, dass das Timing derart mies war. Ich bat die beiden herein und wartete, bis sie ihre Jacken ausgezogen hatten, während ich Sadie mit nonverbaler Kommunikation zu verstehen gab, wie daneben ich diese Aktion fand.

Sie zuckte nur mit den Schultern, warf ihren geflochtenen Zopf zurück und stolzierte ins Wohnzimmer. Dort erklang gerade Curtis' Lachen, das jedoch abrupt verstummte, sobald er Ren entdeckte. Laney schnappte nach Luft. Ich wagte es kaum, zu Braxton zu schauen, der Ren mit versteinerter Miene musterte.

Sadie ließ sich von diesen Reaktionen nicht aus dem Konzept bringen, sondern zog Ren einfach mit sich. Bei den anderen angekommen, ließ sie ihn los und wirbelte um unsere Freunde herum. Sie drückte jedem – auch Braxton – ein Küsschen auf die Wange, bevor sie Ren vorstellte.

»Wir sind zusammen beim *New Yorker*«, erklärte sie dann und tätschelte Rens überraschend kräftigen Oberarm. »Ren ist Programmierer und für die Qualitätssicherung der Onlineartikel zuständig.«

Sadie war die Einzige von uns, die nicht bei einer Tageszeitung, sondern bei einem Kulturmagazin arbeitete, da Entertainment ihr Spezialgebiet war. Sie war sogar so gut darin, dass sie jetzt schon eigene Texte publizieren durfte, während wir anderen uns noch mit Recherchen und Backgroundchecks abstrampelten.

Selbst Braxton, der dank seiner familiären Verbindungen beim *Wallstreet Journal* angestellt war, hatte es noch nicht geschafft, einen Beitrag im auflagenstärksten Blatt des Landes zu platzieren. Dabei war er ein wandelndes Wirtschaftslexikon.

»Dann seid ihr nur Kollegen?«, hakte Laney nach und machte sich keine Mühe, ihre Erleichterung zu verbergen.

Zum ersten Mal blitzte Verärgerung in Sadies Augen auf, ehe sie sich dichter an Ren lehnte. Ihre Lippen verzogen sich spöttisch. »Wir sind schon ein bisschen mehr als das. Nicht wahr, Babe?«

»Jepp.« Belustigung tanzte in Rens Augen, während er den Arm um sie legte. »Aber wir halten nichts von Definitionen.«

Braxton biss die Zähne zusammen, der Rest von uns war schlichtweg fassungslos. Das war nicht die Sadie, die wir kannten. *Unsere* Sadie hätte sich nie auf eine lockere Affäre eingelassen.

»Ich brauche einen Drink«, murmelte Curtis.

Das ging uns allen so.

Sofort setzte ich mich in Bewegung. »Wer will Eggnog?«

Auf dem Herd stand ein Topf mit Eierpunsch, den ich selbst zubereitet hatte. Als ich umrührte, brannte der scharfe Duft des Whiskeys kurz in meiner Nase, bevor er von der Süße des Vanillearomas verdrängt wurde. Fünf Gläser standen schon bereit. Ich holte ein weiteres für unseren spontanen Gast aus dem Schrank und schenkte den Punsch ein. Anschließend dekorierte ich unser traditionelles Getränk mit Zimtstangen und Muskat.

Laney half mir, die Gläser zu verteilen und wir tranken in angespanntem Schweigen. Mir wurde ganz elend zumute, weil ich das Ende einer Ära auf uns zurollen sah. Aber noch war ich nicht bereit aufzugeben.

Schwungvoll knallte ich mein Glas auf die Kücheninsel. »Also dann! Legen wir los.«

Curtis warf mir einen kurzen Blick zu, dann atmete er tief durch und machte eine Riesenshow daraus, den Deckel seiner Plastikbox zu heben. Er wollte Zimtsterne backen.

»Uh, wie avantgardistisch«, meinte Laney amüsiert.

Natürlich ließ Curtis sich nicht von ihrer Bemerkung aus dem Konzept bringen. Er zwinkerte ihr zu. »*Back to the roots* schien mir dieses Jahr ein gutes Motto zu sein. Ich habe euch vermisst, Leute.«

»Aaawwww«, seufzte Sadie und wuschelte ihm durch die Haare. »Ich habe dich auch vermisst.«

»Echt?« Curtis, der sonst eigentlich für jeden Spaß zu haben war, zog eine Braue hoch. »Das hat man aber nicht gemerkt.«

»Glaub ihr ruhig«, mischte Ren sich zu unserer Überraschung ein und lächelte freundlich. »Sie redet die ganze Zeit von euch. Ich hab das Gefühl, euch längst zu kennen.«

Braxton schnaubte, was Ren jedoch ignorierte. Stattdessen musterte er mich neugierig. »*New York Times*. Echt beeindruckend.«

Ich blinzelte verdutzt. »Danke, aber im Moment ist es bloß ein Praktikum. Mal schauen, wie es danach weitergeht.«

»Ich würde mir an deiner Stelle nicht zu viele Sorgen machen«, erwiderte Ren sanft. »Ich habe ein paar deiner Artikel in der Studentenzeitschrift der NYU gelesen. Sie waren verdammt gut. Die *Times* wäre dämlich, dich wieder gehen zu lassen.«

Seine Worte gingen runter wie Öl, das konnte ich nicht leugnen. Hitze stieg mir in die Wangen, während Laney sich interessiert vorbeugte. »Hast du von uns allen Artikel gelesen?«

Ren nickte, führte seine Meinung aber nicht weiter aus.

Laney wollte gerade nachhaken, als Sadie einen in Frischhaltefolie eingewickelten Klumpen Teig aus ihrer Handtasche zog. Sie zupfte vorsichtig die Folie ab und schon kitzelte der frische Duft von Pfefferminze in meiner Nase. »Hier ist unser Beitrag zur Party: Peppermint Snowballs.«

Laney schnalzte mit der Zunge. »Nicht schlecht! Und was hast du zu bieten, Gracie?«

»Ich habe mein Rezept vom letzten Jahr verfeinert«, erklärte ich und holte eine Schüssel mit klassischem Mürbeteig aus dem Kühlschrank, weil mein liebster Teil des Backens darin bestand, die Formen auszustechen.

Jetzt fehlte nur noch Laneys Keksteig.

Sie öffnete eine Tupperdose, in der sich nicht ein Teigklumpen, sondern zwei verschiedene befanden. »Seht her und weint, liebe Freunde. Ich präsentiere: Pecan-Mocca-Chocolate-Bombs. Die werden euch umhauen.«

»Nun denn.« Curtis verschränkte die Arme. »Möge der Beste gewinnen.«

»Oder die Beste«, zwitscherte Laney und streckte die Hand aus, um etwas rohen Teig zu mopsen. Für sie war das der beste Teil der Party. Sie liebte Cookie Dough.

Diesmal klopfte Curtis ihr belustigt auf die Finger.

Wir fingen mit meinem Teig an, da das Ausstechen die meiste Zeit in Anspruch nahm. Während wir Herzen, Blumen und Tannenbäume auf das Backblech legten, erzählte Curtis uns von seinem Job bei der *Daily News*. Er wollte Sportjournalist werden und begleitete seinen Vorgesetzten derzeit zu allen möglichen Spielen. Es störte ihn nicht mal, dass dieser Kerl Curtis' Zusammenfassungen als seine eigenen ausgab.

Leider schenkte ihm abgesehen von Laney und mir niemand Beachtung, denn Sadie flirtete lieber mit Ren, während sich Braxtons Miene zunehmend verfinsterte.

Als Sadie sich entschuldigte, um ins Bad zu gehen, zögerte ich keine Sekunde und folgte ihr.

»Was zur Hölle tust du da?«, fragte ich, sobald ich die Tür hinter mir geschlossen hatte.

Unbeeindruckt von meinem scharfen Tonfall wusch Sadie sich die Hände. »Ich habe Spaß. Ist das nicht das Ziel dieser Party?«

»Natürlich sollst du dich amüsieren.« Missmutig verschränkte ich die Arme. »Aber muss es ausschließlich mit Ren sein?«

Sadies Lippen hoben sich zu einem Grinsen. »Er ist süß, nicht?«

Ich nahm an, dass die Frage rhetorisch gemeint war. Deshalb ging ich gar nicht erst darauf ein. »Wenn du Braxton eifersüchtig machen wolltest, ist dir das gelungen. Kannst du jetzt bitte mit dieser Show aufhören?«

Sadie schnaubte. »Ich weiß nicht, wovon du redest.«

Blödsinn! Sie wusste es ganz genau. Unglücklich verzog ich das

Gesicht. »Muss das wirklich sein? Wir haben uns ewig nicht gesehen. Können wir nicht einfach den Abend genießen?«

Genervt verdrehte Sadie die Augen, während sie ihr Aussehen im Spiegel prüfte. »Hör auf, mir ein schlechtes Gewissen zu machen, Grace. Braxton hat mir das Herz gebrochen. Ich habe seinetwegen monatelang gelitten. Jetzt kann er mal sehen, wie sich das anfühlt.«

»Aber er hat dir nicht mit Absicht wehgetan«, wandte ich zögerlich ein.

Jede Emotion wich aus dem Gesicht meiner Freundin, als sie mich ansah. Doch ihre Augen verrieten ihren Schmerz. »Ich habe diesen Mann über alles geliebt und wollte mir mit ihm eine Zukunft aufbauen. Und was hat er gemacht?«

Mein Magen verkrampfte sich. »Er hat kalte Füße gekriegt.«

Zumindest sprach sehr viel dafür, dass es so war, denn einen richtigen Grund für die Trennung kannte ich bis heute nicht.

»Korrekt.« Sadies Lächeln wurde bitter. »Wenn es ihm nicht passt, dass ich mich mit einem anderen Mann amüsiere, ist das sein Problem. Ich mag Ren. Er ist klug, witzig und verflucht heiß. Ich lasse es gern auf einen Versuch mit ihm ankommen. Von dir hätte ich allerdings etwas mehr Rückendeckung erwartet. Schließlich bist du meine Freundin.«

Ja, aber ich war auch Braxtons Freundin.

Meine Schultern sanken herab. Ich hatte gehofft, heute Abend eine Erneuerung unserer Freundschaft zu feiern. Stattdessen schien Sadie unsere traditionelle Christmas Cookie Party für ihren persönlichen Rachefeldzug nutzen zu wollen.

»Bitte, Sadie«, sagte ich leise. »Du wirst dich danach nicht besser fühlen.«

»Das werden wir ja sehen.«

Bevor ich noch etwas erwidern konnte, marschierte sie an mir vorbei und verließ das Bad. Frustriert ging ich ihr nach.

Inzwischen waren die ersten Cookies im Ofen und ein köstlicher Duft hatte sich in der ganzen Wohnung ausgebreitet. Aus meiner Anlage dudelte leise Weihnachtsmusik. Die Kulisse hätte nicht perfekter sein können. Wäre die Stimmung nicht derart angespannt gewesen.

Laney und Curtis stritten inzwischen darüber, wie dick der Teig für die Zimtsterne ausgerollt werden musste. Sadie ignorierte Braxton, der Ren mit Blicken erdolchte – und Ren sah mich an.

Ich war nicht sicher, was er in meiner Miene las, aber etwas wie Mitgefühl flackerte in seinen grünen Augen auf, bevor Sadie sich ihm an den Hals warf.

»Du machst das ganz falsch«, schimpfte Laney und schnappte Curtis die Teigrolle weg. »So werden die Zimtsterne viel zu dünn.«

»Ist doch egal.« Curtis versuchte, die Rolle wieder an sich zu nehmen. »Dann werden es eben *knusprige* Sterne.«

Laney schnaubte. »O mein Gott! Das ist so typisch für dich. Nie kannst du etwas ernst nehmen.«

»Und du nimmst alles viel zu ernst«, widersprach Curtis genervt.

Trotzig funkelte Laney ihn an. »Wenigstens besitze ich einen gewissen Ehrgeiz und lasse mich nicht als Ghostwriter ausnutzen.«

Curtis stöhnte. »Ich wusste, dass du das nicht verstehen würdest. Genau deshalb wollte ich es gar nicht erst erzählen.«

»Natürlich nicht.« Mit einem abfälligen Lachen schüttelte Laney den Kopf. »Sonst könnte noch jemand auf die Idee kommen, dass mal nicht alles in deinem Leben easy peasy ist.«

»Leute!«, ging ich dazwischen und fischte die Teigrolle aus Laneys Hand. »Hört auf zu streiten.«

»Grace hat recht.« Sadie ließ von Ren ab und trat an die Kücheninsel. »Das hier soll doch Spaß machen.«

»Und wie wir alle mitbekommen haben, amüsierst du dich prächtig«, warf Braxton mit kalter Stimme ein.

Sadie warf ihm einen mörderischen Blick zu. »Wenn dir das nicht passt, kannst du gern gehen.«

Entgeistert klappte ich den Mund auf, kam aber nicht mehr dazu, irgendetwas zu sagen, denn Braxton sprang sofort auf den Spruch an.

»Willst du, dass ich gehe?«, fragte er schroff.

»Nein!«, rief ich aus. Verzweiflung packte mich. »Niemand will, dass du gehst. Du gehörst doch zu uns.«

Sadie schnaubte. »Zu *mir* gehört er nicht.«

»Dann ist es wohl besser, wenn ich verschwinde«, stieß Braxton aus, drehte sich um und ging davon.

Curtis fluchte. »Braxton, warte!«

Schon war Curtis ebenfalls verschwunden. Die Wohnungstür fiel krachend hinter den beiden ins Schloss.

Frustriert krallte ich die Finger um die Teigrolle in meiner Hand und schaute meine Freundin an. Sadie war aschfahl geworden. Ihre Unterlippe zitterte. Sie stieß ein herzzerreißendes Schluchzen aus und stürzte ins Badezimmer.

Laney seufzte. »Ich rede mit ihr.«

Mit gesenktem Kopf ging sie unserer weinenden Freundin nach und bevor ich kapierte, was passierte, blieb ich allein mit Ren in der Küche zurück.

Wie paralysiert stand ich da. Ich konnte nicht glauben, dass sich dieser Abend innerhalb einer Stunde zu diesem Desaster entwickelt hatte. Dabei hatten wir uns so sehr auf das Wiedersehen gefreut.

Zumindest hatte ich das angenommen. Aber vielleicht lag ich ja falsch. Vielleicht war ich die Einzige, die sich an die guten alten Zeiten klammerte, während sich die anderen in eine komplett andere Richtung entwickelt hatten.

Der Gedanke schnürte mir die Kehle zu und meine Augen begannen zu brennen.

»Shit!« Plötzlich eilte Ren um die Kücheninsel herum und zog die Ofentür auf.

Eine dunkle Rauchwolke stieg empor.

Entsetzt warf ich die Teigrolle beiseite und griff nach dem Blech – was sich ohne Handschuh als verdammt bescheuerte Idee herausstellte.

Ich schrie auf und riss die Hand zurück.

Ren fluchte abermals, schnappte sich ein Geschirrtuch und zerrte das Blech mit den verbrannten Cookies aus dem Ofen, bevor er die Ofentür mit dem Fuß zustieß. Er stellte das heiße Blech auf dem Herd ab, warf das Geschirrtuch beiseite und schaute mich besorgt an.

»Du musst das kühlen.« Zögerlich umfasste er meinen Unterarm und dirigierte mich zur Spüle. Dort drehte er lauwarmes Wasser auf, hielt meine Hand darunter und umschloss mit der anderen Hand meine nassen Finger.

Seine Berührung war unendlich sanft, und obwohl es absolut unangemessen war, schoss ein Kribbeln durch meinen Magen. Ich zuckte zusammen.

Ren hielt sofort inne. »Hab ich dir wehgetan?«

»Nein.« Weil die Situation seltsam intim war, zog ich meine Hand weg und nahm das Geschirrtuch. »Ist halb so wild, ehrlich.«

»Okay.« Ren stemmte die nassen Hände in die Hüfte. Er schien gar nicht zu bemerken, dass er seinen Pullover durchweichte, während er die verkokelten Kekse betrachtete. »Tja, schätze, die sind hin.«

Ich nickte beklommen. »Nicht nur die.«

So recht wusste ich selbst nicht, warum ich das sagte. Ren hatte einfach diese ruhige, stoische Art an sich. Obwohl wir uns überhaupt nicht kannten, war seine Nähe irgendwie ... angenehm.

»Dieser Abend ist bisher nicht so gut gelaufen«, stimmte er mir zu, bevor ein sanftes Lächeln seine Lippen hob. »Aber eure Freundschaft wird das aushalten.«

Gott! Ich wünschte, ich könnte ihm glauben.»Wie kannst du dir da so sicher sein?«

»Weil ich Sadies Geschichten über euch kenne.« Er nickte zu den vier verbliebenen Teigklumpen auf dem Küchenblock. »Und weil ihr alle Teil dieser besonderen Clique seid. Keiner will diese Verbindung verlieren.«

Seufzend schaute ich auf meine Hand. Zum Glück waren meine Fingerspitzen nur leicht gerötet, auch wenn sie noch etwas brannten. »Vielleicht habe ich einfach zu viel von diesem Abend erwartet.«

»Vielleicht habt ihr das alle«, wandte Ren ein und lehnte sich gegen die Küchenzeile. »Es ist hart, wenn man sich nicht mehr jeden Tag sieht. Man lebt sich auseinander, da sind Spannungen ganz normal. Jeder geht anders mit dieser Veränderung um.«

Neugier flackerte in mir auf. »Sprichst du aus Erfahrung?«

»Klar.« Er lachte leise. »Nach dem College sind zwei meiner engsten Freunde an die Westküste gezogen, weil sie dort richtig gute Jobs ergattert haben. Jetzt sehen wir uns nur noch online oder an den Feiertagen.«

Ich schnitt eine Grimasse. »Das klingt furchtbar.«

Ren schüttelte den Kopf. »Überhaupt nicht! Wir haben uns damit arrangiert und sind weiterhin füreinander da, nur eben auf andere Weise. Man spürt, wer einem wichtig ist.« Erneut deutete er auf die Teigklumpen. »Stell dir vor, wie ihr alle in den letzten Tagen Rezepte rausgesucht habt, wie ihr losgezogen seid, um die Zutaten zu besorgen, und dann den halben Morgen in der Küche verbracht habt, um den Teig zusammenzumischen, immer mit der Vorfreude auf das Wiedersehen im Hinterkopf. Wer sich lediglich dazu verpflichtet fühlt, gibt sich niemals solche Mühe.«

Rens Worte spendeten mir unverhofft Trost. Aber so ganz halfen sie mir leider nicht über die missglückte Party hinweg.

Das schien er ebenfalls zu erkennen, denn er schenkte mir ein zuversichtliches Lächeln. »Der Abend ist noch nicht gelaufen, Grace. Hab ein bisschen Vertrauen in deine Freunde. Sie kommen wieder.«

Skeptisch verschränkte ich die Arme. »Und wenn nicht?«

Ren grinste. »Dann werden sich die Jungs den Hintern in der Kälte abfrieren. Sie haben nämlich ihr ganzes Zeug hiergelassen.«

Erst jetzt fiel mir auf, dass er recht hatte. Curtis' Rucksack stand immer noch auf dem Boden und die Tür war so schnell zugeflogen, dass sie kaum die Zeit gehabt haben dürften, ihre Schuhe anzuziehen, geschweige denn, auf Anhieb ihre Jacken zu finden. »Du meinst also, ich soll einfach abwarten, bis sich alle wieder beruhigt haben?«

»Genau.«

»Ich weiß nicht recht.« Mein Blick wanderte zur Tür. »Vielleicht sollte ich wenigstens nach Sadie schauen.«

Ren schüttelte den Kopf. »So, wie ich das sehe, hast du dir echt Mühe gegeben, damit sich alle wohlfühlen. Jetzt sind sie am Zug. Ich glaube nicht, dass einer von den vieren so abgebrüht ist, dich hängen zu lassen. Du scheinst mir ohnehin die gute Seele dieser Clique zu sein.« Er zwinkerte mir zu. »Mit dir will es sich bestimmt niemand verscherzen.«

Entgeistert starrte ich ihn an. »Findest du nicht, dass du ein bisschen vorschnell urteilst?«

»Absolut nicht.« Er warf mir einen Blick zu, der mich nicht unberührt ließ. »Du bist genau so, wie Sadie dich beschrieben hat.«

Erneut wurden meine Wangen heiß. Offenbar stand ich viel mehr neben mir, als ich dachte, wenn mir die Worte von Sadies Begleiter derart unter die Haut gingen.

»Dafür weiß ich fast nichts über dich«, erwiderte ich, um von mir abzulenken.

Ren legte den Kopf schief. »Das könnten wir ändern.«

Mein Puls schnellte in die Höhe. Ich wollte ihn wirklich gern besser kennenlernen. Aber vermutlich war das keine gute Idee. »Du bist mit meiner besten Freundin hier.«

»Ein Grund mehr, mir auf den Zahn zu fühlen, denkst du nicht?«

So gesehen hatte er vermutlich recht.

»Na gut.« Da es für mich nicht infrage kam, die Kekse ohne die anderen zu backen, und ich dringend eine Beschäftigung brauchte, öffnete ich den Küchenschrank. »Du hast noch keinen Beitrag zu dieser grauenvollen Party geleistet. Deshalb schlage ich vor, du holst das nach.«

Wenig begeistert spähte Ren auf die Backzutaten. »Und was machst du in der Zwischenzeit?«

»Na, was wohl?« Zum ersten Mal, seit dieser Abend eskaliert war, spürte ich etwas wie Freude in mir aufsteigen. »Ich nerve dich mit blöden Kommentaren und neugierigen Fragen.«

Plötzlich begannen Rens Mundwinkel zu zucken. »Du schreibst doch später keinen Enthüllungsbericht über mich, oder?«

Mein Grinsen wurde breiter. »Das hängt ganz von deinen Antworten ab.«

GRETA MILÁN

Christmas Cookie Crush II

Es gab zwei Dinge, die ich sehr schnell über Ren lernte: Erstens hatte er ein wahnsinnig ansteckendes Lachen und zweitens konnte er kein bisschen backen.

Ehrlich! Es fiel mir schwer, mich nicht über ihn lustig zu machen, während seine Hände in klebrigem Teig steckten. Er gab sich Mühe, seinen Gesichtsausdruck neutral zu halten, aber es war ihm trotzdem anzusehen, dass Teig zu kneten nicht ganz oben auf der Liste seiner Lieblingsbeschäftigungen stand.

Als ein seltsames Schmatzen erklang, zuckte er zusammen und es kostete mich einige Anstrengung, nicht laut loszulachen.

»Ich bemühe mich hier wirklich, Eindruck zu schinden«, murmelte er, während er unbeholfen versuchte, seine Finger von der zähen Masse zu befreien. Dabei hielt er seinen Blick konzentriert auf die Schüssel gerichtet, als hätte er Angst, sie jeden Moment von der Kücheninsel zu fegen. »Aber das ist nicht gerade leicht, wenn du mich die ganze Zeit beobachtest.«

»Keine Sorge! Ich bin bloß dabei, noch mehr Fakten über dich zusammenzutragen.« Fasziniert betrachtete ich die Haarsträhne, die ihm tief in die Stirn gefallen war. Es juckte mich in den Fingern, sie zu berühren. Doch ich ignorierte diesen seltsamen Wunsch und hob stattdessen die Schultern. »Du weißt schon. Details, die eher zwischen den Zeilen stehen.«

Als wir die Zutaten für Gingerbiscuits zusammengesucht hatten, hatte er mir erzählt, dass er eigentlich aus Jersey stammte und Softwareentwicklung an der Columbia University studiert hatte. Seither arbeitete er in der IT-Abteilung vom *New Yorker*. Er mochte den Job, kam gut mit seinen Kollegen klar und spielte zweimal in der Woche Basketball, was wohl auch seine sportliche Figur erklärte.

Meine Aufmerksamkeit richtete sich auf die Muskelstränge an seinen Unterarmen, die gut sichtbar waren, seit er die Pulloverärmel bis zu den Ellenbogen hochgeschoben hatte. Auch seine Oberarme wölbten sich, wann immer er seine Hände kraftvoll in den Teig stieß. Mir wurde heiß und Ren hielt inne, als könnte er spüren, wie mein Körper auf seinen Anblick reagierte.

»Und was steht da?«, fragte er. Seine Stimme klang plötzlich ein bisschen heiser.

Ich blinzelte. »Was?«

»Zwischen den Zeilen«, präzisierte er, schaute mich aber immer noch nicht an, als fürchtete er sich vor meinem Urteil – was mir irgendwie absurd erschien, denn bedauerlicherweise hatte ich während unserer Unterhaltung ausschließlich Hinweise darauf gefunden, dass er klug, witzig und aufmerksam war.

Genau wie Sadie gesagt hatte.

Ich hatte meine Freundin noch nie um etwas beneidet. Nicht um ihr Talent, nicht um ihr Selbstbewusstsein, nicht um ihr Glück bei der Jobsuche und auch nicht um die erfüllte Beziehung, die sie – zumindest bis vor Kurzem – mit Braxton geführt hatte. Aber während ich Ren nun betrachtete, stellte ich fest, dass es diesmal anders war. Und das ging gar nicht!

Ruckartig richtete ich mich auf. »Da steht, dass du genehmigt bist. Sadie kann sich glücklich schätzen. Apropos, ich werde mal nach ihr sehen. Bin gleich zurück.«

Irritiert drehte Ren den Kopf in meine Richtung, aber ich wich seinem Blick aus und rannte praktisch aus der Küche, während ich mir im Geiste eine Kopfnuss verpasste, weil ich mich dazu hatte hinreißen lassen, das Date meiner Freundin anzuschmachten.

Von wegen *gute Seele*.

Die Tür zum Badezimmer war nur angelehnt, deshalb konnte ich die Stimmen meiner Freundinnen viel deutlicher hören, als mir lieb war.

»Vielleicht ist es einfach zu früh für etwas Neues«, sagte Laney sanft, woraufhin Sadie sofort ein energisches »*Nein!*« ausstieß.

Sie putzte sich geräuschvoll die Nase. »Ren ist großartig. Ich mag ihn wirklich richtig gern.«

Obwohl sie mehr danach klang, als wünschte sie sich, ihn auf diese besondere Weise zu mögen, anstatt es tatsächlich zu tun, rutschte mir das Herz in die Hose.

Streng genommen hatte ich gar nichts getan, trotzdem fühlte ich mich mies, weil ich diese *Gedanken* über Ren gehabt hatte.

Vorsichtig schob ich die Tür auf und betrachtete meine unglückliche Freundin. Sie saß auf dem Wannenrand, während Laney vor ihr auf dem kalten Fliesenboden kniete und ihr beruhigend über den Oberschenkel rieb. Als sie mich bemerkten, traten sofort neue Tränen in Sadies Augen.

»Es tut mir so leid, Gracie«, sagte sie mit zitternder Stimme. »Ich wollte die Party nicht versauen.«

Laney verzog schuldbewusst das Gesicht. »Ich auch nicht.«

Obwohl mir im Grunde nicht danach zumute war, lächelte ich. »Das weiß ich doch.«

»Trotzdem haben wir es vermasselt.« Sadie tupfte sich mit dem Taschentuch über die geröteten Wangen. »Ich glaube nicht, dass dieser Abend noch zu retten ist.«

»Wir können es ja wenigstens versuchen«, schlug ich vor.

Laney zeigte auf ihr Handy, das gleich neben ihr auf dem Regal lag. »Ich hab den Jungs vor zehn Minuten eine Nachricht geschickt und sie gebeten umzukehren. Aber bisher gab es keine Reaktion.«

Ausgerechnet jetzt kamen mir Rens Worte in den Sinn, nicht das Vertrauen in meine Clique zu verlieren. »Geben wir ihnen noch ein bisschen Zeit. Dann versuchen wir es noch mal.«

»Ist gut.« Mit einem Ächzen kam Laney auf die Beine und strich ihr schwarzes Haar glatt. »Ich könnte noch einen Drink vertragen.«

Sadie schniefte. »Ich auch.«

»Dann los.« Froh, dass sich zumindest meine Freundin einigermaßen gefangen hatte, schob ich die Badezimmertür auf. »Ren wird sich freuen, wenn er nicht mehr allein Teig kneten muss.«

Sofort hielt Sadie inne. »Er macht *was*?«

»Er knetet Teig«, wiederholte ich. »Wir wussten nicht, was wir sonst ohne euch machen sollten, und da er keinen hatte ...«

Ich verstummte, weil Sadie mich anstarrte, als hätte ich ihr gerade erklärt, dass Ren sich in meiner Küche in einen Weihnachtself verwandelt hatte. »Ich fasse es nicht.«

»Was denn?«, fragte ich, doch ich erhielt keine Antwort mehr, denn Sadie war bereits losmarschiert.

Laney schien genauso irritiert zu sein. Wir folgten Sadie in die Küche, wo Ren gerade mit unverhohlenem Stolz einen unförmigen Batzen Teig in die Höhe hielt.

»Du kannst ja doch backen!«, rief Sadie, wobei sie nicht vorwurfsvoll, sondern eher belustigt klang.

Verlegen schüttelte Ren den Kopf und präsentierte erneut seine niedlichen Grübchen. »Eigentlich habe ich eher als Gracies persönlicher Teigkneter fungiert. Sie hat die Zutaten zusammengeworfen.«

Dass er meinen Spitznamen benutzte, löste eine ganze Reihe von unterschiedlichen Gefühlen in mir aus, die jedoch sofort verpufften, als Sorge in Rens Augen trat. Er musterte Sadie aufmerksam. »Bist du okay?«

Ihre Schultern sanken herab. »Nein. Aber irgendwann werde ich es hoffentlich wieder sein.«

»Ganz bestimmt.« Da lagen so viel Wärme und Verständnis in seinen Augen – und dann wanderte seine Aufmerksamkeit zu mir.

Mein Magen erwachte flatternd zum Leben. Mir war klar, dass ich unseren Blickkontakt unterbrechen sollte. Immerhin war er mit meiner

Freundin hier, auch wenn sie gerade wegen ihres Ex-Freundes geweint hatte. Aber ich konnte einfach nicht wegsehen. Seine grünen Augen hielten mich quer durch das Wohnzimmer gefangen und ich spürte eine irritierende Traurigkeit, weil dieser Mann jetzt und für alle Zeit tabu für mich war. Freundinnenkodex und so.

Nicht nur dieses Wort, das durch meinen Geist huschte, sondern auch die Türklingel zerrissen das Band zwischen uns und ich wandte mich ab.

Jemand hämmerte gegen meine Wohnungstür.

»Gracie?«, hörte ich Curtis rufen. »Wir sind's.«

Erleichterung durchflutete mich, als ich öffnete. Curtis und Braxton hatten in der Eile zwar ihre Schuhe angezogen, standen jedoch nur in ihren Pullovern da. Mir wurde klar, dass sie das Apartmenthaus gar nicht verlassen hatten. Zumindest sahen sie nicht ansatzweise so durchgefroren aus, wie sie es bei den Außentemperaturen sein sollten.

Braxton raufte sich die Haare. »Tut mir leid, Gracie.«

»Ist schon gut«, sagte ich schnell und winkte die beiden herein. »Ich bin froh, dass ihr wieder hier seid. Wir haben auf euch gewartet.«

Mit einem Seufzen schüttelte Braxton den Kopf. »Ich werde lieber gehen. Ich bin bloß hier, um meine Sachen zu holen.«

Die Enttäuschung riss mich fast von den Füßen. »Was?«

Curtis warf mir einen bedeutungsvollen Blick zu, mit dem er mir versicherte, dass er *alles* versucht hatte, um unseren Freund zum Bleiben zu überreden. Doch Braxton schien fest entschlossen zu sein.

Tieftraurig rieb er sich über das Gesicht. »Ich kann das nicht, Grace. Vielleicht …« Er schluckte schwer. »Vielleicht beim nächsten Mal, wenn etwas Gras über die Sache gewachsen ist.«

In all den Jahren hatte ich Braxton noch nie so gebrochen erlebt. Es tat mir im Herzen weh, ihn derart leiden zu sehen. Ich verstand beim besten Willen nicht, warum er sich überhaupt von Sadie getrennt hatte, da er offensichtlich noch immer etwas für sie empfand.

»Okay«, sagte ich leise, weil ich einsah, dass es keinen Zweck hatte, ihn weiter zu bedrängen. »Willst du dich noch von den anderen verabschieden?«

»Nein, aber sag Laney, dass ich sie morgen anrufe.« Er beugte sich vor und gab mir einen Kuss auf die Wange. »Bis bald, okay?«

»Versprochen?«

Er nickte. »Lass uns nächste Woche zusammen essen gehen.«

»Ist gut.« Ich drehte mich weg, um seinen Mantel zu suchen und gleichzeitig meine Tränen zu verbergen. Diese Party würde ohne ihn nicht dieselbe sein. Aber ich verstand, warum er lieber gehen wollte. Alles andere wäre nur Quälerei für ihn.

»Brax?« Sadies leise Stimme ließ uns alle erstarren. Während sie nervös ihre Hände knetete, trat sie langsam näher. Ihre Augen waren immer noch glasig und gerötet. Sie sah genauso unglücklich aus wie Braxton. Warum musste es manchmal so schwierig sein? »Können wir kurz reden?«

Ich wartete nicht ab, bis Braxton sich entschieden hatte, sondern ließ seinen Mantel fallen, schnappte mir Curtis' Hand und zog ihn hinter mir her aus dem Eingangsbereich, damit die beiden ungestört waren.

Sobald wir ins Wohnzimmer kamen, schoss Laney auf uns zu. Ich schaffte es gerade noch, ihr auszuweichen, als sie sich auch schon in Curtis' Arme warf. Mit einem überraschten Keuchen fing er sie auf.

Hinter ihnen lehnte Ren entspannt an der Küchenzeile und nippte an seinem Eierpunsch. Obwohl er keinen Ton von sich gab, war die Message klar, als sich unsere Blicke trafen: *Was hab ich dir gesagt?*

Meine Lippen hoben sich zu einem Lächeln.

»Ich bin eine dumme Kuh!«, jammerte Laney, die immer noch mit ihrem schlechten Gewissen rang. »Entschuldige, dass ich dir vorgeworfen habe, du wärst nichts weiter als ein blöder Ghostwriter.«

Curtis gluckste. »*Blöd* hast du eigentlich nicht gesagt.«

»Aber ich habe gesagt, dass dir nichts wichtig ist. Dabei weiß ich, dass das nicht stimmt.« Sie ließ ihn los und schaute zu ihm auf. »*Wir* sind dir wichtig.«

Er lächelte sanft. »Stimmt, das seid ihr.«

»Und das Schreiben auch«, fügte Laney hinzu. »Du hast so viel Talent. Ich will nur nicht, dass dich jemand ausnutzt. Es würde mir das Herz brechen, wenn du irgendwann deine Begeisterung verlierst.«

»Das wird nicht passieren.« Liebevoll wuschelte Curtis ihr durch die Haare, was sie zum Lachen brachte. »Schließlich habe ich dich und du trittst mir ja regelmäßig in den Hintern.«

Laney salutierte. »Stets zu Diensten, mein Freund.«

»Das dachte ich mir.« Belustigt legte Curtis einen Arm um Laney. »Na los, du Nervensäge. Stechen wir ein paar Zimtsterne aus.«

Laney nickte eifrig.

»Und damit du gleich Bescheid weißt«, meinte Curtis, während sie das Wohnzimmer durchquerten. »Für extraknusprige Zimtsterne gibt's auch Extrapunkte.«

»Ha!«, rief Laney aus. »Von wegen.«

»Tja, ich fürchte, der Preis für die krossesten Cookies geht heute an keinen von euch.« Ich ging zum Herd und hob das Blech mit den verbrannten Keksen hoch.

»Ach du Schande!« Curtis brach in schallendes Gelächter aus, als er die verkohlten Reste sah. »Die probiere ich auf keinen Fall.«

Das konnte ich ihm nicht verübeln. Ich rümpfte die Nase. »Ich hätte noch ein Blech gebacken, aber irgendjemand hat meinen ganzen Teig aufgefuttert. Es ist nichts mehr übrig.«

Laney machte ein unschuldiges Gesicht. »Ich war das nicht.«

Spöttisch hob Curtis eine Braue. »Du hast doch nicht etwa Gracies Beitrag sabotiert.«

»Nein.« Laney legte sich die Hand auf die Brust. »Ich schwöre, so etwas Gemeines würde ich nie tun.«

Niemand zweifelte daran, trotzdem machte es Spaß, sie damit aufzuziehen.

»Also ich habe gesehen, wie sie heimlich deinen Teig geklaut hat«, sagte Ren, während ich mich neben ihn an die Küchenzeile lehnte.

Empört schnappte Laney nach Luft.

»Das hatte ich schon befürchtet.« Ich sah Laney an und tippte auf meinen Mundwinkel. »Du hast da übrigens noch ein paar Krümel.«

Natürlich sprang sie darauf an und wischte sich hektisch über das Gesicht, woraufhin wir alle lachten.

»Was ist denn so lustig?«, fragte Braxton.

Freude flutete mein Herz, als er an Sadies Seite ins Wohnzimmer trat. Beide wirkten weniger angespannt, auch wenn sie Abstand zueinander wahrten. Vielleicht war es nicht das, was sie sich insgeheim wünschten, aber zumindest schienen sie sich wieder angenähert zu haben.

»Meine Cookies sind meinem Höllenofen zum Opfer gefallen. Aber hier ist noch mehr als genug Teig.« Vielsagend deutete ich auf die fünf Teigklumpen, die auf der Arbeitsfläche der Kücheninsel lagen. »Wir könnten einfach noch mal von vorn anfangen.«

Braxton lächelte mich an. »Das klingt nach einem guten Plan.«

»Dann lasst uns loslegen«, entschied Curtis.

Und dann backten wir.

Alle zusammen.

Genau wie ich es mir gewünscht hatte. Nur mit dem Unterschied, dass da eine weitere Person in der Gruppe herumwirbelte.

Ich wusste nicht, was Sadie und Braxton im Eingangsbereich besprochen hatten, aber von jetzt auf gleich hatte meine Freundin jeden

Flirt mit Ren eingestellt. Sie alberte zwar immer noch mit ihm herum, aber das fand nur auf rein freundschaftlicher Ebene statt. Da war kein Knistern zu spüren, keine Anziehung.

Was ich von mir selbst leider nicht behaupten konnte.

Ob ich es wollte oder nicht, meine gesamte Aufmerksamkeit blieb bei Ren. Ich lauschte seinen Gesprächen und beobachtete ihn aus dem Augenwinkel, wobei er mich mehr als einmal ertappte. Meine Wangen gingen jedes Mal in Flammen auf, wenn sich unsere Blicke begegneten, und das lag nicht etwa daran, dass die Temperatur in meinem Apartment nach mehreren Stunden Ofenbetrieb auf Tropenniveau angestiegen war.

Als wir das letzte Blech in den Ofen schoben, war es weit nach Mitternacht. Wir hatten längst unsere warmen Pullover ausgezogen und trugen Oberteile, die eher für den Hochsommer geeignet waren.

In meiner Küche sah es aus, als hätte eine Mehlbombe eingeschlagen. Alles war weiß überzogen und unsere Socken klebten bei jedem Schritt am Boden fest.

Aber all das störte uns nicht.

Vielleicht lag es daran, dass uns der Abend zu Beginn fast aus den Händen geglitten wäre und unsere Angst, einander zu verlieren, wieder deutlicher in unser Bewusstsein gerückt war, jedenfalls passten wir alle auf, niemanden mit einem unbedachten Kommentar vor den Kopf zu stoßen. Was nicht hieß, dass wir uns nicht gnadenlos gegenseitig aufzogen. Wir bewarfen uns mit Schokodrops, mit denen wir eigentlich die Cookies dekorieren wollten, tanzten zu den beliebtesten Weihnachtshits um die Küchensinsel und lachten, bis uns der Bauch wehtat. Selbst Sadie und Braxton hatten hin und wieder Momente, in denen sie ein ehrliches Lächeln teilten – was auch dazu führte, dass Braxton seine Reserviertheit Ren gegenüber deutlich zurückschraubte.

Ren fand sich erstaunlich schnell in unserer Clique zurecht. Ich hatte keine Ahnung, wie er das machte, aber dafür, dass er im Grunde neu war, fügte er sich schockierend mühelos in unsere Dynamik ein. Er diskutierte mit Curtis über Basketball, amüsierte sich mit Braxton über meine Weihnachtsdeko und ließ sich von uns veralbern, weil er grottenschlecht darin war, gleichmäßige Teigkugeln zu rollen.

Schließlich wurde es Zeit für die Siegerehrung. Wir hatten alle Kekse auf Teller geschichtet, und obwohl ich inzwischen kiloweise Plätzchenteig genascht hatte, lief mir beim Anblick all der Köstlichkeiten schon wieder das Wasser im Mund zusammen.

Curtis schien es ähnlich zu gehen. »Das wird ein knappes Rennen.«

Aufgeregt klatschte Laney in die Hände. »Mit welchen fangen wir an?«

»Einen Moment noch«, sagte Braxton und klang plötzlich wieder seltsam angespannt.

Irritiert hob ich den Kopf und stellte fest, dass Sadie und Ren sich etwas von uns abgesetzt hatten und miteinander tuschelten. Das Leuchten war in Sadies Augen zurückgekehrt, während sie Ren anlächelte.

Die beiden derart vertraut miteinander zu erleben, sorgte dafür, dass erneut ein Stich der Enttäuschung durch meine Eingeweide schoss.

Curtis stieß einen ungeduldigen Pfiff aus, woraufhin die beiden zu uns schauten.

Sofort fing Ren meinen Blick auf, doch diesmal fiel es mir nicht schwer, mich abzuwenden. Zum einen, weil ich nicht wollte, dass jemand meine eigene Zerrissenheit bemerkte, zum anderen, weil es ohnehin nichts geändert hätte.

»Los, kommt her«, befahl Laney. »Wir wollen abstimmen.«

Aus dem Augenwinkel sah ich, wie die beiden näher traten.

»Ich will kein Spielverderber sein, aber für mich steht der Gewinner bereits fest«, erklärte Sadie gut gelaunt und tippte auf Braxtons Blue Velvet Cookies.

Jegliche Anspannung wich aus seinem Körper und seine Lippen hoben sich zu einem erfreuten Lächeln. Offenbar hatte er nicht damit gerechnet, dass sie für ihn stimmen würde.

»Ach, kommt schon, Leute.« Curtis klopfte auf den Teller mit den Zimtsternen. »*So* schmeckt Weihnachten.«

»Für mich auch«, pflichtete ich ihm bei, woraufhin er die Hand hob, um mit mir abzuklatschen.

Der Reihe nach probierten wir die Cookies durch und musterten nachdenklich unsere Resultate.

»Hmm«, machte Laney schließlich und tippte auf den Teller in der Mitte. »Ich finde es ja ein bisschen ätzend, das zuzugeben, aber diese Gingerbiscuits sind der Hammer.«

Tatsächlich waren die goldgelben Ingwerkekse von Ren geradezu lächerlich perfekt gelungen. Sie waren knusprig am Rand, weich in der Mitte und die Verbindung des würzigen Ingwers mit der Süße des Vanillezuckers gab eine Wahnsinnskombination ab. Da konnten weder Sadies Peppermint Snowballs, die für meinen Geschmack ein bisschen zu scharf waren, noch Laneys herbe Pecan-Mocca-Chocolate-Bombs mithalten, auch wenn die ebenfalls sehr lecker waren.

Curtis schnappte sich ein Gingerbiscuit, biss hinein – und stöhnte. »Ach, verdammt!«

Wir lachten, während Laney ihm tröstend auf den Rücken klopfte. »Dann eben nächstes Jahr.«

»Also haben wir einen Gewinner?«, fragte ich, woraufhin alle mit vollen Mündern nickten.

Sofort huschte Laney davon und holte die Geschenkschachtel, um Ren den Preis mit einer feierlichen Geste zu überreichen. Der war sichtlich überrascht, schüttelte aber sogleich den Kopf. »Das kann ich nicht annehmen. Der Preis gebührt Grace. Schließlich ist es ihr Rezept.«

Laney zwinkerte ihm zu. »Dann teilt den Gewinn.«

»Was genau ist da überhaupt drin?«, fragte Braxton, während Ren dicht neben mich trat und damit meinen Puls in die Höhe trieb.

Die Grübchen kehrten zurück, als er mich anlächelte. »Sehen wir nach?«

»Klar.«

Vorsichtig zog Ren die Schleife ab und schob mir die Schachtel zu, damit ich den Deckel anheben konnte. Ich riss die Augen auf. »O mein Gott! Was ist das?«

Kichernd zog Laney einen quietschbunt gestreiften Wollschal aus der Schachtel. Er war so lang, dass sie ihn mir mehrmals um den Hals wickeln konnte. Gleich darauf nahm sie die passende Mütze aus der Schachtel und stülpte sie Ren über den Kopf. »Ladies and Gentlemen, unsere diesjährigen Christmas-Cookie-Party-Champions.«

Meine liebreizenden Freunde brachen in Jubel aus, während ich noch immer reichlich fassungslos zu Ren aufschaute.

Er grinste von einem Ohr zum anderen, weshalb ich ebenfalls lachen musste. Wahrscheinlich sahen wir beide total seltsam aus, wie wir mit den dicken Wollsachen über unserer leichten Kleidung in der tropisch heißen Küche standen.

Ren ergriff meine Hand und trat einen Schritt zurück, damit wir uns unter tosendem Applaus vor der Jury verneigen konnten. Dann lehnte er sich zu mir herüber. »Du musst eine Rede halten.«

Ich war inzwischen so aufgekratzt, dass ich seiner Aufforderung umgehend nachkam.

»Vielen, vielen Dank!« Als hätte ich gerade einen Oscar gewonnen, legte ich mir gerührt die freie Hand aufs Herz. »Ich träume schon mein ganzes Leben lang von dieser besonderen Ehre. Ich danke der Academy und natürlich meinem persönlichen Teigkneter sowie meinem infernalischen Ofen, ohne den all das nicht möglich gewesen wäre. Danke. Vielen Dank!«

Meine Freunde bogen sich vor Lachen, während Ren meinen Arm in die Höhe zog.

»Danke schön!«, rief er und drückte sanft meine Hand. »Und fröhliche Weihnachten!«

»Noch haben wir ja ein paar Tage Zeit bis zum Fest«, warf Curtis amüsiert ein.

Ren zuckte mit den Schultern. »Aber Vorfreude ist ja bekanntlich die schönste Freude.«

Erst jetzt fiel mir auf, dass wir uns immer noch an den Händen hielten. Deshalb ließ ich Ren los und zupfte mir den Schal vom Hals. »Ich krieg gleich einen Hitzschlag.«

»Das wollen wir natürlich nicht«, erwiderte Laney spöttisch. »Aber die Sachen stehen euch echt gut.«

Lächelnd strich ich über die weiche Wolle. Mir gefiel das Muster sehr. Ich mochte Farben, vor allem im Winter, wenn sonst alles eher trist war.

Sadie gähnte hinter vorgehaltener Hand und verzog sogleich ertappt das Gesicht. »Sorry, ich bin todmüde.«

Nach all der Aufregung an diesem Abend konnte ich ihr das nicht verdenken. Außerdem war es tatsächlich schon recht spät.

Gemeinsam beseitigten wir das gröbste Chaos in der Küche.

»Hey, Leute, habt ihr eigentlich schon Pläne für Silvester?«, fragte Laney, während sie unsere Weihnachtskekse auf kleine Papiertüten verteilte.

Curtis, der gerade den Besen schwang, hielt inne. »Im Central Park gibt's ein Silvesterkonzert mit lauter coolen Newcomer-Bands. Wie wäre es damit?«

»Das klingt super«, erwiderte ich und freute mich, dass unser nächstes Treffen diesmal nicht in allzu weiter Zukunft lag. »Also, ich wäre dabei.«

Braxton und Sadie sagten ebenfalls zu. Nur Ren schwieg. Vielleicht, weil er nicht sicher war, wie sich die Dinge bis dahin entwickeln würden.

Beklommen wischte ich mit einem feuchten Lappen über die verklebte Arbeitsfläche der Kücheninsel. Ich wusste nicht, welche Vorstellung mir mehr zusetzte: Ren nie wieder zu sehen oder schon bald an der Seite meiner Freundin.

Beides fühlte sich irgendwie verkehrt an.

»Okay, wir sind fertig«, verkündete Sadie, die zusammen mit ihm das schmutzige Geschirr gespült und abgetrocknet hatte. Sie warf einen prüfenden Blick über die Schulter. »Sieht ja fast wieder aus wie neu hier.«

Braxton stellte die Kehrschaufel zurück in den Schrank. »Brauchst du sonst noch Hilfe?«

Mit einem schwachen Lächeln schüttelte ich den Kopf. Im Grunde musste ich nur noch den Boden wischen. Aber das ging schneller, wenn mir keine zehn Füße im Weg waren.

Ich wollte nicht, dass der Abend endete. Den anderen schien es ähnlich zu gehen. Trotzdem machten sie sich wenig später auf den Heimweg. Braxton, Curtis und Laney gingen vor, um den Fahrstuhl zu rufen, während Sadie mich in eine Umarmung zog. »Danke für alles, Gracie.«

»Ich fand es schön, dass ihr da wart.«

»Bis zum nächsten Mal wird es nicht so lange dauern, versprochen.«

Ich nickte. »Wir telefonieren bald, ja?«

»Definitiv! Übrigens, zwischen Ren und mir ist nie etwas gelaufen. Ich finde, er passt viel besser zu dir«, flüsterte sie und küsste mich auf die Wange, ehe sie mich losließ und Ren zuzwinkerte, der noch immer hinter mir stand. Dann machte sie auf dem Absatz kehrt und eilte zum Fahrstuhl.

Laney und Curtis waren bereits in der Kabine verschwunden, aber Braxton hielt die Tür offen und wartete auf Sadie. Er lächelte sie an, bevor sie gemeinsam aus meinem Blickfeld verschwanden und der Fahrstuhl davonfuhr.

Irritiert drehte ich mich zu Ren um. »Was …?«

Er trat von einem Fuß auf den anderen, wirkte plötzlich nervös. »Ich habe Sadie gebeten, schon vorauszugehen. Ich hoffe, das ist okay.«

Verdattert schüttelte ich den Kopf. »Aber ihr hattet doch ein *Date*.«

Ren seufzte. »Ich denke nicht, dass es je ein echtes Date war. Außerdem wissen wir alle, wem Sadies Herz gehört. Und so, wie Braxton jeden ihrer Schritte verfolgt hat, beruht das wohl auf Gegenseitigkeit.«

Zumindest war es offensichtlich, dass sie noch nicht über Braxton hinweg war. Ren war das also auch nicht entgangen. »Das tut mir leid.«

Ren runzelte die Stirn. »Echt?«

Ja. Nein. Keine Ahnung.

Leicht überfordert schaute ich ihn an. »Falls du von dem verpatzten Abend enttäuscht bist, dann ja.«

»Mir tut das alles kein bisschen leid, Grace. Ich hatte viel Spaß und ich …« Ren stieß ein zittriges Lachen aus. »Na ja, ich mag dich. Sehr sogar.«

Mein Herz setzte einen Moment aus, nur um dann mit doppelter Geschwindigkeit in meiner Brust herumzuhüpfen. Das war nun wirklich das Letzte, womit ich gerechnet hatte.

Den ganzen Abend über hatte ich mir immer wieder gesagt, dass ich meiner Freundin niemals in die Quere kommen würde. Aber Sadie schien keinerlei Probleme damit zu haben, dass Ren blieb.

Himmel! Sie hatte mir gerade praktisch ihren Segen gegeben.

Erneut verlagerte Ren das Gewicht. »Du hast vorhin gesagt, ich bin genehmigt. Deshalb hatte ich gehofft, du hast vielleicht Lust, deine Recherchen zu vertiefen.«

Ich presste die Lippen zusammen, um nicht zu lachen, während eine tiefe Falte zwischen seinen Augenbrauen erschien.

»Das klang jetzt irgendwie seltsam«, stellte er fest. »Was ich meinte, war ...«

»Möchtest du noch etwas trinken?«, unterbrach ich ihn grinsend. »Der Eierpunsch ist leider alle, aber ich hätte noch Wein da.«

»Ja.« Er strahlte mich an. »Sehr gern.«

»Okay.« Ich ging auf ihn zu und mein Blick flatterte kurz zu dem Mistelzweig, der über ihm am Türrahmen baumelte.

Irritiert hob Ren den Kopf und jeder Muskel in seinem Körper schien sich anzuspannen, als er den Mistelzweig ebenfalls bemerkte.

»Es gibt da diese alte nordische Legende«, sagte ich und blieb unmittelbar vor ihm stehen.

Langsam senkte er den Kopf und sah mich abwartend an. Ich war mir nicht sicher, ob er überhaupt noch atmete. Was unerwartet süß war.

»Darin heißt es, dass Frigga, die Göttin der Liebe, ihren Sohn verlor, weil er von einem Mistelzweig getötet wurde.«

Rens Brauen schossen in die Höhe. »Das klingt ja nicht sehr romantisch.«

»Na ja«, fuhr ich schmunzelnd fort. »Sie war darüber so traurig, dass sie Tränen über den Mistelbeeren vergoss. Daraufhin erwachte ihr Sohn wieder zum Leben. Vor lauter Freude segnete die Göttin den Mistelzweig. Es heißt, wer darunter geküsst wird, dem soll niemals ein Leid geschehen.«

Seine Mundwinkel zuckten. »Das hört sich schon besser an.«

»Ich dachte mir, dass dir das gefällt.«

Bevor ich es mir anders überlegen konnte, reckte ich mich auf die Zehenspitzen und küsste ihn sanft auf die Wange.

Sein Atem stockte.

Pures Glück rauschte durch meine Adern und ich war versucht, ihn noch einmal zu küssen.

Aber wozu die Eile?

Wir hatten Zeit – und wie er selbst gesagt hatte, war Vorfreude besonders schön. Deshalb zog ich mich lächelnd zurück und schlenderte weiter ins Wohnzimmer, in dem Wissen, dass er mir in mein Weihnachtswunderland folgen würde.

Dabei dachte ich an die andere Interpretation der alten Legende, die ich irgendwann mal aufgeschnappt hatte. Sie besagte, wer sich unter einem Mistelzweig küsste, fand die Liebe – und ich war voller Hoffnung, dass das stimmte.

JANA SCHÄFER

Elaine & Jacob I

Manchmal war ich fest davon überzeugt, dass das Universum mit mir spielte. Irgendjemand da oben amüsierte sich prächtig auf meine Kosten. Anders konnte ich es mir nicht erklären, dass ich mit Jacob Hiller für das Fotoprojekt zusammengesteckt worden war. Ausgerechnet mit dem Kerl, der mir seit Beginn des Studiums auf die Nerven ging. Der mit mir in sämtlichen Kursen saß und versuchte, mich mit seinen Kunstwerken und Ideen zu übertrumpfen. Dass er zu den beliebtesten Studierenden zählte und mit seinem Charme selbst die Lehrkräfte scheinbar mühelos um den Finger wickelte, machte die Sache nicht gerade besser. Ganz im Gegenteil.

»Du Glückliche ...« Christine sah mich mit einem Blick an, der beinahe als neidisch durchgehen könnte.

»Soll das ein Witz sein?«, flüsterte ich, damit die anderen mich nicht hörten. Wir hatten die Liste mit der Aufteilung gerade erst von unserem Dozenten Luke erhalten. Christine und ich saßen in der hintersten Reihe des Seminarraums. Der Kurs Grundlagen der Fotografie hatte mit dem neuen Semester begonnen und gehörte zu meinen absoluten Lieblingskursen.

Zumindest bis jetzt.

»Die Präsentation findet in einer Woche statt, das ist wenig Zeit, ich weiß. Aber bei diesem Projekt ist es mir wichtig, dass ihr euch nicht in Perfektionismus verliert. Geht mit offenen Augen durch die Stadt, verschafft euch einen eigenen Eindruck vom winterlichen New York. Romantisiert es oder zeigt seine hässlichen Seiten, ganz wie ihr wollt. Wichtig ist mir nur, dass ihr winterliche Motive findet, die euren persönlichen Blick auf die Stadt widerspiegeln.« Luke sah uns der Reihe nach mit diesem motivierten Ausdruck an, der so typisch für ihn war. Es gab auch andere Lehrkräfte, die mit deutlich weniger Euphorie bei der Sache waren – wie Linda, die mit ihrer distanzierten, kühlen Strenge nie ganz zu greifen war. Luke kam dagegen zu jedem Kurstermin mit einem begeisterten Leuchten in den Augen und schaffte es immer, alle mitzureißen.

Verstohlen warf ich einen Blick in die erste Reihe. Natürlich saß Jacob ganz vorn, wo auch sonst.

»Nur eine Woche?«, wisperte Christine. »Und das mit Cole? Das bedeutet Stress pur.« Sie hatte den absoluten Musterstudenten unseres Jahrgangs als Projektpartner zugewiesen bekommen, der von nichts anderem als übermäßigem Ehrgeiz angetrieben wurde. Wenn ich könnte, würde ich dennoch, ohne zu zögern, mit ihr tauschen. Aber ich kannte Luke gut genug. Mir war klar, dass an seiner Aufteilung nicht zu rütteln war.

»In welcher Form soll die Präsentation erfolgen?« Jacobs warme, tiefe Stimme füllte den ganzen Raum aus und ich musste nicht zu Christine sehen, um zu wissen, dass sie ihn mit einem verliebten Blick anschmachtete. Hätte es nicht jemand anderes sein können? Wir waren vierundzwanzig Leute in diesem Kurs, verdammt! Die Aussicht, mit Jacob in den nächsten Tagen für mehrere Stunden intensiv an einem Projekt zu arbeiten, verursachte mir Kopfschmerzen. Das Studium und die Kurse waren einfach zu wichtig, um eine Aufgabe wegen einer unglücklichen Partnerwahl zu vermasseln. Hoffentlich sah er das genauso und wir schafften es trotz der Spannungen, die stets zwischen uns herrschten, gut zusammenzuarbeiten. So oder so – ich war froh, wenn ich die ganze Aktion hinter mir hatte.

»Ihr sollt euch auf zwei Motive einigen – eins, das eurer Meinung nach am gelungensten ist, und eins, das für euch besonders herausfordernd war. Ich will von jedem von euch ein paar kurze Sätze dazu, mit einer Begründung für eure Wahl.«

»In Ordnung.« Jacob nickte, ohne sich umzudrehen.

Ich starrte auf seine braun gelockten Haare und fragte mich, ob er genauso wenig begeistert war wie ich. Vermutlich legte er sich bereits einen Plan zurecht, wie wir die Aufgabe in möglichst kurzer Zeit mit möglichst wenig Aufwand hinter uns bringen konnten. Aber wenn er glaubte, dass ich mich mit einer halbherzigen Aktion begnügen würde, hatte er sich geschnitten. Außerdem war die Aufgabenstellung eigentlich ganz cool. Ich hatte mich mit dem – zugegeben sehr hochgesteckten – Ziel an der Academy of Art beworben, eines Tages in meiner eigenen Kunst- und Fotoausstellung zu stehen, und mir bei der Zusage geschworen, mich ab nun richtig reinzuhängen. Es war eine hart umkämpfte Branche und das Beste zu geben reichte oft nicht aus. Das zu akzeptieren war schwer genug, aber ich würde meine Prinzipien nicht über den Haufen werfen, nur weil ich gezwungen war, mit meinem größten Rivalen zusammenzuarbeiten.

»In Ordnung.« Luke klatschte in die Hände. »Es sind noch fünfzehn Minuten bis zum Kursende. Ich schlage vor, ihr tut euch mit euren Projektpartnerinnen und Partnern zusammen und plant euer weiteres Vorgehen.«

Sofort setzte ein geschäftiges Murmeln ein. Stühle wurden quietschend zurückgeschoben und Köpfe eifrig zusammengesteckt.

Abwartend sah ich nach vorn, aber Jacob machte keine Anstalten, von seinem Platz aufzustehen. Natürlich nicht. Seufzend erhob ich mich und schlängelte mich zu ihm durch. Als hätte er mein Näherkommen gespürt, drehte er sich auf seinem Stuhl zu mir um.

»Tja ...« Ich setzte mich auf die Kante des Tischs ihm gegenüber und strich mir eine Haarsträhne, die aus meinem Zopf gerutscht war, hinters Ohr. »Sieht so aus, als müssten wir ein Team bilden.«

Seine Augenbrauen hoben sich und die Andeutung eines Lächelns umspielte seine Lippen. »Sieht so aus ...«

Bildete ich es mir nur ein oder machte er sich über die Situation lustig?

Ich kniff die Augen zusammen. »Hör mal, wenn du das Projekt nicht ernst nimmst, ist das deine Sache, aber ich habe nicht vor, es zu vermasseln.«

Seine Augenbrauen wanderten noch ein Stück höher und sein dunkler Blick lag unverwandt auf mir. Für einen schwachen Moment verstand ich, was Christine und so viele andere sahen. Jacobs markante Gesichtszüge, die nicht zu der Weichheit seines Lächelns passen wollten, ließen sein Gesicht besonders interessant wirken, und da war etwas in seinen Augen, eine unerwartete Tiefe, die es einem schwer machte, sich abzuwenden.

»Wer sagt, dass ich mich nicht genauso reinknien will wie du? Schon klar, ich bin nicht die Miss Perfect des Kurses, aber das heißt nicht, dass ich nicht auch mein Bestes geben werde.«

»Hast du ... Nenn mich nicht Miss Perfect.«

Himmel, das war jetzt schon eine Katastrophe! Während unsere Mitstudierenden sich angeregt über mögliche Motive und Spots zum Fotografieren austauschten, schafften wir es nicht einmal, normal miteinander zu kommunizieren. Keine Ahnung, warum ich mich von ihm provoziert fühlte, aber etwas an seinem halb angedeuteten Grinsen machte mich wahnsinnig.

Er seufzte und das Lächeln verschwand. Wenigstens sah er jetzt nicht mehr so amüsiert aus. »Na schön, Elaine. Wie willst du vorgehen?«

»Wie ich vorgehen will?« Überrascht von der plötzlichen Kehrtwende blinzelte ich. »Na ja, ich hätte vorgeschlagen, dass wir eine Liste mit möglichen Locations erstellen, die wir dann der Reihe nach abklappern. Was wäre dein Vorgehen?«, fragte ich mehr aus Neugierde als aus Höflichkeit. Letztere hatte ich abgelegt, seit er mich zum ersten Mal als Streberin betitelt hatte.

Er zuckte mit den Schultern. »Ich bin ein Fan davon, sich einfach treiben zu lassen, mit dem Flow der Stadt zu gehen und dann zu schauen, wo die Kreativität mich hinzieht. Vorab kann man ja nie genau wissen, wie das Licht wird oder wie viel an den ausgesuchten Orten los ist. Aber dein Plan mit der Liste klingt auch gut.«

Lag es an mir oder klang sein letzter Satz eine Spur ironisch? Insgeheim hatte ich es immer ein wenig bewundert, wie Jacob arbeitete. Er besaß jede Menge Talent und schien ein natürliches Gespür für gute Motive zu haben. Bei unseren bisherigen Aufgaben hatte seine Arbeitsweise stets einen eher chaotischen Eindruck gemacht, nur um dann am Ende eins der eindrücklichsten Kunstwerke hervorzubringen.

Ich zwang mich zu einem Lächeln. So schnell würde ich die Nerven nicht verlieren. »Wir können ja eine Mischung aus beidem machen. Erst ein paar geplante Locations und dann spontan sehen, was uns noch inspiriert.«

»Ein Kompromiss – Luke wird es lieben.« Sein Grinsen kehrte zurück und diesmal klang er definitiv ironisch.

Nur mit Mühe hielt ich ein Augenverdrehen zurück. »Okay, auch wenn es ein Klischee ist, ich will in den Central Park.«

Jacob griff hinter sich und holte einen Schreibblock und eine Brille hervor. Sobald er die Brille aufgesetzt hatte, beugte er sich mit konzentrierter Miene über das Papier und notierte mit überraschend akkurater Schrift: Central Park.

»Was noch?« Er schaute hoch und ich musste mich zwingen, ihn nicht anzustarren. Die bernsteinfarbene Brille war ein typisches Retro-Modell mit Kunststoffrahmen und Farbverlauf und verlieh ihm einen nerdigen Look, der ihm unverschämt gut stand. Fehlte nur noch ein Buch in seinen Händen, ein verwaschener Blazer und als Kulisse eine Bibliothek oder ein altmodisches Café. Ich schluckte schwer und schob die Fantasien, die eher in einen Dark-Academia-Roman passten, weit weg. Dafür hatte ich keine Zeit, jetzt nicht und vor allem nicht in Bezug auf Jacob.

»Wie wäre es mit der Brooklyn Bridge und der Eislaufbahn im Rockefeller Rink?«, schlug ich ermutigt durch seine Offenheit vor. »Wobei das wirklich sehr klassische Motive sind. Da wäre es bestimmt gut, unerwartete Perspektiven einzufangen, vielleicht Details zu zeigen, die man nicht auf jedem zweiten Tourifoto sieht.«

»Absolut.« Jacob nickte konzentriert. Das Schmunzeln war verschwunden und er schien in den Arbeitsmodus gewechselt zu haben. Etwas daran überraschte mich. Ließ er sich wirklich einfach so auf eine möglichst konstruktive Zusammenarbeit ein?

»Wann sollen wir starten?«, fragte ich mit einem Blick auf die Uhr. In fünf Minuten endete der Kurs. »Morgen früh?«

»Oder jetzt?«

Überrascht sah ich ihn an. »Du hast nichts anderes vor?« Es war früher Nachmittag, in knapp zwei Stunden wurde es dunkel und dann erstrahlte die Stadt in ihrer typischen, teils überladenen Weihnachtsbeleuchtung.

»Was könnte wichtiger sein als das hier?« Er zwinkerte mir zu und diesmal zog ich die Augenbrauen hoch.

»Nein, wirklich, ich hätte Zeit, falls du jetzt gleich losziehen willst. Je eher wir anfangen, desto schneller haben wir es hinter uns, oder nicht?«

Das klang schon viel mehr nach dem Jacob, den ich kannte.

»Sehe ich auch so. Meine Fotoausrüstung liegt in meinem Spind, hast du deine dabei?«

Er nickte und ich atmete erleichtert auf. Zwar hatte ich heute mit einem Abend auf der Couch gerechnet, um die Fotos zu bearbeiten, die ich letzte Woche auf einem Streifzug durch Manhattan aufgenommen hatte, aber direkt zu beginnen war noch besser. Wie Jacob gesagt hatte: Dann hatten wir es schnell hinter uns. Den Gedanken, dass es eventuell auch Spaß machen könnte, gemeinsam für Fotos durch die Stadt zu ziehen, verwarf ich direkt wieder. Nur weil wir ein paar freundliche Worte getauscht und uns nicht gleich an die Gurgel gesprungen waren, hieß das noch lange nicht, dass wir auf einmal ein gutes Team darstellten.

Wir verließen das Hauptgebäude der Akademie und der blaue, wolkenlose Himmel über uns tauchte alles in ein klares, strahlendes Licht. Als ich heute Morgen aufgestanden war und den Vorhang beiseitegeschoben hatte, hatte ich meinen Augen kaum getraut. Wie vermutlich der Rest der Stadt hatte ich auf Schnee gewartet, und zu sehen, wie er sich auf die Dächer und Sträucher gelegt und alles in eine weiße Pracht verwandelt hatte, war wie immer ein bisschen magisch. Als bräuchte es nur einen Wetterumschwung, um uns alle wieder in Kinder zu verwandeln, die mit leuchtenden Augen nach draußen schauten.

Trotz Wintermantel, Mütze und Schal spürte ich dafür nun sofort die Kälte. Kurz spielte ich mit dem Gedanken, Jacob zu fragen, ob wir uns im Café auf der anderen Straßenseite einen Coffee-to-go holen sollten, entschied mich jedoch dagegen. Wir hatten einen Auftrag und waren nicht zum Vergnügen unterwegs.

»Erster Stopp Central Park?«, schlug Jacob vor. Er trug seine Kamera lässig über der Schulter, die Hand auf dem Apparat, als wollte er bereit sein, jederzeit ein Foto zu schießen.

»Von mir aus, ja.«

Wir steuerten die nächste U-Bahn-Station an und eine gute halbe Stunde später betraten wir den Park.

»Wow«, murmelte ich, dabei war der Anblick keineswegs neu für mich. Vor uns säumten Bäume mit schneebeladenen Ästen den Weg, gusseiserne Straßenlaternen strahlten in regelmäßigen Abständen ein warmes Licht aus. Obwohl wir mitten in der Stadt waren, trat der Autolärm für einen Moment völlig in den Hintergrund. Als würde der Winterzauber uns von dem chaotischen Treiben auf den Straßen abschirmen.

Ich warf Jacob einen kurzen Blick zu. »Du musst zugeben, das hat was.«

»Na ja«, meinte er und zuckte mit den Schultern.

»Na ja?«, fragte ich ungläubig. Nicht mal ihn konnte so ein Anblick kaltlassen.

Er lachte und bei dem tiefen, angenehmen Geräusch wurde mir unwillkürlich ein bisschen wärmer.

»Meinetwegen, es sieht recht hübsch aus. Wenn man mal die vielen Touristen und Spaziergänger mit den erhobenen Handys ignoriert, mit denen sie Selfies und verwackelte Aufnahmen machen, die es so schon hundertmal gegeben hat.«

»Wow.« Gespielt fassungslos schüttelte ich den Kopf. »Sei nicht so ein Snob.«

»Autsch«, stieß Jacob aus, lächelte aber verstohlen.

Ich musterte ihn von der Seite. Er trug einen schicken braunen Mantel und Winterboots, die noch ganz neu aussahen. So gut wie alle, die an der Akademie studierten, kamen aus einem wohlhabenden Elternhaus, anders war das Studium kaum zu finanzieren. Und selbst mit der Unterstützung der Eltern reichte das Geld oft nicht aus. Deshalb hatte ich mich für ein Stipendium beworben. Bei der Zusage war mir ein riesiger Stein vom Herzen gefallen. Keine Ahnung, wie viele Nebenjobs ich sonst hätte annehmen müssen.

»Dabei wollte ich nie so werden«, bekannte er.

»Ein arroganter Kunstschnösel?«, zog ich ihn auf.

»Genau.« Er grinste, hob seine Kamera, stellte das Objektiv ein und drückte auf den Auslöser. Wir wussten beide, dass dieses Foto nicht in die engere Auswahl kommen würde. Es zeigte lediglich die verschneiten Bäume, den freigeräumten Weg und ein paar Passanten. Aber Luke hatte uns oft genug gesagt, dass es sinnvoll war, sich erst mal auf die Umgebung einzustellen, zwanglose Motive zu wählen und drauflos zu knipsen, um nicht zu verkopft an die Sache heranzugehen.

»Wann stand für dich eigentlich fest, dass du an die Akademie willst?«, fragte ich, während ich ebenfalls meine Kamera auspackte.

»Puh, der Gedanke kam zum ersten Mal, als ich … keine Ahnung … vierzehn war? Das war vor sieben Jahren, als ich bei einem Malwettbewerb in der Schule gewonnen habe und meine Lehrerin meinte, ich hätte Talent, was Kunst angeht.« Er ließ seine Stimme lässig klingen, aber ich hörte die Anspannung darin. Das Studium wählte niemand, der nicht bereit war, sein ganzes Herzblut hineinzustecken. Zumindest nicht, wenn man ein bisschen Verstand besaß.

Wir gingen weiter, blieben ab und zu stehen und schossen Fotos, wobei es nach wie vor eher wahllose Motive waren. Langsam setzte die Dämmerung ein. Allzu lange konnten wir nicht mehr warten, um uns für ein Motiv zu entscheiden, das möglicherweise für die Präsentation infrage kommen könnte. »Und wie war es bei dir? Wieso wolltest du Kunst studieren?«, wollte er schließlich wissen.

»Ich weiß es gar nicht mehr genau«, antwortete ich, während ich die Winterlandschaft vor uns musterte. »Malerei hat mich seit meiner Kindheit begeistert und ein Faible für Kunstmuseen hatte ich auch schon immer.« Ich zuckte mit den Schultern und bemerkte sein amüsiertes Lächeln. »Was?«

»Nichts.« Abwehrend hob er die Hände. »Das ist nur genau die Antwort, die ich von dir erwartet hatte.«

Ich verdrehte die Augen. »Und ich dachte schon, wir fangen gerade an, uns zu verstehen.«

Er setzte zu einer Bemerkung an, aber ich ließ ihn nicht zu Wort kommen.

»Wie wäre es damit?« Ich deutete nach vorn. Wir hatten die Gapstow Bridge erreicht. Die geschwungene rustikale Steinbrücke führte über einen kleinen Teich und war ein beliebtes Motiv im Central Park. Mit dem Schnee strahlte der Ort pure Romantik aus.

»Ich weiß, es ist nicht das originellste Motiv, aber siehst du das Pärchen dort?« Ich deutete auf ein junges Paar, das gerade über die Brücke schlenderte. Die Frau hatte blonde schulterlange Haare und trug einen Parka. Mein Blick war sofort an ihrem auffallend langen, kunterbunt gestreiften Schal und der passenden schillernden Mütze hängen geblieben. In all dem Weiß stach sie wie ein heller Farbtupfer hervor. Der Typ neben ihr trug einen schwarzen Beanie und eine schlichte Winterjacke. Mitten auf der Brücke blieben sie stehen und auch aus der Entfernung konnte ich erkennen, wie verliebt sie sein mussten.

»Das ist es ... siehst du, wie sie sich ansehen?«

Jacob nickte, während wir die Brücke ansteuerten. »Es wäre ein typisches Motiv, aber mit den Emotionen, die die beiden ausstrahlen, könnten wir eine zusätzliche Perspektive mit hineinbringen.«

»Genau das habe ich auch gedacht.« Ein Gruppe Touristen verließ gerade die Brücke und ich beschleunigte meine Schritte. »Komm, fragen wir sie, ob wir ein Foto von ihnen machen dürfen!«

Die beiden stellten sich als Grace und Ren vor und willigten nach einem kurzen überrumpelten Moment in unsere Anfrage ein.

»Versucht einfach, uns auszublenden«, sagte Jacob mit einem ermutigenden Lächeln, bevor wir uns ein paar Schritte von ihnen entfernten.

Wie erwartet, brauchten die beiden ein paar Sekunden, bis sie zurück zu ihrer vertrauten Unterhaltung und einer natürlichen Körperhaltung fanden.

Ich ging in die Knie und setzte die Kamera an. Durch die Linse erschien mir die Welt jedes Mal ein bisschen greifbarer. Als könnte ich sie auf eine Weise erfassen und verstehen, wie es mit bloßen Augen nicht möglich war. Ich schoss ein erstes Foto von den beiden, das dämmrige

Licht hüllte den Park ein und verlieh ihm zusammen mit dem Schnee einen silbrigen Glanz. Die beiden schauten sich an, und als Ren etwas sagte, lachte Grace laut auf. Das war der Moment, in dem ich neben mir ein Knipsen hörte.

Ich drehte mich nicht zu Jacob um, spürte jedoch dieselbe vibrierende Konzentration bei ihm, die auch mich erfasst hatte. Er war nah genug neben mir, dass ich sogar seinen Atem hören konnte. Für einen Moment fühlte ich mich seltsam verbunden mit ihm, und als wir unsere Kameras fast zeitgleich sinken ließen und uns anschauten, war da ein Leuchten in seinem Blick, das mich umhaute.

»Das war super«, murmelte er und ich konnte nur nicken. »Ich habe den Touristenzielen von New York nie viel abgewinnen können, aber die Fotos könnten wirklich etwas geworden sein!« Er sah mich beinahe erstaunt an und ich spürte, wie ich reflexartig lächelte.

»Ja, oder?«, platzte es aus mir heraus. »Der Schnee verleiht dem Ganzen diese gewisse melancholische Romantik, die in jeder anderen Jahreszeit fehlen würde. Und die beiden mit ihrer frisch verliebten Energie passen einfach perfekt dazu!«

»Sehe ich auch so.« Er hielt seinen Blick unverwandt auf mich gerichtet und auf einmal schien die Luft zwischen uns dichter zu werden. Mein Herzschlag beschleunigte sich und ein seltsames Kribbeln machte sich in meiner Bauchgegend breit. Ich schluckte schwer, mein Mund war auf einmal furchtbar trocken.

»Du hast ja Sommersprossen«, stellte Jacob leise fest. »Und das im Winter.« Er klang aufrichtig verwirrt, was schlagartig die Spannung bei mir löste. Ein Lachen brach aus mir heraus und ich schlug mir rasch die Hand vor den Mund, aber Jacob stimmte in das Lachen mit ein. »Sorry, das ist mir nur noch nie aufgefallen.«

»Wie auch?« Ich zuckte mit den Schultern. Immerhin waren wir uns nie näher als notwendig gekommen und meine Sommersprossen waren nicht viel mehr als ein paar verblasste Pünktchen auf Nase und Wangen.

»Na ja ...« Jacob räusperte sich und löste den Blick von mir. »Wir sollten uns vermutlich bei den beiden bedanken.«

Ich nickte stumm und wartete, dass mein Herzschlag sich wieder beruhigte.

Nachdem wir Grace und Ren die Fotos gezeigt und Nummern ausgetauscht hatten, um sie ihnen später zu schicken, zogen wir weiter.

Da es im Park für Fotos zu dunkel wurde, entschieden wir uns für ein paar Nachtaufnahmen der erleuchteten Stadt und schlenderten dafür durch die überfüllten Straßen.

Autolärm, lautes Hupen und das Dudeln von Weihnachtssongs schlugen uns entgegen, kaum dass wir den Park verlassen hatten. Leuchtreklamen bewarben Weihnachtsfilme und Geschenkideen, aus den Geschäften drang stickige Heizungsluft und die Melodie von Jingle Bells.

Wir blieben immer wieder stehen, machten Fotos von funkelnden Tannenbäumen, geschmückten Straßenlaternen, Werbetafeln und Fußspuren im matschigen Schnee – für die weniger ansehnliche Perspektive auf die Stadt. Obwohl ich konzentriert bei der Sache war und es anfing, wirklich Spaß zu machen, kroch allmählich die Kälte in meine Finger.

»Wollen wir uns da vorn vielleicht kurz aufwärmen?« Ich deutete auf einen Starbucks.

Jacobs stimmte sofort zu. Er rieb sich die Hände und mir fiel auf, dass sich seine Wangen und seine Nase leicht rot gefärbt hatten. Höchste Zeit, ein bisschen Wärme zu tanken.

Sobald wir den Laden betreten hatten, seufzte ich auf. Mein Körper kribbelte in der Heizungsluft, die die Kälte langsam vertrieb. Wir bestellten uns zweimal heiße Schokolade und setzten uns an den einzigen freien Tisch in einer Ecke. Es war viel los, aber als wir uns aus unseren Mänteln schälten und unsere Blicke sich trafen, rückte das Gemurmel der anderen Gäste schlagartig in den Hintergrund.

Der Moment von vorhin fiel mir ein, wie er mich angesehen und meine Sommersprossen betrachtet hatte. Ich suchte nach meiner Abwehr gegen Jacob, suchte in seinem Gesicht nach dem Kerl, der mir auf die Nerven ging und keine Gelegenheit ausließ, sich im Kurs über meinen Perfektionismus lustig zu machen. Nichts davon war gerade zu spüren.

Was passierte hier?

Ich legte meine Hände an die heiße Tasse und senkte den Blick. Meine Gedanken überschlugen sich und Verwirrung machte sich in meinem Kopf breit. Dabei sollte ich mich nicht ablenken lassen! Es ging hier nur um ein gemeinsames Fotoprojekt und die Vorbereitung auf die Präsentation – und nicht um die Frage, was passieren würde, wenn ich mein Bein ein kleines Stück weiter nach rechts drehen würde, sodass es gegen Jacobs stieß. Verdammt, war ich dabei, eine Schwärmerei für ihn zu entwickeln?

»Schau mal, das hier hat was, oder?« Er hatte seine Kamera eingeschaltet und klickte sich durch die Aufnahmen. Als er die Kamera zu mir schob, streiften sich unsere Finger. Es war nur eine federleichte Berührung, aber sie reichte aus, um das Kribbeln zu verstärken. »Der Lichteinfall zeichnet die beiden zwar sehr weich, aber es passt zur Kulisse und ich finde, ihre Emotionen kommen deutlich zum Ausdruck. Sie sind fast spürbar.« Er klang beinahe aufgeregt und spätestens jetzt zweifelte ich nicht mehr daran, dass er diese Aufgabe ernst nahm. »Für mich persönlich sind das immer die gelungensten Fotos … wenn man es schafft, Emotionen einzufangen und sie zu transportieren.«

»Ich weiß genau, was du meinst.« Das Foto war gut und auch wenn ich es mir am liebsten nicht eingestehen wollte, kam es definitiv für die Präsentation infrage. »Darum geht es am Ende in der Kunst, oder? Um die persönliche Komponente. Anders wäre der ganze Druck vermutlich nicht auszuhalten.«

»Vermutlich«, stimmte er zu.

Ich gab ihm die Kamera zurück und unsere Blicke trafen sich erneut. Im matten Licht der Deckenbeleuchtung wirkten seine Augen noch ein wenig dunkler. »Ich hätte nicht gedacht, dass du darüber genauso denkst. Über Kunst, meine ich. Ich hätte nicht ... keine Ahnung ... ich hätte nicht gedacht, dass wir gut zusammenarbeiten können.« Die Worte strömten einfach aus mir heraus, aber Jacob reagierte weder mit Spott noch mit Abwehr. Er sah mich lediglich mit diesem unverwandten, neugierigen Blick an.

»Ich weiß gar nicht genau, wie diese Konkurrenzsache angefangen hat«, meinte er leise. »Also klar, wir konkurrieren alle miteinander, aber zwischen uns war es von Anfang an irgendwie ...«

»Persönlich?«

»Ja, genau.«

»Ich glaube, es hat mit dieser ersten Challenge zu tun, bei der Luke uns aufgetragen hat, innerhalb von dreißig Minuten dreißig Aufnahmen zu schießen. Du erinnerst dich bestimmt an deine glorreiche Idee, dreißigmal mich zu fotografieren, wie ich gestresst nach passenden Motiven suche.«

»Was?« Jacob lachte. »Aber das war witzig.«

Ich verzog gespielt leidend das Gesicht. »War es nicht.«

Er schüttelte den Kopf und wirkte auf einmal nachdenklich. »Wer hätte gedacht, dass wir uns vielleicht von Anfang an hätten gut verstehen können?«

»Jetzt lehnst du dich aber weit aus dem Fenster«, zog ich ihn auf.

»Schon möglich«, gab er schmunzelnd zu und rückte ein kleines

Stück näher in meine Richtung, sodass sein Knie sanft gegen meines stieß. Mein Atem stockte und ich hielt unwillkürlich die Luft an. »Auf jeden Fall überraschst du mich.«

»Weil ich mehr als eine Miss Perfect bin, die alles richtig machen will?«

Sofort wurde sein Blick ernst. »Du hast recht, ich hätte dir diesen Spitznamen nicht geben sollen. Wenn ich ehrlich bin, steckt dahinter vor allem meine Bewunderung darüber, wie du das Studium angehst und mit welchem Feuereifer du immer bei der Sache bist.«

Oh. Damit hatte ich nicht gerechnet. Wir waren uns immer noch unglaublich nah und mein Herz klopfte inzwischen so laut, dass ich fürchtete, er könnte es hören.

»Das ist ... ähm ... danke?« Ich wusste, dass ich den Blick abwenden sollte, aber es ging nicht. Irgendetwas zog mich zu ihm hin und machte es mir unmöglich, klar zu denken. Ein sanfter Ausdruck trat in seine Augen und für den Bruchteil einer Sekunde huschte sein Blick zu meinen Lippen. Er sah mich sofort wieder direkt an, aber wir wussten beide, dass ich es bemerkt hatte. Ich schluckte schwer und konnte nur noch daran denken, wie es wäre, ihn zu küssen. In den letzten Monaten war ich jeden Tag nur auf das Studium fokussiert gewesen und potenziellen Schwärmereien aus dem Weg gegangen, aber jetzt lösten sich sämtliche logischen Argumente dagegen auf. Jacob war hier, er war real, genau wie diese Spannung zwischen uns. Er neigte den Kopf fast unmerklich in meine Richtung und etwas in mir – ein sehnsüchtiger, impulsiver Teil – übernahm die Kontrolle.

Ich hätte nie gedacht, dass es je zwischen uns zu einem Kuss kommen könnte. Und noch weniger hätte ich gedacht, dass ich diejenige wäre, die den ersten Schritt machte. Aber hier war ich, überbrückte den Abstand zu Jacob und schloss flatternd die Augen. Ich hörte, wie er scharf einatmete, während mein Herz beinahe schmerzhaft schnell gegen meine Rippen schlug. Da war diese kribbelnde Vorfreude, dieser aufregende Moment, kurz bevor sich unsere Lippen trafen.

Nur, dass es nicht dazu kam.

Stattdessen ertönte ein lautes Scheppern und ein entsetzter Aufschrei von Jacob.

JANA SCHÄFER

Elaine & Jacob II

»Mist!« Jacobs Fluchen holte mich schlagartig aus meinem kurzzeitigen Delirium. Ich riss die Augen auf und zuckte zurück, während Jacob sich nach seiner Kamera bückte. Sie musste bei unserem Beinahe-Kuss zu Boden gefallen sein. Behutsam hob er sie auf und sah sie sich von allen Seiten an. »Sie hat keinen Riss abbekommen, wie auch immer das möglich ist.« Er schüttelte den Kopf. »Ich dachte, mein Herz bleibt gleich stehen.«

Stumm sah ich ihn an, zu überfordert, um die richtigen Worte zu finden. In meinem Kopf spielte sich in Dauerschleife ab, dass wir uns fast geküsst hätten. Ich hatte bereits seinen warmen Atem auf meinen Lippen gespürt und konnte selbst kaum glauben, was passiert war.

»Zum Glück ist sie noch ganz.« Verdammt, meine Stimme klang viel zu kratzig.

Jacob hob fragend die Augenbrauen und ich richtete meinen Blick eilig auf meine halb leere Tasse. Der Inhalt war längst abgekühlt, aber ich nahm trotzdem einen großen Schluck. Alles war besser, als Jacob anzusehen und mich der peinlichen Stille zwischen uns zu stellen.

»Also ...«, sagte ich, als ich das Schweigen nicht mehr ertrug. »Sollen wir ...«

»Ich glaube, ich will die Kamera zu Hause noch mal durchchecken, um sicherzustellen, dass sie wirklich keinen Schaden abbekommen hat.« Jacob hielt seinen Blick konzentriert auf die Kamera vor sich gerichtet.

Was auch immer ich zwischen uns gespürt hatte, war wie weggewischt. Als hätte es das Gespräch über Kunst und dass wir eine ähnliche Sicht darauf hatten nie gegeben.

»Ja«, rang ich mich durch zu sagen. »Bei der Dunkelheit hätte es ohnehin keinen Sinn gemacht, weitere Aufnahmen zu schießen.«

»Stimmt.« Jacob runzelte die Stirn. Ihm war anzumerken, dass er gedanklich ganz woanders war.

»Ich hoffe, die Kamera ist wirklich in Ordnung«, versuchte ich zu ihm durchzudringen.

»Ja.« Er fuhr sich durch die Haare und sein Blick streifte mich flüchtig. »Eben machte es zumindest den Eindruck, als wäre alles in Ordnung. Ich schaue zu Hause dann genauer.«

»Okay, gut … Tja, dann machen wir an einem anderen Tag weiter? Morgen vielleicht?«

»Klar, gern.« Er nickte abwesend und verstaute seine Kamera im Rucksack. »Meine Nummer hast du ja.«

Es gab eine Messenger-Gruppe, der alle aus unserem Kurs beigetreten waren, sodass wir automatisch unsere Handynummern hatten.

»Jep«, murmelte ich.

Wir schlüpften in unsere Mäntel und verließen das Café, wobei ich mir Mühe gab, das dumpfe Gefühl in meiner Bauchgegend zu ignorieren. Keine Ahnung, was in den letzten Minuten passiert war, aber die Situation fühlte sich vollkommen verkehrt an.

Draußen schlug uns ein eisiger Wind entgegen und ich vergrub meine Hände in den Manteltaschen. Wir legten den Rückweg schweigend zurück und verabschiedeten uns an der U-Bahn-Station mit einem halbherzigen Winken.

In den Tagen danach stürzte ich mich ganz auf die Kurse in der Akademie, bearbeitete Fotos, malte an einer neuen Leinwand und tat alles, um nicht zu viel über Jacob nachzudenken. Wir hatten uns einen Tag nach dem ersten Fotospaziergang erneut getroffen. Die Stimmung war nicht mehr so ausgelassen, dafür konzentriert und produktiv gewesen. Nur zwischendurch hatten unsere Blicke sich getroffen und für einen Augenblick die seltsame neue Spannung zwischen uns zurückgebracht. Allerdings hatte jedes Mal einer von uns die Aufmerksamkeit schnell wieder auf unsere Aufgabe gelenkt. Dementsprechend hatte die zweite Fotosession auch gereicht, um ein passendes Motiv zu finden. Am Ende hatten wir es nicht einmal geschafft, uns in die Augen zu schauen, und uns ohne viele Worte verabschiedet.

Am Tag der Präsentation glaubte ich deshalb schon fast, mir den Moment im Café nur eingebildet zu haben.

Jacob und ich hatten getrennt voneinander ein paar Sätze zu den jeweiligen Fotos geschrieben und als gelungenstes Motiv tatsächlich das Pärchen auf der Brücke gewählt. Bei der Wahl des zweiten Motivs waren wir uns nicht gleich einig gewesen. Jacob hatte meinen Schnappschuss eines bräunlichen Tannenbaums vorgeschlagen, der die Hälfte seiner Weihnachtsbeleuchtung verloren hatte und schief am Rand des Rockefeller Centers stand. Im Hintergrund war der prächtig strahlende Rockefeller Center Christmas Tree zu sehen, vor dem sich zahlreiche Touristen für ein Foto drängten. Das Foto war leicht verwackelt und die Perspektive nicht ideal, dafür bot das Motiv einige Interpretationsmöglichkeiten. Ich hatte für eine Aufnahme von der Schlittschuhbahn vor dem Rockefeller Center plädiert, mich aber letztlich Jacob angeschlossen.

»Okay, Leute.« Lukes Stimme ließ sämtliches Gemurmel augenblicklich verstummen. »Dann starten wir mal. Welches Duo möchte anfangen?«

Coles Hand schoss sofort in die Höhe und Christine seufzte gequält auf. Sie hatte mir erzählt, dass die Zusammenarbeit genauso stressig gewesen war, wie erwartet, und mich im nächsten Moment mit tausend neugierigen Fragen bombardiert, denen ich, so gut es ging, ausgewichen war.

Jacob und ich hatten in den letzten Tagen nur Kontakt zueinander aufgenommen, wenn es um die Präsentation gegangen war. Fast wünschte ich, wir wären zu unserer alten Umgangsform zurückgekehrt und würden uns gnadenlos gegenseitig aufziehen. Stattdessen herrschte da nur dieser förmliche Ton.

Ich schaffte es kaum, den anderen Präsentationen zu folgen. Es waren eine Menge gute Fotos dabei, andere beeindruckten mich weniger. Luke gab zu den meisten Aufnahmen einen Kommentar ab und ich wusste, dass ich mir die Bemerkungen notieren sollte, um etwas daraus zu lernen, aber mein Blick huschte alle paar Sekunden zu Jacob. Er saß wie immer in der ersten Reihe und drehte sich kein einziges Mal zu mir um.

»Dann bleiben wohl nur noch Elaine und Jacob.« Ich schreckte auf und blinzelte Luke verwirrt an.

»Du bist dran«, murmelte Christine und stieß mir auffordernd einen Ellenbogen in die Seite.

»Alles klar.« Ich strich mir eine Haarsträhne hinters Ohr, griff nach meinen Notizen und stand auf.

Jacob erhob sich gleichzeitig, und als wir vor den anderen aus unserem Kurs standen, packte mich eine plötzliche Nervosität. Hinter uns erschien auf einem Bildschirm das Motiv vor dem Rockefeller Center.

»Willst du anfangen?«, fragte Jacob leise und beim Klang seiner Stimme wäre ich beinahe zusammengezuckt. Sehnsucht und der Drang, einen Schritt zur Seite zu machen, um ihm näher zu sein, stiegen in mir auf, aber ich schob beides beiseite. Was war nur los mit mir?

»Gern«, sagte ich, ohne Jacob anzusehen. »Dieses Foto war für uns am herausforderndsten, weil die Perspektive nicht leicht einzufangen war. Für mich steht hier der Kontrast der beiden Weihnachtsbäume im Mittelpunkt, wobei wir den Baum, der scheinbar vergessen wurde und kaum Beachtung erhält, bewusst in den Vordergrund gestellt haben.«

Luke nickte zufrieden und während Jacob seine Erklärung dazu abgab, starrte ich auf meine Notizen für das zweite Bild.

Als es auf dem Bildschirm erschien, drehte ich mich um. Das Motiv war romantisch, ohne kitschig zu sein. Irgendwie war es Jacob gelungen, die Gefühle der beiden perfekt einzufangen. Für einen Moment betrachtete ich die rustikale Brücke über den verschneiten, halb gefrorenen Teich. Ein Ziehen setzte in meiner Brust ein und ich riss mich von dem Foto los – nur um Jacobs Blick zu kreuzen. Seine dunklen Augen nahmen mich sofort gefangen und ich versank darin, ohne es verhindern zu können. Sie katapultierten mich schlagartig zurück in den Park. Fast war es, als könnte ich wieder seinen Atem auf meinem Gesicht spüren und seine Verwunderung sehen, als er meine Sommersprossen entdeckte. Mein Herz stolperte und schlug dann umso schneller weiter. Jacobs Augen weiteten sich leicht und sein Gesicht nahm einen weichen Ausdruck an. Die Erinnerungen hingen greifbar zwischen uns in der Luft und die Frage, was ohne das Missgeschick mit der Kamera passiert wäre, drängte sich auf.

Ich öffnete den Mund, ohne zu wissen, was ich eigentlich sagen wollte, als Luke sich vernehmlich räusperte. Wir zuckten gleichzeitig zurück und ich drehte blinzelnd den Kopf zu den anderen im Raum. Shit.

»Ich beginne«, sagte Jacob mit belegter Stimme. »Das Foto haben wir als unser gelungenstes ausgewählt. Für mich liegt die Wirkung vor allem in den Emotionen, die das Bild zum Ausdruck bringt. Ich glaube, dass es in der Kunst letztlich genau darum geht: Gefühle zu transportieren und auszudrücken. Hinter der Kamera hat man oft das Gefühl, als hätten die Aufnahmen nichts mit einem selbst zu tun. Als wäre man nur ein neutraler Beobachter, der etwas einfängt, ohne sich selbst vor die Linse zu bringen. Meiner Meinung nach ist es aber genau anders herum. Ein Foto sagt mehr über die Person aus, die es geschossen hat, als über das Motiv an sich. Und genau das begeistert mich so an der Fotografie. In den letzten Wochen hatte ich das fast vergessen, aber unser Projekt und speziell diese Aufnahme haben mich wieder daran erinnert.« Er räusperte sich und aus dem Augenwinkel sah ich, dass er beinahe verlegen den Blick senkte. Eine Regung, die überhaupt nicht zu dem selbstbewussten Typen passte, als den ich Jacob kennengelernt hatte.

Andererseits wusste ich seit unserem ersten Fototag im Park nicht mehr, ob es diesen Jacob überhaupt gegeben hatte. Oder war es nur leichter gewesen, ihn so zu sehen? Ich hatte mir von Anfang an vorgenommen, mich mit meiner ganzen Energie auf das Studium zu konzentrieren. Wenn ich ehrlich war, hatte mich das in den letzten Monaten zu einer der eifrigsten Studentinnen gemacht, aber auch zu einer der einsamsten. Mit Jacob durch den Park zu schlendern, nach Motiven zu suchen und gemeinsam zu fotografieren, hatte mich daran erinnert, mit wie viel Leidenschaft ich an der Akademie gestartet war.

»Da kann ich mich nur anschließen«, sagte ich, als Luke mir auffordernd zunickte. »Ich habe es diesem Projekt und der Zusammenarbeit mit Jacob zu verdanken, dass die Begeisterung für die Fotografie, von der Jacob gerade gesprochen hat, wieder stärker geworden ist.« Ich sah ihn nicht an, während ich sprach, und ich ignorierte auch Christines neugierigen Blick. Mein Puls schoss in die Höhe und auf einmal wünschte ich mir nichts sehnlicher, als mit Jacob allein zu sein. Ich musste wissen, ob ich mir das zwischen uns nur eingebildet hatte oder ob wir dabei waren, uns eine großartige Chance entgehen zu lassen.

»Perfekt.« Luke klatschte in die Hände und strahlte über das ganze Gesicht. »Seht ihr, genau deshalb habt ihr diese Übung zu zweit gemacht. Es ist wichtig, sich an neue Perspektiven heranzutrauen, und dazu braucht man manchmal eine zweite Sicht auf die Dinge.« Er redete weiter, aber ich hörte kaum noch zu.

Als Jacob und ich zurück zu unseren Plätzen gingen, streiften sich unsere Arme und diesmal war ich mir sicher, dass es kein Versehen war. Als ich mich wieder neben Christine setzte, bemerkte ich natürlich ihren fragenden Gesichtsausdruck, ging aber nicht darauf ein. Ich konnte nicht. Mein Herz klopfte wie wild und mein Kopf war voll mit Jacobs Worten – und mit den Erinnerungen an den Beinahe-Kuss, der sich wieder und wieder vor meinem inneren Auge abspielte.

Als Luke die Stunde für beendet erklärte, hatten es die meisten eilig. Ein lautes Murmeln lag in der Luft, Stühle wurden zurückgeschoben, Rucksäcke aufgesetzt. Nur einer blieb sitzen – genau wie ich –, als wäre er nicht in der Lage, einfach zu gehen.

»Na dann«, sagte Luke mit einem Blick auf Jacob und mich. »Ich wünsche euch ein schönes Wochenende. Ihr könnt stolz auf euch sein, die Motive waren großartig gewählt. Und noch stolzer könnt ihr auf die gelungene Zusammenarbeit sein.« Er zwinkerte verschmitzt und verließ den Raum.

Zurück blieben Stille und hundert Fragezeichen in meinem Kopf.

»Das lief gut, oder?« Jacob stand auf und drehte sich zu mir um. Sein Anblick war vertraut und gleichzeitig nicht. Ich sah ihn nicht mehr mit denselben Augen wie vor unserem Projekt und wenn ich an unser Gespräch im Café dachte, wollte ich auch nicht wieder zurück. Nur hatte ich bis eben nicht geglaubt, dass es ihm genauso gehen könnte.

»Du willst jetzt wirklich Small Talk machen?«

Er hielt mitten in der Bewegung inne und sah mich erstaunt an. »Na ja, ich dachte ...« Er brach ab und fuhr sich durch die Haare.

»Du dachtest?« Ich schulterte meinen Rucksack und machte einen Schritt auf ihn zu. Nur einen, aber schon schoss mein Puls wieder in die Höhe.

»Nach diesem Nachmittag im Park und dann im Café ... Ich dachte, es wäre dir lieber, wenn wir ... na ja ... uns ganz auf das Fotoprojekt konzentrieren.«

»Was?« Verwirrt sah ich ihn an. »Wieso? Du warst doch auf einmal so distanziert, nachdem deine Kamera runtergefallen war. Ich konnte verstehen, dass du dir Sorgen gemacht hast, es könnte etwas kaputt sein.

Aber auch danach ... ich hatte angenommen ...« Verdammt, ich geriet ins Stottern. Mit gestrafften Schultern sah ich ihn an. Entweder ich machte einen Rückzieher und wir taten beide, als wäre nie etwas passiert, oder ich wagte die Flucht nach vorn. Etwas, das ich sonst nie tat. Aber jetzt und hier fühlte es sich richtig an. »Ich habe es mir nicht eingebildet, oder?«, platzte es aus mir heraus. »Der Moment im Starbucks. Ich ... das kann doch nicht nur in meinem Kopf abgelaufen sein.«

Jacob atmete scharf ein und schloss kurz die Augen. Ich wollte schon alles zurücknehmen – Himmel, wie lächerlich konnte ich mich noch machen? Da öffnete er die Augen und diesmal lag keine Verschlossenheit in seinem Blick. Nur eine beinahe verletzliche Offenheit und Neugier.

»Nein«, sagte er langsam. »Du hast es dir nicht eingebildet.« Ein zaghaftes Lächeln erschien auf seinen Lippen. »Wollen wir draußen vielleicht eine Runde drehen?«

Ich nickte stumm und griff nach meinem Mantel. Passierte das hier wirklich? Bei jedem Schritt hoben sich meine Mundwinkel etwas mehr, während mich die Nervosität ganz kribbelig machte.

Vor dem Gebäude blieben wir stehen.

»Wo sollen wir hin?«, fragte ich. Es war früher Nachmittag und der Himmel zeigte sich heute in einem tristen Grau. Der Schnee hatte sich an den meisten Stellen in bräunlichen Matsch verwandelt, aber als Jacob mich anlächelte, kümmerte mich das trostlose Wetter nicht länger.

»Wie wäre es, einfach draufloszugehen?«, schlug er vor.

Ich nickte und wir setzten uns in Bewegung. Autos rauschten an uns vorbei, Menschen hetzten vorüber und wir bogen an der nächsten Ecke in eine etwas ruhigere Seitenstraße ein. Rechts und links von uns erhoben sich Gebäude mit sauberen Fassaden. In den meisten Fenstern hing Weihnachtsschmuck: blinkende Rentiere, selbst gebastelte Sterne und jede Menge Lichterketten. Die Stimmung war feierlich und ich merkte, wie ich mich ein bisschen mehr entspannte. Ich hatte den Winter und die Weihnachtszeit schon immer gemocht. Meine Eltern hatten mich früher regelmäßig zum Schlittschuhlaufen mitgenommen und in der Schule hatte ich bei jedem Weihnachtsstück mitgespielt.

»Luke war wirklich begeistert, glaube ich«, meinte Jacob und durchbrach damit das Schweigen zwischen uns. Diesmal war ich über den Small Talk froh und wandte erleichtert den Kopf in seine Richtung.

»Wir haben auch gute Arbeit abgeliefert.«

Schmunzelnd wandte er sich zu mir. »Alles andere hätte mich auch gewundert.«

Ich lachte. »Dabei geht es mir gar nicht darum, immer die Beste zu sein oder alles perfekt zu machen. Ich will nur die Zeit an der Akademie optimal nutzen.«

»Das verstehe ich gut.« Jacobs Gesichtsausdruck wurde sanft und trotz der Kälte wurde mir auf einmal warm. »Und ich glaube, du hast da längst deinen Weg gefunden.«

»Kann sein ... Trotzdem habe ich gemerkt, wie schnell man viel zu verkrampft an die Dinge herangeht und dabei die Leidenschaft und Begeisterung verlieren kann.«

»Genau deshalb ziehe ich regelmäßig mit der Kamera los oder setze mich in ein Café, um ein paar Skizzen anzufertigen.« Jacobs Stimme nahm einen nachdenklichen Klang an. »Vielleicht könnten wir das hin und wieder zusammen machen?«

Reflexartig wurde mein Lächeln breiter. »Das wäre sehr schön.«

»Und zwischendurch können wir gern eine Challenge daraus machen«, fügte er hinzu. »Damit dir dabei nicht zu langweilig wird.«

»Sehr witzig.« Ich verzog das Gesicht, musste im nächsten Moment jedoch lachen. »Allerdings glaube ich nicht, dass du allzu große Chancen gegen mich hättest. Oder muss ich dich daran erinnern, wie der letzte Wettkampf ausging, den Luke sich ausgedacht hat?«

»Oh, bitte nicht!« Jacob zog eine Grimasse. »Ich bin mir immer noch sicher, dass du dabei irgendwie geschummelt hast.«

Vor drei Wochen hatte Luke uns den Auftrag gegeben, eine Fotocollage zum Thema Kontraste zusammenzustellen, und ich hatte schnell den Einfall gehabt, statt Gegenständen oder Lichtspielen Alltagssituationen zu fotografieren: einen alten Mann mit seinem Enkel im Park, eine edel gekleidete Dame neben einem wohnungslosen Mann, der auf der Straße um Geld bat, zwei Frauen mit stark unterschiedlichen Körperformen, die sich lachend unterhielten. Luke war auf Anhieb begeistert gewesen.

»Wie hätte ich dabei schummeln sollen? Du kannst einfach nicht verlieren«, zog ich ihn auf.

»Vielleicht, weil mir das mit dem Verlieren vor dir einfach noch nicht so oft passiert ist.«

»Oh, wow.« Grinsend schüttelte ich den Kopf. »Schätze, dein Ego kann es verkraften.«

Wir hatten das Ende der Straße erreicht und blieben stehen. Keine Ahnung, wie lange wir schon unterwegs waren. Zehn Minuten, eine halbe Stunde?

»Ganz in der Nähe ist ein kleiner Park mit einem Kaffeewagen am Eingang. Wir könnten uns etwas zu trinken holen und auf eine Bank setzen, falls dir das nicht zu kalt ist.« Fragend sah Jacob mich an und wieder war da diese endlose Tiefe in seinen Augen. Das Kribbeln kehrte in meine Bauchgegend zurück und ich nickte.

»Gerne.«

Wenige Minuten später setzten wir uns mit zwei Heißgetränken ausgestattet auf eine Bank unter einem Baum. Die Äste über uns waren kahl, aber ein kleiner Rest Schnee hatte sich darauf gehalten, ein Hauch winterliche Romantik, der nicht aufgeben wollte.

»Also«, begann Jacob und nippte vorsichtig an seinem Chai Latte.

»Also?« Ich hob die Augenbrauen und sah ihn abwartend an. Wir saßen nah genug beieinander, dass unsere Beine sich berührten. Trotz des dicken Jeansstoffs spürte ich die Berührung glühend warm, als reichte das bisschen Kontakt aus, um meinen Körper unter Strom zu setzen. Wie es sich wohl anfühlen würde, wenn kein Stoff zwischen uns wäre? Der Gedanke weckte eine Sehnsucht in mir, die ich lange nicht mehr gespürt hatte und die mir prompt die Hitze in die Wangen trieb.

»Ich bin auf Distanz gegangen, weil ich dachte, das wäre dir lieber«, sagte Jacob und nahm damit unser Gespräch von vorhin auf. »Ehrlich gesagt hat mich unser erster Fototag ganz schön kalt erwischt.« Er rieb sich den Nacken und wirkte auf einmal wieder verlegen. »Wie gesagt, ich fand dich von Anfang an interessant, bin aber davon ausgegangen, dass die Rivalität zwischen uns alles ist, was uns verbindet.«

»Ging mir genauso«, gab ich zu. »Außerdem war ich so auf das Studium konzentriert, dass ich nicht ...« Ich schluckte schwer und wusste nicht, wo ich hinsehen sollte. »Dass ich den Gedanken, jemanden interessant finden zu können oder besser kennenlernen zu wollen, gar nicht erst zugelassen habe.«

Ich hörte, wie Jacob tief Luft holte, und sah wieder auf. Ein helles Funkeln war in seine dunklen Augen getreten und hätte ich eine Kamera dabei gehabt, hätte ich den Anblick damit festgehalten.

»Du willst mich besser kennenlernen?« Das Schmunzeln war zurück, aber die Ernsthaftigkeit in seinen Augen blieb und verstärkte das Ziehen in meiner Bauchgegend.

Reflexartig suchte ich nach einer ironischen Antwort, einem frechen Spruch, brachte aber nur ein stummes Nicken zustande. »Ehrlich gesagt, ja«, murmelte ich schließlich. »Also falls ... falls du das auch willst.«

Sein Blick wurde weich, genau wie meine Knie, und ich war froh, dass ich saß. Er stellte seinen Becher auf die Bank neben sich und lehnte sich ein Stück in meine Richtung. Mein Herz setzte einen Schlag aus. Ich spürte die Kälte nicht länger, blendete den Autolärm hinter dem Park aus, vergaß die Nässe, die durch den Stoff meiner Jeans drang. All meine Sinne waren auf Jacob gerichtet. Ich kam ihm entgegen, war mir sicherer denn je, dass ich ihn wollte. Dass ich genau zur richtigen Zeit am richtigen Ort war und es im Moment nichts Wichtigeres gab, auch kein Foto- oder Kunstprojekt. Mein Herz hatte lange genug auf dem Abstellgleis gewartet. Unsere Lippen trafen sich, sein Mund lag warm und einnehmend auf meinem und der Rest der Welt verschwand. Wärme durchflutete mich. Ich rückte näher zu Jacob, meine Hand wanderte in seinen Nacken und ich zog ihn enger zu mir heran.

Der Kuss war langsam und sanft. Ich versank in Jacobs Berührungen, spürte sie in meinem ganzen Körper und wollte, dass dieses Gefühl nie wieder verschwand. Ich vertiefte den Kuss und ein leises Seufzen drang über Jacobs Lippen. Schlagartig veränderte sich die Stimmung. Das Ziehen in meinem Innern wurde stärker, die Hitze strahlte bis in meine Zehenspitzen. Als seine Zunge sich über meine Lippen und in meinen Mund stahl, hätte ich fast aufgestöhnt. Verdammt, wer hätte gedacht, dass es sich so gut anfühlen würde, Jacob zu küssen?

Seine Finger vergruben sich in meinen Haaren und ich ließ alle Anspannung los. Da war kein Platz mehr für Fragen oder grübelnde Gedanken, ich wollte mich nur noch weiter fallen lassen.

Als wir uns schließlich voneinander lösten, sahen wir uns atemlos und mit einem albernen Grinsen im Gesicht an. Jacob griff nach meiner Hand und strich mit seinem Daumen sanft über meinen Handrücken.

»Ich ...« Kopfschüttelnd sah ich ihn an. »Ich weiß nicht, was ich sagen soll.«

»Dass dir das mal passiert.« Sein Grinsen wurde breiter und ich konnte ein Lachen nicht unterdrücken.

»Gut zu wissen, dass sich manches nicht ändert.«

Augenblicklich wurde er ein wenig ernster. »Es tut mir leid, dass ich nach dem Moment im Café so abweisend war. Ich glaube, ich war einfach überfordert. Ähnlich wie bei dir steht auch bei mir das Studium an erster Stelle, aber ...« Er runzelte die Stirn und hielt kurz inne. »Ich will nicht, dass meine Tage nur von dem Druck und dem Drang geprägt sind, ständig Kunst zu produzieren.«

Erstaunt sah ich ihn an. War ihm bewusst, wie mühelos alles stets bei ihm wirkte? Ich hätte nie gedacht, dass Jacob unter demselben Druck stand wie ich.

»Das geht mir auch so«, gestand ich. »Vielleicht können wir uns ab jetzt öfter gegenseitig daran erinnern, dass es noch mehr gibt als das Studium.«

»Das wäre schön.« Wir tauschten ein weiteres, stummes Lächeln und zu der aufgeladenen Stimmung gesellte sich ein anderes Gefühl: Ruhe. Es wurde mir erst jetzt bewusst, aber so war es seit dem Moment gewesen, als wir zu zweit mit den Kameras losgezogen waren. Wenn ich mit ihm unterwegs war, konnte ich durchatmen und auf eine Weise entspannen, die mir im Alltag viel zu oft fehlte.

»Und jetzt?«, fragte Jacob, der noch immer meinen Handrücken streichelte. Die Berührung war wie eine warme Sommerbrise mitten im Winter. Normalerweise kamen mir nicht solche kitschigen Dinge in den Sinn, aber als Jacob mich anschaute, lag ein Flirren in der Luft, eine leise Vorahnung auf einen neuen Abschnitt in meinem Leben, dass mir all die aufwallenden Gefühle zu Kopf stiegen.

»Keine Ahnung«, erwiderte ich. »Wir könnten uns irgendwo ins Warme setzen. Oder wollen wir eine Runde Schlittschuh laufen?« Mit meiner Freundin Zoe verabredete ich mich in der Vorweihnachtszeit mindestens einmal auf der Eislaufbahn am Rockefeller Center. Vielleicht wäre das auch etwas für Jacob. Allein der Gedanke ließ mich grinsen.

»Was ist?«, fragte er und ich hob lachend die Schultern.

»Glaubst du, Luke hat das kommen sehen?«

»Was?« Nun sah er ernsthaft verwirrt aus.

»Als er uns in das Projekt gesteckt hat ...«

Jacob schmunzelte. »Ich gehe stark davon aus, dass er keinerlei Gedanken in diese Richtung verschwendet. Zumindest hoffe ich es.«

»Auch wieder wahr.« Ich stand auf und streckte ihm meine Hand entgegen. »Wie wäre es mit einem winterlichen Spaziergang durch New York? Ganz im Touristenstil, wie du es magst?«

Er verzog gespielt gequält das Gesicht. »Worauf lasse ich mich da nur ein?«

Ich wollte gerade etwas erwidern, als er meine Hand ergriff, ruckartig aufstand und einen Arm um meine Taille schlang. Stolpernd fing ich mich an seiner Brust ab und hob den Kopf, um ihn anzusehen.

»Ich schätze, das kannst du ab jetzt Stück für Stück herausfinden«, murmelte ich leicht atemlos, während mein Herz schon wieder viel zu schnell schlug.

»Das schätze ich auch.« Seine Mundwinkel hoben sich leicht und wieder war da dieser sanfte Ausdruck in seinen Augen, der Wärme durch meinen ganzen Körper schickte. »Und ganz ehrlich? Ich freu mich drauf.«

Seine Worte hallten in meinem Kopf wider und ich spürte, wie ich lächelte. Nie im Leben hätte ich mit diesem Ausgang gerechnet, aber als unsere Blicke sich ineinander verhakten und ein leichter Schneeregen einsetzte, fühlte ich mich so glücklich wie lange nicht mehr. Wen kümmerte es, ob das hier Sinn ergab oder einer von uns damit gerechnet hatte? Es kam mir richtig vor und das war alles, was zählte.

Jacob hob die Hand und strich mit seinen Fingern über meine Wangen. Ich schmiegte mich in seine Berührung und er beugte sich zu mir herunter. Seine Lippen streiften meine, zuerst sacht, dann verlangend, und ich versank ein weiteres Mal in seinem Kuss. Der Griff um meine Taille wurde fester und trotz des Schneeregens schmolz etwas in mir. Viel zu schnell lösten wir uns erneut voneinander.

»Wollen wir los?«, fragte er mit kratziger Stimme.

»Nichts lieber als das.«

Wie selbstverständlich verschränkten wir unsere Hände und machten uns auf den Weg, wobei ich nach wenigen Metern eine Mütze aufsetzte.

»Erster Stopp Brooklyn Bridge?«, schlug ich vor und erntete prompt das erwartete Aufseufzen. Auch wenn jetzt alles anders war, würde ich wohl nie damit aufhören können, ihn aus Spaß auf die Palme zu bringen. »Keine Sorge, ich wäre auch mit einem Stadtbummel ohne Ziel zufrieden ... einfach treiben lassen, nicht wahr?«

Seine Finger drückten meine. »Ganz genau, wohin auch immer die Inspiration uns führt!«

Wir tauchten in die New Yorker Abendhektik ein und ich war dabei nie entspannter gewesen. Immer wieder blieben wir stehen, bestaunten weihnachtlich dekorierte Schaufenster oder küssten uns. Ich hatte keine Ahnung, was die nächsten Tage und Wochen bringen würden, aber ich wusste, dass ich es mit Jacob an meiner Seite herausfinden würde.

REBEKKA WEILER

Sparks Fly

Die Aufzugtüren wollten sich gerade schließen, als eine Hand dazwischengeschoben wurde und die Lichtschranke durchbrach. Automatisch trat ich einen Schritt zur Seite, um der Person Platz zu machen. Kurz vor achtzehn Uhr an einem Freitag herrschte im Mount Sinai Hospital im Normalfall etwas weniger Betrieb, sodass ich den Personalaufzug um diese Zeit meistens für mich allein hatte.

»Danke«, sagte eine Stimme außer Atem.

Und diese fünf Buchstaben genügten, um mir das Blut in den Adern gefrieren zu lassen. Nein, bitte nicht ausgerechnet er. Ich hob den Blick und tatsächlich: Dr. Zane Jameson betrat den Fahrstuhl. Seine dunklen Haare hingen ihm fast schon zu tief in der Stirn, unter seinem weißen Kittel lugte ein schwarzes Hemd hervor und dazu trug er, ganz untypisch für ihn, ebenso schwarze Turnschuhe. Er blickte mich aus diesen tiefblauen Meeraugen an, die vor genau sieben Monaten und drei Tagen mein ganz persönlicher Untergang gewesen waren. Die und alles, was er mit seiner Zunge ... *Halt, stopp, nein! Hör auf damit, Zoe*, ermahnte ich mich in Gedanken selbst und senkte rasch den Kopf. Wenn ich einfach nur fest genug auf den Boden starrte, würde er mich hoffentlich in Ruhe lassen.

»Zoe.«

Cool. So viel also dazu. Ich seufzte lautlos, ehe ich erneut aufschaute und versuchte, mich nicht von diesen Augen ablenken zu lassen.

»Dr. Jameson«, sagte ich und bemühte mich, neutral zu klingen. Professionell. Nicht so, als schlüge mir das Herz bis zum Hals. Was es immer tat, wenn er in meiner Nähe war. »Welcher Stock?« Meine Finger schwirrten bereits über den Knöpfen des Aufzugs.

»Erdgeschoss.«

»Okay.« Ich drückte noch einmal auf den Knopf, den ich erst vor ein paar Sekunden aktiviert hatte. Dann trat ich ein Stück zur Seite, bis ich leicht gegen die verspiegelte Aufzugswand stieß. Weiter konnte ich mich nicht zurückziehen, mehr Platz gab es hier drin nicht. Ich konnte nur hoffen, dass die Fahrt nach unten schnell ging. In vierzig Minuten war ich mit Elaine am Rockefeller Center zum Schlittschuhlaufen verabredet. Ich war kein sonderlich großer Fan dieser Jahreszeit, hatte die Faszination für Weihnachten nie verstanden. Aber mein Schlittschuhdate mit Elaine war mir wichtig und ich wollte definitiv nicht zu spät kommen. In den letzten Wochen hatten wir uns so gut wie gar nicht gesehen, weil sie mit ihrem Studium beschäftigt war, während ich Überstunden machen oder Doppelschichten schieben musste. Als Assistenzärztin im ersten Jahr stand ich am untersten Ende der Nahrungskette. Schlimmer erging es nur den unbezahlten Praktikantinnen und Praktikanten.

Der Aufzug setzte sich in Bewegung und ich atmete erleichtert aus. Nur noch ein paar Sekunden, dann konnte ich Zane hinter mir lassen und damit hoffentlich auch die Erinnerungen an unsere Nacht vor knapp ... *Nein, halt!* Nicht schon wieder. Ich musste aufhören, jedes Mal daran zu denken, wenn ich ihn sah. Was leider ziemlich oft der Fall war, weil ich ständig für seine Operationen eingeteilt wurde. Und das war maximal unangenehm. Er hatte mich nackt gesehen, verdammt, und wir hatten Dinge miteinander getan, die ich nur zu gern wiederholt hätte. Doch das ging nicht. Er war mein Oberarzt und würde das für den Rest meiner Ausbildung an dieser Klinik auch bleiben.

Gott, wie lang fuhr dieser blöde Aufzug denn noch? Genervt sah ich nach oben auf die kleine Anzeigetafel. Wir waren in der sechsten Etage gestartet, nun hatten wir das dritte Stockwerk erreicht. Als endlich die Zwei aufblinkte, gab es einen heftigen Ruck. Der Aufzug stoppte und das Licht flackerte kurz.

»Was zur Hölle war das?« Ich bemerkte erst, dass ich laut gesprochen hatte, als Zane mir antwortete.

»Wir sind stecken geblieben.«

Entgeistert starrte ich ihn an. »Bitte was? Und was machen wir jetzt?«
Ohne etwas zu sagen, trat er einen Schritt auf mich zu. Scheiße, er roch immer noch so gut. Nach frisch gewaschener Wäsche und diesem Aftershave, das mir vor Monaten schon aufgefallen war. Heute mischte sich auch noch ein Hauch Zimt darunter. Als hätte er zu viele Kekse gegessen, die eine der Schwestern in den Aufenthaltsbereich gestellt hatte. Kurz hielt ich den Atem an, als Zane an mir vorbeigriff und ein paarmal auf irgendwelche Knöpfe drückte.

Nichts geschah.

Hektisch sah ich mich um und ignorierte seinen Duft. Gab es in Filmen nicht immer diesen Notknopf, auf den man drücken konnte, um Hilfe zu rufen?

»Ist kaputt.« Zane schien meinen Blick bemerkt zu haben.

»Was?«

»Du suchst den hier, oder?« Er deutete auf einen Knopf mit einem kleinen Telefonsymbol. »Der funktioniert schon seit Wochen nicht.«

»Und wieso repariert das niemand?« Ich konnte nicht verhindern, dass ich leicht panisch klang. Nicht, weil ich Angst in engen Räumen hatte, sondern weil ich wirklich, wirklich, wirklich nicht mit ihm hier drin festhängen wollte. Energisch drückte ich auf den Knopf, aber wie Zane gesagt hatte: Es passierte nichts. Weil das verfluchte Ding tatsächlich kaputt war.

»Keine Ahnung. Fachkräftemangel? Geldprobleme?«

»Und deshalb ist es egal, wenn der Aufzug nicht richtig funktioniert? Das hier ist ein Krankenhaus!« Ich stieß die Luft aus und schüttelte fassungslos den Kopf. Das konnte nicht sein Ernst sein. Aus purem Trotz versuchte ich es erneut, dann rief ich einige Male *Hallo* in den Raum, aber niemand reagierte. Zane hatte nicht gelogen. Ich war gefangen in einer verspiegelten Ölsardinendose. Und das ausgerechnet mit ihm. Großartig.

Frustriert legte ich den Kopf in den Nacken und starrte an die Decke, wo ein Mistelzweig hing. Himmel, dieser ganze Weihnachtsschnickschnack war echt furchtbar.

»Hast du Klaustrophobie?«

Ich senkte den Kopf wieder. »Was?«

»Hast du Klaustrophobie?«, wiederholte er und ließ sich an der Wand zu Boden gleiten. »Falls ja, sollte ich das jetzt erfahren.«

»Wieso?« Stirnrunzelnd blickte ich zu ihm nach unten.

»Weil du dann eine Panikattacke bekommen könntest und ich gern darauf vorbereitet wäre.« Mit einer Hand klopfte er auffordernd neben sich auf den Boden.

Ich hob eine Augenbraue. Als ob ich mich freiwillig neben ihn setzen würde. Es gab unendlich viele Gründe, die dagegensprachen.

»Komm schon.«

Keine Ahnung, was mich am Ende doch dazu bewegte, aber nach ein paar Sekunden setzte ich mich ebenfalls auf den Boden. Nur nicht neben ihn, sondern ihm gegenüber. Leider war es so eng, dass unsere Schuhe im nächsten Moment aneinanderstießen. Kaum merklich zog ich meine Beine etwas zurück. Ihn zu berühren, war überhaupt keine gute Idee. Nicht unter diesen Umständen.

»Wie lange wird es dauern, bis jemand bemerkt, dass der Fahrstuhl nicht mehr funktioniert?«

»Letzte Woche waren es drei Stunden.«

»Drei Stunden?!« Und was sollte das überhaupt heißen, letzte Woche? Blieb dieser Aufzug etwa häufiger stecken?

Zanes Antwort bestand aus einem Schulterzucken.

»Fantastisch«, murmelte ich und zog mein Handy hervor. Ich musste Elaine Bescheid geben und konnte damit vielleicht jemanden erreichen, der uns befreite. Aber als ich auf das Display sah, verschwand auch diese Hoffnung sofort: Kein Netz. Nicht einmal für Notrufe.

»Sie werden uns schon finden.«

»Wann? Morgen früh? Oder erst nach Weihnachten?«

»Wer weiß. Vielleicht auch erst an Silvester.« Zanes Mundwinkel zuckten. Als fände er das alles amüsant und die Vorstellung, tagelang mit mir eingesperrt zu sein, gar nicht so übel. Mir dagegen war alles andere als nach Scherzen zumute. Ich hatte zwar keine Klaustrophobie, aber auf rund einem Quadratmeter eingeschlossen zu sein, stand trotzdem nicht gerade weit oben auf der Liste der Dinge, die ich gern tat. Vor allem nicht an einem Freitagabend in der Vorweihnachtszeit. Und definitiv nicht in einem Aufzug, an dessen Spiegeln kleine Sterne, Sternschnuppen und Weihnachtsbäume als Sticker klebten, weil irgendjemand vom Klinikpersonal das lustig fand. Zwei der Aufkleber funkelten sogar.

»Hast du schon Feierabend?« Zanes Frage riss mich aus meinen Gedanken. Ich wandte den Blick von den Sternen ab und sah zu ihm. Seine Miene war unergründlich, ein Pokerface. Ich hatte nur ein einziges Mal erlebt, dass er die Kontrolle über seinen Gesichtsausdruck verloren hatte und das war ... *Nope. Ganz falsche Richtung, Zoe.*

Mit beiden Händen griff ich in meine Haare, um mir die Locken zu einem Zopf zusammenzuflechten.

»Jup«, antwortete ich und ließ die Hände wieder sinken. Allmählich wurde mir warm hier drin, weshalb ich meinen Mantel öffnete.

»Beneidenswert.«

Als ich nicht reagierte, fügte er »Doppelschicht« als Erklärung hinzu.

»Okay.« Ich wusste nicht, was ich sonst dazu sagen sollte. Wir schoben alle ständig Vierundzwanzigstundenschichten und bekamen kein Mitleid dafür. Ganz im Gegenteil.

Abgesehen davon wollte ich mich auch schlicht nicht mit ihm unterhalten. Er hatte mich an meinem ersten Arbeitstag beiseite genommen und mir unmissverständlich klargemacht, dass unsere gemeinsame Nacht ein Fehler gewesen war und unter keinen Umständen irgendjemand davon erfahren durfte. Bei Punkt eins war ich anderer Meinung, für Punkt zwei erhielt er meine volle Zustimmung. Ich hatte auch nicht gewollt, dass jemand von unserem One-Night-Stand erfuhr. Wobei es streng genommen eher ein One-Night-and-One-Day-Stand gewesen war. Nachdem wir uns in einer Karaokebar kennengelernt und sogar zusammen ein kitschiges Liebesduett geschmettert hatten, war ich mit zu ihm nach Hause gegangen. Und nach unserer gemeinsamen Nacht, in der wir kaum geschlafen hatten, weil wir mit anderen Dingen beschäftigt gewesen waren, hatten wir den ganzen Tag miteinander verbracht. Wir hatten uns Coffee to go und frische Croissants besorgt, im Central Park gefrühstückt und dann beschlossen, die Aussichtsplattform des Empire State Buildings zu besteigen. Weil weder er noch ich das bisher getan hatten. Danach hatte ich ihn in den High Line Park geschleppt, weil ich die stillgelegte Bahntrasse liebte, während er noch nie dort gewesen war. Im Anschluss hatte er mir seine liebste Buchhandlung in New York gezeigt. Sie lag versteckt in einer kleinen Seitengasse und erinnerte an einen der alten Shakespeare-&-Company-Läden in Europa.

Eigentlich war ich fest davon ausgegangen, dass wir einander wiedersehen würden. Ich hatte nur nicht damit gerechnet, dass es zwei Tage später in der Klinik sein und er sich als einer der Oberärzte entpuppen würde.

»Hast du heute noch etwas vor?«, fragte er und deutete auf den Pullover unter meiner Jacke. Ich trug den einzigen Weihnachtspulli, den ich besaß, weil Elaine darauf bestanden hatte. Das Teil war fürchterlich kitschig: ein Rentier mit aufgenähtem Geweih und roter Funkelnase. Wenn uns nach dem Schlittschuhfahren kalt wurde, schlenderten wir immer noch durch ein paar Läden. Und weil bald Weihnachten war, wollten wir das in passenden Outfits tun. Zumindest war das der Plan gewesen, bis ein gewisser Aufzug mir einen Strich durch die Rechnung gemacht hatte.

»Schlittschuhlaufen.« Wieder antwortete ich nur einsilbig und wieder schien es Zane nicht zu stören, denn er sprach einfach weiter.

»Cool, das habe ich ewig nicht gemacht. Wohin geht ihr?«

Nachdenklich musterte ich ihn. Hatte er vergessen, dass wir keine Freunde waren?

»Was soll das, Zane?«

»Was meinst du?« Das Funkeln in seinen Augen ließ mich fast vermuten, dass er mich mit Absicht aus der Reserve locken wollte. Ich war nur definitiv nicht gewillt, mich darauf einzulassen.

»Du willst ernsthaft Small Talk halten?«

»Was sollen wir sonst tun, bis wir entdeckt werden?« Seine Mundwinkel zuckten erneut. Dieses Mal war ich mir sicher, dass ihn das alles hier amüsierte.

»Wie wäre es mit Schweigen?«, schlug ich vor und wickelte mir den Schal vom Hals.

»Was spricht gegen eine Unterhaltung?«

»So ziemlich alles.« Ich wandte den Blick von ihm ab und stopfte meinen Schal in die Tasche. Wirklich viel Erleichterung brachte das jedoch nicht. Mir war immer noch warm. »Es gibt nichts, worüber wir uns unterhalten sollten. Du hast deinen Standpunkt mehr als deutlich gemacht.«

Bei meinen Worten legte sich ein Schatten auf sein Gesicht. »Du weißt, wieso niemand davon erfahren darf.«

»Ja, ja. Vorgesetzter. Machtmissbrauch. Bla, bla, bla.« Das war mir alles nicht neu. »Falls es dir noch nicht aufgefallen ist, halte ich mich brav daran. Ich habe niemandem davon erzählt.« Zumindest niemandem in der Klinik. Elaine und ein paar andere Freundinnen wussten natürlich Bescheid. »Du bist derjenige, der mich ständig in seinen OP-Saal schleppt, um dir bei der zwanzigsten Routineoperation zu helfen. Wie soll ich mich von dir fernhalten, wenn du mich andauernd ...«

»Ich habe nicht gesagt, dass du dich von mir fernhalten sollst«, unterbrach er mich und schüttelte den Kopf.

»Natürlich hast du das.«

»Nein. Ich habe nur gesagt, dass sich unsere Nacht nicht wiederholen darf.«

»Was so ziemlich dasselbe ist.« Ich starrte ihn an. Wen wollte er hier auf den Arm nehmen? Keine Wiederholung bedeutete nichts anderes, als einander aus dem Weg zu gehen. Und genau das hatte ich versucht. Es wäre nur um einiges leichter, wenn ich ihm nicht immerzu begegnen und dann so tun müsste, als wüsste ich nicht, was sich unter seinen Klamotten befand. Aber da er mich permanent als Assistentin bei seinen Operationen einteilen ließ ... Das ergab schlicht keinen Sinn.

»Ist es nicht, Zoe.« Er hob den Blick – und fuck, ich hatte Mühe, nicht in seinen kristallklaren Augen zu ertrinken. Es war einfach nur unfair, dass er so gut aussah und mein verfluchter Chef war.

»Ich bin dazu verpflichtet, dir etwas beizubringen. Das geht nicht, wenn du dich von mir fernhältst.«

»Du bist aber nicht als Einziger dafür verantwortlich, dass ich etwas lerne.« Ich verschränkte die Arme vor der Brust und ließ den Kopf für einen Moment nach hinten gegen die Spiegelwand fallen, um ihn nicht ansehen zu müssen. »Im Gegenteil. Allmählich ist es eher auffällig, dass ich fast nur dir zugeteilt bin.« Was das exakte Gegenteil von dem war, was er wollte. Es hätte mich nicht gewundert, wenn bald die Gerüchteküche zu brodeln begann. Nicht, weil ich ihn auf eine Art ansah, wie ich es nicht tun sollte, sondern weil die anderen Assistenzärzte nicht dumm waren. Lauren zum Beispiel achtete ganz genau darauf, wer von uns welchem Oberarzt für welche Operationen unterstellt war. Scheiße, vielleicht gab es die Gerüchte schon längst.

»Wieso machst du das?«

»Dich für meine OPs buchen?«

Ich sparte mir eine Antwort.

»Weil du die Beste deines Jahrgangs bist.«

»Das ist Quatsch.«

»Ist es nicht.«

»Das meine ich nicht.« Ich wusste, dass ich gut war, riss mir den Hintern für mein Studium auf. Das Einzige, was ich seit Jahren las, waren medizinische Fachbücher. Ich bestellte viel zu oft Essen und schlief wenig, um noch mehr recherchieren zu können. Am liebsten hätte ich dieses Jahr sogar Weihnachten ausfallen lassen, aber das konnte ich Mom nicht antun. Und meiner Granny erst recht nicht. »Es gibt andere Assistenzärzte, die genauso gut sind wie ich.« Wahrscheinlich sogar besser. Auch wenn ich mich mächtig ins Zeug legte, war ich nicht Jahrgangsbeste, wie er behauptete. Nur weil ich mit ihm geschlafen hatte, wollte ich auf gar keinen Fall eine Sonderbehandlung. Und er sollte das auch nicht wollen, wenn es ihm so wichtig war, dass niemand von unserer Nacht erfuhr.

Nun war Zane derjenige, der schwieg. Auf eine bedeutungsschwere Art, die mehr sagte, als seine Worte es könnten. Ich wusste, dass ich recht hatte. Meine Leistungen waren nicht der Grund dafür.

»Also. Wieso werde ich dauernd dir zugeteilt?«

Er ließ sich Zeit. So viel Zeit, dass es mir beinahe unangenehm wurde, ihm gegenüber zu sitzen und nicht zu wissen, wo ich hinsehen sollte. Viele Möglichkeiten hatte ich nicht. Blickte ich zur rechten Seite, sah ich mich selbst im Spiegel, umgeben von Weihnachtsaufklebern. Wandte ich den Kopf nur ein Stückchen nach links, sah ich sogar uns beide. Und ein Spiegel-Zane war ebenso überfordernd wie Reallife-

Zane. Himmel, ich war am Arsch. Und ich wollte hier raus. Wie lange konnte es bitte dauern, bis jemand entdeckte, dass der Fahrstuhl feststeckte? Das hier war ein Krankenhaus, es rief ständig jemand den Aufzug.

»Vielleicht sollten wir uns wirklich nicht unterhalten.«

Seine Worte lenkten meine Konzentration erneut auf ihn. Ich drehte mich in seine Richtung, unsicher, ob ich ihn richtig verstanden hatte. Der Ausdruck auf seinem Gesicht sprach Bände. Und sein Vorschlag war so absurd, dass ich zu lachen begann.

»Zu spät«, entgegnete ich trocken. Wir waren bereits mittendrin. In einer Unterhaltung, die offenbar keiner von uns führen wollte. Aber die vielleicht doch wichtig war. Oder zumindest nötig.

»Sag mir, wieso ich nicht auch bei anderen assistieren kann.«

»Tust du doch«, hielt er dagegen. »Gestern erst. Bei Dr. Brown.«

»Ja, und ich bin schier eingeschlafen.« Dr. Brown war ein Urgestein. Sie hatte viel Wissen, aber sie war keine gute Lehrerin und viel zu ungeduldig. Das wusste auch Zane. »Ich würde gern mal bei Dr. Hollister assistieren. Oder bei Dr. Grafton.« *Und nicht nur bei dir.* »Aber jedes Mal, wenn ich bei einem der beiden eingetragen bin, ändert sich das seltsamerweise sofort wieder. Warum, Zane?«

Ich hatte mich bisher nicht getraut, ihn danach zu fragen. Im OP waren wir nie allein und vor anderen konnten wir nicht offen sprechen. Doch nachdem wir dieses Spiel nun seit einigen Wochen spielten, wollte ich Antworten. Und auch wenn ich mich bis jetzt dagegen gesträubt hatte, war das hier der perfekte Ort, um endlich dieses Gespräch zu führen. Niemand sah uns. Niemand konnte uns hören. Wir waren völlig ungestört. Wenn er jetzt nicht ehrlich zu mir sein konnte, würde er es niemals sein.

»Willst du es wirklich wissen, Zoe?« Er fuhr sich mit der Hand durch die Haare und ich wünschte, es wären meine Finger, die hindurchstrichen. Wie damals, kurz bevor ich mich an ihnen festgekrallt hatte, weil er … Ich biss mir auf die Unterlippe. Seine Nähe verwirrte mich mehr, als mir lieb war. Es war nicht gesund, dass eine einzige Nacht und die Erinnerungen daran diese Wirkung auf mich hatten. Immer noch.

»Ja, ich will es wissen«, sagte ich leise und stützte mich mit den Händen auf dem Boden ab. Sitzen fiel mir auf einmal verdammt schwer.

»Hollister und Grafton haben eine Wette am Laufen.«

»Eine Wette?«

»Hm. Wer dich zuerst ins Bett kriegt, gewinnt.«

»Was?« Ich sprang auf und starrte Zane von oben an. »Sag mir, dass das ein Witz ist!«

»Leider nicht.« Er seufzte und fuhr sich noch einmal durch die Haare, dann stand er ebenfalls auf. Was bei ihm deutlich eleganter aussah als bei mir. Unweigerlich trat ich einen Schritt nach hinten, bis ich wieder die verspiegelte Wand in meinem Rücken spürte. Ein einziger Meter lag zwischen uns. Das war nicht genug. In diesem Moment hätte ich alles dafür getan, mindestens eine ganze Station Abstand zwischen uns zu haben.

»Zoe …« Er wollte einen Schritt auf mich zu machen.

»Nein.« Ich hob eine Hand und brachte ihn damit zum Innehalten. »Erzähl mir mehr. Was ist der Wetteinsatz?«

»*Das* willst du bestimmt nicht hören.« Er verzog leicht gequält das Gesicht, was mir eindeutig verriet, dass er recht hatte. Trotzdem brauchte ich eine Antwort.

Energisch schüttelte ich den Kopf. »Hör auf, mir zu sagen, was ich will und was ich nicht will.« Am liebsten hätte ich mich umgedreht und wäre gegangen. Weg hier, raus aus dieser Klinik. Selbst die leuchtenden Straßen New Yorks und die kitschigen Weihnachtslieder, die an jeder Ecke gespielt wurden, wären mir im Moment lieber gewesen als dieses Gespräch mit ihm. »Was ist der Einsatz?«

»Das spielt doch keine Rolle.« Dieses Mal machte er tatsächlich einen Schritt auf mich zu. Wieder traf mich eine Wolke seines Dufts. Frische Wäsche, sein Aftershave und dieser Hauch von Zimt. Er fixierte mich mit seinem Blick, als wollte er mich damit umstimmen. Mir einreden, dass ich es wirklich nicht hören wollte. Oder zumindest nicht sollte.

Er hatte keinen Erfolg.

»Sag es mir, Zane«, presste ich hervor und ballte die Hände zu Fäusten zusammen.

Für einen kurzen Augenblick schloss er die Augen. Als er sie wieder öffnete, bekam ich meine Antwort. »Ein Bier.«

»Ein ... Bier?!«

»Sie wollten zum Basketball gehen und dort ein Bier trinken, der Gewinner hätte bezahlen müssen.«

»Wow.« Fassungslos schob ich mich ein Stück zur Seite, wandte mich von Zane ab, konnte ihn nicht mehr ansehen. Ich hatte keine Möglichkeit, diesen Aufzug zu verlassen, aber wenigstens konnte ich darüber bestimmen, ob er mir ins Gesicht sehen durfte. Mir war klar, dass ihm ein Blick in meine Augen mein ganzes Gefühlschaos verraten hätte. Wie wütend mich diese Wette machte, wie sehr sie mich anekelte. Denn ich glaubte ihm. Wir konnten unsere gemeinsame Nacht nicht wiederholen, das hatte ich verstanden. Zanes Worte waren eindringlich und logisch gewesen. *Ehrlich.* Und das hatte wehgetan, aber in all den Monaten war er eines nie gewesen: grausam. Was er soeben gesagt hatte, stimmte also. Dr. Hollister und Dr. Grafton hatten es auf mich abgesehen.

»Hey, Zoe, nein. Nimm dir das nicht zu Herzen. Die beiden sind blöde Arschlöcher. Ich lasse nicht zu, dass sie ...«

»Stopp!« Ich wirbelte zu ihm herum, als mir klar wurde, was er damit meinte. »Du lässt mich ständig für deine OPs einteilen, um Hollister und Grafton von mir fernzuhalten?! Ist es das?«

Ich brauchte nicht mal mehr ein »Ja« von ihm. Sein Gesichtsausdruck sagte alles.

»Zane, was zum Teufel ...«

Dieses Mal ließ er mich nicht ausreden. »Ich konnte nicht, okay?« Wieder kam er auf mich zu. Er war mir nun so nah, dass ich die Wärme spüren konnte, die von ihm ausging, was die Luft im Aufzug noch mehr aufzuheizen schien. »Seit ich weiß, was die beiden vorhaben ... Ich konnte dich nicht ins Messer laufen lassen. Vor allem Ian kann ziemlich charmant sein, wenn er will und ...«

»Ich habe kein Interesse an Hollister. Denkst du wirklich, ich wäre so blöd gewesen, auf seine ... Avancen einzusteigen? Er ist einer der Oberärzte!«

»Wie ich.«

»Das ist ja wohl etwas völlig anderes. Ich hatte keine Ahnung, wer du bist, als ich dich zum ersten Mal gesehen habe. Bei Hollister und Grafton wusste ich es von Anfang an.«

»Ich konnte dich dennoch nicht ... Das war ...« Er stockte immer wieder, bis er mir fest in die Augen sah. »Es ging einfach nicht. Ich wollte dich ...« Erneut rang er nach Worten, schien zu überlegen, ob er wirklich aussprechen konnte, was ihm auf der Zunge lag. »Beschützen. Ich schätze, ich wollte dich einfach beschützen. Und das ist eigentlich nicht nötig, das ist mir vollkommen klar. Du bist eine erwachsene, kluge Frau, die sich nicht verarschen lässt, aber ... Ich wollte kein Risiko eingehen, okay?«

»Was für ein Risiko? Dass ich mich am Ende in einen der beiden verliebe und mir das Herz brechen lasse?«

»Ich wollte einfach nicht, dass du verletzt wirst. Nicht ... Nicht noch einmal.«

»Und deshalb hältst du es echt für eine gute Idee, mir Lernmöglichkeiten kaputt zu machen, nur weil du denkst ... Was eigentlich? Dass ich mit einem der beiden ins Bett gehe? Das ist verdammt übergriffig, Zane.«

»*Ich weiß.*«

»Selbst wenn ich mit einem von ihnen im Bett gelandet wäre … Das ginge dich überhaupt nichts an.«

»Auch das weiß ich, glaub mir.« Mit einem Mal sah er erschöpft aus. Geschlagen. Als wäre ihm soeben bewusst geworden, dass er Menschen nicht steuern konnte. »Mich hat nur die Vorstellung echt fertiggemacht, dass sie dir wehtun könnten.«

»Warum?« Das Wort war kaum zu hören. Mit einem Mal schlug mein Herz doppelt so schnell. »Du wolltest mich nicht.«

»Und wie ich dich wollte, Zoe.« Er senkte den Blick, sah auf irgendetwas zwischen uns. »Aber die Regeln …«

»Die Regeln sind scheißegal, wenn man etwas wirklich will.«

Sein Kopf schnellte bei meinen Worten zurück nach oben, sein Blick bohrte sich in meinen. »Wie meinst du das?«

Das war dann wohl meine Sekunde der Wahrheit.

»Ich hätte sie alle mit dir gebrochen.« Und das definitiv nicht nur, weil die Nacht mit ihm unglaublich gewesen war. Er war lustig, er war klug, er war empathisch. Er war ein verflucht guter Arzt und kannte die schrägsten Witze der Welt. Aber vor allem hatte ich mich in seinen Armen so geborgen gefühlt wie bei niemandem zuvor. Zane war, zumindest für diese eine Nacht und diesen einen Tag, die Erfüllung all meiner Träume gewesen.

»Du … hättest?«, fragte er so zaghaft, dass es beinahe nicht zu verstehen war. In seinen Augen tobte ein Sturm.

Ich nickte wortlos. Weil es stimmte. Hätte er uns eine Chance gegeben – Vorschriften hin oder her –, ich hätte sie ergriffen. Ohne zu zögern.

»Und … würdest du auch jetzt noch?« Ich sah, wie er schluckte, sein

Adamsapfel hüpfte auf und ab, während alles in mir brannte. Mein Herz schlug so heftig gegen meinen Brustkorb wie seit Ewigkeiten nicht mehr. Nein, wie seit unserer ersten Begegnung nicht mehr. »Ich meine, würdest du die Regeln immer noch mit mir brechen?« Sein Blick fiel auf meine Lippen und ich spürte ihn bis in die Zehenspitzen.

Es gab nur eine einzige Antwort auf diese Frage. »Ja.«

Zwei schlichte Buchstaben. Ein J und ein A. Aber beide zusammen, in der richtigen Kombination, hatten eine mächtige Bedeutung. Und sie entsprachen der Wahrheit.

»Ja?«, hakte er nach und ich konnte seine Erleichterung in diesem kleinen Wort regelrecht hören.

Ich sah ihn unaufhörlich an, während ich wieder nickte. Und dann ging alles ganz schnell. Zane kam auf mich zu und umfasste mein Gesicht. Ich umklammerte den Stoff seines Kittels, vergrub meine Finger darin. Schlagartig waren wir einander so nah, wie wir es seit Monaten nicht mehr gewesen waren. Ich spürte seinen Atem. Die Gänsehaut, die er auslöste. Das Kribbeln, das ich mir viel zu lange verboten hatte. Mein Körper hatte nichts vergessen, jede Faser war immer noch genauso verliebt in ihn wie nach unserem One-Night-and-One-Day-Stand.

»Ich schulde dir dann wohl ein Bier«, murmelte ich, als seine Lippen beinahe meine berührten. »Diese Wette hast eindeutig du gewonnen.«

Zane lachte leise auf. »Dann gehen wir demnächst mal ins *Uncle Lou* und du darfst bezahlen, okay?«

»Einverstanden.«

In der nächsten Sekunde küsste er mich unter dem Mistelzweig. Und vielleicht war es doch gar nicht so furchtbar, ausgerechnet mit Zane in diesem Aufzug stecken geblieben zu sein, wie ich anfangs gedacht hatte. Seine Hände vergruben sich in meinen Haaren, ich zog ihn enger an mich und minutenlang gehörte die Welt nur uns. Gut, sie war recht klein und beschränkte sich auf kaum mehr als einen Quadratmeter.

Doch als in diesem Moment das Licht erneut über uns flackerte und die Funken zwischen uns flogen, war ich mir sicher, dass wir am Beginn von etwas ganz Besonderem standen. Zane war immer noch mein Vorgesetzter. Die Klinikleitung hatte nach wie vor etwas gegen eine solche Beziehung. Aber ich wusste, dass wir eine Lösung finden würden. Immerhin war bald Weihnachten. Und an Weihnachten wurden Wünsche wahr. Vielleicht sogar meine.

STELLA TACK

We Wish U Happy Dumplings

Prinzipiell hätte ich gestern noch behauptet, Pazifist zu sein. Aber das würde sich heute ändern.

Ich.

Stanley Wang.

Neunzehn Jahre alt und schwer motiviert, würde meinen Baseballschläger nehmen und Rio Watanabe die unfassbar perfekte Visage einschlagen. Ich würde irre lachen, während mir seine viel zu weißen Zähne wie Popcorn um die Ohren flögen.

Dann würde ich seine schwarzen Haare packen und sein attraktives Gesicht auf den Boden klatschen und dann ... dann würde ich ...

Okay, so weit war ich noch nicht.

Aber meine Rache würde schon sehr bald in die Geschichte eingehen.

All das wäre jedoch nur möglich, wenn ich es aus diesem Kühlraum schaffte, ohne vorher zu erfrieren.

Zitternd schlang ich die Arme um mich und pustete mir eine Nudel aus dem Gesicht, während mir die Schweinefleischfüllung aus Dutzenden halb gefrorener Suppendumplings die Hose einsaute.

Wie hatte ich nur in diese absolut beschissene Situation kommen können?

VIERUNDZWANZIG STUNDEN, BEVOR STANLEY IN DIESE ABSOLUT BESCHISSENE SITUATION GERÄT

»Ein Dutzend Jiaozi, acht Baozi und zehn Xiaolongbao!«, brüllte Ma über die Edelstahltheke hinweg in die Küche unseres Dumpling-Restaurants *Uncle Lou*.

»Die Xiaolongbao sind fertig«, brüllte mein Baa zurück und schob die Bambushülle über die Theke, auf der die Suppen-Dumplings heiß wie die Hölle vor sich hin köchelten, während mein Baa zu mir herüberrief: »Wo ist die Füllung für die Baozi, Steve?«

Ich nahm an, er meinte mich damit, Stanley. Wenn er im Stress war, kam es schon mal vor, dass er mich mit dem Namen meines großen Bruders anblaffte.

»Hab's gleich!«, erwiderte ich und warf gehackte Frühlingszwiebeln in die Mischung aus Schweinefleisch und Gemüse. Die Dumplingfüllung, die wir einen Abend vorher zubereiteten, war uns schon vor Stunden ausgegangen, doch Baa bestand darauf, das Restaurant offen zu halten, bis der letzte Kunde gegangen war. Schlaf gab's daher frühestens nach Weihnachten.

Keuchend wischte ich mir den Schweiß von der Stirn, der nur noch notdürftig von einem schwarzen Stirnband zurückgehalten wurde, mit dem ich mir das blaue Haar aus dem Gesicht hielt. Ich brachte die sechs Schüsseln mit der Füllung zu Baa und meinem Onkel Shin. Beide grunzten mich gleichzeitig an, was für mich ein Zeichen war, die Biege zu machen, bevor sie mir tausend Dinge gleichzeitig auftrugen, die ich unmöglich allein erledigen konnte.

»Hey, Stan, Zeit für eine Pause?«, riss mich eine Stimme aus meinen Gedanken an die Hackfleischfüllung. Stacy Cheng lehnte lässig an der Theke – braune Haare, Ohren unter weißen Schützern, die Nase kalt gerötet. Sie hielt zwei Pappbecher von *Werados* in den Händen. Ihre langen, spitzen Nägel glitzerten in grellem Rot, als hätte sie damit eine Weihnachtselfe geschlachtet.

»Stacy, welcher Tag ist heute?«, sagte ich stöhnend und ließ den Blick schweifen. Das *Uncle Lou* schien zu klein für all die Menschen zu sein, die sich an den Tresen und die Tische quetschten.

»Der sechste Dezember. Soll ich fragen, wann du das letzte Mal geschlafen hast?«, riss Stacy mich aus meinem erschöpften Starren.

»Ostern«, gab ich brüsk zurück. Sie schob mir den Becher über den Tresen zu.

»Ihr seid Buddhisten, Stan. Ihr feiert kein Ostern«, gab sie zurück.

»Ach ja? Und welche Eier hatte ich dann im Mund?«, entgegnete ich.

»Die von meinem Ex«, gab sie trocken zurück.

»Richtig, Ronny.«

»Troy!«

»Ja, der auch.«

Stacy schnaubte, doch da wir uns sowohl Ronny als auch Troy freiwillig geteilt hatten, konnte sie sich schlecht beschweren.

»Kommst du jetzt? Er ist draußen!«, zischte sie und ich hob den Kopf wie ein Bluthund, der die Witterung aufgenommen hatte.

»Wo?«

»Im Hinterhof vom *Happy Dumplings* und tut so, als würde er nicht rauchen«, gab sie zurück. Wir hatten also ein Zeitfenster von drei Minuten. Mehr Pause bekam auch ich nicht, aber ich würde jede davon nutzen.

»Baa! Ich mach 'ne Pause«, brüllte ich über den Rücken und sprang über den Tresen.

»Pause? Was ist das überhaupt?«, echote Baa, als hätte ich ihm eine tote Ratte in die Brühe gelegt.

»Das ist die Zeit, in der man nichts macht außer zu atmen«, erklärte ich.

»Du kannst atmen, wenn ich tot bin. Bis dahin müssen wir hier ein Geschäft am Laufen halten. Die Jiaozi machen sich nicht von selbst«, brüllte mein Vater zurück.

»Baa, ich stehe seit zwei Tagen in der Küche. Wenn ich jetzt nicht zur Toilette gehe, versagen meine Nieren!«, brüllte ich und schnappte mir den Kaffee, den Stacy mir mitgebracht hatte.

»Was ist mit deinen Nieren?«, fragte meine Mutter, die genau in diesem Moment neue Bestellungen aufnahm.

»Nichts, Ma.«

»Er will atmen«, gab mein Baa sarkastisch zurück.

»Hey, Miss Wang«, sagte Stacy.

»Was ist mit deinen Nieren, Stanley?«, wiederholte Ma irritiert, ohne auf Stacy einzugehen.

»Ich will nur eine Pause«, erklärte ich.

Ma sah mich an, als hätte ich gekündigt. »Wozu?«

Ich warf die Arme in die Luft. »Vielleicht, weil etwa 8,4 Millionen Menschen in New York City leben und während der Weihnachtszeit einfach alle bei uns essen wollen?!«

»Was ist dein Problem? Wir halten seit acht Jahren den Rekord für die meistverkauften Dumplings zur Weihnachtszeit! Glaubst du, das haben wir geschafft, weil wir Pause gemacht haben?«, entgegnete Ma.

»Nein, aber ...«

»Er hat Nieren«, fügte Stacy wenig hilfreich hinzu.

»Erst wenn ich tot bin«, brüllte Baa zurück.

»Das liegt daran, dass du zu wenig trinkst. Ich mache dir einen Ginseng-Tee«, sagte Ma.

»Ich will keinen Ginseng-Tee!«

»Ich dachte, es geht dir schlecht.«

»Ich brauche nur eine Pause!«

»Weil du schwach bist?«

»Nein!«

»Ich brauche Xiaolongbao!«, brüllte mein Onkel.

»Ich hole Ginseng«, sagte Ma.

»Ich lebe in einem Irrenhaus!« Ich warf die Arme in die Luft, drehte mich um und stürmte zum Hinterausgang.

»Wo gehst du hin?«, brüllte mein Baa mir hinterher.

»Aufhören zu atmen«, rief ich, stürmte aus der Küche, am Toilettengang und den Vorratsräumen vorbei und knallte kurz darauf die Hintertür zu, sobald Stacy mit mir nach draußen geschlüpft war. Sofort wehte mir ein beißend kalter Wind ins Gesicht und mein überhitzter Körper dampfte los.

Keuchend lehnte ich mich gegen die Tür und kippte den Kaffee in einem einzigen Schluck hinunter.

»Wann hattest du Zeit, dir ein neues Tattoo stechen zu lassen?«, erkundigte sich Stacy im selben Augenblick und lugte auf die schwarzen Linien, die unter meinem Shirt hervorkamen und bis in meinen Nacken reichten.

»Vor drei Wochen. Dieser Typ hat zwar in seiner Wohnung gestochen, in der acht Katzen leben, aber es war günstig und der Drache ist fast fertig.«

»Lass mal sehen!«, sie zerrte an meinem verschwitzten Shirt und zog es mir über die Muskeln.

»Stace, es ist kalt«, knurrte ich, doch sie lachte nur und betrachtete meinen Rücken, auf dem sich die blau, rot, gelb und schwarz schimmernde Silhouette des Drachen abzeichnete. Seine Klauen endeten in meinem Nacken und sein Schwanz ... nun, der am anderen Ende.

Sie stieß einen Pfiff aus. »Gut koloriert. Sieht super aus.«

»Danke ...«, setzte ich an, als ein ersticktes Husten zu hören war. Stacy und ich blickten gleichzeitig auf, ruckartig spannten sich meine Muskeln an.

Und das nicht nur wegen der Kälte.

Rio Watanabe starrte zu uns herüber.

Eine Zigarette glimmte zwischen seinen Fingern, Rauch waberte durch seine scheißperfekten schwarzen Haare.

Das *Happy Dumplings* war ein neuer Laden, der erst im Frühling auf der anderen Straßenseite eröffnet und die alte versiffte thailändische

Wäscherei, die bisher dort untergebracht gewesen war, abgelöst hatte. Die Watanabes waren aus San Francisco hergezogen, hatten sich genau vor unsere Nase gepflanzt und seitdem nichts als Ärger gemacht.

Nicht nur, dass sie uns die Kundschaft wegschnappten, nein, dieser Mistkerl Rio ließ auch keine Gelegenheit aus, mich bis aufs Blut zu reizen.

»Nette Tattoos, Stanley«, rief er mir vom Zugang seines Hinterhofs zu unserem Hinterhof zu, während sich sein hübsches Gesicht zu einem Grinsen verzog. »Selbst aufgemalt?«

Grollend zog ich mir das Shirt zurück und ließ meine tätowierten Fingerknöchel knacken.

»Soll ich deine Nase richten, Watanabe? Sieht etwas schief aus nach der letzten Beauty-OP!«, blaffte ich über die Straße zurück.

Stacy massierte mir die Schulter, als wäre sie meine Trainerin bei einem Boxkampf, und raunte mir zu: »Guter Anfang. Und jetzt von rechts. Ich habe von Wendy Cho gehört, dass Rio völlig besoffen im Washington Square Park in den Brunnen gekotzt hat. Es gibt Videos.«

Ich verengte die Augen, doch bevor ich eine weitere Beleidigung brüllen konnte, schnippte Watanabe die Zigarette weg und kam auf uns zu.

Panisch riss ich die Augen auf und blickte Stacy an. »Was tut er?«

»Sieht so aus, als würde er zu uns kommen.«

»Warum tut er das?«

»Weil er Beine hat?«

»Er kann nicht rüberkommen. Wir haben hier klare Regeln. Ich stehe an dieser Wand, er steht an der anderen und wir schreien uns an. Keiner überschreitet die Straße!«

»Tja, sieht aus, als würde er die Regeln brechen«, sagte sie trocken.

Noch ehe mir etwas Brauchbares eingefallen war, wie ich ihm zuvorkommen konnte, stand er auch schon vor mir.

Und ich hasste es, dass der Kerl größer war als ich. Ich hasste es, dass er sich bewegte, als wäre ich seine Beute, und ich hasste es, wie verflucht attraktiv er dabei war. Ich hasste sogar den Klang seiner Stimme. Seine dunklen Augen fixierten mich, und als er vor mir eine Hand erhob, blieb ich stehen, ohne den Kopf zu senken. Stacy, diese Verräterin, wich zurück.

»Wenn ihr euch schlagen wollt, lasst die Gesichter aus. Ihr seid zu hübsch, um hässlich zu werden.«

»Danke, Stace«, sagte ich trocken.

»Immer gern.«

Ich funkelte zu Watanabe hoch und fand es absolut irritierend, wie nah wir uns waren. In all den Monaten, in denen dieser Kerl mir jetzt auf den Sack ging, war ich ihm nie näher als bis auf die andere Straßenseite gekommen. Wie gesagt, es gab Regeln.

Ma schrie Baa an, Baa schrie mich an und ich schrie Watanabe an. Stacy nannte das »den Kreislauf des Anbrüllens«, weil niemand von uns seinen Stress an der Kundschaft auslassen konnte, und ich nahm an, mit der Leidenschaft, mit der Rio mein Gebrüll, Geschrei und Gedrohe erwiderte, war es bei ihm nicht anders.

So brüllten wir uns fröhlich an, ließen unsere Aggressionen los, aber immer auf Distanz. Wir waren quasi in einer Fernbeziehung. Und das hier, das war zu nah.

Unter dichten Wimpern sah er zu mir herunter und sagte: »Witzig, du siehst kleiner aus als gedacht.«

»Ich bin eins achtzig.«

Stacy hüstelte.

»Eins fünfundsiebzig eineinhalb«, lenkte ich ein. »Wir können nicht alle überproportional groß sein«, gab ich zurück, ehe mir mein Fehler auffiel. Stacy stieß ein unterdrücktes Prusten aus und Watanabe zwinkerte mir zu.

»Du hast recht«, erwiderte er. »An mir ist alles überproportional groß. Ich würde ja fragen, woher du das weißt, aber ich habe in den letzten Wochen im *Kiss Me* gesehen, wie du mich anstarrst. Kein Grund, schüchtern zu sein. Nächstes Mal musst du nur fragen.«

Er tätschelte mir tatsächlich die Wange.

Blitzschnell griff ich nach seinem schwarzen T-Shirt, das mindestens genauso verschwitzt war wie meines. Er roch nach Mehl, Gewürzen, Schweiß und lecker ... äh ... eklig.

Ich griff noch fester, bis der Stoff knackte. »Ich habe keine Ahnung, wovon du sprichst«, knurrte ich.

Watanabe grinste nur spöttisch. »Ich spreche davon, dass du mich im Club angestarrt hast, während du gleichzeitig damit beschäftigt warst, diese Mädels und Jungs auf der Tanzfläche abzuschlecken.«

»Eifersüchtig?«, quetschte ich hervor.

Rios Blick wurde so dunkel wie sein T-Shirt. »Da ich euch beobachtet habe, glaube ich nicht, dass ich viel verpasst habe.«

Meine Faust in seinem Shirt war kurz davor, in seinen Haaren zu landen, um ihm zu zeigen, was er verpasst hatte. Kurz bevor ich diesen dummen Plan in eine noch dümmere Tat umsetzen konnte, ging die Hintertür des Restaurants auf.

Watanabe und ich rutschten auseinander, als hätten wir uns verbrannt, und Stacy riss panisch die Augen auf. Doch statt meinem Baa oder noch schlimmer, meiner Ma, stolperte ein heftig knutschendes Pärchen heraus. Es dauerte etwa zwei Sekunden, bis ich die beiden als den gut aussehenden Typen mit den braunen Haaren und seine hübsche Begleiterin identifiziert hatte, die sich vorhin beim Essen die ganze Zeit frisch verliebt angeschmachtet hatten.

»Oh, sorry, wir wollten nur kurz ...«, sie hielt verlegen inne, während uns der Kerl knapp zulächelte.

»Entschuldigt die Störung. Komm, Zoe«, sagte er nur, nahm seine

Freundin am Arm und hielt ihr die Tür auf, um ins Restaurant zurückzukehren.

Irritiert wandte ich mich wieder Watanabe zu, doch die Luft war raus. Er stand zwei Armlängen von mir entfernt und rieb sich den Nacken, als wäre ihm die Situation peinlich.

Sollten wir weitermachen, wo wir aufgehört hatten? Was genau hatten wir eigentlich getan?

»Also ...«, setzte ich an, doch Rio unterbrach mich, indem er mir ein Lächeln zuwarf.

»Vergiss, was ich gesagt habe. Eigentlich wollte ich nur sicherstellen, dass du nicht am Boden zerstört bist.«

»Hä?«, sagte ich wenig intelligent. Selbst Stacy sah verwirrt aus.

Rios Grinsen wurde wieder breiter. »Weil wir dieses Jahr euren Dumplingrekord brechen werden.«

»Wovon redest du da?«, fragte ich.

Rio wirkte nur noch selbstzufriedener und deutete auf etwas über mir. Ich hob den Kopf und sah dieses bescheuerte Schild, das mein Baa einfach überall im, am und um das Restaurant herum aufgehängt hatte. Darauf stand: Uncle Lou – Rekordhalter der meistverkauften Dumplings in ganz Manhattan! 1 Million pro Jahr.

»Eine Million? Wir knacken diese Zahl spätestens morgen. Damit haben wir euren Rekord«, schnurrte er.

Mir wurde heiß und kalt gleichzeitig. »Ihr habt erst diesen Frühling eröffnet. Wie soll das gehen?«, schnaubte ich.

Watanabe zwinkerte mir zu. »Tja, vielleicht war es Magie oder wir haben die besseren Dumplings. Wie auch immer, ich hoffe, deine Eltern nehmen das nicht zu schwer. Bis dann, Stan.« Er drehte sich um und schlich zurück in sein Restaurant. Fassungslos starrte ich ihm nach.

»Das ist eine Katastrophe«, krächzte ich.

»Dass du in Wirklichkeit nur eins dreiundsiebzig bist? Keine

Sorge, ich glaube, er hat es nicht bemerkt«, erwiderte Stacy schmunzelnd.

»Dieser Rekord bedeutet Ma und Baa alles«, echote ich.

»Ach, komm schon, das ist doch nicht offiziell«, versuchte Stacy mich zu beruhigen, doch ich schüttelte den Kopf.

»Nein, Stacy. Dieser Rekord ist ihr Lebenswerk! Wenn meine Eltern sterben, soll auf ihren Urnen stehen, dass sie die meisten Dumplings in New York verkauft haben. Sollte *Happy Dumplings* ihnen das wegnehmen, werden sie sich niemals davon erholen!«

»Ist das nicht ein wenig übertrieben?«

»Wir müssen das verhindern, Stacy!«

»Müssen wir?«

Ich schnaubte und starrte auf das Restaurant gegenüber: »Müssen wir!«

»Und wie?«

Ich blickte zu Baas Schild hinauf und fletschte die Zähne. »Wir ziehen in den Dumpling-Krieg!«

ZWÖLF STUNDEN, BEVOR STANLEY IN DIESE ABSOLUT BESCHISSENE SITUATION GERÄT

»Das ist mit Abstand die furchtbarste Idee, die du je hattest, Stanley – und wegen einer deiner Ideen sind wir letzten Sommer in Las Vegas aufgewacht und waren verheiratet!«

»Die besten zwei Tage meines Lebens«, versicherte ich ihr.

Stacy seufzte und nahm mir die Taschenlampe aus der Hand. »Hör auf zu quatschen und lass uns einbrechen.«

Grinsend hockte ich mich hin. Die Straße hinter uns glitzerte vom fallenden Schnee. Ein paar Flocken fielen in meine Haare und schmolzen auf meinem Nacken, während ich den Dietrich ins Schlüsselloch schob.

»Bist du sicher, dass du das kannst?«, flüsterte Stacy, während sie die Hintertür vorsichtig beleuchtete.

Konzentriert presste ich meine Zunge zwischen die Zähne und hantierte am Schloss herum. »Soll das ein Witz sein? Ich breche bei uns ein, seit ich acht bin. Diese Türen sind so mies, dass jeder sie knacken könnte«, murmelte ich, ruckelte am Knauf und mit einem befriedigenden Klick sprang die schwarze Tür auf. Zufrieden richtete ich mich auf und schob sie mit der Schulter auf.

Stacy leuchtete uns den Weg ins Innere des *Happy Dumplings*. Der Restaurantbereich war breiter als im *Uncle Lou*. Die Theke und der schwarz gehaltene Boden passten zu den japanischen Film- und Bandpostern an den Wänden. Für New Yorker Verhältnisse wirkte alles peinlich sauber.

Es würde mir eine Freude sein, das zu ändern.

»Bist du sicher, dass wir das tun sollten?«, zischte Stacy noch mal, während ich meinen Rucksack von den Schultern nahm, an dem leise unzählige Buttons klapperten.

»Entspann dich, Stacy. Wir machen ja nichts kaputt. Wir halten sie nur etwas auf Trab.«

Ein leises Quieken ertönte, als ich den Käfig mit den zwei Dutzend Mäusen öffnete, die ich heute aus der Tierhandlung geholt hatte.

»Raus, meine Kleinen. Krabbelt rum und sorgt für Chaos«, murmelte ich und stupste ein paar der zögerlichen Mäuse aus dem Käfig heraus. Der Rest huschte bereits durch den Laden.

»Wenn das rauskommt, sind wir so was von am Arsch«, murmelte Stacy, während ich mir zufrieden eine Maus aus den Haaren pflückte.

»Ich bereue nichts«, versicherte ich ihr.

Eine Stunde später lehnte ich an der Wand zum Hintereingang unseres Restaurants und beobachtete, wie zuerst die Lichter in der Wohnung über dem *Happy Dumplings* und dann im Laden angingen.

Es dauerte genau drei Sekunden, bevor aufgebrachtes japanisches Gebrüll den frühen Morgen erfüllte. Lautes Scheppern folgte, als ich durch eines der Fenster sah, wie eine Bratpfanne quer durch den Laden flog.

Grinsend drehte ich mich um und verschwand durch unsere Hintertür. Aktuell war es meine Aufgabe, das frische Gemüse für den Tag vorzubereiten, während Ma und Baa im Großmarkt Fleisch und Fisch einkauften. Mir blieb also etwa eine Stunde in stiller Schadenfreude für mich allein. Ich band mir gerade das schwarze Stirnband um, als die Tür vor der Küche aufflog.

»Du!«, brüllte Rio Watanabe, Spucke spritzte von seinen Lippen. Vor Schreck fiel mir eine Karotte aus der Hand.

»Wir haben geschlossen!«, brüllte ich zurück, doch da stapfte Watanabe bereits auf mich zu.

Er packte mich am Hemd und zerrte mich, über die Küchentheke gebeugt, zu sich heran. So nah, bis sich seine Nase gegen meine presste. »Du warst das!«

Für einen Augenblick war ich nur schockiert darüber, dass wir uns tatsächlich berührten. Der Kerl war so viel weicher, als er aussah.

»Was?«, fragte ich abgelenkt.

Watanabe knurrte. »Die Mäuse!«

Ich konnte das Grinsen nicht unterdrücken. »Ich weiß nicht, was du meinst«, säuselte ich.

»Ach wirklich? Versuch das nächste Mal, keine Beweise zu hinterlassen«, erwiderte er, ließ mich los und knallte etwas zwischen uns auf den Tresen. Für einen Augenblick dachte ich, es sei eine tote Maus, doch es war ein Button von meinem Rucksack, mit dem Logo vom *Kiss Me*. Verflucht. Ich versuchte, mein Gesicht unbewegt zu halten.

»Was soll das sein?«, fragte ich scheinheilig.

»Dein Todesurteil! Ich weiß, dass du die Mäuse angeschleppt hast, und ich schwöre dir: Du hast dich mit dem Falschen angelegt.«

Spöttisch blinzelte ich ihn an, stützte mich mit meinen tätowierten Armen an der Küchentheke ab, lehnte mich zu ihm vor und raunte: »Solltest du nicht in deinem Restaurant sein, um heute einen Rekord zu brechen, anstatt mit mir zu flirten?«

Watanabe fletschte die Zähne und wich zurück. »Heute wirst du in dein Kissen weinen«, versprach er mir, drehte sich um und stürmte aus dem Laden.

»Ich freue mich drauf!«, rief ich ihm nach und erhielt als Antwort einen Mittelfinger.

Ich lachte.

DREI STUNDEN, BEVOR STANLEY IN DIESE ABSOLUT BESCHISSENE SITUATION GERÄT

»Und? Ist was passiert?« Stacy lehnte sich neben mich an die Wand im Hinterhof, während wir an unserem Kaffee nippten und das Dumpling-Weihnachtsgeschäft hinter uns im Restaurant auf Hochtouren lief. Ich konnte Baa nach mehr Füllung brüllen hören.

»Nein, aber sie haben heute drei Stunden später aufgemacht. Schätze, das war's für sie«, sagte ich zufrieden und zuckte zusammen, als mir die Hitze des Kaffees die Zungenspitze verbrannte.

Stacy warf mir einen schiefen Blick zu.

»Was?«, fragte ich spitz.

Sie zuckte die Schultern. »Nichts.«

»Was, Stacy?«

»Es ist nur ... Wie lange kennen wir uns schon?«

»Seit immer?«

»Es sind jetzt zwölf Jahre. Und in all den Jahren habe ich dich oft unvernünftig erlebt. Am dümmsten verhältst du dich, wenn du verknallt bist, und ich habe dich noch nie so unfassbar dumm gesehen wie mit Rio Watanabe«, sagte sie trocken. »Also tu uns allen einen Gefallen und kürz die Sache ab. Sag ihm einfach, dass du auf ihn stehst, bevor das Ganze wegen deines Sturkopfs hässlich wird.«

»Aber ... er hat angefangen«, krächzte ich.

Sie warf mir einen amüsierten Blick zu. »Womit?«

»Mit ... seinem Gesicht«, sagte ich lahm.

Sie lachte, als uns ein Geräusch überrascht aufblicken ließ.

»Was zum ...?«, setzte ich an, als ein Kübel voller Küchenabfälle über uns ausgeschüttet wurde.

»Was ... was war das denn?« Angeekelt blickte ich an mir herab.

»Der Anfang«, knurrte eine Stimme.

Im nächsten Augenblick traf uns eine Tonne Glitzer im Gesicht. Eine ganze Wolke füllte meine Nase.

Entsetzt starrte ich den Japaner an. »Wie alt bist du? Fünf?«

Rio warf mir den leeren Kübel vor die Füße. »Deine Aktion hat uns nur ein paar Stunden gekostet. Heute Abend haben wir euren Rekord.«

Ich starrte ihm nach und spürte, wie die Wut in mir hochkam. Heiß und brodelnd.

Ich war abgrundtief angepisst.

»Oh, Stan, tu es nicht«, stöhnte Stacy.

Zu spät ...

EINE STUNDE,
BEVOR STANLEY IN DIESE ABSOLUT
BESCHISSENE SITUATION GERÄT

Entschlossen rannte ich in den Hof, seinen Hinterhof und knalle meine Faust neben der Hintertür zum *Happy Dumplings* gegen den großen Stromkasten, der mit einem metallischen Quietschen aufsprang. Ein Hoch auf New York, wo technische Standards gern ignoriert wurden. Ein Bündel bunter Kabel kam mir entgegen. Überfordert wühlte ich mich hindurch, zückte die eingesteckte Zange und schnitt kurz entschlossen das rote Kabel durch. Nichts passierte. Frustriert biss ich die Zähne zusammen und durchtrennte das grüne Kabel. Das Licht über mir erlosch schlagartig und hüllte den Hof in Dunkelheit. Okay, ich kam der Sache näher. Leider konnte ich jetzt nicht mehr sehen, an welchem Kabel ich herumsäbelte. Also schnappte ich mir mein Handy, schaltete die Taschenlampe ein, klemmte es unter mein Kinn und nahm ein blaues Kabel in die Hand. Ein Schnitt und hinter den Fenstern wurde es dunkel. Bingo. Für einen Moment herrschte Stille, dann hörte ich Leute schreien. Zeit abzuhauen.

Ich wollte mich gerade umdrehen, als die Hintertür aufging und ein Handylicht auftauchte.

»Ich seh mal nach, was los ist, Otoo-san«, hallte mir Watanabes Stimme entgegen.

»Oh, fuck, nein!« Panisch drückte ich mich an die Wand. Weglaufen war zwecklos. Getrieben von Panik schlüpfte ich hinter Rio durch, als er sich zum Stromkasten wandte. Im schmalen Flur zur Küche blieb ich stehen. Alle riefen wild durcheinander, es herrschte völliges Chaos.

»Otoo-san, ich glaube, jemand hat die Kabel durchgeschnitten«, rief Rio verärgert von draußen.

Hektisch lief ich los, riss die nächste Tür auf und hörte ein leises

Klicken, als sie hinter mir zuging. Erst als Kälte meine Haut traf, wusste ich, dass ich im Kühlraum gelandet war.

STANLEY MITTEN IN DIESER ABSOLUT BESCHISSENEN SITUATION

Liebe Ma, lieber Baa!

Mit zitternden Fingern justierte ich meinen Griff um die Mayonnaise neu und spritzte mir davon etwas in den Mund, bevor ich meinen Abschiedsbrief fortsetzte, den ich mit der Mayo auf den Boden schrieb.

Wenn ihr meine kalte, gefrorene Leiche findet, werdet ihr bestimmt wütend sein, aber bitte werft nicht meine Pokémon-Karten-Sammlung weg ...

Frustriert spritzte ich mir wieder etwas Mayo in den Mund und wischte die Kleckse, die ich mit dem Applikator gemacht hatte, mit einem Salatblatt weg.
Neuer Versuch.

Es tut mir so leid, ich wollte nur unseren Rekord retten und ...
Es ist alles Watanabes Schuld ...
Ich hasse Ginsengtee ...
Ich bin ein Idiot. Ich liebe Rio Watanabe.

Schockiert hielt ich mit der Mayo inne. Was schrieb ich denn da? Ich streckte die Hand aus, um die Mayo wegzuwischen, als es hinter mir klickte. Knarrend schwang die Tür auf.

»Gott sei Dank!«, stieß ich aus, drehte mich um und erstarrte. Rio stand hinter mir, seine Augen so dunkel wie ein Stück Kohle.

»Hey!«, brachte ich hervor.

Er verschränkte die Arme über der Brust und mir wurde unangenehm bewusst, dass ich in einem Haufen Dumplings saß und überall im Gesicht Mayonnaise hatte.

»Ich … ich kann das erklären!«, stammelte ich und rappelte mich auf.

Rio stand einfach nur da. Ein Muskel an seinem Kinn zuckte, während er das Chaos am Boden betrachtete.

»Es war praktisch ein Unfall! Ich wollte nur …«

»Ich liebe Rio Watanabe.« Rios Stimme ließ mich ruckartig innehalten.

»Was?«, echote ich verdutzt.

Rio trat auf mich zu. »Ich liebe Rio Watanabe«, sagte er noch einmal und blieb so dicht vor mir stehen, dass ich den Kopf heben musste, um ihm in die Augen sehen zu können.

»Was?«, wiederholte ich, mein kalter Atem schwebte zwischen uns.

»Das steht da«, klärte er mich auf. »Am Boden.«

»Das sind nur Halluzinationen«, gab ich bibbernd zurück. Rio hob eine Hand, wischte mir etwas Mayo von der Lippe und leckte den Finger ab.

Schockiert starrte ich ihn an. Das war's, ich musste gestorben sein.

»Du bist ein Idiot, Stanley Wang«, sagte er mit tiefer Stimme.

»Ja, das sagt die Mayo auch«, gab ich zurück.

Rios Nasenflügel bebten, als er fragte: »Hat die Mayo denn recht?«

Ich wand mich. Aber ich war tot, also war es egal, oder? »Ja«, nuschelte ich.

Rios Augen wurden noch eine Spur dunkler. »Warum hast du nichts gesagt? Und seit wann?«, murmelte er.

»Seit du das erste Mal im Hinterhof aufgetaucht bist«, gab ich zu.

Rio seufzte, zog mich an sich und küsste mich. Vor Schreck wäre ich beinahe aus den Latschen gekippt, als seine heißen Lippen auf meine eiskalten trafen. Er schob seine Zunge in meinen Mund und küsste die Mayo aus mir heraus. Und es war so unfassbar gut. Seufzend verdrehte ich die Augen, vergrub meine Finger in seinem weichen Haar, hielt ihn ganz fest und war schockiert, wie heiß er war. Rio stieß ein überraschtes Stöhnen aus, als ich seinen Kuss erwiderte, wie ich es mir seit Monaten vorgestellt hatte.

»Rio? Hast du ihn? Oh … ups.«

Eine vertraute Stimme ließ mich mit verklärtem Blick aufschauen.

»Stacey?«, nuschelte ich und schielte sie an. »Bist du auch tot?«

»Wie bitte?«, fragte sie irritiert.

»Er hatte zu viel Mayo. Lass ihn uns hier rausbringen«, antwortete Rio für mich. Bevor ich protestieren konnte, nahm er mich auf seine Arme und trug mich aus dem Kühlraum.

Ich war in meinem Leben noch nie so kalt und glücklich gewesen.

SASKIA LOUIS

Ho, ho ... halt die Klappe! I

Es gab ein paar Dinge, die ich als Kaufhausweihnachtselfe gelernt hatte. Erstens: In Reimform zu beleidigen hörte sich nur halb so schlimm an, wie normal zu schimpfen. Zweitens: Grüne Strumpfhosen waren genauso unbequem wie schwarze. Drittens: Kinder aßen Kekse nicht nur, sie warfen auch gern damit. Viertens: Der Weihnachtsmann war verdammt geizig und wenn man Geld verdienen wollte, lebte man von dem Trinkgeld. Fünftens: Ich hasste Milo dafür, dass er es mir wegnahm.

»Vielen Dank, werter Herr. Das Leben als Elf ist so schwer. Ihre goldenen Münzen helfen da sehr!«, rief er, steckte sich das Geld des letzten gestressten Dads ein, nachdem er sein Kind vom Schoß des Weihnachtsmanns gehoben hatte, und verbeugte sich albern. Das Geld war grün und aus Papier. Wenn Milo schon damit angeben musste, wie schnell er sich Reime aus den Fingern saugen konnte, sollte er zumindest die richtigen Fakten benutzen.

Ich verdrehte die Augen und schüttelte den Kopf, sodass die Glöckchen an meiner grünen Mütze klingelten. »Deine Reime, Elf vom Hof, klingen mehr als doof!«, informierte ich ihn.

Milo hob die Augenbrauen und sah mich an, als wäre ich ein verbrannter Spekulatius. »Oh, Ari, du hast keinen Schimmer. Es geht noch sehr viel schlimmer«, flüsterte er. »Und wenn du weiter so pennst, verdienst du heute gar kein Geld, während ich mir ein Elfenkostüm aus Dollarnoten basteln kann.«

»Ey, das war nicht gereimt! Du …«

Doch er achtete gar nicht mehr auf mich, sondern trat mit einem breiten Lächeln vor, um das kleine Mädchen, das gerade auf das Tor zu Santas Hütte zugestapft kam, überschwänglich und mit einer Menge Glocken- und Wimpernklimpern zu begrüßen.

»Ho, ho, ho«, rief Santa alias Cam und nickte dem Mädchen aufmunternd zu. Sein falscher weißer Bart verdeckte einen Großteil seines jungen Gesichts, doch es war trotzdem zu erkennen, dass er eigentlich ein Santa-Junior war. Cam hatte den Job als Weihnachtsmann nur bekommen, weil seine Stimme furchtbar tief und rau klang. Auch wenn er wie Milo und ich erst dreiundzwanzig war. Doch seine Mittagspausen, die er dazu nutzte, eine Kippe nach der anderen zu rauchen, verklebte wohl nicht nur seine Lungenbläschen, sondern half ihm auch auf dem Weihnachtsjobmarkt.

Mit zusammengepressten Lippen sah ich dabei zu, wie Milo dem Kind – und den Eltern! – freundlich einen Keks anbot und sich damit wieder einmal fünf Dollar Trinkgeld sicherte.

Ich unterdrückte ein Stöhnen. Mist, ich war so damit beschäftigt gewesen, Milo genervt anzusehen, dass ich meinen Einsatz verpasst hatte. Das passierte mir lästig häufig, wenn wir beide als Elfen-Begrüßungskomitee eingeteilt waren. Milo schaffte es wie kein anderer, mich aufzuregen, und das meistens sogar, ohne ein einziges Wort zu benutzen. Seine Blicke sagten mehr als genug.

»Möchte noch jemand ein Glas Milch – und einen Fünf-Prozent-Coupon für alle Stofftiere in der Spielzeugabteilung? Außer auf Hunde?«, säuselte Mrs Clause – alias Tasha –, die neben Santa stand. Sie küsste Santa strahlend auf die rote Wange, bevor sie die Coupons an die willigen Eltern verteilte. Cam und sie waren wirklich ein Paar und die Leute fanden es *so süß*, ein verliebtes Santapärchen zu sehen.

Okay, ja, es war wirklich ganz putzig. Aber alle alten Menschen, die noch so verliebt waren wie am ersten Tag, waren niedlich. Und Tasha und Cam trugen nun mal beide eine weißhaarige Perücke.

Ich riss den Blick von ihnen los und starrte zum Tor, um die nächsten Gäste nicht zu verpassen. Doch es war nach neun an einem Samstagabend. Die Schlange aus Kindern, die für Santa anstanden, um ihm von seinem Schoß aus einen Wunsch ins Ohr zu flüstern, hatte sich längst in Luft aufgelöst. Die meisten waren bestimmt schon im Bett und nicht mehr an Macy's Fake-Nordpol. Hektisch und laut war es hier trotzdem noch und das würde sich in den nächsten Wochen bis Weihnachten wohl auch nicht mehr ändern. Die Monate November und Dezember waren für Macy's – das größte Kaufhaus New Yorks – die reinste Goldgrube. Das Weihnachtsgeschäft brummte, was möglicherweise auch daran lag, dass alle elf Stockwerke des Konsumtempels zu dieser Jahreszeit aussahen, als hätte eine Horde Rentiere eine wilde Party gefeiert und sich dann in jeder Ecke übergeben. Denn Rentiere kotzten Glitzer, falschen Schnee und Goldkugeln, richtig?

Überall hingen besinnliche Plakate mit festlichen Botschaften, bunte Lichterketten und Werbung für das fantastische Silvesterkonzert im Central Park, das ich mir nicht leisten konnte, wenn ich weiter Wert auf Essen und ein Dach über dem Kopf legte. Obwohl ich unfassbar gern hingehen würde.

Santaland, in dem ich zwangsweise arbeitete, um mir mein BWL-Studium zu finanzieren, befand sich im Erdgeschoss, und selbst ich als Weihnachtsmuffel musste zugeben, dass es etwas Magisches ausstrahlte. Das Kaufhaus hatte kiloweise falschen Schnee angehäuft, den restlichen Boden mit Hunderten Sternen und Schneeflocken beklebt und drumherum ein komplettes Elfendorf erschaffen. Zwölf Stunden lang dudelten Weihnachtslieder aus riesigen Lautsprechern, ein überdimensionaler Holzschlitten mit Hunderten leider leeren Geschenken – *inklusive toller Fotomöglichkeiten!* – zierte die rechte Seite. Eine Regenbogenbrücke auf der linken Seite führte in eine Miniaturgeschenkfabrik der Weihnachtselfen und zu ein paar Ställen, vor denen sich eine Horde leuchtender Plastikrentiere tummelten. Und in der Mitte standen wir vor dem ganzen Stolz des Weihnachtsparadieses: dem Haus des Weihnachtsmannes, das zu hundert Prozent aus Lebkuchen, Zuckerguss und Kinderlachen bestand. Das stand zumindest vorn auf dem Schild am roten Holztor, vor dem sich die Kinder aufreihen konnten, um Santa ihre Weihnachtswünsche zu erzählen. Auf der Veranda vor dem Haus saß Cam in einem riesigen Lehnstuhl – aus Versicherungsgründen aus stabilem Plastik, nicht aus brüchigem Lebkuchen – und zwirbelte seinen falschen Bart zwischen den Fingern, während Tasha kichernd seine Perücke mit den Händen zu einem Irokesen formte. Dass wir ein junges Weihnachtspärchen hatten, hob uns der Meinung der Geschäftsführung nach von all den anderen Kaufhausweihnachtsmannshows ab. Ich war mir aber ziemlich sicher, dass sie einfach zu knauserig für einen professionellen alten Santa gewesen waren.

Ich biss mir von innen auf die Wange und ließ den Blick wachsam durch Santaland schweifen. Das nächste Kind würde *ich* begrüßen! Die nächsten Eltern würde *ich* bezirzen! Ich würde mich nicht mehr von Milo und seinem blöden, schiefen Grinsen ablenken lassen. Ich brauchte das Trinkgeld und das wusste er.

»Ich glaube, das waren die Letzten. Du kannst also damit aufhören, eine Überwachungskamera zu mimen«, meinte Milo und stellte sich in mein Blickfeld.

»Das sagst du doch nur wieder, um mich abzulenken«, erwiderte ich stur und versuchte, über seine Schulter zu sehen. Leider war der Mistkerl sehr groß und sein Kreuz lächerlich breit, sodass er als professioneller Paravent oder auch Schattenspender herhalten könnte.

»Oh, bitte.« Er schnaubte. »Du lenkst dich schon ganz erfolgreich selbst ab. Wenn du aufhören würdest, andauernd mithilfe von Telekinese meinen Kopf zum Platzen zu bringen, wärst du vielleicht etwas konzentrierter.«

Irritiert blinzelte ich. »Wovon redest du?«

Er grinste. »Davon, dass du mich die ganze Zeit anstarrst, Ariana.«

Ich schnaubte belustigt und strich mir eine meiner roten Strähnen hinters Ohr. »In deinen Träumen.«

»Nein.« Gespielt nachdenklich neigte er den Kopf, während er den

Blick über mich schweifen ließ. »In meinen Träumen steckst du nie in einem Elfenkostüm.«

Hitze strömte in meine Wangen und meinen Nacken ... und in meinen Bauch. Gott, der Kerl regte mich auf.

»Hör auf damit«, sagte ich verärgert und wandte den Blick ab. »Ich sehe dich nur an, um die Kekse zu zählen, die du isst. Damit ich dich beim Boss melden kann und sie dir von deinem Gehalt abgezogen werden.«

Milo prustete los. »Wer im Lebkuchenhaus sitzt, sollte nicht mit Gebäck werfen, Ari. Die Hälfte der Kekse landet in deinem Mund.«

Ich zog widerwillig eine Grimasse, denn das war leider die Wahrheit. Aber wenn die Kinder mich damit abwarfen, empfand ich das als direkte Aufforderung, sie zu essen. Und was ich aß, mussten wir später nicht in Krümelform vom Boden fegen. Außerdem war ich weniger grantig, weil Zucker glücklich machte. Es war eine Win-Win-Situation.

»Das kannst du nicht vergleichen. Du hast eine viel größere Klappe, bei dir passt also mehr rein«, verteidigte ich mich.

»In welcher Welt habe ich die größere Klappe?«, erwiderte er ungläubig.

»In dieser, Milo«, erklärte ich ihm geduldig.

»Schwachsinn.« Er zog die Augenbrauen zusammen. »Ich kenne keinen Menschen, der so schlecht darin ist, seine Worte zu kontrollieren wie du.«

»Oh, ich *könnte* sie kontrollieren, aber in deiner Gegenwart will ich das gar nicht«, sagte ich im Plauderton.

Er schnaubte. »Gott, Ariana, was zur Hölle ist dein –«

»Leute, könnt ihr aufhören, euch zu zanken?«, fuhr Cam dazwischen und verzog das Gesicht. »Eure ständigen Streitereien schlagen mir auf den Magen.« Er schluckte und rieb sich den dicken, falschen Bauch.

»Ja, mir wird dadurch auch immer etwas schwindelig«, kommentierte Tasha und setzte sich auf Cams Schoß. Sie sahen beide tatsächlich etwas blass aus. Aber das hier war nicht ihr Kampf.

»Er fängt jedes Mal an!«, beschwerte ich mich und deutete so ruckartig auf Milo, dass meine Elfenmütze verrutschte.

»Indem ich dich morgens vor deinem ersten Kaffee falsch anlächle?«, fragte er amüsiert und zupfte an dem Glöckchen meiner Mütze, als wollte er sie wieder geraderücken. Stattdessen zog er sie mir über meine Augen. Gott, das machte er immer. Er ... brachte alles durcheinander!

Als er sich an meinem ersten Tag in der Uni eine Reihe vor mich gesetzt und mir mit seiner viel zu großen Statur die Sicht versperrt hatte, war mir gleich klar gewesen, dass mit Milo nicht gut Kekse essen war.

Er war nervig, vorlaut, viel zu klug (wie sollte ich mich vor den Lehrkräften hervortun, wenn er alle schwierigen Fragen zuerst beantwortete!?), ärgerlich witzig und zu gut aussehend. Er konnte freundlich sein, wenn er wollte. Aber in meiner Gegenwart wollte er meistens nicht. Dann hatte er sich auch noch – genau wie ich – in Macy's Santaland beworben und den Job zu allem Überfluss bekommen. Damit wollte mir das Universum eindeutig den Mittelfinger zeigen. Jetzt musste ich den Kerl an sieben Tagen in der Woche ertragen! Das waren sieben Tage zu viel.

»Lass das!« Ich schlug seine Hände weg. »Ohne Mütze ergibt das ganze Outfit keinen Sinn.«

Seine Mundwinkel zuckten. »Ja, hast recht. Ohne würdest du albern aussehen.«

Ich zog eine Grimasse. »Wenigstens bin ich kein Riesenelf, der sich am Nordpol überall den Kopf stoßen würde.«

Grinsend sah er auf mich herab. »Du bist nur neidisch, weil ich offensichtlich der süßere Elf bin.«

»Der arrogantere Elf vielleicht.«

»Schon möglich«, sagte er leichthin und kratzte sich gespielt nachdenklich den Nacken, sodass sein dummer Bizeps drohte, aus seinem roten Langarmshirt zu platzen.

Widerstrebend musterte ich ihn. Ich fing bei seinen dunklen, kurzen Haaren an, glitt über seine blauen Augen, zu seiner breiten Brust, über die sich sein Shirt spannte, und kam bei seinen langen Beinen an. Shit, ich war eine ehrliche Elfe – und Milo leider ein heißer Elf. Was wirklich mehr als ärgerlich war. Denn niemand außer Robin Hood und RuPaul sollte in grünen Strumpfhosen gut aussehen. *Niemand.*

Sogar mir stand die Farbe überhaupt nicht, dabei hatte ich rote Haare. Und Rot und Grün sollten doch eigentlich komplementär sein.

»Du bist ein Vollidiot, Milo«, erklärte ich sachlich, denn er sollte es wirklich wissen.

Er grinste nur, während sein Blick über meine Schulter glitt.

»Ariana! Elfen reimen auf der Arbeit, gerade in Gegenwart von Gästen, denn dann vermeiden sie Streit und gehören zu den Besten!« Sandra, die Santaland-Aufseherin und unser Boss, war aus dem Nichts hinter Santas Haus aufgetaucht. Als hätte sie nur darauf gelauert, jemanden aus dem Elfenvolk dabei zu erwischen, nicht in Versform zu reden.

»Ach ja, richtig. Tut mir leid, voll vergessen ... äh, wollte Sie nicht stressen«, log ich zerknirscht. Denn solange ich in grünen Strumpfhosen steckte und meine Ohren spitz waren, konnte ich gar nicht vergessen, dass ich den Großteil meines Tages reimend verbringen musste.

»Ähm, Milo«, sagte ich und machte eine ausladende Handbewegung, als wäre ich Shakespeare höchstpersönlich. »Du bist schwer zu ertragen, das wollte ich dir sagen. Dein Gesicht macht mich sauer. Ich hoffe, du rennst gegen eine Mauer.«

Zu meinem Ärger lachte Milo daraufhin nur leise, während Sandra mich mit geschürzten Lippen taxierte. »Ariana, könntest du dir etwas mehr Mühe geben? Deine Aufgabe ist sehr einfach. Du lächelst, reimst und verteilst Kekse!«

»Na ja«, meinte ich leichthin, »das spricht im Grunde nur dafür, dass der Weihnachtsmann ein sadistischer Tyrann ist, der vom Elfen-Proletariat niedergerungen werden sollte. Wer sonst zwingt seine Belegschaft dazu, sich nicht nur albern anzuziehen, sondern auch noch albern auszudrücken? Abgesehen davon würde Santa uns nicht dazu verdonnern, so viele Lichterketten aufzuhängen, wenn er die Energiekrise etwas ernster nehmen würde. Obwohl sein Schlitten vermutlich klimafreundlicher ist als die guten alten amerikanischen Geländewagen. Das zumindest muss man ihm lassen.«

»Okay, Ari«, sagte Sandra seufzend. »Du stellst dich morgen in die zweite Reihe, da kannst du weiter solch frohe Kunde verbreiten. Und ihr könnt aufräumen, bevor wir uns gleich bei den Spinden für die Abendbesprechung treffen. Das war es für heute.« Kopfschüttelnd wandte sie sich um und lief in Richtung Miniaturplätzchenwerkstatt.

Ich kniff die Augen zusammen, rieb mir übers Gesicht und ärgerte mich über mich selbst. In der zweiten Reihe bekam ich erst recht kein Trinkgeld, das ich bitter nötig hatte. Die Heizkosten waren astronomisch und das letzte Geld war wieder an meine Mom gegangen, die versprochen hatte, es mir Silvester zurückzuzahlen, wenn wir uns endlich wiedersahen. Erfahrungsgemäß war sie nur leider nicht so brillant darin, ihre Versprechen zu halten, also ... Wieso konnte ich nicht einfach meine Klappe halten? Nur weil Bullshit zu reden kostenlos war, hieß das nicht, dass ich es mir leisten konnte.

»Alles okay?«, fragte Milo zögerlich. Cam und Tasha waren in Santas Haus verschwunden, vermutlich, um ihre Kostüme loszuwerden, doch Milo stand immer noch vor mir. Er hatte die Arme verschränkt und die Augenbrauen zusammengezogen, während sein Blick nachdenklich über mein Gesicht huschte.

»Klar«, sagte ich gepresst.

»Mhm. Du magst Weihnachten so richtig gern, oder?«, fragte er trocken.

»O ja. Ich schwitze Lametta und rülpse Mistelzweige. Ist dir das noch nicht aufgefallen?«

»Ach, du bist also für diesen schrecklichen Weihnachtsbaum verantwortlich.« Griesgrämig wandte er den Kopf.

Meine Mundwinkel zuckten widerwillig, während ich seinem Blick zu dem grünen Monstrum folgte, das Macy's Winterwunderstadt wie ein Wachturm überragte. Ein weiterer Hinweis darauf, dass Santa eigentlich ein Bösewicht war, der Kinder auf der ganzen Welt mithilfe von Geschenken kontrollierte.

O Gott, das hörte sich selbst in meinem Kopf ziemlich zynisch an. Es war nicht so, dass ich grundsätzlich etwas gegen die Geburt Jesu und das damit einhergehende Brimborium einzuwenden hatte. Das Konzept an sich fand ich gut. Eigentlich war ich auch ein großer Winterfan. Oder zumindest der romantischen Vorstellung davon. Schlittschuhlaufen am Rockefeller Center. Heißer Kakao vor offenem Kamin.

Doch die bittere Realität war, dass die eisigen Temperaturen hohe Heizkosten bedeuteten, die ich mir ebenso wenig wie Schlittschuhlaufen oder einen Kamin leisten konnte.

Und der Ausdruck *Familienfest* war nur eine Erinnerung daran, dass meine Verwandtschaft aus meiner Mutter bestand – die in den letzten drei Jahren an Heiligabend jedes Mal angerufen und abgesagt hatte, weil sie wieder mit einem neuen Freund zusammen war, mit dem sie lieber feiern wollte. Um zu sehen, ob es etwas Ernstes war. Spoiler Alert: War es nie.

Weihnachten bedeutete für mich also meistens Einsamkeit oder Arbeit, da man an den Feiertagen besser bezahlt wurde und ich das Geld gut gebrauchen konnte. Und in diesem Jahr würde es nicht anders aussehen. Wenigstens hatte sich Mom für Silvester angekündigt. Ich war mir nur noch nicht sicher, ob ich mich wirklich darauf freuen sollte. Insgesamt war es klüger, meine Emotionen erst ins Spiel zu bringen, sobald Mom wirklich vor mir stand. Dann war ich nicht so enttäuscht, wenn sie doch wieder absagte.

»Ich hab eine Frage, Ari«, sagte Milo langsam, während wir die leeren Keksschachteln wegräumten, die Lichterketten ausschalteten und den restlichen Kram wegpackten, den wir erst morgen früh wieder brauchen würden. »Wenn du die Schwester vom Grinch bist, warum zur Hölle arbeitest du dann hier?«

Ich seufzte schwer. »Kennst du diese grünen Scheine, mit denen Menschen herumlaufen und Dinge bezahlen? Die brauche ich.«

Er hob einen Mundwinkel und holte einen Handfeger aus Santas Haus, um den groben Dreck vom Boden der Veranda zu beseitigen. »Es gibt andere Jobs, Ari.«

»Keine, die ich ganztags und am Wochenende machen kann, wo es Trinkgeld gibt und ich nicht dazu gezwungen bin, nur Geschenke einzuwickeln.«

»Aber eine Menge, bei denen du nicht in Reimform reden musst.«

»Ja, ich weiß«, grummelte ich. »Aber das mit dem Reimen hab ich im Vertrag überlesen.«

Er lachte und ich verfluchte meine Mundwinkel dafür, dass sie sich ebenfalls nach oben biegen wollten. Gott sei Dank vibrierte in diesem Moment mein Handy in der Tasche.

Mom blinkte auf dem Display auf. Zumindest auf ihre täglichen Anrufe konnte ich mich verlassen.

»Geh ruhig dran«, meinte Milo. »Ich erledige den Rest.« Er gestikulierte zur Veranda.

»Danke«, sagte ich überrascht. »Das ist uncharakteristisch nett von dir.«

Er zuckte mit den Schultern. »Hab zu viel Glitter geschnupft. Hat mir das Gehirn vernebelt.«

Ich schnaubte, ging den Kunstschneeweg hinab und sprang über das Tor. Erst dann nahm ich den Anruf entgegen.

»Hey, Mom. Hast du deinen Flug für Silvester schon gebucht? Ich habe frei und könnte dich vom Flughafen abholen.«

Sie wohnte im Moment bei ihrem neuesten Freund in Tampa, was nicht gerade um die Ecke lag.

Ein langes Seufzen war die Antwort. »Ariana, es tut mir so leid, aber ich schaffe es Silvester nicht.«

Mein Herz sank. Eine Etage, zwei Etagen … bis es zu meinen Füßen lag. Auch wenn ich irgendwie damit gerechnet hatte, war ich verletzt und enttäuscht. Vielleicht hatte ich also doch zu früh meine Emotionen ins Spiel gebracht. Meine Mitbewohner fuhren während der Ferien nach Hause, ich würde also vollkommen allein in der Wohnung hocken. Wenn ich schon nicht zu dem Konzert im Central Park gehen konnte, hatte ich zumindest vorgehabt, den Silvesterabend beim Karaoke in der Irish Bar nebenan zu verbringen. Zusammen mit meiner Mutter.

»Warum nicht, Mom?«, fragte ich hölzern.

»Das Geld reicht nicht.«

»Aber ich hab dir das Geld geschickt.« Ich hatte mir den Arsch aufgerissen, um es mir zu verdienen.

»Ich weiß, Schatz, aber ich brauchte es für andere Dinge und auf einmal war es weg. Ari, Liebes. Es tut mir ehrlich leid. Ich will dich sehen, wirklich.« Sie räusperte sich. »Ich will eigentlich nicht fragen, aber falls du noch etwas Geld übrig hättest, um –«

»Ich habe nichts übrig«, flüsterte ich und hasste es, dass meine Stimme zitterte. »Mom! Das Geld war für den Flug, für nichts anderes.«

»Schatz, das Leben passiert nun mal. Das kann man nicht planen.«

Ja, aber bei meiner Mutter passierte *das Leben* zu oft. »Mom, ich will nicht allein sein. Nicht schon wieder. Ich *hasse* es, über die Feiertage allein zu sein. Wir wollten uns einen schönen Silvesterabend machen ...«

»Ich weiß, ich weiß! Aber ohne Geld ...«

»Es tut mir leid, ich kann dir kein Geld mehr schicken«, zischte ich.

»Schatz, du bist so sparsam, du hast sicher noch –«

»Nein!«, fuhr ich sie laut an. »Einfach nein. Ich hatte gerade genug, um dir die Reise zu finanzieren, du ...«

Jemand räusperte sich hinter mir und erschrocken wirbelte ich herum. Milo stand vor mir.

»Sorry, ich wollte ... der Dreck.« Er deutete auf das Kehrblech in seiner Hand und dann auf den Mülleimer, den ich blockierte.

Toll. Hitze kaperte meine Wangen, während ich nickte und hastig ein paar Schritte zur Seite machte »Ähm, klar.«

Mist, hatte er *alles* mit angehört? Sein Gesichtsausdruck wirkte neutral und er machte keinen dummen Kommentar, also ... vielleicht nicht.

»Mom, ich muss auflegen«, sagte ich. »Wir haben jetzt Teambesprechung. Wir ... hören uns. Oder nicht.« Ich legte auf und ignorierte den Stein in meinem Magen, der vor Enttäuschung und auch ein wenig Wut heftig hin und her rollte. Dann war ich eben wieder allein. Was soll's? Ich hatte auch Weihnachten mehr als einmal ohne sie überlebt. Was war da schon ein Silvester? Vielleicht kamen ein paar meiner Freunde ja früher zurück. Stanley würde auf jeden Fall da sein, auch wenn er vermutlich arbeitete. Sein Restaurant *Uncle Lou,* das für seine Dumplings bekannt war, ignorierte Feiertage meistens. Gerade über Weihnachten.

»Shit«, flüsterte ich und öffnete die Tür mit der Aufschrift *Zutritt nur für Mitarbeiter.* Ich wollte sie gerade wieder zufallen lassen, doch eine Hand streifte meine und hielt sie offen. Kleine Funken sprangen über meine Haut und ich zog hastig den Arm weg.

»Bist du fertig?«, krächzte ich unangenehm berührt.

»Mit den Nerven? In deiner Gegenwart immer. Die Glöckchen, die den ganzen Tag klingeln, helfen auch nicht.«

Ich verdrehte die Augen, doch mein Herz wurde etwas leichter. Es war irgendwie beruhigend, dass ich mich bei Milo darauf verlassen konnte, dass genauso viel Blödsinn aus seinem Mund kam wie bei mir. Egal, ob ich gerade mit meiner Mutter gestritten oder Kinder auf den Schoß des Weihnachtsmanns gehoben hatte.

»So, Leute!«, rief Sandra laut und trommelte gegen den Spind hinter ihr, um die Aufmerksamkeit aller Anwesenden auf sich zu lenken – oder sie zu wecken. Ein Dutzend Elfen wandten erschöpft den Kopf in ihre Richtung. »Ein schöner, erfolgreicher Tag liegt hinter uns. Aber Ariana, dein Stirnrunzeln verbreitet nicht gerade Weihnachtsstimmung. Wir bei Macy's strahlen im Santaland ausschließlich Glück und Besinnung aus. Weshalb wir nicht erwähnen, dass die Polkappen schmelzen, Santa und seine Elfen also nicht mehr lange überleben werden.«

»Das Kind hat mich gefragt«, meinte ich ungläubig. Belauschte sie uns bei der Arbeit? »Hätte ich lügen sollen?«

Milo lachte hinter mir leise und ich spürte seinen Atem in meinem Nacken. Eine Gänsehaut legte sich über meinen ganzen Körper.

»Nun … ja!«, antwortete Sandra perplex.

»Okay, nächstes Mal belüge ich die Kinder«, versprach ich.

Sandra seufzte schwer, als hätte Santa sie gerade auf die Naughty-List geschrieben. »Schön. Machen wir weiter. Zerbrochene Zuckerstangen sollten jeden Morgen ausgetauscht werden. Außerdem haben ein paar von euch die Reimregeln gebrochen.« Ihr Blick blieb an mir hängen. »Achtet bitte besser darauf! Zu guter Letzt wollte ich euch daran erinnern, dass ihr bis spätestens morgen euer Wichtelgeschenk für das Teamwichteln mitbringen sollt.«

Ach, richtig. Ich hatte mein Geschenk schon abgegeben.

»Hat Cams Arzt dir eigentlich einen bösen Brief geschickt?«, wollte Milo leise an meinem Ohr wissen. »Weil du ihm Zigaretten geschenkt hast?«

»Cam mag Zigaretten«, verteidigte ich mich. »Er hat sich sehr gefreut.« Ich war einfach nicht besonders kreativ.

Wieder lachte Milo.

»So, das war's für heute, wenn es von eurer Seite nicht noch etwas gibt?« Fragend blickte Sandra in die Runde.

»Ähm ... Sandra? Ich würde gern gehen«, meinte Cam, der merkwürdig grünlich aussah. »Ich fühl mich nicht besonders ...«

Er wurde von Tasha unterbrochen, die ihm auf die Füße kotzte.

»O Gott«, stöhnte Cam und rannte im nächsten Moment in Richtung Toiletten.

»Ich hab euch gesagt, ihr sollt das Fressmeilen-Sushi nicht mehr essen, sondern wegschmeißen«, bemerkte Milo kopfschüttelnd.

»Ich dachte, das Grüne wäre Wasabi«, würgte Tasha hervor und hastete eine Sekunde später Nikotin-Santa hinterher.

»O nein.« Sandra hielt sich eine Hand an die Stirn. »Sie haben von dem Sushi gegessen? Das stand seit vorgestern im Santahaus!«

»Ich weiß«, sagte Milo leichthin.

»Das kann doch nicht wahr sein.« Sandra legte genervt den Kopf in den Nacken, sodass ihr schwarzer Pferdeschwanz wippte. »Dann sind sie morgen bestimmt nicht wieder fit! Und morgen ist Sonntag. Sonntag ohne Santa ist ... unmöglich!«

Ich zog eine Grimasse. Sonntags kamen die meisten Kinder her und belagerten Santaland wie sonst nur Fans ein Taylor-Swift-Konzert. O Mann. Wer auch immer für die beiden einspringen musste, hätte morgen überhaupt keinen Spaß ...

»Ariana, Milo. Ihr macht das.«

Mein Kopf fuhr abrupt in die Höhe, während ein paar Leute erleichtert aufseufzten. »Was? Was hat sie gesagt?«

»Auf gar keinen Fall!«, stieß Milo aus.

»Oh, doch! Ariana, deine Einstellung geht mir ohnehin auf die Nerven. Ebenso wie deine Sprüche, Milo. Wenn ihr beide mal dazu gezwungen werdet, zumindest so zu tun, als würdet ihr euch mögen, hilft das uns allen.«

Ungläubig riss ich die Augen auf. »Er kann nicht Santa spielen!«, rief ich und gestikulierte zu Milo. »Mit seinem blöden Waschbrettbauch gehört er eher in die Surfabteilung.«

Er lächelte breit. »Aw, schön, dass dir das aufgefallen ist.«

»Ach was.« Sandra winkte ab. »Santa hat Diät gemacht. Weil seine Frau ihm gesundes Essen gekocht hat. Außerdem trägt Milo ohnehin ein Kostüm!«

»Ariana kann nicht kochen«, erwiderte Milo trocken.

»Woher willst du das wissen?«, fauchte ich.

»Weil du jeden Tag ein Erdnussbuttersandwich mitbringst und letztens gesagt hast, ich zitiere: *Mein Herd und ich sind wie Sport und ich. Distanzierte Bekannte, die beide wissen, dass sie ohneeinander besser dran sind.*«

Mist. Er hörte nicht nur gut zu, er merkte sich auch jedes Wort.

»Sandra, bitte ...«, flehte ich.

»Das ist mein letztes Wort.« Sie stemmte die Hände in die Hüfte. »Ihr spielt morgen das Santapärchen.«

Nein! Nein, nein, nein ...

»Hey, als Santa und seine Frau müssen wir wenigstens nicht mehr reimen«, meinte Milo.

»Wieso sagen eigentlich alle nur *seine Frau*. Als wäre sie keine Person!«

»Weil niemand weiß, wie sie heißt. Du etwa?«

»Klar, ihr Name ist ... er ist ...« Mist, wie hieß Santas Frau?

»Gut gerettet«, murmelte Milo. »Sollen wir sie einfach Nordpol-Weib nennen? Kurz: Nowe.«

Düster sah ich ihn an. »Sie hat einen Namen verdient.«

»Okay, ihr beiden«, rief Sandra genervt. »Falls ich das noch nicht deutlich gemacht habe: Bevor ihr hier morgen auftaucht, will ich, dass ihr euch vertragt.«

Ich blinzelte. »Was?«

»Die Leute lieben es, ein frisch verliebtes Santapärchen zu sehen. Also verkauft es ihnen auch so.«

»Wir ... was?«

»Ihr sollt euch vertragen, damit ihr morgen so wirkt, als würdet ihr euch mögen«, sagte sie langsam, als wäre ich schwer von Begriff. Was ich gerade zugegebenermaßen war. Denn ihre Worte ergaben absolut keinen Sinn. Mit Milo *vertragen*?

»Aber ... wie?«, fragte ich verwirrt.

»Keine Ahnung. Geht was essen. Knüpft Freundschaftsarmbänder. Begrabt einfach eure negativen Emotionen.«

»Aber ... der Boden ist gefroren«, widersprach ich schwach.

»Genau«, murmelte Milo an meinem Ohr. »Das ist das einzige Problem.«

»Halt doch die Klappe.«

»Ho, Ho, Ho«, erwiderte er trocken.

SASKIA LOUIS

*Ho, ho ...
halt die Klappe!* II

»Warum genau müssen wir unbedingt hier essen?«, fragte Milo eine halbe Stunde später und zog sich einen Stuhl an die weiße Theke.

»Was hast du gegen Dumplings? Sie sind ungefähr das Leckerste, was diese Welt zu bieten hat. Außerdem ist es gemütlich hier.«

Ich gestikulierte zum Innenraum, der mit dunkelgrünen Polstermöbeln ausgestattet war, die von roten Neonröhren beleuchtet wurden.

Er senkte den Blick, doch ich sah, dass er lächelte. Es wirkte fast so, als wolle er es vor mir verstecken. »Nur damit das klar ist: Ich hab nichts gegen Dumplings. Du hast nur so darauf beharrt, genau hierher zu gehen. Da bin ich unruhig geworden. Es hat sich angefühlt, als würdest du versuchen, mich mit Dumplings in deinen Van zu locken.«

Ich musste grinsen. »Wenn es Dumplings gibt, für die es wert ist, in einen fremden Van zu kriechen, dann die von *Uncle Lou*. Es sind wirklich die besten und …« Ich zog eine Grimasse. »Na ja, zurzeit gehe ich ausschließlich hier essen. Das Restaurant gehört der Familie eines Freundes, Stanley, und sie brauchen die Unterstützung, um den Rekord für die meistverkauften Dumplings in der Weihnachtszeit zu halten.«

Milo lachte. »Entschuldigung, was? Den Rekord in …«

»Das ist nicht witzig«, funkte plötzlich Stanley dazwischen, der hinter der Theke aufgetaucht war und Milo böse anfunkelte. Ich wusste, dass Stanley harmlos war, aber mit seinen Tattoos und den blauen Haaren wirkte er schon manchmal etwas einschüchternd. »Es geht um den Titel des Dumplingkönigs in New York City. Das ist kein Spaß.« Sein Zeigefinger landete zielsicher in Milos Gesicht, bevor er sich mir zuwandte und zur Begrüßung den Kopf tätschelte. »Für dich das Übliche, Ari?«

»Ja, bitte. Aber mach die Brühe diesmal extra scharf.«

Er musterte mich aufmerksam. »Du hast mit deiner Mutter telefoniert.«

Er kannte mich viel zu gut. »Jup.«

Ich spürte, dass Milo mich von der Seite ansah, doch das ignorierte ich lieber.

»Gut. Extra scharf kommt sofort. Was ist mit dir?« Stirnrunzelnd schaute er Milo an. »Wer bist du überhaupt? Ich dachte, ich kenne alle Freunde von Ari.«

»Ich muss noch in die Karte gucken – und ich bin Milo. Ich studiere mit Ari und arbeite mit ihr zusammen.«

Stanleys Augenbrauen flogen in die Höhe und er warf mir einen schockierten Blick zu. »Er ist *der* Milo?«

Meine Wangen wurden unangenehm warm. »Er ist ... einfach nur Milo«, sagte ich hastig. Doch es war längst zu spät.

Milo grinste zufrieden. »Oh, ich bin berühmt. Welch eine Ehre.«

Augenverdrehend schob ich ihm die Karte hin. »Ja, ja. Und Stanley, geh weg.« Er wirkte noch immer, als würde er Zeuge einer Alienentführung werden.

»Mhm, okay«, murmelte er nur und verschwand in Richtung Küche.

»Du erzählst also deinen Freunden von mir«, meinte Milo interessiert.

Ich seufzte. »Nur Stan. Weil ich Rabatt kriege, wenn ich ihm eine gute Geschichte erzähle. Und ich schwimme nicht gerade im Geld, es ist ein guter Deal.«

»Gilt der Rabatt auch für mich? Ich hätte eine Menge gute Geschichten über dich zu erzählen.«

»Tut mir leid. Nur für Freunde.« Ich klimperte freundlich mit den Wimpern.

Zu meiner Überraschung lachte er nur. »Ich hab ohnehin keinen Hunger.« Er schob die Karte weg. »Obwohl wir nach diesem Essen Freunde sein sollen, wenn es nach Sandra geht.«

»Ja, was das betrifft ...« Seufzend rieb ich mir die Stirn. »Ich finde, wir sollten einen Waffenstillstand vereinbaren.«

»Ich will seit zwei Jahren einen Waffenstillstand mit dir.«

»Als ob. Du magst mich doch gar nicht!«

Er hob einen Mundwinkel. »Du magst *mich* nicht. Das ist ein Unterschied.«

Irritiert blinzelte ich. »Wir mögen uns beide nicht. Lirum, larum. Ich dachte, wir schaffen das einfach kurz aus dem Weg. Das sollte nicht allzu schwer sein. Erzähl mir doch einfach … Was genau ist dein Problem mit mir?«

Milo runzelte die Stirn und betrachtete mich. Als sei das eine gute Frage, für dessen Beantwortung er sich besonders viel Zeit nehmen wollte. Damit er auch ja nichts vergaß. Er sah mir erst in die Augen, dann glitt sein Blick über meine Sommersprossen bis zu meinen Lippen und meinen Hals hinab. Ich bekam erneut eine Gänsehaut. Sein Blick war zu intensiv. Schien viel zu viel zu sehen. Nahm sich zu viel Zeit für jedes Detail. Als wollte er die Chance nicht ungenutzt verstreichen lassen.

»Nun«, murmelte Milo schließlich leise. »Du bist … *überall*, Ariana. Dein Geruch hängt in der Luft. Deine Worte sind in meinem Kopf. Dein Lächeln …« Er rieb sich den Nacken und räusperte sich. »Dein Lächeln ist furchterregend. Mal im Ernst. Du bist eine Weihnachtselfe, nicht der große böse Wolf. Jap, das ist es.«

Ich starrte ihn mit leicht geöffnetem Mund an. In meinem Bauch kribbelte es, während seine Worte seltsam warm in meinem Kopf nachhallten. Ich war … überall?

»Okay«, sagte ich und meine Stimme klang höher als sonst. »Dann … arbeite ich an meinem Wolfslächeln.«

»Gut.« Milo wandte das Gesicht ab. »Du bist dran. Was ist *dein* Problem mit mir?«

Genau in diesem Moment brachte Stanley meine Dumplings. Die köstlichen Teigtaschen lagen in einer Brühe, deren Geruch in meiner

Nase und in meinen Augen brannte. Sie war also perfekt. Ebenso wie Stanleys Timing, denn so konnte ich mir überlegen, was ich Milo antworten sollte.

»Nun«, sagte ich schließlich mit vollem Mund. »Du bist zu groß.«

»Bitte, was?«

»Wenn du im Hörsaal vor mir sitzt, kann ich nichts sehen.«

Verblüfft sah er mich an. »Warum hast du denn nie was gesagt?«

»Weil du es mit Absicht tust.«

Er prustete los. »Nein, ich ... also ja, manchmal setze ich mich absichtlich zu ... Okay.« Er schüttelte den Kopf. »Ich kann woanders sitzen. Das ist kein Problem. Sonst noch was?«

»Deine blöden Sprüche. Sie –«

Milo unterbrach mich mit seinem Lachen. »Komm schon, Ari. Du bist besser im Blöde-Sprüche-klopfen als ich. Das kann dich nicht stören.«

Meine Mundwinkel verselbstständigten sich. »Na gut. Ist in Ordnung. Aber manchmal machst du mich absichtlich wütend.«

»Ja, weil es Spaß macht.«

Ich warf eine Frühlingszwiebel nach ihm. »Schraub das zurück.«

Er seufzte. »Schön. War das dann alles? Können wir morgen so tun, als wären wir die Liebe unseres Lebens?«

Skeptisch betrachtete ich ihn. »*Ich* kann das. Aber weißt du überhaupt, wie es sich anfühlt, wenn man verliebt ist? Wie man sich verhält, wenn man nicht genug von einer Person bekommen kann?«

Er lachte wieder, doch es hörte sich bitter an. »Oh, ich weiß, wie es sich anfühlt. Nur das mit dem Richtig-verhalten kriege ich nie hin ...« Er fuhr sich durch die dunklen Haare, bevor er sein vibrierendes Handy aus der Tasche zog. »Aber das schaffen wir schon. Wir ...« Er brach ab und ich folgte automatisch seinem Blick. Sein Display zeigte zwölf neue Nachrichten und sechs verpasste Anrufe an. »Shit. Ich muss los.«

Meine Güte, das waren eine Menge Nachrichten. »Wer schreibt dir denn so oft? Deine Freundin?«, fragte ich und mein Magen zog sich zusammen.

Milo hob perplex eine Augenbraue. »Freundin? Nein. Meine Schwestern. Sie sind allein zu Hause und ... Mist, ich muss *wirklich* los.« Er rieb sich übers Gesicht und sah plötzlich müde aus. »Wir sehen uns morgen, Ari.« Er stand auf, blieb einen Moment unschlüssig vor mir stehen, hob die Hand und ließ sie wieder sinken. »Bis morgen«, murmelte er und verschwand.

»So, so«, raunte Stanley, der nach Milos Abgang sofort wieder an den Tresen getreten war. »Ein Waffenstillstand mit dem süßen Milo ...«

»Er ist nicht süß!«, beschwerte ich mich. Dass mein Gesicht so heiß geworden war, musste am scharfen Essen liegen. »Rio, dein Erzfeind von gegenüber, *der* ist süß.«

Stanley grinste. »Oh, das weiß ich.«

»Nicht dein Ernst!« Ich machte große Augen. »Erzähl mir sofort alles.«

Was er tat ... während meine Gedanken immer noch bei Milo waren.

»Freja«, begrüßte ich Milo am nächsten Morgen und schloss die Lebkuchentür des Santa-Hauses hinter mir. Ich war spät dran und musste noch das Kostüm anziehen.

Milo steckte schon in Santas Klamotten und runzelte die Stirn. »Was?«

»Sie heißt Freja!«

»Die Auftragskillerin, die du für mich organisiert hast, um nicht so tun zu müssen, als würdest du mich mögen?«

Widerwillig musste ich lachen. »Nein! Santas Frau. Freja oder Jessica. Je nachdem, welchem Google-Beitrag du glauben willst. Aber mir gefällt Freja.«

»Ah.« Er lächelte schief. »Ich soll dich also jetzt als Lady Freja ansprechen?«

»Meisterin, bitte«, bemerkte ich grinsend und zog das gepolsterte rote Kleid von Mrs Clause – Freja! – über T-Shirt und Jeans, bevor ich die Schürze anlegte. »Was haben wir heute für Kekse?«

»Schoko-Himbeere.«

»Hm. Ein guter Tag, um Freja zu sein«, meinte ich zufrieden und setzte mir die Perücke auf den Kopf. »Wie sehe ich aus?«

Milo musterte mich nachdenklich. »Wie eine Frau mit schlechten Haargenen.«

Prustend strich ich über die weißen Locken. »Damit kann ich leben. Auf in den Kampf.«

Die Schlange vor dem Lebkuchenhaus war bereits so lang, dass ich ihr Ende nicht sehen konnte. Die Weihnachtsmusik aus den Lautsprechern wurde von Kinderlachen, Kinderweinen, Kinderplappern und Kinderquengeln übertönt, während eine Menge gestresster Eltern ihren Sprösslingen lauthals versicherte, dass sie gleich dran waren. Was gelogen war, denn es dauerte Ewigkeiten.

Milo und ich kamen in den ersten Stunden gar nicht dazu, uns zu streiten, weil wir zu beschäftigt damit waren, uns möglichst schnell möglichst viele Wünsche anzuhören und Coupons sowie Kekse zu verteilen. Jedes Kind wollte extra viele Minuten mit Milo haben, bis ich ihm leicht genervt ins Ohr flüsterte: »Du musst aufhören, so furchtbar nett zu sein! Die Kinder denken dann, sie können sich ewig Zeit bei dir lassen.«

Er verdrehte die Augen. »Ich dachte, du *willst*, dass ich netter bin?«

»Zu mir, nicht zu den Kindern!«

Seine Mundwinkel zuckten – und ja, ich hatte es auch gehört.

»Ich meine ja nur«, fügte ich hinzu. »Du könntest am Ende ruhig etwas forsch werden und den Kindern erklären, dass ihre Wünsche auf jeden Fall erfüllt werden, wenn sie sie besonders schnell aufsagen.«

Er zeigte mir einen Vogel. »Ich werde nicht *forsch* sein. Sie sollen sich ihre Zeit nehmen dürfen. Die anderen müssen eben warten.«

Ich seufzte, zog den Ausschnitt meines Kleides höher und richtete die Schürze. Das Kostüm war mir etwas zu groß und allgemein sehr unbequem.

»Kannst du aufhören herumzuzappeln und die ganze Zeit dein Kleid hochzuziehen?«, knurrte Milo.

Verwundert sah ich ihn an. »Aber es rutscht.«

»Das habe ich gemerkt, glaub mir. Aber du machst es nicht besser –«

Wir wurden von einem lauten Kinderweinen unterbrochen.

»Mommy. Santa und seine Frau streiten sich! So wie du und Daddy immer. Kriegen sie auch eine Scheidung? Gibt es dann gar keine Geschenke?«

Der heulende Ausruf des Kindes wehte durch die Warteschlange und hatte einen katastrophalen Effekt. Sofort fingen weitere Kinder an zu weinen und es ertönten vereinzelte Rufe wie »Santa lässt sich scheiden?!« oder »Ich will meine Geschenke, Mom!«

Shit.

Panisch sah ich zu Milo, der mit schockiertem Blick aufgesprungen war. »Nein, nein«, sagte er hastig. »Wir lassen uns nicht scheiden.«

»Aber ihr streitet«, jammerte das Mädchen und rieb sich mit den kleinen Fäusten die Tränen von den Wangen.

»Das war ein ... liebevoller Streit«, versuchte ich, die Situation zu retten, doch dem Gesichtsausdruck der Mutter nach zu urteilen machte ich einen schlechten Job.

»Ich bin hergekommen, um sie von der Scheidung abzulenken, okay?«, flüsterte sie verzweifelt.

O Gott. »Wir mögen uns, Santa und ich. Sehr!«, sagte ich laut und griff aus einem Impuls heraus Milos Hand, um ihn enger zu mir zu ziehen.

Seine Finger waren groß und rau und warm und schlossen sich wie von selbst um meine.

»Ja«, bestätigte er und fuhr mit dem Daumen über meinen Handrücken. »Wir haben uns nur gezankt. Wir ... wir ... lieben uns. Sie ist die wundervollste, witzigste und klügste Frau, die ich kenne. Mir würde nicht im Traum einfallen, mich von ihr scheiden zu lassen!«

Seine Worte stellten merkwürdige Dinge mit meinem Magen an, doch ich nickte heftig. »Ja. Es ist alles gut. Santa ist toll. Er ist der aufmerksamste, intelligenteste Mensch, den ich kenne. Und seine Sprüche sind oftmals sehr amüsant. Nur manchmal regt mich das auf, okay? Das kann allen passieren, die sich lieb haben.«

Milos Griff um meine Hand wurde fester.

Das Mädchen schniefte und sah mit roten Augen zu uns hinauf. »Ich glaub euch nicht. Erwachsene lügen! Mom und Dad haben auch gelogen und gesagt, dass alles gut ist.«

»Wir lügen nicht«, erwiderte Milo sanft. »Oder würden deine Mom und dein Dad noch das hier tun?«

»Was tun?«, fragte ich verwirrt, doch er ... küsste mich.

Einige Sekunden lang war mir nicht klar, was vor sich ging. Seine große Hand lag plötzlich federweich in meinem Nacken, während er den Mund auf meinen senkte. Mir Zeit gab, meinen Kopf wegzuziehen ... aber das wollte ich nicht.

Rasend schnell breitete sich Wärme in meinem ganzen Körper aus. Floss in meine Finger- und Zehenspitzen. Erweckte Hunderte Schmetterlinge in meinem Bauch. Sein falscher Bart kratzte, doch seine Lippen waren so unfassbar sanft und zärtlich, dass ich vergaß zu atmen. Ich sank ihm entgegen und schloss die Augen ... als Milo sich schon wieder von mir löste.

»Siehst du?«, meinte er zu dem Mädchen, sah jedoch die ganze Zeit mich an. Seine blauen Augen wirkten eine Spur dunkler als zuvor. Seine Hand lag noch immer in meinem Nacken. »Wir mögen uns«, murmelte er.

Ich nickte nur. Mir fehlte die Luft, um Worte zu formen. Mein Kopf war ohnehin ... leer. Denn Milo roch nach Zuckerstangen. Welcher Mann roch nach Zuckerstangen?

Die Kleine schniefte, nickte dann jedoch überzeugt, sodass ihre erleichterte Mutter sie bei der Hand nehmen und zum Ausgang ziehen konnte.

Ich blieb neben Milo stehen, der sich zurück auf den Schaukelstuhl gesetzt hatte, und schluckte. Versuchte mein rasendes Herz zu beruhigen, während Milo den nächsten kleinen Jungen heranwinkte, der mit einer jungen Frau unterwegs war, die wellige lange hellbraune Haare hatte und etliche bunte Freundschaftsarmbänder am Handgelenk trug.

Ich bekam nur am Rande mit, dass sie in einer Kinderklinik arbeitete und sich darum kümmerte, den Kindern Weihnachtswünsche zu erfüllen. Mehr Einzelheiten blieben nicht hängen, denn ... Milo hatte mich geküsst.

Nur, um dem kleinen Mädchen zu beweisen, dass wir uns mochten, richtig?

Doch seine Lippen und sein Blick ...

»Meisterin Freja? Möchtest du nicht noch Kekse und einen Coupon anbieten?«, riss mich Milo aus meinen Gedanken.

Ich blinzelte mich zurück in die Gegenwart und nickte hastig. »O ja. Ja, ja.« Hastig reichte ich Kekse und Coupon an die junge Frau weiter, während Milo dem Jungen, der noch immer auf seinem Schoß saß und einen Zuckerwattestab umklammert hielt, leise etwas zuflüsterte, das ihn zum Lächeln brachte.

»Du ... du ... kannst gut mit Kindern«, rutschte es mir heraus, sobald die beiden verschwunden waren. »Wirklich *richtig* gut.«

Amüsiert hob er eine Augenbraue. »Und das ist überraschend, weil du dachtest, dass ich sie eigentlich in meiner Freizeit esse?«

»Nein, aber ... keine Ahnung.« Ich zog die Schultern höher. Versuchte nicht auf seinen Mund, sondern in seine Augen zu sehen.

»Ich hab vier kleine Schwestern, die ich jeden Abend bespaße, wenn ich nicht lernen oder arbeiten muss, damit meine Mom etwas Ruhe hat«, murmelte er schließlich. »Deswegen kann ich gut mit Kindern. Die Älteste ist vierzehn, die Jüngste gerade erst drei geworden, dementsprechend ... jap, ich kenne mich aus.«

»Oh«, sagte ich eloquent. »Das wusste ich gar nicht.«

Er zuckte die Achseln. »Du hast nie nach meiner Familie gefragt.«

»Stimmt, hab ich nicht.« Warum eigentlich nicht? Weil wir keine Freunde waren, schätzte ich. Wusste er über meine Familie Bescheid? Nein, sicher nicht. »Ähm ...« Ich räusperte mich. »Wohnst du noch bei deinen Eltern?«

»Ich kann es mir nicht leisten auszuziehen – und sie können es sich nicht leisten, mich ausziehen zu lassen«, sagte er leise.

»Oh«, wiederholte ich und mein Herz wurde schwer. »Deswegen musstest du gestern so schnell gehen? Weil du auf deine Schwestern aufpassen solltest.«

Zu meiner Überraschung lächelte er immer noch. »Genau. Sorry, ich wollte noch bleiben, aber ... Du bist nicht die Einzige, die BWL studiert und sich bei den Profs einschleimt, weil sie die besten Noten haben und später eine Menge Geld machen will.«

»Verstehe.« Ich biss mir auf die Lippen. Ich hatte immer gedacht, dass er nur so ein Besserwisser war, um mich zu ärgern. Dass er sich so viel Mühe in der Uni gab, damit die Leute ihn bewunderten. Nicht, weil er ...

»Arm zu sein ist scheiße«, sprach er aus, was ich dachte. »Ich weiß das. Aber Kinder glücklich zu machen, ist nicht der schlechteste Job, Ari. Und Weihnachten nicht das schlimmste Fest. Ich gehe kurz was trinken, sag den anderen, dass ich in zwei Minuten wieder da bin.« Er stand auf und verschwand im Lebkuchenhaus.

Perplex starrte ich ihm nach. Wegen des Kusses und wegen seiner Worte.

Das hatte ich nicht gewusst. Nichts von alldem. Weder von seinen Schwestern noch dass er ebenfalls Geldprobleme hatte.

Ein bitterer Geschmack flutete meinen Mund. Hatte ich Milo falsch eingeschätzt? Das konnte nicht sein. Aber was, wenn doch? Wenn er mir das Trinkgeld nicht wegnahm, weil er mich aufregen wollte, sondern weil er es ebenfalls dringend brauchte. Wenn er sich in der Uni nur andauernd meldete und die Fragen beantwortete, die ich auch beantworten wollte, weil er sich schlechte Noten nicht leisten konnte? Wenn sich die Welt nun mal nicht allein um mich drehte ... und er einfach nur gut in dem war, was er tat, und sich hier beworben hatte, weil es ihm genauso ging wie mir?

»Scheiße«, flüsterte ich und führte die Finger zu meinen Lippen. Wieso hatte ich ihn nie danach gefragt? Wieso hatte ich absolut keine Ahnung von seinem Leben gehabt und einfach so über ihn geurteilt? Und wieso konnte ich ihn noch immer schmecken?

Der Rest des Tages verflog in einem Wirbelwind aus Zuckerstangen und Kinderlachen. Milo verlor nie die Geduld und hörte sich jeden Wunsch an. Er war zu allen freundlich. Zwar klopfte er in meiner Gegenwart oft dumme Sprüche, aber wenn ich ehrlich war, machte es auch eine Menge Spaß, mit ihm zu zanken. Es war schon weit nach neun, als das letzte Kind mit Keks und Coupon ausgestattet war. Macy's schloss um zehn, doch die meisten Weihnachtselfen waren schon verschwunden, sodass ich die Spinde vollkommen für mich hatte, während Milo sich noch umzog. Sein Kostüm war wohl nicht ganz so leicht an- und auszuziehen wie meins.

Sie ist die wundervollste, witzigste und klügste Frau, die ich kenne. Mir würde nicht im Traum einfallen, mich von ihr scheiden zu lassen!

Ich lehnte mich an meinen Spind und versuchte, seine Worte aus dem Kopf zu bekommen. Das hatte er bestimmt nicht so gemeint. Er hatte das Mädchen nur davon überzeugen wollen, dass wir ein verliebtes Paar waren, das war alles. Die Sache war nur, dass ich meine Worte durchaus so gemeint hatte. Er war wirklich der intelligenteste Mensch, den ich kannte. Und ärgerlich amüsant. Und wenn ich an seinen Gesichtsausdruck dachte, nachdem er mich geküsst hatte ... Mein Handy klingelte und ich zuckte erschrocken zusammen.

Aber das war gut! Ablenkung war gut. Ich zog das Handy aus meiner Tasche und seufzte, als ich sah, dass *Mom* anrief. Aber vielleicht hatte sie ja gute Neuigkeiten? Vielleicht hatte sie das Geld für den Flug hierher doch noch auftreiben können?

»Hey, Mom. Alles gut?«

»Hallo, Schatz. Ich habe nachgedacht und kann unser Gespräch von gestern einfach nicht so stehen lassen.«

Ein hoffnungsvolles Lächeln stahl sich auf mein Gesicht. »Das kann ich verstehen. Ich mag es auch nicht, mit dir zu streiten.«

»Ja. Denn ich finde wirklich, dass es nicht fair von dir war, mir das Gefühl zu geben, ich würde dir dein Geld wegnehmen.«

Mein Rücken wurde steif und meine Hand verkrampfte sich um das Telefon. *Deswegen* rief sie an?

»Ich habe dich siebzehn Jahre lang bei mir wohnen lassen, für Essen und Klamotten gesorgt ... Ist es da zu viel verlangt, ab und an etwas Unterstützung von dir zu bekommen?«

»Mom ...«, sagte ich schwach.

»Ich finde nämlich nicht! Du könntest ruhig ...«

Ich hörte nicht mehr, was sie sagte, denn jemand nahm mir sanft, aber bestimmt das Handy aus der Hand. Verwundert blickte ich auf – direkt in Milos Gesicht.

»Hey«, sagte er freundlich und hielt sich das Telefon ans Ohr. »Ihre Tochter kann gerade nicht. Sie ist damit beschäftigt, heute mal ein wenig glücklich zu sein, und Sie halten sie davon ab. Also, bis dann. Schöne Feiertage!« Er wartete nicht darauf, dass meine Mutter antwortete. Er legte einfach auf und ließ das Handy in meiner Jeanstasche verschwinden.

Mit offenem Mund sah ich ihn an. »Was sollte das?«

»Warum zur Hölle tust du dir das an, Ari?«, fragte er leise und schüttelte den Kopf.

»Tue ich mir was an?«

»Jeden verdammten Tag kriegst du einen Anruf, Ariana, nachdem du aussiehst, als hätte ein Rentier dich getreten«, sagte er leise. »*Nach jedem Anruf* von ihr. Und es reicht mir. Deine Mutter kann dich anrufen – aber du bist nicht dazu verpflichtet, immer ranzugehen. Du hast etwas Besseres verdient. Ist dir das klar?«

Meine Augen brannten. »Ich ... ich ...«

»Deine Mutter hat nicht das Recht, so mit dir umzuspringen, dass du dich derartig furchtbar fühlst. Und du hast es verdient, glücklich zu sein«, fügte er fest hinzu. »Ich würde mir wünschen, dass du ... glücklich bist. Dass du dir erlaubst, glücklich zu sein. Dass du Weihnachten genießt, auch wenn es bedeutet, dass deine Mutter dich versetzt.«

Ich wusste nicht, was ich darauf erwidern sollte, konnte ihn nur anstarren. Woher wusste er das alles?

»Und ... es tut mir leid, dass ich dich vorhin geküsst habe«, fügte er nach einer Weile zögerlich hinzu. »Ich hätte dich fragen sollen, ob es okay ist. Ich habe nicht richtig nachgedacht und ...«

»Schon in Ordnung«, unterbrach ich ihn. »Wirklich. Du ... der Kuss war ... es war okay.« Ich zupfte am Saum meines Shirts. »Du bist ein sehr passabler Küsser.«

Ich spürte sein breites Lächeln in meinem ganzen Körper. »Wow. Hör auf, mit Komplimenten um dich zu werfen, sonst steigen sie mir noch zu Kopf.«

Meine Mundwinkel zuckten. »Okay, ich halte mich zurück.«

»Sehr gut.« Er räusperte sich und senkte den Blick. »Wir sehen uns ... morgen. Hab noch einen schönen Abend.«

Er ging und es kam mir falsch vor. Er ließ mich verwirrt und mit einem dumpfen, ziehenden Gefühl in der Brust zurück. Mit leicht zitternden Fingern öffnete ich meinen Spind, um meinen Pullover und meinen Mantel daraus hervorzuziehen. Doch etwas anderes zog meinen Blick auf sich. Eine rot glitzernde Tüte, auf der mein Name stand. Richtig, heute war der letzte Termin für die Wichtelgeschenke gewesen.

Neugierig griff ich hinein und zog einen Umschlag heraus. Darin lagen zwei Konzertkarten – für das Silvesterspektakel im Central Park.

Mein Hals zog sich enger und mein Mund wurde trocken. Woher hatte mein Wichtel gewusst, dass ich unbedingt dorthin wollte?

Ich öffnete die Karte, die dabei lag. Es standen nur ein paar Sätze drin, in einer ordentlichen, mir viel zu vertrauten Schrift.

Frohe Weihnachten, Ariana.
Nimm mit, wen du magst. Damit du dich an Silvester
nicht allein fühlen musst. Denn das bist du nicht.
Es gibt eine Menge Leute, die andauernd an dich
denken. Mich zum Beispiel.
PS: Ich hätte Silvester übrigens auch Zeit.

Die Karte war nicht unterschrieben. Doch ich wusste auch so, von wem das Geschenk war. Ich kannte Milos Handschrift aus der Uni. Und nur er war aufmerksam genug, um zu wissen, was ich mir wünschte, obwohl ich es mit keinem Wort vor ihm erwähnt hatte.

Aber ... die Karten mussten ein Vermögen gekostet haben! Und er konnte sie sich genauso wenig leisten wie ich. Er musste seit Monaten jeden Cent sparen, um ... um ...

Meine Augen brannten. Und dann gab er das Geld für *mich* aus? Meine Füße bewegten sich wie von selbst. Ich rannte zurück in den Verkaufsraum, doch Milo war nicht mehr im Santaland, also lief ich in Richtung der Ausgänge und stürmte durch die Drehtüren nach draußen, wo mir ein eisiger Wind entgegenwehte.

Und da stand er. Keine fünf Meter von mir entfernt an der Bushaltestelle und starrte mich ungläubig an.

»Shit, Ari, wo ist deine Jacke? Es ist bitterkalt.«

Ich ignorierte seine Worte und überwand die restliche Distanz zwischen uns. Seine Karte hielt ich noch immer zwischen den Fingern. »Aber ... du magst mich nicht!«, fuhr ich ihn an. »Du machst dich dauernd über mich lustig. Du ... du ... du magst mich nicht!«

Er seufzte und kratzte sich den Nacken. »Ich hab dir doch gesagt, dass ich ein paar Probleme damit habe, mich verliebt zu verhalten. Auch wenn ich weiß, wie es sich anfühlt.«

»Aber ...« Zitternd atmete ich aus, suchte in seinem Gesicht nach Anzeichen dafür, dass er sich über mich lustig machte. Doch er sah ernst aus. So unfassbar ernst. »Ich verstehe nicht. Woher ...? Woher wusstest du das? Dass ich mir die Konzertkarten wünsche? Das mit meiner Mutter ...?«

Er lächelte schief. »Weil ich zuhöre, wenn es um dich geht. Weil ich mir merke, was du sagst, was du tust. Ich habe versucht, damit aufzuhören, aber es ist unmöglich. Weil du ...«

»Weil ich überall bin«, wisperte ich und meine Augen brannten erneut.

Er nickte. »Ja. Und weil ich dich suche, sobald ich einen Raum betrete. Mich automatisch in deine Nähe setze. Mich schlichtweg nicht davon abhalten kann.«

»Aber ... du magst mich nicht«, wiederholte ich, denn das war es, was ich seit Jahren dachte.

»Nun, das dachte ich am Anfang auch. Doch wie sich herausgestellt hat, finde ich dich ziemlich fantastisch. Eine freundschaftliche Distanz reicht mir nicht. Also ...«

Ich ließ ihn nicht zu Ende sprechen, sondern küsste ihn einfach. Weil ich es wollte. Und weil es wirklich sehr kalt war und er unendlich warm. Milo schloss die Arme um mich, zog mich näher zu sich und umhüllte mich mit seinem Geruch nach Zuckerstangen.

»Hey. Ich dachte, du magst mich auch nicht«, flüsterte er an meinen Lippen und schloss beide Hände um mein Gesicht.

»Na ja, du regst mich ziemlich auf. Doch wie sich herausgestellt hat, kann man jemanden ätzend finden und trotzdem mögen.«

Er lächelte breit. »Du wieder mit deinen Komplimenten.«

Ich musste lachen. »Ich kann mich einfach nicht davon abhalten. Und die Karten waren viel zu teuer!«

»Ich hab sie mit dem Trinkgeld bezahlt, das ich dir weggeschnappt habe. Das Ticket gehört also ohnehin irgendwie dir ...«

»Nein, ich bin selbst schuld. Ich war abgelenkt, weil ich dich angestarrt habe.«

»Nun, ich bin eben sehr hübsch«, bestätigte er. »Und du musst Weihnachten auch nicht allein sein, weißt du? Meine Familie ist so groß. Eine weitere Person fällt da gar nicht auf. Du ...«

»Halt die Klappe und küss mich, Milo«, flüsterte ich. »Bevor ich es mir anders überlege.«

»Das kann ich nicht zulassen«, erwiderte er leise und tat, wozu ich ihn aufgefordert hatte.

P. J. RIED

Fairy Wishes I

James' warme, klebrige Kinderhand klammerte sich fest um meine, als befürchtete er, der Strom aus Menschen im Macy's würde ihn sonst davonschwemmen. Ich strich behutsam mit dem Daumen über seine dunkelbraune Haut, um ihn zu beruhigen, während er mit aufgeregt glänzenden Augen auf das Santaland vor uns zeigte. Unter seinen blauen Stiefeln knirschte Kunstschnee, der überall verstreut lag.

Ich deutete auf ein Haus hinter einem roten Tor, an dem ein Schild mit der Aufschrift *100 % Lebkuchen, Zuckerguss und Kinderlachen* hing. Auf der Terrasse vor dem Haus saß ein Weihnachtsmann, wie er im Buche stand, mit rauschendem Bart und roter Polsterkleidung, auch wenn er um einiges jünger wirkte als in den meisten Darstellungen. Eine lange Schlange aus Kindern mit Begleitpersonen hatte sich vor dem Tor gebildet und reichte weit über das Elfendorf hinaus.

»Schau mal, James, dort vorn ist Santa!«

Er nickte eifrig, doch dann runzelte er die Stirn. »Puh, da warten ganz schön viele Leute.«

»Stimmt. Vielleicht finden wir ja was, um uns die Zeit zu vertreiben.« In Gedanken ging ich die Liste von seinen Eltern durch, was ich beachten sollte, ehe mein Blick an den Ständen um uns herum hängen blieb. Von Lebensmitteln war keine Rede gewesen. »Wollen wir uns vielleicht noch etwas Süßes holen, bevor wir uns anstellen?«

»Mom mag es nicht, wenn ich zu viel nasche«, sagte James, während er verräterisch in Richtung eines Stands am Rand des Elfendorfs linste, an dem Süßigkeiten angeboten wurden.

»Hm«, machte ich und tat so, als würde ich mich umschauen, »ich sehe deine Mom hier nirgendwo, du etwa?«

James schüttelte den Kopf.

»Dann bleibt das unser Geheimnis. Möchtest du Zuckerwatte?«

»Au ja!«

Ich grinste. »Dann los!«

Auch hier war die Schlange lang und ich nutzte die Zeit, um mit einer Hand in meiner Umhängetasche nach meinem Portemonnaie zu kramen. Das Budget der kleinen Wohltätigkeitsorganisation *Fairy Wishes*, die ich mit anderen leitete, um ehrenamtlich die Wünsche von Kindern zu erfüllen, die im *Mount Sinai Kravis Children's Hospital* untergebracht waren, war nicht besonders groß. Zwar war das Gehalt, das mein eigentlicher Job als Sozialarbeiterin in der Klinik abwarf, auch nicht gerade üppig, aber das Strahlen in James' Gesicht war es wert, eine Portion fluffige, rosafarbene Zuckerwatte aus eigener Tasche zu bezahlen. Nur wenige Minuten später standen wir wieder in der Schlange des Santalands und warteten darauf, dass wir an die Reihe kamen. Mit jeder Minute wurde James' Hand, die zwischendurch immer wieder nach meiner tastete, klebriger. Als er sich gerade den letzten Bissen vom Holzstab in den Mund schob, traten wir vor Santa und seine Frau, die zwar freundlich lächelte, jedoch gedankenverloren an uns vorbeisah. Santas blaue Augen hingegen funkelten verschmitzt, als er uns begrüßte, ehe er James nach dem Namen und seiner Erlaubnis fragte, ihn auf seinen Schoß zu setzen. Ich zückte mein Handy, um ein Foto für James' Eltern zu machen, und beide lächelten fröhlich in die Kamera.

»Ist das da deine Mom?«, wollte Santa von James wissen, woraufhin dieser so heftig den Kopf schüttelte, dass die Spitzen seiner kurzen Braids hin und her hüpften.

»Das ist Chloe«, erwiderte er, als wäre damit alles gesagt.

Santa hob eine dunkle Augenbraue und ich ergänzte eilig: »Hi, ich bin Chloe Brown. Ich arbeite für *Fairy Wishes* und begleite James heute.«

»*Fairy Wishes?*«, hakte Santa nach, während Mrs Clause noch immer keine Miene verzog. »Ist das nicht diese Organisation, die chronisch kranken Kindern Wünsche erfüllt? Ich glaube, ich habe auf dem Weg hierher Werbung für eine Spendenaktion von euch gesehen.«

Ich nickte. Um Weihnachten herum bekamen wir normalerweise die meisten Spenden. Deshalb planten wir auch eine Aktion mit ehrenamtlichen Helfern, die in zwei Tagen im Macy's stattfinden sollte.

»Oh, und du wolltest Santa besuchen?«, rief der Weihnachtsmann aus. »Das freut mich aber sehr, James. Was kann ich denn für dich tun? Was wünschst du dir?«

»Ich will, dass mein Bruder gesund wird«, verkündete James, während er den Holzspieß von der Zuckerwatte in den Händen drehte.

»Oje, ist er denn krank?«

James schüttelte erneut den Kopf. »Nein, er ist noch in Moms Bauch, aber ich will nicht, dass er auch so oft Spritzen bekommt wie ich.«

Er meinte die Gerinnungsfaktor-Spritze, die er aufgrund seiner Hämophilie regelmäßig in die Vene verabreicht bekam. Er musste oft zu Routineuntersuchungen in die Klinik und manchmal auch bei Notfällen. Dass er sich jetzt um seinen Bruder sorgte, war nur logisch, denn von dieser Erbkrankheit waren hauptsächlich Jungen und Männer betroffen.

»Es ist okay, wenn er auch Spritzen braucht«, fuhr James fort. »Dann kann ich ihm helfen und zeigen, dass das alles normal ist. Aber es tut manchmal weh und ich will nicht, dass ihm etwas wehtut.«

»Puh«, stieß Santa aus, »das ist ein lieber Wunsch, James, nur … tut mir leid, ich fürchte, am Nordpol gibt es dafür kein Heilmittel.«

Über James' Gesicht huschte ein Schatten und eine der Elfen stieß Santa ein wenig unsanft in den Rücken.

Schnell beugte er sich zu James und legte ihm eine Hand auf die Schulter. »Aber solange er dich hat, kann ihm gar nichts Schlimmes passieren.«

Eifrig nickte James und ich warf Santa einen dankbaren Blick zu. »Santa hat recht. Er wird einen tollen großen Bruder haben.«

James' Miene hellte sich weiter auf.

»Gibt es da vielleicht noch etwas, das du dir wünschst?«
»*Batman*-Lego«, kam es wie aus der Pistole geschossen.
Santa lachte. »Ist notiert, ganz oben auf meiner Liste.«
Nachdem der Weihnachtsmann seine Frau gebeten hatte, uns Kekse und einen Coupon zu überreichen, sagte er leise zu James: »Freu dich auf Weihnachten. Und natürlich auf deinen kleinen Bruder.«

Lächelnd rutschte James von seinem Schoß. Er wirkte glücklich, geradezu selbstbewusst, als wir an den Wartenden vorbei in Richtung Ausgang schlenderten, begleitet von Weihnachtsliedern, die überall aus Lautsprechern dröhnten. Wir kamen an Dutzenden unterschiedlich geschmückten Tannenbäumen und Shops vorbei, darunter auch ein Laden mit schwarz gerahmtem Schaufenster, in dem sich Kunstschnee um den Namen *Behind The Ink* bauschte. Gerade trat ein junger Mann mit weißblonden Haaren und einer kreisrunden Sonnenbrille aus der Tür, wodurch das neonbunte *OPEN*-Schild ins Schwingen geriet. Unbehaglich betrachtete er die Menschenmassen, die sich an ihm vorbeidrängten, bevor er den Riemen seines schwarzen Rucksacks zurechtzog und sich in den Strom mischte. Für einen kurzen Moment blickte ich seiner schlanken Silhouette nach – eine Sonnenbrille mitten im Kaufhaus? –, doch James zog mich an der Hand weiter in Richtung Ausgang.

Als ich mir am nächsten Tag in der Mittagspause mit Penelope – meiner Kollegin und besten Freundin – eine mit Sour Cream, Salat und Käse gefüllte Ofenkartoffel vom *Potato House Truck* holte, der vor dem *Mount Sinai Hospital* in der Fifth Avenue stand, atmete ich hörbar auf. So sehr mir meine Arbeit als Sozialarbeiterin bei der *Mount Sinai Children's Center Foundation* am Herzen lag, so anstrengend war sie manchmal. Das galt ganz besonders für Tage, an denen ich in einem Berg aus Schreibkram versank. Entsprechend dankbar war ich für die deftige Hitze, die mir aus der Pappschachtel in meiner Hand entgegenwaberte.

»Ich wüsste gar nicht, was ich ohne die Kartoffeln täte«, sagte ich seufzend.

»Dich vermutlich bloß von Tee, Keksen und Energydrinks ernähren«, kommentierte Penelope trocken und strich sich mit ihren hellbraunen Fingern eine blondierte Strähne aus dem Gesicht, die unter ihrer Wollmütze hervorquoll.

»Gar nicht wahr«, murrte ich. »Die Weihnachtstees im Büro …«

»… machen es nicht besser, Chloe.«

»Du mich auch.«

Sie grinste breit, bevor sie die Gabel in ihrer Ofenkartoffel vergrub, die mit Hühnchen, Sour Cream und Tomaten gefüllt war. Demonstrativ deutete ich auf die Cola, die vor mir auf dem winzigen, wackeligen Metallstehtisch thronte, aber Pen schüttelte den Kopf, ohne mich anzusehen. »Nope.«

»Na gut, dann ist das eben so. Du weißt genau, wie viel um die Weihnachtszeit herum los ist.«

»Mhm, ›um die Weihnachtszeit‹. Das Einzige, was sich bei dir ändert, sind die Keks- und Teesorten.« Sie lachte, wobei sich ihre Nase ein wenig kräuselte.

Ich tat so, als wollte ich sie mit meiner Holzgabel erstechen.

Dann legte Pen eine Hand um ihre Limo-Dose, während sie mit der anderen in ihrem Essen stocherte. »Aber mal Spaß beiseite. Wenn ich heute noch ein einziges Formular auf meinem Schreibtisch sehe, renne ich schreiend aus dem Krankenhaus.«

»Geht mir genauso. Ich weiß überhaupt nicht, wohin mit der Papierflut. Dabei hast du mir schon was abgenommen, damit ich mehr Zeit für die Spendenaktion habe.«

Pen presste die in einem zarten Rosé geschminkten Lippen aufeinander. Das Licht der gedämpften Mittagssonne, die durch die Wolken drang, verlieh ihren braunen Augen einen hellen Glanz.

»Hör mal«, sagte sie schließlich, »ich weiß, das ist wichtig und richtig und alles, nur ... du siehst fix und fertig aus. Und ich meine das wirklich liebevoll.«

»Was, liegen Augenringe etwa nicht mehr im Trend?«, scherzte ich und deutete auf die dunklen Schatten unter meinen Lidern, die trotz des Make-ups erkennbar waren.

»Chloe ...«

»Ja, ja, schon klar.« Ich winkte ab und nahm einen Schluck von meiner Cola. »Aber Weihnachten ist Hochsaison und ich möchte jedem Kind ein Lächeln ins Gesicht zaubern, selbst wenn es nur kurz ist. Und um das zu können, müssen wir uns bei *Fairy Wishes* irgendwie finanzieren. Ich kann nicht ewig ein Auge zudrücken und ständig etwas aus eigener Tasche bezahlen, so gern ich auch würde. Hier eine Süßigkeit, dort ein Spielzeug und am Ende des Monats bin ich pleite.«

»Ich weiß, nur ...«

»Ich schwöre hoch und heilig: Wenn die Spendenaktion vorbei ist, trete ich ein wenig kürzer.«

»Chloe! Was ich sagen will ... denkst du bei dem ganzen Stress und deinem Wunscherfüllungs-Superheldinnen-Dasein auch mal an dich? Was wünschst *du* dir? Was kannst du tun, um dich selbst glücklich zu machen?«

Ich hob eine Augenbraue. »Wir sind Wunschfeen, keine Heldinnen und Helden. Und falls das jetzt ein Versuch sein soll herauszufinden, was du mir zu Weihnachten schenken kannst, muss ich dir leider sagen, dass er nicht besonders subtil ist.«

Mit einem frustrierten Seufzen stach Pen die Gabel so fest in ihre Kartoffel, dass ein wenig Sour Cream auf den beigen Ärmel ihres Mantels spritzte. »Du bist unmöglich.«

»Hab dich auch lieb.«

»Ach, verdammt, ich meine nur, dass du genauso wichtig bist wie die Kleinen. Vergiss das nicht.«

»Also doch kein Geschenk?« Ich setzte eine betretene Miene auf.

»Nur, wenn du brav bist und dich einmal um dich selbst kümmerst«, antwortete sie streng.

»Du bist süß.«

Penelope verdrehte die Augen. »Ich bin vor allem besorgt.«

»Tut mir leid. Danke, dass du dir Gedanken um mich machst. Wenn ich ehrlich bin, ist es wirklich ein bisschen viel, neben dem Job noch Extraschichten für *Fairy Wishes* zu schieben. Aber zurzeit sind einige Leute aus dem Orga-Team krank und haben für übermorgen abgesagt. Wenn ich nicht einspringe, bleiben noch mehr Wünsche auf der Strecke. Und das in der Weihnachtszeit.«

»Du bist unverbesserlich.«

Ich grinste, während ich eine Taschentuchpackung aus meiner Daunenjacke fischte und ihr eins reichte. »Und genau dafür liebst du mich.«

Pen nahm das Papiertaschentuch entgegen – allerdings nicht, ohne mir eine Grimasse zu schneiden –, säuberte ihren Ärmel und aß einen Happen von ihrer Kartoffel, ehe sie die Gabel anklagend auf mich richtete. »Also schön, hör zu. Bis die Spendenaktion durch ist, greife ich dir noch ein bisschen unter die Arme, damit du deinen Papierkram in den Griff bekommst. Aber nur, weil bald Weihnachten ist.«

Jetzt strahlte ich sie regelrecht an. »Und genau dafür liebe ich *dich*. Danke, Pen. Wirklich. Das ist das beste Geschenk, das du mir machen könntest.«

Wieder verdrehte sie die Augen, doch ihre Wangen färbten sich ein wenig dunkler. »Schon gut. Aber dafür versprichst du mir, dass du auch etwas für dich tust, in Ordnung?«

»Von mir aus. Wie könnte ich bei deinem Angebot Nein sagen?«

Als ich mich ein paar Stunden, einen Energydrink und drei Becher Pflaumen-Zimt-Tee später endlich aus unserem Großraumbüro im siebten Stock des *Annenberg Buildings* in der Mitte des Klinik-Campus verabschiedete, war es trotz Pens Hilfe später als gedacht. Sie winkte mir müde zum Abschied und ich nahm mir fest vor, sie morgen früh mit ihrem Lieblingskaffee zu überraschen. Jetzt jedoch musste ich erst mal meine obligatorische Runde drehen, um die Wünsche der Kinder abzufragen, die neu ins Krankenhaus gekommen waren, bevor ich mich wieder der Spendenaktion widmen konnte.

Während ich den aktuellen Stand der Vorbereitungen in unserer WhatsApp-Gruppe checkte – totales Chaos, juhu –, hastete ich über den Hof und durch die Gänge der Kinderklinik in Richtung der winzigen Umkleide, die die Mitglieder von *Fairy Wishes* nutzen durften. Gefühlt war der Raum kaum größer als ein Schrank und gerade einmal zehn Spinde waren um eine schmale Holzbank herum aufgestellt. Ich streifte meine weinrote Arbeitskleidung über mein schwarzes Langarmshirt und kramte den Haarreif mit der schief sitzenden, winzigen Glitzer-Wichtelmütze, den ich selbst angefertigt hatte, aus den Untiefen meines Schließfachs. Die kleinen Goldglöckchen klingelten, als ich das Metall in meine langen braunen Haare schob. Dabei fiel mein Blick auf die Freundschaftsarmbänder an meinem Handgelenk, die ich in einer Bastelstunde mit den Kindern geflochten hatte, was mir ein Lächeln entlockte. Zuletzt schnappte ich mir noch mein Klemmbrett und die Bauchtasche voller Süßigkeiten und Spielzeugfiguren, schnallte sie mir um, verschloss meinen Spind und hetzte los. Laut Plan auf meinem Klemmbrett war heute die Station für Rheumatologie an der Reihe.

Bridget, eine pensionierte Krankenpflegerin mit einem Rentiergeweih in den grauen Locken, das bei jeder Bewegung wackelte, nahm mich freundlich in Empfang.

»Da bist du ja, Chloe!«, rief sie und zog mich in eine feste Umarmung. »Alles gut bei dir?«

»Ja«, schnaufte ich. »Nur viel los momentan.«

Sie nickte bloß, bevor sie eine Packung *Reese's* aus ihrer Tasche hervorkramte und mir in die Hand drückte. »Habe ich dir aus der Stationsküche mitgebracht. Dachte, die könntest du heute brauchen.«

»Du bist ein Engel!«, sagte ich mit einem Seufzen, öffnete die Packung und ließ mir die Schokolade mit der Erdnussbuttercreme auf der Zunge zergehen.

Bridget zwinkerte mir verschwörerisch zu. »Nächstes Mal bastele ich mir lieber Flügel statt eines Geweihs, ist notiert!« Dann schien die langjährige Routine von früher wieder Besitz von ihr zu ergreifen. »Ich war bisher in den Zimmern eins bis sechs. Könntest du acht bis vierzehn übernehmen?«

»Klar. Irgendetwas, das ich wissen muss?«

Sie schüttelte den Kopf, wobei ihr Geweih bedenklich in Schieflage geriet. »Höchstens, dass im Kühlschrank noch ein paar einsame Puddings vom Mittagessen stehen.«

»Merk ich mir für nachher, danke. Bis später!«

Sie wuselte davon, bevor ich noch etwas sagen konnte. Lächelnd sah ich ihr nach. Bridget war mit ihren zweiundsiebzig Jahren das Herz von *Fairy Wishes*, und wenn ich ehrlich war, konnte ich mir an harten Tagen wie diesem kaum eine bessere Partnerin in Crime vorstellen.

Nachdem ich noch eine Praline verdrückt hatte, verstaute ich den Rest in der Tasche und zückte mein Klemmbrett. Nach einem Blick auf die Namensliste machte ich mich auf den Weg zu Meggie Wright im ersten Zimmer. Ich klopfte an und eine dunkle Stimme rief: »Ja!«

Als ich eintrat, stand ich nicht wie erwartet einem Mädchen gegenüber, sondern einem schlanken Mann mit platinblond gefärbten Haaren, die an den Seiten kurz geschnitten waren und ihm vorn in die Stirn fielen. Er trug einen schlichten schwarzen Pulli, drei silberne Ohrringe am linken Ohr sowie einen dezenten Nasenring und hatte ein lässiges Grinsen auf den Lippen – bei dem mein Herz kurz ins Stolpern geriet. Das war der Typ, den ich gestern im Macy's aus *Behind The Ink* kommen gesehen hatte, nur diesmal ohne Sonnenbrille auf der Nase. Dadurch erhaschte ich nun einen Blick auf seine blassblauen Augen, in denen ein neugieriges Funkeln lag, während er mich betrachtete.

»Äh«, stammelte ich, bevor mein Puls wieder in seinen gewohnten Rhythmus verfiel. »Du bist nicht zufällig Meggie, oder?«

Sein Lächeln wurde breiter. »Ich fürchte nicht. Aber ich bin ihr Bruder, falls dir das weiterhilft.«

»Oh.«

Er hob eine Braue und mein Blick glitt zu seinem Unterarm, wo Fineline-Tattoos einen scharfen Kontrast zu seiner weißen Haut bildeten. Im Zentrum stand eine lineare Reihung der Planeten unseres Sonnensystems, die von Kreisen und Dreiecken umgeben waren. »Tut mir leid, dich zu enttäuschen.«

»Nein, ich … Sorry, das war unhöflich.« Ich klammerte mich an das Klemmbrett, als hinge mein Leben davon ab, während mein Herz zu rasen begann und mir eine verräterische Hitze ins Gesicht trieb.

»Sei nicht schon wieder so«, beschwerte sich ein Mädchen in seinem Rücken.

Ihre Stimme riss mich aus meiner Starre und ich trat einen Schritt zur Seite, um an ihrem Bruder vorbei auf das hintere der beiden Betten zu schauen. Ein etwa zwölfjähriges Mädchen mit rotblonden Haaren, Sommersprossen und einem blauen Hoodie winkte mir von dort aus zu. Auf ihrem Gesicht lag ein entschuldigendes Lächeln, das zwei Grübchen auf ihren Wangen zum Vorschein brachte.

»Hi, bist du Meggie?«

»Ja, und das da ist mein Vollpfosten von einem Bruder.«

Meine Erleichterung musste mir wohl anzusehen sein, denn ihr Bruder schien sich nur mühsam ein Schmunzeln verkneifen zu können. Darum bemüht, mich davon nicht aus der Ruhe bringen zu lassen, ratterte ich meine übliche Vorstellung herunter: »Hey, Meggie, freut mich, dich kennenzulernen. Ich bin Chloe, deine Wunscherfüllerin von *Fairy Wishes*.« Routiniert deutete ich auf meinen Haarreif und legte schwungvoll meinen Kopf schief, um die Glöckchen zum Klingen zu bringen. »*Feenpower macht alles möglich.*«

»Gestatten, Vollpfosten«, erwiderte Meggies Bruder. »Du kannst mich aber auch Ethan nennen.«

Nun musste ich grinsen. »Ich glaube, Vollpfosten gefällt mir ganz gut.«

Meggie kicherte. Ethans Mundwinkel zuckten, ehe sie sich schließlich zu einem leisen Lachen hoben. Ich ging an dem zurückgezogenen Vorhang und dem unbesetzten Bett vorbei auf Meggies zu, bis ich am Fußende zum Stehen kam. Sie saß mit angekipptem Kopfteil aufrecht und sah mich erwartungsvoll an. Ihr Bruder ging an uns vorbei und lehnte sich ein Stück von uns entfernt an die Fensterbank, von wo aus er mich beobachtete. Sein Blick prickelte in meinem Nacken, sodass ich mich anstrengen musste, mich davon nicht ablenken zu lassen.

»Also, Meggie, gibt es etwas, das ich für dich tun kann? Hast du irgendeinen Wunsch?«

»Du meinst, außer diesem tristen Raum hier einen neuen Look zu verpassen?« Sie deutete auf die Wand, die in einem inzwischen verblassten Orangeton gestrichen und ansonsten völlig kahl war. »Ich bin erst seit ein paar Tagen hier und kann diese Farbe schon nicht mehr sehen.«

»Dagegen kann ich leider nichts tun, aber ich werde es auf jeden Fall weiterleiten«, raunte ich ihr verschwörerisch zu. »Und was wünschst du dir sonst? Vielleicht ein Buch oder lieber ein neues Konsolenspiel?

Oder doch eher, dass dein Bruder ab jetzt auf den Namen Vollpfosten hört?«

Meggie lachte, dann biss sie sich zögerlich auf die Unterlippe und schaute Ethan unsicher an.

Er stieß ein Seufzen aus. »Na los, raus damit, Meggs.«

Meggie wirkte auf einmal verlegen. »Na ja ... Ich liebe Weihnachtsbeleuchtung über alles. Deshalb möchte ich so gern zum *Luminous Winter Delight Festival*.«

Ich zückte meinen leuchtend pinken *Fairy-Wishes*-Kugelschreiber, in dem herzförmiges Konfetti in einer Flüssigkeit umherwirbelte, und machte eine Notiz auf dem Klemmbrett. »Was für ein schöner Wunsch! Den können wir dir bestimmt erfüllen. Gibt es irgendetwas, das ich beachten sollte?«

»Ich kann mein Kniegelenk noch nicht wieder voll bewegen, weil es entzündet ist und ich gestern Abend eine Punktion und Injektion mit Kortison hatte«, antwortete Meggie und deutete auf den Verband an ihrem Knie. »Deshalb bin ich im Moment nicht so gut zu Fuß.«

»Ich werde mit den Ärzten und deinen Eltern sprechen, wann und wie ein Ausflug möglich ist. Wir finden sicher eine Lösung.«

Hinter mir räusperte sich Ethan. Meggie warf ihm einen Blick zu, bei dem das *Halt die Klappe, Vollpfosten!* überdeutlich herauszulesen war. Mich beschlich das unangenehme Gefühl, einen wunden Punkt getroffen zu haben.

Schließlich seufzte Ethan und ich drehte mich zu ihm um. Er vergrub die Hände in den Hosentaschen seiner schwarzen Skinny-Jeans und wirkte plötzlich eigenartig zerknirscht. »Unsere Eltern sind ein bisschen ... übervorsichtig, um es nett zu formulieren. Soll heißen: Sie würden nicht wollen, dass Meggs sich zu sehr verausgabt. Oder sich großen Menschenmengen aussetzt.« Er deutete mit dem Kinn zum Infusionsständer, von dem aus ein Schlauch zu Meggies Arm führte.

Vermutlich wurde ihr darüber ein Biologikum verabreicht, ein Medikament, das die Gelenkzerstörung und Krankheitsaktivität verringern sollte, indem es gezielt Entzündungsbotenstoffe, spezifische Rezeptoren oder Zellen des Immunsystems blockierte.

Betreten schaute ich auf mein Klemmbrett, wo ich soeben ihre Daten vervollständigt hatte. »Puh, ähm ... wenn deine Eltern dagegen sind, ist das natürlich schwer umzusetzen, weil du noch minderjährig bist«, begann ich, während mir das Herz schwer wurde. Mit trockenem Mund starrte ich auf ihren Wunsch, den ich mit meinem Kugelschreiber fest ins Papier gedrückt hatte.

Es war ein ungeschriebenes Gesetz von *Fairy Wishes*, dass uns kein Wunsch zu groß war. Vielleicht dauerte es manchmal länger, aber war er erst mal notiert, setzten wir alles daran, ihn zu erfüllen. Selbst bei gesundheitlichen Einschränkungen fanden wir gemeinsam mit dem Ärzteteam immer eine Lösung. Doch wenn die Eltern nicht einverstanden waren ...

Ich zwang mich dazu, den Blick vom Papier zu lösen, und schaute zu Ethan, der gequält das Gesicht verzog. Vermutlich ahnte er, in welcher Bredouille ich steckte. Bestimmt wusste es auch Meggie, aber ich traute mich nicht, sie anzuschauen. Allein die Enttäuschung in der Miene ihres Bruders verursachte bereits ein scharfes Stechen in meiner Brust.

»Tja«, machte Ethan gedehnt. »Ich glaube, du musst dir wohl etwas anderes aussuchen, Meggs. Da gibt es doch diesen einen Elektronikbaukasten, den du schon lange haben wolltest.«

»Aber das Festival ist jetzt«, murmelte Meggie erstickt, »und es geht nur ein paar Tage. Wenn ich es nicht hinschaffe ... Wer weiß, ob es nächstes Jahr noch einmal stattfindet.«

Ergeben schloss ich die Lider. Die Traurigkeit in ihrer Stimme legte sich auf meine Schultern wie Blei.

Wohl wissend, dass ich mich wahrscheinlich mal wieder zu weit aus dem Fenster lehnte, wandte ich mich an Meggie. »Okay, hör mal. Ich brauche mit Sicherheit ein bisschen Hilfe, aber –«

»Ich bin dabei«, sagte Ethan sofort, bevor ich überhaupt zu Ende gesprochen hatte, und ich lächelte unwillkürlich.

Meggies Augen wurden riesig und plötzlich strahlte sie über das ganze Gesicht. »Heißt das, du machst es? Du bringst mich zum Festival?«

»Zuerst muss ich mit den Ärzten reden«, beharrte ich. »Und leider kann ich es dir nicht versprechen, aber ich werde alles tun, was möglich ist, um deinen Wunsch wahr werden zu lassen. Wäre doch gelacht, wenn eine Weihnachtsfee das nicht schafft, oder?«

Meggie lachte und mein Herz schwoll an, während ich mich gleichzeitig fragte, in was zum Teufel mich meine Gutmütigkeit mal wieder hineingeritten hatte.

Als ich ein paar Stunden später aus dem Krankenhaus ins Freie trat, war es bereits dunkel. Ein Blick auf meine Armbanduhr offenbarte mir, dass es nach halb sieben war, und das Knurren in meinem Magen nahm allmählich beklemmende Ausmaße an. Das Gespräch mit den Stationsärzten hatte länger gedauert, als die *Reese's* gereicht hatten. Nach langem Hin und Her hatte Bridget angeboten, Meggie zu begleiten und die Ärzte zu kontaktieren, falls ihr der Ausflug zu viel werden würde. Meggies Eltern hatten am Telefon zwar skeptisch geklungen, aber ich hatte sie trotz ihrer Bedenken zumindest überreden können, nach der Arbeit zu einem Arztgespräch zu kommen, bevor sie ihre Tochter besuchten. So, wie sie sich gaben, war ich mir sicher, sie würden darüber nachdenken. Leider reichte das noch nicht aus, um Meggie davon zu berichten, denn ich wollte ihr keine falschen Hoffnungen machen. Aber vielleicht, so tröstete ich mich, sah die Welt morgen schon ganz anders aus. Leuchtender. Und weil ich fest daran glauben wollte – und nach dem harten Tag gute Nachrichten gebrauchen konnte –, hatte ich auf dem Weg nach draußen unseren Ansprechpartner bei *Encore Tickets* kontaktiert und vier Eintrittskarten für morgen Abend reserviert.

Nun jedoch überrollte mich statt des ersehnten Feierabends ein einziges Durcheinander aus Nachrichten von *Fairy Wishes*. Ich war so sehr in der WhatsApp-Gruppe versunken, dass ich Ethans Anwesenheit erst bemerkte, als ich ihn verblüfft sagen hörte: »Chloe? Du bist ja immer noch hier!«

Irritiert blickte ich auf. Offenbar war er bis eben noch bei seiner kleinen Schwester gewesen. Er hatte sich einen langen schwarzen Wollmantel übergeworfen und trug den schwarzen Rucksack über den Schultern, der mir schon im Kaufhaus aufgefallen war.

»Wow, du scheinst Farben wirklich zu lieben«, rutschte es mir heraus, bevor ich die Worte zurückhalten konnte.

Er lachte und musterte demonstrativ meine hellgelbe Daunenjacke, den bunt karierten Schal, meine Boyfriend-Jeans und die braunen Boots. »Ganz im Gegensatz zu dir.«

»Tja, was soll ich sagen. Du hast mich durchschaut.« Ein lautes Magenknurren ertönte und ich spürte, wie mir Hitze ins Gesicht kroch.

Ethans Mundwinkel zuckte. »Was hältst du davon, wenn wir irgendwo was essen gehen? Dann könnten wir wegen Meggs reden, falls du für heute nicht komplett die Nase voll hast. Was ich verstehen könnte.«

Ich deutete auf meinen Bauch. »Ich glaube, mein Magen hat schon für mich gesprochen.«

»Wie wäre es mit Pommes?«

Kurz überlegte ich, ob ich ihm sagen sollte, dass ich heute Mittag bereits eine Kartoffel hatte, aber der leicht verlegene Ausdruck auf seinem Gesicht und die Art, wie er den Riemen seines Rucksacks ein wenig zu fest umklammerte, ließen mich plötzlich einen riesigen Appetit auf eine weitere Runde verspüren. »Gern. Und wo?«

»Ich kenne da den perfekten Laden. Es ist Fluch und Segen zugleich, dass ich in der Nähe arbeite.«

»Im *Behind The Ink*?«, fragte ich und hätte mir im nächsten Moment am liebsten auf die Zunge gebissen.

Klasse, Chloe. Das kommt überhaupt nicht komisch rüber.

Ethan hob eine dunkle Braue.

»Sorry, das klingt jetzt sicher gruselig, aber ich hab dich gestern da gesehen. Und bevor du jetzt denkst, ich stelle dir irgendwie nach oder so, ich war mit einem Kind bei Macy's, das unbedingt zu Santa wollte.«

Garantiert machte ich den Straßenlaternen im Hof des Krankenhauses Konkurrenz, während er mich mit einem amüsierten Funkeln in den Augen betrachtete.

»Guck mich nicht so an! Ich schwöre, ich bin keine Serienmörderin.«

»Gut zu wissen«, erwiderte er grinsend.

Weil ich nicht wusste, wie ich dieser peinlichen Situation sonst entfliehen sollte, rückte ich meine Umhängetasche zurecht, vergrub die Hände in der Jacke und schlug den Weg in Richtung U-Bahn ein. Ethan ging prustend neben mir her.

»Vollpfosten«, murrte ich.

»Stets zu Diensten.«

»Meggie tut mir leid«, konterte ich.

»Weil ihr fantastischer großer Bruder heute Nacht nicht bei ihr bleiben kann? Ich weiß auch nicht, wie sie es ohne mich aushalten soll.«

»Du bist unmöglich.«

Doch in meinem Bauch breitete sich ein sanftes Prickeln aus, das meine Worte Lügen strafte, während wir nebeneinander hergingen und schließlich in die U-Bahn stiegen.

P. J. RIED

Fairy Wishes II

In dem riesigen, aufwendig geschmückten Kaufhaus war noch immer viel los. Wie gestern dudelte ununterbrochen Weihnachtsmusik durch die Gänge vor den Shops und die meisten Leute eilten geschäftig an uns vorbei, ohne die Dekorationen eines Blickes zu würdigen.

Als wir am Tattoostudio vorbeigingen, deutete Ethan mit dem Daumen darauf. »Um deine Frage zu beantworten, ja, ich arbeite hier als Fineline-Tattoo-Artist.«

»Wie cool«, rutschte es mir heraus. »Hast du dich selbst tätowiert?«

Ethan schnaufte leise. »Leider nein. Das war mein Kumpel Max.«

»Oh, ähm. Tut mir leid.«

»Ach, Quatsch. Die Frage bekomme ich ziemlich häufig gestellt. Ich kann dir aber bei Gelegenheit mal zeigen, was ich für Motive tätowiere, falls du möchtest.«

»Gern.«

Plötzlich blieb Ethan stehen und betrachtete ein rotes Plakat an der Wand zwischen zwei Läden. In der Mitte prangte die violette Silhouette einer geflügelten Fee mit Zauberstab, aus dessen Spitze Sterne sprühten. Darüber stand in geradezu aggressivem Gelb *Fairy Wishes Spendenaktion*, darunter waren sämtliche Details in einem weniger aufdringlichen Grauton aufgelistet.

»Das ist übermorgen«, stellte Ethan fest.

Ich nickte und dachte mit einem flauen Gefühl im Magen an die WhatsApp-Nachrichten, die ich gelesen hatte, bevor ich durch Meggies Bruder abgelenkt worden war. Unglücklicherweise hatten sich zu den fehlenden Leuten aus dem Orga-Team gleich vier unserer Aushilfen krankgemeldet. Deshalb würde ich heute Abend und morgen vermutlich eine Menge umorganisieren müssen.

»Ist alles in Ordnung? Du siehst aus, als hätte die Wetterfee dir eine Regenwolke auf den Hals gehetzt«, bemerkte Ethan besorgt.

»Ach, es ist nur das übliche Organisationschaos vor solchen Aktio-

nen.« Ich winkte ab. »Und dazu noch mein Job als Sozialarbeiterin in der Klinik. Manchmal wird es einfach ein bisschen viel. Aber mach dir keinen Kopf, das ist nichts, was ein paar Pommes nicht retten könnten.«
»Na schön«, erwiderte er nicht besonders überzeugt.

Ethan tippte etwas auf seinem Smartphone, das verdächtig nach der Kalenderfunktion und den Daten der Spendenaktion aussah, bevor wir uns auf den Weg in den überfüllten Food Court machten, wo sich Dutzende Imbissläden aneinanderreihten. Die Gerüche von deftigem Essen und Gewürzen mischten sich mit dem Duft süßer Nachspeisen zu einem Aroma, bei dem mir das Wasser im Mund zusammenlief. Ethan führte mich zu einem Stand namens *Poutine Heaven*, an dem gigantische Portionen Pommes mit allen möglichen Toppings angeboten wurden. Ich entschied mich für ein Menü mit Käse, Kräutern, Pilzen und brauner Soße, während Ethans Wahl auf die *Hot Chili Cheese Temptation* fiel. Sobald wir die dampfenden Portionen und zwei Colas in den Händen hielten, quetschten wir uns durch die Menge zu einem Stehtisch neben einem Weihnachtsbaum, dessen Plastikzweige traurig geknickt herabhingen.

»Mmh, das duftet himmlisch«, entfuhr es mir und ich griff nach meiner Cola, um Ethan zuzuprosten.

Er stieß mit mir an und lächelte breit, wobei die gleichen Grübchen zum Vorschein kamen, die auch Meggie hatte. »Ich bin froh, dass du meine Leidenschaft für Poutine zu teilen scheinst. Aber ich warne dich: Wenn du erst mal probiert hast, wirst du nie wieder woanders Pommes essen wollen.«

Skeptisch hob ich die Brauen. Doch sobald ich den ersten Bissen im Mund hatte, schmolz ich dahin. Diese Fritten machten selbst meinen heiß geliebten Ofenkartoffeln vom *Potato House Truck* Konkurrenz, und das wollte etwas heißen.

»Du kannst mir sagen, was du willst, aber für mich gibt es nichts

Besseres nach einem harten Tag«, sagte Ethan und nahm einen großen Bissen Chili-Cheese-Fries.

Ich ließ meine Gabel sinken. »Sah ich so fertig aus?«

»Wenn ich mit Ja antworte, wäre das dann uncharmant?«

»Allerdings.«

»Okay, dann nein. Du sahst aus wie das blühende Leben, als du vorhin vor dem Krankenhaus standest.«

Ich schnaubte gespielt empört. »Autsch. Vergiss, was ich gesagt habe. Dann doch lieber die ehrliche Antwort.«

Wir tauschten ein flüchtiges Grinsen, dann wurde Ethan wieder ernst. »Also, wegen Meggs ... Ich weiß, dass sie dich vorhin mit ihrem Wunsch ziemlich überrumpelt hat. Unsere Eltern meinen es gut, aber es ist schwierig. Es gab da mal einen Vorfall in der Schule, seitdem packen sie Meggs in Watte und merken nicht, was sie damit anrichten. Sie wird immer unglücklicher.«

»Das tut mir leid«, murmelte ich. »Ich arbeite viel mit chronisch kranken Kindern und ihren Familien zusammen, und das passiert häufiger, als du denkst. So etwas ist nie leicht. Für niemanden.«

Ethan begann, seine Flasche auf dem Tisch unbehaglich hin und her zu drehen. »Leider, ja. Aber ich verstehe Meggs. Sie will raus, was erleben, einfach ein normales Leben führen. Was ich damit sagen will ... Ich weiß besser als jeder andere, wie überzeugend ihr Hundeblick sein kann. Wenn du ihr den Wunsch nicht erfüllen kannst oder darfst, dann ist das okay. Ich verstehe das. Und Meggs auch, versprochen. Über einen Elektronikbaukasten freut sie sich genauso. Sie will später mal Bioinformatikerin werden.«

Ich setzte eine zerknirschte Miene auf und Ethan nickte. Offenbar rechnete er bereits mit einer Abfuhr, und obwohl er sich sichtlich darum bemühte, sich nichts anmerken zu lassen, sackten seine Schultern ein Stück nach unten. Innerlich rang ich mit mir, überlegte fieberhaft, ob ich ihn einweihen sollte. Doch ich könnte es nicht ertragen, wenn sich auf seinem Gesicht eine noch viel größere Enttäuschung breitmachen würde, sollte der Plan nicht aufgehen.

Mein Schweigen offensichtlich falsch deutend, stocherte er missmutig in den Pommes. »Schon okay.«

Gar nichts war okay, das sah ich ihm an – und das wiederum brach mir das Herz. »Ethan ... ach, was soll's, ich sag's dir. Eigentlich wollte ich warten, bis ich eine feste Zusage habe, damit Meggie nicht enttäuscht ist, falls es doch nicht klappt. Aber die Ärzte und ich haben vorhin mit euren Eltern telefoniert und vorgeschlagen, dass uns eine ehemalige Krankenpflegerin begleitet, die *Fairy Wishes* unterstützt. Es war echt schwierig, aber ich konnte die beiden überzeugen, mit den Ärzten zu reden und sich das Ganze zumindest durch den Kopf gehen zu lassen. Ich kann nur leider nichts versprechen. Der Rest hängt von ihnen ab. Tut mir leid, dass ich nicht mehr tun konnte.«

Vor Verblüffung öffneten sich Ethans volle Lippen einen Spaltbreit.

»Ich war ein wenig übereifrig und habe Tickets für morgen Abend reserviert. So ziemlich die letzten, die es noch gibt. Und ehrlich gesagt habe ich ganz schön Angst, dass es nicht klappt.«

Ethan blinzelte. Einmal, zweimal. Dann stieß er hervor: »Scheiße, Chloe, bist du wirklich eine Fee? Ist das dein Ernst? Das alles hast du in den paar Stunden geschafft?« Er sah dabei so verblüfft und plötzlich so glücklich aus, dass ich ein Lachen nicht zurückhalten konnte.

»Na klar. Volle Feenpower voraus und so.«

»Ich ... ich weiß nicht, was ich sagen soll.«

»Ein einfaches Danke reicht völlig.«

Urplötzlich wurde er wieder ernst und sah mich an. Das Blau seiner Augen wirkte dabei so warm, so elektrisierend, dass mir ein wohliger Schauer über den Rücken lief. »Danke, Chloe, echt. Das bedeutet mir viel. Ich werde nachher noch mal mit meinen Eltern sprechen – sie müssen einfach Ja sagen. Allein dass sie darüber nachdenken, ist schon toll.«

Verlegen starrte ich auf meine Pilze. »Ach, das ist mein Job. Ich mache das gern. Und ich drücke uns die Daumen.«

»Das macht mich nur noch dankbarer.«

Plötzlich wurde mein Mund entsetzlich trocken und für den Rest des Essens konnte ich Ethan nicht mehr in die Augen sehen. Eine eigenartige, kribbelige Anspannung nistete sich in mir ein und drohte, mich zu überwältigen, wann immer ich den Blick auf ihn richtete. Auf seine schlanken, sehnigen Hände, den schmalen Nasenring, seine fein geschwungenen Lippen, die Ohrringe, die das Licht reflektierten. Auf seinen Adamsapfel, seine Lippen, den hellen Pony, der bei jeder Bewegung über seine dunkelbraunen Brauen strich. Zurück zu seinen Lippen, die ungeheuer weich wirkten …

Als wir aufgegessen hatten, tauschten wir unsere Nummern und machten uns auf den Weg nach draußen. Wir vereinbarten, dass ich ihn und Meggie am nächsten Tag gegen achtzehn Uhr auf Station abholen kommen sollte. Schließlich fragte er mich, ob er mich noch nach Hause bringen sollte, doch ich winkte dankend ab.

»Darf ich dich zum Abschied vielleicht umarmen?«, bat er.

Mein Herz setzte einen Schlag aus. »Klar.«

Nur einen Wimpernschlag später beugte er sich zu mir herab und legte die Arme um mich. Ein süßer Geruch nach Zitrusfrüchten und Zimt hüllte mich ein, benebelte meinen Verstand, als ich mich in seine Berührung lehnte. Sein Körper fühlte sich fest und warm an und mich beschlich das Gefühl, dass er mein hämmerndes Herz spüren konnte, während ich den rasenden Rhythmus seines Pulses fühlte. Ich schmiegte mich an ihn und wir hielten einander einen Moment länger fest als nötig.

»Ich danke dir von Herzen, Chloe«, flüsterte er. Sein Atem strich heiß über mein Ohr und mich überlief erneut ein Schauer.

Am nächsten Morgen ging das Durcheinander weiter. Dass ich kaum geschlafen hatte, weil ich noch bis spät in die Nacht mit Ethan geschrieben hatte, obwohl ich mich eigentlich um die Organisation der Spendenaktion hatte kümmern müssen, machte es nicht besser. Als ich jetzt das Schrankbett hochklappte und durch mein vollgestelltes Ein-Zimmer-Apartment zur Kaffeemaschine tapste, erwartete mich ein gutes Dutzend Nachrichten von Penelope, die haarklein alles über Ethan wissen wollte.

Ethan ist nur der Bruder einer Patientin,

tippte ich zurück.

Weiter nichts.

Anscheinend ist er aber verdammt heiß,
wenn du den Abend mit ihm verbringst.

Er hat mir Pommes ausgegeben, hättest du da Nein gesagt?

Touché :D

Ich legte das Handy beiseite, um in meine Klamotten zu schlüpfen, und nippte nebenbei an meinem Kaffee. Ein erneutes Vibrieren ließ mich innehalten.

Hast du schon was von den Eltern gehört?

Ethan hat mir heute Morgen geschrieben –
es geht klar! Ich freu mich so :)

Die Power-Fee hat es geschafft!
Du musst nur noch die Tickets pünktlich abholen.

> Ja, Mom.

Ich mein's ernst. Wäre nicht das erste Mal,
dass du dich verzettelst.

> Ich gebe mir Mühe. Aber in der Gruppe
> für die Spendenaktion geht die Welt unter.

Chloe, verbock's nicht. Nicht nur wegen Meggie.
Auch wegen Ethan.

> Hey, auf wessen Seite stehst du bitte? :o

Auf deiner, und das heißt auch, dir in deinen
wundervollen Arsch zu treten, wenn es sein muss :*

Ich stieß ein Seufzen aus und schob das Handy in die Tasche meiner Jeans, die ich bereits zur Hälfte angezogen hatte. Wenn Pen wusste, dass sie recht hatte, konnte sie unausstehlich sein. Trotzdem beeilte ich mich, mit der U-Bahn ins Büro zu fahren – nicht ohne auf dem Weg ihren Lieblings-Gingerbread-Latte und eine Zimtschnecke zu kaufen.

Der restliche Tag flog förmlich an mir vorbei, aber ich war abgelenkt. Von Ethan, der mir alberne Selfies und Bilder seiner Zeichnungen und Tattoos schickte, und von der Organisation der Spendenaktion. Das verbliebene Team forderte ein Notfallmeeting um siebzehn Uhr. Obwohl ich wusste, dass es zeitlich eng werden würde, sagte ich zu und redete mir ein, dass es bestimmt nicht so lange dauern würde.

Also verabschiedete ich mich um Viertel vor fünf von Pen, der ich versprechen musste, sie auf dem Laufenden zu halten und die Zeit nicht aus den Augen zu verlieren, und flitzte in den winzigen Meetingraum, wo Bridget und die anderen mich bereits mit einem Flipchart erwarteten, auf dem bedenklich viele Fragezeichen prangten.

Okay ... lächelnd blickte ich in die Runde und zückte einen Stift, um schnell Ordnung in das Chaos zu bringen.

Doch leider ging es alles andere als schnell.

Immer wieder schaute ich nervös auf mein Smartphone, beobachtete, wie achtzehn Uhr unaufhaltsam näher rückte. Nachrichten von Ethan sammelten sich auf dem Display und ich tippte hastig zurück, bevor im Meetingraum eine hitzige Diskussion entbrannte und ich das Handy blitzschnell verstauen musste.

Als endlich die überaus wackelige Planung stand, war es bereits halb acht. Siedend heiß lief es mir über den Rücken. In meiner Panik stürzte ich aus dem Raum und rief bei der Servicenummer des *Luminous Winter Delight Festivals* an, wo mir gesagt wurde, dass die Reservierung verfallen war und leider keine Tickets mehr zur Verfügung standen.

»Bitte, können Sie nicht irgendwas tun?«, flehte ich den Mitarbeiter an.

»Tut mir sehr leid, aber da ist nichts zu machen.«

Danach folgte ein Tuten, das mir so laut vorkam, dass ich mich nicht gewundert hätte, wenn man es in ganz New York gehört hätte.

»Verdammte Scheiße«, fluchte ich, was nur als kläglicher Laut herauskam.

Ich hatte Meggie hängen lassen. Und Ethan. Nur weil ich zu vertieft in alles andere gewesen war, es allen gleichzeitig recht machen wollte und meine Prioritäten aus den Augen verloren hatte. Mal wieder.

Mit zitternden Fingern öffnete ich Ethans und meinen Chat, und was ich da las, brach mir das Herz.

> Hey,

schrieb er unter einem Foto von sich und Meggie, die auf ihrem Bett saß und in die Kamera strahlte.

> Wir freuen uns auf nachher!

> Ich mich auch! Das wird super.

> Nur noch eine Stunde! Meggie ist schon ganz aufgeregt.

> Alles okay, Chloe? Bist du beschäftigt?
> Ich hoffe, du musst nicht mehr so lange machen.

> Ich beeile mich! Wir sind hier hoffentlich gleich fertig.

> Kein Problem! Wir kommen klar.

> Kannst du mir die Nummer vom Ticketverkauf schicken? Dann rufe ich an und sage Bescheid, dass wir uns verspäten.

> Chloe?

Die Leere unter seiner letzten Nachricht schmerzte mehr als die Worte selbst.

Im Chatfenster darunter prangte der Text, den ich vorhin getippt hatte. Offenbar hatte ich in der Eile, das Handy wegzustecken und mich aufs Meeting zu konzentrieren, den Button nicht richtig getroffen. Vorwurfsvoll leuchteten mir die nicht gesendeten Buchstaben entgegen.

> Sorry, hier ist gerade viel los, geht notfalls schon mal vor.
> Ich komme nach, so schnell ich kann. Tut mir echt leid!

Eine tolle Wunschfee bin ich. Nicht einmal eine verdammte Mitteilung bekomme ich zustande.

»Verdammte Scheiße«, wiederholte ich und betätigte mit bebenden Händen den Anruf-Button.

Es dauerte eine Weile, bis er dran war.

»Bevor du irgendwas sagst«, sprudelte ich los und merkte, dass meine Stimme peinlicherweise weinerlich klang, »es tut mir unfassbar leid, und ich weiß noch nicht, wie, aber ich mache es wieder gut!«

»Chloe ...«

»Wirklich, Ethan, ich wollte das nicht. Ich hatte mich so gefreut, doch dann war im Meeting die Hölle los, du kannst dir kaum vorstellen, was das für ein Wirrwarr war ...«

»Chloe ...«

»Aber das ist absolut keine Entschuldigung und ich weiß, dass ich riesengroßen Mist gebaut habe«, schloss ich.

»Chloe, wo bist du? Ich komme dahin.«

Ich schniefte. »Du bist noch am Krankenhaus? Bei Meggie? Ach, nein, die Besuchszeit ist längst vorbei. Ich ... ich komme auf den Hof, okay?«

»Okay«, sagte er sanft. »Bis gleich. Ich warte unten.«

Nachdem er aufgelegt hatte, gestattete ich es mir für eine Minute, in Selbstmitleid zu versinken. Ich konnte nicht fassen, dass es nach allen Hürden ausgerechnet an mir gescheitert war. Ich wollte mir gar nicht vorstellen, wie enttäuscht Meggie sein musste. Ich war die unzuverlässigste Wunschfee aller Zeiten.

Schließlich rappelte ich mich auf, streifte meine Jacke über und eilte in den Hof des Krankenhauses. Nieselregen fiel schräg durch die Luft wie Nadeln, verweht von einem eiskalten Wind, der mir beißend unter die Kleidung fuhr. Unter dem Vordach am Eingang stand Ethan im Licht einer Laterne. Kurz hielt ich inne und nahm einen tiefen Atemzug, bevor ich auf ihn zuging.

»Ethan? Es tut mir leid, ehrlich! Ich weiß nicht, wie ich die Zeit vergessen konnte. Das war schrecklich egoistisch ... Uff!«

Bevor ich weiterreden konnte, hatte Ethan die Arme so fest um mich geschlungen, dass es mir fast die Luft aus den Lungen presste. Sein Duft beruhigte mich, während seine Nähe mein Herz noch mehr zum Rasen brachte. Ein merkwürdiger Gegensatz, der ein elektrisierendes Prickeln in mir auslöste.

»Es ist okay, Chloe. So etwas kann passieren, vor allem mit so vielen Jobs gleichzeitig. Erst recht, wenn irgendein Vollpfosten dich die halbe Nacht lang ablenkt und wachhält.«

»Ich wollte Meggie nicht enttäuschen«, wisperte ich und spürte, wie Tränen in meinen Augen brannten. »Aber so viele Leute sind ausgefallen und jetzt sind wir zu wenige für die Aktion morgen und ... es ist alles ...«

»Zu viel?«

Ich nickte an seiner Brust, wobei der weiche Stoff seines Mantels über meine Wange strich.

»Das ist vollkommen in Ordnung. Und du bist meilenweit davon entfernt, egoistisch zu sein.«

»Eigentlich sollte ich Meggie trösten, nicht du mich«, schniefte ich. »Aber heute komme ich nicht mehr auf die Station. Ich muss nach der Spendenaktion unbedingt zu ihr. Das wird morgen vermutlich ein totaler Flop und ... Sorry, ich fange schon wieder damit an. Ihr hättet allein gehen sollen.«

»Wir wollten aber nicht ohne dich dorthin«, entgegnete Ethan bestimmt und löste sich ein wenig von mir. »Darf ich dir einen Vorschlag machen?«

Dort, wo er mich eben noch berührt hatte, traf mich der nasskalte Wind und am liebsten wäre ich wieder näher an ihn herangetreten. Näher an seine Wärme, an seinen Duft, zurück in den Kokon aus Geborgenheit, den seine Arme um mich geformt hatten.

»Was denn?«

»Ich habe gestern noch mit Max geschrieben. Du weißt schon, mein Kumpel, der mich tätowiert hat. Er besitzt ein Air-Brush-Set, komplett mit Kompressor und allem Drum und Dran.«

Irritiert sah ich ihn an. Worauf wollte er hinaus?

»Na ja ...« Plötzlich wirkte er nervös und fuhr sich durch die feuchten blonden Haare, woraufhin sie in alle Himmelsrichtungen abstanden. »Ich möchte dir einfach gern helfen und dachte, die Kids fänden es vielleicht cool, wenn jemand ihnen ein temporäres Tattoo aufmalt.«

Nun war es an mir, ihn verdattert anzublinzeln. »Das würdest du tun?«

»Wieso nicht? Ich bewundere, was du machst. Außerdem gefällt mir der Gedanke, etwas zurückzugeben. Wenn du also möchtest, würde ich die Ablenkung von gestern gern wiedergutmachen.«

Aus einem Impuls heraus streckte ich die Hand aus und ergriff seinen Ärmel. »Machst du Witze? Das ist genial. Die Kinder werden total darauf abfahren! Aber ... hast du dafür überhaupt Zeit?«

»Ich habe schon geklärt, dass ich freinehmen kann«, antwortete er, während meine Hand den Stoff hinabglitt. Behutsam hielt er sie fest, zögerte kurz und gab mir Raum, sie zurückzuziehen, bevor er Stück für Stück seine Finger mit meinen verschränkte. Seine Hand fühlte sich warm und sehnig an und mein Herz schien plötzlich mehrere Schläge zu überspringen. Mein Atem stockte. Allein diese winzige Berührung reichte aus, um Stromstöße durch meinen Körper zu senden, von denen ich mehr wollte. Mehr von *ihm*.

»Allerdings wäre meine Hilfe an eine Bedingung geknüpft.«

Ich hob den Blick von unseren Händen und sah ihm in die Augen, in denen ein verschwörerisches Funkeln lag.

»Wir holen heute Abend nach.«

Ich verzog das Gesicht. »Ich wünschte, das wäre so einfach. Es gibt keine Tickets mehr.«

Ethan lächelte schief. »Das kriegen wir schon irgendwie hin. Mach dir darum nicht auch noch Sorgen – du hast genug um die Ohren mit der Spendenaktion.«

Ich zögerte kurz und ein schelmischer Ausdruck trat in seine Augen.

»Denk an Meggie. Sie wäre sonst wirklich am Boden zerstört.«

»Arsch.«

Er versuchte, einen Hundeblick aufzusetzen, der jedoch einem Schmunzeln wich.

»Vielleicht, wenn ich noch eine Umarmung bekomme?«, wagte ich zu fragen.

»Du bist eine harte Verhandlungspartnerin.« Theatralisch schüttelte er den Kopf, ehe er die Arme um mich schlang. »Aber du bist umwerfend, Chloe.«

»Einen Crêpe mit Schoko und Banane, bitte«, bestellte ein etwa zehnjähriges Mädchen schüchtern den ungefähr dreihundertsten Pfannkuchen, den ich heute Nachmittag gebacken hatte. Meine Füße qualmten förmlich in den Boots und ich war überall bekleckert. Aber die glückliche Kundschaft sprach für sich.

»Kommt sofort!«, antwortete ich, griff an Monica, einem Mitglied von *Fairy Wishes*, vorbei nach der Kelle und verteilte einen Schwung Teig auf der heißen Platte.

»Bald können wir unseren eigenen Stand aufmachen.« Monica fuhr sich mit dem Ärmel ihrer roten Bluse über die Stirn. Bei der Bewegung schwangen ihre Ohrringe in Form von goldenen Weihnachtskugeln, die den bronzefarbenen Teint ihrer dunkelbraunen Haut elegant hervorhoben, hin und her.

»Bald? Ich dachte, wir sind schon längst Profis!«, protestierte ich entrüstet.

Sie hob eine Braue und schaute demonstrativ an meiner fleckigen Schürze hinab.

»Ja, ja, du mich auch.«

Wir lachten, Monica faltete den Pfannkuchen und legte ihn auf ein Stück Pappe, das sie dem Mädchen zusammen mit einer Serviette reichte. Während die Kleine sich bedankte, schaute ich wie von selbst hinüber zu dem improvisierten Stand von *Behind The Ink*, an dem Ethan und sein Kumpel Max unermüdlich dabei waren, einem mindestens doppelt so großen Andrang standzuhalten. Er zauberte ein Airbrush-Tattoo-Kunstwerk nach dem anderen. Von bunten Einhörnern über Drachen bis hin zu *Pokémon* war alles dabei.

»Sag mal, geht da was zwischen euch? Ihr schmachtet euch den ganzen Tag schon so an«, bemerkte Monica.

»Das wüsste ich auch gern!«, ertönte Pens Stimme. Kurz darauf tauchte ihr blonder Haarschopf neben der Schlange auf. Sie quetschte sich an den Wartenden vorbei und hinter den Tresen, wo sie uns umarmte.

»Hi, Pen«, erwiderte ich und spürte, wie ich errötete. »Falls du einen Crêpe willst, die Schlange ist leider …«

»Ich bin hier, um dich abzulösen, damit so was wie gestern nicht noch mal passiert.« Ihr Tonfall klang so streng, dass ich versucht war, den Kopf einzuziehen.

»Was meinst du?«

»Na, das Lichterfest!«, antwortete Monica an ihrer Stelle. »Ihr müsst los. Also schnapp dir noch schnell einen Crêpe für Meggie und Abmarsch.«

»Aber ich habe doch gar keine ...«

»Tickets? Wissen wir.« Monica tätschelte mir die Schulter. »Ich habe gestern Abend noch den Besprechungsraum aufgeräumt, und als ich rausging, habe ich gesehen, wie verzweifelt du da im Flur gesessen hast. Da habe ich dann eins und eins zusammengezählt und noch mal auf die Liste geschaut – und den Typen von *Encore Tickets* so lange bearbeitet, bis er für heute noch einmal Tickets beiseitegelegt hat.«

»Was zur ...« Hilfe suchend glitt mein Blick zu Pen. »Wusstest du das?«

Sie zuckte mit den Schultern. »Klar. Monica hat mir gestern Abend geschrieben.«

»Wir wollten dich überraschen«, fuhr Monica fort. »Die Orga hat dir in letzter Zeit so viel abverlangt, das war das Mindeste, was wir tun konnten. Es ist auch schon alles bezahlt, weil wir zusammengelegt haben.«

Gerührt zog ich Monica in eine Umarmung. »Ich weiß gar nicht, wie ich euch danken soll!«

»Indem du es nicht noch einmal verschwitzt«, erwiderte Pen prompt. »Und jetzt hopp zu Ethan.«

»*Ethan* also«, echote Monica grinsend und wackelte vielsagend mit den Brauen.

»Ihr seid albern.«

Monica nahm mir die Kelle aus der Hand. »Wenn du den Stand nicht gleich verlässt und ihn dir krallst, hetze ich dir Bridget auf den Hals. Du weißt, dass sie auch anders kann!«

»Schon gut«, murrte ich, band mir die verdreckte Schürze ab und hielt sie Pen hin, die sie mit erhobenen Augenbrauen musterte.

»Du weißt schon, dass der Teig auf die Platte kommt?«

»Ha, ha ... Moment, ich brauche noch einen Crêpe für ...«

»Ein Crêpe für Meggie, schon fertig«, sagte Monica und drückte mir einen warmen, mit Schokocreme gefüllten Pfannkuchen in die Hand. »Und jetzt los, er wartet schon!«

Irritiert drehte ich mich um und tatsächlich: Ethan hatte sich Mantel und Rucksack bereits übergeworfen und sah in meine Richtung.

»Danke, ihr habt was gut bei mir!«, versprach ich, dann drängte ich mich eilig durch den überfüllten Bereich, den wir in der Mall gemietet und dekoriert hatten.

Belustigt musterte Ethan meine Stiefel, als ich ihn erreicht hatte, aber ich kam ihm zuvor. »Das ist Wegzehrung, das muss so.«

In der vergeblichen Mühe, die Beherrschung zu wahren, presste er die Lippen aufeinander. »Bestens, dann auf zum Festival.«

»Vergisst du da nicht etwas? Blond, blaue Augen, deine kleine Schwester?«

»Keine Sorge. Bridget bringt sie pünktlich dorthin und holt schon mal die Tickets ab.«

Verwundert blieb ich stehen. »Und deine Eltern haben es sich nicht noch einmal anders überlegt – trotz mehr Bedenkzeit?«

Ethan schüttelte den Kopf und grinste. »Heute Morgen hat mich Bridget angerufen. Wir hatten gestern die Nummern getauscht und alles abgesprochen, um dich zu überraschen. Aber wenn wir uns jetzt nicht beeilen, kommen wir zu spät.«

»Und Meggies Crêpe wird kalt.«

»Puh, dann lieber schnell los.«

Den Weg zum *Luminous Winter Delight Festival* legten wir in einem behaglichen, aber nervösen Schweigen zurück. Meggie erwartete uns bereits am Eingang, neben sich Bridget mit einer blinkenden Weihnachtsmütze auf dem Kopf, und winkte uns stolz mit den dunkelblauen Tickets zu. Ihre Augen leuchteten, als ich ihr den Crêpe hinhielt, den sie genüsslich verspeiste, während wir uns in die Schlange am Einlass stellten und Bridget ihre Gehhilfen hielt.

»Ich bin so froh, dass es geklappt hat«, sagte Meggie anschließend und nahm die Gehhilfen wieder an sich. »Ich kann's kaum erwarten!«

Es dauerte nicht lange, bis wir das knapp eineinhalb Fußballfelder große Gelände innerhalb des *Citi Fields* betreten durften. Hinter dem beleuchteten Eingangstor mit der Aufschrift *Have a delightful time!* erwarteten uns ganze Wälder aus Lichtertannen mit versteckten Lebkuchenhäusern, Leckereien, Schneewesen und Teddybären. Eine bunte Lok fuhr an einer Herde Rentiere vorbei, gewaltige Bäume aus Lichterketten streckten ihre tief hängenden Zweige über die zahlreichen Passanten. Gigantische Kugeln und Sterne umrahmten eine Eislauffläche und ein gut drei Meter hoher Lebkuchenmann lehnte sich an eine Zuckerstange. Hinter jeder Ecke erwarteten uns neue Lichterkreationen, die allesamt mit Meggies Augen um die Wette strahlten. Wie von selbst fanden sich Ethans und meine Hände, und dort, wo er mich berührte, fühlte es sich an, als würde ein neues Leuchten entstehen, das heller glomm als alles um uns herum.

Als wir unter einem Weihnachtsmann zum Stehen kamen, der ein blinkendes *Kiss me!*-Schild über seinen Kopf hielt, blieb Meggie plötzlich stehen und sah uns an.

»Ich glaube, ich brauche eine kurze Pause«, verkündete sie mit Blick auf die Tafel und deutete auf die Verkaufsstände ein paar Meter entfernt. »Bridget und ich gehen schon mal vor und holen Kakao.«

»Meggs...«

»O Mann, Ethan, hast du Tomaten auf den Ohren? Ich will euch ein wenig Privatsphäre gönnen.«

Bridget zwinkerte uns verschwörerisch zu. »Keine Sorge, ich passe gut auf sie auf!«

Als Ethan Luft holte, um etwas zu erwidern, verdrehte Meggie bloß die Augen, umklammerte die Griffe der Gehhilfen fester und stapfte eilig mit Bridget davon.

»Sie ist ganz schön stur«, murmelte Ethan.

Ich prustete leise. »Da kenne ich noch jemanden. Er ist blond und hat mir heute mit seiner Airbrush-Idee den Hintern gerettet.«

»Du meinst, er ist groß und sieht gut aus.«

»Das auch, ja.«

Er schaute mich an. »Findest du?«

Röte kroch rasend schnell meinen Hals hinauf und ich wandte den Blick ab. »Schon, ja. Aber vor allem ist er gutherzig und lustig. Und ich glaube, ich mag ihn.«

Ethan schwieg einen Moment und ich befürchtete schon, es überstürzt zu haben, als er einen Schritt näher an mich herantrat. Sein Geruch nach Zitrusfrüchten und Zimt stieg mir in die Nase, vermischte sich mit dem von Kakao und Punsch, der von den Ständen herüberwehte. Ich musste den Kopf in den Nacken legen, um ihn anzusehen, und spürte seinen Atem, der warm über meine kalten Wangen strich und mir eine Gänsehaut bescherte.

»Ich kenne da auch eine Person, die ich mag. Sie ist zwar mindestens so stur, wie ihr Herz groß ist, aber das gefällt mir. Und ich glaube, ich würde sie gern küssen, wenn ich darf.«

Ich schluckte mühsam, denn mein Herz pochte so stark, dass es mir die Kehle zuschnürte. Die blinkenden Lichter des Schildes über uns warfen flackernde Schatten auf sein Gesicht und brachten seine Augen zum Funkeln.

»Du darfst«, wisperte ich und reckte ihm mein Kinn entgegen.

Für einen Augenblick sah ich das Lächeln, bevor ich es spürte. Seine Lippen trafen auf meine, weich und behutsam und warm. Er legte die Arme um meine Taille, gab mir Halt, als ich mich auf die Zehenspitzen stellte, um ihn besser zu erreichen. Ein Seufzen entschlüpfte mir, ehe ich meine Arme um seine Hüfte schlang. Seine Hand wanderte meinen Arm hinauf zu meiner Wange, wo er sanft mit dem Daumen über meine Haut strich, ein wortloses Versprechen für mehr, während wir gemeinsam in der Dunkelheit leuchteten, heller als jedes Licht des Festivals.

ANNE LÜCK

Victoria & Lucy

»Was meinst du mit ›einfach weg‹?« Die Stimme meiner besten Freundin Nicole am anderen Ende der Leitung klang bestürzt.

Ich stöhnte, während ich mich durch die Fußgängermassen am Harold Square drängte, das Handy an mein Ohr gepresst. Die Tausenden Weihnachtslichter an den Geschäften machten mich ganz kirre.

»Dass mein Koffer weg ist. Futsch. Die Fluggesellschaft meint, dass er wahrscheinlich in Phoenix gar nicht eingeladen wurde und dort noch irgendwo ohne mich abhängt. Sie können ihn wohl nachliefern, aber dann ist es leider zu spät.« Die ganze Tragweite der Misere wurde mir bewusst, als trotz der winterlichen Kälte ein heißer Schauer über meinen Rücken fuhr. »Das heißt, ich habe kein Kleid für die Hochzeitsfeier meiner Schwester heute Abend.«

»Sie versteht es bestimmt, wenn du es ihr erklärst. Du kannst ja nichts dafür.«

»Molly denkt sowieso schon, dass ich mir viel zu wenig Mühe gebe, mich in die Familie einzubinden, seit ich in Phoenix wohne. Dann bin ich auch noch die jüngste Schwester, habe die Familie verlassen, um brotlose Kunst zu studieren, bin Mitte zwanzig und habe trotzdem weder eine Beziehung noch Kinder UND ich werde die Einzige sein, die in Jeans und Pulli und ohne Begleitung zur Hochzeit ihrer Schwester kommt.« Notgedrungen blieb ich an einer roten Ampel stehen und rieb mir seufzend die Augen.

Nicole stieß ein undefinierbares Geräusch aus. »Dann kauf ein neues. Du bist schließlich in New York. Da wird es doch etwas geben, oder nicht?«

Sicher. Am besten spazierte ich gleich hier ins Macy's, stellte mich im groß beworbenen Santaland beim Weihnachtsmann an und wünschte mir eine gute Fee, die mir ein Ballkleid zaubert. Denn leider hatte das letzte Kleid meine kläglichen Reserven vollkommen aufgebraucht.

Ich kaute nachdenklich auf meiner Unterlippe herum, als mich jemand von der Seite anrempelte. Eine Frau rauschte an mir vorbei. Sie trug eine Sonnenbrille, die beinahe die Hälfte ihres Gesichts verdeckte, und hatte wie ich das Handy am Ohr. Das Gespräch war es wohl auch, das sie von der roten Ampel ablenkte, denn sie lief einfach munter weiter mitten auf die Fahrbahn.

»Oder du leihst dir einfach ein Kl...«, hörte ich Nicoles Stimme noch an meinem Ohr, dann hatte mein Körper sich schon von selbst in Bewegung gesetzt. Ich machte einen Satz auf die Straße, griff nach der Designertasche der Frau und zerrte sie zurück auf den Gehweg.

Als sie den Kopf zu mir umwandte, waren ihre Augenbrauen zusammengezogen, als würde sie mich zurechtstutzen wollen. Dann passierten zwei Dinge in exakt der gleichen Sekunde: Der Riemen ihrer Designertasche, den ich nach wie vor umklammert hielt, riss entzwei und nur wenige Zentimeter neben der Frau raste ein hupendes, viel zu schnelles Taxi vorbei.

Die Sonnenbrille rutschte auf ihre Nasenspitze und für einen Moment starrte mich ein Paar wunderschöner eisblauer Augen an. Ihr Kopf ruckte zu der roten Ampel herum und ihr Körper spannte sich an, als sie die Situation erfasste.

»Scheiße«, stammelte ich. Aus irgendeinem Grund hielt meine Hand immer noch die verdammte Designertasche fest, die ich gerade ruiniert hatte, und ich konnte mich auch nicht dazu bringen, sie endlich loszulassen. »E-Es tut mir so leid.«

»Ich ruf dich zurück, David«, sagte die Frau ins Handy. Während sie auflegte und das Gerät wegsteckte, bemerkte ich, dass auch ihre restlichen Klamotten von Luxuslabeln stammten. Tasche von Michael Kors, Pumps von Louboutin und dieses türkisgrüne Kostüm war eindeutig von Victoria Reiss. Es war perfekt um ihre schmale Figur geschnitten und ganz sicher unheimlich teuer gewesen.

Ich wäre gestorben für so ein Teil, würde es mir aber nie leisten können. Es sei denn, ich verzichtete fünf, sechs Monate auf meine Miete. Und auf Essen. Und Klopapier.

Ihr Gesicht drehte sich mir wieder zu und endlich nahm sie die Sonnenbrille ab. Himmel, diese Frau war bestimmt ein Model. Sie war nur dezent geschminkt, aber ihre Züge wirkten auch so beinahe wie gemalt. Scharfe Wangenknochen, große Augen, gerade Nase und volle Lippen, die ich vielleicht eine Spur zu lange anstarrte.

Hastig hob ich den Blick, als die Frau den Riemen ihrer Tasche in meiner Hand bemerkte. Sie ließ den Blick an meinem Arm hinauf bis zu meinem Gesicht wandern ... und dann lachte sie plötzlich laut los.

»Das war verdammt knapp«, japste sie dabei und ich realisierte, dass es wahrscheinlich eine Art Nahtoderlebnis-Lachen war.

Ich presste die Lippen zusammen und nickte in Richtung der Tasche. »Sorry. Ich komme natürlich für den Schaden auf.«

Vielleicht ließ sie sich auf eine Ratenzahlung ein, auch wenn der Gedanke mich ins Schwitzen brachte.

»Auf keinen Fall. Ich hab das Teil sowieso gehasst. War ein Geschenk von meiner Ex-Freundin.« Sie zuckte fast gleichgültig mit den Schultern. »Außerdem ist eine Designertasche ein verhältnismäßig geringer Preis für mein Leben. Danke. Ohne dich wäre das wahrscheinlich gewaltig schiefgegangen.«

Ich konnte nicht anders, als erleichtert aufzuatmen. »Ich hatte gehofft, dass du das sagst. Das hätte sonst für mich wahrscheinlich zwei Jahre Arbeit bedeutet und nur noch Toast mit billigen Käsescheiben.«

Wieder lachte sie auf. Die Ampel sprang auf Grün und die Menschen um uns herum setzten sich in Bewegung, aber wir blieben einfach auf dem Gehweg stehen. Ich, weil mir der Schock noch in den Knochen saß, und sie ... keine Ahnung. Mir fiel auf, dass sie mich interessiert musterte. Nur eine Sekunde später streckte sie mir ihre Hand entgegen.

»Victoria.«

»Oh. Äh. Lucy.« Ich nahm ihre Hand und schüttelte sie.

Victoria nickte, in ihren Augen leuchtete etwas auf. »Ich habe mit meinem Assistenten telefoniert und der hat mir wieder einmal Feuer unter dem Hintern gemacht. Du hast mich also in doppelter Hinsicht gerettet.« Sie strich sich eine verirrte Strähne ihrer schulterlangen blonden Haare hinters Ohr.

»Die Tasche ist als Ausgleich also nicht genug. Kann ich etwas zur Wiedergutmachung anbieten? Einen Kaffee vielleicht? Oder etwas Größeres?«

»Ich nehme dieses abgefahrene Reiss-Kostüm«, sagte ich, bevor ich darüber nachgedacht hatte. Als ich auf ihre Klamotten deutete, sah sie für einen Moment verdutzt an sich herunter. Dann grinste sie.

»Leider kann ich nicht nackt bei meinen Nachmittagsterminen auftauchen. Aber es gefällt dir?«

Etwas verlegen, weil mir das mit dem Kostüm herausgerutscht war, zuckte ich mit den Schultern. »War nur ein Scherz. Aber Gott, ja, es ist wunderschön. Alles, was die Designerin macht, ist wunderschön, aber das hier besonders.«

Victorias Grinsen wurde noch eine Spur breiter und irgendwie auch etwas … verlegen. Sie zupfte an ihrem Ärmel herum, dann sagte sie leise: »Danke.«

Ich nickte, bevor mir die tickende Uhr in meinem Kopf wieder bewusst wurde. »Das mit dem Kaffee ist nett, aber ich habe leider wirklich keine Zeit«, sagte ich deshalb schnell. »Ich muss innerhalb von zwei Stunden ein Kleid für die Hochzeitsfeier meiner Schwester besorgen, das nicht mein Konto sprengt, aber gleichzeitig sagt, dass mir ihre Feier wichtig ist. Das wird eine echte Herausforderung.«

»Oh.« Die junge Frau richtete sich auf, ihre Augen funkelten vergnügt. »Dann habe ich ja doch etwas, womit ich deine Lebensrettung wiedergutmachen kann. Ein Kleid.«

Ich hatte mich schon halb zum Gehen gewandt, aber jetzt sah ich über meine Schulter zurück und scannte ihren schmalen Körper. »Netter Gedanke, aber ich bezweifle, dass ich in eins deiner Kleider passe.«

»Nicht in eins von meinen. Du kriegst ein eigenes.« Sie deutete die Straße hinunter. »Mein bester Freund Adrien hat hier in der Nähe eine Boutique. Und ich habe den Schlüssel.«

In meinem Magen begann es zu rumoren. »Das kann ich unmöglich annehmen.«

Victoria seufzte überdramatisch und das brachte meine Mundwinkel dazu, sich zu kräuseln. »Du hast heldenhaft mein Leben gerettet. Du bekommst ein Kleid.« Damit griff sie einfach nach meiner Hand und zog mich über die grüne Ampel.

Ich stolperte ihr etwas überrumpelt hinterher und mein Blick wanderte von der kaputten Designertasche über den Ärmel ihres Kostüms bis zu ihrer Hand, mit der sie meine festhielt. Ihre Finger waren kühl, ihre Haut fühlte sich weich an und ich bekam die volle Ladung ihres dezenten, aber köstlich duftenden Parfüms ab. Diese Frau war eine Erscheinung, über die ich nur staunen konnte. Und obwohl ein Teil meines Gehirns immer noch dachte, dass ich das auf keinen Fall annehmen durfte, war da der vernünftige Teil in mir, der wusste, dass ich keine andere Wahl hatte. Meine Alternativen waren begrenzt. Und dieses Angebot war zu verlockend.

Also ließ ich mich von Victoria in die nächste Seitenstraße ziehen, wo an den Läden nur Designernamen standen. Sicher keine Gegend, in der ich mir etwas kaufen würde – oder könnte. Seltsamerweise wanderte mein Blick gar nicht über die wunderschönen Boutiquen mit den leuchtenden Weihnachtsdekorationen, sondern blieb immer wieder an Victoria hängen, die jetzt wieder neben mir ging. Sie telefonierte mit jemandem, ihrem Assistenten wahrscheinlich, und obwohl die Stimme am anderen Ende hitzig klang, blieb sie ruhig und lächelte durchgängig.

»Ich weiß, David, die Kostüme für die Serie ... Ja, natürlich schaffe ich das vor meinem Flug morgen früh noch ... Nein, ist es nicht ... Klar ... Ich muss jetzt auflegen, David!«

Als sie das Handy vom Ohr nahm, schaute ich wie ertappt schnell weg und starrte auf den kleinen Laden mit dem riesigen Schaufenster, vor dem sie mit mir stehen geblieben war. Weiße Fassade mit schönen Mustern neben den Scheiben, kleine Blumenranken, die sich daran nach oben schlängelten. In der Auslage standen vor allem Kleider, eines eleganter als das andere, und bei dem Gedanken, dass ich eins davon haben könnte, lief mir ein wenig das Wasser im Mund zusammen.

»Hier ist es«, kommentierte Victoria und schloss die Tür auf.

Ich folgte ihr in einen Verkaufsraum mit hohen Decken, in dem irgendwie alles glitzerte und nach teuren Blumen duftete. Wir waren erst ein paar Meter in den Laden gegangen und ich war schon von dem Anblick überwältigt.

»Einfach ... unglaublich!« Ich drehte mich zu Victoria um. »Wieso hast du den Schlüssel für diesen Laden?«

»Damit ich jederzeit Kleider haben kann, wenn ich will.« Sie zwinkerte, dann wurde ihr selbstbewusster Ausdruck aber wieder etwas verlegen. »Ich habe Adrien quasi das Startkapital für den Laden gegeben und nun ist er der Meinung, dass er mir lebenslang etwas dafür schuldet. Auch wenn ich ihm das immer wieder ausreden will.«

Ich riss die Augen auf. Klar, ihre Designerklamotten. Es war offensichtlich, dass Victoria Geld hatte. Aber dass sie ihrem Freund etwas davon abgab, machte sie mir gleich noch sympathischer.

Wie in einem Disney-Film breitete Victoria die Arme aus und drehte sich im Kreis. »Also. Eine Hochzeitsfeier. Was ist denn dein Lieblingsschnitt bei einem Kleid? Und was ist deine Lieblingsfarbe?«

»Äh.« Etwas ratlos schaute ich mich um. »Keine Ahnung.«

Überrascht sah sie mich an. »Du hast keine Lieblingsfarbe, Lucy?«

Ich zuckte mit den Schultern. »Meine Lieblingsfarbe ändert sich ständig. Meistens aufgrund von Dingen, die ich gerade gesehen habe und die ich schön finde. Du könntest mich jetzt fragen oder in fünf Minuten oder in fünf Stunden. Die Antwort wäre immer anders.«

»Das ist ... wahnsinnig interessant. Was wäre denn im Moment deine Antwort?«

Ich brummte nachdenklich. »Rot, denke ich.« Mein Blick wanderte dabei über die Rosen, die auf den kleinen Beistelltischen standen, umrandet von kleinen Lichterketten in Tannenform. »Dunkelrot, wie die Blütenblätter. Wie Samt.«

Als ich mich Victoria wieder zuwandte, lächelte sie ebenfalls in Richtung der Vasen. »Das ist ... wunderschön«, sagte sie und aus irgendeinem unerfindlichen Grund fügte mein Gehirn in Gedanken hinzu: *Wie du.* Denn Himmel, ich war mir sicher, dass ich noch nie eine so atemberaubende Frau gesehen hatte.

Seltsamerweise wurde das Gefühl mit jeder Sekunde, die wir nebeneinander standen, stärker, weil mir immer mehr Dinge an ihr auffielen, die ich schön fand. Dass sich ihre blonden, schulterlangen Haare an den Schläfen ein wenig kräuselten oder dass sie tiefe Fältchen um die Augen bekam und mit der Nase wackelte, wenn sie lachte. Ich ... ich wollte sie malen. Es war ein so starkes Gefühl, dass ich erschauderte.

»Darf ich dir eins vorschlagen?«, holte Victoria mich aus den Gedanken und ich schluckte heftig, bevor ich nickte. Nachdenklich schritt sie durch die Boutique, bevor sie zielgerichtet auf ein Kleid zuging und es von der Kleiderstange nahm. Es war ein knöchellanges violettes Kleid aus Satin, das nicht nur unheimlich hochwertig aussah, sondern auch perfekt geschnitten war.

»Ich bin sicher, das würde dir ausgezeichnet stehen.«

»Okay.« Meine Stimme fühlte sich seltsam kratzig an und mein Körper seltsam elektrisiert, als Victoria mir den Bügel in die Hand drückte.

Ich schlüpfte schnell in die Umkleidekabine und kaum hatte ich mich in dem Kleid im Spiegel gesehen, stieg ein sanftes Prickeln in meinem Magen auf.

Ich schob den Vorhang zur Seite und Victoria, die mit nachdenklichem Blick davor gestanden hatte, schaute auf. Ihre Augen funkelten wieder, als hätte ihr jemand ein riesiges Geschenk gemacht.

Mein Hals fühlte sich plötzlich ganz trocken an.

»Wow«, hauchte sie und das Wort wanderte wie ein Streicheln über meine Haut.

»Kannst du mir den Reißverschluss zumachen?«, fragte ich zögerlich.

Sofort trat sie näher, während ich ihr den Rücken zuwandte. Ihre Finger berührten mich, als sie das Kleid schloss, und Gänsehaut breitete sich auf meinem ganzen Körper aus.

»Es steht dir perfekt«, sagte sie sanft. »Du solltest es nehmen.«

Ich nickte und betrachtete mich in dem großen Spiegel, aber mein Blick flog wieder und wieder zu Victoria, die dicht bei mir stand, sodass ich sie ebenfalls im Spiegel sah. »Wenn ... wenn es wirklich okay ist ...«, sagte ich schließlich.

»Ist es.« Victoria lächelte breit. Ihr Arm berührte wie zufällig meinen. »Die fünf Minuten sind um. Was ist jetzt deine Lieblingsfarbe?«

Ich erwiderte ihren Blick eine Sekunde, bevor ich an mir hinabsah. Das Violett des Kleides schimmerte im Licht der Deckenlampen wie ein Edelstein. Es war bildhübsch. Doch als meine Lippen sich öffneten, sagte ich: »Blau.«

»Wirklich?« Victoria klang überrascht, wahrscheinlich hatte sie mit der Farbe meines Kleides gerechnet. Aber als ich mich wieder vom Spiegel abwandte und in ihre tiefblauen Augen sah, konnte ich nicht anders als zu nicken. »Ja, Blau.«

Wie ein Sommerhimmel. Wie deine Augen.

Sie stockte, dann zuckten ihre Mundwinkel ein wenig nach oben. Ich spürte, wie meine Wangen erneut heiß wurden. Was tat ich hier? Flirtete ich wirklich mit dieser Frau, die ich gerade seit einer halben Stunde kannte?

»Danke«, sagte ich etwas atemlos. »Du hast meinen Abend gerettet. Und den meiner Schwestern wahrscheinlich. Wenn die Leute auf der Hochzeit mich so sehen ...«

»... sind sie hoffentlich so sprachlos wie ich.«

Victoria lächelte und plötzlich kam mir ihr Gesicht sehr nah vor. Ich schaute auf ihre weich aussehenden Lippen ... und konnte kaum glauben, worüber ich gerade ernsthaft nachgedacht hatte.

Sie wandte den Kopf ab, aber nur, weil ihr Handy wieder zu klingeln begonnen hatte. Mit einem Seufzen sah sie aufs Display. »Mein Assistent schon wieder. Er nervt mit den Terminen, die ich heute noch habe.«

»Tja, falls du als Alibi mit auf die Hochzeit kommen willst, ich habe noch kein Date«, sagte ich scherzhaft.

Victoria sah mich wieder an und augenblicklich blieb mir das Lachen im Hals stecken. Nach einer Weile schüttelte sie den Kopf und eine seltsame Enttäuschung machte sich in mir breit.

»Dir wäre es doch bestimmt unangenehm, eine fremde Frau mit zur Hochzeit deiner Schwester zu bringen«, sagte sie.

Moment. Was? Überrascht sah ich sie an. »Nein, wäre es nicht. Und meine Familie wäre sicher begeistert. Aber ... du hast doch schon Termine abgesagt, um mir hier zu helfen. Und hast du vorhin nicht erwähnt, dass du morgen früh irgendwohin fliegen musst?«

Victoria presste die Lippen zusammen, ihre Augen wurden groß. Und dann zuckte sie einfach mit den Schultern. »Also. Da ist tatsächlich nichts, was sich nicht verschieben ließe. Und bis morgen früh ist es noch lang.«

Etwas in meinem Inneren begann, wie irre zu kribbeln. Plötzlich wollte ich unbedingt, dass sie mich zu der Feier begleitete. Ich wollte nicht, dass wir uns hier schon trennten. Ich wollte mehr Zeit mit dieser atemberaubenden Frau.

Meine Hand strich über den Stoff meines neuen Kleides. »Dann ... willst du wirklich mitkommen? Essen und eine kleine Party als Dank, dass du mir aus der Patsche geholfen hast?«

Victoria starrte mich an und ganz langsam wanderte wieder ein Lächeln in ihr Gesicht. »Ich schätze schon. Und ein Kleid finde ich hier sicher auch.« Sie kicherte, dann wandte sie sich ab, um sich ebenfalls ein Kleid auszusuchen. Bevor sie den Vorhang hinter sich schloss, sah sie mich noch einmal an. »Aber nicht für das Essen und die Party ... sondern einfach für ein bisschen mehr Zeit mit dir.«

Der Stoff schwang zu und ich war allein mit meinen Gedanken. Ich legte eine Hand auf meine Brust und spürte mein Herz darunter hämmern. War das jetzt wirklich ein Date? Mit einer Frau, die ich kaum kannte, und die mir trotzdem den Atem raubte?

Einen Moment versuchte ich mir einzureden, dass das nicht so war. Dass sie mich einfach faszinierte. Doch als sie kurz darauf in einem dunkelblauen Meerjungfrauenkleid aus der Umkleidekabine trat, vibrierte in meinem Inneren wieder alles. Es schmeichelte nicht nur ihrer Figur, sondern auch der Farbe ihrer Augen.

Sie trat zu mir, strich sich eine blonde Strähne hinters Ohr und lächelte verlegen. »Ich dachte, Blau wäre eine gute Farbe?«

Ich presste die Lippen zusammen, mein Nicken fühlte sich seltsam steif an. »Du bist wunderschön.«

Sie kicherte. »Dann passe ich ja zu dir.«

Jetzt war ich mir fast sicher, dass Victoria mit mir flirtete. Und ich war mir fast sicher, dass ich es genoss. Wir suchten noch passende Schuhe für uns aus, und als wir fertig waren, reichte Victoria mir eine Tüte.

»Was ist das?«, fragte ich überrascht.

»Das Kostüm, das ich vorhin anhatte«, erwiderte sie lächelnd. Meine Figur ist etwas anders als deine, aber ich bin sicher, dass es dir trotzdem passen wird. Ich schenke es dir.«

Abwehrend hob ich die Hände. »Das kann ich nicht auch noch annehmen.«

»Doch, das kannst du. Ich mache mir einfach ein Neues.«

»Du machst ...?« Mein Atem stockte.

Der Kommentar zu dem Kostüm vorhin an der Ampel. Das Geld. Ihr Name. Das war unmöglich.

»Fuck«, entfuhr es mir. »Du erzählst mir aber jetzt nicht wirklich, dass du ... Victoria Reiss bist?«

Sie grinste verlegen. »Doch. Deshalb musst du auch kein schlechtes Gewissen haben, es zu nehmen. Komm, wir sollten langsam los, oder nicht? Und auf der Fahrt erzählst du mir etwas über deine Schwester, damit ich mich nicht blamiere.«

Noch völlig sprachlos nahm ich meine Sachen und folgte Victoria nach draußen. Ihr Geständnis brachte seltsamerweise die Schmetterlinge in meinem Bauch etwas ins Straucheln, auch wenn ich nicht ganz verstand, warum.

»Sie und ihr Mann Garrett haben vor ein paar Wochen heimlich im Urlaub geheiratet«, erklärte ich ihr etwas steif im Taxi und versuchte, mich nicht zu sehr auf ihre Hand zu konzentrieren, die direkt neben meiner auf dem Mittelsitz lag. »Es ist nur eine kleine Party mit den engsten Verwandten und Freunden, damit Molly uns ihr Kleid vorführen kann und wir auf die beiden anstoßen können.«

»Ist es dann wirklich okay, wenn ich dabei bin?« Etwas unbehaglich rutschte Victoria auf ihrem Sitz hin und her, und ich bewegte meine Hand nun doch noch etwas näher zu ihrer, um sie zu beruhigen. »Ist es. Wirklich.«

Victoria sah auf unsere Hände hinab und mein Blick fiel auf ihr Handy, auf dem sie bis eben ein paar Nachrichten getippt hatte. David hatte ihr sicher fünf oder sechs zurückgeschickt.

»Ist es für *dich* wirklich okay?«, fragte ich etwas zerknirscht.

Victoria sah auf und in dieser Sekunde spürte ich, wie sich ihre Finger zwischen meine schoben.

»Ist es«, sagte sie lächelnd und ich spürte unglaubliche Wärme in mir aufsteigen.

Wir blieben die ganze Zeit so sitzen, Hand in Hand, und mein Herz machte Luftsprünge in meiner Brust. Ich kannte Victoria kaum, also warum raste mein Puls? Warum fühlte ich mich gleichzeitig so wohl in ihrer Nähe?

Unsere Finger lösten sich erst, als wir am Festsaal ankamen, den meine Schwester gemietet hatte, und wir unsere Sachen an der Garderobe abgaben. Ich wollte am liebsten sofort wieder nach ihrer Hand greifen, aber etwas hielt mich davon ab und ich begnügte mich damit, Schulter an Schulter mit ihr die kleine Treppe nach oben zu gehen.

»Meine Familie ist sehr herzlich. Du musst dir also keine Sorgen machen«, versicherte ich ihr und versuchte, das Kribbeln auf meiner Haut zu ignorieren, das immer kam, wenn sie mich ansah.

»Das tue ich nicht, wenn du in meiner Nähe bleibst«, sagte sie leise, bevor ich die Tür zum Saal aufzog. Ich hielt ihren Blick einen Moment fest, dann erwiderte ich ebenso leise: »Ich bleibe bei dir.«

Der kleine Festsaal war mit weißen Rosen und goldenen Ornamenten geschmückt, an der linken Seite standen weiß gedeckte Tische sowie das Büfett, auf der rechten Seite tanzten die Ersten zur Musik eines DJs.

In schnellen Schritten kam auch schon meine älteste Schwester Diana auf mich zu.

»Lucy, da bist du ja endlich. Ich hatte schon Angst, dass du es nicht mehr schaffst, es geht gleich los«, zischte sie. Als ihr Blick auf Victoria fiel, ließ sie den Saum ihres rostroten Kleides los und starrte sie an. »Oh. Hallo.«

»Das ist Victoria«, stellte ich sie kurz vor. »Ich hoffe, es ist okay, dass ich sie spontan mitgebracht habe.«

»Natürlich ist es das.« Dianas Grinsen wurde mit jeder Sekunde breiter. »Ihr zwei Hübschen sitzt direkt dort vorn.« Sie deutete zu einem noch leeren Tisch vor der Bühne. »Macht es euch bequem.«

Sie lächelte Victoria freundlich an, schenkte mir eine schwesterliche »Gut gemacht«-Miene und verschwand dann wieder, um die Tanzenden vom Parkett zu scheuchen.

Ich presste die Lippen zusammen, um nicht zu lachen. »Ich sage ja, dass meine Familie sich freut, wenn ich ein Date mitbringe.«

Victoria schien ehrlich erleichtert, als sie mir zum Tisch folgte. Wir setzten uns und ein Kellner brachte uns jeweils ein Glas Champagner, von dem ich direkt einen Schluck nahm. Victoria betrachtete die Bläschen in ihrem Glas und kaute auf der Unterlippe. Sie räusperte sich leise, bevor sie, ohne mich anzusehen, fragte: »Das ist also ein Date?«

Ich öffnete den Mund, um etwas zu sagen, aber mir kam kein Ton über die Lippen. Meine Gedanken rasten. War es das? Wollte ich das? Vorhin im Laden hatte ich kurz darüber nachgedacht, sie einfach zu küssen ... Was hatte dann jetzt dieses ungute Gefühl in meinem Magen zu bedeuten? Bevor ich mich entscheiden konnte, betrat das Brautpaar den Saal und der laute Applaus lenkte uns ab.

Meine Schwester Molly und ihr Mann sahen großartig aus. Als sie an uns vorbei zur Bühne gingen, grinste Molly mich glücklich an und mein Herz wurde ganz warm.

»Ihr Kleid ...«, hauchte Victoria leise.

»Ist von dir, ja. Sie hat ewig darauf gespart«, sagte ich und kicherte. Victoria warf mir einen funkelnden Blick zu und ich spürte ihre Hand wieder an meiner. Als meine Schwester gerade auf der Bühne ankam, schlossen sich Victorias Finger um meine und mein Herz führte einen ganzen Samba auf. Ich verstand einfach nicht, was sie mit mir machte.

Das Brautpaar hielt eine kurze Dankesrede und eröffnete im Anschluss das Büfett, damit sich alle ins Getümmel stürzen konnten.

»Hast du Hunger?«, fragte ich, weil mir vor Herzklopfen nichts anderes einfiel.

Victoria zögerte einen Moment, dann schüttelte sie den Kopf. »Ich würde lieber tanzen.«

»Dann los.« Ich stand auf, froh darüber, durch die Bewegung vielleicht wieder etwas klarer denken zu können. Aber kaum waren wir zwischen den anderen auf der Tanzfläche, kam mir Victoria wieder so nah, dass meine Gedanken nur noch mehr durcheinanderwirbelten. Beim Tanzen berührte ihr Körper meinen, ihre Arme streiften meine und mein Herz hämmerte vor sich hin. War es der Champagner? Der ganze Stress des Tages? Oder war es wirklich diese Frau, die mich so konfus machte? Wie konnte das sein?

Beim nächsten Lied kam Victoria mir beim Tanzen so nah, dass ich das Prickeln zwischen uns spüren konnte. Sie lächelte, als sich unsere Hände erneut streiften, ihr Gesicht kam immer näher.

»Lucy ...«, sagte sie leise.

Hitze wallte in mir auf. Ohne dass ich es wollte, trat ich einen Schritt von ihr weg.

Victoria stockte, ihr Blick war verwirrt. »Alles okay?«

»Ich ... äh ... ja. Alles okay.« Aber das war es nicht. Mein Herz raste immer noch und plötzlich war mir alles zu viel. Plötzlich machte mir das alles Angst. »Ich habe doch irgendwie Hunger. Entschuldige.« Mit diesen Worten ließ ich sie einfach auf der Tanzfläche stehen und floh zum Büfett.

Was war nur los mit mir? Ich brauchte einen Moment zum Nachdenken, zum Klarkommen, aber da schloss sich schon ein Arm um mich. Es war Molly, die sich selig an mich lehnte.

»Diana hat gesagt, dass du ein wunderschönes Date mitgebracht hast. Willst du sie mir nicht vorstellen?«

Erschrocken sah ich Molly an. »Es ... es ist nicht so!«, platzte es aus mir heraus. »Ich meine ... sie ist großartig. Wunderschön.« *Im Gegensatz zu mir.* »Ich bin doch nur Studentin und sie ...« *Eine bekannte Designerin.* War es das, was mir Sorgen machte? Wovor ich Angst hatte? Dass ich nicht gut genug war für die Frau, die mir schon so viel geschenkt hatte?

Molly zog die Augenbrauen hoch. »Wow, es muss ja echt ernst sein.«

»Ich kenne sie kaum.«

»Ich kannte Garrett auch kaum bei unserem ersten Date. Und ich habe es trotzdem sofort gewusst.« Sie deutete grinsend auf mich. »Du, Lucy, klingst ziemlich verknallt.«

Ich schüttelte den Kopf, aber mein rasendes Herz verriet mich. Das ... war mir noch nie passiert.

»Lucy?«

Molly und ich fuhren herum, als hinter uns die Stimme von Victoria erklang. Sie stand mit einem Lächeln da, das nicht mehr sehr echt aussah. »Entschuldigt. Ich wollte euch nicht stören, aber ... ich denke, ich werde gehen, Lucy.«

»Was? Warum?«, fragte ich erschrocken, während Molly sich mit einer gemurmelten Entschuldigung aus der Affäre zog.

»Ich muss morgen früh raus.« Victoria sah mich nicht an, aber ich war mir sicher, dass es wegen der Sache auf der Tanzfläche war. Weil ich sie stehen gelassen hatte.

Als sie schließlich den Kopf hob, waren ihre Wangen rot. »Es tut mir leid, ich hab da wohl irgendetwas fehlinterpretiert. Ich wollte dich nicht bedrängen oder so. Ich ... sollte wirklich gehen.«

Sie hob die Hand und drehte sich um. Ich starrte ihren Rücken an, während sie auf den Ausgang zusteuerte, und meine Gedanken überschlugen sich förmlich. *Das kann doch nie etwas werden. Sie ist Victoria Reiss und ich bin nur Lucy. Sie ist so großartig und ich bin nur ...*

Bevor ich weiter darüber nachdenken konnte, rannte ich ihr hinterher. Auf dem Platz vor dem Festsaal holte ich sie ein, der kalte Wind ließ mich in meinem Kleid frösteln, aber es war mir egal.

»Warte«, rief ich und sie drehte sich überrascht zu mir um.

Ich wusste nicht, was ich sagen sollte, mein Kopf war zu durcheinander von den vielen Gefühlen. Also schaltete ich ihn einfach aus, überwand den Abstand zwischen uns ... und küsste sie.

Victoria zuckte unter meiner Berührung zusammen. Nur eine Sekunde später griff sie nach meiner Hüfte und erwiderte meinen Kuss. Die Zweifel verpufften augenblicklich.

Als wir uns voneinander lösten, konnte ich nicht anders, als verlegen zu grinsen.

»Das ... das war kein richtiges Date«, sagte ich mit kratziger Stimme. »Aber ich hätte gern eins, wenn du nach deinem Flug zurück bist. Sofern du das auch willst, natürlich. Und sofern es okay ist, dass ich nur ... nur ich bin.«

Victoria stockte, dann lächelte sie und strich mir über die Wange. »Ich will unbedingt ein Date. Nur mit dir, Lucy.«

Mein Herz machte Luftsprünge. »Und hast du dann vielleicht doch noch Zeit für einen letzten Tanz, bevor du gehst? Ich glaube, meine Schwester Molly würde dich gern kennenlernen.«

Ihre Schultern entspannten sich und ich war mir sicher, dass ihre Augen beinahe Funken sprühten, bevor sie nickte.

Als wir zurück zum Festsaal gingen, war ich mir sicher, dass Blau für eine ganze Weile meine Lieblingsfarbe bleiben würde.

MARIUS SCHAEFERS

Only In This Time Of Year I

ANDY

»Andy, mein Lieber!«, trällerte meine Chefin Hadice und wandte sich mit Unschuldsmiene zu mir um. Ein Kribbeln breitete sich in meinem Nacken aus. Ein sicheres Zeichen, dass ich in Deckung gehen sollte.

Wir standen hinter dem dunklen, mit Tannenzweigen geschmückten Holztresen des Cafés und ich war an der Espressomaschine zugange. In meine Routine versunken hatte ich, nichts Böses ahnend, zwei Zimt-Latte und einen Lebkuchen-Macchiato zubereitet, als sie mir eine prall gefüllte Papiertüte unter die Nase hielt.

Die Köstlichkeiten musste Pearl zusammengepackt haben. Mein Lieblingsmensch war nach wie vor an der Gebäckauslage am anderen Ende des Tresens beschäftigt und bediente dort die nächste Kundin, weshalb es mir nicht möglich war, siesen* Blick aufzufangen, um zumindest eine Idee davon zu kriegen, was Hadice von mir wollte. Meine Stirn legte sich in Falten. Durch das Papier der Tüte erreichte mich ein weihnachtlicher Duft nach Gewürznelken und Butter.

»Würdest du diese Bestellung ausliefern?«, fügte Hadice hinzu, womit die Situation endlich Sinn ergab. Ein Nervositätsschub erfasste meinen gesamten Körper.

Normalerweise gehörte der Lieferservice nicht zu meinen Aufgaben. Normalerweise hatte ich keinen Kundenkontakt. Doch unser Fahrer vom Café lag seit gestern mit einer Erkältung flach, demnach hatte ich nicht wirklich eine Wahl, als Hadices Bitte nachzukommen. Es war eine Ausnahme und nicht zu viel verlangt.

Dass sie sich durchaus im Klaren darüber war, wie ungern ich mit

---

* Pearl ist nichtbinär und nutzt statt sie/ihr oder er/ihm das geschlechtsneutrale deutsche Neopronomen sier/siem für sich.

Menschen interagierte, verriet mir nur eine beiläufige Geste, mit der sie über den Saum ihres Hijab strich. »Dann kannst du auch für heute Schluss machen«, versuchte sie, mich zu motivieren.

»Äh ...« Fast hätte ich den Siebträger nicht richtig in die Halterung gehängt. Im letzten Moment verhinderte ich das Malheur. »Sicher«, presste ich hervor, ehe ich anfangen konnte, zu detailliert über die Konsequenzen nachzudenken. Immerhin ergab sich so die Aussicht auf ein bisschen Trinkgeld.

Um ehrlich zu sein, wäre ich ohne den Job bei *A Cup of Coffee and Cozy* aufgeschmissen. Überhaupt einen zu kriegen, war mir dank meiner mürrischen Präsenz nicht leichtgefallen. Hadice und die anderen akzeptierten mich so, wie ich war, und hatten mich exakt da abgeholt, wo ich stand. Das bedeutete mir mehr, als ich je zugegeben hätte. Anfangs hatte es mich gestört, dass ich die Stelle vor allem auf Pearls Empfehlung hin bekommen hatte, doch ich fühlte mich im Team wohl und taute langsam auf.

Wärme breitete sich in mir aus. Vor allem, weil ich von Nat ständig Horrorgeschichten über ihren Boss zu hören bekam. Meine Mitbewohnerin kotzte sich regelmäßig bei mir aus und natürlich lieh ich ihr mein Ohr, denn das hatte Pearl mir beigebracht. Inzwischen war es sieben Jahre her, dass wir auf Instagram die ersten Nachrichten ausgetauscht hatten. Damals hatte ich siem Konzertkarten abgekauft, die Pearl aus gesundheitlichen Gründen nicht hatte nutzen können.

Mein Herz wurde schwer. *Ach, Pearl.* Der quirlige Sonnenschein war in vielerlei Hinsicht mein Gegenteil und pries in diesem Moment munter unsere exquisiten Christmas Specials an. Hadice liebte es, als Bäckerin kreativ zu werden. Weihnachten war ein super Anlass, auch wenn sie das Fest selbst nicht feierte. Erst hatte sie geglaubt, dass Pearl und ich Geschwister wären. Wegen unserer roten Locken, der hellen, fast porzellanweißen Haut und der Sommersprossen. Doch darauf kam es gar nicht an. Pearl war meine Wahlfamilie, basta. Ich musste unbedingt noch nach einem Geschenk für sien suchen. Die Schwierigkeit dabei war nur, dass es perfekt sein sollte.

Meine Chefin strahlte angesichts meiner Einwilligung. »Prima, Andy!«

Nun sah Pearl aus kajalschwarz umrandeten Augen zu mir herüber, nachdem sier die Kundin abkassiert hatte. Zu spät, um mich noch vor meinem Schicksal zu bewahren. Nicht zum ersten Mal dachte ich, dass Pearl nach siem Abschluss in Wirtschaft und Management weitaus mehr verdient hatte, als Servicekraft in einem Café zu sein. Unabhängig davon, dass sier sich nie beschwerte und mittlerweile Hadices zweite Hand war.

Pearls »Alles okay?« wiegelte ich mit einem versuchten Lächeln ab, wobei ich garantiert scheiterte. Darin war ich schon unter besseren Umständen schlecht. »Ist in Ordnung«, setzte ich im Vorbeigehen hinzu.

Ich verschwand im Hinterzimmer, um in meine Daunenjacke zu schlüpfen und meinen Rucksack zu holen, dabei wäre ich lieber weiter mit *Santa Baby* und *Rockin' Around The Christmas Tree* aus den Lautsprechern beschallt worden, obwohl mich die Songs bereits bis in meine Träume verfolgten. Ich war einfach kein *social butterfly*, eher eine Motte.

»Bis morgen!«, rief ich über die Schulter, nachdem Hadice mir noch eine Transportbox mit Kaffeebechern überreicht hatte. Mit meiner Fracht beladen trat ich nach draußen und folgte der Navigations-App, während meine Noise-Cancelling-Kopfhörer die typische Geräuschkulisse aus Gesprächsfetzen, hupenden Taxis und heulenden Sirenen in den Hintergrund treten ließen. Wobei die Musik es vermutlich auch allein geschafft hätte, den Lärm zu übertönen. Das war einer der vielen Vorzüge von Heavy Metal.

Ich blickte nur auf, wenn ich eine Straße überquerte, weil das die Wahrscheinlichkeit minimierte, auf dem glatten Bürgersteig auszurutschen oder in einen Schneehaufen zu treten, nachdem es über Nacht geschneit hatte. Es war klirrend kalt, also zog ich mir den Reißverschluss bis unters Kinn und sah zu, wie mein Atem weiße Wölkchen vor meinem Mund bildete.

Nachdem ich die Wolkenkratzer ein Stück hinter mir gelassen hatte, dauerte es nicht mehr lange, bis ich die angegebene Adresse erreichte. Nur, dass es auf einmal nicht mehr weiter ging. Beinahe wäre ich in eine Absperrung hineingelaufen, die eine Kreuzung blockierte, hinter der sich ein kleiner verschneiter Park befand. Gerade noch rechtzeitig riss ich meinen Blick vom Handybildschirm los, da trat mir ein Security-Mann in den Weg.

»Wir drehen hier«, sagte er in einem befehlsgewohnten Bariton.

Das war New York.

Mir entfuhr ein Auflachen und ich nahm meine Kopfhörer ab. »Entschuldigung.«

Genau so hatte ich mir die Stadt stets vorgestellt, bevor ich hergezogen war, weil ich Abstand zu dem Dorf brauchte, in dem ich aufgewachsen war. So ein Klischee, aber wahr – ebenso wie die Möglichkeit, in ein Filmset hineinzustolpern und über Nacht berühmt zu werden. Sicher. Jetzt, wo alles vor Magie, Lichterketten und Christbaumkugeln nur so schimmerte, fiel es leicht, an Wunder zu glauben. Doch die Realität sah anders aus. Wenigstens waren der Schmerz über die Zurückweisung seitens meiner Eltern und das Heimweh nicht mehr stechend brutal, sondern eher zu einer Art dumpfem Pochen abgeklungen. Mit dem Barista-Handwerk hatte ich meine Berufung gefunden. Was für den Übergang gedacht war, machte mir unglaublich Spaß. Im Big Apple fiel ich nicht weiter auf und hatte gleichzeitig eine größere Männerauswahl. Auch wenn ich manchmal das Gefühl hatte, in dieser Stadt unterzugehen, war es für mich hier um Welten entspannter als in Texas. Für gewöhnlich jedenfalls.

Ich schaute mich um, erfasste die Kulisse und die Kameras, entdeckte hektisch hin und her eilende Crewmitglieder und Unmengen an Ausrüstung und technischem Equipment, von dem ich nicht mal wusste, wozu es diente. Etwas zwickte in meinem Magen. War ich hier richtig? Würde ich die Bestellung nicht ausliefern können?

In diesem Augenblick tauchte ein Typ in meinem Alter auf und erlöste mich aus meiner Überforderung.

»Na endlich!«, rief er und verscheuchte den Security-Mann mit einer Handbewegung. »Danke, ich übernehme das.«

Brummend machte der Mann mir Platz, was dazu führte, dass mich der Blick aus den braunen Augen meines Gegenübers ungehindert fixieren konnte. Ein wohliger Schauder durchlief mich. Der attraktive Unbekannte hatte mich erwartet, womit klar sein dürfte, dass ich genau richtig war. Auf einmal wollte ich gar nicht mehr woanders hin. Wie von allein nahm ich seinen Anblick in mich auf. Er steckte in Sweater, Jeans und einer achtlos übergeworfenen Bomberjacke. Die kurzen glatten schwarzen Haare trug er in einem sauber ausrasierten Undercut. Dunkle Stoppeln bedeckten seine hellbraunen Wangen, die vor Kälte entzückend gerötet waren.

»Dich schickt der Himmel«, sagte er seufzend.

Nun erhitzten sich *meine* Wangen, ohne dass ich es verhindern konnte. Großartig! Wann war es bitte so heiß geworden?

»Wir filmen hier den ganzen Tag«, ließ er mich wissen, »und voraussichtlich noch bis in den Abend. Keine Ahnung, wann ich das letzte Mal sechs Stunden am Stück geschlafen habe. Ich glaube, mein Blut hat sich mittlerweile in Kaffee verwandelt. Besinnliche Vorweihnachtszeit am Arsch! Kennst du das Gefühl, wenn dir fucking alles zu viel wird, du aber lächeln und nicken musst?«

Praktisch, dass es mir an dieser Stelle gelang, meinen Kopf von oben nach unten zu bewegen. Ich war noch überfahren von seinem

Redeschwall und hoffte, ihm war klar, dass ich ihn verstanden hatte. Im Zuhören war ich deutlich talentierter als darin, selbst zu reden, und er brauchte offenbar jemanden, bei dem er sich auslassen konnte, ohne Ratschläge oder aufmunternde Worte. Im Grunde war ich froh, dass sich kein Schweigen ausbreitete.

Leider straffte er gleich darauf die Schultern und nahm sich zusammen. »Sorry, ich wollte dich nicht volljammern.«

Unvermittelt wirkte er um einiges unnahbarer. Schade. Ich biss mir auf die Zunge. Bereute er seinen Gefühlsausbruch? Damit gerechnet hatte ich zwar nicht, aber es machte mir nichts aus.

Prüfend musterte er mich von oben bis unten, was ich deutlich unangenehmer fand. Sein Blick glitt über die Box mit den Heißgetränken, die ich in der Hand hatte, und blieb am Ende an der Papiertasche an meinem Arm hängen, auf der das Café-Logo prangte. »Du bringst doch die Sachen von *A Cup of Coffee and Cozy*, oder?«, versicherte er sich.

»Ja«, beeilte ich mich zu sagen. Das war alles. Ich hätte mir in den Hintern treten können. Deshalb sagte ich meist lieber gar nichts. Wobei der Kerl es mir mit seiner Modelattitüde besonders schwer machte, einen kühlen Kopf zu bewahren. Wahrscheinlich wollte er nur erfahren, wem er sein Herz ausgeschüttet hatte. Eigentlich niedlich.

»Ich bin Andy«, schob ich hinterher. So seltsam diese Situation war, ich hatte sie, wie es schien, missverstanden.

Ein Stirnrunzeln huschte über seine Züge, bevor er sich gänzlich verschloss, und ich versteifte mich noch mehr.

»Peter«, erwiderte er knapp. »Bist du neu?«, fragte er.

Knirschend setzten sich die Zahnräder in meinem Kopf in Bewegung, bis sich die Puzzleteile zu einem Bild zusammengefügt hatten. Es fiel mir wie Schuppen von den Augen.

Holy shit.

Mein Herz schlug schneller. War er ein Schauspieler und fürchtete, dass ich irgendjemandem von seiner bröckelnden Fassade erzählen könnte? Wieso hatte ich das nicht gleich gecheckt? Sofort betrachtete ich unser Gespräch aus einer anderen Perspektive.

Er musste ernsthaft verzweifelt sein, um sich einem Fremden gegenüber so unbedacht zu äußern. Sollte ich ihn erkennen? Automatisch spulte ich eine Liste mit Prominenten vor meinem inneren Auge ab, die mit Vornamen Peter hießen. Leider war ich nie sonderlich interessiert an Celebrities gewesen, wodurch diese Liste eher kurz ausfiel.

Ich ermahnte mich, nicht noch ungenierter zu starren, was nicht so richtig funktionierte.

»Gibt's ein Problem?«, hakte Peter nach.

Reichlich verspätet bemerkte ich, dass der Typ einen Hundert-Dollarschein gezückt hatte und leicht genervt wirkte. Statt ihm, wie er es wahrscheinlich erwartete, die Bestellung zu reichen, stotterte ich los – erinnerte mich aber wenigstens daran, wieso ich hier war. »Ich kann leider nicht wechseln.«

»Herrgott noch mal«, blaffte er mich an, als hätte es den netten Moment zuvor nie gegeben und ich wäre eine einzige Zumutung für ihn. »Dann behalt das Geld. Ich habe keine Zeit für so was.«

»Ist ja gut«, murmelte ich, eindeutig abwehrend statt freundlich. Mir doch egal, wer er war. Ich sah schon Hadices tadelnd hochgezogene Augenbrauen vor mir. Wenigstens machte ich niemandem etwas vor!

Peter nahm Tüte und Transportbox an sich, drückte mir den Hunderter vor die Brust, den ich reflexartig festhielt, und wandte sich ohne ein weiteres Wort von mir ab. Meine Reaktion kümmerte ihn nicht – oder er tat zumindest so. Das versetzte mir einen Stich. Wie albern. Im nächsten Moment flammte Wut in mir auf.

So ein arroganter Großkotz! Was dachte der sich? Solche Leute bekamen alles und dachten deshalb, sie könnten sich wer weiß was erlauben. Trotzdem beschwerten sie sich, während Menschen wie Pearl nicht mal bekamen, was ihnen zustand.

Leider blieb mir die Gelegenheit verwehrt, ihm etwas in der Art hinterherzurufen, ohne dass es zu viele Leute gehört hätten. Er war bereits zu weit entfernt. Eine altmodische Kutsche rollte für die Aufnahme der nächsten Szene in mein Sichtfeld. Auf dem Bock des Pferdegespanns saß eine junge Frau in Korsett und Reifrock. Es sah aus, als hätte Peter die Schwelle ins neunzehnte Jahrhundert überschritten. Im Grunde megacool.

Eine Schneeflocke ließ sich kühl auf meiner Nase nieder. Weitere rieselten vom Himmel und setzten sich im Kragen meiner Jacke fest.

Wie auch immer, meinetwegen konnte er dort bleiben! Nicht zu fassen, dass ich mich kurzzeitig für ihn interessiert hatte.

PETER

So süß ich das Herumdrucksen des Café-Boys fand, aktuell fehlten mir dafür die Nerven. Mein Stresslevel war bei hundertfünfzig und jeder Muskel meines Körpers zum Zerbersten gespannt. Ich musste runterkommen, verdammt!

Der Blick in Andys graublaue Augen, in denen sich so viel mehr spiegelte, als er aussprach, hatte definitiv nicht dabei geholfen, mich zu beruhigen. Das würde ich mal als *Vibes* bezeichnen. Mir standen immer noch die Härchen an meinen Unterarmen zu Berge und das nur, weil wir uns angesehen hatten.

Neues Adrenalin pumpte durch meinen Körper, aber ich ging weiter, obwohl ich mich lieber mit ihm unterhalten hätte. Leider hatte ich mich grandios zum Narren gemacht, indem ich die erstbeste Gelegenheit ergriffen hatte, eine unbeteiligte Person in mein Elend einzuweihen. Am

Set durfte niemand merken, wie unglücklich ich mit meinem Praktikum war. Ich stand kurz davor, alles hinzuschmeißen, aber mehr als Andeutungen waren nicht drin. Entsprechend hatte sich mein Frust angestaut. Nur so konnte ich mir erklären, was in mich gefahren war.

Immerhin würde der Ausnahmezustand, den die Begegnung mit Andy bei mir ausgelöst hatte, dabei helfen, meinen zahllosen To-dos gerecht zu werden. Beflügelt hastete ich mit Snacks und Heißgetränken den heutigen Ort des Geschehens ab und verteilte alles. Die meisten Schauspielerinnen und Schauspieler bedankten sich herzlich für den Kaffee, der ihr Lebensretter war, und wussten auch die kleinen Zuckerbomben zu schätzen. Ich beglückwünschte mich, dass ich sie mitbestellt und nicht lockergelassen hatte, als mich eine freundliche Stimme am Telefon erst abweisen wollte, weil das Café aktuell angeblich niemanden für die Auslieferung hatte.

Wenn Leute wie Kyra Hastings sich einmal an einen gewissen Standard gewöhnt hatten, konnte ich nicht mit der Plörre aus irgendeiner Coffeeshopkette um die Ecke kommen. Das hatte ich fix kapiert.

Gerade kam Kyra auf mich zu, noch in voller Montur für den Ball im Eispalast. Die Plastikwasserpistole in ihren Händen stellte einen absurden Kontrast zu ihrem Kostüm dar, wenn man nichts von den verschiedenen Handlungs- und Zeitebenen der übernatürlichen Miniserie wusste, die hier entstand.

»Hey!«, rief sie und ich spurtete ihr entgegen, um ihr das Spielzeug abzunehmen und im Gegenzug einen Kaffeebecher zu reichen. Damit zog sie erhobenen Hauptes wie eine Prinzessin von dannen, ohne mich weiter zu beachten.

Das saß. In meinem Bauch rumorte es.

Alles in allem war die Stimmung ausgelassen, trotz des Drucks, perfekt abzuliefern. Es hatte geschneit, sodass wir die Außenaufnahmen mit echtem Schnee machen konnten. Nun, was hieß *wir*? Ich brauchte mir nichts vorzumachen. Die Rollen waren strikt verteilt. *Danke für die Erinnerung, Kyra!*

Ich war nur der Praktikant, der sich um die Requisiten zu kümmern hatte – und um alles, was sonst niemand übernehmen wollte. Der übliche Mist, wenn man noch zur Uni ging und ins Business hineinschnuppern wollte. Ich studierte Medien- und Kommunikationswissenschaften, um später verschiedene berufliche Optionen zu haben. Es sollte mich nicht so stören, dass mir dieser konkrete Job nicht zusagte. Aber insgeheim begeisterte mich vor allem die Schauspielerei und die Gewissheit, nie zu den Stars zu gehören, schmerzte.

Ein bedrückendes Gewicht legte sich auf meine Schultern. Nicht mal der Umstand, dass Geoffrey Smith mich anlächelte, als ich bei ihm ankam, änderte etwas daran. Der gut aussehende Weihnachtsmanndarsteller hob die rote Mütze mit der weißen Bommel. Er spielte den zeitreisenden Santa in jungen Jahren. Ich rang mir ein Schmunzeln ab, obwohl ich die aufmunternde Geste nicht wirklich würdigen konnte. Dabei hatte ich seit dem ersten Tag am Set ein bisschen für ihn geschwärmt. Er hatte mir sogar von seinem Werdegang erzählt und versucht, mir Mut für meinen zu machen, nachdem ich ihm gestanden hatte, dass ich ihm am liebsten nacheifern würde.

Niedergeschlagen betrat ich das kleine Zelt, das für die Requisite vorgesehen war, um mir ein paar Minuten Ruhe zu gönnen. Außerdem stand mir noch immer Andys roter Lockenkopf vor Augen. Es hatte mich fasziniert, dass er sich nicht darum bemühte, sich zu verstellen. Anders als die glatt gebügelten Schauspielprofis, mit denen ich es täglich zu tun hatte.

»Ich habe vorhin mit dem Assistenten von Victoria Reiss telefoniert«, teilte mir meine direkte Vorgesetzte Svea mit, und das keine Sekunde, nachdem sich die Zeltplane hinter mir geschlossen hatte.

Nur mit Mühe unterdrückte ich ein Stöhnen, denn ich ahnte schon, was jetzt kommen würde.

»Du kannst gleich die Outfits für die *Back-to-School*-Takes abholen.«

Sie sagte das, als müsste ich mich vor Enthusiasmus überschlagen und selbstverständlich wissen, wer Victoria Reiss war. Dunkel dämmerte mir, dass sie eine der Designerinnen sein musste, die extra für die Serie engagiert worden waren, doch ich hatte längst den Überblick verloren. Am liebsten hätte ich mich jetzt bei den Rentieren verkrümelt. Die Tiere zu streicheln war so beruhigend gewesen, aber sie standen nicht mehr am Set, weil die Szenen, in denen sie vorkamen, mittlerweile im Kasten waren.

»Übrigens brauchen wir eine neue Uhr für Geoffrey.«

»Was?« Mir klappte die Kinnlade herunter und ich blinzelte Svea entgeistert an. Es konnte nur eine Uhr gemeint sein – das Herzstück der gesamten Show. Ein Unikat. Eine historisch authentische Taschenuhr, mit deren Hilfe Santa Claus in der Lage war, die Gesetze von Raum und Zeit zu überwinden.

»Was ist mit der alten passiert?«

»Sag du es mir.« Sveas Stimme klang eisig.

»Gestern war sie doch noch da«, stammelte ich. Schweiß brach mir aus, obwohl ich das bei den Außentemperaturen für unmöglich gehalten hätte. Ich zupfte das Sweatshirt von meiner klammen Haut. Mir schwante Böses. Konnte es überhaupt sein, dass die Uhr heute noch nicht benutzt worden war? Wieso war ihr Fehlen erst jetzt aufgefallen?

»So ist es«, bestätigte sie.

Ich realisierte das unterschwellige Brodeln in ihrer vorgetäuschten Ruhe. Mir wurde übler als übel. Svea hatte mich auf dem Kieker und wartete nur darauf, dass ich etwas vermasselte.

»Wenn ich mich korrekt entsinne, war es deine Aufgabe, die Ausrüstung nach dem Dreh im Studio abzuliefern.«

Sie hatte recht.

»Lass dir etwas einfallen. Noch habe ich niemandem etwas gesagt.«

Vermutlich war Svea der Überzeugung, sich großzügig zu geben, indem sie mir »anbot«, das Ganze könnte unter uns bleiben, wenn ich nur schnell genug war, meinen Fehler zu beheben. Dass ich die Schuld am Verschwinden der Uhr tragen musste, stand für sie außer Frage. Bestimmt kam es ihr gelegen, mich bloßstellen zu können. Deshalb würde sie alles auf mich abwälzen, sollte ich die Uhr nicht wiederfinden oder alternativ daran scheitern, eine neue aufzutreiben, die der ursprünglichen zum Verwechseln ähnlich sah. Wetten? Auf ihre Unterstützung konnte ich nicht zählen.

Ich war geliefert. Ich hatte keinen Schimmer, wo die Uhr abgeblieben war. Und ich dachte, ich hätte den Tiefpunkt bereits erreicht.

Wie es aussah, würde es für mich keinen Feierabend geben. Die Vorfreude darauf, mit Jenni, Mom und Dad unsere Küche in die Weihnachtsbäckerei oder besser gesagt in ein einziges Chaos aus Teig, Zuckerglasur und bunten Streuseln zu verwandeln, verpuffte. Immerhin würden meine kleine Schwester und ich uns so nicht um die Batman-Ausstechform zanken müssen und die Fledermausplätzchen in diesem Jahr keine Überhand nehmen.

»Ach, und Peter«, ergänzte Svea. »Wenn du schon unterwegs bist, um die Kostüme abzuholen und eine Ersatzuhr zu besorgen, habe ich noch eine Liste mit weiteren Erledigungen. Damit solltest du den restlichen Tag gut beschäftigt sein. Kümmere dich bis morgen um alles. Vorher brauchst du gar nicht wieder aufzutauchen.«

ANDY

Schon klar, wieso ich die Geschenkesuche für Pearl ewig vor mir hergeschoben hatte. Während ich an den hübsch dekorierten Auslagen vorbeiging und mein Blick über die Tische voller Parfümflakons, Krawatten, Schuhe und Kleider huschte – inklusive der Preisschilder –, bereute ich längst, jemals einen Fuß in das Kaufhaus gesetzt zu haben. In jedem Gang stand ein Miniaturtannenbaum mit funkelndem Weihnachtsschmuck und Lichterketten behangen, und auch die Motive der Anstecknadeln, die alle Angestellten am Revers ihrer rot-weiß-gestreiften Westen trugen, erinnerten mich nachdrücklich daran, dass der Moment gekommen war, tief in die Tasche zu greifen, um meinem Lieblingsmenschen eine Freude zu bereiten. Egal, wie stark es sich in mir dagegen sträubte. Selbst die Grußkarten kosteten ein kleines Vermögen. Seufzend steckte ich eine der reduzierten Adventskalenderkarten zurück in den Ständer. Mir schwirrte der Kopf und ein bitterer Geschmack überzog meine Zunge. Dass ich mich partout nicht dazu überwinden konnte, irgendetwas auszusuchen, hatte aber noch einen anderen Grund: Pearl würde sich aus all dem nichts machen. Was sier sich wünschte, konnte ich siem leider nicht schenken.

Oder ...?

Nachdem ich das Etikett eines Teddybären umgedreht hatte und über den dreistelligen Betrag nur schnauben konnte, reichte es mir. Mit zu Fäusten geballten Händen fuhr ich herum, um durch die Drehtür hinauszustürmen – und krachte geradewegs in jemanden hinein.

Mir entwich ein »Uff« und wir taumelten nach dem Aufprall auseinander. Ich fing mich ab, rieb mir über das schmerzende Brustbein und schnappte nach Luft, als ich eine mir nur zu bekannte Stimme vernahm.

»Wow, ganz toll!«, fluchte der Typ, der im Gegensatz zu mir auf dem Hintern gelandet war.

Schockiert starrte ich in das schöne Gesicht. Hinter meinen Rippen flatterte es. War das ein mieser Scherz? Das war Peter, der Kerl vom Filmset, der mir die Bestellung abgenommen hatte. Er hockte vor mir auf dem Boden, sah mich nicht an, wirkte aber nicht minder verärgert über mich als bei unserer letzten Begegnung.

»Da kann ich mich nur anschließen«, sagte ich.

Irgendwie gefiel es mir, ihn zu reizen. Um ihn herum verteilte sich die Ausbeute eines ausgedehnten Shoppingtrips. Hochwertiger Krempel, wie ich den Markennamen auf den Einkaufstaschen entnahm, den er einsammelte, sorgfältig begutachtete und wieder verstaute. Es waren auch ein paar Kleidersäcke dabei, wie für Anzüge oder festliche Klamotten, die man sich nur zu besonderen Anlässen lieh. Für einen Auftritt auf dem roten Teppich zum Beispiel. Hatte er keinen persönlichen Assistenten, der ihm die Sachen hinterhertrug?

Als er den Blick hob, verdunkelten sich die Schatten unter seinen Augen. »Verfolgst du mich etwa?«

Funken stoben zwischen uns auf.

Was zur Hölle war ihm über die Leber gelaufen? Zu meiner eigenen Überraschung ließ ich mich nicht einschüchtern.

»Bist du so egozentrisch?«, konterte ich.

Dass er sich an mich erinnerte, gab mir Auftrieb. So abgehoben konnte er gar nicht sein. Es wurmte mich nur, dass ich ehrlich neugierig darauf war, was hinter seiner abweisenden Show steckte. Ich schob es beiseite.

»Du bist nach mir hier eingetroffen«, wies ich ihn auf das Offensichtliche hin. »Scheint mir also andersherum zu sein.«

Wahrscheinlich sollte ich eher beten, dass nichts von seinen Einkäufen kaputtgegangen war, was ich ersetzen musste. So akribisch, wie er alles prüfte. Das war meiner Meinung nach echt übertrieben, zumal dieser Kerl offensichtlich so viel shoppen konnte, wie er wollte, ohne überhaupt auf sein Konto zu linsen. In diesem Augenblick entlud sich mein Zorn über die Ungerechtigkeit, dass Pearl im Gegensatz dazu gezwungen gewesen war, die alte Taschenuhr sieses Großvaters zu verpfänden, um die Nachzahlung der Stromrechnung zu stemmen, weil gleichzeitig der Kühlschrank den Geist aufgegeben hatte.

Nach dieser Erkenntnis fällte ich den Entschluss, auf der Stelle ins Pfandleihhaus zu gehen. Ich würde Pearls Uhr auslösen. Und wenn dafür mein gesamtes Weihnachtsgeld draufging. Sie war alles, was sie noch von siesem Grandpa hatte. Das war es wert. Ich wusste, dass die Uhr noch dort war, weil ich regelmäßig am Geschäft vorbeigeschaut hatte, wo sie im Schaufenster lag. Bisher war es mir nur nicht möglich gewesen, eine ausreichende Summe aufzubringen.

»Die Frage ist vielmehr, wo du wieder mit deinen Gedanken warst«, meinte Peter, der Schauspieler, dessen voller Name mir nach wie vor unbekannt war. Er stemmte sich hoch und kam auf die Füße. Wüsste ich es nicht besser, hätte ich angenommen, dass er die Antwort darauf wirklich wissen wollte und nur noch halb so sauer war, nachdem er alle Luxusartikel unbeschadet eingesammelt hatte.

Eine Gänsehaut kroch mir über den Rücken, weil sich die Stimmung zwischen uns erneut verschob. Gegen meinen Willen verringerte sich der Drang, die Augen über ihn zu verdrehen. Er hatte meine Schweigsamkeit bei der Auslieferung treffend interpretiert und nicht als Unhöflichkeit gedeutet. Wie aufmerksam! Das passte zu meinem allerersten Eindruck von ihm.

Wäre ich forscher, hätte ich ihn geneckt. *Ich war mit den Gedanken bei dir*, lag es mir auf der Zunge. Ich hätte gern seine Reaktion darauf gesehen. Das Einzige, was mich noch stärker hemmte, als einen Korb zu kassieren, war, dass er auf meinen Flirt einstieg. Nicht auszudenken! Ich durfte nicht schwach werden.

Mein Puls raste. Ich musste dringend die Biege machen. »Ich habe es eilig«, verkündete ich deshalb. »Ich wollte noch ins Pfandleihhaus an der Neunundsiebzigsten, bevor es schließt.«

Ich machte einen Schritt nach vorn, als Peter »Stopp!« rief und mich abrupt zum Innehalten brachte. Die Schuhsohle meines rechten Stiefels schwebte über einem kleinen, in Packpapier eingewickelten Gegenstand, den er und auch ich übersehen hatten.

»Vorsicht«, setzte Peter hinzu und schnappte sich das vergessene Päckchen aus der Gefahrenzone.

»Entschuldige!« Mein Herz, das kurz gestockt hatte, donnerte heftig weiter.

Ein mulmiges Gefühl regte sich in mir, während er das Papier auseinanderfaltete. Der Schriftzug auf der daran befestigten Quittung, den ich flüchtig aufschnappte, kam mir bekannt vor und Größe und Form des Päckchens deuteten auf eine Schmuckbox hin. Am liebsten hätte ich ihn aufgehalten, denn plötzlich ahnte ich, was darin war, ohne den Inhalt gesehen zu haben.

Meine Finger zuckten, doch Peter war schneller. Er enthüllte den Gegenstand, um ihn zu untersuchen. Und tatsächlich. Es war die Taschenuhr von Pearls Großvater. Das goldene, reich verzierte Gehäuse, das leicht zerkratzte Glas über dem Blatt mit den römischen Ziffern.

»Puh.« Vor Erleichterung atmete er auf. »Sie ist noch heil. Ich dachte echt, das wird ein Fall von *Wie gewonnen, so zerronnen*. Ich habe ewig gesucht, um eine passende Uhr zu finden«, erklärte er. »Aber dann wurde mein Flehen erhört.«

Seine sichtliche Freude und Erleichterung trieben mich innerlich auf einen Strudel der Panik zu.

Was sollte ich jetzt machen?

MARIUS SCHAEFERS

Only In This Time Of Year II

ANDY

Nachdem wir uns voneinander verabschiedet hatten und im Kaufhaus auseinandergegangen waren, hängte ich mich heimlich an Peters Fersen.

Inständig hoffte ich, er würde nicht bemerken, dass ich mich nicht – wie angekündigt – zum Pfandleihhaus aufmachte, sondern ihn beschattete. Das einzige Objekt meines Interesses war in seinen Besitz übergegangen und es hatte nicht den Anschein, als würde er die Uhr mir oder sonst jemandem freiwillig überlassen, so froh wie er über seinen Fund war. Große Klasse.

Auf einmal war ich dankbar für die zahlreichen Miniaturweihnachtsbäume, die sich ziemlich gut als Sichtschutz anboten. Ich huschte von einem zum anderen, während Peter sich durch die Gänge treiben ließ, stöberte und hier und da etwas in die Hand nahm. Dabei wirkte er nicht halb so gestresst wie ich zuvor beim »Shoppen«. Eigentlich beschattete ich gar nicht ihn, beruhigte ich mein Gewissen. Es ging mir um die Taschenuhr von Pearls Großvater! Wäre Peter kein Schauspieler oder nicht so unverschämt sexy, hätte ich vielleicht gleich vernünftig geschaltet. Wenn er seinen Charme aktivierte und sich nicht wie ein Rüpel aufführte, war er schlicht und ergreifend zum Dahinschmelzen.

Ich hätte ihm mein Dilemma offenbaren sollen, am besten mit einer ordentlichen Prise Humor à la *Haha, du wirst es nicht glauben ...* Diese Chance war vorüber. Nun musste ich aufpassen, dass ich ihn nicht aus den Augen verlor, bis ich mir überlegt hatte, wie ich die Uhr zurückbekommen konnte. Ein drittes Mal würden wir uns kaum zufällig über den Weg laufen. Zumal der Zufall es nicht besonders gut mit mir meinte. Er hätte jede Uhr kaufen können, nur nicht ausgerechnet diese!

Als Peter das Kaufhaus verließ, schlüpfte ich ihm mit etwas Abstand hinterher, und auch als er in die U-Bahn stieg, ließ ich mich nicht abschütteln. Er nahm die Linie C und das Herz schlug mir während der Fahrt bis zum Hals. Obwohl der Waggon voll mit Leuten war und eine Geigenspielerin eine berührende Interpretation von *Hallelujah* zum Besten gab, schätzte ich die Gefahr größer ein, ihm hier in der engen Röhre aufzufallen.

Doch ich blieb unerkannt. Das änderte allerdings nichts daran, dass mir neun Zwischenstopps später, als er an der Spring Street ausstieg, noch immer keine Strategie eingefallen war. Es war dunkel geworden und an den Häusern funkelte die Weihnachtsbeleuchtung. Ich wollte ihn trotzdem weder überfallen noch mich als Taschendieb versuchen. Zumal er mich ja kannte.

Schließlich sah ich tatenlos zu, wie Peter die Stufen zu einem roten Backsteingebäude hinaufstieg. Ein ansehnliches Einfamilienhaus in Soho, das passte. In einem der Sprossenfenster hing ein orange glühender Papierstern.

Vor der weißen Holztür stellte er die zahlreichen Einkaufstüten und Taschen ab. Kurz bevor er den Schlüssel ins Schloss steckte, warf er einen Blick über die Schulter. In letzter Sekunde sprang ich hinter einem Laternenpfahl in Deckung. Mein Herz trommelte so heftig, dass ich es bis in meine Kehle spürte. Hatte er mich bemerkt? Das wäre mehr als unangenehm.

Erst nachdem Peter im Inneren verschwunden war, atmete ich auf und trat entmutigt und sauer auf mich selbst den Heimweg an.

PETER

Alles wird gut.

Dass ich den Tag mit diesem Gedanken abschließen würde, hätte ich bis vor ein paar Stunden für komplett abwegig gehalten. Ich knipste die Nachttischlampe aus, verkroch mich unter der karierten Decke und erlaubte es mir, langsam daran zu glauben.

Zuvor hatte ich meinen Eltern nur kurz »Hallo« gesagt. Weil ich zuletzt häufiger erschöpft nach Hause kam, wunderte sich niemand darüber. Mom hatte mir noch einen heißen Kakao mit Marshmallows aufgeschwatzt, mich damit aber entlassen und mir gute Nacht gewünscht.

Ein triumphierendes Lächeln breitete sich auf meinen Lippen aus, während mir die Augen zufielen. Ich hatte Sveas Liste vollständig abgearbeitet und einen täuschend echten Ersatz für die Uhr vom Weihnachtsmann gefunden. Die von mir zuerst angesteuerten Antiquitätenläden hatten nichts gebracht, doch nachdem ich die von Victoria Reiss designten Kostüme abgeholt hatte, war ich auf die Idee gekommen, meine Suche auf Pfandleihhäuser auszuweiten. Im dritten schien die Uhr dann geradezu auf mich gewartet zu haben, so prominent wie sie im Schaufenster ausgestellt gewesen war. Mir war das Unmögliche gelungen! Das würde mir niemand mehr madig machen.

Zwar wäre es auf gewisse Weise ein Segen gewesen, bei meinem Praktikum gefeuert zu werden, doch morgen würde ich Svea persönlich die Uhr und den Rest der Besorgungen am Set überreichen, ohne einen Umweg übers Studio zu machen. So konnte nichts mehr schiefgehen. Svea würde staunen! Wobei es mich schon interessieren würde, wo die ursprüngliche Uhr abgeblieben war. Möglicherweise hatte ich wirklich nicht vernünftig aufgepasst, weil ich bei der Arbeit nie mit dem Herzen dabei war. Da musste früher oder später etwas passieren.

Eine ähnliche Ahnung hatte ich vor der Haustür gehabt. Ich hatte mich beobachtet gefühlt und meinte sogar, Andy gesehen zu haben. Nur für eine Sekunde. Das mochte aber auch daran liegen, dass er mir gefiel. Spätestens seit unserem Zusammenstoß im Kaufhaus ging er mir nicht aus dem Kopf.

Das Letzte, woran ich vor dem Einschlafen dachte, war das herausfordernde Funkeln in seinen Augen. Ein aufgeregtes Kribbeln erfüllte meine Brust. Ob er morgen noch einmal die Lieferungen für das Café übernahm oder wieder sein Kollege?

ANDY

Am nächsten Tag meldete ich mich krank.

»Hi, Hadice.« Ich lag noch im Bett und hustete in mein Handy. »Ich kann heute nicht arbeiten.«

Es erschien mir unvorstellbar, Peter nach dieser Aktion unter die Augen zu treten, weil ich womöglich erneut eine Bestellung an das Filmset liefern sollte. Ihn dort auf die Uhr anzusprechen, anstatt ihn wie ein Stalker zu verfolgen, war mir gestern gar nicht in den Sinn gekommen. Inzwischen war ich mir sicher, dass er mich gesehen hatte, und jedes Mal, wenn ich daran dachte, zwickte es in meinem Magen. Was musste er von mir denken! Was, wenn er sich im Café über mich beschwerte und das auf Hadice zurückfiel? Wer wusste denn, wie Schauspieler in so einem Fall tickten? Er könnte gleich das gesamte Café verklagen!

»O nein, gute Besserung«, sagte Hadice. Noch war ihr also nicht zu Ohren gekommen, wie daneben ich mich benommen hatte.

»Danke«, nuschelte ich. »Ich melde mich, wenn es mir besser geht.«

»Tu das«, bestätigte sie. »Bis dahin.«

»Tschau.« Ich legte auf, sank seufzend zurück und vergrub mein Gesicht im Kissen. Das schrie nach einem Serienmarathon, um meinen Problemen wenigstens für eine Weile zu entkommen. Danach sah die Welt vielleicht wieder rosiger aus.

Es war bereits Nachmittag, als mich ein Klopfen an der Zimmertür aus meinem elenden Zustand riss. Eine neue Sichtweise auf die Situation zu gewinnen, war mir nicht gelungen. »Andy?«

»Herein«, gab ich ein Lebenszeichen von mir, nachdem meine Mitbewohnerin Nat mich heute Morgen bestimmt beim Frühstück vermisst hatte, bevor sie aus dem Haus gegangen war. Wahrscheinlich hatte es sie auch ziemlich verwirrt, ausnahmsweise einmal nicht von meiner Musik geweckt zu werden.

Ich wusste ihren guten Willen zu schätzen und war inzwischen an einem Punkt angelangt, an dem es mir nicht ratsam erschien, weiter mit meinem Kopfkino allein zu sein. Mit Pearl konnte ich meine Misere mit Peter und der Uhr schlecht teilen, obwohl sier sich schon per WhatsApp bei mir erkundigt hatte, wie es mir ging, nachdem ich nicht auf der Arbeit erschienen war. Sien abzuwimmeln war gar nicht leicht gewesen und je mehr wir schrieben, desto mieser fühlte ich mich, derart versagt zu haben. Wäre mein Weihnachtsgeld nur früher eingetrudelt.

»Alles klar?«, fragte Nat.

Ich blinzelte. Sie trug noch ihre Arbeitskleidung, ein lockeres *Guardians of the Galaxy*-Shirt zu einer robusten Hose, und ihre blonden Haare ähnelten nach einem Tag im Zoo eher einem Vogelnest als einem Dutt.

Gegen meinen Willen musste ich lächeln, schüttelte aber gleich darauf den Kopf. »Es geht.«

»Willst du darüber reden?«

Nat checkte direkt, dass etwas im Argen lag, und kam mir nicht mit einer Hühnersuppe gegen Grippe, was mir verdeutlichte, dass ich mich ihr öffnen konnte. Sie kannte mich besser als gedacht. Ich hatte in New York ein echtes Auffangnetz gefunden. Das bedeutete mir unendlich viel.

Gerührt schluckte ich, dann redete ich mir alles von der Seele. Am Ende schrieb ich auf ihren Rat hin einen Brief – nicht etwa an Santa, sondern an Peter.

PETER

Statt Andy brachte heute der übliche Fahrer vom Café unsere Bestellung. Ich war enttäuscht.

Während ich hinter der Absperrung auf ihn wartete, sank mein Herz, das bis eben noch schneller geschlagen hatte. Der einzige Grund, weshalb ich mich dennoch zu einem höflichen Lächeln durchrang, war der, dass ich mich im Nachhinein schlecht dabei fühlte, den roten Lockenkopf im Stress gestern so fies behandelt zu haben. Wäre Andy jetzt hier, wenn ich netter gewesen wäre? Wie auch immer, so wollte ich nicht sein und sein Kollege hatte meine üble Laune ebenso wenig verdient.

Immerhin machte es mich nur noch halb so verlegen, dass ich mich regelrecht darum gerissen hatte, die Lieferung anzunehmen. Svea hatte mich schief angesehen, als ich mit einem »Ich mache das!« vorgeprescht war. Aber im Grunde konnte es mir egal sein, was sie über mich dachte.

»Seit wann so einsatzbereit?«, hatte sie gestichelt.

Ich hatte auch kein Lob von ihr bekommen, als ich ihr heute Morgen meine gestrige Ausbeute vom Shopping präsentiert hatte. Hätte ich mir denken können. Nur ihre in die Höhe ruckende Augenbraue hatte dafür gesprochen, dass sie überrascht und beeindruckt über den passenden Uhrenersatz gewesen war.

»Zurück im Dienst?«, fragte ich den Kaffeelieferanten in einem scherzhaften Tonfall, als ich ihm die Bestellung abnahm. Ich pokerte darauf, dass er mir indirekt einen Hinweis auf Andy gab.

Verwirrt über mein Interesse erwiderte er: »Jap, bin wieder fit.«

Seine Reaktion war verständlich, denn über Small Talk waren wir bislang nie hinausgekommen und es kümmerte mich nicht wirklich, wieso er einen Tag ausgefallen war.

»Peter!«, rief Svea in diesem Moment. Wie immer war sie die Ungeduld in Person.

Wohl oder übel entschuldigte ich mich. Vermutlich war Andy gar nicht für die Auslieferung von Bestellungen zuständig und nur notgedrungen eingesprungen. Dazu würde sein verunsichertes Auftreten passen. Dass er nicht noch einmal aufgetaucht war, hatte also hoffentlich nichts mit mir zu tun.

Heute standen nach der Lunchtime ein paar ruhigere Szenen auf dem Plan. Geoffrey und Kyra – beziehungsweise ihre Charaktere – machten einen Schneespaziergang durch den Park und führten dabei einen Dialog über die Erfüllung von Wünschen. Exakt mein Thema, dem ich seit Wochen nachhing. Der zeitreisende Weihnachtsmann hatte als Wunscherfüller eine spannende Meinung dazu.

Es fiel mir schwer, die Dreharbeiten zu begleiten, während sich alles in mir nach etwas anderem sehnte. Leider gab es Träume, die immer Träume bleiben würden, und man musste sich mit der Realität abfinden.

Svea und ihr Team, zu dem ich trotz allem gehörte, hatten für ein paar tolle Details während der Aufnahmen gesorgt: Die silberne Spange in Kyras Haar, die einem Mistelzweig nachempfunden war, das geschnitzte Rehkitz, das Geoffrey von seinem Vater hatte und das er aus der Bauchtasche seines Hoodies hervorzog, um es seiner Geliebten zu zeigen. Sehr atmosphärisch, sehr emotional. Beides kam hervorragend zur Geltung, doch es könnte mir nicht gleichgültiger sein. Ich wollte auf der Seite von Geoffrey oder Kyra stehen, vor der Kamera, und mein Dasein nicht dahinter fristen. Ich biss mir auf die Zunge, bis sich ein metallischer Geschmack in meinem Mund ausbreitete. Konnte einen der eigene Frust frustrieren?

»Cut!«, beendete der Regisseur den Drehtag nach einer gefühlten Ewigkeit.

Zu Hause wollte ich mich nur noch mit Tee und Plätzchen einkuscheln – wenigstens für zehn Minuten bewusst runterkommen, bevor ich vor Müdigkeit wegdämmern würde. Als ich jedoch auf dem Küchentisch neben dem Adventskranz einen Umschlag entdeckte, auf dem mein Name in einer krakeligen Handschrift prangte, riss mich das aus meiner Lethargie. Etwas an diesem Brief war auf eine Art besonders, die mich sofort packte. Ein neuer Lichtblick außerhalb der mir verhassten Routine.

Im Nu hatte ich ihn geöffnet und las die Zeilen auf dem linierten Papier:

Bitte halte mich nicht für einen gruseligen Stalker,
lass es mich erklären. Ich arbeite morgen von 8–16 Uhr.
Du kannst jederzeit im A Cup of Coffee and Cozy
vorbeikommen.

»Wer ist Andy?«, hörte ich Jenni aus heiterem Himmel fragen. Ich griff mir an die Brust und fuhr mit vor Schreck weichen Knien zu meiner kleinen Schwester herum. Sie hatte sich in ihren Eisbärpantoffeln in die Küche geschlichen, bevor ich beim Namen des Absenders angelangt war.

Er hatte die Nachricht geschrieben.

»Kein gruseliger Stalker, wie es scheint«, sagte ich und streckte Jenni die Zunge raus, während sie mich mit schief gelegtem Kopf arglos anblinzelte, als hätte sie nicht in meine Post gelinst.

Wenn Jenni mich so ansah, durchschaute sie mich ohnehin. Ich musste ihr nicht noch entgegenkommen, indem ich ihr gestand, dass mich der Typ alles andere als kalt gelassen hatte. Automatisch beschleunigte sich mein Puls. Andy wollte mich treffen! Obwohl ich so unfreundlich zu ihm gewesen war.

Bloß ...

»Wo hast du den Brief her?«, fragte ich.

»Aus dem Briefkasten«, sagte Jenni, als wäre das die einzig logische Antwort.

Dann hatte ich mir Andy gestern Abend in unserer Straße nicht nur eingebildet. Mir wurde etwas mulmig. Woher wusste er sonst, wo ich wohnte? Aber er hatte beteuert, dass er einen guten Grund dafür hatte.

»Mach dir keinen Kopf«, bat ich meine Schwester.

»Alles cool.« Jenni zuckte mit den Achseln. »Du hast einen Verehrer.«

»Romantisier das nicht.«

»Nie-mals.« Sie rollte mit den Augen. Sicherlich war sie mit ihren zwölf Jahren weitaus besser über sämtliche Red Flags beim Dating im Bilde als ich mit einundzwanzig.

ANDY

Würde Peter kommen? Seit Stunden saß ich wie auf heißen Kohlen und konnte mich kaum darauf konzentrieren, den Kaffee zuzubereiten. Fahrig mahlte ich Kaffeebohnen, schäumte Milch auf, verspritzte Sirup. Jedes Mal, wenn sich die Eingangstür öffnete und jemand das Café betrat, machte mein Herz einen Satz. Es widerstrebte mir, dass ich ihn hierher eingeladen hatte. Aber ein öffentlicher Ort wirkte vertrauenerweckender als ein schummeriger Hinterhof.

Pearl entging nicht, dass ich die Gäste nicht wie üblich weitestgehend ausblendete. Aber sier freute sich, dass ich mich wieder gesund fühlte, und war niemand, dier überbordend misstrauisch wurde.

»Wie kriegst du es nur immer hin, das Schlimmste im Keim zu ersticken?«, wunderte sier sich. Dass Pearl mich kaum aus den Augen ließ, machte mich zusätzlich nervös, obwohl ich es im Grunde herzallerliebst fand.

»Ich habe meine Methoden«, entgegnete ich geheimnisvoll.

Irgendwann schaffte ich es, mich besser auf meine Arbeit zu konzentrieren und wurde nachlässiger in meiner Habachtstellung.

Als Pearl sich plötzlich mit einem »Holla« an mich wandte, glühten meine Wangen in der schlimmsten aller Befürchtungen auf. Überhaupt nicht auffällig beugte sier sich zu mir. »Sieh dir diesen Hottie an!«

Ich folgte dem Blick meines Lieblingsmenschen ... und da war er. Peter. Die Hände in den Taschen seiner Bomberjacke vergraben, sein längeres Deckhaar zurückgegelt, kam er zielgenau auf mich zu.

»Ich mache dann mal Pause«, rief ich Hadice zu, riss mir die Schürze vom Leib und drängte mich an Pearl vorbei hinter dem Tresen hervor.

»Warte. Was? WAS?« Pearl schnappte nach Luft und starrte erst mich, dann Peter und wieder mich an. Ich konnte siem die Empörung und Überrumpelung kaum verdenken.

»Sorry«, formte ich lautlos mit den Lippen. »Später erfährst du alles.«

Pearl machte eine Geste, die ich nur als *Das will ich dir geraten haben* interpretieren konnte, warf mir dann jedoch eine Kusshand zu. Ich war dankbar für siesen Segen, zumal ich das alles ja für sien tat.

»Komm«, sagte ich zu Peter und griff nach seiner Hand, um ihn hinter mir her nach draußen zu ziehen. Ich war nur nicht darauf vorbereitet, dass die Berührung einen Stromstoß durch meinen Körper schicken würde. Bevor ich ihn loslassen konnte, verschränkten sich seine Finger mit meinen. In meiner Brust wummerte es so stark, dass ich mich kaum auf den Beinen halten konnte. Dass er nicht vor mir zurückschreckte, es ihm nichts ausmachte, so mit mir – einem Normalsterblichen – gesehen zu werden, berauschte mich regelrecht.

»Hi«, brachte ich erst drei Meter die Straße hinunter heraus und blieb vor dem Donut-Shop stehen.

»Hi«, gab Peter zurück. Er hielt noch immer meine Hand. »Da bin ich.«

Keine Ahnung, ob meine Nervosität auf ihn übergesprungen war oder seine auf mich. Ihn so zu erleben, war supersüß. Zumal ich dadurch nicht allein wie ein Trottel dastand. Ich sah zu ihm auf und vergaß für einen Augenblick komplett, dass wir uns nicht aus bloßem Jux verabredet hatten. Ich merkte auch erst jetzt, dass ich meine Jacke vergessen hatte. Ein schneidender Windstoß fand den Weg unter meinen Pullover und brachte mich zum Frösteln.

»Wollen wir da rein?« Peter deutete mit dem Daumen über die Schulter. Seine Fürsorge war nicht weniger niedlich als seine Unsicherheit.

Hadice würde keine Freudensprünge machen, wenn sie erfuhr, dass ich zur Konkurrenz ging, aber bevor ich mich in einen Eiszapfen verwandelte, stimmte ich zu.

Nachdem wir grün-rot-weiß glasierte Donuts bestellt und uns an einen kleinen Tisch mit Resopalplatte im Fünfzigerjahrestil gesetzt hatten, kam ich schließlich zur Sache.

»Ich falle jetzt mit der Tür ins Haus, okay?«

»Besser als durch den Schornstein«, murmelte Peter, was mich zum Auflachen brachte. Er hatte Humor!

»Nicht ablenken«, hüstelte ich. Ich durfte seinem Charme nicht erliegen, er spielte immer noch in einer völlig anderen Liga als ich und ich hatte erlebt, wie hochnäsig er sein konnte.

»Bin schon still.« Mit einem imaginären Schlüssel versiegelte er seinen Mund. Einen Mund, den ich zu gern küssen wollte. Stopp! Er war Schauspieler und gut darin, den braven Jungen zu mimen, obwohl er in Wahrheit ganz schön unartig war. Shit, wieso hatte er mit diesen Weihnachtsassoziationen angefangen? Und warum musste mein Gehirn gleich etwas Versautes daraus machen? Was sollte dieses Prickeln, das sich bis in meine Zehenspitzen ausbreitete? Hilfe!

»Okay.« Ich holte tief Luft. Konzentration. Ich war wegen der Uhr mit ihm hier. Danach konnte ich mich immer noch mit meinen Gefühlen für ihn auseinandersetzen. »Du hast etwas, das mal einer mit mir befreundeten Person gehört hat.«

Peter runzelte die Stirn. »Was soll das sein?«

Ich streckte die Arme zu beiden Seiten aus, um zu unterstreichen, wie sehr ich diesen Umstand bedauerte. »Die Taschenuhr aus dem Pfandleihhaus. Pearl hat sie von siesem Großvater geerbt. Ich wollte sie zurückerstehen und sien damit zu Weihnachten überraschen. Nur bist du mir zuvorgekommen. Im Kaufhaus ging alles so schnell und ich wusste nicht, wie ich dich darauf ansprechen sollte. Deshalb bin ich dir gefolgt.« Ich hielt kurz inne. »Na ja, plötzlich waren wir an deinem Haus angelangt, was mir echt peinlich war. Also bin ich wieder gegangen und habe dir am nächsten Tag den Brief geschrieben, weil ich … dir die Uhr gern abkaufen würde.«

Es war raus.

Peter schwieg.

Ich hoffte, er war nur verblüfft, denn ich konnte seinen Gesichtsausdruck nicht deuten. Nervös kaute ich auf meiner Unterlippe.

»Ich meine«, schob ich hinterher, »du kannst dir doch bestimmt eine andere Uhr besorgen. Immerhin bist du reich oder so?«

»Warte. Was?« Nahezu entsetzt riss er die Augen auf. »Wie kommst du darauf?«

Sein übertriebener Unglaube ärgerte mich. Hitze kroch meinen Hals hinauf. »Du bist Schauspieler«, rechtfertigte ich mich. »Und wie ich dich bisher erlebt habe, einer der erfolgreichen.«

Peter verschluckte sich an seinem Donut. »Ich glaube, du hast da etwas falsch verstanden. Was würde ich dafür geben, wenn es so wäre.«

In meinem Gesicht musste ein großes Fragezeichen stehen. Wieso log er mich an? Wir hatten uns am Set kennengelernt. Das ergab keinen Sinn. Oder war mir doch ein Irrtum unterlaufen?

»Ich mache ein Praktikum am Set«, klärte er mich auf. »Die Taschenuhr ist in der Serie, die wir drehen, ein wichtiges Requisit. Das Original ist verschwunden, deshalb musste ich für Ersatz sorgen.«

Mir blieb der Mund offen stehen. Ich hatte mich vollkommen in etwas verrannt. *Boden, bitte öffne dich.*

»O Gott, wie peinlich! Das Missverständnis tut mir ehrlich leid«, beteuerte ich.

»Ach.« Er winkte ab. »Kann sein, dass mir das sogar schmeichelt.«

Erleichterung durchflutete mich. Er war ein ganz normaler Typ, so wie ich. Für ihn zu schwärmen war nicht mehr halb so aussichtslos, wie es mir bis eben erschienen war. Es bedeutete aber auch, dass Peter nicht frei über die Taschenuhr verfügen konnte. Ich wies mein Entzücken ein bisschen in die Schranken. Würde ich Pearls Uhr aufgeben müssen, aber dafür die Chance auf ein richtiges Date mit ihm erhalten?

Möglicherweise war ich zu sehr darauf fixiert gewesen, Pearl etwas Materielles zu bieten. Möglicherweise kam es darauf gar nicht an, sondern auf die Menschen in unserem Leben, die Momente, die wir teilten, und die Erinnerungen, die wir danach in uns trugen. Ich dachte an Pearls und meine Freundschaft, die für mich ohnehin unbezahlbar war. Wie wohl ich mich im *A Cup of Coffee and Cozy* fühlte. Was für ein Glück ich mit Nat als Mitbewohnerin hatte. Zählte das nicht viel mehr? War das nicht die Einstellung, nach der Pearl lebte und die ich erst jetzt verstand? Beim alljährlichen Weihnachtsspektakel sollte es nicht um Konsum, sondern um die Zeit mit den Liebsten gehen, füreinander da zu sein. Idealerweise nicht nur dann.

»Die Requisite ist nicht gerade mein Traumjob«, vertraute Peter mir an und riss mich damit zurück in die Gegenwart. »Und meine Chefin ist alles andere als mein größter Fan. Aber wenn du möchtest, können wir versuchen, mit ihr zu sprechen. Eventuell überlässt man dir die Uhr nach den Dreharbeiten, wenn sie nicht mehr benötigt wird.«

»Das ...« Ich räusperte mich und lächelte, weil er mir ernsthaft helfen wollte. Nicht, weil ich ernsthaft damit rechnete, mein ursprüngliches Ziel zu erreichen. Mir wurde warm. »Das wäre toll. Danke.«

PETER

Ich hatte vermutet, dass sich hinter Andys reserviertem bis abweisendem Auftreten ein weicher Kern verbarg. Wenn er mir Paroli bot, entzündete er in mir ein Feuer, das sich zu einem Inferno entwickeln konnte, falls ich nicht aufpasste. Sobald er sich verletzlich zeigte, verwandelte es sich in ein heimeliges Prasseln im Kamin.

Was machte dieser Mann mit mir?

Dass er mich aus einer voreiligen Annahme heraus für einen Schauspieler gehalten hatte, amüsierte mich nicht nur, sondern schien auch zu bedeuten, dass er erkannte, wer ich wirklich war. Vielleicht klang diese Logik widersprüchlich, doch wenn er mich so sah, würden es andere womöglich ebenfalls tun.

Der Weg vom Donut-Shop zum Set dauerte gefühlt nur einen Wimpernschlag, weil ich so aufgeregt war. Die Finger in meinen Schal gekrallt, lief ich neben Andy her. Bis mir aufging, woher meine Aufregung kam, dauerte es etwas länger.

Ich grüßte den Security-Mann, der Andy und mich nach einer knappen Musterung auf das Gelände ließ. Die Straßenkreuzung vor dem Park war nach wie vor eingezäunt, damit wir ungestört waren. Gekonnt schlängelte ich mich zwischen Scheinwerfern, Lautsprecherboxen und Schaltpulten sowie den Crewmitgliedern hindurch, die alles bedienten, und hielt Ausschau nach Svea. Andy dabei in meinem Rücken zu spüren, gab mir Zuversicht und Kraft.

Ich wollte nicht nur ein gutes Wort für ihn einlegen, damit er die Uhr bekam. Ich fühlte mich bereit, für das einzustehen, was ich wollte, es nicht mehr nur unter der Hand zu flüstern. Ich war dankbar für die Erfahrungen, die ich hier und während meines Studiums gesammelt hatte, doch ich würde mich nicht länger mit der halben Miete zufriedengeben. Natürlich hatten meine Eltern mit ihrem Rat, eine vernünftigere Ausbildung zu machen, nur das Beste für mich im Sinn, aber ich hatte genug davon, meinen Traum aus Angst vor dem Scheitern zurückzustellen. Ich würde mir meinen Wunsch erfüllen, das Praktikum schmeißen und die Uni zugunsten einer Schauspielschule verlassen.

Bevor ich das Zelt für die Requisite betrat, straffte ich die Schultern. Svea konnte mir gar nichts mehr. Als ich sie dort auf einem der Klappstühle sitzen sah, wurde mir trotzdem mulmig.

»Svea«, sprach ich sie an.

»Du bist schon aus der Pause zurück?«

»Ja«, sagte ich wieder verunsichert. Konnte sie nicht einmal normal mit mir reden, ohne dass ihre Stimme vor Vorwürfen triefte?

»Wer ist das?«, ging es gleich weiter. Svea hatte Andy entdeckt und runzelte die Stirn. »Unbefugte haben hier keinen Zutritt.«

»Er ...«, setzte ich an, doch sie ließ mir nicht mal die Gelegenheit, das näher auszuführen.

»Du glaubst echt, für dich gelten andere Regeln als für den Rest von uns, was?«, fiel sie mir ins Wort. Das war schneller eskaliert als gedacht.

ANDY

Peter stolperte ein Stück zurück, als die Frau vor uns abrupt aufstand. Anders als im Kaufhaus verhinderte ich diesmal seinen Sturz.

»Danke«, murmelte er. Nur dass ich die unerwartete Nähe, die einen Hitzestoß durch meinen Körper jagte, kaum würdigen konnte.

»Du musst endlich lernen, wo dein Platz ist«, spuckte Svea, wie er sie genannt hatte, förmlich aus.

Peter verspannte sich. Ich musste an mich halten, um nicht dazwischenzugehen.

»Wie meinst du das?«, fragte er.

»Immer dieses Gefasel davon, dass deine Zeit als Schauspieler noch kommt.« Sie lachte voller Verachtung auf. »Meine kam nie.«

War sie deswegen so schlecht auf ihn zu sprechen?

»Das bedeutet ...?«, hakte er nach.

Das Blut rauschte mir in den Ohren. Der Schlagabtausch spitzte sich so rasant zu, dass ich kaum hinterherkam.

»Ich habe gehört, wie Geoffrey dich für eine Komparsenrolle vorgeschlagen hat. Wenn jemandem so eine Chance zusteht, dann ja wohl mir.«

»Was? Davon wusste ich überhaupt nichts. Und ich glaube nicht, dass ein Darsteller – selbst wenn er die Hauptrolle spielt – da überhaupt Mitspracherecht hat«, warf Peter ein.

Svea überging ihn. »Nachdem die Uhr weg war, hättest du rausfliegen sollen. Aber du hattest natürlich wie immer Glück.«

»Du wolltest mir ihr Verschwinden anhängen?«, stellte Peter ungläubig fest.

»Das hast du dir selbst zuzuschreiben.«

»Ist die Uhr überhaupt jemals verloren gegangen oder hast du das nur inszeniert?« Er reckte das Kinn vor, fasste sich langsam.

Schweigen.

War das ein Geständnis?

»Willst du gar nicht widersprechen?«, schlug ich Svea geistesgegenwärtig vor.

Zu meiner Zufriedenheit tappte sie in meine Falle. Es hatte ihr die Sprache verschlagen. Da sollte noch mal jemand behaupten, ich sei schlecht im Umgang mit Menschen.

»Ich danke dir für deine Mühe, mich loswerden zu wollen.« Peter nickte ihr zu und trat an meine Seite. »Aber die hättest du dir sparen können. Ich habe längst herausgefunden, wo ich hingehöre, und werde das Praktikum freiwillig vorzeitig beenden.«

Wie automatisch legte ich den Arm um ihn, genoss es, dass er sich an mich schmiegte.

Svea murrte etwas Unverständliches und ließ die Schultern sinken. Offenbar sah sie ein, dass sie verloren hatte.

Ein Flattern erfüllte mich.

So fügten sich die Dinge doch noch. Das passierte auch nur zu dieser Jahreszeit! Ich würde Pearls Uhr bestimmt zurückbekommen, wenn Svea die echte Uhr herausrücken musste. Und Peter würde sich nichts mehr von ihr gefallen lassen müssen.

Das Wichtigste aber war: Wir waren vereint.

»Wunder über Wunder«, raunte ich und suchte Peters Blick.

Mit einem schiefen Lächeln auf den Lippen sah er mich an. »Treffender hätte ich es nicht ausdrücken können.«

Die Wärme, die seine Worte in mir auslösten, war allumfassend.

Keine Ahnung, ob er am Ende tatsächlich – sozusagen als ein Geschenk vom Weihnachtsmann – seinen ersten Auftritt auf der großen Leinwand haben würde und was sich daraus ergeben mochte. Für mich war er von Anfang an ein Star gewesen und würde das auch bleiben.

SARAH SAXX

The Most Wonderful Time I

It's The Most Wonderful Time drang aus den Boxen des John F. Kennedy International Airports in New York, während die Leute um mich herum zu den Ausgängen hetzten. Kinder quengelten und ein Paar in meiner Nähe diskutierte heftig mit einem Flughafenangestellten, weil die Koffer nicht angekommen waren. Angesichts der Ironie, dass wir uns in der besinnlichsten Zeit des Jahres befanden, konnte ich mir ein Schnauben nicht verkneifen.

Dabei war es so schön, die Weihnachtszeit in New York City zu verbringen. Ich fand es hier sogar zauberhafter als in meiner Heimatstadt Cedar Falls in Iowa, von wo ich gerade kam. Obwohl es hier im Grunde nicht anders war als überall – die Häuser waren mit Lichterketten geschmückt, in den Shops wurde man mit Weihnachtssongs beschallt und in den Cafés duftete es nach Zimt und Schokolade. Aber wenn es schneite, setzte die Stadt eine Schneemütze auf, die sie unwiderstehlich machte.

Gut, viele New Yorker waren von der weißen Pracht nicht so begeistert wie ich, aber zumindest jetzt, zwei Wochen vor Weihnachten, lag mit dem Schnee immer ein besonderer Zauber in der Luft.

Dass ich gerade von meiner Familie kam und die Weihnachtsfeiertage nicht bei ihnen verbringen konnte, machte mich zwar immer noch ein bisschen traurig, aber da meine Arbeitskollegin Emma Mutter von drei Kindern war, überließ ich ihr jedes Jahr den Urlaub über die Feiertage. Die drei süßen kleinen Mädchen brauchten ihre Mama an Weihnachten mehr als ich meine.

Endlich setzte sich das Gepäckband, dem meine Flugnummer zugeordnet war, in Bewegung. Und während ich mich darauf einstellte, dass mein Koffer bei meinem Glück als Schlusslicht auftauchen würde, bewegte er sich bereits in gemächlichem Tempo auf mich zu.

Begeistert stieß ich einen kleinen Schrei aus, der mir seltsame Blicke einbrachte, die ich allerdings ignorierte. Ich richtete den Rucksack auf meinem Rücken und nahm die Sporttasche mit den Weihnachtsgeschenken von meiner Familie in die andere Hand, um den Reisekoffer vom Band zu ziehen.

Ächzend stellte ich das schwere Teil vor mir ab.

»Alles okay?«, fragte ein Mann im Anzug neben mir, eine Zeitung lässig unter seinen Arm geklemmt.

»Ja, danke«, brummte ich. Ohne mir ein Augenrollen verkneifen zu können, wandte ich mich von ihm ab und zog den Koffer hinter mir her. Er hätte mir auch einfach helfen können …

Mein Gepäck war jedes Mal so schwer, wenn ich meine Familie zwischen Thanksgiving und Weihnachten besuchte, da ich ständig fror und die kalte Jahreszeit nur im Zwiebellook überstand, ohne durchgehend mit den Zähnen zu klappern.

Ein Glück, dass Connor, mein Mitbewohner, sich bereit erklärt hatte, mich vom Flughafen abzuholen. Zugegebenermaßen wäre es um einiges praktischer, mir ein Taxi nach Bay Ridge in Brooklyn zu nehmen, wo wir uns eine kleine Wohnung teilten. Doch dazu reichte mein Geld nicht. Mit den öffentlichen Verkehrsmitteln dauerte es zwar etwas länger, war aber in Begleitung weniger mühsam.

Gut gelaunt machte ich mich auf den Weg zur Ankunftshalle, wo mich Connor abholen wollte. Schmunzelnd musste ich daran denken, wie er mich nach meinem letzten Heimaturlaub mit einem selbst gebastelten »*Welcome home, Destiny*«-Schild empfangen hatte, um sein schlechtes Gewissen zu beruhigen. Denn in den Tagen vor meiner damaligen Abreise hatte ich mir noch mehrere Zimmerpflanzen gekauft, die Connor in meiner Abwesenheit voller Übereifer jeden Tag fleißig gegossen und dabei fast ertränkt hatte. Als er seinen Fehler erkannt hatte, war es für drei der fünf Pflanzen beinahe zu spät gewesen.

Ich hielt neben dem Schalter für Stadtrundfahrten, den wir als Treffpunkt vereinbart hatten, und sah mich um, doch Connor war noch nicht da. Hier herrschte ebenfalls geschäftiges Treiben. Leute erkundigten sich beim Bodenpersonal nach ihren Flügen, Koffer wurden an mir vorbeigerollt, kleine Kinder liefen an den Händen ihrer Eltern oder wurden von ihnen getragen, damit sie im Gewusel nicht verlorengingen.

»… weshalb sich der Flug KL 170 nach Chicago verspätet«, drang es aus den Lautsprechern zu mir durch. Eher zufällig warf ich einen Blick auf die große Anzeigetafel mit den Ankunftszeiten, hinter denen nicht nur bei diesem, sondern auch bei einer Menge anderer Flüge ein fettes *Delayed* angezeigt wurde. Stirnrunzelnd schaute ich nun auf die Tafel der Abflüge, wo es nicht besser aussah. Noch nie hatte ich dort so oft *Canceled* gelesen.

»Was zur Hölle …?«

»Echt übel, oder?« Eine Frau war neben mir stehen geblieben, um ihren Mantel zu schließen.

»Ja, was ist da los?«

Sie schnalzte mit der Zunge. »Der Schneesturm ist los. Hast du nicht nach draußen geschaut oder zugehört, was sie ständig durchsagen? Big Apple wird vom schlimmsten Schneechaos seit zehn Jahren heimgesucht. Heute geht hier nichts mehr. Ich bin heilfroh, dass meine Maschine aus Memphis noch landen konnte.« Kopfschüttelnd zog sie ihren Schal fester, ehe sie mit ihrem Koffer auf den Ausgang zuging.

Verrückt, aus der Luft war es mir gar nicht so schlimm vorgekommen. Gut, die Stadt hatte weiß ausgesehen, aber ich hatte mich darüber gefreut, dass mir nicht in einem nassgrauen New York City die Weihnachtsstimmung abhandenkommen würde.

Vielleicht hatte der Pilot zur Wetterlage etwas durchgesagt, aber ich hatte Kopfhörer dringehabt und meinem spannenden Hörbuch gelauscht, weswegen ich nichts davon mitbekommen hatte.

Erneut ließ ich den Blick über die Menge schweifen, doch von Connor fehlte unverändert jede Spur, weshalb ich mein Telefon aus dem Rucksack holte, das ich kurz nach der Landung eingeschaltet hatte.

Tatsächlich wurde mir nun eine Nachricht von ihm angezeigt:

Hab dich nicht vergessen, dauert nur leider etwas länger. Schneechaos auf den Straßen. Komme mit der AirTrain und sollte bald am Flughafen sein.

Seufzend lehnte ich mich an die Glasfront neben mir an und schrieb ihm zurück:

Alles klar, ich warte. Danke!

Connor antwortete mit einem nach oben gereckten Daumen.

Ich stöpselte mir die Kopfhörer in die Ohren und startete erneut das Hörbuch. Als ich mein Telefon in die Manteltasche schob, fiel mir die Enttäuschung in den Gesichtern vieler Menschen auf, deren Flug gestrichen worden war oder die länger auf die Ankunft ihrer Liebsten warten mussten. Ich hatte mit meinem Flieger wirklich Glück gehabt.

Keine Ahnung, wie lange ich hier stand und dem Treiben vor mir zusah. Irgendwann stupste mich jemand an der Schulter an und kaum hatte ich den Kopf gedreht, begegnete ich Connors strahlendem Lächeln. Sofort nahm ich die Kopfhörer aus den Ohren.

»Hi!« Froh, ihn zu sehen, fiel ich ihm um den Hals. »So lieb von dir, dass du trotz des Chaos auf den Straßen hergekommen bist. Ich hab schon durchgerechnet, an welchen Ecken ich bis Weihnachten sparen müsste, um mit dem Taxi nach Hause zu fahren.«

»Hey, wenn ich sage, ich hole dich ab, dann halte ich mein Wort.« Er grinste mich an und unter seinem Bartschatten kamen seine Grübchen zum Vorschein. »Na komm, machen wir uns vom Acker. Könnte eine

Weile dauern, bis wir zu Hause sind.« Er setzte sich die graue Mütze auf und schob seine braunen Haare darunter, die ihm sonst lässig in die Stirn hingen.

Ich verstaute Kopfhörer und Smartphone im Rucksack und holte dafür meine Mütze heraus, die ich mir über die langen brünetten Haare schob. Schließlich wickelte ich mir meinen Schal um den Hals, ehe ich Connor meinen Koffer überließ und ihm mit der Sporttasche in der Hand durch die Menschenmassen folgte.

»Willst du noch etwas zu trinken kaufen? Oder ein Sandwich für unterwegs?« Connor zeigte auf einen Shop, der auf dem Weg zur *AirTrain*-Station lag.

»Danke, aber ich habe noch eine Tüte Nüsse vom Flug und eine halbe Wasserflasche«, sagte ich und deutete mit dem Daumen auf meinen Rucksack. »Aber falls du etwas möchtest?«

»Nein, schauen wir besser, dass wir von hier wegkommen.«

Ich nickte knapp, auch wenn er es nicht sehen konnte, da ich etwas hinter ihm ging.

Dass nicht nur wir zur Bahn wollten, wurde mir schnell klar, je näher wir der Station kamen.

»Wir sollten aufpassen, dass wir uns im Gedränge nicht verlieren.« Ohne eine Reaktion von mir abzuwarten, nahm Connor mich an der Hand und kämpfte sich weiter vor. Sein Griff war fest und weich zugleich, seine Haut fühlte sich warm und rau an.

Augenblicklich stieg Hitze in mir auf, was ich jedoch auf meine dicken Winterklamotten schob.

Endlich erreichten wir die Station. Die Anzeige verriet uns, dass die nächste *AirTrain* in wenigen Minuten eintreffen würde, und wir suchten uns einen Platz, wo wir anderen Vorbeieilenden nicht im Weg standen.

»Erzähl, wie war es in Cedar Falls?« Connor warf sich ein Zimtbonbon in den Mund und hielt mir gleich darauf die Packung hin, weil er wusste, wie sehr ich sie mochte.

»Danke.« Sofort flutete der scharfsüße Geschmack meinen Mund und ich stöhnte genüsslich auf. »Es war wieder so schön. Mom hat Dad dieses Jahr überreden können, auch am Dach Lichterketten zu installieren. Damit dürfen sie offiziell am Weihnachtsbeleuchtungswettbewerb teilnehmen, was bei allen auf ziemliche Begeisterung stößt. Also bei allen außer Dad. Grandma behauptet nach wie vor, dass sie sich nicht erklären kann, wieso aus ihrem Sohn ein Grinch geworden ist.«

Connor lachte. Er kannte die Geschichten meiner Familie, ich hatte ihm in den letzten drei Jahren, seit wir uns das Apartment teilten, so ziemlich jede erzählt. Besonders mochte er die, als Dad die Kabel der Musikanlage versteckt hatte, damit meine Schwestern keine Weihnachtsmusik mehr aufdrehen konnten, oder als er Salz und Zucker vertauscht und eine ganze Ladung Weihnachtskekse ungenießbar gemacht hatte. Mom und Grandma hatten sich davon jedoch nicht die Laune verderben lassen und kurzentschlossen einen zweiten Weihnachtsbaum besorgt, an den sie alle Plätzchen gehängt hatten, die Dad absichtlich versalzen hatte. Wenn ich an sein Gesicht von damals dachte, konnte ich mir noch heute das Lachen nicht verkneifen.

»Oh, und diesmal haben wir natürlich auch gebacken – ohne Salz«, ergänzte ich.

Connors Mundwinkel kräuselten sich.

»Für dich habe ich eine extragroße Portion Plätzchen eingepackt.« Wie zum Beweis hob ich meine Sporttasche hoch.

»Das müssen echt viele sein«, meinte er mit einem Zwinkern und herausgestreckter Zunge. »Richte deiner Familie liebe Grüße aus und meinen besten Dank. Wenn ich die alle esse, zahlt sich der Vertrag mit dem Fitnessstudio endlich aus.« Er klopfte sich auf seinen flachen Bauch.

»Doofi! In der Tasche sind nicht nur Kekse, es sind auch Weihnachtsgeschenke von meiner Family drin. Du weißt doch, nachdem sie vor zwei Jahren erst im Januar bei mir angekommen sind, wollten sie auf Nummer sicher gehen und haben mir alles mitgegeben.«

Connor schmunzelte. »Haben deine Schwestern wieder Badebomben für dich gekauft?«

Letztes Jahr hatte es mehrere Tage lang im ganzen Badezimmer und in vielen Teilen unserer Wohnung geglitzert, weil mir eine davon auf den Boden gefallen und aufgebrochen war. Connor war sogar auf der Arbeit darauf angesprochen worden, weil er etwas davon auf den Lidern und in den Augenbrauen gehabt hatte, was ihm bestimmt unendlich peinlich gewesen war.

»Sie wollten es mir nicht verraten«, sagte ich belustigt. »Aber ich werde ihr Geschenk mit absoluter Vorsicht öffnen.«

»Das will ich auch hoffen.« Connor zog eine Grimasse.

»Und wie ist es dir in der letzten Woche ergangen? Wie viele Wasserleichen erwarten mich diesmal in meinem Zimmer?«, fragte ich, was zur Folge hatte, dass der Mann neben uns große Augen machte und einen Schritt zur Seite trat.

»Ich rede von meinen Zimmerpflanzen, die er ertränkt!«, stellte ich schnell richtig, während Connor sich ein Lachen nicht verkneifen konnte. »Mein Mitbewohner mutiert zu einem übereifrigen Gärtner, wenn ich nicht zu Hause bin.«

Der Mann runzelte nur die Stirn und wandte uns schließlich den Rücken zu.

»Es sind alle am Leben«, erklärte Connor stolz, als er sich beruhigt hatte. »Ich hab mich exakt an deine Anleitung gehalten und ihnen nur wenig Wasser gegeben. Zumindest sehen sie unverändert grün aus, die Erde ist nicht schimmlig und sie lassen auch nicht die Blätter hängen. Nur ein Blumenstock hat ein Blatt verloren, aber ich dachte, vielleicht merkst du es nicht.«

Mit einer erhobenen Augenbraue schaute ich ihn von der Seite an. »Du weißt schon, dass du es mir dafür hättest verschweigen müssen?«

Connor zwinkerte mir zu. »Sorry, mein Fehler.«

Ich wollte etwas erwidern, kam jedoch nicht dazu, da ich einen harten Schlag an der Schulter spürte, gefolgt von einem scharfen Ruck in der Hand, als mir jemand im Vorbeieilen die Sporttasche entriss.

»Hey, der Kerl hat meine Tasche geklaut!«, rief ich panisch und zeigte auf den Typen in einem dunkelgrünen Parker und einer weinroten Wollmütze. Augenblicklich erhöhte er sein Tempo und tauchte in der Masse unter.

»Bleib stehen!«, brüllte Connor – halb zu mir, halb zu dem Dieb – und hechtete ihm hinterher.

»Connor, warte!«, schrie ich ihm nach, doch er war schon zwischen den Wartenden verschwunden.

Angst stieg in mir hoch.

Was, wenn der Typ bewaffnet war?

Zwar blutete mir das Herz bei dem Gedanken, die liebevoll ausgesuchten Geschenke meiner Familie nicht öffnen zu können. Allerdings waren sie bei Weitem nicht so wichtig, dass sich mein Mitbewohner dafür in Gefahr brachte.

»Connor!«, rief ich erneut, was im lauten Rattern der einfahrenden *AirTrain* unterging. Vor den Türen des Zuges wurde das Gedränge dichter, weil die wartenden Menschen beiseitetraten, um den Aussteigenden Platz zu machen.

Hastig zog ich mein Handy aus dem Rucksack und versuchte, Connor zu erreichen, doch ich hatte kein Glück. Nach mehrmaligem Klingeln schaltete sich die Mobilbox ein.

Leise vor mich hin schimpfend, weil er unbedingt den Helden spielen musste, tippte ich eine Nachricht:

Vergiss die Tasche, komm lieber zurück.
Der Inhalt ist es nicht wert, dass dir was passiert.

Keine Antwort.

Die Verzweiflung in mir wuchs weiter an, während der Zug aus der Station fuhr. Erneut stieg der Lärmpegel, dann war ich wieder in die Geräuschkulisse der vielen Menschen eingehüllt, die fast in Dauerschleife von der blechernen Stimme der Flughafendurchsagen übertönt wurde.

Keine Ahnung, was ich jetzt tun sollte. Hier warten und darauf hoffen, dass Connor zurückkam? Ihn suchen? Aber wo? Sollte ich vielleicht den Sicherheitsdienst des Flughafens informieren?

Als ich gerade entschieden hatte, dass letztere Idee die beste wäre, entdeckte ich eine graue Mütze, die sich auf mich zubewegte und unter der dunkelbraune Haarsträhnen hervorlugten.

»Connor!«, rief ich erneut und streckte meine Hand in die Höhe, um ihm zu winken.

Mit hochrotem Kopf und völlig außer Atem kam er bei mir an. »Ich hoffe, es ist noch alles d...«, begann er, doch ich fiel ihm einfach um den Hals.

»Mach so was nie wieder, hörst du?«, sagte ich und konnte nicht verhindern, dass Tränen in mir aufstiegen. »Du hast keine Ahnung, was ich mir für Sorgen gemacht habe.«

Verlegen schaute er mich an und strich sich eine verirrte Haarsträhne aus dem Gesicht zurück unter die Mütze. »Tut mir leid, ich wollte die Tasche zurückholen, weil ich weiß, wie viel dir die Geschenke bedeuten.«

Du bedeutest mir mehr, wäre mir beinahe herausgerutscht, doch ich hatte die Worte im letzten Moment hinuntergeschluckt. Er hätte sie missverstehen können – *so* empfand ich immerhin nicht für ihn.

»Mir ist ja nichts passiert. Na komm, lass uns nachsehen, ob alles da ist«, sagte er versöhnlich und deutete auf eine abgelegene Ecke.

Ich folgte ihm dorthin und stellte die Tasche auf den Boden. Der Reißverschluss war kaputt, der Stoff an einer Seite aufgerissen. Ein seltsam beklemmendes Gefühl überkam mich bei dem Gedanken, dass sich jemand an meinem Eigentum vergriffen hatte, doch ich schob es von mir und öffnete die Tasche. Nach und nach räumte ich den Inhalt auf den Boden. Dads Geschenk, dessen Form ein Buch vermuten ließ – er wusste, wie gern ich las. Das Päckchen von Mom, das wahrscheinlich ein Kleidungsstück beinhaltete, so weich, wie es sich anfühlte. Ein quaderförmiges Paket von Lilly und Sue, meinen beiden Schwestern. Wobei die Verpackung meistens nichts verriet, weil sie mich damit gern in die Irre führten. Die Dose mit den Plätzchen war auch da.

»Das von Grandma fehlt«, sagte ich schließlich und sofort wurde es eng in meinem Hals. Sie überlegte sich immer eine Kleinigkeit für uns Enkelkinder, auch wenn sie nicht viel Geld besaß, was mein Herz jedes Jahr aufs Neue wärmte. Dass nun ausgerechnet ihr Weihnachtsgeschenk fehlte, traf mich sehr.

Meine Sicht verschwamm, kaum dass ich alles zurück in die Tasche gepackt hatte, und ich blinzelte, um die Tränen zu vertreiben – was mir jedoch nicht gelang. Schnell wischte ich mir über die Wangen, doch Connor hatte es natürlich mitbekommen.

»Hey.« Seine sanfte Stimme drang zu mir durch, als er mir aufhalf und mich mitfühlend anschaute. »Tut mir leid, dass dir was gestohlen wurde.«

Ich lachte schnaubend auf. »Ohne dich hätte ich die ganze Tasche nicht mehr. Wie hast du sie eigentlich zurückbekommen?«, fragte ich und schämte mich dafür, dass ich mich erst jetzt danach erkundigte.

»Ich konnte sie ihm entreißen. Er hatte sie bereits geöffnet, aber ich habe nicht mitbekommen, dass er schon etwas eingesteckt hat.«

Langsam schüttelte ich den Kopf. »Wie gesagt, mach dir keine Gedanken. Hauptsache, dir ist nichts passiert.«

»Wir sollten es melden. Vielleicht lässt sich der Dieb noch finden und verhaften«, meinte Connor.

Obwohl ich im ersten Moment ablehnen wollte, stimmte ich ihm schließlich zu. Nicht, weil ich mir große Hoffnung machte, dass ich Grandmas Geschenk wiedersehen würde, sondern um anderen diesen Schock zu ersparen.

»Vielen Dank für die Anzeige. Falls wir den Taschendieb aufgreifen oder noch Fragen haben, melden wir uns bei Ihnen.« Officer Taylor saß uns im Sicherheitsbüro des Flughafens gegenüber und schenkte mir ein Lächeln, das bestimmt aufmunternd sein sollte. Allerdings hatte sich im Laufe des Gesprächs herauskristallisiert, dass er keine große Hoffnung hatte, den Kerl noch zu schnappen. Dafür herrschte heute eindeutig zu viel Chaos. Zudem war der Dieb auf einem der Überwachungsvideos in einem toten Winkel abgetaucht und seine Spur hatte sich verlaufen. Als hätte er genau gewusst, was er tat.

»Danke. Frohe Weihnachten Ihnen«, sagte ich und ließ mich von Connor aus dem Büro führen. »Was für ein Tag. Jetzt will ich echt nur noch nach Hause.«

Wir gingen zurück zur *AirTrain*-Station, wo wir drei Züge abwarten mussten, bis wir endlich einsteigen und einen Stehplatz ergattern konnten.

Erleichtert atmete ich auf. Das Warten im Gedränge hatte zusätzlich an meinen angespannten Nerven gezerrt. Ständig hatte ich nach dem Kerl mit dem dunkelgrünen Parker und der weinroten Wollmütze Ausschau gehalten – was verrückt war. Die Wahrscheinlichkeit, dass er innerhalb so kurzer Zeit erneut hier auftauchen würde, war sehr gering. Immerhin hatte er auf seiner Flucht darauf geachtet, nicht erwischt zu werden. Selbst wenn er sich erneut an dieser Station aufhalten würde, könnte ich mir vorstellen, dass er inzwischen seine Klamotten gewechselt hatte, um nicht aufzufallen.

»In deiner Abwesenheit ist übrigens das Licht im Treppenhaus ausgefallen. Der Hausmeister hat die Glühbirne getauscht, dabei aber wohl eine falsche gekauft, denn die neue flackert wie eine Kerze«, begann Connor, als der Zug anfuhr und wir dicht an dicht mit anderen Fahrgästen sanft in der Fahrtbewegung geschaukelt wurden.

Stirnrunzelnd schaute ich ihn an und versuchte, mir das Szenario vorzustellen. »Oh, echt? Also empfängt uns jetzt eine unheimliche Stimmung, wenn wir nach Hause kommen?«

»Nein, eher eine romantische. Oder eine weihnachtliche, such dir was aus. Mrs Washington hat es sich nämlich zur Aufgabe gemacht, den ganzen ersten Stock mit Weihnachtsgirlanden zu schmücken. Dein Dad würde dich garantiert nicht besuchen kommen. Wenn man unser Wohnhaus betritt, denkt man, auf dem Weg zur Werkstatt der Weihnachtswichtel zu sein.«

Mit großen Augen verfolgte ich Connors Erzählung und kämpfte gegen ein Lachen an. »Das ist nicht dein Ernst, oder?«

»Doch. Oh, und gegenüber haben sie sich ebenfalls ordentlich ins Zeug gelegt. Die Treppen dort sind bunt geschmückt und von einer der Haustüren grinst dir Frosty, der Schneemann, entgegen. Lebensgroß.«

Die *AirTrain* hielt an einem der Terminals und erneut stiegen Leute zu. Connor und ich rückten zur Seite und machten Platz. Die Haltestange, an der wir uns festhielten, mussten wir nun mit anderen teilen, und weil ich vermeiden wollte, jemand Fremden zu berühren, schob ich meine Hand ein Stück nach unten, bis ich die von Connor spürte.

Als ich den Kopf hob und in seine braunen Augen sah, schenkte er mir einen warmen Blick, der sich wie heiße Schokolade mit Marshmallows und Schokostreusel in meinem Bauch anfühlte. Süß und kribbelig, als würde man nie genug davon bekommen.

Um dieses Gefühl zu vertreiben, sah ich sofort an seiner Schulter vorbei nach draußen, wo immer noch dicke Flocken vom Himmel wirbelten und das gesamte Flughafengelände in ein Winterwonderland verwandelten. Connor war mein Mitbewohner und daran wollte ich auch nichts ändern. Mir war klar, dass er mich mit seiner lustigen Geschichte über Mrs Washingtons Dekowahn und der flackernden Lampe im Treppenhaus nur von dem beklemmenden Gefühl hatte ablenken wollen, das mich seit dem Raubüberfall im Griff hatte. Und ja, es hatte funktioniert.

Erneut linste ich in Connors Richtung und musste feststellen, dass er mich nach wie vor musterte. »Was?«, fragte ich, weil mich sein Blick nervös machte.

»Nichts.« Seine Lippen kräuselten sich. »Übrigens habe ich eine Überraschung für dich, wenn wir zu Hause sind.«

Fragend schaute ich ihn an, doch er schüttelte nur den Kopf. »Wart's ab«, sagte er und streichelte mit dem Zeigefinger über meinen Handrücken.

Dass die Stelle noch kribbelte, als wir an der Haltestelle Howard Beach ausstiegen, versuchte ich zu ignorieren.

»Das darf doch nicht wahr sein«, stießen wir fast gleichzeitig aus, als wir sahen, wie viele Leute darauf warteten, die nächste U-Bahn zu erwischen. Und auch hier wurde durchgesagt, dass sich die Fahrten verzögerten.

»Schon auf dem Weg zum Flughafen war eine Menge los, aber das hier ...« Connor stieß einen Atemzug aus, der in sanften Wölkchen vor seinen Lippen im Wind zerstob.

»Wir könnten mit dem Bus fahren. Oder geht auf den Straßen gar nichts mehr?«

»Einen Versuch wäre es wert«, meinte Connor nachdenklich. »Wir müssten nur herausfinden, welche Haltestellen in der Nähe sind.«

Es dauerte nicht lange, bis wir eine Route gefunden hatten. Die Bushaltestelle lag nicht besonders weit entfernt, weshalb wir uns auf den Weg machten.

Kaum waren wir ins Freie getreten, zog ich meine Mütze tiefer. Der Wind pfiff mir eisig ins Gesicht und meine Sehnsucht nach unserem warmen Zuhause wuchs. Aber ich sagte nichts und biss die Zähne zusammen. Meine freie Hand hob ich an den Mund und hauchte hinein, weil meine Finger bereits klamm wurden.

»Hast du deine Handschuhe verloren?«

»Nein, die sind im Koffer.« Ich verdrehte die Augen. »Ja, ich weiß, frag nicht. Ich hab sie beim Packen zur Schmutzwäsche geworfen und nicht daran gedacht, dass ich sie noch brauchen könnte.«

Ohne ein Wort zu sagen, reichte mir Connor seine warmen Wollhandschuhe, die er aus seinen Manteltaschen gezogen hatte.

»O nein, die brauchst du doch selbst.«

»Wer von uns beiden friert schneller und hat ständig kalte Finger?«, hielt er dagegen.

Und weil ich darauf nichts erwidern konnte, nahm ich dankend seine Handschuhe entgegen und zog sie mir über. Sie waren mir zwar ein wenig zu groß, aber sie hielten den Wind ab, der beißend in meine Haut schnitt.

Als wir an der Bushaltestelle ankamen und sahen, wie viele Leute dieselbe Idee wie wir gehabt hatten, war unsere Enttäuschung groß.

»Und jetzt?«

Connor nahm sein Handy zur Hand. »Ich schau mal, ob ich uns ein Uber oder Lyft bestellen kann.«

Mein Magen verknotete sich bei der Vorstellung, wie teuer so eine Fahrt werden konnte.

Geräuschvoll stieß Connor Luft aus.

»Was ist los?«

»Aufgrund der hohen Nachfrage und der Wetterlage explodieren die Preise gerade. Schau.« Er drehte sein Display in meine Richtung.

»Okay, das können wir vergessen«, erklärte ich entschlossen. Mal davon abgesehen, dass die Wartezeiten auch hier exorbitant hoch waren.

»Lass uns zurück zur Howard Beach Station gehen und dort warten, bis wir mit der U-Bahn nach Hause können«, sagte er mit zuversichtlicher Stimme.

Niedergeschlagen nickte ich und wir stapften zurück, wo eine unverändert gigantische Menschenmenge anstand. Gefühlt waren es sogar noch mehr Leute geworden. Da wir jedoch keine Wahl hatten, reihten wir uns ein, und ich war froh, zumindest ein Dach über dem Kopf zu haben und nicht im Freien stehen zu müssen, obwohl es hier dennoch kalt war.

Die Leute um uns herum schauten mindestens genauso geknickt, wenn nicht sogar verärgert drein, was die Stimmung nur zusätzlich drückte.

»Soll ich uns etwas zu trinken holen?«, fragte Connor und deutete auf einen Coffeeshop in der Nähe. »Kaffee?«

Ich nickte. »Egal was, Hauptsache es wärmt von innen.«

Er schenkte mir ein zuversichtliches Lächeln und eilte in schnellen Schritten zu dem kleinen Laden, vor dem sich auch eine lange Schlange gebildet hatte.

Seufzend holte ich mein Telefon aus dem Rucksack und nutzte die Zeit, um meine Mom anzurufen und ihr zu sagen, dass ich gut gelandet war.

»Destiny, bist du schon zu Hause?« Meine Mutter klang fröhlich und sofort vermisste ich meine Familie.

»Noch nicht ganz.« In wenigen Worten erzählte ich ihr von dem Schneechaos in der Stadt und dass wir gerade auf die U-Bahn warteten.

»Ach, das ist ja blöd. Hoffentlich dauert es nicht allzu lange. Connor ist bei dir?«

»Der holt uns gerade etwas zu trinken. Ich soll euch liebe Grüße und ein Dankeschön für die Weihnachtsplätzchen ausrichten. Und Mom ...« Meine Stimme begann zu zittern, doch ich *musste* es ihr sagen. »Mach dir bitte jetzt keine Sorgen, mir geht es gut, aber ich wurde vorhin am Flughafen überfallen.«

»Mein Gott, Destiny!«

»Was ist passiert?«, drang Dads Stimme aus dem Hintergrund zu mir durch und ich begriff, dass Mom mich auf Lautsprecher gestellt hatte.

Also erzählte ich den beiden von dem Mann, der mir die Tasche entrissen hatte, und wie Connor ihm hinterhergeeilt war.

»Das war wirklich mutig von ihm, wenn nicht genauso dumm«, war Dads Meinung dazu.

»Das habe ich ihm auch gesagt, aber ... zum Glück ist alles gut gegangen. Nur Grandmas Geschenk fehlt«, sagte ich und meine Stimme klang belegt.

»Ach, Liebes. Das tut mir leid. Aber das Wichtigste ist, dass euch beiden nichts passiert ist.«

Ich stimmte ihr zu, denn damit hatte Mom natürlich recht.

»Okay, ich hab euch lieb und melde mich später noch mal«, sagte ich und verabschiedete mich mit einem Kuss ins Telefon von meinen Eltern, als Connor zurückkam.

»Was ist los?«, wandte ich mich an ihn, als er mit leeren Händen vor mir stand.

»Ich habe mit einem Kerl dort drüben gesprochen, der die Tickets kontrolliert. Er meinte, so etwas wie heute hat er noch nie erlebt. Er schätzt, dass wir hier bestimmt noch eine Stunde oder länger stehen, da es auch bei den U-Bahnen zu Verzögerungen kommt. Manche freiliegende Streckenabschnitte müssen erst von den Schneemassen befreit werden.«

Mein Mund klappte auf, ich war sprachlos. Dieser Tag würde wohl offiziell den ersten Platz der schlimmsten Erfahrungen meines Lebens belegen.

»Genau so hab ich ihn auch angesehen«, meinte Connor mit mitfühlendem Gesichtsausdruck. »Aber weißt du was? Ich habe eine Idee. Komm mit.«

SARAH SAXX

The Most Wonderful Time II

Connor führte mich, meinen Koffer hinter sich herziehend, aus der U-Bahn-Station, bis wir uns kurz darauf wieder auf dem Weg Richtung Bushaltestelle befanden.

»Was hast du vor?«, fragte ich atemlos und verwirrt zugleich.

»Wir nehmen ein Taxi.«

»Aber ... das ist doch viel zu teuer. Abgesehen davon dachte ich, es gibt gerade keine, wegen der Situation auf den Straßen.« An den Taxiständen, die wir am Flughafen und vorhin passiert hatten, warteten genauso lange Schlangen wie bei der Bushaltestelle und der U-Bahn. Und neue Fahrzeuge trafen nur schleppend ein.

Connor blieb stehen und sah mich aus seinen warmen braunen Augen an. »Wir fahren einfach so weit, wie das Geld reicht. Ich hab gestern eine kleine Bonuszahlung von meinem Boss erhalten, weil ich letzte Woche an meinem freien Tag mal wieder Carries Schicht übernommen habe«, erklärte er, als wäre es selbstverständlich, dass er sein hart verdientes Geld als Bedienung im *Eleven Madison Park* für mich ausgab. »Und ja, am Flughafen und an der Howard Beach Station sieht es schlecht aus mit Taxis. Aber der Typ vorhin meinte, wir könnten mehr Glück haben, wenn wir eines an der Straße anhalten, das gerade auf dem Weg zur U-Bahn-Station ist. Also drück uns die Daumen.« Er schenkte mir ein zuversichtliches Lächeln, dann kämpfte er sich weiter mit meinem Koffer durch den eisigen Wind und den Schnee.

»Aber wir teilen uns die Kosten!«

»Auf gar keinen Fall. Es war mein Vorschlag, also geht die Fahrt auf mich«, sagte Connor entschieden, als tatsächlich ein Taxi an der nächsten Straßenecke abbog und auf uns zukam.

Meine Widerworte blieben mir quasi im Hals stecken. Stattdessen brach ein begeistertes »Da!« aus mir hervor und ich hüpfte winkend neben Connor her, der ebenfalls die Hand nach oben reckte.

Noch begeisterter war ich, als der Taxifahrer tatsächlich anhielt. Connor öffnete die Tür und ich ließ mich auf die Rückbank rutschen, während er mit dem Fahrer den Koffer hinten verstaute.

»Danke, dass Sie uns mitnehmen. Wir sind seit einer halben Ewigkeit unterwegs und ich hab schon befürchtet, dass wir heute nicht mehr nach Hause kommen«, plauderte ich los, nachdem Connor ihm die Kreuzung in der Nähe unseres Wohnhauses genannt hatte.

»Mhm, mal sehen, ob wir durchkommen. Die Straßen sind überall dicht. So was habe ich ewig nicht erlebt.«

Connor und ich schauten uns schweigend an und mein schlechtes Gewissen wuchs weiter. Diese Fahrt würde ihn ein halbes Vermögen kosten und wir würden dabei womöglich nicht einmal Bay Ridge erreichen ...

Als hätte er meine Gedanken gehört, schüttelte er langsam den Kopf. »Mach dir keine Sorgen, das wird schon. Außerdem haben wir Plätzchen.«

Meine Mundwinkel zuckten. »Da hast du recht. Möchtest du welche?«

»Hey, aber nicht den Wagen vollkrümeln!«, warnte uns der Taxifahrer.

»Keine Sorge, wir passen auf«, sagte ich, während ich die Handschuhe auszog und die Dose mit den leckeren Backwaren aus der Reisetasche holte.

»Möchten Sie auch eines? Die haben meine Mom und meine Grandma gebacken.«

»Nein, danke«, brummte der Fahrer und konzentrierte sich weiter auf den Verkehr. Er kam nur langsam voran und ich konnte spüren, wie die Reifen immer wieder über den Schnee rutschten. Die Scheibenwischer kamen kaum gegen die dicken Schneeflocken an und der Wind pfiff lautstark um den Wagen. Von meinen Haarspitzen tropfte das

Schmelzwasser, aber wenigstens saßen wir in einem wohltemperierten Taxi und kamen unserem Ziel Stück für Stück näher.

Kaum hatte ich den Deckel der Dose angehoben, breitete sich der süße Duft der Pfefferkuchen und Zimtplätzchen um uns aus.

»Greif zu«, bat ich Connor, der sich mit leuchtenden Augen bediente.

Als er einem Lebkuchenmann den Arm abbiss, seufzte er genüsslich auf. »Okay, ich bin offiziell wieder im Paradies«, raunte er und die Art, wie er mich dabei anschaute, kitzelte in meinem Bauch. Denn irgendwie hatte ich das Gefühl, dass er sich nicht ausschließlich auf die Plätzchen bezog.

Verlegen wandte ich den Blick ab und biss ebenfalls in eine der süßen Leckereien, die nach Honig, Zucker, Zimt, Kardamom und Nelken schmeckte.

Langsam fuhren wir am Shirley Chisholm State Park vorbei und über die Fresh Creek Basin Bridge.

»Wie lange, schätzen Sie, werden wir noch unterwegs sein?«, wollte Connor wissen.

Der Fahrer zuckte mit den Schultern. »Kann ich echt nicht sagen. Normalerweise bräuchten wir fünfundzwanzig Minuten. Aber heute ...« Er deutete auf die Straße vor uns, wo sich die Autokolonne nur in mickrigem Tempo voranbewegte. »Der Verkehr ist extrem zäh. Die Leute sind mit den Schneemassen völlig überfordert. Kann man niemandem verübeln.«

Schweigend schauten wir nach draußen, wo der Himmel langsam dunkler wurde.

Schließlich kamen wir nur noch im Schritttempo voran. Irgendwann drehte der Fahrer das Radio eine Spur lauter. Frank Sinatras *Santa Claus Is Comin' To Town* drang aus den Boxen und er sang leise mit.

Connor und ich sahen uns an und ich merkte, wie auch er gegen ein Schmunzeln ankämpfte. Nicht, weil es schief oder falsch klang – denn das tat es ganz sicher nicht –, sondern weil der Fahrer unglaublich gut singen konnte. Und weil Connor und ich diese alten Weihnachtslieder liebten. Dass wir ausgerechnet in dieses Taxi gestiegen waren, entpuppte sich also als doppelter Glückstreffer.

Als kurz darauf noch Ella Fitzgerald und Louis Armstrong ihr *Baby, It's Cold Outside* zum Besten gaben, konnten Connor und ich uns nicht zurückhalten und stimmten ebenfalls mit ein. Wir *liebten* dieses Lied!

Dass Connor und ich dabei ein Stück näher rückten und er meine Hände in seine nahm, sorgte dafür, dass mein Herz schneller schlug. Noch mehr, als er mir tief in die Augen sah, kaum dass der Song zu Ende war.

»Hey, wow, das war großartig!«, rief der Taxifahrer und klatschte kurz in die Hände.

»Danke«, sagte ich verlegen und wandte den Blick endlich von Connor ab.

»Bekomme ich noch eines?«, fragte er und löste damit die Verbindung zwischen unseren Fingern, um auf die Dose mit den Plätzchen zu deuten, die ich nach wie vor auf meinem Schoß stehen hatte.

Ich räusperte mich. »Klar, sie gehören doch sowieso dir.«

Connor schenkte mir einen Blick, bei dem mir erneut ganz warm wurde, ehe er sich an den Fahrer wandte. »Und Sie sind sich sicher, dass Sie nichts wollen?«

»Na ja ... es riecht schon lecker ...«

»Kommen Sie, greifen Sie zu«, forderte ich den Taxifahrer auf und hielt ihm die Dose entgegen. Als wir kurz darauf wieder zum Stehen kamen, drehte er sich tatsächlich um und nahm sich mit einem »Danke« auf den Lippen einen Lebkuchenmann.

Dass er genauso genüsslich brummte wie Connor, kaum dass er

einen Bissen im Mund hatte, gefiel mir. »Das ist der beste Lebkuchen, den ich je probiert habe. Was ist das Geheimnis?«

»Ich weiß es wirklich nicht. Vielleicht die Vorfreude auf Weihnachten, mit der meine Familie die Plätzchen bäckt?«, antwortete ich amüsiert.

Daraufhin verwickelte uns der Fahrer in eine Unterhaltung über Weihnachtstraditionen. Er erzählte, dass er niemanden kannte, der einen stärkeren Eierpunsch braute als sein Vater, und dass seine Frau jedes Jahr auf einen Weihnachtskarpfen bestand, obwohl er keinen Fisch mochte. Aus Liebe zu ihr hatte er ihr das jedoch nie gestanden.

Schließlich seufzte er und meinte: »Ich glaube, bis wir hier durch sind, dauert es noch. Tut mir leid.«

Zwar hatten wir schon ein großes Stück zurückgelegt und den Belt Parkway verlassen, doch vor uns staute es sich und nichts deutete darauf hin, dass sich daran in nächster Zeit etwas ändern würde.

Ich warf einen Blick auf das Taxameter und schluckte. Connor hatte es bestimmt nicht aus den Augen gelassen und der Betrag war inzwischen so hoch, dass sich mein Magen wieder verknotete.

»Wir sollten den restlichen Weg zu Fuß weitergehen«, schlug ich vor.

Connor runzelte unschlüssig die Stirn. »Wir wären dann sicher noch eine halbe Stunde unterwegs«, hielt er dagegen. »Draußen, bei diesem Wetter.«

»Der Schneefall hat nachgelassen«, sagte ich. Tatsächlich waren die Schneeflocken kleiner geworden und stoben nicht mehr ganz so dicht vom Himmel. »Und wir kommen hier nicht so schnell weiter. Das ist nur Geldverschwendung.« Den letzten Part hatte ich ihm leise zugeraunt.

Nach wie vor schien Connor nicht überzeugt.

»Und wir können uns auf dem Weg in Cafés aufwärmen. Dort vorn ist ein Coffeeshop. Wenn wir uns gleich etwas Warmes zu trinken mitnehmen ...«

»Sorry, dass ich mich einmische, aber Ihre Freundin hat vermutlich recht. Hier bezahlen Sie mich fürs Stehen. Wahrscheinlich sind Sie zu Fuß schneller. Schauen Sie nur mal aus dem Fenster.«

Auto um Auto reihte sich aneinander. Die roten Rück- und Bremslichter sowie die weißen Tagfahrlichter zeichneten grelle Kreise rund um die Wassertropfen der schmelzenden Schneeflocken auf der Windschutzscheibe und immer wieder dröhnte ein nervöses Hupen durch die Dämmerung.

»Na gut, versuchen wir es«, meinte Connor, woraufhin der Taxifahrer das Taxameter stoppte.

»Kommen Sie gut nach Hause. Und danke für die nette Unterhaltung und den Lebkuchen«, verabschiedete sich der Fahrer von uns, nachdem Connor bezahlt hatte.

Wir bedankten uns bei ihm und wünschten ihm frohe Weihnachten. Ich setzte die Mütze auf, wickelte den Schal um Hals und Mund und schlüpfte in die Handschuhe, während Connor den Koffer holte. Als ich schließlich mit der Sporttasche und dem Rucksack neben ihm stand, fröstelte ich, weil wir die Wärme des Taxis hinter uns gelassen hatten.

Besorgt runzelte Connor die Stirn, doch ich lächelte ihn zuversichtlich an und tat so, als würde mir die Kälte nichts ausmachen.

»Na komm, holen wir uns Kaffee. Der geht auf mich.« Schon peilte ich den Coffeeshop an, um dessen Eingang Lichterketten zwischen rotem, weißem und grünem Licht wechselten, während im Schaufenster ein breit grinsender Santa blinkte.

Als ich mich umdrehte, sah ich Connor mit dem Rollkoffer gegen die Schneemassen auf dem Gehsteig kämpfen. Zwar war der Schnee zum Teil durch unzählige Fußspuren platt gedrückt, allerdings gab es immer wieder Stellen, an denen die Rollen hängen blieben.

»Soll ich den Koffer nehmen und du trägst die Tasche?«, bot ich ihm an, doch Connor schenkte mir nur ein müdes Lächeln und schüttelte den Kopf.

»Das kommt nicht infrage. Aber ich hab gesehen, dass sie hier Kürbis-Chai-Latte mit Sahne im Angebot haben«, sagte er und zeigte auf das Schild neben der Tür. Mir wurde ganz warm ums Herz, weil er nicht vergessen hatte, wie sehr ich diesen würzigen Tee in der kalten Jahreszeit liebte.

Im Café hüllten uns sofort behagliche Temperaturen ein und kurz fühlte ich mich in Versuchung, einen Sitzplatz für uns zu suchen und abzuwarten, bis sich das Wetter beruhigt und die Verkehrssituation gebessert hatten. Doch ich war auch hundemüde, immerhin war ich gestern bis spät in die Nacht wach geblieben und hatte mit meinen Schwestern und meinen Eltern Monopoly gespielt. Ich hatte einfach keine Minute mit Schlafen vergeuden wollen, um die Zeit mit meiner Familie so lange wie möglich zu genießen. Davon abgesehen war Connor ebenfalls schon lange auf den Beinen, um mich abzuholen. Viel länger als geplant.

»Hier gibt es auch Masala Chai Tee«, wandte ich mich an Connor. Er hatte ihn letztes Jahr auf einem Weihnachtsmarkt getrunken und war davon total begeistert gewesen.

Sofort begannen seine Augen zu leuchten. »Dann weiß ich schon, was ich bestelle.«

Es dauerte nicht lange, bis wir an der Reihe waren. Es gab keine U-Bahn-Station um die Ecke, wo die Leute länger warteten als sonst, und wer nicht raus musste, blieb bei dem Wetter wohl lieber zu Hause. Ich orderte für uns die Getränke, und als ich der Verkäuferin sagte, dass wir sie zum Mitnehmen wollten, schenkte sie uns einen mitleidsvollen Blick.

»Weißt du, was jetzt schön wäre?«, wandte ich mich an Connor, kaum dass wir wieder draußen waren und uns durch den Schnee und den eisigen Wind kämpften.

»Was?«

»Eine warme Badewanne.«

Er lachte. »Mit Glitzerbadekugeln?«

»Nicht zwingend. Ich nehme, was ich kriegen kann.«

»Wir sind ja bald zu Hause, dann gehört das Badezimmer ganz dir«, meinte er, woraufhin mir warm im Bauch wurde – und das lag nicht an dem köstlichen, noch sehr heißen Kürbis-Chai-Latte in meiner Hand.

»Danke, dass du mich heute abgeholt hast«, sagte ich erneut. Angesichts der absolut verrückten Situation, in der wir uns seit der Abfahrt vom Flughafen befanden, war ich einfach froh, nicht allein unterwegs zu sein. Ohne Connor hätte ich aus Verzweiflung längst die Nerven verloren. »Und für das Retten meiner Tasche und das Taxi und überhaupt.«

»Ist kein Problem, das mache ich gern für dich«, erwiderte Connor, als würde er mich nur mal eben von der nächsten Straßenecke nach Hause begleiten. Im Frühling, bei bestem Wetter.

Ohne darüber nachzudenken, was ich tat, warf ich mich an seine Brust und umarmte ihn. Fest drückte ich ihn an mich, darauf bedacht, ihm nicht unabsichtlich meinen Tee auf den Mantel zu kleckern.

Connor erstarrte kurz, doch dann spürte ich seinen Arm um meine Taille und wie er meine Umarmung zärtlich erwiderte.

Mein Herzschlag beschleunigte sich, als er über meinem Schal tief einatmete und schließlich den Kopf ein kleines Stück drehte, bis er mit seiner kalten Nasenspitze über meine Wange rieb.

Langsam löste ich mich von ihm und sah ihm in die Augen. Sein Blick war weich und liebevoll und sorgte dafür, dass mir schwindelig wurde. Das Flattern in meinem Bauch nahm zu und bevor ich etwas Dummes hätte tun können, ließ ich ihn los. Weil mich meine Gefühle verwirrten und mir das Angst machte. Angst, ich könnte etwas kaputt machen, das ich zu sehr liebte. Denn die Freundschaft zu meinem Mitbewohner war für mich unglaublich besonders. Wenn es zwischen Connor und mir seltsam werden würde, könnte das unser zukünftiges Zusammenleben ziemlich unangenehm machen.

Tief sog ich die kalte Luft ein. »Wir sollten zusehen, dass wir endlich nach Hause kommen«, brachte ich schließlich mit kratziger Stimme hervor.

Für einen Wimpernschlag bildete ich mir ein, dass Connor enttäuscht wirkte, doch bevor ich seinen Gesichtsausdruck näher hätte analysieren können, lächelte er und ging los.

Wir hatten vielleicht die Hälfte der Strecke zurückgelegt, als mein Becher leer war. Keine fünf Minuten später spürte ich, wie die Kälte tief in mich hineinkroch. Meine Finger waren trotz Connors Handschuhen klamm, meine Zehen fühlten sich an, als hätten sich Eisklumpen darum gebildet, und meine Augen tränten vom eisigen Wind. Den Kopf hatte ich eingezogen und ich stapfte schweigend neben Connor her, während ich die Situation von vorhin zu verstehen versuchte. Was genau war zwischen uns passiert? Oder war gar nichts gewesen und ich hatte mir das Knistern nur eingebildet, weil ich ihm so dankbar für alles war, was er heute für mich getan hatte? Wobei ... nicht nur heute. Connor war großartig, in so vielen Dingen. Er hatte sich auch diesmal wieder um meine Pflanzen gekümmert. Er machte jedes Wochenende Frühstück für uns, damit ich länger liegen bleiben konnte – etwas, das ich sehr genoss, denn als Assistentin in einem Redaktionsbüro musste ich während der Woche verdammt früh aufstehen. Er übernahm sogar das Bügeln meiner Blusen, weil ich dafür einfach gar kein Händchen hatte, es ihm jedoch Spaß machte.

Er brachte mir meine Lieblingsschokolade mit, wenn sie im Supermarkt im Angebot war, und er schaute mit mir meine Lieblingsserien, obwohl sie kitschig, romantisch und in erster Linie für Frauen gemacht waren. Letzten Sommer hatte er sogar ein Taylor-Swift-Konzert mit mir besucht. Dabei war er gar kein Fan von ihr. Ich wusste nicht einmal, ob er ihre Musik von sich aus hören würde.

»Willst du noch mal einen kleinen Zwischenstopp zum Aufwärmen einlegen?« Connors Stimme durchbrach meine Gedanken und ich wandte mich ihm zu. »Weil du so mit den Zähnen klapperst, meine ich.« Er schaute mich besorgt an und zeigte auf ein Diner an der gegenüberliegenden Straßenseite.

Zum einen sehnte ich mich nach unserem Zuhause, zum anderen war mir inzwischen nicht nur kalt, mir knurrte auch der Magen. Und ich hatte immer noch das Gefühl, mich viel zu wenig dafür bedankt zu haben, was er für mich getan hatte.

»Lass mich dich auf einen Burger einladen«, bat ich ihn deshalb.

»Das musst du nicht, ich kann meinen auch selbst ...«

»Komm schon, ich möchte mich einfach bei dir bedanken.«

»Du hast doch bereits den Tee bezahlt«, hielt er dagegen, was ihm einen schiefen Blick von mir einbrachte. Denn die wenigen Dollars wogen wohl kaum die teure Taxifahrt auf. Das würde ich auch mit der Einladung zum Burgeressen nicht schaffen, aber zumindest würde ich mich dann ein kleines bisschen besser fühlen.

Als ich in die Wollhandschuhe pustete, um meine Finger ein wenig zu wärmen, ließ er sich endlich darauf ein. Vielleicht nur, weil er nicht wollte, dass ich neben ihm halb erfror, aber das würde er vermutlich nicht zugeben.

Wir betraten das Diner, in dem eine Gruppe junger Leute gerade eine Bestellung aufgab und sich zwei Pärchen gut gelaunt unterhielten. Ein Mann saß allein am Tresen und ein Elternpaar war mit seinen drei kleinen Kindern hier, die ein Burger- und Pommesschlachtfeld vor sich hatten. Connor und ich steuerten einen freien Tisch an und setzten uns ebenfalls.

Eine jazzige Version des Songs *Winter Wonderland* übertönte das Zischen und Klappern aus der Küche, aus der es wirklich lecker roch.

Ich nahm Mütze, Handschuhe und Schal ab, während Connor bereits einen Blick in die kleine Karte warf – und herzlich zu lachen begann.

»Was ist?«, wollte ich wissen.

Wortlos drehte er die Menükarte in meine Richtung.

The Red Nosed Roastbeef, Oh My Deer und *Happy Santa* las ich, sowie *Sweet Christmas Gift*. Pommes wurden hier als *Potatoe Canes* angepriesen und auch sonst hatte alles auf der Karte einen weihnachtlichen Namen.

»Guten Abend, was darf ich euch bringen?« Die Bedienung tauchte an unserem Tisch auf und sah uns müde lächelnd an.

»Oh, ich ... ähm ... nehme den *Happy Santa*, bitte«, sagte ich schnell.

»Und für mich bitte einmal *Oh My Deer* mit den *Potatoe Canes*.« Connor zwinkerte mir zu, als wir wieder allein waren. »Deine Wangen haben endlich eine gesunde Farbe. Vorhin war nur deine Nase rot – aber von der Kälte.«

Sofort schlug ich beide Hände vor das Gesicht. »O Gott, ich muss schlimm aussehen.« Ich verspürte den Drang, die Toilette aufzusuchen und mich selbst vom Ausmaß des Ganzen zu überzeugen, doch Connor zog sanft an meinen Handgelenken und zwang mich dazu, ihn wieder anzuschauen.

»Du bist hübsch wie immer, Destiny.«

Die Art, wie er es sagte – mit weicher Stimme und einem so ehrlichen Ton, dass ich ihm glauben musste –, kribbelte in mir und ließ mich schüchtern den Blick von ihm abwenden.

»Davon abgesehen kenne ich dich ungeschminkt und mit zerzausten Haaren am Morgen. Oder mit verschmiertem Make-up nach dem Sport.

Eines weiß ich deshalb sicher: Du bist *immer* schön. Von innen und außen.«

»Hör auf, Connor. Du machst mich verlegen.«

»Aber es ist die Wahrheit. Und du wirst von mir nie etwas anderes hören. Davon abgesehen sind deine geröteten Wangen echt süß, das gefällt mir.«

Weil ich mit so vielen lieben Worten nicht umgehen konnte, verdrehte ich die Augen. »Besser rote Wangen als eine rote Nase, wie?«

Connor lächelte nur.

»Destiny, the red nosed roommate«, begann ich zu singen, was ihn nur zusätzlich amüsierte und dafür sorgte, dass diese knisternde Stimmung zwischen uns erneut verflog.

Im Anschluss unterhielten wir uns darüber, welche Weihnachtsfilme wir dieses Jahr unbedingt anschauen wollten. *Charles Dickens' Weihnachtsgeschichte, Kevin allein zu Haus* und *Liebe braucht keine Ferien* standen neben *Der Grinch* und *Das Wunder von Manhattan* ganz oben auf unserer Liste.

Schließlich wurde uns das Essen serviert und Connor und ich mussten erneut lachen, da in meinem santaroten Bun unter anderem ein Spiegelei in Sternenform steckte und aus Connors Burger zwei halbe Brezeln als Rentiergeweih herausragten.

Wir aßen und ich merkte, wie mein Körper diese neue Energie förmlich aufsog. Die Müdigkeit wich aus meinen Knochen, genau wie die Kälte, und ich liebte es, mit Connor herumzualbern, ihn von meinem Burger probieren zu lassen und gleichzeitig von seinem zu kosten.

Satt und aufgewärmt beschlossen wir, endlich das letzte Stück anzutreten. Zwar hatte ich wenig Lust, mich erneut der Kälte zu stellen, doch inzwischen wirbelten nur noch vereinzelt Schneeflocken durch die Luft und wir hatten die Hälfte des Weges bereits geschafft.

Als würde uns die Sehnsucht nach unserem Zuhause antreiben, gingen wir schweigend und schnellen Schrittes weiter, während sich neben uns die Autos durch den Schneematsch kämpften und immer wieder Räumfahrzeuge unterwegs waren.

Wir kamen an weiteren Häusern vorbei, die sich gegenseitig mit Lichterketten übertrumpfen wollten, sowie an einem Hotel, an dessen Fassade unzählige Lichter installiert waren. Auch die Bäume davor waren mit hellen Lichtpunkten und mit roten und goldenen Weihnachtskugeln geschmückt.

Dann – endlich – kam unser Wohnhaus in Sicht. Und Gott, ich freute mich so sehr, dass ich vor lauter Aufregung Connor überholte. Er fühlte sich von mir herausgefordert, weshalb wir auf der Zielgeraden noch einen kleinen Wettkampf ausführten, wer von uns schneller zu Hause war.

Der Koffer holperte hinter Connor her, was ihn ziemlich ausbremste, wohingegen ich nur mit dem hüpfenden Rucksack und der Reisetasche zu kämpfen hatte, die mir immer wieder gegen mein Knie stieß.

»Erste!«, jauchzte ich atemlos auf Höhe der Tür.

Da hatte mich Connor auch schon eingeholt. Er legte einen Arm um meine Taille und wirbelte mich herum, sodass er zuerst die Haustür erreichte.

»Denkst du!«, meinte er lachend.

Amüsiert schloss ich zu ihm auf und musste erst einmal zu Atem kommen, während er seinen Mantel abtastete.

»Gott, sag nicht, du hast deinen Schlüssel verloren«, sagte ich mit großen Augen und rasendem Herzen, und holte bereits meinen Rucksack vom Rücken, um meinen eigenen herauszusuchen.

Doch Connor atmete erleichtert aus und hielt den Schlüsselbund zum Beweis in die Höhe. »Da ist er ja.« Er schloss auf und ich folgte ihm ins Haus, wo der Bewegungsmelder anging und das Treppenhaus beleuchtete. Tannengirlanden waren auf Augenhöhe angebracht und mit roten und goldenen Kugeln sowie Tannenzapfen dekoriert. Gepaart mit weinroten Schleifen tauchten sie alles in ein weihnachtliches Ambiente, das durch das flackernde Licht noch unterstrichen wurde.

Prustend drehte ich mich zu Connor um, der mich zufrieden angrinste.

»Ich habe nicht übertrieben, oder?«

»Kein bisschen. Wir befinden uns auf dem Weg zur Werkstatt der Weihnachtswichtel. Ohne Zweifel.«

Erneut lag eine Spannung zwischen uns in der Luft, als wir uns tief in die Augen sahen, doch diesmal unterbrach Connor den Moment und räusperte sich. »Na komm, lass uns nach oben gehen.«

Ohne eine Reaktion von mir abzuwarten, schnappte er sich meine Tasche und trug sie mit dem Koffer in den vierten Stock.

Langsam folgte ich ihm, den Blick so lange auf die Deko von Mrs Washington gerichtet, bis sie aus meinem Sichtfeld verschwand.

Als ich in unserer Etage ankam, hatte Connor bereits unsere Tür aufgeschlossen. Zeitgleich wurde die Wohnung gegenüber geöffnet.

Andy und Natalie kamen heraus, beide in dicke Winterklamotten gepackt.

»Hey, du bist ja wieder da!«, wandte sich Natalie an mich, während ihr Mitbewohner seine Mütze zurechtrückte, unter der eine seiner roten Locken sichtbar wurde, und uns freundlich zunickte. Er wirkte immer ein wenig mürrisch und zurückgezogen, aber ich wusste, dass er ein herzensguter Mensch war.

»Ja, gerade angekommen.« Ich zeigte auf Connor, neben dem noch mein Koffer stand und der sich bereits seinen Mantel aufknöpfte.

»Schön, dass du zurück bist. Wir haben eben von dir gesprochen. Was haltet ihr von einem Fernsehabend nächstes Wochenende?«, wollte Nat wissen und schenkte mir ihr warmes Lächeln.

»Klingt super. Wir sind vorhin unsere Weihnachtswatchlist durchgegangen. Vielleicht finden wir ja was, das uns allen gefällt.«

Andy brummte zustimmend – oder unentschlossen?

»Wo wollt ihr hin?«, fragte Connor.

»Nur runter in den Waschkeller«, erklärte Nat und zog die Nase mit den Sommersprossen kraus. »Dort ist seit gestern das Fenster kaputt und bei den Temperaturen draußen ist es dort arschkalt.«

»O Mist«, brach es aus mir hervor. »Ich hoffe, das wird bald repariert.«

»Hoffentlich nicht mit Weihnachtspapier«, sagte Andy trocken, was uns alle zum Lachen brachte. Wir wünschten den beiden noch einen schönen Abend, betraten unsere Wohnung und ich schloss die Tür hinter uns.

Connor zog sich Mütze, Schuhe und Mantel aus und auch ich begann, mich aus den warmen Klamotten zu schälen.

»Ich habe mich noch nie so gefreut, nach Hause zu kommen«, sagte ich, ehe ich stockte. In unserem Wohnzimmer stand ein Weihnachtsbaum, den Connor in meiner Abwesenheit aufgestellt und geschmückt haben musste.

»Überraschung«, raunte er mit einem verlegenen Lächeln.

Tränen stiegen mir in die Augen. »Wir haben einen Baum ...« Meine Stimme klang brüchig.

Connor trat vor mich und zog mir die Handschuhe von den Händen. »Hätte ich das nicht machen sollen?«

»Doch, das ist ... Du bist echt der Beste«, sagte ich leise und kämpfte erneut mit dem Gefühlschaos in meinem Inneren, während ich die Stiefel auszog.

Schnell wandte ich mich von ihm ab, hängte meinen Mantel auf und nahm den Schal ab, den ich mit den restlichen nassen Sachen zum Trocknen im Badezimmer aufhängen würde.

Währenddessen hörte ich Connor in der Küche hantieren. Doch ich schaffte es nicht, zu ihm zu gehen. Stattdessen brachte ich meinen Koffer, die Tasche und den Rucksack in mein Zimmer. Nur die Dose mit den Plätzchen ließ ich im Wohnzimmer. Anschließend schrieb ich meiner Mom, dass wir endlich gut zu Hause angekommen waren. Auf keinen Fall wollte ich, dass sie sich länger Sorgen machen musste.

Kaum hatte ich die Nachricht abgeschickt, kam auch schon ihre Antwort.

»Alles okay?«, fragte Connor, der noch immer in der Küche beschäftigt war.

»Ja«, sagte ich nachdenklich und setzte mich auf die Couch im Wohnzimmer. »Mom hat mir gerade verraten, dass in Grandmas Paket selbst gestrickte Socken und Handschuhe waren. Und obwohl es mir im Herzen wehtut, dass ihr Geschenk weg ist, weil sie sicher viel Arbeit hineingesteckt hat, tröstet mich der Gedanke, dass der Typ, der sie gestohlen hat, die Sachen womöglich dringender braucht als ich.«

Mit einem Lächeln auf den Lippen setzte sich Connor neben mich und stellte zwei Tassen vor uns ab, in denen Mini-Marshmallows schwammen. »Ich leihe dir auch in Zukunft meine Handschuhe, wenn du willst.« Sanft stieß er mir in die Seite. »Ich habe uns heiße Zimtschokolade gemacht. Zum Aufwärmen.«

Tief holte ich Luft und hoffte, den Kloß in meinem Hals wegatmen zu können. »Du bist ... Womit habe ich dich eigentlich verdient, Connor?«

»Du weißt, dass ich das gern mache.«

Langsam schüttelte ich den Kopf. Ich sah ihm in seine warmen braunen Augen, in denen sich die Lichterkette des Weihnachtsbaumes sanft widerspiegelte, und mein Herz schwoll auf eine ungeahnte Größe an.

Es war unmöglich, meine Gefühle, die mich bereits den ganzen

Nachmittag und Abend durcheinandergebracht hatten, länger zu bändigen.

Ich beugte mich zu ihm und fiel ihm erneut um den Hals. Seufzte auf, als er meine Umarmung erwiderte, und fühlte das heftige Schlagen meines Herzens, als ich seine Lippen an meiner Wange spürte.

Diesmal würde ich nicht zurückweichen. Langsam drehte ich den Kopf weiter. Weil ich ihn küssen wollte. Weil mir klar wurde, was ich zuvor nicht hatte wahrhaben wollen: Dass ich verrückt nach Connor war. Und alle Zeichen deuteten darauf hin, dass es ihm schon lange genauso ging.

Als sich unsere Lippen berührten und Connor mich leise seufzend küsste, wurde mir klar, dass *the most wonderful time* gerade begonnen hatte …

STEFANIE LASTHAUS

Der zweite Teil

Ich liebte Brooklyn, aber heute zeigte es mir sein Bitchface. Auf dem Weg ins Erdgeschoss war ich noch müde, weil mein Mitbewohner Andy mich wieder mal um sechs Uhr mit dem Gebrüll geweckt hatte, das er als Musik bezeichnete. Vor ein paar Tagen hatte ich ihn noch aufmuntern müssen und jetzt das. Aber zumindest musste ich mir keinen Wecker stellen. Dafür stolperte ich auf der durchhängenden Stufe im dritten Stock und blieb kurz darauf an einer der Weihnachtsgirlanden hängen, die Mrs Washington im Hausflur aufgehängt hatte. Draußen schlitterte ich vorwärts, weil sich der Schneematsch als rutschiger entpuppte als angenommen. Es war ein Fehler gewesen, die alten Stiefel mit den zu glatten Sohlen anzuziehen, doch das konnte ich jetzt nicht mehr ändern.

»Huch, Nat! Vorsicht!« Zwei Arme streckten sich mir entgegen und fingen mich auf, bevor ich auf dem Hintern landete. Der Schreck sorgte dafür, dass ich schlagartig hellwach war, und als ich den Kopf drehte, blickte ich in Destinys amüsiertes Gesicht. Meine Nachbarin trug einen dicken Mantel und eine Mütze, unter der ihr langes, brünettes Haar hervorlugte. Heute schien sie besonders guter Laune zu sein. Hinter ihr stand Connor, ihr Mitbewohner, und hob amüsiert die Brauen.

»Warum seid ihr so früh schon unterwegs?«, murmelte ich und betrachtete seine Grübchen. »Und dann so ... fit?«

Destiny schob mich behutsam dorthin, wo der Boden weniger rutschig war. »Wer kann, der kann.«

Natürlich verpasste ich die U-Bahn an der 86sten und ließ mich auf eine Bank fallen. Nur noch sechsmal arbeiten, dann würde ich mich in den Bus setzen und nach Minneapolis fahren, um Weihnachten mit Mom, Dad und Liam zu verbringen. Sie hatten New York vor zwei Jahren wegen Dads neuem Job den Rücken gekehrt und mein elfjähriger Bruder hatte mir unzählige Nachrichten geschickt, um sich zu vergewissern, dass auch alles klappte. Er war erst beruhigt gewesen, als ich mit einem Screenshot meines Tickets geantwortet hatte.

Liam war mein Lieblingsmensch. Klar freute ich mich auch auf meine Eltern, aber mit ihm verband mich etwas Besonderes. Vielleicht, weil wir beide Pflegekinder waren, das hatte uns zusammengeschweißt.

Mein Handy meldete sich, als die Bahn einfuhr, und ich las die Nachricht dreimal, während ich mich von den Menschenmassen mitziehen ließ:

Natalie. 3 neue Krankmeldungen, 2 länger.
Du betreust den Aktionstag/Kinderbereich mit.
Müssen über deinen Urlaub reden. RDells.

Ich hasste diese knappen Sätze, ich hasste diese Nachrichten, weil ich Anrufe passender fand, wenn es um Berufliches ging, und ich hasste die Art, wie das R an den Nachnamen gequetscht war. Vermutlich musste ich mir eingestehen, dass ich meinen neuen Vorgesetzten generell nicht mochte.

Rick Dells hatte es auf mich abgesehen, seitdem er vor drei Monaten seine Stelle im Central Park Zoo angetreten hatte, wo ich als Tierpflegerin arbeitete. Nichts konnte ich ihm recht machen. Manchmal stand er urplötzlich hinter mir und kritisierte. Und jetzt musste ich bei einer Aktion einspringen, von der ich nur eine vage Vorstellung hatte, mal ganz abgesehen von der Zeit, die mir dafür fehlte. In mir rumorte es so sehr, dass ich die Kernaussage erst begriff, als ich am Zoo ankam: Das sah schlecht aus für meinen Urlaub.

Nachdem ich mich um die Seelöwen und meine Lieblinge – die Pinguine und Papageientaucher – gekümmert hatte, hastete ich in den Kinderzoo und wurde im angenehm warmen Innenbereich von Geschrei und Fröhlichkeit erschlagen. Überall krabbelte, sprang und hüpfte es, und zwar noch quirliger als die Schafe, Ziegen oder Zebus. Meine Kolleginnen Sarah und Marnie hielten die Bande in Schach und wirkten dabei so entspannt, als lägen sie am Meer. Ich winkte ihnen zu und betrachtete die Stellwände mit den bunten Bildern, die Schminkecke für die passenden kleinen Raubtiergesichter, den Basteltisch und die Filmecke.

In New York fand die *L3 Kids Week – Look, Laugh and Learn* – unter der Schirmherrschaft der neuen Kongressabgeordneten Eva Woolings statt. An zahlreichen Orten gab es Aktionen oder Veranstaltungen für Kinder – auch hier im Central Park Zoo. Und natürlich hielt RDells es für gutes Marketing, mit der Abgeordneten im Anschluss Hände zu schütteln und in die News zu kommen. Zum Glück hatte er halbwegs mitgedacht und unsere Aktion wegen Personalmangel auf einen Tag beschränkt.

»Hey!« Ich winkte Sarah und Marnie zu. »Ich soll Dells hier treffen.«

Sarah verdrehte die Augen und drückte damit meine Gefühle perfekt aus. »Guten Morgen, Nat.« Sie schlug mir gegen die Schulter und ich bemerkte, dass ihre Haare heute nach Flieder rochen. Sarahs Farbphase lag hinter ihr, jetzt experimentierte sie mit Duftölen. »Der ist zum Glück noch nicht da. Hab schon gehört, dass du für Dean einspringen musst. Den hats voll erwischt.«

»Ja.« Ich seufzte. »Der Aktionstag ist noch das geringste Problem. Ich hab ab nächsten Donnerstag Urlaub und fahre zu meiner Familie.«

»Das wird schon klappen, mach dir keinen Kopf. Hier musst du nur die Erwachsenen und die Presse betreuen, um die Kids kümmern wir uns. Der Zeichner ist schon da.« Sie deutete über meine Schulter.

»Zeichner?« Ich wandte mich um. In einiger Entfernung saß ein Typ in Jeans und schwarzem Shirt mit dem Rücken zu uns vor einer Staffelei und überreichte soeben einem Mädchen eine Zeichnung. Die Kleine strahlte ihn an.

»Was muss ich tun?«, fragte ich. »Ihm etwas zu trinken bringen? Sein Ego pushen?«

Sarah zuckte die Schultern. »Gute Idee. Ansonsten fragen, ob er was braucht. Vielleicht eine Essenmarke. Er wird nicht bezahlt, hat aber im Restaurant eine Mahlzeit frei.«

Ich nickte. »Das bekomm ich hin.«

Eine neue Kinderhorde traf ein, also verabschiedete ich mich und hielt auf den Zeichner zu. Je näher ich kam, desto mehr hoben sich meine Augenbrauen. Dieser Typ wusste eindeutig, wie man trainierte. Als er sich vorbeugte, um etwas aus seiner Tasche zu holen, spielten die Muskeln unter seinem Shirt. O Mann, ich war eindeutig zu lange Single, wenn ich auf der Arbeit über so etwas nachdachte.

Als hätte er meine Gedanken gehört – vermutlich eher meine Schritte –, drehte er sich um. Sein dunkles, lockiges Haar fiel ihm in die Stirn. Er pustete es beiläufig weg und ich ... erstarrte.

Es gab wenig, das mir so vertraut war wie diese Bewegung. Vielleicht das Blinzeln, bei dem seine langen Wimpern flüchtig die Haut berührten. Oder dieses Lächeln, das etwas lang Vergessenes in mir auslöste.

»Javi?«

Es war so surreal. Vor allem, da er nicht erstaunt zu sein schien. Stattdessen stand er auf und kam auf mich zu, die Hände leicht erhoben, als überlegte er, ob es in Ordnung wäre, mich zu umarmen.

Ich wollte mich an ihn lehnen, so wie früher, und herausfinden, wie sich sein Körper anfühlte, der sich dermaßen verändert hatte. Gleichzeitig flüsterte etwas in mir, dass ich Javier Pascal bloß nicht zu nahe kommen sollte, weil ich mich noch viel zu gut daran erinnerte, wie ich mich damals gefühlt hatte, als er aus New York verschwunden war. Ich hatte mich in ein Häufchen Elend verwandelt und schnell gemerkt, dass die Vernunft keine Chance hatte, wenn das Herz litt. Erst recht nicht, wenn es um den Menschen ging, der nach dem ersten Kuss in meinem vierzehnjährigen Leben zum wichtigsten Punkt in meinem Universum geworden war. Zu einem Stern, der den Horizont so sehr beleuchtete, dass der Schimmer bis in meine Träume reichte. Damals hatte ich nicht gewusst, dass selbst die strahlendsten Sterne verglühen konnten, aber irgendwann hatte ich den Abschied des ersten Jungen, in den ich jemals verliebt gewesen war, verkraftet.

Aber Javi war kein Junge mehr.

»Nat.« Er lächelte, aber ich merkte, dass er ebenso unsicher war wie das Mädchen, das er damals zurückgelassen hatte. »Ich wusste immer, dass du eines Tages im Zoo arbeiten würdest.«

Ich hob die Brauen. Mehr hatte er nach all der Zeit nicht zu sagen?

Javi hielt meinem Blick mit diesen unglaublichen Augen stand, in denen stets Goldschimmer funkelten, wenn er sich freute. Beinahe wäre ich näher getreten, um sie zu zählen. Dann aber begriff ich, wie ich auf ihn wirken musste: Hier stand ich und starrte ihn an, als wäre ich noch immer vierzehn und würde darauf warten, dass er mich küsste. Aber unser Abschied war acht Jahre her.

Nur warum riss mich die Begegnung dann so von den Füßen?

»Ja«, sagte ich und blickte an mir hinab. Ich trug Arbeitskleidung und hatte die Haare im Nacken zusammengebunden. Hatte ich heute früh wenigstens Wimperntusche aufgelegt? »So wie schon immer geplant. Aber was treibst du hier?« Ich deutete auf die Leinwand. »Ich dachte, du bist in Südamerika.«

Natürlich hätte Javi damals nicht verhindern können, dass seine Familie das Land verlässt. Er hätte mir nur eher davon erzählen sollen. Aber er war sechzehn gewesen, zwei Jahre älter als ich, und hatte geglaubt, ein kurzer und schmerzloser Abschied wäre die beste Lösung für uns beide. Wie ein schnell abgezogenes Pflaster. Daher hatte er bis einen Tag vor dem Abflug gewartet, um mir zu beichten, dass sein Vater nach Guatemala versetzt worden war.

Mr Pascal war Diplomat und auch, wenn ich nur eine vage Vorstellung davon besaß, was er wirklich tat, hatte ich nie damit gerechnet, dass Javi eines Tages wegziehen könnte. Nicht, nachdem wir uns hinter dem Pavillon auf Lisas Party geküsst hatten und in den Folgetagen unzertrennlich gewesen waren. Damals hatten sich alle Mythen über den ersten Kuss bestätigt: Es war etwas Wundervolles, das einen veränderte. Wie sehr es mich verändert hatte, merkte ich erst jetzt. Denn selbst nach all den Jahren, in denen ich die eine oder andere Beziehung geführt hatte, von denen keine besonders ernst gewesen war, kribbelte es noch immer, wenn Javi mich ansah. Auf meiner Haut, aber auch tief in meinem Inneren, als würde sich dort etwas aufbauen, dessen Ausmaße ich momentan nicht erahnen konnte.

Das war absurd, also legte ich den Kopf schräg, um zu signalisieren, dass ich noch auf eine Antwort wartete.

Seine Augen blitzten. »Wir sind vor ein paar Wochen zurückgekommen.« Er wollte noch etwas sagen, überlegte es sich aber anders und knetete seine Finger. Wir starrten beide auf seine Hände.

Schließlich gab ich mir einen Ruck. »Wurde dein Vater wieder nach New York versetzt?«

Er schüttelte den Kopf. »Meine Eltern haben sich vor zwei Jahren getrennt. Es lief schon eine Weile nicht mehr gut und ...« Er zuckte die Schultern. »Sie haben inzwischen neue Partner. Mom arbeitet jetzt hier und ich beende bald mein Studium an der Columbia. Ich konnte sie schließlich nicht allein lassen.«

So wie dich damals.

Fast glaubte ich, er würde genau das sagen, aber dann presste er die Lippen aufeinander und musterte mich, als würde er etwas in meinem Gesicht suchen.

Ich nickte. »Du studierst Grafikdesign.« Es war keine Frage. So gut kannte ich ihn noch immer und es war eine Erklärung, warum er hier war. Vermutlich hatte es einige Aushänge mit Charity-Gesuchen an den Unis gegeben und Javi hatte sich daraufhin gemeldet. Durch die häufige Teilnahme seiner Eltern an sozialen Events war er quasi darauf trainiert, etwas für den guten Zweck zu tun.

Er fuhr sich mit den Händen durch das Haar, als wollte er Zeit gewinnen. »Nächstes Semester bin ich fertig und dann will ich in der Stadt bleiben. Vielleicht …« Er trat auf mich zu und hob eine Hand, ließ sie jedoch wieder sinken. »Vielleicht können wir ja mal einen Kaffee trinken. Also nur, wenn du Lust hast, natürlich. Ich …« Noch einmal diese Geste. »Na ja, ich bin neugierig, Nat. Ich wollte nicht einfach vor deiner Tür stehen, weil ich befürchtet habe, dass du sie mir vor der Nase zuknallst. Also habe ich auf den passenden Moment gewartet. Und als ich dann den Aufruf des Zoos gesehen habe …«

Ich riss mich zusammen, um den warmen Schauer abzuwehren, der beim Klang meines Namens über meinen Rücken rann. Javi schaffte es, diese eine Silbe auf eine Weise zu betonen, dass ich sie noch einmal hören wollte. Mindestens.

»Klar«, sagte ich locker. »Aber …«

Wir wurden unterbrochen, als eine Mutter mit zwei Kindern an den Händen näher trat und Javi um eine Zeichnung bat.

Rasch verabredeten wir uns für die Mittagspause, und während ich mich wieder an die Arbeit machte, glaubte ich, Javis Blicke auf meinem Rücken zu spüren.

»Wie sieht es im Kinderbereich aus?«

Ich hätte vor Schreck beinahe die Futterkelle fallen lassen. RDells lehnte an der Wand und musterte die Lieferungen, die noch ausgepackt werden mussten.

Ich drehte mich zu ihm um. »Es ist ziemlich viel los. Die Aktionen werden gut angenommen.«

Zu gut. Kinder standen Schlange für die Schminkaktion oder eine Zeichnung sowie am Losestand. Ich hatte mitgeholfen, wo ich konnte, zwischendurch mit Javi eine wundervolle Pause verbracht, in der wir viel geredet hatten, und war dann abgetaucht, um meine regulären Pflichten zu erfüllen. Schließlich mussten die Tiere versorgt werden, Aktionstag hin oder her.

Mein neuer Vorgesetzter musterte mich, das Gesicht schmal und so hoch aufgerichtet, als bestünde seine Wirbelsäule aus Metall. »Natalie, ich habe mir die Dienstpläne angesehen und werde deinen Urlaub streichen müssen. Es tut mir leid.«

Nicht einmal ein Kleinkind hätte er mit dieser Floskel überzeugen können. »Aber ich habe bereits Pläne«, sagte ich und klang dabei unendlich hilflos. Gleichzeitig verfluchte ich mich für mein schwammiges Argument. Natürlich war es ihm egal, ob ich etwas vorhatte. »Ich fahre zu meiner Familie nach Minneapolis. Das Ticket habe ich schon«, versuchte ich es trotzdem.

RDells verzog das Gesicht. »Das musst du leider stornieren. Der Krankenstand ist zu hoch.«

»Kann ...« Ich räusperte mich. »Kann nicht jemand anderes einspringen? Ich sehe meine Familie so selten und habe es meinem Bruder versprochen. Er ...«

»Besser, du liest dir noch einmal deinen Arbeitsvertrag durch«, sagte er mit tödlicher Ruhe. »Vielleicht findest du die Stellen, aus der deine Pflichten hervorgehen. Und jetzt hast du vermutlich zu tun.« Er nickte und wandte sich ab. Für ihn war alles gesagt. Ich starrte auf seinen Rücken, bis die Tür des Futterhauses zuschlug, und pfefferte den Deckel der Kornkiste zu.

Als ich in den Kinderbereich zurückkehrte, begannen Sarah und

Marnie gerade mit dem Abbau. Ich führte noch schnell zwei Damen von der Presse herum und beantwortete ihre Fragen, dann wischte ich mir den Schweiß von der Stirn und sah zur Seite, doch die Staffelei war verschwunden – und Javi mit ihr. Etwas sackte in meinen Magen, wurde schwer und fraß sich fest. Vielleicht Hoffnung, die sich in Enttäuschung verwandelte.

Nach all den Jahren war er erneut in meinem Leben aufgetaucht und wieder gegangen. Kurz und schmerzlos.

Vielleicht lag es an dem Gespräch mit RDells oder an der Tatsache, dass ich meine Familie an Weihnachten nicht sehen würde, aber mir schossen die Tränen in die Augen. Rasch wandte ich mich ab und schnappte mir einen Karton, um ihn ins Lager zu bringen.

Zwei Tage später stand ich im Zoo und hasste einen Teil meiner Welt. RDells, weil er nicht mit sich reden ließ. Den Typen, der mir in der U-Bahn die Tasche klauen wollte. Andy für ungefähr fünf Minuten, weil er irgendwas mit *Death* und *Roaar* dreimal nacheinander hörte. Und Javi, weil er nicht wieder auftauchte, obwohl ich insgeheim darauf hoffte.

Dafür hasste ich *mich*.

Dabei hatten wir uns ... *gut unterhalten*. Das passte einerseits, aber dann auch wieder nicht. Nach kurzer Zeit hatten wir über alles Mögliche geredet und miteinander gelacht, so wie früher, aber da war noch mehr gewesen. Eine Spannung, die sich aufbaute, wenn wir uns zu nahe kamen. Es lag die Gewissheit darin, dass noch nicht alles geklärt war, aber auch eine stumme Frage, die ich nicht beantworten konnte. Ich hatte es bedauert, als die Mittagspause vorbei war, und gehofft, dass es ihm ebenso ging. Vermutlich hatte ich mich getäuscht.

Ich rief zu Hause an, um Bescheid zu sagen, dass ich an Weihnachten nicht kommen konnte. Mum und Dad versuchten, mich zu trösten, aber Liam war abgrundtief enttäuscht. Er riss sich zusammen, aber ich hörte die Tränen in seiner Stimme. Es tat weh, ihn in diesem Moment nicht umarmen zu können. Ich hätte ihm so gern über das Haar gestrichen und ihm gesagt, dass wir es nachholen und uns einen tollen Tag in einem Freizeitpark machen würden, aber selbst das konnte ich ihm derzeit nicht versprechen.

»Nat.« Sarah tauchte neben mir auf, als ich Feierabend machen wollte, und schwenkte etwas. »Das ist für dich abgegeben worden.« Sie drückte mir ein Stück Papier in die Hand. Nein, einen Briefumschlag. In geschwungener Schrift stand mein Name darauf.

»Was ist das, meine Kündigung?« Ich zog eine Grimasse.

»Grummelköpfchen«, sagte Sarah, umarmte mich und verschwand.

Ich musterte den Brief und riss ihn an der Seite auf. Es war ein einzelnes Blatt Papier darin.

Natalie,
ich weiß, was du denkst. Aber ich hoffe so sehr, du glaubst mir, dass ich nicht wortlos verschwinden wollte. Ich habe dich nach Feierabend nicht gefunden und dann musste ich weg und wollte dir nicht einfach meine Nummer dalassen. Weil ich weiß, dass du dich sowieso nicht melden würdest, denn du bist noch immer das Mädchen, das ich damals nicht vergessen konnte. In der kurzen Zeit im Zoo habe ich so viel von diesem Mädchen wiedergefunden. Von dir. Unser Wiedersehen hat mich umgehauen und ich muss die ganze Zeit an dich denken.
Javi

Unter den Zeilen hatte er seine Mailadresse notiert und eine Zeichnung von mir hinzugefügt, auf der ich einen Pinguin im Arm hielt, der mich höchst verliebt anblickte.

Ich las den Brief ein zweites Mal, erstaunt und fasziniert zugleich, wie gut er mich kannte. Er wusste, dass ich ihn nach all der Zeit nicht einfach anrufen würde, weil ich ihn sehen musste, wenn wir miteinander redeten, um auf all die nonverbalen Aussagen achten zu können.

Mit den Fingern fuhr ich über die Zeichnung, als mein Herz einen Satz machte. Es fühlte sich an, als würde es zittern oder beben oder an eine andere Stelle in meiner Brust springen wollen. Aber vor allem fühlte es sich gut an, diesen Brief in der Hand zu halten. Weil ich wusste, dass ich Javi alles erzählen konnte, was mir wichtig war.

Er würde mich verstehen.

Die ganze Bahnfahrt über dachte ich an seine Zeilen und die Aussagen dazwischen. Zu Hause angekommen, stürmte ich in mein Zimmer, warf den Laptop an und öffnete mein Mailpostfach.

Ich schrieb Javi alles. Von meiner WG mit Andy, meinem Leben, meinem Tattoo, das er noch nicht kannte, meiner Arbeit im Zoo, die mir Spaß machte, RDells, der sie mir vermieste, und auch davon, dass Weihnachten dieses Jahr ins Wasser fiel und wie traurig Liam war. Mein Atem zitterte leicht auf meinen Lippen, als ich die Nachricht abschickte und auf mein Postfach starrte. Dann stand ich auf, um Andy nach dem Death-and-Roar-Song zu fragen.

Javi antwortete eine Stunde später mit nur drei Sätzen:

Ich weiß, dass deine Schicht morgen um acht beginnt.
Kannst du eine Stunde eher an der Gapstow Bridge sein?
Ich möchte dir live antworten.

Es war noch dunkel, als ich das Haus verließ und mich auf den Weg machte. Ich hatte Javi lediglich ein *Okay* zurückgemailt. Er hatte früher schon dieses Faible besessen, wichtige Gespräche mit besonderen Orten zu verbinden, weil er fand, dass sie eine entsprechende Kulisse verdienten. In Gedanken ging ich meine E-Mail an ihn durch, überlegte, ob etwas darin stand, auf das er mir eine niederschmetternde Antwort geben könnte. Aber ich hatte ihm nur von mir erzählt. In keinem Satz hatte ich erwähnt, wie ich mich fühlte, weil er wieder zurück war.

Denn ich war mir selbst nicht sicher. Javi wiederzusehen, hatte etwas mit mir gemacht, aber ich konnte noch nicht sagen, ob die Nostalgie schuld war oder mehr dahintersteckte.

Die Gapstow Bridge war nur wenige Minuten vom Zoo entfernt, ein wunderschöner Steinbogen über den Teich im südöstlichen Teil des Central Parks, der mich an alte Filme erinnerte, an Elizabeth Bennett und Mr Darcy oder an englische Damen, die ihren Tee mit Spitzenhandschuhen tranken. Der Boden war von einer Schneedecke überzogen, die umliegenden Bäume und die Lichter der Wolkenkratzer spiegelten sich auf dem Wasser. Vor meinen Lippen bildeten sich Atemwölkchen. Es waren nur wenige Jogger oder Leute mit Hunden unterwegs.

Javi stand allein auf der Brücke und winkte mir zu. Die Szene wirkte so surreal, dass ich kurz stehen blieb – bis mir aufging, wie blöd ich gerade aussehen musste.

»Hey«, sagte er lächelnd, als ich ihn erreichte. Er trug wie ich eine dicke Jacke, aber keine Handschuhe. Javi hatte immer warme Hände. »Ich bin froh, dass du hier bist.«

Ich hob einen Mundwinkel. »Du hast es spannend gemacht. Da konnte ich nicht widerstehen.«

Er lächelte noch breiter, und ich stützte mich mit den Ellenbogen auf der Brücke ab und betrachtete den Park. Javi sah gut aus. Ich hatte mich damals permanent in diesen unglaublich schönen Augen verloren, aber es war vor allem sein Lächeln, das mich noch immer umwarf. Sanft und entschlossen zugleich. Unwillkürlich musste ich an seine Küsse denken, die dem in nichts nachstanden.

»Ich habe deine Nachricht oft gelesen«, sagte er leise. »Es ist viel

Gutes passiert in deinem Leben. Aber als du von Weihnachten erzählt hast und wie enttäuscht Liam war, klang es so unglaublich traurig.«

»Ja, das bin ich auch. Aber so ist es manchmal.«

Er drehte den Kopf eine Winzigkeit und sein Atem streifte meine Wange. »Du hast geschrieben, dein Chef hätte es auf dich abgesehen.«

Ich schaffte ein Lächeln. Trotz aller Enttäuschung und dem, was ich RDells am liebsten an den Kopf geworfen hätte, fühlte ich mich bei Javi ... besser. Sicher.

»Ich kann nicht behaupten, dass er mein Fan ist.«

Javi schüttelte kaum merklich den Kopf. »Der Mann ist ein Idiot«, murmelte er.

Ich bekam die Worte nur am Rande mit. Da war so viel, was er mir in diesem Augenblick mitteilte. Weil er mich auf diese Art ansah. Weil er eine Winzigkeit näher trat. Weil seine Lippen ganz leicht geöffnet waren, wie früher, wenn er aufgeregt oder unsicher war. Trotzdem sah er aus, als wüsste er genau, was er wollte.

So wie ich – das wurde mir auf einmal klar. Hier stand ich, mit angehaltenem Atem vor dem Kerl, der meine erste Liebe gewesen war. Der mir meinen ersten Kuss gegeben hatte. Die Luft zwischen uns lud sich so sehr auf, dass ich glaubte, es kribbeln zu spüren. Es spielte keine Rolle, ob ich noch immer in Javi verliebt oder ein zweites Mal auf dem besten Weg dorthin war. Es zählte nur, was ich mir in diesem Moment mehr als alles andere wünschte. Also wandte ich mich ihm zu und vergrub eine Hand in seinen dichten Haaren.

Javis Lächeln blitzte auf. Er schlang seine Arme um mich, zog mich näher, bis es zwischen uns keinen Platz mehr für die kalte Winterluft gab, und legte seine Lippen auf meine.

Es war vertraut und gleichzeitig neu und aufregend. Ich schloss die Augen und brummte unwillig, als die Berührung endete, jedoch sofort zurückkehrte, begleitet von einem leisen Lachen. Es verwandelte sich in ein Keuchen, als ich den Druck verstärkte und meine Lippen für ihn öffnete. Bereitwillig tat er es mir nach und ließ seine Hände über meinen Rücken wandern. Sein Herz schlug hart, hinterließ durch unsere Jacken ein Echo auf meiner Haut. Alles verschmolz zu dem einen, perfekten Augenblick, den man für immer festhalten wollte.

Wir ließen erst voneinander ab, als uns der Atem ausging.

»Das kam unerwartet«, murmelte Javi, seine Stirn an meine gelegt, während sich seine Brust hob und senkte.

Ich genoss es, ihm so nahe zu sein, und schmunzelte. »Das war also nicht dein Plan?«

Er blinzelte, als hätte ich ihn an etwas erinnert, hob rasch den Kopf und sah über meine Schulter, ehe er mich an den Schultern fasste und sanft herumdrehte. »Nein. Das war mein Plan.«

Ich starrte auf den Horizont. Ein Teil der Sonne war bereits zu sehen und tauchte den Himmel, umrahmt von Pastelltönen, in das schönste Gemisch aus Feuerfarben, das ich jemals erlebt hatte. Der Schnee glitzerte, als würde jeder Kristall von innen heraus leuchten. Sämtliche Funken sammelten sich im Wasser des Teichs und setzten ihn in Flammen.

»Wow«, murmelte ich. »Das ist einfach wunderschön.« Natürlich hatte ich viele Sonnenaufgänge in New York gesehen, aber niemals im Central Park gestanden und bewusst darauf geachtet. Wie nah doch solche Zauberwelten unserem Alltag waren!

»Ich dachte, es heitert dich auf.« Javi legte einen Arm um mich und ich kuschelte mich an ihn. »Und ich glaube, Teil zwei wird dich noch mehr aufheitern.«

Abrupt drehte ich mich um. »Es gibt einen zweiten Teil?«

»Ja. Und dafür müssen wir jetzt los«, sagte er und zog mich von der Brücke.

Ich blinzelte. »Javi, ich würde gern mitkommen, aber ich muss um acht im Zoo sein.«

»Das wirst du auch, keine Sorge.«

»Aber ...«

Er zwinkerte mir zu, streckte eine Hand aus und ich legte meine wie selbstverständlich hinein.

So stapften wir über die Schneedecke in Richtung meiner Arbeitsstelle. Ich versuchte, mehr aus ihm herauszubekommen, doch er gab sich geheimnisvoll. Selbst dann noch, als wir den Zoo betraten und Javi dem Kollegen an der Pforte ganz selbstverständlich zunickte, als wäre er täglich hier.

Mit jedem Schritt wurde ich unsicherer, und als wir uns dem Kinderbereich näherten und ich R Dells erkannte, machte ich mich los. »Javi, was ...«

Aber da hatte er auch schon meinen Vorgesetzten erreicht, der uns erstaunt anblickte und neben dem ... Javis Mutter stand.

»Natalie!« Mrs Pascal strahlte über das ganze Gesicht, kam auf mich zu und schloss mich in die Arme, wie sie es früher oft getan hatte. »Es ist so schön, dich wiederzusehen, Liebes. Du siehst toll aus!«

»Ebenso«, stammelte ich, weil ich mehr als verwirrt war. Aber es stimmte, sie war umwerfend in ihrem eleganten Kostüm und mit den perfekt gestylten, schulterlangen schwarzen Haaren, als käme sie gerade vom Friseur.

Mrs Pascal lächelte. »Ich habe mich soeben bei Mr Dells für den Beitrag eures Zoos zur *L3 Kids Week* bedankt. Das war eine wundervolle Aktion. Und Javi hat mir erzählt, dass du über Weihnachten deine Familie in Minneapolis besuchen möchtest. Das liegt direkt auf unserem Weg.«

Soweit ich wusste, stimmte das nicht ganz, denn Javi hatte erwähnt, dass die Pascals die Feiertage in Chicago verbrachten.

»Also nehmen wir dich mit! Mr Dells ist so freundlich, dir einen zusätzlichen Urlaubstag zu gewähren, wegen deines spontanen Einsatzes bei der Aktion.« Sie strahlte ihn an, aber in ihren Augen lag ein Ausdruck, der keinen Widerspruch duldete.

Zu meiner Überraschung nickte R Dells und schenkte mir einen Blick starrer Freundlichkeit. »Das ist doch selbstverständlich, Kongressabgeordnete Woolings.«

Ich riss mich gerade noch zusammen, ehe mein Mund aufklappte, und starrte Mrs Pascal an – Javis Mutter, die wieder geheiratet hatte und nicht mehr Eva Pascal hieß.

Sondern Eva Woolings.

Das hatte ich nicht kommen sehen. Eva Woolings hatte ihr Amt im November angetreten, aber bis auf diese Tatsache war Politisches im Stress der vergangenen Wochen an mir vorbeigegangen. Den Namen hatte ich natürlich gehört, war aber nicht dazu gekommen, mal ins Internet zu schauen oder ans Schwarze Brett, wo bestimmt die ausführliche Ankündigung zur Kids Week hing. Vielleicht sogar mit einem Foto von Javis Mum. Zwar hatte ich gewusst, dass sie beruflich irgendetwas mit Politik machte, aber mich damals nicht weiter dafür interessiert. Für mich war nur der Job ihres Ex-Mannes wichtig gewesen, durch den ich Javi nach so kurzer Zeit verloren hatte.

Und durch ihren hatten wir uns nun wiedergefunden.

»Ich ... das wäre super.« Mehr fiel mir im Moment nicht ein. Vor allem wagte ich es nicht, in R Dells' Richtung zu sehen, da ich sonst vermutlich ein Grinsen nicht hätte zurückhalten können.

»Gut.« Javis Mutter nickte. »Dann ist das abgemacht. Nun müssen Mr Dells und ich los, ein Kamerateam wartet auf uns. Wir sehen uns, Natalie.« Sie berührte mich an der Schulter. »Ich freue mich, wenn wir bald wieder plaudern können.«

»Ich mich auch«, sagte ich und meinte es todernst.

Die beiden machten sich auf den Weg – Javis Mutter mit ihrem schwingenden Gang, R Dells steif und aufrecht. Ich starrte ihnen nach, bis Javi neben mich trat.

»Das war der zweite Teil«, flüsterte er mir ins Ohr.

Ich drehte mich zur Seite. Ganz langsam. »Du hättest mich vorwarnen können.«

Er zuckte nur die Schultern. »Wo wäre da die Überraschung gewesen? Aber jetzt«, er warf einen demonstrativen Blick auf sein Handy, »muss ich zur Uni.« Seine Finger streiften meine. In einiger Entfernung blieb er noch einmal stehen und sah mich an. »Mailst du mir deine Telefonnummer?«

Ich biss mir auf die Lippe, nickte und machte mich ebenfalls auf den Weg, nachdem Javi aus meinem Blickfeld verschwunden war.

Schließlich wartete Arbeit auf mich.

Noch einmal drehte ich mich um. *Und noch viel mehr.*

JENNIFER ALICE JAGER

Bright Brooklyn Nights I

Es gab diese eine schöne Wand in meinem Apartment in Brooklyn. Sie war in Mintgrün gestrichen, eine bunt bemalte Kommode stand davor und ein gerahmter Kunstdruck der New Yorker Skyline zierte sie.

Man könnte sich fragen, warum jemand wie ich, der in New York lebte, ein Bild der eigenen Stadt an der Wand hängen hatte. Die Antwort war einfach: Es hing nicht für mich dort, sondern für meine Eltern. Bei unseren wöchentlichen Videocalls sahen sie immer genau diese Wand im Hintergrund und sonst nichts. Würde ich ihnen mehr von meinem Apartment zeigen, wüssten sie, dass es eine Bruchbude mit undichten Fenstern und löchriger Tapete war. Nicht einmal Möbel besaß ich. Mit Ausnahme der Kommode in meinem Rücken und des Sessels, von dem aus ich Mom und Dad immer anrief.

Das Bild von New York diente also zum einen dem Zweck, meine Eltern daran zu erinnern, dass ihre Tochter in der Großstadt lebte – ein Umstand, den sie nur zu gern vergaßen –, und vermittelte zum anderen den Eindruck einer hübsch eingerichteten Wohnung.

»So kann es nicht weitergehen, Demi«, meinte Dad. »Wenn dein Gehalt nicht einmal ausreicht, um über Weihnachten zu deiner Familie zu fliegen, musst du dir eine andere Stelle suchen.«

»Ganz bestimmt nicht«, wehrte ich vehement ab. »Bei einer Rechtsberatung zu arbeiten war immer mein Ziel. Deswegen bin ich nach New York gezogen. Im Moment ist das Geld knapp, wir arbeiten aber an einem Fall, der alles ändern könnte.«

»Es besteht also noch eine Chance auf deinen Weihnachtsbesuch?«, fragte Mom hoffnungsvoll.

»Dieses Jahr wahrscheinlich nicht«, räumte ich kleinlaut ein. »Nächstes Jahr könnt ihr fest mit mir rechnen!«

»Dann kommen wir *dich* besuchen«, entschied Dad.

»Bloß nicht!«, wehrte ich mit erhobenen Händen ab. Wenn sie wüssten, wie heruntergekommen mein Apartment in Wirklichkeit war, hätten sie mich schneller zurück nach Missouri geschleppt, als ich gucken konnte.

»Schämst du dich etwa für deine Eltern?« Schwer getroffen legte sich Mom eine Hand auf die Brust.

»Natürlich nicht«, beteuerte ich. »Es ist nur ... ich habe keinen Platz für Übernachtungsgäste.«

»Wir nehmen ein Hotelzimmer«, sagte Dad.

Mom wurde regelrecht übermütig. »Ich wollte New York schon immer mal sehen! Du kannst uns alles zeigen, Demi. Die Freiheitsstatue, den Central Park, das Empire State Building.«

»Die Golden Gate Bridge«, ergänzte Dad.

Ich zog die Brauen zusammen. »Die liegt nicht in New York.«

»Ach doch, sicher«, widersprach er.

»In dieser einen Serie wird die immer gezeigt«, pflichtete ihm Mom bei. »Ihr wisst schon, die mit den lustigen Polizisten.«

»Ist es vielleicht die Brooklyn Bridge, die in der Serie zu sehen ist?«, mutmaßte ich.

»Nein, die Serie spielt in New York, nicht in Brooklyn«, wehrte Mom ab.

»Brooklyn liegt in New York. Ich wohne in Brooklyn«, erklärte ich.

»Jetzt veralberst du uns.« Dad lachte. »Es war immer dein großer Traum, nach New York zu ziehen. Man sieht die Stadt doch durch das Fenster hinter dir.«

»Das ist ein Kunstdruck«, murmelte ich.

»Sag mal, Schatz.« Mom legte ihre Hand an Dads Arm. »Heißt die Serie nicht auch irgendwas mit Brooklyn?«

Er setzte eine nachdenkliche Miene auf. »Dann spielt sie nicht in New York?«

Ich rieb mir die Schläfen. Ich liebte meine Eltern, aber manches an ihnen brachte mich zum Verzweifeln. Dazu gehörte, dass ihre Geografiekenntnisse kaum bis zur Nachbarstadt reichten, geschweige denn sechs Staaten weiter. Es hätte mich nicht gewundert, wenn Europa in ihrer Vorstellung ein kanadischer Staat und Australien eine Insel vor Florida gewesen wäre.

Zum Glück erlöste mich das Klopfen an meiner Tür. »Sorry, Mom, Dad, da kommt gerade mein Abendessen. Wir hören nächste Woche wieder voneinander, okay?«

»Du bestellst dein Essen?«, fragte Mom empört.

»Ich lebe in New York, hier bestellt jeder sein Essen.«

»Also doch nicht Brooklyn?«, hakte Dad nach.

Wieder klopfte es. Diesmal dringlicher.

»Bis nächste Woche!«, verabschiedete ich mich, klappte den Laptop zu und atmete erst einmal tief durch. Etwas Nervennahrung war genau das, was ich jetzt brauchte. Umso mehr freute ich mich auf meine Bestellung vom Thailänder um die Ecke. *Thai Kitchen* war ein absoluter Geheimtipp. Ich liebte die Tom-Kha-Suppe von dort. Sie war eigentlich als Beilage gedacht, doch die Portion war riesig und ich bestellte sie mir immer mit zusätzlichem Reis, sodass ich ein leckeres, vollwertiges Abendessen zu einem günstigen Preis bekam.

Als ich voller Ungeduld die Tür aufriss, war es allerdings nicht Niran, der Sohn der Restaurantbesitzerin, der mich mit meiner Bestellung erwartete. Es war mein Vermieter Mr Wilson, ein opulenter Mann mit Halbglatze, buschigen Augenbrauen und chronisch schlechter Laune.

»Oh … das …«, stammelte ich unbeholfen und nahm ihm die Tüte ab. »Das wäre nicht nötig gewesen.«

»Rücken Sie mit der Miete raus, dann sind wir quitt.« Er streckte mir die offene Hand entgegen.

»Die kriegen Sie wie versprochen in zwei Wochen.«

»Das haben Sie schon letztes Mal behauptet.«

»Es fehlt bei mir auf der Arbeit im Moment an allen Ecken und Enden«, begann ich zu erklären, während ich meinen Kram zusammensuchte und in meine Jacke schlüpfte. »Wir stecken mitten in einem gewaltigen Fall, der unsere gesamten Ressourcen aufbraucht. Wenn wir den gewonnen haben, bekommen Sie Ihre Miete.«

»Eine Anzahlung tut es auch. Wenn Sie Ihre Schubladen durchsuchen, finden Sie sicher ein paar Scheine für mich. Für Ihr Essen hat es ja auch gereicht.« Er warf einen Blick in mein Apartment und rümpfte die Nase, als er sah, wie wenig es dort zu holen gab.

»Ich würde ja nachschauen, aber ich bin gerade auf dem Sprung.« Ich deutete auf meine Jacke. »Ein andermal, versprochen. Sie kriegen Ihre Anzahlung.«

In Wahrheit konnte er lange darauf warten. Ich wusste, wie riskant es war, ihn wegen der Miete hinzuhalten, den Fehler, ihm eine Anzahlung zu geben, machte ich kein zweites Mal. Im Vormonat hatte ich genau das getan und das Geld nie wiedergesehen. Er hatte dreist behauptet, es nicht bekommen zu haben, und die volle Miete verlangt.

»Sie haben sich Essen bestellt und wollen mir jetzt erzählen, verabredet zu sein?«

Ich drängte mich an ihm vorbei in den Hausflur und zog die Tür hinter mir zu. »Das esse ich unterwegs.«

»Von welchem Geld haben Sie sich das gekauft, wenn Sie keines haben?«, warf er mir hinterher.

Ich war schon auf dem halben Weg zum Fahrstuhl. »In zwei Wochen, versprochen!«

»Ich warte keine zwei Wochen!«, drohte er mir mit erhobenem Zeigefinger. »In einer Woche habe ich das Geld, sonst fliegen Sie hochkant raus.«

»Wie wäre es mit Ballettkarten als Anzahlung?«, schlug ich ihm vor und drückte wild auf den Rufknopf des Fahrstuhls. »Ich kann Ihnen Karten für den *Nussknacker* in der Metropolitan Opera besorgen.«

»Was soll ich denn bitte mit Ballettkarten?«, brüllte er. »Eine Woche oder ich räume das Apartment!«

»Okay, verstanden.« Endlich hörte ich das erlösende *Ping* des eintreffenden Fahrstuhls. Die Tür ging auf und ich konnte gar nicht schnell genug einsteigen. »In einer Woche kriegen Sie Ihre Anzahlung.«

»Anzahlung?«, rief er aufgebracht. »Die volle Miete Ms Maisle!«

Die Tür ging zu und ich sank erschöpft gegen die Rückwand.

Eine Woche. Das war unmöglich zu schaffen.

Ich hatte schon bessere Einfälle gehabt, als mitten im Winter und im Stockdunkeln aus meinem Apartment zu flüchten. In meinem kleinen Heimatdörfchen in Missouri war das Gefährlichste, was einem nachts über den Weg laufen konnte, ein einäugiger Straßenkater namens Big Bobby. Mit Bobby war zwar nicht zu spaßen, aber er war allemal harmloser als das, was einem in den dunklen Gassen von Brooklyn begegnen konnte.

Natürlich hatte die Gegend auch ihre schönen Seiten. Insbesondere zur Weihnachtszeit. Obwohl New York im Dezember ein wahres Lichtermeer war, man an jeder Straßenecke Santa, einen Weihnachtsbaum oder geschmückte Schaufenster zu sehen bekam, hatte mich die Festtagsstimmung noch nicht gepackt. Es lag wahrscheinlich daran, dass es mein erstes Weihnachten allein werden würde.

Der Gedanke ließ meine Stimmung in den Keller sinken. Ich schüttelte ihn ab und ging an den immer gleichen, braunen Apartmenthäusern vorbei, an geschlossenen Läden und den wenigen Passanten, die zu so später Stunde noch unterwegs waren.

Ein paar Blocks weiter lag ein Park. Tagsüber war er hübsch anzusehen, nachts war ein Besuch eher nicht empfehlenswert. Ich peilte daher nicht den Eingang an, sondern eine der Sitzbänke davor, die unter einer mit Lichterketten geschmückten Baumallee standen. So saß ich im Hellen. Den Hintern fror ich mir trotzdem ab und die Suppe rettete mich auch nicht. Die war längst kalt.

Ich verfluchte Niran dafür, dass er nicht mehr klopfte, wenn er meine Bestellung brachte. Er wusste längst, dass bei mir kaum Trinkgeld zu holen war, und sparte sich die Zeit. Wahrscheinlich hatte mein Essen schon eine halbe Stunde am Türknauf gehangen, bevor es meinem Vermieter aufgefallen war.

»Hallo, Zuckerpuppe«, sprach mich ein Typ mit Baseballcap, Jeans und ausgeleiertem Hoodie an.

Er gehörte zu einer Gruppe junger Männer, die sich schneller um meine Bank zusammengerottet hatten, als ich reagieren konnte. Sie schirmten mich von den Blicken anderer Passanten ab und versperrten mir die Fluchtwege. Der Baseballcaptyp stellte einen Fuß gleich neben mich auf die Sitzfläche, sodass mir sein Schritt unangenehm nah kam. Der Gestank nach Zigarettenqualm und Moschus stieg mir in die Nase.

»Hi«, gab ich trocken zurück, stellte mein Essen ab und griff in meine Handtasche.

»Was suchst du, Süße? Pfefferspray?«, fragte er. »Freu dich doch, dass dir jemand Hallo sagt.«

»Oh, ich flippe aus vor Freude.« Meine Worte trieften vor Ironie. »Ich suche nach meinem Handy, damit wir Nummern tauschen können.«

»Ja klar«, sagte einer der anderen lachend.

Die Übrigen stimmten mit ein.

Mister Baseballcap beugte sich zu mir vor. »Das kauft dir hier keiner ab.«

»Wieso? Weil deine Freunde dir nicht zutrauen, ein Mädchen abzukriegen?«, fragte ich provokant.

Das Lachen um mich herum wurde lauter, was der Typ gar nicht mehr so lustig fand. Während er noch nach einer schlagfertigen Antwort suchte, zog ich mein Pfefferspray heraus und hielt es ihm entgegen. »Ups, vergriffen.«

Er wich zurück und ich stand auf.

»Mit so einer Bitch wie dir will sich sowieso keiner abgeben!«, giftete er.

»Also, soll ich jetzt nicht mehr nach meinem Handy suchen?« Die jungen Männer stießen sich gegenseitig an oder klopften sich auf die Schenkel vor Lachen. Ich nutzte das, um ihnen zu entwischen. Mein Pfefferspray hielt ich dabei einsatzbereit.

»Doch, doch!«, rief mir einer von ihnen japsend nach. »Hol dein Handy raus.«

»Zu spät«, lehnte ich ab und wechselte eilig die Straßenseite. Sie waren zu sehr damit beschäftigt, ihren Freund aufzuziehen, um mich weiter zu beachten. Als ich außer Sicht war, atmete ich erleichtert auf. So sehr ich auch versucht hatte, tough zu wirken, in Wirklichkeit schlug mir mein Herz bis zum Hals.

Ich machte mich auf den Rückweg und behielt zur Sicherheit mein Pfefferspray in der Hand. Mittlerweile war ich allein im trüben Licht der Straßenlaternen unterwegs, durch das die Dunkelheit nur noch bedrohlicher wirkte. Ich wurde zunehmend nervöser, nahm Bewegungen und Geräusche in meinem Rücken wahr und warf immer wieder einen Blick zurück. Bald erkannte ich, dass mir die Typen vom Park auf den Fersen waren.

Kurz bevor sie mich eingeholt hatten, erreichte ich meine Haustür. Gehetzt durchwühlte ich meine Tasche und ärgerte mich, meinen Schlüssel nicht schon früher herausgezogen zu haben.

Als ich ihn endlich gefunden und ins Schloss gesteckt hatte, packte mich jemand an der Schulter, zerrte mich herum und drückte mich mit dem Rücken gegen die Tür. Mein Atem stockte und der Schock ließ mich erstarren. Der Angreifer war mir so nah, dass er mir die Sicht auf die anderen versperrte. Ihr Gelächter war alles, was bis zu mir vordrang. Im Rauschen des Adrenalins in meinen Ohren klang es fern und bedrohlich zugleich.

Dass es sich bei dem Typen, der mich gepackt hatte, nicht um Mister Baseballcap handelte, verriet mir schon sein süßherber Duft, der ganz weit von Moschus und Zigarettenqualm entfernt war. Zudem war er größer und breitschultriger und trug keinen Hoodie, sondern eine Lederjacke.

Er beugte sich zu mir und auch auf die Gefahr hin, dass ihm meine geweiteten Pupillen verraten würden, wie eingeschüchtert ich war, schaute ich zu ihm auf.

Im Dunkeln war nicht viel zu erkennen, aber ich sah schmale tiefblaue Augen, die zwischen schwarzen Strähnen hervorblitzten, kantige Gesichtszüge und ein verspieltes Lächeln, das mich erschreckend an Big Bobby erinnerte.

»Hey, Babe«, raunte der Typ. Er war mir so nah, dass sein Atem warm über meine winterkalte Haut fuhr.

Ich wusste nicht, wie es mir gelang, die Kontrolle über meinen Körper zurückzugewinnen, aber meine Finger bewegten sich, tasteten nach dem Schlüssel hinter mir, bis ich ihn im Schloss drehen konnte.

»Hey«, antwortete ich mit einer Stimme, die fester und selbstsicherer klang, als ich es erwartet hatte.

Im nächsten Moment stieß ich die Tür auf, wich über die Schwelle zurück und verpasste dem Fremden eine ordentliche Ladung Pfefferspray mitten ins Gesicht. Fast in derselben Bewegung schlug ich die Tür mit voller Wucht zu, sodass der Knall durch das gesamte Treppenhaus hallte.

Erleichterung umfing mich und brachte mich ins Schwanken. Ich wäre wahrscheinlich an Ort und Stelle zusammengeklappt und nicht vor dem nächsten Morgen wieder aufgestanden, wenn mich das Rütteln am Türknauf von draußen nicht aufgeschreckt hätte. Ich ließ den Fahrstuhl links liegen, nahm das Treppenhaus und war nie schneller in meinem Apartment verschwunden.

Drei Tage später hatte ich den Vorfall am Park längst als lehrreiche Erfahrung ad acta gelegt. Noch einmal würde ich zu so später Stunde nicht dorthin spazieren. Eine kalte Tom-Kha-Suppe brauchte ich auch kein zweites Mal, also war meine nächste Bestellung bei *Thai Kitchen* mit meiner Bitte eingegangen anzuklopfen. Gut eine Stunde lag das jetzt zurück.

Als ich ein Geräusch vor der Tür hörte, ohne dass ein Klopfen folgte, wollte ich Niran auf frischer Tat ertappen. Ich riss die Tür auf und sah gerade noch, wie jemand im Apartment gegenüber verschwand – mit meiner Bestellung!

Mir klappte die Kinnlade herunter. Die Bewohner dieses Hauses würden bestimmt keinen Nachbarschaftspreis für das herzlichste Miteinander gewinnen. Die meisten von ihnen hatte ich noch nie zu Gesicht bekommen – inklusive den Mieter von gegenüber –, doch Diebstahl direkt vom Türknauf? Das übertraf alles.

Ich stürmte auf das Apartment zu, hatte die Faust bereits zum Sturmklopfen erhoben, hielt jedoch inne, weil die Tür gar nicht ins Schloss gefallen war.

Mit Schwung stieß ich sie auf. »Hey!«

Entgegen meiner Erwartung reagierte mein Nachbar alles andere als ertappt. Er drehte sich seelenruhig zu mir um und mein Pulsschlag verdoppelte sich, als ich erkannte, dass mir der Angreifer von vor drei Tagen gegenüberstand.

Im Schatten der Eingangstür war nicht viel zu erkennen gewesen, trotzdem gab es keinen Zweifel. Das dunkle Haar, die markanten Gesichtszüge, die breiten Schultern. Und als wäre das alles nicht Beweis genug gewesen, verrieten ihn seine Augen, die aussahen, als hätte ihn das Pfefferspray erst vor drei Minuten erwischt.

Passend zu seiner gelassenen Reaktion auf mein Eindringen, hob er die Mundwinkel zu einem schiefen Lächeln. »Die Stimme würde ich jederzeit wiedererkennen. Du bist die von gegenüber, der ich das hier verdanke.« Er deutete auf seine Augen.

»Und du bist der Typ, der mir mein Essen geklaut hat«, gab ich zurück.

»Das hier?« Er stellte sich unwissend und hielt meine Bestellung hoch.

»Tu nicht so unschuldig.« Entschlossen ging ich auf ihn zu, ohne zu wissen, woher ich den Mut dazu nahm. Immerhin hatte er mich attackiert. Ich hätte in Panik geraten sollen. Vielleicht war ich zu hungrig dafür oder es lag daran, dass er bei Tageslicht eher unverschämt als bedrohlich wirkte.

Ich entriss ihm meine Bestellung, während er weiter das Unschuldsopfer spielte. Verteidigend hob er die Hände und wäre beim Zurückweichen beinahe über einen Stuhl gestolpert, der abseits des Esstischs mitten im Raum stand. Scheinbar befanden sich einige Möbel nicht dort, wo sie hingehörten. Mehr noch, überall waren Schubladen herausgezogen und geleert worden und in der Küche standen alle Schränke offen.

Meine Augen weiteten sich. Konnte es sein, dass ich mitten in einen Einbruch gestolpert war? Geschockt flog mein Blick zu dem Typen, den ich für meinen Nachbarn gehalten hatte, und rechnete fest damit, dass er sich auf mich stürzen würde, weil mir meine Erkenntnis von der Stirn abzulesen war.

Er beachtete mich allerdings nicht, sondern tastete nach der Lehne des Stuhls und sah dabei alles andere als gefährlich aus. Konnte er etwa nichts sehen?

»W-was ist mit deinen Augen los?«, fragte ich ebenso unbeholfen, wie er wirkte. Vorsichtig wich ich vor ihm zurück. »Hast du deine Lektion nicht gelernt und dir bei dem Einbruch hier gleich die nächste Ladung Pfefferspray eingefangen?«

Aber wo war dann der Mieter? Gefesselt in der Abstellkammer? Ich wollte es nicht herausfinden müssen, indem ich mit Knebel im Mund neben ihm landete, also machte ich einen weiteren Schritt rückwärts.

»Einbruch?« Der Fremde wirkte gleichermaßen verwirrt wie amüsiert und lange nicht mehr so hilflos, nachdem er die Stuhllehne gefunden hatte. »Das mit meinen Augen habe ich immer noch dir zu verdanken. Maisle, nicht wahr?«

»Demi. Demetria«, korrigierte ich ihn und fragte mich, warum ich ihm nicht gleich meine Sozialversicherungsnummer verriet. »Und du heißt? Pinocchio? Es ist drei Tage her, so lange wirkt kein Pfefferspray.«

»Knapp daneben.« Er ließ vom Stuhl ab, richtete sich vollends auf und kam auf mich zu. Obwohl ich geglaubt hatte, dass sein Sehvermögen beeinträchtig war, tat er gezielte Schritte und strahlte dabei ein Selbstbewusstsein aus wie jemand, der sehr genau wusste, was er wollte, und es für gewöhnlich auch bekam.

Mein Herz pochte hektisch. Ich spielte mit dem Gedanken loszustürmen, war jedoch noch zu weit von der Tür entfernt, um sie vor ihm erreichen zu können.

Er trat nah an mich heran und ich hielt den Atem an. Dieses schiefe, fast schon überhebliche Lächeln legte sich erneut auf seine Lippen. »Shane Avens. Willkommen in der Nachbarschaft. Und zu deiner Frage: Ich habe meine Lektion gelernt. Das nächste Mal, wenn ich sehe, dass eine Nachbarin Probleme hat, mime ich nicht ihren Freund, um die Bastarde abzuschrecken, die es auf sie abgesehen haben.«

Ich war wie erstarrt. Seine Worte hallten in mir nach, rotierten in meinem Kopf und glichen sich mit meinen Erinnerungen ab. Hatte ich mich getäuscht? Gehörte er gar nicht zu diesen Typen vom Park? Nur was war dann mit dem Apartment los? Hier hatte eindeutig jemand gewütet.

Shane beugte sich zu mir und raunte mir ins Ohr: »Sieh es als Wiedergutmachung.«

Ich stand zu sehr neben mir, um sofort zu begreifen, wovon er sprach. Erst als er mich stehen ließ und zur Küche ging, sah ich die Tüte in seiner Hand und realisierte, dass er sie mir entwendet hatte.

»Hey! Das ...«, entfuhr es mir.

Er tastete nach der Theke und packte mein Essen darauf, als gehöre es ihm. »Bestell dir was Neues und damit sind wir quitt.«

Sah sein Apartment so aus, weil er sich seit drei Tagen fast blind durch die Räume bewegte? Ich hatte noch nie davon gehört, dass Pfefferspray solche Nachwirkungen hatte.

»Du wohnst also wirklich hier?«, fragte ich.

Er lachte kurz auf. »Das meintest du mit Einbruch? Nein, ich stehle Leuten das Essen von der Türklinke, während ich ihre Nachbarn ausraube, weil mich meine Raubzüge immer so hungrig machen.«

Wenn er das so sagte, ergab es wirklich keinen Sinn. Nun stand ich ziemlich dumm da, was ihm zu gefallen schien. Ich näherte mich ihm. »Warst du damit beim Arzt?«

»Wieso? Willst du die Rechnung übernehmen?«, höhnte er, als würde er genau wissen, wie schlecht es um meine Finanzen stand.

Allmählich kochte Wut in mir hoch. Dieser Shane hatte eine herablassende Art an sich, wie ich sie nur von überbezahlten Spitzenanwälten kannte, die glaubten, jeden Fall gewinnen zu können.

Ich umrundete die Theke und zog die Schachteln mit Reis und Suppe von ihm weg, bevor er sich darüber hermachen konnte. Genervt tastete er nach dem Essen und fand die Suppe.

Ich legte meine Hand auf seine, um ihn aufzuhalten. »Die ist längst kalt.«

»So schlimm ist das mit meinen Augen nicht, dass du tröstend Händchen mit mir halten musst.«

Mir schoss die Hitze ins Gesicht, ich riss meine Hand schneller von ihm weg als von einer heißen Herdplatte und gab ihm damit die Gelegenheit, die Suppe wieder zu sich zu ziehen.

Ich schnappte sie mir erneut. »Ich wärme sie auf und wir teilen sie uns, okay?« Wenn er das mit seinen Augen wirklich mir verdankte, war das das Mindeste.

»Wenn ich nein sage, verschwindest du dann?«, fragte er.

Ich würdigte ihn keiner Antwort, stellte die Suppe in die Mikrowelle und schaute mich in der Küche um.

Er hatte saubere Arbeit geleistet und alles Essbare bis auf den letzten Krümmel vertilgt.

»Ein Vorschlag: Heute teilen wir uns meine Bestellung und morgen gehe ich für dich einkaufen und schaffe hier etwas Ordnung. *Dann* sind wir quitt.«

»Dein Abendessen und eine Entschuldigung tun es auch«, lehnte er ab. »Du musst mich nicht zu deinem persönlichen Pflegefall erklären und am Ende auch noch füttern.«

»Das habe ich nicht vor«, versicherte ich ihm und schob ihm eine Schüssel mit der Hälfte der Suppe hin. Nun ja, mit zwei Dritteln davon. Auch wenn sein Sympathiepunktekonto bei mir längst ins Minus gerutscht war, tat er mir zu sehr leid, um ihn nur mit der Hälfte abzuspeisen. Dass er beim Heranziehen der Schüssel versehentlich in die heiße Suppe griff und sich vor Schmerz auf die Lippe biss, verstärkte mein Mitgefühl noch.

Ich verwarf meinen Plan, mit meinem Anteil des Essens zurück in mein Apartment zu gehen, nahm ein Geschirrhandtuch und tupfte seine

Finger ab. »Vielleicht sollte ich dich tatsächlich füttern. Siehst du gar nichts oder nur verschwommen?«

»Was ich sehe, ist, dass du schon wieder Händchen hältst.« Er lächelte amüsiert und schaute zum Geschirrhandtuch.

Ich schnaubte genervt, hob die Hände und mein Blick ging zur Tür. Am liebsten wäre ich gegangen, wie er es wollte – wie wir es beide wollten. Bloß konnte ich das nicht mit meinem Gewissen vereinbaren. Zumindest wollte ich vorher noch sicherstellen, dass er sich nicht auch noch den Mund verbrannte.

»Iss«, forderte ich ihn auf. »Erwarte nur nicht, dass ich auf deinen Löffel puste. Das musst du schon selbst machen.«

Sein schiefes Lächeln wallte erneut auf, er griff übertrieben genau nach seinem Löffel und widmete sich der Suppe.

»Was hast du eigentlich damit gemeint, dass du meine Stimme jederzeit wiedererkennen würdest?«, fragte ich, nachdem wir eine Weile schweigend gegessen hatten.

»Du bist nicht zu überhören, wenn du dich mit Mr Wilson streitest«, sagte er beiläufig, ohne zu mir aufzuschauen.

Mir entglitten die Gesichtszüge. »Das bekommst du mit?!«

»Deine Stimme ist ziemlich penetrant.« Er grinste anmaßend.

»Oh, wie nett«, knurrte ich.

»Nicht so nett ist es, wenn im Hausflur herumgebrüllt wird, während man versucht, einen Chip auf eine Platine zu löten.«

»Ich brülle nicht«, widersprach ich laut.

Er lachte. »Ach ja?«

»Selbst wenn, hat es dieser Mistkerl nicht anders verdient.«

Shane hob eine Braue. »Er ist eigentlich ganz umgänglich. Mal überlegt, ob es deine Stimme ist, die ihn so reizt?«

»Mal überlegt, ob du die Augenentzündung verdient hast?«, gab ich zurück.

Er tat überzogen nachdenklich und sprengte damit mein Toleranzlevel für selbstgefälliges Badass-Gehabe. Ich verdrehte die Augen, sammelte das Geschirr ein und stellte alles in die Spüle. Währenddessen suchte Shane das Badezimmer auf.

Gleich nach dem Abwasch wollte ich verschwinden und hoffte, bis dahin von ihm verschont zu bleiben. Dass daraus nichts werden würde, verriet mir ein lautes Rumpeln, das klang, als hätte sich Shane zu einem spontanen Komplettabriss der Sanitäranlagen entschlossen.

Ich seufzte. Jetzt zu verschwinden, widersprach meiner Erziehung. Warum hatten mir meine Eltern auch unbedingt so viel Anstand eintrichtern müssen? Genervt ging ich nachschauen und fand Shane weit vorgebeugt am Rand seiner Badewanne sitzen, die Hände auf den Hinterkopf gepresst.

Das mit dem Abriss war gar nicht mal so weit hergeholt gewesen. Der komplette Inhalt des Spiegelschranks hatte sich samt der Einlegeböden über das Waschbecken ergossen.

»Der Verbandskasten liegt oben rechts«, sagte Shane, ohne aufzuschauen.

Ich fischte den Kasten aus dem Waschbecken und fand dort auch Augentropfen, die ihm laut Etikett vor zwei Tagen verschrieben worden waren. Beides hielt ich ihm hin. »Hier.«

»Leg es hier ab und dann geh einfach.«

Ich war wirklich versucht, seiner Aufforderung nachzukommen, aber gegen meinen Helferkomplex kam ich nicht an.

»Lass mich mal sehen.« Ich faltete seine Hände auf und strich das Haar beiseite. Mein Schulpraktikum beim Hausarzt würde sich endlich mal bezahlt machen. Blut fand ich nicht, dafür eine ordentliche Beule, die ich vorsichtig abtastete. »Tut das weh?«

»Nein, gar nicht«, sagte er ironisch. »Drück ruhig noch fester zu.«

Ich ignorierte seine Bemerkung, legte meine Hand unter sein Kinn und hob es an, um seine Pupillen zu prüfen. Was ich nicht ignorieren konnte, waren seine strahlend blauen Augen. Die Farbe ließ sie unschuldig wirken, was so gar nicht zu einem Rechthaber wie ihm passte. Kackbraun hätten sie sein müssen.

Allgemein sah er zu gut aus. Attraktiven Menschen gegenüber waren viele Leute nachsichtig, auch wenn sie es gar nicht verdienten. Das Schlimmste war, dass Shane sehr genau zu wissen schien, welche Wirkung sein perfekt gemeißeltes Gesicht auf andere hatte – er wusste, welche Wirkung es auf *mich* hatte, während er zu mir hochschaute.

Um dem Ganzen die Krone aufzusetzen, hob sich sein Mundwinkel zu einem überheblichen Lächeln. »Gefällt dir, was du siehst?«

»Hast du heute Morgen einen Lackaffen gefressen oder kamst du so unerträglich zur Welt?«, konterte ich.

»Jahrelanges Training.«

»Das hat sich ausgezahlt.« Ich schob ihm grob eine Tablette in den Mund. »Oxi, gegen die Kopfschmerzen.«

»Ich hätte auf Zyankali getippt«, höhnte er.

»Dir traue ich sogar zu, so was im Schrank zu haben. Schau zur Decke.« Ich hielt nacheinander seine Lider auf und tropfte ihm das Mittel in die Augen.

»Jetzt bin ich also doch dein persönlicher Pflegefall?«

»Ich versuche nur, mein Karma zu richten«, entgegnete ich. »Morgen besorge ich dir was vom Superstore und damit sind wir quitt.«

»Dabei hat es gerade angefangen, Spaß zu machen.« Er rieb sich symbolträchtig den Hinterkopf, als wäre es meine Schuld, dass er sich gestoßen hatte.

Das Pfefferspray verdankte er zwar mir, aber die Beule nicht, und wenn er mich an dem Abend nicht so bedrängt hätte, wäre ihm auch die Sprühladung erspart geblieben.

Ich öffnete den Mund, um ihm das an den Kopf zu werfen, entschied mich aber um. An einer weiteren Runde »Wer ist der Schlagfertigere von uns beiden« hatte ich kein Interesse.

»Die Einkäufe hängen morgen an deinem Türknauf«, sagte ich im Gehen.

Ich war erleichtert, sein Apartment verlassen zu können. Ich trat nach draußen, und als ich die Tür zuzog, wäre ich beinahe gegen eine Kommode gestoßen. Meine Kommode! Fassungslos riss ich die Augen auf. Mein ganzer Kram, meine Kleidung, mein Sessel, der Laptop, alles, was ich besaß, türmte sich vor mir im Flur. Mein Apartment stand offen und Mr Wilson komplettierte den Berg meiner Habseligkeiten mit meiner Matratze, die er schwungvoll nach draußen beförderte.

»Es sind erst drei Tage«, schrie ich, meine Stimme überschlug sich fast. Ich hätte das Geld zusammenbekommen. Irgendwie.

»Ein paar Tage mehr oder weniger hätten keinen Unterschied gemacht.« Er streckte mir auffordernd die Hand entgegen. »Her mit dem Schlüssel.«

»Ganz bestimmt nicht!«

»Dann tausche ich eben das Schloss aus.« Er verließ die Wohnung und ging auf den Fahrstuhl zu.

»Das können Sie mir nicht antun!«, rief ich ihm nach.

»Morgen ziehen neue Mieter ein«, sagte er, ohne mich eines Blickes zu würdigen. »Was Sie bis dahin nicht fortgeschafft haben, landet im Müll.«

JENNIFER ALICE JAGER

Bright Brooklyn Nights II

Meinen Laptop griff ich mir als Erstes. Er war unter meinen Sachen das Einzige von Wert. Ihn an mich zu drücken, als könnte das uns beide vor weiterem Schaden schützen, half aber nicht. Wie auch? Es brachte mir mein Apartment nicht zurück und beantwortete mir nicht die Frage, wo ich die Nacht verbringen sollte.

Flüchtig huschte mein Blick zu Shanes Tür. Ich verwarf den Gedanken, bei ihm zu klopfen, aber gleich wieder. So verzweifelt war ich nicht.

Erst einmal musste ich einen klaren Kopf bekommen. Wilson hatte mich weder schriftlich ermahnt noch eine Räumung angekündigt. Selbst, wenn ich meine Miete ein halbes Jahr lang nicht bezahlt hätte, stand das Recht auf meiner Seite. Ich kramte mein Handy heraus und rief im Büro an. Es war spät, aber ich kannte meine Chefin. Solange wir den großen Fall auf dem Tisch hatten, würde Josiah das Büro selten vor zehn Uhr verlassen. Sie hob ab und ich erzählte ihr alles.

Währenddessen trat Shane in seine Tür und lehnte sich an den Rahmen. »Kann man tragen helfen?«

Ich hob eine Braue. »Siehst du nicht, dass ich telefoniere?«

Shane schaute vielsagend.

»*Hörst* du nicht, dass ich telefoniere?«, verbesserte ich mich.

»Die ganze Etage hört dich«, behauptete er. »Ich kenne eine Brücke ganz in der Nähe, unter der es sich bestimmt gut schlafen lässt. Wenn du willst, schleppe ich dir deine Matratze dorthin.«

»Sehr witzig.«

»Wenn du irgendwo unterkommen musst …«, begann Josiah am anderen Ende der Leitung einfühlsam.

»Alles gut, ich finde schon ein Motel«, wiegelte ich ab, obwohl ich weder Geld hatte noch große Motivation verspürte, spätabends auf der Suche nach einem freien Zimmer durch die Stadt zu tingeln. Josiah zur Last fallen wollte ich aber nicht. Sie hatte schon genug um die Ohren.

»Ich mache mir mehr Sorgen um meine Sachen. In diesem Haus wird einem selbst die Essensbestellung vom Türknauf geklaut.«

Bei den letzten Worten sah ich zu Shane, woraufhin er seine Tür weiter aufschob und ins Innere nickte.

»Ich habe ein freies Zimmer.«

»Nicht dein Ernst, oder?« Bei dem fast schon theaterreifen Katz-und-Maus-Spiel, das wir bis eben noch hingelegt hatten, fiel es mir schwer, ihm den Retter in der Not abzukaufen. Andererseits war das womöglich so etwas wie ein Hobby von ihm. Schließlich war er schon einmal in diese Rolle geschlüpft.

Josiah hakte nach, was los war.

»Mein Nachbar bietet mir gerade seine Hilfe an.«

»Und du kannst ihm trauen?«

Ich musterte Shane durch schmale Augen. Auch wenn er die Rolle des Fieslings perfektioniert hatte, steckte wohl ganz tief in ihm ein guter Kern, der immer dann getriggert wurde, wenn ein Ritter in strahlender Rüstung vonnöten war. Ich gab es ungern zu, doch genau so einen konnte ich gerade gebrauchen.

»Ich denke schon, aber nur zur Sicherheit: Wenn ich morgen nicht auftauche, schick die Polizei vorbei.«

»Jetzt machst du mir Angst, Demi.« Josiah klang besorgt.

»Die sollen nicht mich vor ihm, sondern ihn vor mir beschützen«, erklärte ich. »Glaub mir, fünf Minuten mit dem Typ und selbst Gandhi würde mit Mordgedanken spielen.«

Josiah lachte laut. »Dann kommst du klar?«

»Wenn nicht, melde ich mich«, versprach ich und beendete das Gespräch.

»Immer hereinspaziert.« Mit einem spöttischen Schmunzeln auf den Lippen deutete Shane ins Innere. Es fehlte nur der Gongschlag zur Eröffnung der zweiten Runde, dann wäre das Bild perfekt gewesen.

Ich betrat das Apartment. »Das mit den Mordgedanken macht dir keine Sorgen?«

»Solange du kein Pfefferspray hast, fühle ich mich von einer halben Portion wie dir nicht bedroht.« Er tat so, als hätte er mich verloren, suchte mit ausgestreckten Armen nach mir und fuhr grob mit den Händen über mein Gesicht. »Selbst dann nicht, wenn du für mich nur ein herumbrüllender, verschwommener Fleck bist.«

»Lass den Mist«, beschwerte ich mich murrend.

»Außerdem kommt mir das gelegen.« Er tastete sich durch den Raum auf eines der Zimmer zu. »Gleich läuft eine Auktion aus. Ich kann deine Augen gebrauchen.«

»In einem Glas im Kühlschrank?«, hakte ich scherzhaft nach.

»Dort würden sie mir reichlich wenig nutzen.« Er öffnete die Zimmertür und ich schielte ins Innere.

»Sagtest du nicht etwas von einem *freien* Zimmer?« Offenbar unterschieden sich unsere Definitionen davon gewaltig. Was ich sah, war eine fensterlose Abstellkammer, in der ich zum Glück keinen geknebelten Mieter vorfand, sondern Unmengen an defektem Elektrokram, gestapelt in Regalen an den Wänden. Das einzige funktionstüchtige Gerät schien ein aufgeklappter Laptop auf einem Schreibtisch zu sein, der mit Werkzeug wie Lötkolben, Schraubendreher, Pinzetten und Lupen vollgestellt war.

»Mehr oder weniger frei«, meinte Shane.

»Auf dem Boden ist nicht mal Platz für meine Matratze.«

»Das geht schon, wenn man etwas Ordnung schafft.« Er schob mich zum Bürostuhl. Auf dem Laptop war eine Auktion aufgerufen, die in wenigen Minuten ablief. »Ich kümmere mich um deinen Kram und du bietest auf die PS 5.«

»Du weißt, dass das Ding als defekt angeboten wird?« Mit hochgezogener Braue deutete ich auf den Bildschirm.

Shane war schon dabei, den Raum zu verlassen. »Was denkst du, warum sie so billig ist? Gib das Gebot in den letzten Sekunden ab und geh nicht höher als hundert Dollar, klar?«

Das erklärte, warum er mich bereitwillig zurück in sein Apartment gelassen hatte. Wieso er so heiß auf noch mehr Elektroschrott war, erschloss sich mir nicht.

»Was genau machst du beruflich?«, warf ich ihm nach.

»An- und Verkauf«, rief er.

Ich schaute mich noch einmal im Raum um. Er kaufte also defekte Geräte, reparierte sie und verkaufte sie zu einem höheren Preis weiter. Davon konnte man leben? Es musste so sein, denn ihn hatte ich noch nie mit Mr Wilson streiten hören.

Nach Ablauf der Auktion verließ ich das Zimmer. Shane schob gerade meine Kommode ins Apartment und bemerkte offenbar nicht, dass sie dem Türrahmen gefährlich nahe kam.

»Vorsicht!«, warnte ich und lief zu ihm.

Er richtete sich auf. »Und?«

»Hundertvierzehn, sorry.« Ich ruckelte die Kommode mittig in den Türrahmen. »Ich hätte dir gern bessere Nachrichten überbracht.«

»Und ich hätte gern eine PS 5.« Er bugsierte die Kommode mit einem gezielten Seitenhieb zurück in die Gefahrenzone.

»Hey!«, beschwerte ich mich. »Wenn du dich an jemandem rächen willst, dann an mir, nicht an der Kommode. Die ist unschuldig.«

Er lachte. »Sag bloß, du gehörst zu den Leuten, die seelenlosen Dingen Gefühle zusprechen.«

»Sagt der Typ, der einer Playstation nachtrauert.«

»Die hätte mir das Dreifache eingebracht. Fasst du mit an?« Er klopfte auf die Kommode.

Ich spielte die Eingeschnappte und verschränkte die Arme vor der Brust. »Ich überlege noch.«

»Wenn du schneller überlegst, kriegst du mein Schlafzimmer. Ich nehme die Couch.«

»Und womit habe ich das verdient?« Ich packte mit an und wir schoben die Kommode gemeinsam durch die Tür.

»Damit, dass du mir noch mal deine Augen leihst«, erklärte er. »Um zwei Uhr heute Nacht läuft die nächste Auktion aus.«

»Hast du keine Freunde, die dir das Zeug ersteigern können?«

»Hast *du* keine Freunde, bei denen du unterkommen kannst?«, konterte er.

»Chapeau.« Als Ausrede konnte ich wenigstens geltend machen, dass ich noch nicht lange in New York lebte. Mein Bekanntenkreis beschränkte sich auf meine Arbeitskollegen, Essenslieferanten und ein paar Klienten wie Miyu, von der ich Ballettkarten bekommen würde – die ich Mr Wilson gegeben hätte, wenn er damit als Anzahlung zufrieden gewesen wäre.

Shane hatte seine Freunde bestimmt alle aufgefressen. Zuzutrauen war es ihm, so bissig, wie er sich gab. Wir schleppten den Rest meiner Sachen in sein Apartment und er nutzte jede Gelegenheit, um mich zu provozieren und aus der Reserve zu locken. Ich war froh, mein Haar nicht in Zöpfen zu tragen. Er hätte wahrscheinlich daran gezogen, wie es kleine Jungs auf dem Spielplatz taten.

Erst später am Abend wurde es entspannter, was zum Teil sicher daran lag, dass wir zu müde wurden, um uns mit schlagfertigen Antworten zu übertreffen.

Wir mussten Zeit totschlagen, also startete Shane einen Film. Weil er mir die Fernbedienung auch unter Gewaltandrohung nicht überlassen wollte, selbst aber kaum etwas sehen konnte, landeten wir bei einer steinalten Liebeskomödie. Nach seiner Watchlist voller Action und Science-Fiction zu urteilen, wäre so eine Schnulze ganz bestimmt nicht seine erste Wahl gewesen.

»Dass du auf Liebesfilme stehst, hätte ich dir nicht zugetraut.« Ich verpasste Shane einen Stoß mit dem Ellbogen.

Er blinzelte, um etwas erkennen zu können. »Tja, ich bin ein vielschichtiger Mensch.«

»Das ist mir mittlerweile auch klar. Wie eine Zwiebel mit Schokoladenfüllung«, höhnte ich. »Oh, jetzt geht der Typ auf die Knie! Sie legt sich gerührt die Hand auf die Brust ... Wetten, dass ... Ha! Ich wusste es!«

»Lass mich raten: Ein Satellit fiel vom Himmel und hat beide erschlagen.« Shane sank lässig in die Polster, platzierte seine Arme auf der Lehne und setzte eine überzogen siegessichere Miene auf.

Ich lachte. »So ähnlich. Er hat den Ring vergessen und tut jetzt so, als würde er sich den Schuh binden müssen.«

»Knapp daneben«, knurrte er. »Was sagt die Uhr?«

Ich schaute auf mein Handy. »Oh, shit!« Sofort stürzte ich zum Arbeitszimmer. Zwei Minuten bis zum Ablauf der Auktion und ich brauchte jede einzelne Sekunde davon, um mein Gebot abzugeben.

»Sag bloß nicht, ich habe mich umsonst durch diese Schnulze gequält«, drang Shanes Stimme bis zu mir vor.

»Hab's!«, rief ich zurück und trat wieder aus dem Raum.

Shane war dabei, sich durch einen Hindernisparcours aus Stühlen zu arbeiten. Wie er dorthin gelangt war, obwohl der Esstisch gar nicht auf dem Weg zum Arbeitszimmer lag, wusste ich nicht. Er musste den Orientierungssinn eines betrunkenen Lemmings haben, wenn er sich auf einer fünf Meter langen Strecke im eigenen Apartment derart verirren konnte – verschwommene Sicht hin oder her.

»M1, 7-Core GPU, 256 GB SSD, 8-Core CPU für unter dreihundert Dollar?«, fragte er. Ebenso gut hätte er in einer fremden Sprache sprechen können.

Mit einem Schulterblick zum Bildschirm glich ich seine Angaben mit dem erstandenen Gerät ab. »Fast. Dreihundert Dollar und drei Cent, aber das ist nah genug dran, oder?«

»Du schuldest mir drei Cent«, sagte er trocken.

»Und du mir eine halbe Tom-Kha-Suppe.«

»Du mir mein Augenlicht.«

»Du kannst nicht beides haben. Drei Cent oder Augenlicht.«

»Schlafplatz oder Suppe?«, gab er zurück.

»Schwere Entscheidung. Darüber muss ich eine Nacht schlafen.« Ich zerrte meine Matratze hinter das Sofa. Im Gegensatz zur Abstellkammer war dort genug Platz.

»Du kannst mein Schlafzimmer haben, schon vergessen?«

»Ich nehme dir deine Männerhöhle nicht weg«, lehnte ich ab.

Shane hob die Hände. »Wie du willst, du bist es ja scheinbar gewohnt, auf dem Boden zu schlafen.«

»So fällt man nicht tief, wenn man von der Matratze rollt.«

Während Shane im Bad war, richtete ich mich hinter dem Sofa häuslich ein. Ich besaß keinen Schlafanzug, also schlüpfte ich in ein Nachthemd. Es reichte mir nur knapp über den Hintern und ich konnte mir gut vorstellen, dass Shane ein paar hämische Sprüche zu dieser Aufmachung parat hätte, also wusch ich mich in der Küche und flitzte erst zurück zu meiner Matratze, nachdem er im Schlafzimmer verschwunden war.

Wie würden meine Eltern reagieren, wenn sie wüssten, dass ich mich bei einem Nachbarn einquartiert hatte? Ein Grund, warum sie meinen Umzug in die Großstadt verschmerzen konnten, war mein Versprechen, in keine WG mit Männern zu ziehen. Über diesen Gedanken schlief ich ein und träumte von dem Abend, als mich die Typen verfolgt hatten. Nur war es in meinem Traum mein Vermieter, der mich durch dunkle Straßen jagte, bis ich an einer Brücke angekommen war, unter der meine Matratze lag.

Ich wirbelte herum und sah mich Shane gegenüber. Augenblicklich verflog meine Angst. Sein Gewicht drückte mich nicht wie neulich gegen die Tür, sondern in meine Matratze.

»Hey, Babe«, raunte er, so prickelnd nah an meinem Ohr, dass meinen Lippen ein leises Stöhnen entkam.

Ein Glühen durchfuhr mich, pochte mir heiß im Leib und erstickte jeden klaren Gedanken. Wie in Trance fuhr ich mir mit den Fingern die Schenkel hinauf, bis zu meiner Hüfte und unter mein Nachthemd. Alles in mir drängte, ihn zu packen und an mich heranzuziehen, sein Lächeln zu kosten, seine Haut an meiner zu spüren.

Als er sich von mir wegdrückte, griff ich tatsächlich zu, doch statt ihn zu mir zu ziehen, stieß ich ihn weg.

Er landete neben meiner Matratze und ächzte vor Schmerzen. »Du hast recht, man fällt nicht so tief.«

Mein Atem hetzte. Verwirrt richtete ich mich auf und zog mir die Decke vor den Körper. Ich hatte nicht geträumt, dass sich unsere erste Begegnung wiederholte, er hatte tatsächlich auf mir gelegen.

»Perverser Dreckskerl!«, warf ich ihm an den Kopf.

»Komm schon, dir muss doch klar sein, dass das keine Absicht war«, beschwerte er sich.

»Wer's glaubt …« Ich suchte eilig meine Klamotten zusammen, schnappte mir mein Handy und auch meine Zahnbürste.

»Nach den Lauten zu urteilen, die du von dir gegeben hast, hat es dir auch gefallen«, höhnte Shane.

Meine Wut kochte über, ich griff kurz entschlossen mit der freien Hand nach meiner Handtasche und schlug auf ihn ein, bis er um Gnade winselte.

»Hättest du in meinem Bett geschlafen und nicht mitten im Raum hinter dem Sofa auf dem Boden, wäre ich nicht über dich gestolpert«, verteidigte er sich.

»Halt einfach die Klappe!« So wie ich war, im Nachthemd, mit zerzaustem Haar und dem Arm voller Sachen, stürmte ich aus dem Apartment und schlug die Tür hinter mir zu.

Aufgewühlt, erschöpft und noch immer nach Luft schnappend, sank ich gegen die Wand. Das Schlimmste war, dass er recht hatte. Es hatte mir gefallen. *Er* gefiel mir. Ich glaubte ihm sogar, dass er gestürzt und auf mir gelandet war, so ungeschickt, wie er sich in seinem Zustand anstellte. Das gab ihm aber noch lange nicht das Recht, seine Scherze mit mir zu treiben.

Neben mir öffnete Shane die Tür. »Komm rein.«

Wortlos kam ich seiner Aufforderung nach.

Es vergingen mehrere Tage, in denen wir kaum miteinander sprachen. Als ich am ersten Tag nach der Arbeit mit den Einkäufen zurückgekommen war, hatte Shane bereits den Berg meiner Habseligkeiten weggeräumt, einen Platz für meine Kommode gefunden und im Abstellraum genug Freiraum geschaffen, um meine Matratze unterzubringen. Und das alles, obwohl er sich hauptsächlich auf seinen Tastsinn verlassen musste.

Meinen Versuch, mich zu bedanken, hatte er auf der Stelle abgewürgt. Auf eine Entschuldigung von ihm wartete ich umsonst und so blieb die Stimmung zwischen uns eisiger als das Winterwetter vor der Tür.

Wir waren wahrscheinlich beide zu stur, um auf den anderen zuzugehen, und es war nur eine Frage der Zeit, bis mich Shane auffordern würde auszuziehen. Obwohl ich das wusste, zögerte ich die Wohnungssuche hinaus. Vielleicht tat ich das, weil ich noch nicht bereit war, ihn sich selbst zu überlassen. Ich kümmerte mich weiterhin um die Auktionen und verabreichte ihm seine Augentropfen. Es würde bestimmt nicht mehr lange dauern, bis seine Augen abgeheilt waren. Vielleicht hoffte ich aber auch darauf, dass wir so nicht auseinandergehen würden.

Es war wenige Tage nach meinem Einzug, als mir ein verführerischer Essensduft aus dem Apartment entgegenschlug, als ich von der Arbeit kam. Ich konnte daraus nur schließen, dass Shane endlich herausgefunden hatte, wozu die Tasten an seinem Handy gut waren. Per Anruf zu bestellen, weil er die Schrift von Onlineformularen nicht lesen konnte, wäre ihm nämlich nie in den Sinn gekommen. Da klaute er seinen Nachbarn lieber das Essen vom Türknauf.

Ich klopfte an und schmunzelte bei dem Gedanken, wie viele Fehlversuche es ihn gekostet haben musste, die richtige Nummer zu wählen. Als Shane öffnete, verging mir das Schmunzeln allerdings wieder. Seine Aura des Verderbens hätte Blumenwiesen zum Verdorren und Babys zum Weinen gebracht. Auch wenn ich kein Baby und auch kein zartes Blümchen war, hatte sein finsterer Blick dennoch eine Wirkung auf mich. Umso überraschter war ich, als er sagte: »Du brauchst einen eigenen Schlüssel.« Dann trat er beiseite.

Ich rechnete jeden Tag damit, dass er mich rausschmiss, stattdessen wollte er meinen Einzug offiziell machen?

»Wonach riecht es hier?«, fragte ich.

»Ramen.«

»Koreanisch?« Ich konnte die Freude in meiner Stimme nicht unterdrücken. Immerhin war das meine Lieblingsküche. Gleich nach der Thailändischen. Ich liebte die Vielfalt in New York! Neben unzähligen Pizzabuden gab es an jeder Ecke andere kulinarische Spezialitäten aus aller Welt zu entdecken.

»Japanisch«, widersprach Shane.

»Es gibt einen Japaner in der Gegend?« Meine Klientin Miyu hatte japanische Wurzeln und mir ein paar gute Restaurants empfohlen. Leider keines in Brooklyn.

Neugierig betrat ich die Küche, fand dort allerdings keine Tüten vom Lieferservice vor. Auf dem Herd stand ein Topf mit dampfender Brühe, frisches Gemüse, Fisch und gekochte Eier lagen auf der Arbeitsplatte daneben.

»Du kochst?«, fragte ich ungläubig.

»Nein, ich habe die Küche mit frischen Lebensmitteln dekoriert, damit es so aussieht«, sagte er trocken. »Im Müll findest du die leeren Verpackungen vom Lieferservice.«

Ich war tatsächlich versucht nachzuschauen. Das erübrigte sich aber, als Shane ans Schneidebrett trat, ein gefährlich großes Messer nahm und den Pak Choi halbierte.

»Du schneidest dir noch einen Finger ab!«

Er lächelte schief und wackelte mit den Fingern. »Ich habe zehn davon. Einer weniger fällt kaum auf.«

»Haha.« Ich drängte ihn beiseite und nahm ihm das Messer aus der Hand. Der köstliche Duft der Brühe stieg mir in die Nase. »Oh my Gosh, das riecht so verdammt gut!«

»Das hat Ramen so an sich.« Shane tastete nach den Eiern und begann, die Schale zu entfernen.

»Geht es deinen Augen besser?«, mutmaßte ich.

»Gut genug, um einen Einkauf zu riskieren.«

Ich schnupperte noch einmal an der Brühe. Sie roch so verführerisch, am liebsten wäre ich kopfüber in den Topf gesprungen. »Wo hast du kochen gelernt?«

Er hob die Schultern. »Es ist nur Ramen. Dashi, Miso, Sojasoße und es schmeckt.«

»Bei dir vielleicht.« Ich lachte verhalten. Mein Kochtalent reichte kaum zum Aufkochen von Dosensuppe aus.

»Ich habe mir das eine oder andere bei meinem Dad abgeguckt«, begann Shane. Er wirkte mit einem Mal abwesend, und als er weitersprach, klangen die Worte aus seinem Mund hohl und schwer. Es war, als würde er nicht zulassen wollen, dass sie von seinen Gefühlen gefärbt wurden. »Nachdem ... wir nur noch zu zweit waren, hat er allen beweisen wollen, dass er das hinbekommt. Er wollte kein Pizza-Dad sein, also lernte er Kochen und gab sich mit nichts anderem als den perfekten Gerichten zufrieden. So war er eben ...« Er lächelte gedankenschwer, hatte sich aber schnell wieder gefangen und fuhr in lockerem Tonfall fort: »Erwarte das bloß nicht von mir!«

Es hätte kaum offensichtlicher sein können, dass Shane nicht darüber reden wollte, was in ihm vorging, also schluckte ich den Kloß in meinem Hals herunter. »Keine Sorge, meine Erwartungshaltung an dich ist in allen Belangen sehr weit unten angesetzt.« Ich zwang mich zu einem breiten Lächeln und hoffte, dass Shane das Zittern in meiner Stimme überhört hatte. »Händewaschen vergessen«, sagte ich, um eine Ausrede zu haben, mich von ihm wegzudrehen – nur für den Fall, dass mir beim Gedanken an seinen Dad doch noch die Tränen kommen sollten.

»Dann weg vom Gemüse.« Er scheuchte mich zur Spüle.

»Und du bleib weg vom Messer.«

»Keine Sorge, ich bin hier noch eine Weile beschäftigt.« Als ich wieder neben ihn trat, hatte sich das trübe Lächeln zurück auf seine Lippen geschlichen. Sein Blick hing an den Eiern. »Mein Dad würde mir die Hölle heiß machen, wenn er wüsste, dass ich vergessen habe, sie einzulegen.«

Ob es Shanes erstes Weihnachten allein war? Es kam mir so vor und ich konnte gut nachvollziehen, wie er sich fühlte. Obwohl ich seine Situation kaum mit meiner vergleichen konnte. Meine Eltern waren nur einen Videocall von mir entfernt. Ich wollte etwas sagen, aber die Worte blieben mir im Halse stecken.

Es klopfte an der Tür.

»Erwartest du jemanden?«, fragte ich.

»Nein, du?«

Nervosität ergriff mich. Die einzige Person, die mir einfiel, war Mr Wilson. Die Klagedrohung meiner Chefin müsste mittlerweile bei ihm eingegangen sein und er war bestimmt nicht begeistert.

Ich wischte mir die Hände an der Hose ab, öffnete die Tür und traute meinen Augen kaum. »Mom? Dad?«

»Überraschung!«, riefen sie im Chor. In dicke Mäntel gehüllt, mit Tüten voller Weihnachtsgeschenke, standen sie vor mir.

»Was macht ihr hier?«, fragte ich ungewohnt schrill.

»Wir haben gegenüber geklopft, aber da macht niemand auf.« Dad deutete auf mein altes Apartment. »Hast du uns die falsche Adresse gegeben?«

Wenn ich ihnen eine falsche Adresse hätte geben wollen, dann eine am anderen Ende der Stadt. Damit wäre es mir erspart geblieben, meine Wohnsituation erklären zu müssen.

»Freust du dich gar nicht, uns zu sehen?«, fragte Mom.

»Doch, natürlich!« Ich drückte sie fest an mich. »Wieso habt ihr nicht angerufen?«

»Dann wäre es keine Überraschung.« Dad warf einen Blick durch die Tür und entdeckte Shane. »Wer zum ... Du wohnst in einer WG?«

»Nein, es ...«, stammelte ich.

»Eine WG mit einem Mann?« Mom schaute, als hätte sie mich beim Drogenkonsum ertappt.

»Keine WG, das war die Abmachung!«, erinnerte mich Dad mit erhobenem Zeigefinger. »Schon gar nicht mit einem Mann.«

»Wenn es eine Frage des Geldes ist«, mutmaßte Mom.

Shane trat zu mir an die Tür und streckte meinem Dad die Hand entgegen. »Shane Avens«, stellte er sich vor. »Es freut mich, Sie kennenzulernen, und die Umstände tun mir leid. Es ist allein meine Schuld, dass Ihre Tochter Ihnen noch nichts von unserer Beziehung erzählt hat. Bitte, treten Sie ein.«

»Beziehung?«, wiederholte Mom seine Behauptung.

Ebenso gut hätte die Frage aus meinem Mund kommen können. Meine Eltern wirkten genauso verwirrt und überrumpelt, wie ich mich fühlte. Wo hatte Shane diesen höflichen und umgänglichen Typen versteckt, den er so plötzlich herauskehrte? Und wie kam er auf die Idee, sich meinen Eltern als mein Freund vorzustellen?

»Ich verliebe mich normalerweise nicht Hals über Kopf, aber Ihre Tochter hat mich sofort verzaubert.« Shane suchte nach meiner Hand und ergriff sie. »Mir war es sehr wichtig, mich Ihnen vorzustellen und die Menschen kennenzulernen, denen ich dieses bezaubernde Wesen an meiner Seite verdanke. Ich habe Demi vorgeschlagen, Sie zu besuchen, nur ließen das meine Augen bisher nicht zu und ein Telefonat ist nicht dasselbe wie ein persönliches Treffen.«

»Da haben Sie natürlich recht.« Mom strich ihm in einer herzlichen Geste über den Arm. »So einen wohlerzogenen jungen Mann erlebt man selten.«

»Du hättest uns von ihm erzählen können«, versicherte mir Dad. Von der Wut, die seine Stimme eben noch geprägt hatte, war nichts mehr zu spüren.

»Was ist denn mit Ihren Augen?«, fragte Mom.

»Bindehautentzündung«, antwortete Shane. »Sie klingt bereits ab.«

»Es sieht trotzdem übel aus. Aber ich weiß etwas, das helfen wird.« Sie wandte sich an mich. »Hast du Quark und Schwarztee im Haus?«

»Nein, ich ...« Ich fühlte mich wie im falschen Film.

»Dann schaue ich, was ich sonst finde.« Sie huschte zur Küche und durchsuchte die Schränke.

»Hast du einen Schauspielkurs belegt oder was war das eben?«, flüsterte ich Shane zu.

Ein schiefes Grinsen huschte ihm über die Lippen. »Eltern vergöttern mich. Das war schon immer so. Wäre es dir lieber, ich würde ihnen die Wahrheit sagen?«

»Bloß nicht!«, wehrte ich ab.

»Das riecht köstlich!« Mom schnupperte an der Brühe.

»Das Essen hätte ich fast vergessen!« Shane drückte mir einen Kuss auf die Stirn, als hätte er das schon zigmal getan, ging zur Küche und ließ mich verdutzt zurück.

»Nein, nein, Sie tun sich nur weh!« Mom fing Shane ab, griff ihm unter den Ellbogen und führte ihn zurück zu mir. »Ich kümmere mich um das Essen und Sie setzen sich. Liebes, übernimmst du? Er sollte sich in seinem Zustand schonen und nicht mit scharfen Messern hantieren.«

Den Vorwurf in ihrer Stimme konnte ich kaum überhören. Shane trieb es auf die Spitze, indem er hilflos mit den Händen nach mir suchte. Ich packte sie und zog ihn zu mir. »Das hast du ja schön gedreht, jetzt bin ich für meine Eltern die Böse.«

»Ich will wirklich niemandem zur Last fallen«, beteuerte er laut genug, damit Mom und Dad ihn hören konnten.

Ich verdrehte die Augen. Offensichtlich amüsierte er sich köstlich.

»Stehst du auf Football?«, fragte Dad.

»In meinem Zustand muss die NFL dieses Jahr leider für mich ausfallen«, antwortete Shane. Ich bezweifelte, dass er der Footballtyp war. Er sagte bloß, was mein Dad hören wollte.

Dad zog ein Sixpack aus einer Tüte. »Bier geht immer! Komm her, Junge. Ich kommentier dir das Spiel.«

»Das verspricht, ein lustiger Abend zu werden«, flüsterte mir Shane höhnisch zu.

Eines musste ich ihm lassen: Damit lag er goldrichtig. Dank Moms Dekowahn – den Lichterketten, Tannenzweigen und Pinienzapfen, die sie mitgebracht hatte – kam ich zum ersten Mal in diesem Jahr in Weihnachtsstimmung. Das Essen war göttlich, meine Eltern liebten Shane und trotz des Lügengespinstes, das er ihnen aufgetischt hatte, war er mir noch nie so offen, echt und ehrlich vorgekommen. Es war, als hätte er für sie seinen Panzer abgelegt und mit ihm den gesamten Frust, der sich über die letzten Tage zwischen uns aufgebaut hatte.

Als meine Eltern zu später Stunde zu ihrem Hotel aufbrachen, wollte ich sie gar nicht gehen lassen. Es war nicht nur, dass ich sie unheimlich vermisst hatte, ich befürchtete auch, dass Shane wieder hinter seinem Panzer verschwinden würde, sowie mein Dad die Tür zugezogen hatte.

»Deine Eltern haben vor, über die Feiertage zu bleiben«, sagte Shane in meinem Rücken. »Dein Dad hat uns vorhin zum Silvesterkonzert in den Central Park eingeladen. Und morgen wollen sie mit uns zur Winter Village am Bryant Park. Ich habe zugesagt, kann aber auch für die nächsten Tage verschwinden, wenn dir das lieber ist. Sag ihnen, dass ich vom Bus überfahren wurde oder zu einer Konferenz nach Tokio musste. Was dir lieber ist.«

Ich wandte mich ihm zu. »Wieso? Sind sie dir schon überdrüssig?«

»Ich dachte eher daran, dass ich dir überdrüssig bin.« Er trat näher an mich heran. »Ich für meinen Teil liebe deine Eltern.«

»Das ist mir aufgefallen.« Ich lächelte sanft und fühlte mich mit einem Mal ein wenig verloren in meiner Haut. »Ich weiß, du bist nicht der Typ für Liebe auf den ersten Blick, aber im Fall meiner Eltern war das anders, oder? Um sie hierbehalten zu können, hast du dich sogar zum Händchenhalten mit mir überwunden.«

»Du bist doch diejenige, die von Anfang an die Finger nicht von mir lassen konnte«, zog er mich auf. »Oder hast du vergessen, dass du an unserem ersten Abend gleich mehrmals meine Hand betätschelt hast? Ich hätte nicht gedacht, dass es dir etwas ausmacht, das zu wiederholen.

Wenn ich mich aber geirrt habe ...« Er hob unschuldsbeteuernd die Hände und trat einen Schritt zurück.

»Du würdest für mich wirklich ins Hotel ziehen?«

»Ich habe seit Jahren kein Weihnachten mehr gefeiert«, sagte er.

»Ich kenne es nicht anders. Aber du ... Du brauchst das. Die Lichter, die Musik, deine Eltern an deiner Seite. Da möchte ich ganz bestimmt nicht im Weg stehen.«

»Du stehst nicht im Weg«, sagte ich leise.

»Dann willst du die Nummer mit dem verliebten Pärchen weiter durchziehen?«

»Nein.« Ich schüttelte den Kopf.

Shane legte die Stirn in Falten. »Was dann?«

Ich nahm meinen Mut zusammen, ergriff sein Hemd und zog ihn wieder zu mir. »Ich will, dass es echt ist.«

Ich näherte mich ihm, doch kurz bevor sich unsere Lippen berührten, hielt ich inne. Sein Atem flatterte warm über meine Haut, sein Haar streifte meine Wange und das Rauschen in meinen Ohren war so laut, dass es den Lärm der Stadt übertönte. Für diesen Moment gab es nur ihn und mich, das Schimmern der Lichterketten um uns herum und ein Verlangen, ganz tief in mir, gegen das ich nicht länger ankämpfen konnte.

Ich wollte ihn so sehr, ich hatte ihn von unserem ersten Kennenlernen an gewollt. Dass es ihm nicht anders ging, bewies er, indem er fortsetzte, was ich begonnen hatte. Sein Mund legte sich auf meinen, er biss mir zärtlich in die Unterlippe und entlockte mir ein leises Stöhnen, als unser Kuss gieriger wurde und er mich so nah an sich drückte, dass die Grenzen zwischen unseren Körpern verschwammen.

An diesem Abend schlief ich nicht auf meiner Matratze. Ich schlief gar nicht. Das taten wir beide nicht.

SANDRA GRAUER

Baby, It's Cold Outside I

Der Regen wurde immer schlimmer, als ich auf den Lincoln Square trat, und natürlich hatte ich meinen Schirm neben der Wohnungstür stehen lassen. Mrs Simmons, die ältere Dame aus Apartment 12 b, hatte mich mal wieder in ein Gespräch verwickelt. Ich mochte sie, sie war furchtbar nett und backte die besten Weihnachtsplätzchen, die ich je gegessen hatte. Allerdings hatte sie im Gegensatz zu mir alle Zeit der Welt. Ich hingegen war gern überpünktlich und kam trotzdem meistens zu spät.

Mein Blick glitt nur kurz zum Springbrunnen, den Gebäuden ringsherum und dem riesigen Weihnachtsbaum, der vor der Metropolitan Opera stand, während ich weiter auf den Eingang der Oper zueilte. Ich liebte diesen Ort an der Upper West Side. Schon als kleines Mädchen war ich regelmäßig hier gewesen, obwohl das Revier meines Dads eigentlich der Broadway war. Bei Nacht, wenn alles beleuchtet war, war der Platz besonders schön. Wären meine Zeichenkünste nicht so miserabel, hätte ich den Lincoln Square inzwischen aus dem Gedächtnis malen können. Trotzdem nahm ich mir jedes Mal einen Augenblick, um die wunderbare Atmosphäre in mich aufzunehmen. Heute fehlte mir allerdings die Zeit dafür. Ich war ohnehin schon spät dran und ich musste aus dem Regen raus, bevor ich mich so kurz vor der Premiere noch erkältete.

Was gäbe ich dafür, wenn es wieder schneien würde. Es musste kein Schneesturm sein wie vor ein paar Tagen, aber wenn New York unter einer weißen Decke lag, hatte die Stadt etwas Magisches. Die geschmückten Straßen und Einkaufszentren, die Bäume überall, die Eislaufbahn im Central Park … Der nasskalte Nieselregen hingegen hatte absolut nichts Zauberhaftes an sich und die letzten Schneereste vertrieben.

Ich umrundete den Weihnachtsbaum und flüchtete mich ins Innere der Metropolitan Opera. Ein roter Teppich führte auf eine zweigeteilte

Treppe zu, die ebenfalls mit rotem Teppich ausgelegt war. Oben waren die begehrten Logenplätze und ich blieb lächelnd stehen. Beim Anblick der Eingangshalle musste ich jedes Mal an meinen ersten Besuch hier denken.

Damals war ich gerade einmal fünf Jahre alt gewesen, hatte ein weißes Kleid mit Tüllrock zu schwarzen Lackschuhen getragen und eine blonde Puppe dabei gehabt, die wie eine Miniaturversion von mir ausgesehen hatte. Sie war mein Weihnachtsgeschenk gewesen und saß noch heute auf dem Regal über meinem Bett. Zusammen mit meinen Eltern und meiner Grandma hatte ich mir *Der Nussknacker* angeschaut, meine erste Vorstellung eines Spitzenensembles. Schon damals hatte ich gewusst, dass ich eines Tages selbst die Rolle der Clara tanzen wollte. Heute, siebzehn Jahre später, war es endlich so weit.

Ich wandte der Treppe den Rücken zu und eilte den Gang entlang. Auf dem Weg zu meiner Garderobe konnte ich einen kurzen Blick auf die Bühne erhaschen. Die Proben hatten noch nicht begonnen, aber die anderen Tänzerinnen und Tänzer wärmten sich bereits auf. Ich musste mich beeilen, da sie ohne mich nicht beginnen konnten und ich sie nicht länger als nötig warten lassen wollte. Rasch betrat ich meine Garderobe und betätigte den Schalter neben der Tür. Die Glühbirnen am Spiegel flammten auf, der zu dieser Jahreszeit mit roten und goldenen Kugeln sowie Tannenzweigen geschmückt war.

Mein Blick fiel auf den Schminktisch darunter, auf dem eine Zeitung lag, zusammen mit einer Schachtel Pralinen – meine Lieblingspralinen aus feinster, belgischer Schokolade, die ich mir nur selten gönnte. Daneben stand ein Strauß Rosen und ich stieß ein leises Seufzen aus. Bis eben hatte ich den Gedanken an meine Eltern halbwegs erfolgreich verdrängen können, doch die weißen Rosen ließen das nicht länger zu. Es waren die Lieblingsblumen meiner Mutter. Ich persönlich mochte Tulpen oder Nelken lieber.

Ich hängte meinen roten Wollmantel über den Stuhl, zog ihn zurück und ließ mich darauf fallen, um die Karte zu lesen, die in den Blumen steckte. *Viel Erfolg bei der Premiere. In Liebe, Mom und Dad,* wünschte mir meine Mutter wie erwartet in ihrer ausladenden Handschrift.

Immerhin hatte sie den Strauß persönlich bei ihrem Hausfloristen in Auftrag gegeben, um mir viel Glück zu wünschen. Mit ihrer Anwesenheit konnte ich heute Abend jedenfalls nicht rechnen, da auch Dad nur ein paar Blocks entfernt Premiere feiern würde – gefühlt seine einhundertste. Das spielte jedoch keine Rolle. Mom war stets an seiner Seite, wenn ein neues Musical von ihm uraufgeführt wurde. Dass ich zum ersten Mal den Hauptpart in einem Ballett tanzen durfte, änderte nichts daran.

Frustriert schob ich die Packung Pralinen beiseite, um die Zeitung ungelesen wegzuwerfen, doch die Headline stach mir ins Auge: *Vater und Tochter feiern gleichzeitig Premiere.* Ein überdimensionales Foto zeigte meinen Dad auf der Bühne im Broadway Theatre, daneben war ich in Passbildgröße abgebildet. Den dazugehörigen Artikel brauchte ich nicht zu lesen, ich wusste, was dort stand. Es war immer dasselbe, egal wie viel Mühe ich mir auch gab. Mit viel Schweiß und Tränen hatte ich es endlich zur Primaballerina der MET gebracht, doch das zählte nicht. Bei jeder Berichterstattung über mich war stets das Wichtigste, dass ich die Tochter des talentierten Broadway-Regisseurs war.

Ich knüllte die Zeitung zusammen und warf sie in den Mülleimer, als jemand an die offene Tür klopfte. Das Prickeln in meinem Nacken verriet mir, wer hinter mir stand, doch ich redete mir ein, dass Yoshi nicht meinetwegen hier war, sondern weil er Ballettmeister und Choreograf der Inszenierung war und seine Primaballerina daran erinnern wollte, ihren Pflichten nachzukommen.

Ich drehte mich um und sah Yoshi, der sich mit beiden Händen im Türrahmen abstützte. Zu einem grauen T-Shirt trug er enge Leggings und schwarze Ballettschläppchen, die schwarzen Haare, die ihm bis zu den Ohren reichten, waren leicht verschwitzt. Er hatte offenbar bereits trainiert.

»Hallo, Hazel.«

»Hi«, erwiderte ich und musste mich in seiner Gegenwart nicht einmal zu einem Lächeln zwingen. »Entschuldige die Verspätung, ich komme sofort.«

»Kein Stress, dein Prinz ist auch noch in der Garderobe.« Yoshi schielte hinüber zum Mülleimer. »Geht es dir gut?«

Er spielte auf die heutige Schlagzeile an, denn die konnte ihm nicht entgangen sein. In unserer Branche war es nicht gut, Artikel über die Kompanie oder unsere Aufführungen zu lesen, denn eine negative Meinung konnte zehn gute oft nur schwer aufwiegen, und dennoch hielt es in der Regel niemanden davon ab.

»Warum sollte es mir nicht gut gehen?«, fragte ich unschuldig, weil ich jetzt nicht über meine Eltern reden wollte. Ich musste mich konzentrieren, wenn ich heute Abend mein bestmögliches Ergebnis abliefern wollte. »Ich beeile mich, versprochen.«

Yoshis Blick ruhte auf mir, er schien noch etwas sagen zu wollen, doch er schwieg. Erst als ich aufstand und nach meinem Trikot griff, wandte er sich ab.

»Lass dir die Schokolade schmecken, Hazel«, sagte er noch, bevor er die Tür hinter sich zuzog.

Und da wurde mir klar, dass die Pralinen gar nicht von meinen Eltern waren, sondern von Yoshi. Yoshi, der immer für das Ensemble da war, mich eingeschlossen, und den ich wirklich gern hatte, mit dem ich aber dennoch nicht zusammen sein konnte.

Die letzten Klänge verhallten und für ein oder zwei Sekunden war es beinahe still, bis der Jubel losbrach. Mit vor Anstrengung und Aufregung klopfendem Herzen griff ich rechts und links nach den Händen meiner Tanzpartner, lief an den Bühnenrand, um eine Révérence, eine Verbeugung, zu machen, und hatte endlich Zeit, diese traumhafte Location auf mich wirken zu lassen. Warme Rot- und Brauntöne, goldenes Licht. Das Parkett erstreckte sich vor mir, dazu kamen fünf Reihen Logenplätze. Die MET fasste beinahe viertausend Besucher und jeder Platz war besetzt.

Nun erhob sich das Publikum und der Applaus schwoll ebenso wie mein Herz noch weiter an. Unter frenetischem Beifall verbeugten wir uns ein ums andere Mal, bis sich der schwere goldene Vorhang für diesen Abend ein letztes Mal schloss. Ich fühlte mich glücklich, euphorisch, erleichtert. Die Zuschauer waren begeistert, wir hörten sie weiter klatschen. Was auch immer die Presse morgen berichten würde, die Premiere war ein voller Erfolg gewesen.

Ich gab einen erstickten Laut von mir, als mich mein Tanzpartner, der Nussknackerprinz, plötzlich hochhob und durch die Luft wirbelte.

»Toll getanzt, Darling«, sagte er mit seinem süßen, russischen Akzent, als er mich zurück auf den Boden stellte.

»Das kann ich nur zurückgeben, Sergej. Wir sind ein gutes Team.«

»Das sind wir. Ich freue mich schon darauf, als Nächstes *Schwanensee* mit dir zu tanzen.«

Schwanensee, der Traum einer jeden Ballerina. Ich wusste noch nicht, ob Yoshi mich für die Sommerinszenierung besetzen würde, doch als mein Blick nun zu ihm glitt, sah ich, dass ich auch ihn nicht mit meiner Darbietung enttäuscht hatte. Er lächelte mir zu, mit diesem ganz speziellen Lächeln, das ich so sehr mochte, ein wenig schief und schüchtern. Automatisch lächelte auch ich.

Für einen Moment sah es so aus, als würde er mich in den Arm nehmen wollen, was ich wirklich schön gefunden hätte, doch er rührte sich nicht und auch ich unternahm nichts. So verstrich der Moment und er nickte mir nur zu, bevor ich mich in den Armen des Mäusekönigs wiederfand.

Fünf Minuten später betrat ich meine Garderobe. Ich zupfte ein Tuch aus der Taschentuchbox und tupfte mir damit über das verschwitzte Gesicht, dann griff ich nach meinem Handy. Meine beste Freundin, die inzwischen in London lebte, hatte mir trotz der Zeitverschiebung eine Nachricht geschrieben, auch andere Freunde hatten mir gratuliert, von meinen Eltern war jedoch nichts gekommen, weder eine Nachricht noch ein Anruf. Eine Welle der Enttäuschung rollte über mich hinweg, auch wenn ich das Gefühl nicht zulassen wollte. Sie meinten es nicht böse. Dad lebte manchmal in seiner eigenen Welt, vor allem, wenn er ein neues Stück inszenierte, und Mom war eben Mom. Sie hatte einen Blumenstrauß geschickt, aus ihrer Sicht genügte das, und da ich ihr nie gesagt hatte, dass ich mir mehr wünschte, konnte ich ihr deshalb keine Vorwürfe machen. Außerdem waren sie und Dad bestimmt gerade dabei, unzählige Hände zu schütteln und Champagner zu schlürfen. Es war nicht ihre Absicht, mir wehzutun, aber es schmerzte trotzdem, dass sie weder hier waren noch Zeit fanden, um wenigstens zu fragen, wie es gelaufen war. Ich konnte diese Gefühle einfach nicht beiseiteschieben.

Eine einzelne Träne löste sich aus meinen Wimpern. Schnell tupfte ich sie weg, als es an der Tür klopfte. »Ja?«

Yoshi kam herein. Der mitternachtsblaue Smoking, den er schon während der Vorstellung hinter der Bühne getragen hatte, stand ihm wirklich hervorragend. Inzwischen musste er in seiner Garderobe gewesen sein, denn er hatte seinen Mantel und einen Schal über dem Arm.

»Ein paar von uns wollen zur Feier des Tages noch etwas trinken gehen. Möchtest du mitkommen?«

Ich zögerte. »Prinzipiell sehr gern, aber ich glaube, es ist besser, wenn ich nach Hause fahre, damit ich fit für die nächsten Vorstellungen bin.«

Es war eine Ausrede, das wussten wir beide. Niemand von uns wollte nach einer gelungenen Premiere allein nach Hause fahren, dafür waren alle für gewöhnlich viel zu aufgekratzt. Meine Stimmung war zwar dank meiner Eltern eher auf dem Tiefpunkt, aber ich hatte einen anderen Grund für meine Absage – und der stand in diesem Moment vor mir. Ich fühlte mich immer mehr zu Yoshi hingezogen, doch da wir nicht zusammen sein konnten, war es besser, nicht so viel Zeit mit ihm zu verbringen.

Er legte den Kopf schief. »Deine Eltern haben nicht angerufen, hm?«

Es war beinahe erschreckend, wie gut er mich kannte, obwohl ich ihn auf Abstand hielt. Ich nickte nur, weil ich plötzlich einen Kloß im Hals verspürte und meiner Stimme nicht traute. Ich hatte es geschafft, mein Traum war wahr geworden, die Inszenierung ein voller Erfolg. In diesem Moment sollte ich glücklich sein, so wie es auf der Bühne noch der Fall gewesen war, und mich nicht traurig und allein fühlen.

»Hey. Ich bin sicher, deine Eltern denken an dich und hatten nur noch keine Zeit. Du weißt selbst, wie nervenaufreibend so ein Premierenabend sein kann.«

Yoshi trat zu mir und streckte mir seine Hände entgegen. Ich ließ mich von ihm hoch und in seine starken Arme ziehen. Er roch gut, nach Zedernholz und Jasmin. Ich hingegen steckte nach wie vor in meinem silberweißen Tutukleid und war total verschwitzt, doch das schien ihn überhaupt nicht zu stören. Er gab mir immer das Gefühl, gut zu sein, so wie ich war. Mein Dad war zwar auch stolz auf mich, aber davon hatte ich nie viel zu spüren bekommen, weil er aufgrund seines Berufs viel außer Haus gewesen war. Dafür hatten Mom und Grandma nur noch mehr an mir auszusetzen gehabt.

Sitz gerade oder willst du einen krummen Rücken?
Hör auf, deinen Kakao zu schlürfen, Liebes.
Nicht rennen. Du willst doch mal Ballerina werden und Tänzerinnen rennen nicht.

Im Laufe der Zeit war ich sehr selbstkritisch geworden und es tat besonders gut, jemanden um mich zu haben, der mich nicht ständig kritisierte, obwohl das als Choreograf eigentlich Yoshis Job gewesen wäre. Doch das lag nicht in seiner Natur. Er hatte andere Wege, um das Ensemble zu motivieren und das Beste aus uns herauszuholen.

»Du hast eine großartige Vorstellung abgeliefert, Hazel«, sagte er nun und ließ mich wieder los. »Sei gefälligst stolz auf dich und genieß den Moment.«

Ich nickte. »Du hast recht. Keine Ahnung, was gerade mit mir los ist. Normalerweise bin ich nicht so gefühlsduselig.«

»Na ja, du bist grundsätzlich sehr im Einklang mit deinen Gefühlen.«

»Hey.« Lachend boxte ich ihn gegen den Arm. Binnen Sekunden hatte er es geschafft, dass ich mich wieder besser fühlte. Dafür war ich ihm unglaublich dankbar, denn gerade heute wollte ich meinen Erfolg feiern, anstatt Trübsal zu blasen.

»Okay, ich komme mit«, sagte ich deshalb.

Was sollte schon passieren? Wir waren schließlich nicht allein und außerdem erwachsen. Ich konnte mich von ihm fernhalten, wenn ich das wollte.

»*I'm singing in the rain*«, sang ich lauthals und drehte eine Pirouette mitten auf dem Times Square.

Keine Ahnung, wie das passiert war, aber nachdem wir als relativ große Truppe in einem Jazzclub in der Nähe des berühmten Platzes auf unseren Erfolg angestoßen hatten, waren Yoshi und ich allein zurückgeblieben.

Der Broadway war gar nicht weit entfernt, doch das interessierte mich nicht länger. Außerdem waren meine Eltern vermutlich gar nicht mehr im Theater oder auf der Premierenfeier des Stücks, sondern zurück in ihrer superteuren Wohnung auf der Upper East Side.

Passanten, die uns mit ihren Regenschirmen entgegenkamen, lächelten. Auch Yoshi konnte sich ein Grinsen nicht verkneifen, als er wieder neben mir stand und seinen Schirm über uns beide hielt.

»Ich find's gut, dass es dir besser geht, aber vielleicht sollten wir dich jetzt ins Bett bringen.«

»Nein«, protestierte ich. »Ich will nicht nach Hause, es ist doch noch früh.«

»Es ist weit nach Mitternacht, und du musst um sechzehn Uhr für die Nachmittagsvorstellung wieder auf der Bühne stehen.«

»Na schön«, gab ich nach, weil sich trotz der zwei Tassen Glühwein mein Pflichtbewusstsein meldete. »Aber lass uns noch kurz zum Rockefeller Center gehen, okay? Der Baum ist bei Nacht einfach so schön. Und auf die zehn Minuten kommt es auch nicht mehr an.«

»Ich mach mit dir, was du willst, Hazel. Du bist diejenige, die morgen Nachmittag auf der Bühne stehen muss.«

»Hör auf, mir das unter die Nase zu reiben. Morgen ist morgen und heute ist heute.«

Er grinste schon wieder. »Also eigentlich ist heute morgen, aber ich verstehe deinen Punkt.«

Ich streckte ihm die Zunge raus, hakte mich bei ihm unter und zog ihn mit mir Richtung Nordosten. Zehn Minuten später standen wir vor dem riesigen Baum, der gegen die Dunkelheit anstrahlte. Die vielen bunten Kugeln, der Stern auf der Spitze und die Reihe von beleuchteten Engeln mit ihren Trompeten, die zum Baum hinführten – eigentlich war es furchtbar kitschig, vor allem Moms Meinung nach, trotzdem liebte ich den Anblick. Bis zu meinem zwölften Geburtstag waren Dad und ich jedes Jahr zur Adventszeit mindestens einmal hergekommen. Danach hatte sich die Tradition irgendwie verloren. Hin und wieder kam ich allein her und fühlte mich dann genau so – allein. Doch mit Yoshi an meiner Seite war das anders.

Bedächtig legte ich den Kopf in den Nacken und spürte die Ruhe, die mich an diesem Ort zur Weihnachtszeit als Kind immer überkommen hatte. »Wenn es jetzt noch schneien würde«, murmelte ich.

»Für morgen ist wieder Schnee angesagt.«

»Wirklich?« Mein Kopf ruckte so heftig zu Yoshi herum, dass einer meiner Halswirbel knackte. »Autsch.« Fluchend rieb ich mir über den Nacken, während sich Yoshi ein Lachen verkneifen musste.

»Du solltest öfter zur Massage gehen. Als dein Chef verordne ich es dir hiermit.«

»Bezahlst du die Sitzungen auch?«, fragte ich.

Er zuckte mit den Schultern. »Eine Freundin meiner Tante hat in Queens ein Thai-Massage-Studio. Wenn du ihr sagst, dass du von mir kommst, macht sie dir sicher einen Sonderpreis.«

Andere Männer hätten mir angeboten, mich stattdessen zu massieren, aber so war Yoshi nicht. Er war zurückhaltend und alles andere als aufdringlich. Genau das mochte ich so an ihm. Doch in diesem Moment hätte ich mir mehr Offenheit von ihm gewünscht. Ich wusste nie, woran ich bei ihm war, konnte nur ahnen, dass er ähnlich für mich empfand wie ich für ihn. Eigentlich war das gut, denn zu wissen, dass er mehr wollen könnte, hätte alles nur noch schwieriger und komplizierter gemacht. Trotzdem störte es mich plötzlich. Da ich mir allerdings ziemlich sicher war, dass nur der Glühwein schuld daran war, beschloss ich, über etwas anderes zu reden.

»Wenn es morgen wirklich schneit, müssen wir nach der Abendvorstellung wiederkommen«, kam ich auf das Wetter zurück. Ein Thema, das unverfänglich war und immer passte – das dachte ich zumindest.

»Alles, was du möchtest, Hazel.«

Yoshis Stimme war leise, aber dennoch ernst und fest, und sein Blick mit einem Mal so intensiv, dass er mir damit eine Gänsehaut über den Rücken jagte. In diesem Moment standen ihm seine Gefühle so deutlich ins Gesicht geschrieben, dass mein Herzschlag einen Takt übersprang. Er mochte mich, genau wie ich ihn. Mein Hals wurde trocken.

Ich wusste, dass ich einen guten Grund dafür hatte, nicht mit ihm zusammen zu sein, doch der fiel mir einfach nicht mehr ein. Vielleicht wollte ich mich auch nicht daran erinnern, um Yoshi nur ein einziges Mal nahe zu sein.

Ich merkte gar nicht, wie ich mich ihm langsam näherte. Mein Körper schaltete auf Autopilot, um sich einfach zu nehmen, was er brauchte. Mein Blick ruhte auf Yoshis warmen braunen Augen, glitt für einen Moment zu seinem Mund. Ich sehnte mich danach, ihn zu küssen, nur dieses eine Mal, und ich schloss die Augen – doch meine Lippen trafen nicht auf seine. Bevor es dazu kam, legte er seine Stirn an meine und seufzte, sodass ich zumindest seinen nach Zimt und Anis riechenden Atem auf meinem Mund spürte.

Langsam öffnete ich die Augen und betrachtete ihn. Er wirkte alles andere als abgeneigt, trotzdem hielt er sich zurück.

»Magst du mich?«, wollte ich leise wissen, denn morgen würde ich mich nicht mehr trauen, ihm diese Frage zu stellen.

»Oh, Hazel.« Für einen Moment schloss er nun selbst die Augen. »Und ob ich dich mag, sehr sogar. Ich bin mir nur nicht sicher, ob du morgen noch dasselbe willst wie heute Nacht.«

Ich schluckte trocken. »Tut mir leid«, flüsterte ich.

Er nickte. »Ja, mir auch.« Einen Moment standen wir noch so da,

Stirn an Stirn, dann ging er wieder auf Abstand. »Na komm, rufen wir uns ein Taxi.«

Als ich am nächsten Vormittag zur MET fuhr, fühlte ich mich schlecht. Nicht wegen des Alkohols, den ich in der Nacht zuvor getrunken hatte, sondern wie ich mich Yoshi gegenüber verhalten hatte. Doch wenn ich befürchtet hatte, dass es nun komisch zwischen uns sein könnte, hatte ich mich grundlos gesorgt. Yoshi verhielt sich mir gegenüber professionell wie immer, und ich schaffte es, mich schnell wieder zu entspannen.

Die Tageszeitungen mied ich, auch wenn ich furchtbar neugierig war, was über die Premiere und mein Debüt als Primaballerina geschrieben worden war. Aber ich kannte mich. Nur ein schlechtes Wort und ich würde sofort alles infrage stellen. Das war es nicht wert. Natürlich redeten die anderen aus der Kompanie darüber, und als ich mir zwischen der Nachmittags- und Abendvorstellung mit Sergej und dem Mäusekönig am Büfett etwas zu essen holte, erzählten sie mir, wie enthusiastisch die Presse über unsere gestrige Aufführung berichtet hatte. Also wagte ich es schließlich doch, mir eine der Zeitungen zu schnappen, die zwischen dem Kaffeeautomaten und den Etageren mit den Zitronen- und Schokoladentörtchen auslagen. Mit der Zeitung und einem Cappuccino verschwand ich in meiner Garderobe. Ich wollte lieber allein sein, wenn ich den Artikel las, außerdem wollte ich noch mit meiner Freundin in London telefonieren, um ihr alles über gestern Abend zu erzählen. Meine Eltern hatten sich nach wie vor nicht bei mir gemeldet – und ich mich auch nicht bei ihnen.

»Hazel?«

Yoshi betrat die Bühne, überrascht, mich hier nach der Abendvorstellung noch zu sehen. Der letzte Vorhang war schon vor einer Weile gefallen und der Rest des Ensembles längst nach Hause gegangen, um sich für den nächsten Tag auszuruhen. Das hätte ich auch tun sollen, doch nachdem ich den Artikel über die Premiere gelesen hatte, verspürte ich das drängende Bedürfnis, meine Armarbeit zu verbessern.

Schnell beendete ich das angefangene Port de bras, bevor ich mir das Handtuch vom Boden schnappte und mir damit den Schweiß vom Gesicht tupfte.

»Hey. Ich dachte, du bist schon weg«, sagte ich zu Yoshi.

»Ich wollte auch eigentlich gerade los. Was machst du hier?«

»Siehst du doch. An meinen Armbewegungen feilen.« Ich trank einen Schluck Wasser aus der Flasche, dann hob ich die Arme in die erste Position. Doch bevor ich sie über meinen Kopf in die dritte Position bringen konnte, stand Yoshi vor mir.

»Du hast den Artikel über die Premiere gelesen, stimmt's?«

Schuldbewusst verzog ich den Mund. »Erst, nachdem Sergej in den höchsten Tönen davon geschwärmt hat.«

Yoshi seufzte. »Es gibt einen Grund, warum ich euch immer predige, die Finger davon zu lassen. Na schön, komm mit.«

»Was hast du vor?«

»Dich nach Hause bringen. Du hast zwei Vorstellungen hinter dir, das reicht für heute.«

Er nahm mich bei der Hand, um mich mit sich von der Bühne zu ziehen, doch ich rührte mich nicht von der Stelle. »Du hast doch gelesen, was sie über mich geschrieben haben. Meine Armbewegungen sind nicht geschmeidig und elegant genug.«

»Sie könnten noch ein wenig geschmeidiger und eleganter sein, stand dort. Das ist ein gravierender Unterschied, okay? Hast du im Übrigen auch den Rest gelesen? Die Presse liebt dich jetzt schon, Hazel. Sie haben dich als den neuen Stern am Balletthimmel bezeichnet.«

»Schon«, gab ich zu. »Trotzdem hieß es, dass noch Luft nach oben sei.« Und obwohl die Kulturjournalistin sonst nur Gutes über mich und das Stück geschrieben hatte, schmerzten diese Worte. Wobei es tatsächlich nicht nur um die Kritik in dem Artikel ging. Ich war darin mal wieder mit meinem Vater verglichen worden, der seit seiner ersten Premiere als der beste Broadway-Regisseur gefeiert wurde, den New York je gesehen hatte. Dabei konnte man uns eigentlich gar nicht miteinander vergleichen. Er erschuf Stücke, ich setzte sie tänzerisch um. Das waren zwei Paar Schuhe, doch das war der Presse egal. Ich wollte endlich aus Dads Fußstapfen heraustreten, was ich nur schaffen würde, wenn ich überdurchschnittlich gut war. Ich liebte ihn, aber ich wollte nicht seinetwegen gelobt werden.

Yoshi fuhr sich mit einer Hand durch die Haare. »Die Premiere war deine erste Vorstellung als Clara, deine erste Rolle als Primaballerina, und du hast die Leute begeistert, das Publikum ebenso wie die Presse. Es gibt Dinge, die wiegen mehr als perfekte Arm- oder Beinarbeit, Hazel. Das schönste Port de bras ist nichts wert, wenn die Ballerina nicht mit dem Herzen dabei ist, und du bist mit allem dabei, was du hast.«

»Dann gibst du zu, dass ich mich noch verbessern könnte, was die Technik angeht?« Ich wollte nicht darauf beharren, denn Yoshis Meinung war Balsam für meine Seele, aber auch jetzt konnte ich nicht anders.

»Das habe ich nie gesagt, Hazel. Hätte ich dich ausgewählt, wenn ich nicht von dir und deiner Leistung überzeugt wäre?«

»Das ist auch eine Antwort auf meine Frage, Yoshi«, sagte ich leise.

Er kam näher, legte beide Hände auf meine Arme und für einen Moment glaubte ich, dass er mich einfach küssen würde, um mich endlich zum Schweigen zu bringen und mich davon zu überzeugen, wie gut er mich fand. Doch das hier war Yoshi, so etwas würde er nie tun.

»Du bist großartig, okay? Sowohl als Tänzerin als auch als Frau. Wenn du das doch nur sehen könntest.« Er strich mir eine Strähne hinters Ohr, die sich beim Training aus meinen hochgesteckten Haaren gelöst hatte und an meiner Schläfe klebte.

»Vielleicht eines Tages«, sagte ich tonlos, denn das wollte ich wirklich. Ich hasse es, an mir zu zweifeln und ständig im Schatten meines Dads zu stehen. Das würde am Ende nur noch unsere Beziehung kaputt machen, und das wollte ich auf keinen Fall.

»Das ist ein Anfang, bis dahin musst du mir einfach vertrauen.«

»Ich vertraue dir«, antwortete ich, ohne zu zögern. »Aber vertrau du mir bitte auch. Ich möchte jetzt wirklich noch ein bisschen trainieren. Dann würde ich mich einfach besser fühlen. Ich verspreche dir auch, dass meine Vorstellung morgen nicht darunter leiden wird.«

»Daran habe ich keinen Zweifel, Hazel.« Er nickte und ließ mich los. »Also gut, ich möchte dir nicht im Weg stehen. Lass mich nur schnell dem Hauspersonal Bescheid geben, dass wir noch bleiben und sie nicht auf uns warten sollen, dann gehöre ich ganz dir.«

Ich schüttelte den Kopf, obwohl ich Yoshi nur zu gern weiterhin bei mir gehabt hätte. Er war nicht nur ein toller Balletttänzer und Choreograf, er war auch der beste Lehrer, den ich je gehabt hatte. Mit ihm wäre das Training effizienter, aber es war spät und er sicher müde. Meine Unsicherheit war meine Angelegenheit, nicht seine.

»Bitte, Yoshi, auch dein Tag war lang. Du musst nicht hierbleiben, um mir die Hand zu halten.« Zumal das nur mein Herz zum Schnellerschlagen animieren und mich ablenken würde.

»Ich möchte es aber«, erwiderte er und sah mich schon wieder so intensiv an, dass ich nicht sicher war, ob er meine Worte ebenso metaphorisch meinte wie ich.

SANDRA GRAUER

Baby, It's Cold Outside II

»Sehr gut, Hazel, noch einmal.«

Yoshi hatte Wort gehalten und war zurückgekommen, nachdem er das Hauspersonal informiert und sich selbst Trainingsklamotten angezogen hatte. Im Hintergrund war sogar Ballettmusik zu hören, denn er hatte sein Handy mit einer Bluetooth-Box gekoppelt, die er für Notfälle immer in seiner Sporttasche hatte. Es war schon mehr als einmal vorgekommen, dass eine Musikanlage ausgefallen war und die Instandsetzung uns wertvolle Trainingszeit gekostet hätte, wenn Yoshi nicht stets auf alles vorbereitet wäre.

Seit mehr als einer Stunde spornte er mich an, das Beste aus mir herauszuholen. Ich hob die Arme zum gefühlt tausendsten Mal über meinen Kopf in die dritte Position und lief auf Spitze über die Bühne. Mein Atem ging schnell, mein Trikot war komplett durchgeschwitzt, meine Muskeln brannten. Was würde ich für eine Massage oder ein heißes Bad geben, trotzdem biss ich die Zähne zusammen und machte weiter.

»Hervorragend. Schaffst du noch eine Pirouette?«

Mein Körper schrie nein, doch ich nahm die Arme herunter in die erste Position, blieb auf der Spitze und drehte mich mehrfach um mich selbst, indem ich mit dem rechten Bein immer wieder Schwung holte. Diese Übung war besonders schwer für mich. Ich konzentrierte mich darauf, den Kopf so lange wie möglich auf einen Fixpunkt zu richten, damit mir nicht schwindelig wurde, und darüber vergaß ich manchmal meine Armhaltung.

»Ellbogen hoch«, rief Yoshi auch schon. »Ja! Genauso, Hazel, perfekt!«

Eine letzte Pirouette, dann streckte ich die Arme aus und setzte das linke Bein hinter mir ab. Yoshi schnappte sich mein Handtuch und meine Wasserflasche, kam zu mir gelaufen und reichte mir beides. Ich lockerte meine Haltung und nahm dankbar einen großen Schluck Wasser, bevor ich mir das Gesicht trocken tupfte. Mein Herz raste vor Anstrengung. Ballett sah elegant und einfach aus, wenn man es richtig machte, aber es war Hochleistungssport. Das gehörte zu den ersten Dingen, die ich gelernt hatte.

Yoshi strahlte über das ganze Gesicht. »Hab ein bisschen Geduld, dann bist du schon bald die beste Primaballerina, die New York je hatte.«

Ich musste lachen. »Danke, das ist lieb. Geduld ist nicht gerade meine Stärke, aber ich werde mir Mühe geben, nicht alles sofort zu wollen.«

»Ich weiß, du bist unglaublich ehrgeizig. Das ist auch gut so, sonst wärst du nie so weit gekommen. Aber es kann nicht alles auf Anhieb perfekt sein. Es ist nicht möglich, immer nur Vollgas zu geben, auch Pausen müssen sein, und deshalb hören wir jetzt auf.«

»Würdest du vorher noch einmal das Pas de deux mit mir tanzen?«

Yoshi schüttelte den Kopf, lachte aber leise. »Na schön, ein Mal. Aber dann ist wirklich Schluss für heute. Gib mir eine Minute, um mich warm zu machen.«

Zwar hatte er mir die eine oder andere Übung vorgemacht, aber hauptsächlich hatte er mich korrigiert, weshalb seine Muskeln im Gegensatz zu meinen nicht warm waren. Mich überkam das schlechte Gewissen, während ich dabei zusah, wie Yoshi seine Füße in der Luft kreisen ließ. Ich hatte keine Ahnung, wie spät es inzwischen war, aber meine innere Uhr verriet mir, dass wir längst ins Bett gehörten.

Ich winkte ab. »Weißt du was, vergiss es. Tut mir leid, ich habe nicht nachgedacht.«

Yoshi sah mich ehrlich irritiert an. »Was ist los?«

»Na ja, es ist sicher verdammt spät und du hast schon genug Zeit –«

»Stopp!« Er beendete seine Aufwärmübung und kam zu mir herüber. »Lass das, Hazel. Ich hätte Nein sagen können, aber das habe ich nicht. Es ist mein Job, dich zu trainieren und das Beste aus dir herauszuholen. Außerdem *wollte* ich hierbleiben. Okay?«

»Okay.«

Er ging zu seinem Handy, um das passende Stück von Tschaikowski auszuwählen, dann stellte er sich an den Rand der Bühne. Ich platzierte mich auf der anderen Seite, und als er in die Mitte lief, sein schief-schüchternes Lächeln auf den Lippen, waren meine Bedenken vergessen. Elegant streckte er seine Hände nach mir aus, ich ging auf die Spitzen und legte meine hinein. Wir öffneten uns dem Publikum und ich hob mein rechtes Bein in die Höhe, sodass es mit dem anderen einen rechten Winkel bildete. Hier und jetzt trug ich natürlich kein Tutu, trotzdem achtete ich darauf, meinen freien Arm hoch genug zu strecken, die Finger abzuspreizen, die Schultern nach unten zu nehmen.

»Entspann dich«, raunte Yoshi.

Er ließ mich los und ich beugte mich hinunter, stützte mich auf seinem Arm ab, während ich einen Spagat in der Luft machte. Er reichte mir erneut seine Hände und wir sahen einander für einen Moment an, bevor wir auseinandergingen und dann wieder aufeinander zuliefen, dieses Mal auf den Platz des anderen. Wir wiederholten die Schritte von vorher und ich merkte selbst, wie ich mich verkrampfte, weil ich die Haltung meines Armes zu sehr in den Vordergrund rückte. Dabei fühlte es sich so toll an, mit Yoshi zu tanzen, ganz anders als mit Sergej. Sergej war zweifelsohne ein überaus talentierter Balletttänzer, sonst hätte Yoshi ihn nicht zum Nussknackerprinzen gemacht, aber Yoshi war ein wahrer Meister seines Fachs. Er hatte nicht nur die Technik, sondern auch die Seele und das Herz für diesen Tanzsport. Er fühlte jede Bewegung, füllte sie mit Leben, was viel wichtiger war als die Haltung seiner Arme oder Beine. Darauf achtete ich überhaupt nicht, wenn er tanzte, und endlich verstand ich, was er mir vorhin hatte sagen wollen.

Jetzt schaffte ich es auch, meinen Kopf auszuschalten, vergaß meine schmerzenden Muskeln und tanzte mit Yoshi über die Bühne. Wir drehten uns umeinander und er hob mich mehrfach in die Luft, als würde ich nicht mehr wiegen als eine Feder. Schließlich folgte mein kleines Solo, in dem ich einige Pirouetten drehen musste. *Achte auf deine Arme*, sagte ich mir zu Beginn meines Einsatzes, bevor ich den Gedanken wieder wegschob. Wenn ich ihn die ganze Zeit in meinem Kopf hatte, war er auch in meinem Gesicht präsent und meine Darbietung würde nach Arbeit aussehen. Das durfte nicht passieren, denn das wäre ein Rückschritt. Yoshi hatte recht. Die Technik war wichtig, aber sie war nicht das Wichtigste. Auf der Bühne musste ich weder die Royal Academy of Dance noch die Presse von meiner Leistung überzeugen, sondern einzig und allein das Publikum – und das hatte ich bereits überzeugt. Ich war längst auf dem richtigen Weg.

Nach der letzten Pirouette kam Yoshi zu mir und ich drehte mich noch einige Male mit seiner Hilfe. Die Musik wurde dramatischer und er hob mich erneut in die Luft. In meinem Kopf hörte ich das Publikum an dieser Stelle applaudieren. Automatisch musste ich noch breiter lächeln. Schon lange hatte ich mich nicht mehr so gut gefühlt, so frei.

Das Pas de deux neigte sich dem Ende zu. Ich gab noch einmal alles, mobilisierte meine letzten Kräfte und schon fand ich mich in der Endpose wieder. Ich schwebte über dem Boden, eingeklemmt zwischen Yoshis Bein und seinem Arm. Einen Moment verharrten wir so, bevor er mich an der Hüfte packte, hochhob und behutsam abstellte. Ich drehte mich zu ihm um und war ihm auf einmal so nah wie vor dem Rockefeller Center. Das Herz schlug wie wild in meiner Brust, aber das lag nicht mehr nur an der Anstrengung, sondern auch an ihm. *Er* machte das mit mir. Selten war ich mir meiner Gefühle für ihn so bewusst gewesen wie in diesem Augenblick, aber ich durfte ihnen nicht nachgeben. Ich durfte einfach nicht, denn dann würden noch ganz andere Dinge über mich in der Zeitung stehen als meine nicht perfekte Armarbeit.

Tschaikowski endete und plötzlich dröhnte ein Song von Nicki Minaj aus der Box. Der Moment zwischen Yoshi und mir war dahin. Auch wenn ich erleichtert darüber sein sollte, ärgerte sich ein kleiner Teil von mir darüber.

Yoshi schaltete die Musik und die Bluetooth-Box aus, bevor er zu mir zurückkam. »Es ist wirklich erstaunlich. Ab der Mitte warst du wie ausgewechselt. Was ist passiert?«

Verlegen strich ich mir die lose Strähne hinters Ohr. »Ich habe eingesehen, dass du recht hast. Perfekte Armarbeit ist nicht alles.«

»Sehr gut. Ich möchte nicht überheblich klingen, aber ich bin stolz auf dich.«

»Danke, Yoshi!«

Unsere Blicke verhakten sich erneut, doch bevor sich die Atmosphäre zwischen uns wieder aufladen konnte, bückte er sich nach seiner Flasche Wasser. »Okay, ich brauche einen Happen zu essen und du solltest dich dringend noch ein wenig ausruhen.«

Dieses Mal nickte ich, ohne zu widersprechen, denn ich war wirklich erledigt. Noch eine Pirouette mehr und ich würde die morgige Vorstellung nicht überleben. Ich wollte nur noch ein Bad oder zumindest eine heiße Dusche und dann in mein weiches Bett.

Schweigend liefen wir zu unseren Garderoben und ich wechselte schnell Trikot und Strumpfhose gegen Jeans und Sweater. Als ich meine vier Wände wieder verließ, wartete Yoshi schon auf mich.

»Danke, dass du geblieben bist«, sagte ich, während wir durch die Flure liefen, um das Gebäude zu verlassen. »Du hast mir wirklich sehr geholfen.«

»Das war mein Ernst, du musst dich nicht bedanken. Das ist mein Job. Außerdem mache ich das gern für dich.«

»Für andere nicht?«, fragte ich und biss mir auf die Zunge. *Was tust du da, Hazel? Hör gefälligst auf, mit Yoshi zu flirten.*

»Ich würde es für jede beziehungsweise jeden aus der Kompanie machen«, meinte er. Ich verspürte Enttäuschung, auch wenn es dumm war, doch dann fügte er hinzu: »Aber für dich mache ich es besonders gern.«

Meine Wangen wurden ganz warm und ein Lächeln stahl sich auf meine Lippen. Verdammt! Warum musste er so toll sein? Und warum musste er ausgerechnet mein Ballettmeister und Choreograf sein?

Wir erreichten den Ausgang, was mich davor rettete, etwas erwidern zu müssen oder womöglich noch weiter mit Yoshi zu flirten. Dafür erwartete uns etwas ganz anderes. Ungläubig sahen wir einander an, bevor wir an die Scheibe in der Tür traten und nach draußen sahen. Es schneite. Nein, das war ein regelrechter Schneesturm. Weiße Flocken wirbelten so dicht und schnell durch die Luft, dass ich den Weihnachtsbaum, der vor dem Eingang stand, nur erahnen konnte. Alles war weiß. Keine Ahnung, wie tief der Schnee inzwischen lag. Ich hatte auch keine große Lust, es herauszufinden, aber was war die Alternative?

»Ich hab doch gesagt, es soll heute wieder schneien«, meinte Yoshi und grinste mich schief an.

Ich stieß ihm meinen Ellbogen in die Seite. »Das ist nicht witzig, okay? Was sollen wir denn jetzt machen? Etwa hierbleiben?«

»Wäre das so schlimm?« Bildete ich mir das ein oder wurde sein Grinsen breiter?

»Ich mag mich irren, aber hier gibt es keine Betten, oder? Und hattest du nicht Hunger?«

Er winkte ab. »Das ist das geringste Problem. Vom Künstlerbüfett ist sicher noch etwas übrig. Niemand hätte etwas dagegen, wenn wir uns bedienen.«

»Na, immerhin werden wir nicht verhungern.« Meine Stimme musste wohl ziemlich verzweifelt klingen, denn Yoshi zog sein Handy aus der Hosentasche.

»Mal schauen, was sich machen lässt. Vielleicht kann ich uns ein Taxi bestellen.«

Ich bezweifelte, dass wir bei dieser Witterung Glück mit einem Taxi hätten, und das öffentliche Verkehrsnetz war sicher auch längst zusammengebrochen. Trotzdem war ich Yoshi dankbar, dass er es zumindest versuchte. Ich drehte mich um und sah wieder aus dem Fenster. Das dichte Schneetreiben wirkte wie Nebel, alles war in einen unscharfen Dunst gehüllt. In diesem Moment war ich heilfroh, dass Yoshi nicht auf mich gehört und bei mir in der Oper geblieben war. Die Vorstellung, jetzt allein zu sein ...

In der nächsten Sekunde wurde es stockdunkel um uns herum, sowohl drinnen als auch draußen. Gleich darauf flackerte die Notbeleuchtung auf.

Fluchend nahm Yoshi die Hand mit dem Telefon herunter und steckte es wieder weg. »Stromausfall«, erklärte er unnötigerweise. »Das Handynetz ist tot.« Mit den Händen fuhr er sich übers Gesicht und ich erkannte, dass er das Ganze doch nicht so lustig fand, wie er zuvor vorgegeben hatte. »Okay, pass auf. Wenn du unbedingt nach Hause willst, können wir versuchen zu laufen, aber ehrlich gesagt würde ich davon abraten. Es ist kalt, es ist stockdunkel und wer weiß, was auf den Straßen los ist. Vor ein paar Tagen herrschte schon Chaos ohne Stromausfall. Ich denke, es ist am sichersten, wenn wir hierbleiben.«

Ich nickte, denn ich konnte ihm nicht widersprechen. »Gut, bleiben wir hier. Irgendwo werden wir schon ein Lager aufschlagen können und vielleicht wird es im Laufe der Nacht besser.«

»In meiner Garderobe steht ein schmales Sofa, das kannst du gern haben«, schlug Yoshi vor, während er bereits den Rückweg antrat.

Ich schüttelte den Kopf. »Das kommt überhaupt nicht infrage. Du bist nur meinetwegen noch hier, da werde ich dich ganz sicher nicht auf dem Boden schlafen lassen.«

Yoshi seufzte. »Hazel.«

»Keine Widerrede. Na komm, machen wir uns auf die Suche nach ein paar Decken.«

Eine knappe Dreiviertelstunde später hatten wir uns auf der Bühne ein Lager aus Sofakissen, Decken, Handtüchern und anderen Stoffen errichtet. Der Fundus hatte diesbezüglich zum Glück einiges hergegeben. Auch wenn manches davon ein bisschen staubig und muffig roch, war es allemal besser, als auf dem harten Boden zu liegen. Zur Beleuchtung hatten wir unzählige Kerzen aufgestellt, sodass es fast ein bisschen romantisch war, und Yoshi hatte den Kühlschrank mit den Büfettresten geplündert. Er aß gerade sein zweites Stück Schokoladentarte, während ich mich mit einer Tasse Kräutertee wärmte. Warum war mir noch nie aufgefallen, wie kalt es in der Metropolitan Opera eigentlich war? Die Antwort lag auf der Hand. Weil sie entweder voll mit Menschen war oder ich mich sportlich betätigte. In diesem Moment war nichts von beidem der Fall.

Ich hatte mich schon so auf eine heiße Dusche gefreut. Meine Muskeln schmerzten ordentlich, aber ich hatte nirgendwo eine Wärmflasche oder ein Wärmepflaster finden können. In einem Gebäude, in dem sich ständig Tänzerinnen und Tänzer aufhielten, sollte es so etwas eigentlich geben.

Yoshi stellte seinen leeren Teller beiseite und kam näher zu mir. »Na komm, ich massiere dich.«

»Was?« Vermutlich starrte ich ihn an, als hätte er mir vorgeschlagen, nackt hinaus in den Schnee zu rennen. Sein Angebot hatte mich völlig unvorbereitet getroffen.

»Es ist nicht zu übersehen, dass du völlig verspannt bist. Zu viel Training, aber das haben wir gleich. Magst du deinen Sweater ausziehen?«

»Ähm.« Ich stellte die Teetasse neben mir ab und zögerte.

Yoshi hob die Augenbrauen. »Da ist nichts dabei, okay? Du bist verspannt, ich massiere dich in Ermangelung einer Alternative, und das geht ohne Pulli nun mal besser. Sieh es als Eigennutz an, immerhin brauche ich dich morgen auf der Bühne.«

Er hatte recht, ich verhielt mich lächerlich. Rasch zog ich mir den Sweater über den Kopf und rutschte ein Stück von der Wand weg, damit sich Yoshi hinter mir platzieren konnte. Ich hörte, wie er seine Hände aneinanderrieb, was allerdings völlig unnötig war, denn als er sie auf meine Schultern legte, waren sie angenehm warm. Mit kreisenden Bewegungen begann er, mich zu massieren, nicht zu fest und nicht zu vorsichtig, und ich hätte fast aufgestöhnt. Das tat so verdammt gut. Er wusste ganz genau, was er da machte.

»Wow, deine Muskeln sind ganz schön hart«, meinte Yoshi.

»Ich weiß«, sagte ich nur und zog zischend die Luft ein.

»Alles okay? Tue ich dir weh?«

»Ja. Nein. Das ist gut so, mach weiter.«

Er lachte leise. Ein wunderbares Geräusch, das mir ein warmes Gefühl im Bauch bescherte. Was gäbe ich dafür, wenn er nicht mein Choreograf wäre.

Wir redeten nicht viel, während Yoshi den Kampf gegen meine verspannten Muskeln aufnahm. Ich war zu sehr mit Genießen beschäftigt, und Yoshi schien sich zu konzentrieren oder mich nicht stören zu wollen. Doch irgendwann räusperte er sich.

»Hazel, können wir kurz über gestern Abend reden?« Sofort verspannte ich mich wieder, was er natürlich bemerkte. Er gab ein leises Seufzen von sich. »Schon gut, vergiss es.«

Seine Hände waren fort, seine Wärme war fort und ich fühlte mich schlecht. Ich wollte ihm nicht wehtun, deshalb war es wohl an der Zeit, die Karten auf den Tisch zu legen. Auch auf die Gefahr hin, dass es dann komisch zwischen uns werden könnte.

Langsam drehte ich mich zu ihm um. »Gestern Abend hatte ich einen Glühwein zu viel. Es tut mir leid, dass ich mich nicht besser unter Kontrolle hatte.«

»Das meinte ich gar nicht, um ehrlich zu sein.«

»Ich weiß.« Traurig lächelte ich, holte tief Luft. »Ich mag dich, Yoshi. Ich mag dich sogar sehr, aber wir können trotzdem nicht zusammen sein.«

»Okay«, erwiderte er gedehnt. »Also erst mal danke für deine Offenheit, das weiß ich zu schätzen. Mir ist nicht klar, ob es dir bewusst ist, doch ich hab dich auch furchtbar gern.«

Ich habe es geahnt. Und gehofft. Das hätte ich am liebsten zu ihm gesagt, aber da ich es uns nicht noch schwerer machen wollte, nickte ich nur. »Du weißt, wer mein Dad ist, oder?«

»Ähm, ja?« Yoshi sah verwirrt aus. »George Fitzpatrick, der berühmte Broadway-Regisseur. Ich verstehe nur nicht, was das mit mir –« Er redete mit jedem Wort langsamer. »Oh, okay. Ich glaube, jetzt weiß ich, worauf du hinauswillst.«

Wieder nickte ich. »Die Presse vergleicht mich einfach ständig mit ihm, es geht nie nur um mich oder meine Leistung. Manchmal fühlt es sich so an, als wäre das alles nichts wert. Als könnte ich machen, was ich will, und würde die Aufmerksamkeit dank meines Dads trotzdem bekommen. Wären wir beide ein Paar, würde sich die Presse erst recht auf mich stürzen. Niemand würde glauben, dass ich Primaballerina geworden bin, weil ich hart dafür arbeite, sondern weil ich mit dir schlafe. Es tut mir in der Seele weh, denn ich mag dich wirklich, aber das könnte ich nicht verkraften.«

Ich rechnete damit, dass mir Yoshi widersprechen würde, dass er unzählige Argumente aufzählen würde, warum das mit uns sehr wohl funktionieren könnte. Doch er schwieg und dann seufzte er so tief, dass es mir fast das Herz zerriss.

»Dagegen kann ich leider nichts sagen, auch wenn ich es gern täte. Ich wünschte, es wäre anders.«

»Glaub mir, das wünschte ich auch.« Das wünschte ich wirklich, denn Yoshi würde mich glücklich machen, das wusste ich. Blieb nur zu hoffen, dass mich eine Karriere als Primaballerina genauso erfüllen würde. Es war das, was ich immer gewollt hatte, und daran hatte sich trotz allem nichts geändert.

Ich klopfte an Yoshis Garderobe und schob die nur angelehnte Tür auf. Yoshi hatte mir quasi verboten, heute am Training teilzunehmen, weshalb ich erst kurz vor der Nachmittagsvorstellung in die Oper zurückgekehrt war, nachdem wir tatsächlich die ganze Nacht in der MET geblieben waren. Wir hatten in dem Berg aus Decken und Kissen auf der Bühne geschlafen und waren heute Morgen von der Putzkolonne überrascht worden. Zu dem Zeitpunkt hatte der Strom längst wieder funktioniert und die Straßen waren befahrbar gewesen. So hatten Yoshi und ich uns ein Taxi nach Hause geteilt, um uns noch ein bisschen frisch zu machen. Inzwischen war es draußen schon fast wieder dunkel.

Yoshi drehte sich zu mir um und lächelte mich an. Im Hintergrund war leise der Tanz der Zuckerfee zu hören, eine der bekanntesten Melodien aus *Der Nussknacker*.

»Stimmst du dich auf die Vorstellung ein?«, fragte ich schmunzelnd.

Er schüttelte den Kopf. »Ich telefoniere oder sagen wir besser, ich hänge in der Warteschleife.«

Ich stieß mich vom Türrahmen ab, in dem ich lehnte. »Oh, entschuldige. Dann will ich dich nicht stören.«

»Nein, du störst überhaupt nicht. Geht es dir gut?«

»Die heiße Wanne war ein Traum. Davon abgesehen habe ich hier erstaunlich gut geschlafen«, gab ich zu. Unter den Umständen war das nicht zu erwarten gewesen.

»Es war wirklich gemütlich. Das sollten wir öfter machen«, meinte Yoshi.

Ich lachte. »Bloß nicht. Also ...« Ich räusperte mich. »Du weißt, was ich meine.«

»Ja, ich weiß.« Er nickte und wir schwiegen einen Moment.

Tatsächlich war es nach unserer Aussprache letzte Nacht überhaupt nicht komisch zwischen uns, im Gegenteil. Das machte es nur irgendwie noch trauriger, weil es mir zeigte, wie gut wir im Grunde zusammenpassten.

»Du, ich wollte mich noch mal bei dir –«, setzte ich an, doch Yoshi hob sofort abwehrend die Hände.

»Wenn du dich noch einmal bei mir bedankst, tanzt deine Zweitbesetzung nachher die Clara.«

Ich lachte, doch bevor ich etwas dazu sagen konnte, endete der Tanz der Zuckerfee abrupt und ein Knacken war in der Leitung zu hören. Gleich darauf meldete sich eine weibliche Stimme am anderen Ende der Leitung.

»Willkommen bei *Encore Tickets*, Sie sprechen mit Valerie, wie kann ich Ihnen helfen?«

Yoshi nahm das Handy vom Schminktisch, das er auf Lautsprecher gestellt hatte. »Schönen guten Abend, Takimoto hier. Ich hätte gern vier Karten für die Abendvorstellung *Der Nussknacker* am zwanzigsten Dezember.«

»Loge oder Parkett?«, fragte die Stimme, die noch sehr jung klang.

»Geben Sie mir die besten Plätze, die Sie haben. Die müssen allerdings barrierefrei sein.«

»Sehr gern. Wie ist die Lieferadresse?«

»Schicken Sie mir die Karten und die Rechnung bitte in die Metropolitan Opera. Mein Name ist Yoshi Takimoto.«

»*Yoshi* Takimoto? Entschuldigen Sie, ich will nicht neugierig sein, aber sind Sie nicht der Choreograf des Balletts?«

»Der bin ich.« Yoshi zwinkerte mir zu. »Mein Freikartenkontingent ist leider schon ausgeschöpft.«

»Das geht mich ja auch eigentlich nichts an«, erwiderte Valerie. »Ich schicke die Karten sofort auf den Weg und wünsche Ihnen alles Gute für die restlichen Aufführungen.«

»Arigato und frohe Weihnachten.«

Nachdem auch die Frau schöne Feiertage gewünscht und Yoshi aufgelegt hatte, betrachtete ich ihn mit hochgezogenen Augenbrauen. »Warum hast du nichts gesagt? Ich habe noch Freikarten übrig.«

Er zuckte mit den Schultern. »Ach, das passt schon. Sie sind für meine Schwester. Miyu ist ein großer Ballettfan und würde sich am liebsten jede unserer Vorstellungen ansehen.«

»Dann werde ich mir am zwanzigsten Dezember besonders viel Mühe geben. Stellst du mir deine Schwester anschließend vor?«

Yoshi lächelte warm. »Liebend gern, Hazel.«

Der goldene Vorhang schloss sich zum letzten Mal an diesem Abend und während das Publikum noch wie wild applaudierte, fielen Yoshi und ich uns um den Hals. Inzwischen war schon der zwanzigste Dezember und wir hatten nicht mehr allzu viele Vorstellungen vor uns. Nach meiner anfänglichen Panik, dass ich nicht gut genug sei, war alles wundervoll gelaufen. Es hatte noch einen weiteren Artikel über unser Ensemble gegeben, den Yoshi mich sogar hatte lesen lassen, weil er voll des Lobes war. Ich wünschte nur, meine Eltern würden mich wenigstens einmal in der Rolle als Clara sehen, doch ich schob den Gedanken weit von mir, weil er mich nur wieder traurig machen würde.

»Du warst wundervoll«, sagte Yoshi nah an meinem Ohr und bescherte mir damit eine Gänsehaut.

»Ich sagte ja, ich würde mich anstrengen. Nach dem, was du von Miyu erzählt hast, ist sie Ballett-Expertin und ich will mich keinesfalls vor ihr blamieren.«

»Blamieren?«, wiederholte eine helle Stimme hinter uns. »Ich habe selten eine Ballerina gesehen, die so anmutig und elegant getanzt hat wie du.«

Ich drehte mich um und entdeckte zwei Frauen in meinem Alter, die gerade zu uns auf die Bühne kamen. Eine von ihnen hatte braune Haare, die andere schwarze. Sie saß im Rollstuhl und sah Yoshi so ähnlich, dass ich sie sofort als seine Schwester erkannte. Sie winkte ihrem Bruder zu und strahlte mich an. Ich ging zu ihr und schüttelte ihr die Hand. Sie war mir auf Anhieb sympathisch.

»Hallo, Miyu, ich bin Hazel. Es freut mich riesig, dich kennenzulernen.«

»Und mich erst. Das ist übrigens Demi.«

Wir begrüßten einander ebenfalls und ich wunderte mich kurz, warum Yoshi vier Karten für heute Abend bestellt hatte. Doch ich kam nicht dazu, ihn zu fragen, denn seine Schwester war nicht ansatzweise so zurückhaltend wie er und redete munter drauflos. So erfuhr ich, dass sie selbst eine Tanzausbildung hatte und professionelle Tänzerin werden wollte. Doch dann hatte sie einen Autounfall gehabt und ihr Traum war von heute auf morgen geplatzt.

»Das tut mir furchtbar leid, Miyu.« Mein Herz zog sich zusammen bei dem, was Yoshis Schwester durchgemacht hatte.

Doch sie winkte nur ab. »Das ist schon okay. Das Leben muss ja weitergehen. Es ist zu kurz, um sich etwas entgehen zu lassen, deshalb mache ich das Beste daraus.«

Ich wollte ihr gerade sagen, wie sehr ich sie dafür bewunderte, als plötzlich meine Eltern hinter ihr und Demi auftauchten. Überrascht blinzelte ich. »Mom? Dad?«

Yoshi ging an mir vorbei auf die beiden zu und schüttelte ihnen die Hand. »Mrs Fitzpatrick, Mr Fitzpatrick. Ich freue mich sehr, dass Sie meiner Einladung gefolgt sind.«

»Moment mal, *du* hast die beiden eingeladen?«

Er drehte sich zu mir um und da war es wieder, das schief-schüchterne Grinsen, das ich so an ihm liebte. Jetzt war mir klar, warum er vier Karten besorgt hatte.

»Wieso habt ihr nichts gesagt?«

»Es sollte eine Überraschung werden«, antwortete meine Mutter und zog mich in eine Umarmung. »Du hast wundervoll getanzt, Hazel.«

»Wir sind stolz auf dich«, fügte Dad hinzu, der sich unserer Umarmung kurzerhand anschloss. »Und entschuldige bitte, dass keiner von uns bei deiner Premiere war. Das nächste Mal verschiebe ich meine, versprochen.«

Meine Kehle wurde eng und ich konnte die Tränen nur mit Mühe zurückhalten. »Danke«, flüsterte ich. »Ihr ahnt nicht, wie viel mir das bedeutet.«

»Jetzt schon«, erwiderte meine Mutter und strich mir über den Rücken. »Warum hast du uns nie gesagt, wie wichtig es dir ist, dass wir zu deinen Vorstellungen kommen?«

»Ich ... weiß auch nicht«, musste ich gestehen.

»Na ja, zum Glück hast du einen netten Freund, der uns die Augen geöffnet hat«, meinte Dad.

Ich blickte zu Yoshi, der mir zuzwinkerte, und in meinem Bauch flogen so viele Schmetterlinge umher, dass mir fast schwindelig wurde. War es nicht eigentlich völlig egal, was die Presse über mich schrieb? Die Meinung meiner Eltern war mir viel wichtiger, und sie bezweifelten nicht, dass ich durch harte Arbeit so weit gekommen war. Und ich selbst hatte auch keine Zweifel daran. Es war, wie Miyu gesagt hatte. Das Leben war zu kurz, um sich etwas entgehen zu lassen. Wieso sollte ich auf diesen wundervollen Mann verzichten, der mir von der anderen Seite der Bühne immer wieder Blicke zuwarf?

»Ja, den habe ich. Yoshi ist wirklich etwas Besonderes«, sagte ich zu Mom und Dad und konnte nicht aufhören zu lächeln. »Entschuldigt ihr mich kurz? Ich muss noch schnell etwas erledigen.«

»Natürlich, wir warten draußen auf dich«, antwortete Dad. »Ich habe einen Tisch für uns bei deinem Lieblingsitaliener bestellt. Yoshi kann uns gern begleiten, wenn er Lust hat.«

Ich nahm meine Eltern noch einmal in die Arme, dann ging ich zu Yoshi, der bei Miyu und Demi stand und den beiden dabei zuhörte, ob *Nussknacker* oder *Schwanensee* das bessere Ballett war.

»Hey. Alles okay bei dir?«

Statt ihm eine Antwort zu geben, stellte ich mich auf die Zehenspitzen, nahm sein Gesicht zwischen meine Hände und küsste ihn. Im ersten Moment wirkte er überrumpelt, doch dann zog er mich so fest an sich, dass mir ein Quieken entfuhr. Er grinste an meinen Lippen und küsste mich weiter.

»Ich hoffe, du weißt, dass ich deine Eltern nicht deshalb hergeholt habe«, sagte er schließlich.

Ich nickte. »Ja, das weiß ich, und das macht diese Geste umso wertvoller. Ich danke dir für –«

»Hazel«, fiel er mir warnend ins Wort, doch seine Augen funkelten vor Zuneigung zu mir. »Was haben wir über ständige Dankesbekundungen gesagt?«

Ich musste lachen und ging nicht weiter darauf ein. »Meine Eltern wollen essen gehen. Begleitest du uns?«

Er schüttelte den Kopf und strich mir mit dem Handrücken über die Wange. »Beim nächsten Mal komme ich sehr gern mit, aber heute solltet ihr euch ein bisschen Zeit für euch nehmen.«

Mein Bauch füllte sich mit Wärme, weil er immer wusste, was das

Beste für mich war. Ich küsste ihn erneut, dieses Mal weniger stürmisch, sondern langsam und kontrolliert, um ihm zu zeigen, wie gern ich ihn hatte.

»Bestimmt hast du recht. Aber wir sehen uns morgen, ja?«

Er nickte. »Und übermorgen.«

Mein Herz platzte fast vor Glück. »Und überübermorgen. Und für den Rest unseres Lebens.« Ein Leben, das gerade erst so richtig begann.

KIM NINA OCKER

Call Me Santa

Mein Seufzen war so tief, dass ich danach ruckartig Luft holen musste, mich dabei verschluckte und hustete. Wow. Hastig sah ich mich um, aber ich war nach wie vor allein. Immerhin hatte damit niemand diesen wirklich armseligen Moment meines Lebens miterlebt.

Zum gefühlt hundertsten Mal in dieser Nacht aktualisierte ich meine E-Mails und die Benachrichtigungsleiste des Chat-Bots, doch die kleine Nummer am oberen Rand meines Bearbeitungsfensters veränderte sich nicht. Eine kleine, unbedeutende, traurige Null.

Mit einem gespielt unschuldigen Blick hinauf zur Überwachungskamera beugte ich mich hinunter und griff in meine Handtasche nach meinem Handy. Unser Chef sah es nicht gern, wenn wir während unserer Schicht das Handy benutzten, aber ich arbeitete lange genug auch in der Nachtschicht, um zu wissen, in welchem Winkel ich die Kamera austricksen konnte. Keine Nachrichten, keine verpassten Anrufe.

Seufzend richtete ich mich wieder auf und aktualisierte erneut die Benachrichtigungen auf dem Firmencomputer. Ohne Ergebnis. Diese Nacht war tot und ich wusste, dass die Stunden unendlich langsam vergehen würden. Grundsätzlich hatte ich nichts gegen einen ruhigen Abend einzuwenden, aber mir war jetzt schon unfassbar langweilig und ich hätte mich lieber mit einer Beschwerde beschäftigt, als an die Wand zu starren und die Sekunden zu zählen.

Als das Telefon klingelte, schrak ich so heftig zusammen, dass ich ein paarmal auf die Maus tippte, wodurch sich eine Reihe Fenster auf meinem Bildschirm öffneten. Es war weit nach Mitternacht. Die Nummer, die mir auf dem kleinen Bildschirm des Telefons angezeigt wurde, hatte eine New Yorker Vorwahl. Keine Zeitverschiebung also. Welche Nervensäge rief um diese Uhrzeit bei der Servicehotline eines Ticketportals an?

Ich räusperte mich, dann hob ich den Hörer ab.

»Willkommen bei *Encore Tickets*, Sie sprechen mit Valerie, wie kann ich Ihnen helfen?«, ratterte ich meinen Spruch herunter. Auch wenn ich seit beinahe drei Jahren in der Nachtschicht arbeitete und so gut wie nie ans Telefon gehen musste, hatten sich diese Worte vermutlich für immer in mein Gehirn eingebrannt.

Am anderen Ende der Leitung war es ein paar Sekunden lang still. Ich war schon kurz davor, das Gespräch zu beenden, als auf einmal ein dunkles, heiseres Lachen ertönte.

»Warum geht ihr um diese Uhrzeit ans Telefon?«

Die eindeutig männliche Stimme am anderen Ende erinnerte mich an einen Hörbuchsprecher – tief und irgendwie rauchig. Falls Stimmen ohne dazugehöriges Gesicht sexy sein konnten, erfüllte dieser Typ eindeutig sämtliche Kriterien dafür.

»Nun«, antwortete ich, wirklich bemüht, jeden Anflug von Sarkasmus, Ironie oder Gereiztheit aus meinen Worten zu verbannen, »unsere Servicehotline ist rund um die Uhr besetzt, damit unsere geschätzte Kundschaft jederzeit die Möglichkeit hat, unsere Hilfe in Anspruch zu nehmen. Das ist notwendig ... *offensichtlich.*«

Unwillkürlich verzog ich das Gesicht. Verdammt, der letzte Kommentar war nicht notwendig gewesen.

Wieder hörte ich dieses Lachen, das in mir den Wunsch weckte, mir von diesem Typen jeden Abend eine Gutenachtgeschichte vorlesen zu lassen.

»Am Ende wurde es ein bisschen patzig«, kommentierte er meine Erklärung. »Aber das ist okay. Ich hätte wahrscheinlich auch keine Lust, mitten in der Nacht mit fremden Leuten über irgendwelche Konzerte zu reden.«

Ich verdrehte die Augen, wobei ich darauf achtete, mit dem Rücken zur Überwachungskamera zu sitzen. Unser Niederlassungsleiter bestand darauf, während der Gespräche stets zu lächeln, weil man das an unserer Stimme hören könne.

»Wie kann ich Ihnen helfen, Sir?«

Kein Lachen mehr, dafür ein tiefes Seufzen. Nicht ganz so tief wie meine Seufz-Erstick-Hust-Kombination von vorhin, aber auch nicht schlecht.

»Meine Grandma hat Karten für das Lang-Lang-Konzert in der *Carnegie Hall* und sie will wissen, ob ihre Plätze barrierefrei sind.«

»Ich bitte um einen Augenblick Geduld«, erwiderte ich und griff nach meiner Maus, um hastig die Fenster zu schließen, die ich vorhin aus Versehen geöffnet hatte. Verdammt. Eigentlich sollten wir über anstehende Veranstaltungen Bescheid wissen, aber ich stand total auf dem Schlauch.

»Brauchen Sie ihre Sitzplatznummer?«

»Einen Moment, bitte.«

»Sie haben keine Ahnung, wovon ich spreche, oder?«

Ich presste die Lippen zusammen und atmete einmal tief und hoffentlich tonlos durch die Nase ein und aus. Wer dachte um halb zwei Uhr nachts über die Barrierefreiheit seiner Konzerttickets nach und rief dann auch noch den Kundenservice an? Eine Nachricht im Chat oder eine E-Mail hätten es auch getan. Dieser Anruf nervte mich grundsätzlich schon, was ich aber noch weniger gebrauchen konnte, war ein besserwisserischer Hörbuchsprecher mit Redebedarf.

»Ein Name wäre hilfreich, Sir«, erwiderte ich glatt.

Es raschelte einmal kurz in der Leitung. »Meiner oder der meiner Grandma?«

»Der Ihrer Großmutter. Ich wüsste nicht, wofür ich Ihren Namen bräuchte.«

Erneut lachte er. »Sie klingen nett«, kommentierte er trocken. »So … positiv.«

»Bitte sagen Sie mir den Namen Ihrer Großmutter, Sir. Oder desjenigen, auf den die Karten gebucht sind. Dann kann ich Ihnen schnell helfen und Sie können ... schlafen gehen. Oder was Sie sonst so vorhaben.«

»Ich habe nichts vor«, erwiderte er sofort. »Meine Großeltern sind über die Feiertage bei mir zu Besuch. Mein Grandpa schläft nicht. Einfach nie. Und solange ich mit dir telefoniere, muss ich mich nicht mit ihm über Football oder mein Liebesleben unterhalten. Keine Ahnung, was ich die nächsten Tage mit den beiden anstellen soll.«

Unwillkürlich musste ich grinsen, weil in seiner Stimme tatsächlich so etwas wie Verzweiflung lag. Natürlich konnte ich mir nicht sicher sein, aber seine Stimme und seine Ausdrucksweise klangen jung. Mitte, Ende zwanzig vielleicht, höchstens Anfang dreißig. Dass er seine Großeltern über die Feiertage zu Besuch hatte, war irgendwie charmant.

»Gehen Sie in den Central Park«, sagte ich. »Eltern lieben den Central Park, vor allem, wenn sie nicht von hier kommen. Das gilt sicher auch für Großeltern.«

Er schnaubte leise. »Sie sind seit einer Woche da. Was glaubst du, wie oft wir schon im Central Park waren?«

»Es gibt eine tolle Aufführung von *Der Nussknacker* in der *Metropolitan Opera*. Hazel Fitzpatrick spielt die Clara«, sagte ich bemüht professionell. »Ist ein Klassiker, den Großeltern super finden, oder nicht?«

»Ganz im Verkaufsmodus«, antwortete er, hörbar amüsiert.

Ich verdrehte die Augen. »Okay. Also, wenn du mir einen Namen geben möchtest, damit wir die Sache mit der Barrierefreiheit klären können, kann ich dir hoffentlich helfen.«

»Alice Akbaş.« Er schwieg einen Moment, während ich den Namen eintippte, auf die Bestellung klickte und dann auf die Location mit den Saalinformationen. Offenbar war der Typ jedoch nicht in der Lage, länger als fünf Sekunden die Klappe zu halten, denn bevor ich die nötigen Informationen herausfinden konnte, quatschte er schon wieder los.

»Warum arbeitest du nachts? Wird das gut bezahlt?«

»Es gibt einen Bonus für Nachtschichten und Feiertage«, erwiderte ich ein bisschen abwesend, dann fand ich endlich, was ich suchte. »Die Plätze, die auf den Namen deiner Großmutter reserviert sind, liegen am Mittelgang. Sie sind barrierefrei. Sollte deine Großmutter einen freien Rollstuhlplatz brauchen, müsste ich die Sitzplatzreservierung allerdings umbuchen.«

»Nein, das ist schon in Ordnung so. Sie kann ein paar Schritte gehen und ich denke, ihr ist ein richtiger Saalsessel lieber.«

»Wunderbar.« Wieder zwinge ich mein Gesicht zu dem typischen Costumer-Service-Lächeln und werfe einen Blick Richtung Kamera. »Ich bin sehr froh, dass wir diese Frage heute Nacht klären konnten. Immerhin ist die Vorstellung im …«, ich suchte nach den Daten auf der Bestellübersicht und presste kurz die Lippen zusammen, »im März. Zum Glück hast du dich gerade noch rechtzeitig darum gekümmert.«

Wieder lachte er, aber dieses Mal klang es ein bisschen verlegen. »Das hier ist besser, als meinem Grandpa zum hundertsten Mal meinen Studiengang erklären zu müssen.«

Er war also Student. Beinahe automatisch speicherte ich die Information ab, als würde mein Verstand verzweifelt versuchen, sich ein Bild von dem Typen zu machen. Aber so richtig gelang es ihm nicht.

»Das klingt nach komplizierten Familienverhältnissen«, sagte ich, weil ich ehrlich gesagt keine Ahnung hatte, was ich darauf antworten sollte. »Versteh das bitte nicht falsch, aber ich bin mir sicher, dass es für solche Probleme oder Redebedarf bessere Stellen gibt, die du nachts anrufen kannst.«

»Autsch.«

Ich musste lachen. »Ich meine das wirklich nicht böse, aber wenn ich zu lange telefoniere, sieht es aus, als würde ich ein Privatgespräch führen. In der Regel dauert es nicht so lange, eine Reservierung zu machen oder irgendeine Frage zu beantworten. Der Niederlassungsleiter ist kein versöhnlicher Kerl.«

»Okay«, sagte er leise. Ich meinte, ein Grinsen in seiner Stimme zu hören, dann runzelte ich die Stirn, als ich ein leises Klicken in der Leitung hörte.

Als das Freizeichen ertönte, nahm ich den Hörer vom Ohr und sah ihn an, als könnte er mir meine Fragen beantworten.

»Vielen Dank auch«, murmelte ich und legte auf. »Dir auch einen schönen Abend, gern geschehen.«

Kopfschüttelnd schloss ich die Tabs auf meinem PC, schaute aber immer wieder aufs Telefon. Ja, ich hatte ihn abgewimmelt und bin nicht gerade die Krönung der Herzlichkeit gewesen, doch dieses Ende kam ein wenig abrupt.

Nachdem ich die Suchanfrage geschlossen und meine Nachrichten gecheckt hatte, schweifte mein Blick zu der breiten Fensterfront mir gegenüber.

Das Büro des Callcenters befand sich in der achtzehnten Etage eines schmucklosen Hochhauses. Eigentlich lag es in einer weniger belebten Seitengasse, aber da es ausschließlich von niedrigen Redstone-Houses umgeben war, hatte ich einen atemberaubenden Blick über New York. Überall leuchteten die bunten Lichter der Weihnachtsdekorationen. Die kleinen Scheinwerfer der Autos, die sich in dieser Stadt zu jeder beliebigen Uhrzeit durch die Straßen schlängelten, sahen aus wie tanzende Lichterketten.

Ich liebte Weihnachten über alles. Jedes Jahr, wenn der Herbst sich verabschiedet hatte und die Welt da draußen – selbst eine so laute und unruhige Stadt wie New York – dunkler und stiller wurde, wuchs in mir die Aufregung. Ich liebte die vielen Lichter, den allgegenwertigen Duft nach Zimt, Tannennadeln und Gewürznelken, die Lieder, die Dekorationen. Die Menschen wurden netter zu dieser Zeit, achteten für ein paar Wochen im Jahr mehr aufeinander und wurden großzügiger. Ich mochte auch den Sommer, aber die Stimmung zur Weihnachtszeit würde ich am liebsten in den Rest des Jahres mitnehmen.

Gedankenverloren griff ich nach dem To-go-Becher, der neben meiner Tastatur stand, und nahm einen Schluck, verzog aber sofort das Gesicht. Ich hatte mir auf dem Weg hierher einen großen Peppermint Mocha mit extra Sirup geholt – allein dieses Getränk war für mich Grund genug, Weihnachten zu lieben –, doch das Zeug war inzwischen kalt und hatte damit eindeutig an Reiz verloren.

Beinahe hätte ich den Becher umgeworfen, als das Telefon erneut schrill zu klingeln begann.

Ich straffte die Schultern, setzte mein bestes Customer-Service-Lächeln auf und nahm den Hörer ab, bevor ich meinen üblichen Spruch aufsagte.

»Du klingst, als würdest du Philosophie studieren«, sagte eine lässige Hörbuchsprecherstimme am anderen Ende.

Ich erkannte sie sofort. Meine Augenbrauen schossen ganz automatisch so weit in die Höhe, dass sie vermutlich unter den Fransen meines etwas herausgewachsenen Ponys verschwanden.

»Weißt du, das hier könnte auch der Anfang einer wirklich guten Folge *Criminal Minds* sein«, bemerkte ich und lehnte mich auf meinem Stuhl zurück, der beunruhigend knarzte. »Du könntest dich in meine Stimme verlieben und irgendwann wäre dir das Reden am Telefon nicht mehr genug.«

»Du hast eindeutig eine zu lebhafte Fantasie, um in der Nachtschicht in einem Callcenter zu arbeiten.«

Unauffällig schaute ich mich um, auch wenn mir natürlich klar war, dass er mich nicht sehen konnte. Ich war kein sonderlich ängstlicher Mensch, aber explizit darauf hingewiesen zu werden, dass ich mich nachts in einem ziemlich großen, ziemlich leeren Gebäude befand, musste auch nicht sein.

»Okay«, sagte ich schließlich und öffnete nebenbei YouTube auf meinem PC, um irgendeine cozy Hintergrundszenerie ablaufen zu lassen, die mich von gruseligen Gedanken ablenkte. Ich entschied mich für Santas Werkstatt. »Ich finde, wir sind an einem Punkt, an dem du mir wenigstens deinen Namen sagen solltest, damit das hier nicht ganz so seltsam ist.«

Der Typ am anderen Ende schwieg kurz. Ich war mir nicht sicher, ob er zögerte, weil er mir seinen Namen nicht nennen wollte – was für die *Criminal-Minds*-Theorie spräche – oder ob meine Frage ihn verwirrte.

»Ich habe dir meinen Namen noch nicht gesagt?«, fragte er schließlich und tatsächlich hörte ich die Überraschung aus seiner Stimme heraus.

Ich musste grinsen und biss mir auf die Lippen. »Nein. Aber ich kenne den Namen deiner Grandma, was eine seltsame Reihenfolge bei einer Vorstellung ist.«

»Wow, Valerie«, erwiderte er und ich war mir ziemlich sicher, dass in seiner Stimme ein Glucksen mitschwang. »Du hättest auflegen sollen.«

»Du wechselst schon wieder das Thema.«

»Sorry. Hi, Valerie, mein Name ist Lucas, ich bin fünfundzwanzig Jahre alt und habe offensichtlich keine Freunde, weil ich lieber mit einer Callcenter-Mitarbeiterin telefoniere, wenn ich nicht schlafen kann.«

»Hi, Lucas«, antwortete ich und kam mir dabei wie die Teilnehmerin einer Selbsthilfegruppe für chronischen Schlafmangel vor.

Am anderen Ende hörte ich Polster knarzen. Mein Verstand beschwor unwillkürlich das Bild eines nicht ganz unattraktiven Typen herauf, der sich entspannt auf einem Sessel zurücklehnte – in der einen Hand das Handy, in der anderen einen Becher mit Tee oder Kaffee.

»Also, wie lange musst du noch arbeiten?«, fragte Lucas.

Ich warf einen Blick auf die Uhr. »Zu lange. Und du hast noch fünf Minuten, bevor ich auflege. Das solltest du wissen.«

»Warum?«

»Weil mein Chef ziemlich ungemütlich werden kann, wenn ein Gespräch länger als sieben Minuten dauert. Er wertet das dann als Geschwätz.«

Lucas schnaubte. »Was, wenn du jemanden bei der Konzertauswahl berätst?«

»Dann müsste es zu einer Buchung oder wenigstens einer Reservierung kommen«, antwortete ich grinsend. »Aber da du die Tickets für deine Grandma schon hast ...«

Ich hörte ihn lachen. Ein tiefer, angenehmer Klang. Dieses Lachen passte zu dem Bild, das mein Verstand mit den neuen Informationen von Lucas in meinem Kopf zeichnete. Gut möglich, dass ich mit dieser Vorstellung absolut falsch lag, aber für mich war er ein junger, blonder Typ mit Dreitagebart und Lachfältchen um die Augen. Dass dieses Bild der Jamie-Fraser-Version aus der Serie *Outlander* ziemlich nahekam, ignorierte ich einfach.

»Okay«, sagte er nach einer kurzen Pause. »Dann habe ich jetzt noch vier Minuten und zwölf Sekunden. Erzähl mir was.«

»Was denn?« Gedankenverloren nippte ich wieder an dem kalten Kaffeegetränk und verschluckte mich postwendend daran.

»Was trinkst du?«, fragte Lucas ein wenig lauter als gewöhnlich, um mein Husten zu übertönen.

Ich holte tief Luft. »Peppermint Mocha.«

Er gab ein Geräusch von sich, das frecherweise nach einem Würgen klang.

»Was?«, hakte ich lachend nach.

»Dass es tatsächlich Menschen gibt, die das Zeug freiwillig trinken!«

Ich riss so empört den Mund auf, dass mein Kiefer knackte. »Wag es ja nicht, Starbucks als Maßstab zu nehmen. Du musst den Mocha selbst machen.«

»Du hast einen selbst gemachten Peppermint Mocha zur Nachtschicht mitgenommen.« Das war keine Frage, trotzdem konnte ich die Skepsis in seiner Stimme hören.

Ein wenig ertappt musterte ich den Pappbecher. »Also ... nein, habe ich nicht. Selbst gemacht schmeckt er trotzdem besser, glaub mir.«

»Tue ich nicht.« Im Hintergrund hörte ich Geräusche. Ich war mir nicht sicher, doch es klang, als würde er aufstehen. »Aber ich bin bereit, mich vom Gegenteil überzeugen zu lassen.«

»Du solltest ins Bett gehen«, sagte ich mit einem Blick auf die Uhr.

»In zwei Minuten.«

»Du willst nicht, dass ich auflege«, hielt Lucas dagegen und wieder lag ein Grinsen in seinen Worten.

Ich zuckte mit den Schultern. »Mit dir zu telefonieren ist besser, als in die Gegend zu starren. Aber bilde dir nichts darauf ein. Das heißt nur, dass du unterhaltsamer bist als eine Raufasertapete.«

»Garantiert bilde ich mir etwas darauf ein.« Ich nahm Schritte wahr, als er auch schon weiterredete. »So. Ich bin in der Küche. Was soll ich machen?«

Verwirrt runzelte ich die Stirn. »Was?«

»Peppermint Mocha. Was soll ich machen?«

»Jetzt?«

Er seufzte eindeutig belustigt. »Warum nicht? Ich kann nicht schlafen, du brauchst Beschäftigung. Also machen wir jetzt Peppermint Mocha und du kannst mir beweisen, dass der nicht so widerlich ist, wie ich ihn in Erinnerung habe.«

Ich überlegte einen Moment, dann fiel mein Blick erneut auf die Uhr. »Tut mir leid, ich muss auflegen. Aber du kannst das Rezept googeln.«

Lucas zögerte. »Wie *Criminal-Minds*-mäßig würde es klingen, wenn ich dich nach deiner Nummer fragen würde?«

»Wie gesagt … du würdest dich nur in meine Stimme verlieben und wir wissen beide, wie das dann ausgeht.«

»Ich könnte auch die Liebe deines Lebens sein.«

Ich musste unwillkürlich lächeln und beugte mich herunter, um mein Handy aus der Tasche zu holen. Lucas klang nicht unangenehm, er drängte mich nicht. Er wirkte wie ein netter Kerl und – ganz ehrlich – ich hatte schon schmierigeren Typen meine Nummer gegeben, wenn ich feiern war.

»Okay«, erwiderte ich schließlich und diktierte ihm hastig meine Nummer, bevor ich auflegte und die Uhrzeit checkte. Sechs Minuten und vierundfünfzig Sekunden.

Ich biss mir auf die Lippe, während ich mein Handy vor mir ablegte. Es war bescheuert, aber ein dümmliches Grinsen breitete sich auf meinem ganzen Gesicht aus, als mein Telefon vibrierte. Während ich danach griff, bemerkte ich, dass es kein Anruf war sondern eine Nachricht von einer unbekannten Nummer.

> Ich weiß ja nicht, ob du noch mit anderen Typen
> während deiner Nachtschicht telefonierst, deswegen
> noch mal fürs Protokoll: Hier ist Lucas.

Mir entfuhr ein leises Lachen und ich tippte hastig zurück:

> Ich hatte auf Elija gehofft.
> Aber mit dir war es auch ganz nett. :)

> Schick mir das Rezept. Ich muss gucken,
> ob ich die Zutaten zu Hause habe.

> Denkst du, ich kann das auswendig?

Ja!

Ich biss mir erneut auf die Lippe, um nicht schon wieder zu lachen. Ich sollte nicht vergessen, dass ich gefilmt wurde. Aber diese seltsame Unterhaltung mit Lucas, den ich überhaupt nicht kannte, war das Aufregendste, das in den letzten Nachtschichten passiert war, und die Vorstellung, zu meiner monotonen Eintönigkeit zurückzukehren, kam mir nicht gerade verlockend vor.

Meine Daumen huschten so schnell über die Tastatur, dass ich mich tausendmal verschrieb, während ich versuchte, mich an die richtigen Zutaten zu erinnern.

> 1 Tasse starken Kaffee oder Espresso
> ½ Tasse Mandelmilch
> 2 Esslöffel ungesüßtes Kakaopulver
> ½ Teelöffel Pfefferminzsirup
> Zucker, Sahne, gehackte Schokoladenstückchen
> oder eine Pfefferminzstange

Es dauerte ein paar Sekunden, bis Lucas eine Antwort zurückschickte. Ein paar Sekunden, in denen ich absolut nichts anderes tat, als auf das Chatfenster zu starren.

Ich habe keine Pfefferminzstange,

las ich schließlich.

> Ist auch nur Deko.

Okay. Was soll ich machen?

Erhitze zuerst die Milch in einem kleinen Topf. Sie sollte auf keinen Fall kochen, deshalb solltest du sie im Auge behalten. Gib dann das Kakaopulver dazu und den Zucker – ich persönlich empfehle einen gehäuften Teelöffel, aber dosiere einfach nach Geschmack. Falls du nur gesüßtes Kakaopulver im Haus hast, lass den Zucker erst mal weg und süße dann lieber am Ende nach. Rühre die Milch jetzt ordentlich durch oder benutze einen Milchaufschäumer.
Anschließend nimmst du den Topf vom Herd und fügst den Pfefferminzsirup hinzu. Während die Milch ein wenig abkühlt, kannst du den Kaffee aufbrühen und in eine Tasse oder ein hohes Glas gießen.
Das heiße Milch-Kakao-Pfefferminzgemisch wird zu dem Kaffee gegeben und mit Sahne, Schokoladenraspeln und einer Pfefferminz-Zuckerstange garniert, falls du magst.
Lass es dir schmecken und wundervolle Feiertage für dich und deine Lieben!

Dieses Mal dauerte es noch deutlich länger, bis Lucas antwortete. So lange, dass ich schon befürchtete, mein Chef hätte das WLAN deaktiviert oder etwas in der Art. Ich sah mich unruhig um, konnte jedoch nichts und niemanden entdecken außer dem Schnee, der noch immer gemächlich an der großen Fensterfront vorbeisegelte.

Dann kam endlich die nächste Nachricht.

Das hast du nicht gerade eben
selbst geschrieben.

> Selbstverständlich habe ich das!
> Dieses Getränk verdient eine ordentliche Formulierung.

Ich glaube dir kein Wort, aber ich mache das jetzt. Wann hast du Feierabend?

Ich sah auf und bemerkte, dass der Bildschirm meines PCs schwarz geworden war. Hastig griff ich nach der Maus und bewegte sie ein paarmal, um den Computer zum Leben zu erwecken, damit mein Benutzerprofil nicht aus Versehen auf *abwesend* wechselte. Nachdem ich kurz das Nachrichtenfenster gecheckt hatte, griff ich wieder nach meinem Handy und tippte:

> In zwei Stunden. Warum?

Ich melde mich dann.
Viel Spaß beim Arbeiten!

Bevor ich antworten konnte, ploppte die nächste Nachricht im Chatfenster auf.

Frage ...

> Ja?

Du findest mich nicht gruselig, oder?
Wir flirten miteinander. Gegenseitiges Interesse und so?

Ein ziemlich warmes Gefühl breitete sich in meiner Magengegend aus, während ich antwortete:

Ja, Lucas, wir flirten.

Gut. Arbeite jetzt weiter.

Ein paar Sekunden lang starrte ich auf die Nachricht, aber als nichts mehr kam, schob ich das Handy energisch beiseite. Ich konnte nicht verhindern, dass sich ein winziges bisschen Enttäuschung in mir ausbreitete. Was ziemlich lächerlich war. Vielleicht war mein letzter richtiger Flirt einfach schon zu lange her, sodass mir dieses Mindestmaß an Aufmerksamkeit reichte, um meine Hormone in Weihnachts-Party-Stimmung zu versetzen.

Den Rest meiner Schicht verbrachte ich damit, abwechselnd auf mein Handy und meinen Bildschirm zu schauen. Lucas meldete sich nicht mehr und ich hielt mich selbst davon ab, ihm eine Nachricht zu schicken. Kein anderer Kunde hatte in dieser Nacht eine Frage, also wählte ich irgendwann eine Weihnachts-Playlist auf YouTube aus und versuchte, die Uhr an der Wand durch bloße Willenskraft dazu zu bringen, sich schneller vorwärts zu bewegen.

Als ich endlich Feierabend hatte, hatte Lucas immer noch nicht geantwortet. Wahrscheinlich war er eingeschlafen oder hatte festgestellt, dass das Kochen von Peppermint Mocha mitten in der Nacht irgendwie eine seltsame Idee war. Ich könnte es ihm nicht verdenken. Also sammelte ich meine Sachen zusammen, meldete mich ab, schaltete den PC aus und sah mich noch einmal um, weil ich alles ordentlich hinterlassen wollte. Dann warf ich einen Blick zur Kamera und ging Richtung Flur. Ich zögerte einen Moment, bevor ich mit der flachen Hand auf den Lichtschalter drückte. Sofort war das Großraumbüro in schaurige Dunkelheit gehüllt. Diesen Teil hasste ich jedes Mal. Die Finsternis erinnerte mich an meine Kindheit, wenn ich in vollem Tempo die Kellertreppe hinaufgerannt war, um den unsichtbaren Monstern zu entkommen.

Im Erdgeschoss trat ich aus dem Fahrstuhl und wickelte mir im Gehen den dicken Schal um den Hals, während ich der Wachfrau kurz zuwinkte. Sie öffnete mir die Türen, dann stand ich in der eisigen New Yorker Dezemberluft und atmete tief ein. Es war verdammt kalt und immer noch rieselte Schnee vom nachtschwarzen Himmel. Ich erschauderte unwillkürlich. Trotzdem würde der Winter auf immer und ewig meine liebste Jahreszeit bleiben.

Eine Bewegung links von mir ließ mich zusammenfahren. Ich wirbelte herum und mein Blick fiel auf einen Mann, der neben dem Gebäude an einer Hauswand gelehnt hatte. Das orangefarbene Licht einer Straßenlaterne reichte, um seine dunklen Haare zu erkennen, die unter einer grünen Mütze hervorlugten. Keine Ahnung warum, aber ich wusste auf den ersten Blick, dass es Lucas war.

»Hi«, sagte er mit gedämpfter Stimme, machte einen Schritt auf mich zu, hielt dann aber inne, als hätte er es sich anders überlegt. »Ich bin Lucas. Vom Telefon. Und bevor du etwas sagst: Ich weiß, das hier passt zu deiner *Criminal-Minds*-Theorie, aber wenn man deine Firma googelt, bekommt man sofort eine Adresse. Ich habe mich nirgendwo reingehackt oder so. Der ganze Prozess war um einiges weniger gruselig, als du es dir vorstellst.«

Ich betrachtete Lucas von Kopf bis Fuß. Er sah nicht einmal ansatzweise so aus, wie ich ihn mir vorgestellt hatte: dunkle Haare, dunkler Bart, dunkle Augen. Trotzdem wurde das Kribbeln in meinem Bauch mit jeder Sekunde stärker.

»Entschuldige«, antwortete ich, um einen höflichen Tonfall bemüht. »Ich kenne keinen Lucas. Auf wen wartest du denn?«

Sein Gesicht wurde blass, seine Augen groß. Er sah so schockiert aus, dass ich mir auf die Lippe beißen musste, um nicht zu lachen.

»O mein Gott«, stieß er hervor. In der einen Hand hielt er einen Thermosbecher, den freien Arm hielt er jetzt hoch, als wollte er einen Bus anhalten. »Es tut mir so leid. Ich dachte, du wärst jemand anderes.«

Mit bemüht ausdrucksloser Miene deutete ich auf den Becher. »Was ist das?«

»Kaffee«, antwortete Lucas. Er klang noch immer entschuldigend, jetzt aber auch eine Spur verwirrt.

Ich nickte langsam. »Nach einem Hausrezept, nehme ich an.«

Lucas starrte mich an. Lange. Dann hellte sich sein Gesicht auf. »Du Biest.«

Ich prustete los. Mein Atem kam stoßweise aus meinem Mund, bildete kleine weiße Wolken, die zwischen uns in der Luft hängen blieben, während ich lachte.

»Ich kam mir gerade wie ein bescheuerter Creep vor!«, rief Lucas, doch auch er grinste inzwischen. »Meine Fresse, Valerie. Ich dachte, ich habe gleich den Sicherheitsdienst am Hals.«

Ich beruhigte mich so weit, dass ich wieder einigermaßen Luft holen und sprechen konnte, aber das Grinsen wurde ich nicht los. »Was machst du um diese Uhrzeit hier, Lucas?«

Triumphierend hielt er mir den Thermosbecher hin. »Selbst gemachter, heißer Peppermint Mocha.«

Wieder wurde mir irgendwo in der Magengegend warm. Ich nahm den Becher entgegen und trank einen Schluck, ohne Lucas aus den Augen zu lassen. Das Getränk war wirklich heiß, immerhin. Aber damit hörte die Liste der positiven Dinge, die ich darüber sagen konnte, auch schon auf.

Ich bemühte mich um eine ausdruckslose Miene. »Perfekt«, sagte ich und lächelte so überzeugend ich konnte.

Lucas' Gesicht verfinsterte sich. »Du brauchst nicht zu lügen. Ich habe ihn probiert.«

»Er ist furchtbar.« Jetzt lachte ich wieder.

»Ich habe keine Ahnung, was ich falsch gemacht habe.«

Auch wenn ich mir ein bisschen dämlich dabei vorkam, zwinkerte ich ihm zu. »Ich bringe es dir bei Gelegenheit mal bei.«

Seine Augen wurden dunkler ... auf eine gute Art und Weise. Ein Windstoß fuhr durch die kleine Gasse und wehte eine Ladung Schnee in unsere Gesichter.

»Valerie«, sagte Lucas und sah mich eindringlich an, »eigentlich wollte ich dich mit meinen Mochakochkünsten überzeugen, aber das hat nicht so richtig funktioniert ... was deine Schuld ist, weil es *dein* Rezept war. Aber dürfte ich dich als Wiedergutmachung zu einem genauso schlechten Starbucks Peppermint Mocha einladen?«

Mein erster Impuls war es abzusagen. Weil ich gerade eine Nachtschicht hinter mir hatte, müde und durchgefroren war. Aber dann sah ich Lucas an. Das hier war eine einmalige Gelegenheit. Er hatte mitten in der Nacht in der Küche gestanden, um Mocha für mich zu kochen, und hatte ihn mir sogar gebracht, auch wenn er widerlich war.

Vielleicht war Lucas einer von den Guten. Vielleicht war er eine Art Weihnachtswunder und unsere Geschichte wurde in ein paar Jahren als Hallmark-Christmasmovie verfilmt.

»Sehr gerne«, sagte ich leise und hakte mich bei Lucas unter, als er mir den Arm anbot. Der Schnee rieselte weiter auf uns herab, während wir durch die kleine Gasse Richtung First Street liefen.

NINA MACKAY

Tik Tok (Mistle) Toe I

Langsam beschlich mich der Gedanke, dass es keine so gute Idee gewesen war, mit meinem Ex nach New York zu fliegen. Ich meine, prinzipiell war ich mir schon darüber im Klaren, dass sämtliche Feministinnen auf der Welt aufschreien und mit roten Flaggen wedeln würden, wenn es um Ex-Freunde und Verreisen ging. Andererseits hätten wir bei einer Stornierung keinen Cent von der verstaubten Reiseleitung dieser Gruppenfahrt zurückbekommen und ich hatte mich lange darauf gefreut, Weihnachten und Silvester im verschneiten New York zu verbringen und bei viel Jingle-Bells-Gedudel, Marshmallow-Kakao und überteuerten Cookies meinen Debütroman zu Ende zu schreiben. Allein bei dem Gedanken pochte mein Herz wie bei einem Raubüberfall. Allerdings gab sich das wieder, sobald mein Blick auf Travis fiel – meinen Ex, der gerade den Busfahrer überredet hatte, Heavy Metal aufzulegen. Natürlich. Angestrengt starrte ich in eine andere Richtung, nur nicht zu Travis, der mit erhobenen Armen durch den Gang im Bus tanzte. In Sachen Selbstgefälligkeit kannte er mal wieder keine Grenzen. Allerdings musste man ihm zugutehalten, dass er erst seit dem Tod seines Vaters dermaßen überdreht war.

Die älteren Pärchen im Bus schienen Travis allerdings amüsant zu finden. Vielleicht hatten sie Söhne und Enkel in dem Alter. Außer zwölf Rentnerpaaren gehörten zu unserer Reisegruppe noch eine Familie mit einer dreißigjährigen Tochter sowie zwei Freundinnen in ihren Sechzigern, die ohne Männer mal »die Katze mitsamt ihrem Sack steppen lassen wollten«, wie mir Elsbeth am Flughafen zugeraunt hatte. Sie saß ganz vorn und schlug mit ihrem Gehstock im Takt gegen die Armlehne neben sich. Alle nahmen an, wir seien ebenfalls ein Paar aus Alabama, das sich New York ansehen wollte. Travis hatte mich gebeten, nicht zu verraten, dass wir getrennt waren, um Fragen zu vermeiden, und ich hatte zugestimmt, weil er seit einem halben Jahr niemanden außer seiner Tante Kelly zu Hause in Fairhope, Alabama, hatte. Ich rubbelte mir über die Nase und versuchte, das Heavy-Metal-Gedröhne auszublenden. Für Travis war unsere Heimat nicht mehr *Sweet Home Alabama*.

Trudi, die mit ihrem Mann in der Sitzreihe neben mir saß, kicherte über Travis, der sich die rotbraunen Haare verwuschelte. Erst jetzt fiel mir auf, wie blass er geworden war.

»Ihr zwei seid ein süßes Paar. Weihnachten in New York, hm?« Sie zwinkerte. »Wenn da mal kein Ring unter dem Baum versteckt ist.«

Gott bewahre. Dennoch lächelte ich ihr zu. So verkniffen wie eine Sprungfeder.

»Trudi.« Ihr Mann zupfte an ihren weißen Löckchen. Eine Geste, die sehr vertraut wirkte. »Du plauderst zu viel über Dinge, die dich nichts angehen.« Entschuldigend sah er zu mir herüber und rückte seine schwarz gerahmte Brille zurecht, wodurch ich mich nur noch peinlicher berührt fühlte. Alle in diesem Reisebus, der uns vom Flughafen zum Hotel brachte, dachten wahrscheinlich, dass mir Travis übermorgen am Weihnachtsabend oder spätestens in der Silvesternacht einen Antrag in New York machen wollte. Ich rutschte tiefer in meinen Sitz, wickelte meine Strickjacke fester um mich, während ich alles daransetzte, Travis' Grölen zu ignorieren.

Das Hotel, vor dem wir schließlich hielten, war ein dunkler Wolkenkratzer mit goldenen Elementen am Mauerwerk. Nach oben hin verjüngte sich der Bau, sodass ich unwillkürlich an eine dunkle Geburtstagstorte im Jenga-Stil mit goldenen Kerzen denken musste.

»Willkommen im Bryant Park Hotel.« Leo, unser Reiseleiter, hustete ins Mikrofon und warf sich den roten Schal über die Schulter. »Erbaut im Jahr 1924 – damals unter dem Namen American Radiator Building.«

Wow. Ich drückte mein Gesicht gegen die Scheibe, um besser sehen zu können. Diese Location war beeindruckend. Perfekt für eine Szene in meinem Roman.

Den typischen ersten Reisegruppenabend ersparte ich mir mithilfe einer Migränelüge – was lediglich halb gelogen war, denn Travis' monotones Mitsingen hatte tatsächlich Kopfschmerzen bei mir ausgelöst. Immerhin hatte er zugestimmt, auf der schmalen Couch in unserem Hotelzimmer zu schlafen, sodass ich das Doppelbett für mich hatte.

Am nächsten Morgen erkundigten sich alle ganz lieb nach meinem Befinden, weswegen es mir schwerfiel, für diesen Tag erneut abzusagen. Aber ich wollte wirklich an meinem Roman arbeiten und plötzlich überkam mich das Bedürfnis, Manhattan ohne die Gruppe zu erkunden.

»Ich stoße beim Dinner zu euch. Den Plan, wo ihr wann seid, habe ich auf meinem Handy«, versprach ich.

Trudi zeigte mir einen Daumen hoch.

Auf der Straße blies mir ein kalter Wind um die Ohren, weswegen ich die Schultern hochzog und meinen rosa karierten Schal enger wickelte. Doch solange ich durch ein weihnachtlich dekoriertes Manhattan schlendern konnte, machte mir das eisige Wetter rein gar nichts aus. Während ich *Jingle Bells Rock* vor mich hin summte, schaute ich mir auf dem Stadtplan die Route an, mit der ich vom Hotel aus am besten zum Central Park kam. Eigentlich musste ich nur einen Block nach Norden laufen und dann dem Time Square folgen. Auf dem Weg besorgte ich mir einen dampfend heißen Kakao und zog meine Fäustlinge an, die ich selbst gestrickt hatte. Aus cremeweißer Flauschwolle mit pfirsichfarbenen Streifen.

Was für ein wunderschöner Wintertag in New York. Ich konnte mein Glück kaum fassen. Und wie viel leichter ich mich fühlte – allein, ohne Travis. Ich drehte eine Pirouette und hätte fast einen grimmig dreinschauenden Passanten mit Filzhut angerempelt, der kommentarlos weiterhastete.

Auf dem Time Square schlug mein Herz noch ein wenig höher. Diesen Ort hatte ich in Filmen bestaunt, solange ich denken konnte. Nicht anders erging es mir, sobald ich den Central Park betrat. Dieser Park!

Riesig und voller Kindheitserinnerungen. So oft hatte ich diesen Ort in *Kevin – Allein in New York* gesehen.

Ich hielt mich links, kam an einem kleinen Zoo vorbei und stand urplötzlich vor einer riesigen Statue. Ich blinzelte. Ein Werk aus Bronze, das Alice im Wunderland zeigte, die mit ihren Freunden auf Pilzen saß. Wollte mir diese Stadt all ihre Magie vor die Füße knallen? Gleich hinter der Statue lag ein kleiner See, wo ich es mir auf einer Parkbank gemütlich machte. Gut, dass ich meine Fäustlinge so gestrickt hatte, dass ich den oberen Teil abknöpfen und dadurch die Fingerspitzen herausstrecken konnte. Ich trank einen Schluck Kakao, ehe ich mein kleines Notizbuch mitsamt meinem pfirsichfarbenen Kugelschreiber aus dem Rucksack zog. Er passte genau zur Farbe meiner Fingernägel und zu den Streifen an meinen Handschuhen. Meine Lieblingsfarbe Ton in Ton. Womit ich wohl dem absoluten Klischee eines Südstaatengirls entsprach, auch mit meinen langen blonden Haaren. Egal. Was konnte man schon auf Klischees geben? Ich schlug mein Notizbuch ziemlich weit hinten auf, um eine der letzten Szenen in meinem Debütroman handschriftlich zu notieren. Die Lovestory war beinahe abgeschlossen. Es fehlten nur noch die große Liebeserklärung und ein Sie-lebten-glücklich-weiter-Epilog. Hach, das Leben war schön und voller Möglichkeiten.

Als mein Kakao fast leer und bereits recht kalt war, kam auf einmal Leben in diesen Teil des Central Parks. Mehrere Teenagermädchen und junge Frauen strömten über den angrenzenden Weg zum See. Teilweise stapften sie sogar durch die Bepflanzung. Ich verzog das Gesicht. Moment mal, war diese Gruppe hinter dem jungen Mann her, der sich eine schwarze Beanie tief ins Gesicht gezogen hatte und ganz in der Nähe an mir vorbeilief?

Höchstwahrscheinlich, so laut, wie sie auf den Typen einredeten. Was war da los? Verfolgten sie einen Handtaschendieb? In diesem Moment – ich hatte mich halb auf der Bank umgedreht, um ihnen besser nachschauen zu können –, wehte der Wind die schwarze Beanie vom Kopf des Typen. Dunkle verwuschelte Haare kamen darunter zum Vorschein. Ziemlich ... süß war er und er wirkte definitiv nicht wie ein Dieb, während er die Schultern hochzog, um sich irgendwie unsichtbar zu machen. Die Mütze wehte in meine Richtung direkt auf den See zu. Aus einem Impuls heraus sprang ich auf, warf mein Zeug in meinen Rucksack, hängte ihn über die Schulter und jagte der Mütze hinterher. Hinter mir wurde das Gekreische lauter. Sobald ich das schwarze Wollding erwischt hatte, wandte ich mich wieder den Verfolgerinnen zu. Inzwischen hatten sie die Aufmerksamkeit von weiteren Besuchern des Parks erregt. Auf einem Weg hinter den flachen Büschen riss ein Mädchen, nicht älter als zwölf Jahre alt, die Augen auf. »Mom! Ist das Boston Lewis?«

Mehr und mehr Mädchen wiederholten diesen Namen, der mir absolut nichts sagte, aber offensichtlich etwas sagen sollte. Ich runzelte die Stirn. Der Typ, den sie Boston Lewis nannten und der wahrscheinlich ein Promi war, hastete weiter. Ohne seine Mütze, denn die hielt ich ja in der Hand! O Mist.

»Warte!« Das Stück Stoff über meinem Kopf schwenkend, spurtete ich auf ihn zu. »Deine Mütze!«

Entweder hörte er mich nicht oder diese Fans ließen ihm einfach keine Wahl. Schrecklich, wenn man derart belagert wurde. An einem wunderschönen Tag wie diesem in New York. Plötzlich tat er mir leid. Gleichzeitig fiel mir ein, auf welche Weise meine Urgroßmutter damals, während ich sie auf Bali besucht hatte, mit den einheimischen Kindern umgegangen war, die meine blonden Haare hatten berühren wollen. Eine ähnliche Situation mit einer zu aufdringlichen Menschenmenge. Ich fackelte nicht lange, schloss zu der Gruppe auf und wandte denselben Trick an. Den von meiner Urgroßmutter.

»Hey, lasst Boston bitte Raum zum Atmen. Er muss am Flughafen gerettete Straßenkätzchen abholen und ihr wollt doch nicht, dass er wegen euch zu spät kommt.«

Die Fans drehten ihre Köpfe in meine Richtung, zweifellos um sich zu vergewissern, ob ich eine Autoritätsperson war oder nicht.

»Ich bin Bostons neue Assistentin«, fügte ich hinzu, wobei ich hoffte, genauso selbstbewusst rüberzukommen, wie es der Moment erforderte. »Und jetzt Finger weg. Oder wollt ihr schuld daran sein, dass er aufgehalten wurde und keins der Katzenleben retten konnte?« Zugegeben, etwas dick aufgetragen.

Tatsächlich blieben die Mädchen nach und nach stehen, musterten mich. Wie damals in Bali.

»Gut.« Ich zog den verdutzten Boston am Ellenbogen zu mir und reichte ihm seine Mütze. »Los. Abmarsch.« Mein Ton klang überzeugend fest und bestimmend, wie ich mich noch nie selbst gehört hatte.

»Okay«, sagte Boston mit ziemlich hoher Stimme und großen Augen, was mir ein belustigtes Schnauben entlockte. Niedlich. War er wirklich dermaßen überrumpelt? Nun, dann konnte er jedenfalls kein Schauspieler sein. Vielleicht ein Sänger?

»Wir nehmen das nächste Taxi und fahren einen Block weit, um sie abzuhängen, in Ordnung?«, raunte ich ihm zu. Das war alles, was mir spontan einfiel.

Im Laufschritt warf er mir einen hektischen Blick zu, sagte aber nichts. Erst nachdem wir seine Fans ein Stück hinter uns gelassen hatten, sah er zu mir. »Okay, und wer genau bist du?«

Dachte er ernsthaft, ich sei bei ihm angestellt und für ihn hergeschickt worden?

»Ich bin Hadley. Touristin. Aus Alabama.«

»Hadley aus Alabama«, murmelte er langsam, während wir uns weiter und weiter von seinen ausschließlich weiblichen Fans entfernten.

»Jap, und du bist Boston, der aus dem Central Park gerettet werden muss«, bemerkte ich mit einem breiten Grinsen. Nach einem Schulterblick wusste ich, dass uns immer noch ein paar Mädchen nachstarrten. Also hob ich, um die Sache zu beschleunigen, eine Hand, ehe wir den Parkausgang ganz erreicht hatten. Tatsächlich hielt ein Taxi wie im Film mit quietschenden Reifen genau vor uns. Dass wir so schnell eines hatten ergattern können, grenzte an ein Wunder.

»Hadley aus Alabama, ja?«, wiederholte Boston. »Kommt mir eher vor wie Supergirl aus Gotham City.«

»Autsch.« Ich verzog das Gesicht. »Für diesen Satz sollte ich dich zum Nachsitzen und Reinziehen aller DC-Filme verdonnern. Am besten auch gleich die von Marvel.«

Seine Mundwinkel hoben sich, ehe er mir die Tür des Taxis öffnete und dann selbst zur anderen Seite lief. Seine Fans hielten sich in gebührendem Abstand zurück, fast ohne Kreischen. Dafür hatten ausnahmslos alle ihre Handykameras auf uns gerichtet. Na toll.

Mit einem Seufzen ließ sich Boston neben mir auf die Rückbank fallen. Billiges Leder knarrte und es roch nach ... Zimttee. Nicht übel für einen Fluchtwagen. Über den Rückspiegel warf uns der Fahrer einen Blick zu.

»Äh, könnten Sie uns bitte zum nächsten Starbucks fahren?« Etwas Besseres hatte ich nicht parat.

»Gute Idee.« Boston hatte sich angeschnallt, bekam es jedoch hin, ein Bein unter sich zu ziehen und sich zu mir zu drehen. »Für deine Hilfe schulde ich dir definitiv einen Kaffee.« Er lächelte, obwohl sehr viele Fragezeichen in seinem Blick lagen. Nachdem er mich eindringlich gemustert hatte, räusperte er sich. »Du hast mich einfach so gerettet. Bist ohne Fragen zu stellen eingeschritten und weißt nicht mal, wer ich bin?«

Seine Blicke verursachten ein leichtes Magengrummeln bei mir, aber wahrscheinlich hatte ich einfach zu wenig gefrühstückt. Ich polierte meine Fingernägel an meiner Jeans und balancierte dabei den Rucksack auf den Knien. »Du hast Hilfe gebraucht. Sollte da nicht jeder helfen, ohne Zeit zu verlieren?«

»In einer perfekten Welt ...« Boston fielen die dunklen Haare ins Gesicht, was absolut anbetungswürdig aussah.

Schluss damit, Hadley, ermahnte ich mich selbst. Du bist gerade erst wieder Single und aus Alabama, das nicht unbedingt um die Ecke liegt. Außerdem hatte ich sicherlich keinen Grund, mir Hoffnungen zu machen. Bei einem Star ...

Ich blies mir eine Haarsträhne aus dem Gesicht. Im selben Moment hielt der Fahrer an und brummte etwas von sechs Dollar, die Boston inklusive einer großzügigen Menge Trinkgeld beglich, bevor wir ausstiegen.

Der Starbucks versprach schon von außen wohlige Behaglichkeit. Die Fenster waren mit Schneespray verziert und innen alles mit Lichterketten und Tannenzweigen dekoriert. Offensichtlich einer der schönsten Starbucks der Stadt – klar, wir waren auf der Upper East Side gelandet. Glücklicherweise standen wenige Leute an, sodass wir schnell an die Reihe kamen.

»Ich nehme einen Lebkuchen-Latte und du?« Boston strahlte mich so warmherzig an, dass ich mich in einen dieser Netflix-Weihnachtsfilme versetzt fühlte.

»Ich ... äh ... auch«, stotterte ich wie ein unbeholfenes Südstaatengirl. Wieder dieses Klischee, dem ich nie entsprechen wollte. Boston bestellte und wir suchten uns einen Platz.

»Also ... woher sollte ich dich kennen?«, stellte ich die unvermeidliche Frage, nachdem wir uns an einen Tisch in einer entzückenden Fensternische gesetzt hatten.

Bevor er antwortete, nahm er einen Schluck von seinem Lebkuchen-Latte, den er mit einer großen Portion Sahne bestellt hatte. Im Prinzip lebte er gerade das Südstaatenklischee und nicht ich.

»Niemand muss mich kennen. Einige tun das von TikTok – obwohl ich da nichts Besonderes mache.« Er neigte den Kopf zur Seite, als wollte er nicht weiter über sich reden und stattdessen einfach seinen Latte trinken und dabei mich ansehen.

»Und was genau ist nichts Besonderes?«, hakte ich nach.

Er hob die Schultern. »Von links nach rechts durchs Bild laufen.«

»Was? Nicht dein Ernst. Damit wird man berühmt?«

»Ist irgendwie ein Insider geworden. Ich laufe in der Gangart alter Ägypter bei anderen TikTokern oder in Musikvideos durchs Bild und alle freuen sich. Nur ein Joke.«

»Dieser ikonische Move?« Ich gab mir Mühe, die Bewegungen mit Kopf und beiden Armen nachzumachen.

»Exakt.«

»Und damit verdienst du dein Geld?«

»Jap. Besser als in einer Hot-Dog-Bude zu stehen. Mit dem Job hätte ich mir eine Reise nach New York wahrscheinlich nie leisten können, jetzt wurde ich sogar eingeladen, um bei der Silvesterparty im Central Park dabei zu sein.«

»Verstehe.« Ich deutete mit dem Holzrührstäbchen auf Boston. »Du sollst bei der großen Silvesterparty einmal über die Bühne ägyptern.«

»Äh, so sagt man das eigentlich nicht, aber ja.«

Ich grinste. »Dann kommst du nicht aus New York? Sondern woher?«

»Aus North Carolina.«

Hatte ich es mir doch gedacht. Nicht zu weit von Alabama entfernt, bloß ohne Südstaatenakzent.

»Ist es dein erstes Mal in New York?«, unterbrach er meine Gedanken.

Ich sah auf meine halb volle Tasse. »Ja. Deins auch?«

»Ja. Ich bin extra etwas früher angereist, um den ganzen New-York-Weihnachtstrubel mitzuerleben.«

»Genau wie ich.«

Mit klopfendem Herzen sah ich aus dem Fenster. Zur Weihnachtszeit im Big Apple. Ich! Unfassbar.

Boston grinste wie ein Schuljunge und tippte mit den Zeigefingern gegen seine Tasse. »Mir kommt da gerade eine Idee. Wir könnten uns die Stadt gemeinsam ansehen, hast du Lust? Ich meine, du bist auch allein hier, richtig? Zum Dank für deine Rettung übernehme ich natürlich alle Taxi-Kosten.«

»Ähm, ja, ich bin gewissermaßen allein hier. Eigentlich mit einem Reisebus voller Senioren, allerdings habe ich mich abgeseilt.«

»Ist nicht wahr?« Boston lachte. »Also, Hadley, hättest du Lust auf eine Sightseeing-Tour mit mir?«

»Mhm, ich kenne dich nicht mal eine Stunde ...« Ich tat, als müsste ich ernsthaft darüber nachdenken, ehe ich in meine Tasse blies und lächelte. »Okay, ich bin dabei, aber nur, wenn wir uns ein paar bekannte Orte aus Filmen und Serien anschauen, nicht die üblichen Touristenspots.«

»Interessanter Gedanke. Aus welchem Film zum Beispiel?«

Da musste ich nicht lange nachdenken. »*Kevin – Allein in New York*.«

Mit einem Ruck setzte er sich auf. »Der absolut beste Film zu Weihnachten.«

Auf einmal packte mich eine ekstatische Adrenalinwelle. Er fand das also auch! Wie cool war das denn? Und New York auf diese Weise zu entdecken, war echt was anderes. »Exakt. Und ich gebe mich mit nicht weniger als allen Schauplätzen zufrieden. Ich meine, Kevin sieht sich im Film ja die Stadt an. Lass es uns auf seine Art tun.«

»Korrekt, aber ein paar Schauplätze sind aus dem Studio, habe ich gelesen, wie das Haus von Kevins Onkel und die gruselige Brücke im Central Park, wo der Showdown stattfindet.«

»Es werden uns genug echte Sightseeing-Spots bleiben. Allein die im Central Park.« Ich hob eine Hand, um die Orte an meinen Fingern abzuzählen. »Der Battery Park, um die Freiheitsstatue zu sehen, Carnegie Hall, das Plaza Hotel, die Eislaufbahn und natürlich der Weihnachtsbaum am Rockefeller Center.«

»Du bist echt der Hammer.« Boston grinste noch breiter. An seiner Oberlippe klebte ein Streifen Sahne, was absolut niedlich aussah. »Die kleine Brücke und der Springbrunnen im Central Park, das Empire Diner und die Radio City Music Hall. Und wir machen überall ein Selfie.«

»In einem Touristenoutfit.« Ich nickte begeistert.

Boston ebenso. »Wir besorgen uns lustige Weihnachtsmützen und werden sämtliche Kevin-Drehorte besuchen! Das wird besser als alle Weihnachtsgeschenke der Welt.«

Wirklich genial. Andererseits: Ob ich mich derart lange von Travis und der Gruppe fernhalten konnte? Nachdenklich spielte ich mit dem Holzstäbchen herum.

»Was ist?«, wollte Boston wissen. »Du bist auf einmal so ruhig?«

»Ich frage mich, wie viele Tage wir dafür brauchen. Zwei wahrscheinlich?«

»Ja. Hast du dafür keine Zeit?« Seine Schultern sackten nach unten, als hätte ich einen Traum von ihm zerplatzen lassen.

»Doch, doch, ich muss das nur irgendwie meiner Reisegruppe erklären.«

Auch wenn Trudi, Elsbeth und die anderen vermutlich Verdacht schöpfen würden, dass zwischen mir und Travis nichts mehr lief und es keine Verlobung geben würde. Diesen Zahn hätte ich ihnen sowieso ziehen müssen.

Sofort erhellten sich Bostons Gesichtszüge. Als würde ihm unsere kleine Schnapsidee wirklich viel bedeuten. »Worauf warten wir dann noch? Starten wir im Battery Park und arbeiten uns nach Norden vor?«

»Ja, allerdings würde ich vorschlagen, durch den Central Park am Ende wieder einen Schlenker nach Süden zu machen, damit die letzte Station der Weihnachtsbaum am Rockefeller Center ist, wie im Film als Finale. In Ordnung?«

»Mir gefällt, wie du denkst.«

»Lass uns schnell alle Orte festhalten, um nichts zu vergessen.« Ich zückte mein Notizbuch.

»Du hast ein Notizbuch dabei?« Boston beugte sich über den Tisch zu mir.

»Ja, ich arbeite an einem Roman. Meinem Debüt.« Ich schlug die Augen nieder, weil ich wusste, wie andere Menschen gewöhnlich darauf reagierten. Was ich mir schon alles hatte anhören müssen: *Dein erster Roman? Davon kann man leben? Konzentrier dich besser auf deinen Bürojob.*

Aber Boston überraschte mich. »Wow. Bei deiner Schlagfertigkeit und deinen Ideen muss das ein Hit werden. Ich werde der Erste sein, der das Buch kauft.«

Ich lachte. »Du weißt doch gar nicht, worum es geht.«

»Na ja, wir haben Zeit während unserer Tour. Du erzählst mir einfach unterwegs davon.« Sein Lächeln war so ansteckend, dass ich nicht anders konnte und ebenfalls lächelte. Die ganze Zeit über, bis ich alles aufgeschrieben hatte.

»So, das müsste die richtige Reihenfolge sein, was meinst du?«

»Überprüfe ich gern auf dem Handy, lies mal vor.«

»Battery Park, das Empire Diner, Carnegie Hall, Angel of the Waters Statue und Brunnen, Wollman Rink Eislaufbahn, Gapstow Bridge im Central Park, The Plaza Hotel, Radio City Music Hall, Weihnachtsbaum am Rockefeller Center.«

»Ja, das passt, wobei wirklich fast alles im Süden des Central Parks oder am Rand davon liegt und daher das meiste gut zu Fuß erreichbar sein wird. Abgesehen von den ersten beiden Drehorten.«

Bevor ich darauf antworten konnte, vibrierte mein Handy. Travis' Name mit Foto ploppte auf – direkt vor mir auf dem Tisch, sodass Boston es ebenfalls mitbekam. Hastig drückte ich den Anruf weg.

»Du willst da nicht rangehen?«, fragte er mit veränderter Stimme – irgendwie dumpf.

»Nein, das war … unwichtig.« Rasch tippte ich eine Nachricht, dass ich erst spät zurück im Hotel wäre und anderweitig zu Abend essen würde. Schließlich war ich ihm keine Erklärung schuldig. Schon gar nicht für ein unschuldiges Abenteuer wie dieses. Nein, dass ich mir heute mit Boston die Drehorte unseres Lieblingsweihnachtsfilms ansehen wollte, würde mein Geheimnis bleiben!

»Dann los!« Voller Elan stand ich auf, warf mir meinen Rucksack über, behielt Notizbuch und Handy in der Hand und wollte gerade losmarschieren, da erschien eine Antwort von Travis auf meinem Handy:

Tu mir das nicht an! Alle sind zu zweit
und ich bin allein. Wo bist du? Ich hole dich ab!

O nein, auf keinen Fall. Ich kniff die Lippen zusammen. Was dachte er sich? Dass ich mit ihm ein Paar spielte, damit er einen schönen Tag hatte und sich wie ein erfolgreicher Unterhaltungskünstler aufspielen konnte?

»Bist du sicher, dass dich dein Freund nicht vermisst?«, fragte Boston.

»Ich habe keinen ... Es war nichts Wichtiges.« Während ich in meinen Jackentaschen nach meinen Handschuhen kramte, bemerkte ich, wie sich Boston entspannte.

»Am besten, du rufst wieder so eloquent ein Taxi«, sagte er, wobei sich unsere Blicke trafen. »Für mich halten die nie an.«

Ich nickte, konnte auf einmal gar nichts mehr sagen, weil mich sein Blick gefangen hielt. Wahrscheinlich sollte ich ihn googeln. Herausfinden, ob alles stimmte, was er erzählt hatte – andererseits war es auf diese Weise deutlich spannender, ihn kennenzulernen. Mich überkam das Gefühl, dass wir bei jeder Sehenswürdigkeit eine neue Schicht des anderen enthüllen würden. Und ich freute mich wahnsinnig darauf. Den Gedanken an Travis schob ich dabei ganz weit weg.

»Da, ein Laden mit Weihnachtsdeko!«, sagte Boston.

Wir hatten den Starbucks gerade verlassen und ich war dabei, mir meine Handschuhe überzustreifen. »Da könnten wir uns die Touri-Weihnachtsmützen besorgen.«

Zwanzig Minuten später verließen wir die Upper East Side in einem Taxi – mit unseren neu erworbenen Weihnachtsmützen auf dem Kopf. Vorn auf der weißen Fellumrandung war NYC eingestickt und an den Seiten jeweils ein Plüschtiergeweih angenäht.

»Wir sehen echt verboten touristisch aus«, stellte ich nach einem Blick in das spiegelnde Fensterglas fest.

»Ja, das tun wir.« Boston beugte sich halb über mich, um sich ebenfalls in der Scheibe zu bewundern. Dabei streifte er meine Schulter, meinen Oberarm und Oberschenkel. Allerdings schien er es gar nicht zu bemerken – erst recht nicht, was seine Berührung bei mir auslöste. Zuerst glaubte ich an eine allergische Reaktion, denn das Kribbeln, gepaart mit Atemnot, kam mir komisch vor. Aber das war definitiv kein allergischer Schock.

»Battery Park«, sagte die Taxifahrerin tonlos, nachdem sie sich zu uns umgedreht hatte. Waren die eigentlich alle so schlecht gelaunt? Jetzt zur Weihnachtszeit?

Boston zahlte und wir stiegen aus.

»Puh.« Ich hielt mir die Mütze fest, denn der Wind wehte hier noch stärker.

»Das ist die südlichste Spitze von Manhattan«, erklärte Boston. »Umgeben von Wasser. Ich hab mal gehört, dass die Möwen einem hier im Sommer jeden Bissen Essen aus der Hand klauen.«

Dankbar, dass gerade Winter war, sah ich mich um. Vor uns lagen ein Park und ein kleiner Hafen.

»Da drüben ist sie.« Ich deutete nach vorn. »Die Aussichtsplattform aus dem Film. Los, wir sollten keine Zeit verlieren.« Einfach, weil ich Lust darauf hatte, sprintete ich los. Warum langsam gehen, wenn man rennen konnte?

Lachend setzte mir Boston nach.

»Oh, es gibt wohl keine Münzeinwurf-Ferngläser mehr.« Ein wenig enttäuscht blieb ich am Geländer stehen.

»Müssen sie abmontiert haben. Na ja, dann schauen wir uns die Freiheitsstatue in klein an.«

Ich nickte und lehnte mich an die Absperrung. »Schön, sie mal live vor sich zu haben, die Statue of Liberty.«

»Absolut. Bereit für unser Selfie?« Boston hob den Arm und wir grinsten in die Kamera.

»Noch eins, wo du tust, als seist du Kevin?«

»Auf jeden Fall.« Ich hielt mir die Hände wie ein Fernglas vor die Augen und riss den Mund auf.

Glucksend drückte Boston ab, während ich mit dem Mund das Wort *Boah* formte.

»Weiter?« Er ließ sein Smartphone sinken. »Ich sende dir die Fotos per AirDrop, okay?«

Ich nickte. »Auf zum Empire Diner. Hast du Lust, dort Mittag zu essen? Langsam könnte ich etwas Warmes vertragen.«

»Ein ausgezeichneter Plan.« Selbst mit beiden Händen in den Jackentaschen und leicht nach vorn gebeugt, war er unleugbar attraktiv.

Leider streifte vor dem Empire Diner kein Weihnachtsmann auf Stelzen umher, der Flyer verteilte wie im Film. Nicht mal ein popeliger Weihnachtsmann ohne Stelzen. Achselzuckend machten wir trotzdem unsere Strahleselfies, wobei ich meine Rentiermütze festhielt, damit der Wind sie mir nicht fortriss.

»Ich kann es immer noch nicht fassen, dass du berühmt dafür bist, einfach irgendwo langzugehen.«

»Na ja, nicht einfach nur so.«

»Machst du es einmal für mich? Bitte!«

Boston sah sich seufzend um, ehe er eine Vorführung zum Besten gab.

»Echt wahr?« Ungefähr so hatte ich mir diesen ägyptischen Gang vorgestellt. Dennoch schüttelte ich lachend den Kopf. »Unfassbar, womit man heutzutage auf Social Media berühmt werden kann.«

»Du sagst es.« Er hob beide Hände und lief dann rückwärts auf das Diner zu. »Was hältst du davon, wenn ich dich mit meinem hart verdienten Geld auf ein Sandwich und einen Milchshake einlade?«

»Vorsicht!« Ich zog ihn am Ärmel seiner Jacke zurück zu mir, da Boston fast einen Weihnachtsmann umgerannt hätte. Wo war der bitte so plötzlich hergekommen?

Mit klopfendem Herzen schaute ich zu Boston auf, der mir nun viel zu nah war. Und er sah auf mich herunter, während sich seine Brust ziemlich schnell hob und senkte.

Unangenehm ... Rasch trat ich einen Schritt zurück und versuchte dabei, das Rauschen in meinem Kopf auszublenden.

Boston kratzte sich im Nacken, ehe er auf die Tür zuging, um sie mir aufzuhalten.

Unsere hohen Erwartungen an das Diner, das von außen und innen wie ein absolutes Retro-Restaurant aussah, wurden nicht enttäuscht.

»Exzellentes Käse-Sandwich«, brachte Boston zwischen zwei Schmatzern hervor.

Nachdem ich mir das letzte Stück einverleibt hatte, nahm ich einen Schluck von meinem Schoko-Milchshake.

»Du kannst einiges verdrücken.« Grinsend nickte Boston mir zu, was mich innehalten ließ.

»Aus deinem Mund klingt das wie ein Kompliment.«

»Sollte es auch.«

»Verstehe.« Weil ich nicht wusste, was ich sonst sagen sollte, legte ich meine Serviette zur Seite und griff nach meiner Rentier-Weihnachtsmütze. »Als Nächstes steht die Carnegie Hall auf unserer Liste.«

Boston nickte. »Von dort aus können wir den Rest zu Fuß erreichen. Vermutlich werden wir heute allerdings nicht alles schaffen.«

»Wenn wir ausgiebig Schlittschuh laufen wollen, bestimmt nicht.«

Boston fuhr sich mit der Hand übers Kinn. »Das Risiko gehe ich ein. Schließlich bin ich bis Neujahr in New York.«

Eigentlich hätte ich gern gewusst, was er übermorgen an Heiligabend machen würde. Da ich selbst keine Antwort darauf hatte und fürchtete, er könnte zurückfragen, sprach ich ihn jedoch nicht darauf an.

NINA MACKAY

Tik Tok (Mistle) Toe II

Von außen wirkte die Carnegie Hall recht unscheinbar. Glücklicherweise fand gerade eine Führung statt, der wir uns spontan anschlossen. Im Konzertsaal waren wir die Einzigen, die nach oben schauten, um die Stelle zu finden, von wo aus Kevin und die Taubenfrau im Film das Opernstück beobachtet hatten.

»Foto?«, wisperte Boston, woraufhin wir das obligatorische Bild knipsten.

Beim Hinausgehen ließ ich meine Finger über die roten Samtpolster streifen. Welche Prominenten hier wohl schon gesessen hatten? Seit heute konnte die Carnegie Hall ihre Hall of Fame der Besucher jedenfalls um Boston Lewis erweitern.

Als wir zurück ins Foyer schlenderten, blieb mir beinahe das Herz stehen. Dort warteten die Leute der nächsten Führung darauf, in den Vorführungssaal gelassen zu werden – wobei fast alle davon zu meiner Reisegruppe aus Alabama gehörten. Travis stand ganz vorn und starrte auf sein Handy. Was machten sie hier? War heute nicht ein anderes Programm geplant? Um diese Uhrzeit hätten sie eigentlich auf dem Empire State Building sein sollen.

In diesem Moment hob Travis den Kopf.

Verdammt. Hastig schob ich meine blonden Haare unter die Weihnachtsmütze und senkte den Blick.

»Alles okay?«, erkundigte sich Boston.

»Ja, ja«, sagte ich eine Spur zu hastig.

Mein Smartphone vibrierte. Eine Nachricht von Travis.

Wo bist du? Wir konnten nicht ins Empire State Building.
Zu viele Touristen. Stattdessen sehen wir uns die Carnegie
Hall an, total öde. Lust auf einen Burger?

Lust auf einen Burger? Wieso war er auf einmal so nett?

Eigentlich konnte es mir egal sein. Mit einem Lächeln in Bostons Richtung steckte ich mein Handy weg. Er lächelte zurück, was mich stutzen und schnell in eine andere Richtung sehen ließ.

Unbemerkt von der Gruppe schlüpften wir nach draußen.

Der Wind hatte nachgelassen, weswegen sich der Spaziergang zurück zum Central Park richtig gemütlich anfühlte.

Den Brunnen mit dem Engel hatte ich nicht nur bei *Kevin – Allein in New York* gesehen, sondern auch bei *Tage wie dieser* und in einigen Serien, wenn ich mich nicht irrte.

»Ziemlich viele Tauben hier, allerdings keine Taubenfrau«, meinte Boston und es klang so, als würde er sich wirklich wünschen, die stille Frau aus dem Film mit Hut und weitem Mantel würde auftauchen.

»Foto?«, fragte ich, ohne die Konversation weiterzuführen, weil ich immer noch mit dem Beinahe-Zusammentreffen mit Travis beschäftigt war. Unauffällig sah ich mich um. Nein, das wäre ein unmöglicher Zufall, wenn er hier ebenfalls auftauchen würde.

Boston bejahte und rückte für unser Selfie ganz nah an mich heran. Kurze Zeit später brachen wir zur Eislaufbahn auf.

Der Wollman Rink lag ganz im Südosten des Central Parks. Von dort aus befanden sich die übrigen Sightseeing-Punkte auf unserer Liste lediglich einen Steinwurf entfernt. Ich zückte mein Notizbuch und hakte ab: Carnegie Hall und Angel-Brunnen im Central Park.

»Langsam wird es dunkel«, bemerkte Boston, nachdem er mir das Selfie per Airdrop geschickt hatte.

»Na ja, durch die ganzen Lichter sollte das kein Problem sein. Umso magischer wird es.« Vor allem dachte ich dabei an die beleuchteten Weihnachtsbäume und die angestrahlte Eisbahn.

»Stimmt. So macht Eislaufen sogar noch mehr Spaß.« Boston grinste.

»Wir machen einfach die Nacht durch. Dann schaffen wir am Ende alles! Genau wie Kevin.«

Dieser Enthusiasmus ... Vielleicht hatte er bisher nie viel Freizeit gehabt – oder zumindest nicht, seit er berühmt geworden war.

»Ich nehme Größe 6«, sagte ich an der Ausgabe des Schlittschuhverleihs.

Seite an Seite schlüpften wir auf einer Bank in die Schuhe. Ich stand zuerst auf – und das sehr wackelig, machte schwankend einen Schritt vorwärts.

»Hui«, bemerkte Boston. »Jetzt vielleicht ein Selfie?«

Ich boxte ihn in die Seite – na ja, gewissermaßen. Eigentlich erwischte ich die Luft neben seinem linken Ellenbogen.

Boston lachte.

Am Ende musste er mir helfen, mit den Kufen unter den Füßen bis zum Eingang der Eisbahn zu stolpern. Als Kind war das irgendwie einfacher gewesen.

Lachend klammerte ich mich an ihm fest. »Ich sehe aus wie eine Babygiraffe auf Treibsand, oder?«

Boston stimmte in mein Gelächter mit ein. »Eher wie Princess Peach, wenn Bowser ein Erdbeben erzeugt.« Damit spielte er sicher auf meine rosa- und pfirsichfarbenen Accessoires an.

»Mit diesem Vergleich kann ich leben.«

Sanft schob mich Boston vorwärts, bis wir beide mehr oder weniger sicher auf dem Eis standen.

»Halt dich am besten an mir fest«, sagte er, nachdem ich nach ein paar Schlitterversuchen eine noch schlechtere Figur als auf dem Holz abgegeben hatte. Er hielt mir seine Hand hin, als sei es das Selbstverständlichste der Welt, dass wir auf dem Eis Händchen hielten. Mein Handschuh berührte seine nackte Haut und plötzlich wünschte ich mir, keine Handschuhe zu tragen.

»Okay, ganz langsam.« Seine Stimme klang wohlig wie ein Wollschal.

In diesem Moment sprangen um uns herum Tausende kleine Lämpchen an. An der Bahn, an den Verkaufsbuden, dem Schlittschuhverleih und in den Ästen der Bäume. Ich legte den Kopf in den Nacken. Einfach wunderschön. Eine Weile achtete Boston ausschließlich auf mich und gab sich die größte Mühe, alle Fast-Fall-Momente von mir abzufangen.

»Ich wette«, sagte ich, um ihn aus der Reserve zu locken, »du kannst deinen TikTok-Move nicht auf dem Eis machen.«

Er hob beide Augenbrauen. »Ach ja?« Langsam schob er mich an den Rand. »Halt dich mal kurz fest.«

Ich tat es und sah ihn erwartungsvoll an, bis er tatsächlich loslegte. Wie ein Ägypter auf dem Eis – was mit Schlittschuhen gar nicht so einfach zu sein schien. Mit den Armen performte er die abgehackten Bewegungen, während er auf den Schlittschuhen witzige Schritte ausführte. Vor und zurück.

Zwei Mädchen in der Nähe steckten die Köpfe zusammen und tuschelten offensichtlich über Boston. Glücklicherweise blieben sie, wo sie waren.

Ich lachte. »Wow, du hast wirklich viele versteckte Talente.«

Er musterte mich und zwinkerte dann. »Du wohl eher nicht?«

Ich lachte lauter. »Nun, du müsstest mich mal an der Schreibmaschine sehen.«

»Das würde ich sehr gern. Und du wolltest mir von deinem Romandebüt erzählen. Was hältst du davon, wenn wir eine Runde drehen und du dabei ein bisschen was verrätst?«

Wieder streckte er eine Hand nach mir aus. Bei dem Anblick wurde mir ganz warm im Magen und auf einmal wünschte ich mir, er würde das noch ganz oft tun.

»Du hast es so gewollt«, sagte ich.

Wir rutschten ganze drei Runden über das Eis, während ich vor dieser romantischen Kulisse von meinem Roman berichtete, in dem es um zwei Fremde ging, die sich in einem eingeschneiten Flughafen verliebten und dort schließlich Weihnachten zusammen verbringen mussten.

»Ich bleibe dabei.« Boston stützte mich beim Verlassen der Bahn. »Ich werde der Erste sein, der das Buch kauft.«

»Willst du das Ende von meinem Roman wissen?«, fragte ich, als wir an unserer nächsten Station, der Gapstow Bridge, angekommen waren. Auf dem Weg dorthin hatten wir uns an einem Hot-Dog-Stand ein schnelles Abendessen gegönnt.

»Mhm. Erzähl es mir erst am Ende der Sightseeing-Tour, okay? Ich möchte selbst darauf kommen, mir ein bisschen die Zähne an einer Lösung ausbeißen und die Spannung aufrechterhalten.«

Wir machten an der Stelle ein Selfie, an der Kevin sich im Film von der Taubenfrau verabschiedete. Es war nichts Besonderes, versprühte allerdings kribbelige Alltagsmagie. Wobei mir der Ort im Dunkeln etwas unheimlich vorkam. Auf dem Foto konnte man die bogenförmige Brücke kaum erkennen.

»Schon nach acht Uhr«, stellte Boston fest. »Noch zu schaffen.«

Zuerst wollte ich fröhlich zustimmen, dann ging mir etwas auf: Wenn wir heute alle Filmdrehorte auf der Liste schafften, gäbe es morgen keinen Grund, Boston wiederzusehen.

»Was ist?« Er neigte den Kopf.

»Nichts«, sagte ich hastig. »Ich werde bloß langsam müde.«

»Okay, dann lass uns umso schneller weitergehen«, sagte Boston, wobei er sich die Weihnachtsmütze zurechtrückte. »Ziemlich gruselig hier.«

»Fürchtest du dich etwa?«, zog ich ihn glucksend auf.

»Na ja.« Er sah sich nach allen Seiten um. »Wie sicher ist es in den dunklen Ecken des Central Parks? Denk an den Film.«

»Buh!« Ich sprang ihn von der Seite an, als er gerade in die andere Richtung schaute.

Tatsächlich schrak er zusammen, was ich gar nicht erwartet hätte.

»Jesus!«, stieß Boston aus und griff sich an die Brust. »Mach doch nicht so was.« Nach zwei schnellen Atemstößen fand er zurück zu seinem Lächeln. »Aber du bist gut. Siehst du: Deine Talente sind überaus vielseitig.«

Ich lachte, weil das nun wirklich übertrieben war.

»Zur Radio City Music Hall?« Boston hielt mir seinen Arm hin und ich hakte mich bei ihm unter. »Sehr gern, mein Herr.«

Vor und in der Radio City Music Hall war richtig viel los. Neonbuchstaben beleuchteten den Gehweg und ein Schriftzug, der über das Gebäude lief, kündigte die nächsten Veranstaltungen an.

»Machst du ein Foto von mir, wie ich ein Foto davon mache? Wie im Film?«, fragte mich Boston, dessen Augen mit den Neonglühbirnen um die Wette leuchteten. Diese kindliche Freude hätte ich mir auch gern bewahrt.

»Noch zwei Stationen.« Boston nickte zufrieden. Die Neonbuchstaben färbten seine dunklen Haare, die unter der Weihnachtsmütze hervorlugten, blau-lila. »Wir sind echte Profis und liegen gut in der Zeit.«

Lediglich das Plaza Hotel, in dem Kevin abgestiegen war, und der große Weihnachtsbaum am Rockefeller Center fehlten noch. Der Gedanke, dass unsere gemeinsame Zeit danach vorbei sein würde, fühlte sich seltsam trostlos an.

Mein Handy vibrierte. Wieder ein Anruf von Travis, der sicher wissen wollte, wieso ich mich nicht zurückgemeldet hatte. Bestimmt wartete er im Hotel auf mich. Damit er sich keine Sorgen machen musste, verfasste ich zumindest eine kurze Nachricht, in der ich erklärte, dass es mir gut ging. Alles andere ging ihn nichts an, fand ich.

Boston beobachtete mich. »Und du bist dir sicher, dass du keinen Freund hast? Musst du zurück?«

Oh. Vermutlich hatte er Travis' Namen auf dem Display gelesen. »Das war eine Nachricht an meine Reisegruppe«, murmelte ich.

Daraufhin blieb Boston auffällig still. Ob er mir diese Notlüge nicht abnahm? Lügen war nie meine Stärke gewesen. Da er nicht mehr lächelte und mich stattdessen musterte, nahm ich mal an, dass er mir nicht glaubte.

Es waren bloß ein paar Schritte bis zum berühmten Plaza Hotel, die mir dennoch wie der längste Weg erschienen, den wir heute zurückgelegt hatten, weil wir die ganze Zeit schwiegen. Warum hatte ich auf einmal ein schlechtes Gewissen?

Boston steckte einem Weihnachtsmann, der für ein Kinderhaus sammelte, im Vorbeigehen etwas Geld in den Klingelbeutel.

»Vielen Dank!« Der Weihnachtsmann läutete seine Glocke. »Und einen schönen Abend dem hübschen Paar.«

Augenblicklich fing mein Nacken an zu glühen. *Dem hübschen Paar.* Krampfhaft versuchte ich, nicht in Bostons Richtung zu sehen, tat es aus dem Augenwinkel aber doch.

Boston blinzelte doppelt so viel wie sonst, sagte allerdings nichts. In meinem Kopf wirbelten die Gedanken. Konnte man sich im Laufe eines einzigen Tages Hals über Kopf in einen Fremden verlieben? Aus einem anderen Bundesstaat? Dazu war er berühmt. Mein Verstand wollte mir sofort weismachen, dass so etwas unmöglich war. Außerdem konnte sich Boston vor Verehrerinnen kaum retten. Das hatte ich heute Vormittag live im Central Park mitbekommen.

An der nächsten Ecke ragte das Plaza vor uns auf. Schweigend schlenderten wir darauf zu. Während wir heute Mittag strahlend zum Ziel gesprintet waren, schlichen wir nun, ohne den anderen anzusehen, auf die vorletzte Station zu. Als wir nur noch die Straße überqueren mussten, sprang die Ampel vor uns auf Rot. Ein feiner Nieselregen setzte ein und das Licht der Ampel leuchtete derart intensiv, dass es mich blendete.

»Wollen wir von hier aus das Bild machen? Dann kannst du schneller wieder zurück in dein Hotel«, sagte Boston tonlos.

Wie? Wollte er alles zackig abhaken? Und was war mit dem Rockefeller Center?

Der Gedanke sackte schwer in meinen Magen wie ein ganzer Eisberg. Unter halb gesenkten Lidern sah ich zu ihm hoch. »Wenn du willst?« Toll, damit war ich nun ganz und gar zum Südstaatengirl-Klischee mutiert. Ich atmete tief ein. »Lass mich das Bild knipsen.« Wenigstens ein kleines bisschen Selbstbestimmung wollte ich mir bewahren.

Von Boston kam ein erstauntes Hüsteln, als könnte er nicht glauben, dass ich eingewilligt hatte.

Da hob ich schon meine Hand mit dem Smartphone. »Lächeln.« Keiner von uns beiden bekam es überzeugend hin, sodass wir auf dem Screen wie Schaufensterpuppen rüberkamen.

»Hadley?«

Ich zuckte zusammen. Diese Stimme. Eindeutig Travis. Gleichzeitig mit Boston wandte ich mich um. Und tatsächlich. Aus der Richtung, wo wir gerade hergekommen waren, steuerten Travis, Trudi und ihr Ehemann auf uns zu.

»Was machst du so spät hier?« Travis sah von mir zu Boston, den er äußerst misstrauisch beäugte.

»Und du? Hast du nach mir gesucht?« Und falls ja, wie hatte er mich gefunden? Ungläubig blinzelte ich ihn an.

Travis musterte Boston von oben bis unten, ehe er mir antwortete. »Ich habe dir doch mein altes iPhone geschenkt. Darauf war noch die Ortungs-App gespeichert, sodass ich deinen Standort lokalisieren konnte.«

Bitte was? Er konnte mir auf diese Weise nachspionieren? Das musste ich dringend ändern.

»Kenne ich dich, Bro?«, fragte Travis im nächsten Moment an Boston gewandt.

Boston sah aus, als hätte er einen langen, erschöpfenden Tag hinter sich. »Eher nicht, Bro.«

Das *Bro* betonte er ziemlich genervt. Hätte ich wahrscheinlich ähnlich ausgesprochen.

Trudi schob sich zwischen uns. »Hadley, Travis hat sich etwas Besonderes für dich ausgedacht.« Sie kicherte verstohlen. »Etwas seeehr Romantisches. Du musst mit ins Hotel kommen. Ich will den Antrag nicht verpassen!«

Antrag? Von Travis? Äh, nein? Was war hier los? Und wieso mischte sich Trudi ein?

»Ich muss dann mal … Es ist spät geworden.« Boston steckte sein Handy zurück in die Jackentasche. Ob er sich von mir hintergangen fühlte? Weil ich ihm gesagt hatte, ich wäre Single? Was ja auch der Wahrheit entsprach.

»Boston, das hier ist anders, als es aussieht.« Verdammt, wieso hatte ich ausgerechnet diesen Satz gewählt?

Boston schnaubte, bevor er sich abwandte und sich von uns entfernte. »War nett, dich kennengelernt zu haben, Hadley.«

»Warte!«, rief ich ihm hinterher. »Travis ist mein Ex.«

»Der dich zurückgewinnen will«, warf Travis ein.

Dass er die Nerven hatte! Allerdings war ich mir nicht sicher, ob Boston die Worte gehört hatte, weil das Autohupen in diesem Moment ohrenbetäubend wurde. Ein Taxi bremste haarscharf vor Boston ab. Aber statt den Fahrer anzuschreien, machte er einfach einen Schritt zur Seite und stieg vollkommen cool ein. Dann brauste das Taxi mit ihm davon. Einfach so. Verschmolz mit der nächtlichen Großstadt.

Trudi plapperte etwas von Travis und Rosen, doch ich hörte kaum hin. War das gerade wirklich geschehen? Mein Hirn spulte unzusammenhängende Szenen von heute ab. In allen lachte Boston mit mir oder strahlte mich an, was sich wie in einem Märchen anfühlte. Unglücklicherweise riss mich Travis aus ebendiesem, als er mich mit einem eisigen Griff am Oberarm packte, während der Nieselregen auf mich niederging. »Wir müssen über uns reden, Hadley. Bitte gib uns eine Chance dazu.«

»Lass das«, zischte ich und schlug Travis' Hand weg. »Wir hatten nie eine, sieh es ein. Wir passen nicht zusammen.« Ganz davon abgesehen, was sich Travis alles in unserer Beziehung geleistet hatte, empfand ich absolut nichts mehr, wenn ich ihn ansah. Und Travis war in diesem Moment unwichtig.

Boston ... Ich schloss die Augen. Mist, ich wusste nicht mal, in welchem Hotel er wohnte. Ich nieste, so kalt war es geworden. Hier herumzustehen ergab wenig Sinn, also kehrte ich am Ende, nachdem Travis minutenlang auf mich eingeredet hatte, mit ihm, Trudi und Herbert, ihrem Mann, ins Hotel zurück. Trudi wollte als Vermittlerin bei unserer Aussprache dabei sein, doch ich wimmelte sie ab. Es war Zeit, ein ernstes Gespräch mit Travis zu führen – allein. Und danach an der Rezeption nach einem Einzelzimmer für mich zu fragen. Beides tat ich, wobei Travis es nicht gut aufnahm, dass ich nicht daran interessiert war, uns eine zweite Chance zu geben.

Das Allerschlimmste war, dass ich keine Ahnung hatte, wie ich Boston finden sollte, um ihm alles zu erklären. Schließlich hatten wir keine Nummern ausgetauscht, sondern die Bilder immer über AirDrop versendet. Zwar fand ich ihn auf TikTok und schickte ihm dort eine Nachricht, machte mir jedoch keine Hoffnungen, dass er sie jemals lesen würde, bei der Menge an Mitteilungen, die er sicherlich täglich bekam.

In dieser Nacht fiel es mir schwer einzuschlafen. Alles war so verkorkst. Dabei hatte sich der Tag wunderschön und überraschend entwickelt. Einmalig und magisch, vollkommen untypisch für eine spontane Bekanntschaft. Und wenn ich ehrlich war, wollte ich genau das – ihn kennenlernen und eventuell mehr ... Am besten die nächsten Tage mit ihm in New York verbringen. Und Weihnachten und Silvester. Mit einem Ruck setzte ich mich auf. Das Konzert, bei dem Boston auftreten sollte! Dort könnte ich ihn treffen und ihm alles erklären. Mittlerweile war ich überzeugt davon, dass er so schnell abgehauen war, weil er glaubte, ich hätte ihn belogen und sei mit Travis zusammen. Das konnte ich aufklären. Ich musste mir einfach Karten für das Konzert besorgen. Da Google auf alles eine Antwort hatte, fackelte ich nicht lange. Blöderweise sagte Google, dass alle Karten für das Silvesterkonzert im Central Park ausverkauft wären. Mit dieser Antwort wollte ich mich nicht zufriedengeben. Ich fand einen Ticketservice mit einer Vierundzwanzig-Stunden-Hotline und rief sofort an. Nachts um halb zwei.

»Willkommen bei *Encore Tickets*, Sie sprechen mit Valerie, wie kann ich Ihnen helfen?«, meldete sich eine helle Stimme, die kein bisschen müde wirkte, sondern recht beschwingt, wie frisch verliebt.

»Hi, ich bin Hadley und ich brauche wirklich dringend ein Ticket.«

»Da bist du hier schon mal richtig«, sagte Valerie mit einem belustigten Unterton. »Für welche Veranstaltung denn genau?«

»Das Silvesterkonzert im Central Park. New York.«

»Oh, das ist immer bereits Monate im Voraus ausverkauft, entschuldige.« Jetzt klang sie zerknirscht.

»Aber ...« Ich entschied mich dazu, mit der Wahrheit herauszurücken. »Ich muss wirklich dahin. Es wird jemand dort sein, den ich unbedingt wiedersehen muss, und ich habe seine Nummer nicht.«

»Mhm, ich verstehe. Leider kann ich nichts für dich tun.«

Mein Herz sank bis zwischen meine Kniekehlen.

»Allerdings ...«, fuhr sie fort, »stehen bei jedem Konzert vor dem

Eingang Leute, die Last Minute ihre Tickets loswerden wollen. Wenn du früh genug dort bist, könntest du womöglich Glück haben.«

Oh, daran hatte ich gar nicht gedacht.

»Pass nur auf, dass du keine gefälschten kaufst. Lass dich am besten vom Verkäufer bis zum Eingang begleiten.«

»Guter Tipp. Ich danke dir, Valerie.«

Mit einem Gefühl, dass vielleicht doch nicht alles verloren war, schlief ich ein.

Am nächsten Morgen quatschten am Frühstückstisch alle wild durcheinander, weil es schneite. Elsbeth entglitt vor lauter Vorfreude auf weiße Weihnachten wiederholt ihre Tablettenschachtel. Weil Travis zusammengekrümmt in einer Ecke kauerte – und weil Weihnachten bevorstand –, entschloss ich mich, ein zweites klärendes Gespräch mit ihm zu führen, an dessen Ende wir hoffentlich wieder normal miteinander umgehen konnten. Das mussten wir auch, denn wir würden einige weitere Tage gemeinsam in New York verbringen. Glücklicherweise schien Travis genug Vernunft in sich zu tragen, um zu begreifen, dass es zwischen uns endgültig vorbei war. Als der letzte Gast den Frühstückstisch verließ, hatten wir uns darauf geeinigt, Freunde zu bleiben. Ausschließlich Freunde. Ich drückte seine Hand. Damit hatten wir tatsächlich einen besseren Schlussstrich hinbekommen, als ich es für möglich gehalten hätte.

»Läuft da was zwischen dir und diesem Typen von gestern?«

Die Frage führte dazu, dass ich den Löffel meiner Kaffeetasse fester umfasste. »Nein.«

Noch nicht jedenfalls. Bloß wie sollte es jemals? Bei diesem Wetter konnte ich nicht mal in den Central Park gehen und darauf hoffen, ihn am selben Ort wie gestern wiederzutreffen. Das Leben war nicht fair. Seufzend nahm ich mein Handy und googelte ihn. Boston Lewis. Mir wurden unzählige TikToks angezeigt, auf denen er die Bühne hinter irgendeinem Star überquerte – mitsamt seinem ikonischen Move. Videos, die ich gestern Abend bereits gesehen hatte, weswegen ich mir wie eine Stalkerin vorkam.

Der Schnee verschönerte die Weihnachtstage. Die Reiseleitung hatte sich ein paar Spiele für die Gruppe überlegt und es gab ein Weihnachtswichteln. Doch über all dem Trubel und dem vielen Essen vergaß ich nie die einmalige Sightseeing-Tour mit Boston.

Erst nach den Feiertagen konnte ich wieder dick eingemummelt im Central Park an dem kleinen See mit der Alice-Statue sitzen und schreiben. Boston tauchte allerdings leider nicht auf.

Am Morgen des letzten Tages des Jahres beendete ich den Roman beim Frühstück und konnte es kaum fassen. Ich hatte einen Roman fertig geschrieben. Am liebsten hätte ich es der ganzen Welt erzählt, vor allem Boston – nur ging das nicht. Dafür informierte ich meine Reisegruppe und alle applaudierten mir ganz süß, sogar Travis.

Am Abend musste ich mich ein weiteres Mal von ihnen abseilen, nachdem wir die Besichtigung des Empire State Buildings nachgeholt hatten, und erst da fiel mir auf, dass ich immer noch nicht den Weihnachtsbaum am Rockefeller Center gesehen hatte. Den letzten Stopp, den Boston und ich nicht mehr eingelegt hatten.

Ich schlüpfte in mein pfirsichfarbenes Silvesterkleid und zog meinen Mantel darüber. Ob er mich so von der Bühne aus erkennen würde? Vorsichtshalber nahm ich auch die Weihnachtsmütze mit, die er mir gekauft hatte.

Vor dem Eingang zum abgesperrten Konzertbereich hielten tatsächlich zwei Leute Schilder in die Höhe, mit der Aufschrift *Ticket zu verkaufen*.

Ich zögerte nicht, kaufte der Frau, die an einer altmodischen Laterne stand, ein Ticket ab und musste dafür nicht einmal mehr bezahlen, als es ursprünglich gekostet hatte. Was für ein Glück. Zusammen mit einer großen Menge Fans strömte ich durch den Eingang bis zur Bühne, wo ich relativ weit vorn einen Stehplatz bekam. Um mich herum schwenkten einige Leute Schilder für ihre Lieblingsbands. Vereinzelt sah ich den Schriftzug *Boston* mit ägyptischen Symbolen umrandet. Okay ...

Eine recht unbekannte Vorband eröffnete das Konzert, danach warfen die Moderatoren T-Shirts in die Menge und spielten zwischen den verschiedenen Auftritten Spiele mit dem Publikum. Es war zwar kalt, aber auch schön, so zu feiern, und auf gewisse Weise sogar gemütlich. Um elf Uhr trat eine Rockband auf, die ich kannte. Und währenddessen ... erklomm Boston den Bühnenaufgang an der rechten Seite.

»Boston!« Ich schrie und winkte. Natürlich hörte er mich nicht – für ihn musste es sich wie der Ruf eines Fans anhören, der in der Masse unterging. Ach, Boston ... In seinem weißen Hoodie mit dem Horusauge-Aufdruck sah er verboten gut aus.

»Hey!« Ich schob mich durch die Menge, um an die Seite zu gelangen, wo Boston in seinem ägyptischen Move die Bühne wieder verlassen würde. Die Menge grölte, weswegen es aussichtslos war, ihn durch Rufe auf mich aufmerksam zu machen. Also Plan B. Spontan packte ich meine Handcreme in die Rentier-Weihnachtsmütze, um sie zu beschweren, drückte sie zusammen und warf sie auf die Bühne – ganz an den Rand, genau vor Bostons Füße. Wahrscheinlich hatte ich in meinem Leben niemals derart exakt getroffen wie in diesem Moment. Vielleicht weil es um alles ging. Letzte Chance und so.

Boston, der die Bühne gerade über die Treppe verlassen wollte, zuckte zusammen. Ich konnte an seinem Gesicht ablesen, wie sich Erkennen darauf zeigte. Dann hob er den Kopf, scannte die Menge, bis er meinen Blick auffing. Ich stand ziemlich nah vor ihm in der zweiten Reihe.

Langsam hob ich eine Hand, um zu winken.

Er starrte mich an, während ich mit den Lippen die Worte formte: *Können wir reden?*

Auf Bostons Gesicht zeigte sich keine Reaktion. Absolut gar keine. Letztlich – es mussten kaum fünf Sekunden vergangen sein, obwohl es mir deutlich länger vorkam – verschwand er von der Bühne. Na toll. Was, wenn das wirklich meine letzte Chance gewesen war, um ihn wiederzusehen? Ich hätte ein Entschuldigungsplakat malen sollen. Wieso war ich nicht darauf gekommen? Was für ein einsamer Jahreswechsel würde das gleich werden – in der Kälte allein unter Tausenden Fremden. Das schlimmste Silvester seit ...

Bevor ich den Gedanken zu Ende gedacht hatte, winkte mir ein Securitymitarbeiter von der Absperrung vor mir zu. War tatsächlich ich gemeint? Anscheinend ja. Also drängte ich mich bis zu ihm durch.

»Mitkommen«, sagte der Mann mit dem Vollbart nur. Ich stellte keine Fragen, sondern tat es einfach. Konnte es sein, dass Boston nach mir geschickt hatte? Mein Herz hämmerte in meiner Brust wie tausend Weihnachtswichtel, wenn nicht mehr. Der Bärtige führte mich durch eine Absperrung nach der anderen bis hinter die Bühne, wo Boston im Mantel neben einem Glühweinspender an einen Tisch gelehnt dastand. Er. Boston. Höchstpersönlich.

»Du bist hier?«, fragte er schlicht.

»Ja.« Mein Hals fühlte sich auf einmal ganz kratzig an. Über uns zerplatzte eine zu früh abgefeuerte Rakete in einem Funkenregen. Keiner von uns sah hin.

»Ich wollte das Missverständnis zwischen uns aufklären.«

Abwartend sah er mich an, also fasste ich all meinen Mut zusammen. »Travis ist mein Ex und wir teilen uns kein Hotelzimmer mehr.« Alles, wirklich alles, strömte aus mir hervor und sobald ich geendet hatte, lächelte Boston endlich wieder.

»Ich habe die ganzen Tage an dich gedacht.«

»Ich auch an dich.« Langsam überwand ich die Distanz zwischen uns. »Sonst wäre ich heute nicht hier.«

Boston stellte seinen Becher ab und hielt mir seine Hand hin. Wie er vor mir stand, mir den Arm entgegenstreckte und damit eine Einladung aussprach, ohne etwas zu sagen ... es war der schönste Anblick der Welt.

Ich legte meine Hand in seine, was sich wie nach Hause kommen anfühlte.

»Wir müssen noch eine letzte Sache tun«, erklärte er feierlich. »Bevor wir darüber reden, wie alles mit uns weitergehen kann.«

Allein der Gedanke, dass er das in Betracht zog, ließ eine rosa Rakete in meinem Magen explodieren.

»Der Weihnachtsbaum am Rockefeller Center«, hauchte ich.

»Exakt.«

Wir rannten los. Gleichzeitig, Hand in Hand. Warum langsam laufen, wenn man rennen konnte? Securityleute öffneten Zäune für uns und wir rasten nach Süden, so wie vor Weihnachten. Bloß schneller. Ohne einmal anzuhalten – wofür ich das Adrenalin verantwortlich machte –, kamen wir am Rockefeller Center an.

»Oh, wow.« Ich legte den Kopf in den Nacken. »Einen Baum wie diesen habe ich nie zuvor gesehen.« Und das wollte etwas heißen, denn in Alabama übertrieben es manche Städte ganz schön mit den Weihnachtsbäumen. Er glitzerte und strahlte, als wollte er mit den Silvesterraketen mithalten, die schon bald die Nacht erhellen würden.

»Hier hatte auch Kevin sein Happy End.« Boston sah mich ernst an. »Ich muss dir etwas sagen.«

Ich runzelte die Stirn. Was kam denn jetzt?

»Ja?«

»Boston ist mein Künstlername. In Wahrheit heiße ich Kevin.«

Was? Ich konnte nicht an mich halten und prustete los. Das war sein

Name? »Also bist du genau genommen der echte Kevin allein in New York?«

»Na ja.« Er zog mich noch fester an sich. »Gerade nicht mehr ganz allein in New York.«

Im selben Augenblick zählten Menschen um uns herum von zehn herunter bis auf Null.

Boston ließ mich nicht los, was mir durchaus recht war. In diesem Moment wollte ich für immer hier stehen und von ihm genauso warm angelächelt werden wie jetzt.

Raketen stiegen in den Himmel. Mitternacht, ein neues Jahr begann.

»Du weißt, was das heißt«, murmelte Boston.

»Mhm, ist Tradition«, murmelte ich.

Seine Lippen näherten sich meinen, was ich plötzlich kaum erwarten konnte. Nein, dagegen hatte ich rein gar nichts einzuwenden.

»Ungefähr so endet auch mein Roman«, wisperte ich.

»Ach wirklich?« Boston lächelte verschmitzt, dann trafen sich unsere Lippen. Ein Neujahrskuss … hoffentlich nur einer von vielen … von sehr vielen.

ALEXANDRA FLINT

A Museum For Two

Schneeflocken landeten auf meiner Nase, als ich den Blick zum Eingang des *American Museum of Natural History* hob. Vier ionische Säulen flankierten die große Tür, durch die um diese Zeit kaum noch Menschen strömten. Oder an diesem Tag. Abends an einem Heiligabend waren die meisten bei ihrer Familie oder mit Freunden unterwegs, nicht auf der Suche nach einem guten Platz zwischen beeindruckenden Exponaten, um an Uniprojekten zu arbeiten. Nur war ich nicht wie die meisten, sondern in dieser Hinsicht vermutlich die berühmte Ausnahme.

Seufzend warf ich mein Hot-Dog-Papier in den nächsten Mülleimer und setzte mich in Bewegung, wobei mir mein Jutebeutel beinahe drängend gegen die Hüfte schlug.

Du bist nicht die Einzige, die gern ins Warme möchte.

Normalerweise war es eine Fünfzig-fünfzig-Chance, dass Manhattan weiße Weihnachten erlebte, die letzten Jahre hatten in dieser Hinsicht eher mau ausgesehen, weswegen wir dieses Mal die geballte Ladung mehrerer Winter abbekamen. Anders konnte ich mir die Schneemassen nicht erklären. Mit hochgezogenen Schultern stapfte ich die schneebedeckten Stufen zum weihnachtlich geschmückten Eingang hinauf und schüttelte mir die Flocken aus meinen Haaren, die vermutlich große Ähnlichkeit mit einem Wischmopp haben mussten. Seit ich mir meine dunkelblonden Wellen auf Kinnlänge abgeschnitten hatte, lockten sie sich zu wilden Kringeln, die ein unkontrollierbares Eigenleben führten.

Nur mit Mühe unterdrückte ich den Drang, mir noch ein paarmal durch die Strähnen zu fahren, und steuerte stattdessen den Empfang an. Auch hier Lametta, Kunsttanne und funkelnde Kugeln, so weit das Auge reichte.

»Guten Abend, Miss.«

»Guten Abend«, erwiderte ich und zog meinen Universitätsausweis hervor. Alle Studierenden der Fakultät für Geschichte hatten eine

Dauerkarte für die Museen der Stadt bekommen, die ich seit Studienbeginn zu einer zweiten Heimat gemacht hatte.

Die Dame warf einen geübten Blick auf die ID-Karte und nickte. »Ich danke Ihnen. Sie wissen, dass wir in eineinhalb Stunden schließen?«

»Ja.« *Leider.* »Ich brauche nicht lange.«

Wieder ein Nicken samt höflichem Lächeln. »Ich wünsche Ihnen einen angenehmen Aufenthalt. Und schon einmal frohe Weihnachten.«

Ich schob mir ein – hoffentlich – ähnlich freundliches Lächeln auf die Lippen und steckte meinen Ausweis zurück ins Portemonnaie. »Das wünsche ich Ihnen auch.«

Kaum hatte ich meine Jacke an der Garderobe abgegeben, tauchte ich auch schon in den Tiefen des Museums ab. Zwischen den beeindruckenden Ausstellungsstücken wie dem Skelett eines Tyrannosaurus Rex (jemand hatte ihm eine Weihnachtsmütze aufgesetzt), dem gewaltigen Wal oder den Mammuts fiel es mir leicht zu vergessen, dass da draußen noch eine andere Welt existierte. Oder meine deprimierenden Gedanken, die mich hergeführt hatten.

Ich war vor zwei Jahren von Reykjavik nach New York City gezogen, um an der NYU Geschichte mit dem Schwerpunkt Naturgeschichte zu studieren. Meine Familie und ich waren außer uns gewesen, als mich die Zusage für das Stipendium erreicht hatte. Allerdings hatten wir zu diesem Zeitpunkt nicht bedacht, dass wir uns durch mein Studium in den USA kaum noch sehen würden. Das Leben in Manhattan war unfassbar teuer, trotz Wohnheim und Nebenjob im Café. Da waren mehrere Flüge im Jahr einfach nicht drin. Als ich im Sommer nach Hause geflogen war, um den achtzigsten Geburtstag meiner *Amma* zu feiern, hatte das im Umkehrschluss bedeutet, Weihnachten allein in New York zu verbringen. Ein Preis, den ich gern zahlte, dennoch saß mir die Einsamkeit nun wie ein unaufhörliches Zwicken im Nacken. Unwillkürlich schlang ich einen Arm um mich und blickte durch eines der großen Fenster nach draußen. Schneeflocken tanzten im goldenen Licht der Laternen vor der festlich geschmückten Kulisse dieser Stadt, die niemals schlief. Es war erstaunlich, wie einsam man sich inmitten so vieler Menschen fühlen konnte. Dabei hatte mir meine beste Freundin Ava angeboten, die Feiertage bei sich und ihrer Familie zu verbringen. Aber ich kannte sie gut genug, um zu wissen, dass sie es mehr aus Pflichtbewusstsein getan hatte, als es wirklich zu wollen – was ich ihr nicht übel nahm. Ava war ein großartiger Mensch, aber sie hatte nichts für Trubel übrig und liebte die Ruhe. Besonders zu Weihnachten nach einem anstrengenden Jahr.

 Mit den Gedanken noch halb beim vergangenen Semester und den Prüfungen, die im neuen Jahr auf mich warteten, ging ich die breite Treppe bis ins zweite Stockwerk hinauf, wo sich neben der Ausstellung über die Menschen Südamerikas und Afrikas auch die jeweiligen Säugetierabteilungen befanden. Mein aktuelles Projekt zielte auf den Vergleich verschiedener Mammutarten ab, die sich an die jeweiligen Bedingungen ihrer Kontinente angepasst hatten. Ich entschied mich spontan, den afrikanischen Fachbereich zuerst zu besuchen, und fuhr mir dabei über den Bauch, in dem sich ein unangenehmes Ziehen eingenistet hatte. Wahrscheinlich hätte ich den doppelten Kaffee am Abend doch weglassen sollen. So gut es ging, drängte ich das schmerzhafte Grummeln zurück und zog meinen Collegeblock samt Kugelschreiber hervor. Viele der Informationen hätte ich auch im Internet finden können, aber live und in Farbe vor diesen Giganten der Eiszeit zu stehen, war einfach etwas vollkommen anderes.

 Für die nächsten Minuten verschwamm die Realität mit diesem Blick in die Vergangenheit, sodass ich sogar meine Magenschmerzen vergaß – bis sie unangekündigt und so heftig zurückkamen, dass mir die Tränen in die Augen schossen.

 Was zum ...?

Keuchend verstaute ich meine Sachen im Jutebeutel und krümmte mich, als eine neue Schmerzwelle durch meinen Körper jagte und mich würgen ließ. Gott, war mir ... schlecht. Verflucht ... verdammt ... schlecht. Ich ...

Ohne die Überlegung zu Ende zu bringen, stolperte ich zurück in den breiten Flur, wo sich die nächsten Toiletten befanden. Blind tastete ich nach der Klinke und hing nur einen Sekundenbruchteil später über der Kloschüssel. Ich machte mir nicht einmal die Mühe, die Kabine abzuschließen. Unter anderen Umständen hätte mich vermutlich der Zustand der Toilette abgeschreckt, doch jetzt verschwendete ich keinen Gedanken daran, sondern entleerte meinen Magen wieder und wieder, während mir lautlose Tränen über die Wangen liefen. Mein Körper zitterte unter der Anstrengung, die mir sämtliche Energie raubte, während ich immer weiter würgte, obwohl da längst nichts mehr war, was ich hätte von mir geben können. Das war definitiv nicht der Kaffee gewesen, aber was sonst? *Der Hot Dog.* Es musste der Hot Dog gewesen sein, also hatte ich mir diesen seltsamen Geschmack nicht eingebildet. Von allen Ständen, die ich hätte erwischen können, war es ausgerechnet einer mit schlechten Zutaten gewesen.

Vollkommen erschöpft sank ich an der Kabinenwand auf den Boden und machte mich ganz klein. Vor meinen Augen wurde es immer wieder schwarz und irgendwo in den Tiefen meines Gehirns erinnerte mich eine leise Stimme daran, dass ich Hilfe rufen sollte. Doch allein die Vorstellung, mich zu rühren, kam mir wie ein Ding der Unmöglichkeit vor. Also senkte ich die Lider, ließ meine Stirn auf die angezogenen Knie sinken und horchte auf mein polterndes Herz.

Einen Moment, dann holst du jemanden. Nur einen Moment die Augen schließen und ... Schwärze.

Das Zuschlagen einer Tür riss mich aus dem Schlaf. *Schlaf?!* Scheiße, ich war eingeschlafen! Um mich herum war es stockfinster bis auf die schwache Notbeleuchtung. Und im Museum ... war es unheimlich still.

Hektisch tastete ich nach meinem Beutel und zog mein Handy heraus. Der Akku war beinahe leer, aber für die Anzeige der Uhrzeit und eines neuen Beitrags des TikTokers *Boston* (unglaublich wichtig in diesem Augenblick) reichte es noch.

Kurz vor Mitternacht. Himmel, ich hatte fast *fünf Stunden* verpasst. Das Museum war längst geschlossen ... und mich hatte man vergessen.

Mein Blick glitt zur Toilette. Erinnerungen stiegen buchstäblich *säuerlich* in mir hoch, dann wandte ich mich resolut ab. Mit einer Hand an der Kabinenwand abgestützt, kam ich wieder auf die Beine und stellte fest, dass zumindest die Übelkeit vorüber schien. Was auch immer diese Magenkrämpfe ausgelöst hatte, ich hatte das Gröbste hinter mir. Immerhin etwas. Blieb die Tatsache, dass ich im Museum festsaß und man mich mit großer Wahrscheinlichkeit für eine Einbrecherin halten würde, sobald ich entdeckt wurde.

Ich hätte einfach mit zu Ava fahren sollen.

Kopfschüttelnd trat ich aus der Kabine und spülte mir gründlich den Mund aus, ehe ich die Spuren verwischter Mascara entfernte, bis ich wieder halbwegs menschlich aussah. Ein Kaugummi, ein letzter Blick in den von Lametta eingerahmten Spiegel. So weit so gut. Ich würde einfach –

Ein Klicken hallte viel zu laut durch die Toilette, dann traf mich plötzlich der Schein einer grellen Taschenlampe. Mir kam ein unterdrückter Schrei über die Lippen, als ich erschrocken gegen das Waschbecken stieß und beinahe ein weiteres Mal auf den Fliesen gelandet wäre.

»Keine Bewegung!«, sagte eine tiefe, warme Stimme, die jünger klang, als ich erwartet hatte.

Blinzelnd hob ich die Hände. Ich hatte einfach zu viele Krimis mit Ava gesehen, um diese Reaktion unterdrücken zu können, während ich versuchte, irgendetwas zu erkennen. »Bitte nicht schießen. Ich bin keine Diebin. Ich ... ich bin auf der Toilette eingeschlafen.«

Eine Sekunde wurde der Mann still, als hätte er mit allem gerechnet, nur nicht mit dieser Antwort. »*Eingeschlafen?*«

»Ja.« Meine Wangen wurden heiß. »Es ist mir wirklich unangenehm, aber ... ich habe irgendetwas Schlechtes gegessen, zumindest glaube ich das, und dann ist mir übel geworden. So richtig übel. Ich bin aufs Klo und na ja ... was auch immer das war, es hat mich komplett ausgeknockt. Wenn Sie mir nicht glauben, können Sie gern einen Blick in die Toilette werfen.«

Scheiße, konnte mir bitte mal jemand den Mund zuhalten?

Ein vernehmliches Räuspern, in dem ich eine Spur Belustigung zu hören glaubte, drang zu mir. »Ich denke, das wird nicht nötig sein, Miss.«

Die Taschenlampe wurde ein wenig gesenkt und ich konnte zum ersten Mal einen Blick auf mein Gegenüber werfen. Wie ich vermutet hatte, war der Wachmann höchstens ein paar Jahre älter als ich. Vielleicht Mitte zwanzig. Er war groß und schlank, Muskeln zeichneten sich unter der dunkelblauen Jacke ab und ließen mich ahnen, dass echte Einbrecher schlechte Chancen gegen ihn hätten. Sein Teint war etwas dunkler, seine Haare beinahe schwarz – ich tippte auf südamerikanische Wurzeln – und er war ... verdammt heiß.

Ernsthaft, Eliza? Du hast ihm gerade angeboten, einen Blick in die Kloschüssel zu werfen, nachdem du –

»Warum waren Sie ursprünglich im Museum?«, riss mich der Wachmann aus dem peinlichen Starren und lenkte meine Aufmerksamkeit direkt auf die Waffe, die er nun wieder an seinem Gürtel befestigte.

»Ähm ... ich studiere Geschichte an der NYU und ich ... schreibe gerade an einem Projekt. Über Mammuts.« Normalerweise war ich nicht auf den Mund gefallen, aber dieser Typ, diese ganze Situation schien mir binnen Sekundenbruchteilen diese Fähigkeit geraubt zu haben.

»Darf ich Ihren Ausweis sehen?«

»Natürlich.« Hastig zog ich die ID-Karte heraus und hielt sie ihm hin. Die Taschenlampe noch immer in den Händen, kam er näher und leuchtete erst in mein Gesicht, dann auf den Ausweis.

»Eliza Brodwyn«, murmelte er und zum ersten Mal fiel mir der leichte Akzent in seinen Worten auf. Definitiv südamerikanisch.

»Richtig.« Ich nahm die Karte wieder entgegen. »Und ich bin wirklich keine Kriminelle. Das ist nur ein dummer Zufall nach einem schlechten Hot Dog ...«

Zu meiner Überraschung lachte er leise auf. »Hot Dog?«

»Ich glaube, mein Abendessen war der Übeltäter.«

»Wo haben Sie sich den denn geholt?«

Stirnrunzelnd musterte ich seine Züge. Er hatte eine elegante Nase, einen markanten Kiefer und genau die Art von Wangenknochen, die mein Herz verrückte Dinge tun ließ. Von allen Wachmännern, die mich nach meiner Kotz-Aktion hätten finden können, musste es ausgerechnet der attraktivste von allen sein.

»Vorn am Eingang zum Central Park.«

Ein beinahe mitfühlendes Lächeln trat auf seine Lippen. Hübsche Lippen. *Himmel, Eliza!*

»Das war ein Fehler. Mein Cousin Raul hat sich dort letzten Monat eine heftige Lebensmittelvergiftung eingefangen. Sie hatten offensichtlich Glück.«

»Hat sich nicht so angefühlt, als ich vorhin in der Kabine hing.«

»Glauben Sie mir, es hätte schlimmer kommen können.« Der Blick aus seinen braunen Augen verhakte sich für einen Moment mit meinen, dann fuhr er sich über den Nacken. »Ich schätze, ich sollte Sie dann mal nach draußen begleiten. Es ist schließlich Heiligabend. Vermutlich wartet schon jemand auf Sie und hat vielleicht bereits eine Vermisstenanzeige aufgegeben.«

»Das bezweifle ich«, erwiderte ich, als wir endlich die Toilette verließen und auf den Gang traten. Jetzt, wo das Museum geschlossen hatte, war das gesamte Gebäude in das dürftige Licht der Notbeleuchtung gehüllt. Selbst die Lichterketten waren abgeschaltet worden. Diese gewaltigen Räume mit ihren hohen Decken und den leblosen Ausstellungsstücken hätten mir unheimlich vorkommen müssen, doch aus irgendeinem Grund wirkte die Umgebung beruhigend auf mich. Friedlich.

»Meine Familie ist in Island«, gab ich schließlich zurück. »Und meine Freunde sind zu Hause. Also nutze ich die Zeit zum Arbeiten. Was ist mit Ihnen?« Die Frage rutschte mir über die Zunge, noch ehe ich sie hätte zurückhalten können.

»Bei mir ist es ähnlich. Meine Verwandtschaft ist bis auf meinen Onkel in Argentinien und der verbringt die Feiertage auf Hawaii. Familientradition.«

Ich schaute ihn perplex von der Seite an, weil ich nicht mit einer Antwort gerechnet hatte. Und weil sich der Klang seiner Stimme so ... vertraut angefühlt hatte. Vertrauter, als ich es bei einem Fremden, den ich seit fünf Minuten kannte, für möglich gehalten hätte.

»Was ist das für ein Projekt? Das mit den Mammuts, von dem Sie gesprochen haben?«

Ich zupfte am Träger meines Jutebeutels herum. »Mein Schwerpunkt liegt auf Naturgeschichte, wir vergleichen aktuell verschiedene Säugetiere unterschiedlicher Kontinente mit den Mammuts. Warum manche Gattungen ausgestorben sind, während andere, scheinbar ähnliche, überlebt haben.«

»Also Säugetiere in Asien, Afrika, Südamerika, Nordamerika und

Europa? Dort herrschten zur Zeit der Mammuts gänzlich andere Bedingungen, ich kann mir vorstellen, dass es interessant ist, beides miteinander zu verknüpfen.«

Ich nickte wie ein Wackeldackel auf der Hutablage. Ich konnte nicht anders, weil meine Hormone gerade das Kommando übernommen hatten und nun in eine Richtung steuerten, die hier und jetzt nichts verloren hatte. Es lag an seiner Klugheit, daran, wie ernst er mein Projekt nahm, und an diesen Seitenblicken, die er mir in den letzten Minuten immer wieder zugeworfen hatte. Genau dann, wenn er glaubte, ich würde es nicht mitbekommen. Aber ich hatte drei Geschwister, die den Begriff *Side Eye* quasi erfunden hatten, ich kannte sie alle und ich *spürte* sie alle.

»Es ist auf jeden Fall interessant. Und anspruchsvoll. Meine Professorin hält nichts von fadenscheinigen Formulierungen, deswegen wollte ich mir hier ein besseres Bild von den Mammuts und Säugetieren machen.« Wieder kam meine Erwiderung ein wenig verzögert und dem Zucken seiner Mundwinkel nach zu urteilen schien ihm das aufzufallen. Wahrscheinlich schob ich deswegen direkt das Erstbeste, was mir in den Sinn kam, hinterher. »Nur ist mir dann der Hot Dog in die Quere gekommen. Zur nordamerikanischen Abteilung habe ich es gar nicht mehr geschafft. Oder zu den Tieren von hier.«

Seine Stirn legte sich in Falten, als würde er eine tiefere Bedeutung hinter meinen Worten suchen, dann murmelte er etwas, das verdächtig nach *Scheiß drauf* klang.

Mitten auf dem breiten Flur in Richtung Treppen blieb er stehen und schaute zu mir. »Wir könnten das jetzt nachholen.«

»Bitte?« Bildete ich mir das nur ein oder wurde der Wachmann gerade rot?

»Die Ausstellungen anschauen und Material für Ihr Projekt sammeln.«

Verständnislos blinzelte ich ein paarmal. Warum zum Teufel sollte er das tun? Er kannte mich nicht, könnte dadurch vermutlich seinen Job verlieren und ich ...

»Ich kenne noch nicht mal Ihren Namen.« Und wieder hatte sich mein Mundwerk selbstständig gemacht.

»Jasper. Jasper Brohdi.« Lächelnd reichte er mir die Hand und ich ergriff sie, ohne nachzudenken. Warme, lange Finger schlossen sich um meine und hielten sie ein wenig länger fest, als nötig gewesen wäre. Ein Moment, der ausreichte, um mein Herz zum Rasen zu bringen. Aber ich würde einen Teufel tun und mich beschweren.

»Also, Jasper, warum solltest du das machen? Es könnte dich deine Stelle kosten und wir ...« *Kennen uns doch überhaupt nicht.*

Jasper überging das offene Ende meines Satzes geflissentlich und sagte nur: »Der quasi uneingeschränkte Zugang zu jeder Tages- und Nachtzeit ist einer der Vorteile, wenn der Onkel der Direktor des Museums ist.«

»Dein Onkel, der jetzt auf Hawaii Urlaub macht?«

»Richtig.«

»Aber, ich dachte ...«

»Dass ich hier arbeite?« Schulterzuckend vergrub er die Hände in den Taschen seiner dunklen Hose. »Theoretisch ja. Aber es ist mehr ein Nebenjob, eigentlich arbeite ich als Personenschützer. Aber New York ist nun mal teuer.«

»Wem sagst du das.« Ich legte den Kopf leicht schief und versuchte, die neuen Informationen über Jasper einzuordnen. Ein Personenschützer ... Ob er für Stars arbeitete? Oder Regierungsmitglieder? Zu gern hätte ich nachgefragt, aber dann fiel mir auf, dass er meiner ersten Frage auf elegante Weise ausgewichen war.

»Du hast mir noch nicht gesagt, warum du mich zu den Ausstellungen bringen willst.«

An seinem Kiefer zuckte ein Muskel. »Das klingt jetzt absolut durchgeknallt, aber es liegt an meiner jüngsten Schwester Camille.« Angemessen irritiert hob ich die Brauen, woraufhin er schnell fortfuhr. »Na ja, indirekt zumindest. Ich habe ihr ein Versprechen gegeben, weil ich es letztes Mal vergeigt und zu lange gewartet habe.«

»Auf die Gefahr hin, dass ich auf dem Schlauch stehe, aber was für ein Versprechen?«

Nun war die Hitze auf seinen Wangen nicht mehr zu übersehen, was zu der nervösen Geste passte, in der er sich über den Nacken fuhr. »Vor einer Weile habe ich eine junge Frau getroffen, die mich sehr ... beeindruckt hat. Aber ich habe mich nicht getraut, sie anzusprechen, und deswegen hat mir Camille den Schwur abgenommen ... nächstes Mal mutiger zu sein, wenn ich jemanden treffe, der ... egal, *dios mío*, ich klinge wie ein Idiot.«

»Nein, ich ... ich finde das ziemlich cool, ehrlich gesagt, und irgendwie ... süß.«

»*Süß*. Genau das wollte ich erreichen.« Zerknirscht verzog er das Gesicht.

Mir kam ein leises Lachen über die Lippen. »Nein, im Ernst, danke, dass du es mir erzählt hast, Jasper. Und gegen süß ist nichts einzuwenden.«

»Dann ist das ein Ja?«

»Zu einer kostenlosen nächtlichen Führung durch das *American Museum of Natural History*? Natürlich, wie könnte ich da nein sagen?«

»Es wird mir eine Ehre sein, Eliza.«

Bei der Art, wie er meinen Namen aussprach, weich und melodisch, überlief mich ein warmer Schauer und ich war fast – *ein großes fast* – dankbar für diesen schlechten Hot Dog.

Japser und ich setzten uns wieder in Bewegung und steuerten die Treppen an, doch statt in Richtung Ausgang gingen wir nach oben in die dritte Etage. Im Gehen berührten sich unsere Hände immer wieder wie beiläufig, bis ich die Initiative ergriff und meine Finger mit seinen verschränkte. Aus irgendeinem Grund beruhigte es mich, dass seine Handflächen genauso feucht waren wie meine, denn es bedeutete, dass er es auch spürte. Dieses Kribbeln, die Spannung, die uns überhaupt erst hierhergeführt hatte. An einem verschneiten Heiligabend um Mitternacht direkt in ein schlafendes Museum. Unwillkürlich wanderten meine Gedanken zu dem Film *Nachts im Museum* und ich hoffte wirklich, dass hier keines der Exponate plötzlich zum Leben erwachen würde. Von einem lebendigen T-Rex-Skelett durch die unzähligen Räume gejagt zu werden fehlte mir gerade noch.

»Da wären wir, die Säugetiere aus dem State New York«, verkündete Jasper im nächsten Moment und blieb am Eingang des um die Ecke verlaufenden Saals stehen.

Ich machte ein paar weitere Schritte in den weitläufigen Raum hinein und sah mich staunend um. In dem dämmrigen Licht wirkte das Vertraute so ... anders. Spannender und beinahe, als könnten die Tiere wirklich jeden Moment aus ihrer Starre erwachen.

»Ein wenig gruselig, was?« Jasper war so nah an mich heran getreten, dass sein Atem über meinen Nacken fuhr. »Die haben mir schon einige Male einen echten Schrecken eingejagt.«

»Dann ist das nicht dein erster nächtlicher Streifzug?« Ich wandte mich zu ihm um und erschrak darüber, wie wenig Abstand noch zwischen uns lag. Hätte ich mich auf die Zehenspitzen gestellt, hätte ich ihn problemlos küssen können ... *Moment, was?* Kaum merklich schüttelte ich den Kopf und hob das Kinn, um ihm in die Augen zu schauen.

Jasper atmete hörbar aus. »Nein, ich bin schon als Kind durch die Abteilungen gestreift und habe mir vorgestellt, mir würde dasselbe passieren wie dem Nachtwächter im Film.«

»*Nachts im Museum.*«

»Genau.«

»Eine verrückte Vorstellung«, wisperte ich genauso leise zurück und war mir sicher, dass er mich jeden Augenblick küssen würde. Dass er mein Gesicht umfassen und seine perfekt geschwungenen Lippen auf meine legen würde. Und dass ich nicht das Geringste dagegen unternehmen würde. Mein Bauch fühlte sich an, als würden unzählige Blubberblasen darin zerplatzen, während Anspannung und Vorfreude und ... Erregung als irrwitziger Cocktail in mir aufstiegen.

Nur um einen Sekundenbruchteil später jäh zu verstummen, als Jasper sich vernehmlich räusperte und einen Schritt rückwärts machte. »Also, welche Informationen brauchst du genau? Sollen wir einfach eine große Runde drehen?«

Auch wenn er sich alle Mühe gab, locker und unbeschwert zu klingen, hörten sich seine Worte in meinen Ohren genauso atemlos an, wie ich mich fühlte. Und das ergab keinen Sinn. Wir kannten uns nicht, ich wusste kaum etwas über diesen Jasper Brodhi und dennoch war er mir aus irgendeinem Grund innerhalb kürzester Zeit unter die Haut gegangen.

Ich zog die Unterlippe zwischen die Zähne und nickte geschäftsmäßig. »Allgemeine Daten und Fakten, eigentlich alles, was ich finden kann.«

In den nächsten Minuten streiften wir durch die Ausstellung zum State New York und wechselten dann in die *Akeley Hall of African Mammals*. Bis auf ein paar kurze Sätze, wenn uns etwas Besonderes auffiel, blieb es still und diese Stille ... vibrierte förmlich zwischen uns. Es war, als würde sich ein elektrisches Summen auf meine Haut legen und mit jeder Sekunde, die verging, wurde es schwerer, nicht daran zu denken, was gerade fast passiert wäre und dass ich es mir insgeheim gewünscht hatte. Dass ich mir gewünscht hatte, von Jasper geküsst zu werden. Vollkommen untypisch für mich, denn ich war niemand, der sich dem erstbesten Typen an den Hals warf. Aber vielleicht war das hier jene besondere Ausnahme, von der meine *Amma* immer sprach. *Das Herz braucht nicht mehr als einen Wimpernschlag, um zu erkennen, wenn zwei Seelen dieselbe Sprache sprechen.*

Ich sah von meinem Collegeblock auf, um einen Blick auf Jasper zu werfen, und begegnete dem schimmernden Braun seiner Augen. Im dämmrigen Licht sah ich die Muskeln an seinem Kiefer arbeiten, dann dieses kleine Lächeln, das mich viel zu sehr in seinen Bann zog.

»Hast du alle Infos gefunden?«

»Ja, danke.« Warum klang ich mit einem Mal so heiser?

»Gut. Das ist ... *por díos*. Bevor wir weitergehen, muss ich mich bei dir entschuldigen, Eliza.«

»Entschuldigen?«

»Für eben. Ich bin dir zu nahe getreten und das stand mir nicht zu. Das Letzte, was ich möchte, ist, dir ein schlechtes Gefühl zu geben.«

Erstaunt zog ich die Brauen hoch und schüttelte den Kopf. »Nein, das tust du nicht, Jasper.«

»Auf mich wirkt es ein wenig so. Als hätte ich etwas falsch gemacht.«

Ich sah ihn noch einen Moment länger an, dann sprudelte mir ein leises Lachen über die Lippen, ohne dass ich es verhindern konnte.

Nun kräuselte Jasper verwirrt die Stirn. »Worüber lachst du?«

Rasch hielt ich mir eine Hand vor den Mund. »Über uns.«

»Uns?«

»Über den Eiertanz, den wir hier aufführen«, gab ich zurück und machte einen Schritt auf ihn zu. »Jasper, du bist mir nicht zu nahe getreten, ganz im Gegenteil, du bist sehr gentlemanlike zurückgewichen, noch bevor ...« Auf einen Schlag kehrte die Hitze in meine Wangen zurück und ich fragte mich, was zum Teufel mich geritten hatte, überhaupt mit diesem Thema anzufangen. Es hatte seinen Grund, warum

Menschen in Büchern, Filmen und dem realen Leben in dieser Hinsicht um den heißen Brei herumredeten. Nur vermied ich das eigentlich kategorisch. Und Jasper anscheinend auch.

»Bevor ich dich küssen konnte«, vervollständigte er meinen Satz.

Ich nickte, woraufhin das Braun seiner Augen ein wenig dunkler wurde.

»Hättest du es denn zugelassen?«, wollte er leise wissen.

»Warum findest du es nicht heraus?«, fragte ich genauso leise zurück und reckte das Kinn.

Seine Mundwinkel hüpften weiter nach oben, dann stellte er sich so dicht vor mich, dass sich unsere Fußspitzen berührten und ich seinen warmen Atem auf meiner erhitzten Haut spüren konnte. Mit einem Mal fühlte es sich so an, als wären wir die einzigen Menschen auf der Welt, als wäre diese gewaltige, weihnachtlich geschmückte Halle mit ihren goldenen Lichtern unser ganzer Kosmos. Es war einer dieser Momente, in denen jeder Atemzug eine Ewigkeit dauerte und gleichzeitig viel zu schnell verging, als Jasper eine Hand an meine Wange legte und die Konturen meines Gesichts nachfuhr. Ich konnte seinen schnellen Puls fühlen, dieses Summen, das ihn genauso zu durchströmen schien wie mich. Das uns miteinander verband.

Zwei Seelen, die dieselbe Sprache sprechen.

»Letzte Chance, Eliza«, wisperte er und beugte sich so weit vor, dass seine Worte auf meinen Lippen prickelten.

Ich blickte von seinen Augen zu seinem Mund, dann stellte ich mich auf die Zehenspitzen und küsste ihn. Und dieser Kuss ... Himmel, es war, als würden kleine Feuerwerke in jeder einzelnen Zelle meines Körpers explodieren und mich in einen Kokon aus Hitze und Farbe und Verlangen hüllen. Instinktiv schlang ich die Arme um seinen Nacken, vergrub die Hände in seinen seidigen dunklen Haaren und seufzte auf, als seine Zunge federleicht über meine Unterlippe fuhr. Ich verlor den

Boden unter den Füßen, jeden Gedanken an Zeit, alles ... bis auf Jasper Brodhi.

Das war unglaublich. Auf die beste Art und Weise.

Unser Kuss dauerte eine süße Ewigkeit an, ehe wir uns atemlos und mit klopfenden Herzen voneinander lösten.

»Ich schwöre dir, das hatte ich nicht im Sinn, als ich dir eine nächtliche Führung angeboten habe.«

Gespielt skeptisch ließ ich meinen Blick über seine Züge wandern. »Ach nein?«

»Nein«, er strich mir sanft eine lockige Haarsträhne hinter das Ohr und hauchte dann einen Kuss auf meine Wange. »Aber es wäre gelogen, wenn ich behaupten würde, ich hätte es mir nicht gewünscht.«

Bei seinen Worten breitete sich Wärme in mir aus. Wärme und der Wunsch herauszufinden, wohin das mit uns führen könnte. Denn auch, wenn in meinem Kopf gerade ein totales Durcheinander herrschte, eines wusste ich mit Sicherheit: Ich wollte Jasper nach dieser Nacht nicht gehen lassen.

»Es ist Weihnachten, eine bessere Zeit, um Wünsche wahr werden zu lassen, gibt es nicht.«

Schmunzelnd legte mir Jasper einen Arm um die Schultern. »Dann werde ich die Gelegenheit mal nicht verstreichen lassen und mir direkt noch etwas wünschen.«

»Bin ganz Ohr.« Ich schmiegte mich enger an ihn, während wir uns langsam wieder in Bewegung setzten und durch die Ausstellung schlenderten.

»Ein Date«, sagte er nach einer Weile und drehte den Kopf zu mir. »Ein richtiges Weihnachtsdate mit allem Drum und Dran. Morgen, falls du Zeit hast.«

Direkt vor einer Herde Elefanten brachte ich ihn wieder zum Stehen und blickte lächelnd zu ihm auf. Zu diesem jungen Mann, der unerwartet in mein Leben getreten war und schon jetzt ein Stück meines Herzens gestohlen hatte.

»Ob du es glaubst oder nicht, denselben Wunsch hatte ich auch gerade.«

SABINE SCHODER

Unrequited Love

Es gab drei Dinge, von denen ich erwartet hätte, dass sie meine Flucht aus dem Central Park verhindern würden: Die zusammengedrängten Leute vor der Bühne, die der Kälte mit wildem Herumgehüpfe trotzten und mich von allen Seiten anrempelten. Die vielen Absperrungen rund um das Konzertgelände. Und – am gefährlichsten von allem – meine beste Freundin Eliza, die sich in ihren störrischen Lockenkopf gesetzt hatte, dass ich sie an diesem Abend *unbedingt* zum Silvesterkonzert begleiten musste. Nur mit einer Sache hatte ich absolut nicht gerechnet: Von zwei herumfliegenden Teigtaschen aufgehalten zu werden. Feuchtwarm klatschten sie mir ins Gesicht.

»O shit! O sorry! Äh ... welche schmeckt dir besser?«

Ich wischte mir die köstlich duftende Füllung von der Nase, während zwei junge Verkäufer aus gegenüberliegenden Buden stürzten. Offenbar war ich mitten in eine chinesische Dumpling-Fehde gelaufen. Beide boten mir als Wiedergutmachung eine Portion an.

Ich leckte mir die herabtropfende Soße von den Lippen. »So köstlich dieser Vorschlag auch klingt, aber ich muss weg, bevor –«

»Bevor *ich* sie erwische.«

Es lief mir eiskalt über den Rücken und ich wirbelte herum.

Eliza tauchte aus der Menge auf, warf ihren Strickschal energisch über ihre schmalen Schultern und stapfte auf mich zu. Wo blieben fliegende Dumplings, wenn man sie brauchen konnte?!

»Du wirst keinen deiner üblichen Abgänge machen, Ava. Nicht am Silvesterabend.«

Ich zeigte ihr meine Zähne, im verzweifelten Versuch, es wie ein unschuldiges Lächeln wirken zu lassen. »Abgang? Ich? Ich ... war nur auf dem Weg zu den Klos.«

»Die befinden sich in der anderen Richtung.«

Mist.

»Ich ... wollte mir zuerst etwas zu essen holen.« Hastig deutete ich auf die Dumpling-Buden. »Die Warteschlange vor den Frauentoiletten ist unendlich. Du willst doch nicht, dass ich während des Anstehens völlig geschwächt zusammenbreche? Ich dachte, du liebst mich.«

Eliza ließ ihre Stimme warnend klingen. »*Ava* ...«

»Okay, okay«, seufzte ich. »Die hässliche, ungeschminkte Wahrheit also: Ich stehe weder auf diesen TikTok-Typen, der jeden Moment seine Ägypter-Moves auf der Bühne zum Besten geben wird. Noch habe ich Bock auf unseren *Meine-Haare-sind-plötzlich-blau-Shooting-Star*, der seit einem halben Jahr keine Gelegenheit auslässt, um seine Songtexte in mein Ohr zu säuseln, und mich dabei angrinst, als würde er mir damit auch noch einen Gefallen tun. Schlimm genug, dass er von Professorin Hasca für den Silvestersong ausgewählt wurde, was wir garantiert für das nächste halbe Jahr vorgejault bekommen werden, sobald Jacks ein Wort gefunden hat, das sich auf Hasca reimt.«

Ich hatte nicht einmal Luft geholt, weshalb ich jetzt heftig schnaufend vor Eliza stand und ihren unerbittlichen Blick erwiderte. Jedenfalls bis ihre braunen Rehaugen ein wenig zur Seite glitten und sich fast unmerklich weiteten.

»Pasta«, erwiderte eine männliche Stimme neben mir. »Pasta reimt sich auf Hasca. Dieselbe Pasta, die an deinem Kinn klebt, nebenbei bemerkt.«

Mein Körper verknotete sich.

Widerstrebend drehte ich mich zur Seite und blickte in ein wohlbekanntes grinsendes Gesicht, das von frisch gefärbten meerblauen Haarsträhnen umrandet wurde. Jacks.

»Das ist keine Pasta«, brachte ich mit so viel Stolz hervor, wie man eben aufbringen konnte, wenn einem Essen im Gesicht klebte. Elegant fuhr ich mit der Hand über mein Kinn. »Das ist ein Dumpling. Gehört zur chinesischen Küche. Pasta ist kulinarische Aneignung.«

»Also eigentlich ...«, hörte ich Elizas Einspruch von hinten.

Doch sie wurde von *Mister Grinst-mich-immer-noch-an* übertönt.

»Du findest, mein Gesang klingt wie Jaulen?«

»Ähhh ... wie ... *gutes* ... Jaulen?«

Es hörte sich wie eine Frage an, was ihn unverständlicherweise nur noch breiter grinsen ließ. Jacks hatte definitiv zu viel Selbstvertrauen. Seine meerblauen Augen leuchteten mit seinen meerblauen Haare um die Wette. Es fühlte sich an, als würde ich gleich darin ertrinken. Ein Schauder rieselte mir über den Rücken.

»Wieso hast du nie etwas gesagt?«, fragte er mit zuckenden Mundwinkeln, »wenn ich dir etwas vorgesungen habe?«

Wo zur Hölle blieben die fliegenden Dumplings?!

Ich räusperte mich. Warf Eliza einen Hilfe suchenden Blick zu. Entdeckte nur ihr Lächeln, das sagte: *Das hast du jetzt davon. Wärst du lieber schön brav bei mir geblieben.*

»Ich ... dachte ... es wäre herzlos«, brachte ich gequält hervor, was Jacks' Scheinwerfergrinsen nicht mal um ein halbes Lux dimmte. »Du weißt schon. So kurz nachdem dich eine deiner Ex-Freundinnen wieder mal dazu gebracht hatte, deine Gefühle in einem Songtext zu verarbeiten. Da wollte ich nicht zu kritisch sein.«

Jacks' Augen funkelten. »Keine Ex-Freundinnen. Unerwiderte Liebe.«

»Ist das nicht dasselbe?«

»Nicht mal annähernd.« Er lachte leise. Na wenigstens schien ihn seine unerwiderte Liebe heute nicht zu quälen. Ich hielt das für einen guten Zeitpunkt, um mich aus diesem Gespräch zu entfernen, die Gratis-Dumplings anzunehmen und mit etwas Glück doch noch eine Fliege machen zu können. Dummerweise registrierte Jacks meine *Ich-geh-dann-mal-Vibes* nicht. Sein meerblauer Blick haftete unnachgiebig auf mir. »Sag mal, du hast nicht zufällig meinen Songtext gesehen? Ich hab ihn irgendwo verloren.«

»Du meinst den leuchtend pinken Zettel, den du schon den ganzen Tag mit dir herumschleppst, damit auch garantiert jeder fragt, was du da in der Hand hältst, nur um allen erzählen zu können, dass du den Manhattan School of Music Songcontest gewonnen hast und den Mitternachtssong auf dem weltweit übertragenen Central-Park-Silvesterkonzert singen darfst?«

Okay, das war zu viel der Wahrheit. Aber ich konnte meinen Mund leider nicht aufhalten. *Böser, böser Mund!*

»Genau den«, erwiderte Jacks immer noch grinsend.

Langsam machte ich mir Sorgen um ihn. So viel Grinsen auf so viel Unverschämtheit konnte doch nicht gesund sein. Hoffentlich war es ihm nicht im Gesicht stecken geblieben. Flatternde Nerven vor einem großen Auftritt konnten so etwas schon mal anrichten. Ich sprach aus Erfahrung. Nie würde ich das grauenvolle Vorsingen vergessen. Wie sie mit ihren fiesen Stimmen gelacht hatten ...

Was wohl auch der Grund war, warum ich die einzige Studentin an der Uni war, die *nicht* heimlich neidisch auf Jacks' großes Los war. Keine zehn Pferde würden mich jemals auf diese Bühne bringen. Mein Plan für die Zukunft lautete, Komponistin zu werden und höchstens als kleine Namenszeile im Abspann von Kinofilmen in Erscheinung zu treten.

»Ich hab deinen Songtext leider nicht gesehen. Du, Eliza?« Ich drehte mich um, nur um festzustellen, dass Eliza mit gezücktem Handy in der grölenden Menge verschwand. Der TikToker war während des Auftritts einer Rockband auf die Bühne gekommen.

Seufzend wandte ich mich wieder Jacks zu. »In der U-Bahn hast du den Zettel jedenfalls nicht liegen lassen, wenn dich das beruhigt. Ich habe die Sitze vor dem Aussteigen gründlich überprüft.« *Um Zeit zu schinden, damit ich draußen nicht mit dir reden musste.*

Wer sagt's denn? Manche Unverschämtheiten konnte ich ja doch für mich behalten, so wie es sich gehört. Jacks allerdings wusste nicht, was sich gehört. (Mich einfach meines Weges ziehen zu lassen, zum Beispiel.)

Er fragte allen Ernstes: »Hilfst du mir bitte beim Suchen? Ich hab nur noch eine Stunde Zeit bis Mitternacht.«

Ich runzelte die Stirn. »Kannst du deinen Text nicht auswendig?«

Er zuckte die Schultern. »Hab ihn heute Morgen erst geschrieben.«

»Wie wär's mit Improvisation?« Vielleicht klang ich einen Hauch zu verzweifelt, denn es feuerte Jacks' freches Grinsen nur noch weiter an.

»Du kannst mich auch eiskalt hier stehen lassen«, bot er an. »Falls du dir lieber diesen heißen TikToker ansehen willst.«

»O Gott nein.« Ich schüttelte den Kopf. »Ich steh nicht auf extrovertierte Typen.« Dass mein Blick dabei zu Jacks' gefärbten Haaren wanderte, konnte ich nicht verhindern. Ich selbst trug einen beruhigend introvertierten Longbob mit ausreichend Stirnfransen, hinter denen man sich im Notfall verstecken konnte.

Jacks' freches Grinsen schmolz dahin, allerdings zu einem ziemlich netten Lächeln, wie ich mir mit einem mulmigen Gefühl im Magen eingestehen musste. »Also, hilfst du mir?«

Ich sah mich um. Es musste doch jemanden geben, der besser für diesen Job geeignet war. Wofür sonst hatten wir so einen großen Freundeskreis? In der Warteschlange vor der Toilette entdeckte ich Natalie, aber ich konnte sie nicht herrufen. Silvesterraketen bedeuteten Stress für ihre Tiere, sie wollte vor Mitternacht bestimmt zurück in den Tierpark. Demi konnte ich leider ebenfalls vergessen. So wie es aus der Entfernung aussah, war sie schwer damit beschäftigt, ihre Eltern unversehrt durch die Menschenmassen zu lotsen. Was gar nicht so leicht war, denn die schauten mit großen Augen überallhin, nur nicht auf den Weg vor ihren Füßen. Kein Wunder, dass Elaine und Jacob sie heimlich mit ihren Fotoapparaten verfolgten. Wahrscheinlich arbeiteten sie gerade an einem Projekt namens »Unschuld vom Lande« oder so was in der Art.

Vielleicht Ren da drüben vor dem Kaffeestand des *A Cup of Coffee and Cozy*? Ich winkte ihm zu, aber er war zu sehr damit beschäftigt, seine neue Freundin Grace anzuhimmeln. Sie trug einen bunt gestreiften Schal, der dasselbe Muster hatte wie die Wollmütze, die er ihr gerade aufsetzte. Er kam also auch nicht infrage.

Schließlich blieb mir nichts anderes übrig, als tief durchzuatmen. »Also gut ...«

... wenn's sein muss.

... hab sowieso nichts Besseres vor.

... es schlägt wenigstens die Zeit tot, bis der Spuk vorbei ist.

... deine Augen haben dieselbe Farbe wie deine Haare.

Moment! Moment! Moment! Woher zum Teufel war denn dieser Gedanke gekommen?! Ich schüttle ihn sofort ab. Eventuell sah ich Jacks dabei leicht entsetzt an, denn er zog seine Augenbrauen fragend nach oben. Rasch drückte ich mich an ihm vorbei und stapfte entschlossen voraus.

»Wir gehen zurück zur U-Bahn und checken alle Mülltonnen. Pinke Zettel fallen auf.«

»Kann ich dir unterwegs was vorsingen? Ich muss meine Stimme aufwärmen.«

Ich funkelte ihn warnend an. »Trink einen Tee.«

Er schloss grinsend zu mir auf, was dank seiner langen Beine überhaupt kein Problem war.

Jacks gehörte zu den gut aussehenden Typen. Zu jener Sorte gut aussehender Typen, die das leider auch wussten. Er schob seine Hände tief in die Hosentaschen und schlenderte neben mir her. Weitaus relaxter als es sich für jemanden gehörte, der kurz vor dem wahrscheinlich größten Auftritt seines Lebens stand und auch noch seinen Text verloren hatte.

»Wir könnten zusammen singen?«, schlug er vor.

»Ich singe nicht.« Punkt. Ein sehr deutlicher, unüberhörbarer Punkt.

»Wieso eigentlich nicht?«

Für jeden unüberhörbar, außer für neugierige Extrovertierte mit unmöglich blauen Haaren und einer verstörenden Tendenz, Gefühle in Songtexte zu verpacken und jedem Mädchen, das sie hören wollte (oder auch nicht, wie in meinem bescheidenen Fall), ins Ohr zu säuseln.

»Ich kann nicht singen«, log ich. Jahrelange Übung hatte diese Lüge aalglatt poliert. Noch zwei, drei Jährchen und ich würde sie selbst glauben.

»Du studierst Musik.«

»Instrumentalmusik.«

»Du könntest summen. Jeder kann summen.«

»Summen ist was für Insekten. Es ist Winter. Insekten sind tot.«

Wir verließen den überfüllten Bereich zwischen den Essensbuden und kamen in einen ruhigeren Teil des Parks, der sich in sanft dahinschlängelnde Spazierwege aufteilte. Bei der ersten Mülltonne hielt ich an und steckte meine Nase hinein. Also, rein symbolisch gesprochen, meine Nase blieb in geruchssicherer Entfernung.

»Ein halber Burger, Servietten voller Senf und ein Finger.«

»Ein Finger?!« Jacks stürzte herbei und starrte in den Mülleimer.

Ich hob eine Augenbraue. »War nur ein Test, um dein Adrenalin ein wenig hochzufahren. Wirst du später auf der Bühne brauchen, wenn du in eine Menge erwartungsvoller Gesichter blickst, dein Herz schneller zu klopfen beginnt, dein Hals sich langsam verschließt …«

»Du solltest bei der Telefonseelsorge arbeiten«, spottete Jacks.

Ich grinste.

Wir gingen weiter. Mit dem Nachlassen des Gedränges entspannte ich mich langsam. Vielleicht lag es auch daran, dass wir uns der U-Bahn-Station näherten. Wenn wir Jacks' Songtext dort finden würden, müsste ich gar nicht mehr mit ihm zurückgehen, sondern könnte gleich nach Hause fahren und still und heimlich ins neue Jahr hineinfeiern.

»Ich muss meine Stimme wirklich aufwärmen. Macht es dir was aus?«

Ich seufzte. »Konnte ich dich jemals davon abhalten?«

»Nein.« Jetzt war er es, der grinste. »Liegt an deinem Gesicht. Ich kann einfach nicht anders.«

»Ich wusste, dass du sadistische Tendenzen hast.«

Das ließ ihn auflachen. »Stehen Frauen normalerweise nicht auf Typen, die für sie singen?«

Ich zog eine Augenbraue hoch. »Frag die Ex-Freundinnen aus deinen Liedern.«

»Ich sagte doch, dass ich nicht über meine Ex-Freundinnen singe.«

»Pardon, all die unerwiderten Liebschaften, die deine Künstlerseele quälen.«

Er blieb stehen. »Es ist nur eine.«

Überrascht drehte ich mich um.

Ein undefinierbarer Ausdruck war in seine Augen getreten. Das spöttische Lächeln geisterte noch um seine Mundwinkel, während sein Blick in Tiefen abgetaucht war, die mir schon wieder einen Schauder über den Rücken rieseln ließen. Verdammt, ich kannte diesen Blick. Er meinte es ernst. Jeden Moment würde er anfangen zu singen. Zu meinem Erstaunen blieb er diesmal jedoch still und setzte seinen Weg nach ein paar Sekunden schweigend fort. Als er an mir vorbeiging, sah ich ihm nach.

»Nur eine?« Ich lief ihm hinterher. »Du singst schon ein halbes Jahr von ihr.«

»Über ein halbes Jahr«, erwiderte er, ohne sich nach mir umzudrehen.

»Es ist Hazel, oder?«

»Was? Die Ballerina?« Er warf einen irritierten Blick zurück. »Nein.«

»Destiny?«

»Nein, außerdem ist sie jetzt mit Connor zusammen. Hast du die Story noch nicht gehört? Auf dem Weg vom Flughafen nach Hause wären ihr um ein Haar die Weihnachtsgeschenke geklaut worden.«

»Okay, ich hab's. Es ist Milo, der Weihnachtself.«

Er blieb stehen und schnaubte.

Ich musterte ihn von der Seite. »Kenne ich deinen angebeteten Menschen undefinierten Geschlechts überhaupt?«

Er sah mich unsicher an. Unsicherheit war etwas, das ich an ihm nicht kannte. Es stand ihm irgendwie.

Ich beschloss, ihn vom Haken zu lassen und einen Witz draus zu machen. »Nein, warte, jetzt weiß ich es. Du bist hoffnungslos in mich verknallt, stimmt's? Das würde deine unzählbaren Versuche erklären, mich dazu zu bringen, dich in eine verdammte Karaoke-Bar zu begleiten. Entweder das oder du hast eine eindeutig sadistische Ader, die Introvertierte in der Gruppe mit öffentlichem Gesang zu foltern. Ich tippe auf Letzteres.«

Er lachte auf und ging kopfschüttelnd weiter. Das Zucken seiner Mundwinkel entging mir allerdings nicht. Ich wusste doch, dass er mich gern absichtlich quälte!

»Vielleicht gibt es dafür noch einen anderen Grund?«, köderte er mich.

Ich schloss zu ihm auf. »Welchen? Du benutzt den leeren Ausdruck in meinen Augen, wenn du mir etwas vorsäuselst, um dich heimlich in der Spiegelung meiner Iris selbst anzuschmachten?«

Er pfiff leise durch die Zähne. »Das war ein mächtiger Satz für eine, die von sich behauptet, introvertiert zu sein.«

»Introvertiert ist nicht gleich auf den Mund gefallen. Wir sind nur gern für uns. Große Menschenmengen rauben uns Energie.«

»Ist das der Grund, wieso du bloß singst, wenn du alleine bist?«

Ich stutzte. »Wie ... wie kommst du darauf, dass ich singe, wenn ich alleine bin?«

Er zuckte geheimnisvoll mit den Schultern.

Ein mulmiges Ziehen breitete sich in meinem Magen aus. Bestimmt war das nur ein Spruch, es gab keinen Grund, sich Sorgen zu machen. Trotzdem schossen meine Gedanken sofort zurück zu jenem Tag, an dem mich alle im Kindergarten für meinen Schneckensong ausgelacht hatten. Natürlich waren das nur kleine Kinder gewesen, nichts, weswegen man sich ein Leben lang schämen sollte. Das hatte ich mir immer wieder eingeredet, bis zu meinem ersten und einzigen Vorsingen auf der Bühne der Junior Highschool. Dort hatten dann Vierzehnjährige über mich gelacht, als ich vor lauter Aufregung wie ein Hühnerküken piepste.

Nein, für öffentliche Auftritte war ich nicht geschaffen. Ich liebte Musik über alles, aber es war besser, das Singen meinen Instrumenten zu überlassen.

Wir hatten die U-Bahn-Station erreicht. Auf dem Boden lag jede Menge in den Schnee getrampelter Mist, aber nichts davon leuchtete pink. Auch die Mülleimer erwiesen sich als Niete. Ich sah sehnsüchtig zu meinem Bahnsteig, konnte Jacks aber nicht einfach so stehen lassen. Wir waren ja fast so etwas wie Freunde. Außerdem würde mir Eliza dafür den Kopf waschen. Sie hatte es sich zum Ziel gesetzt, meine sozialen Kompetenzen auf ein Level zu steigern, in dem ich keinen Drang mehr verspürte, regelmäßig aus Diskotheken zu fliehen. Sie wollte sich nicht damit abfinden, dass ich ein hoffnungsloser Fall war. Und allein schon deshalb liebte ich sie.

»Nichts.« Jacks warf eine zusammengeknüllte Zeitung zurück in den Mülleimer, den er gerade durchsucht hatte. »Dann bleibt nur noch der Backstage-Bereich. Kommst du noch mal mit zurück?«

»Der Backstage-Bereich?! Du meinst hinter der Bühne?!«

»Wo sonst? Hinter den Dumpling-Buden treiben sich nur Ratten herum.«

»Ich mag Ratten. Im Gegensatz zu Bühnen. Allein schon vom Gedanken daran wird mir schlecht.«

»Wieso?«

»Vierzehnjährige«, hauchte ich, schüttelte aber den Kopf, als ich Jacks' fragenden Blick sah. »Vergiss es, nicht so wichtig.«

»Ehrlich gesagt werde ich langsam ein bisschen nervös.« Er schenkte mir ein schiefes Lächeln. »Ich würde mich besser fühlen, wenn du mich begleitest.«

»Du meinst wohl eher, du würdest dich besser fühlen, wenn ein totaler Bühnenangsthase dich begleitet.« Ich seufzte schwer. »Immerhin wären meine Ängste dann zu etwas gut. Na schön, ich komme ein Stück mit – aber nur, wenn du aufhörst, mir von deinen unerwiderten Liebschaften vorzusingen. Deal?«

»Ich sagte doch, es ist nur eine.«

»Du solltest sie wirklich um ein Date bitten.«

»Das habe ich schon. Aber sie hört mir einfach nicht zu.«

»Dann sag's unmissverständlicher.«

»Das habe ich vor.«

Zurück im Central Park bemerkte ich, dass er seine Hände knetete. Mein Herz machte einen Satz. War er etwa tatsächlich nervös? Wie konnte jemand wie er, der gutes Aussehen, Selbstbewusstsein und eine so eindrucksvolle Gesangsstimme hatte, dass er den Uni-Songcontest gewonnen hatte, noch nervös sein? In meiner Vorstellung hörte ich wieder das spöttische Lachen der Kindergartenkinder. Dann das der Vierzehnjährigen. Und dann ... mein eigenes. Immer, wenn Jacks mir etwas vorgesungen hatte. Plötzlich schämte ich mich für meine Sprüche.

»Du singst wirklich gut«, hörte ich mich sagen.

Jacks zog seine Augenbrauen hoch. Er wartete offenbar auf die Pointe.

»Ehrlich«, fügte ich kleinlaut hinzu. Wärme kroch in mir empor, obwohl es inzwischen so kalt war, dass mein Atem dampfte. Die wummernden Bässe der Bühne drangen durch die angezuckerten Bäume vor uns. Mein Herz fing an, im selben Takt zu klopfen. »Hasca hat dich nicht nur aus rein optischen Gründen gewinnen lassen. Du kannst etwas.«

Seine Mundwinkel bogen sich nach oben. »Rein optische Gründe?«

Hitze schoss mir in die Wangen. »Ich werde das nicht näher definieren. Sagen wir einfach, es gibt eine Menge Leute, die weiche Knie kriegen würden, wenn du ihnen in die Ohren säuselst.«

»Aber du nicht?« Er bekam Lachfalten um die Augen. Sie hatten eine wirklich schöne Farbe. Ein Jammer, dass seine gefärbten Haare davon ablenkten. Nach dem Silvesterkonzert würde ich ihm sagen, dass er sie dunkel lassen sollte.

»Haha, zieh mich nur auf.« Ich marschierte an ihm vorbei. »Wir sollten uns beeilen, dein Auftritt ist in einer Viertelstunde.«

»Hat es jemals ein Typ geschafft, dir weiche Knie zu machen? Oder ein Mädchen?«

»Zane Jameson.«

»Der Oberarzt aus dem Mount Sinai Hospital?«

»Genau der.« Ich warf ein Lächeln über meine Schulter und wartete, bis Jacks zu mir aufgeschlossen hatte. »Ich durfte mal bei einer OP durch die Scheibe im Besucherraum zugucken. Es war ein offener Unterschenkelbruch. Meine Knie waren extrem weich.«

Jacks schnaubte amüsiert. »Warst du nie verliebt?«

»Unzählige Male. Alle erfunden. Die Erfundenen sind die Besten.«

Jacks seufzte. »Es ist unmöglich, mit einer Wunschvorstellung mitzuhalten.«

»Klingt nach einem deiner Songtexte.«
»Also hast du mir doch zugehört?«
»Manchmal ...«
Unerwartet blieb er stehen. Plötzlich schien er den Fußboden äußerst interessant zu finden. Jedenfalls zog er ihn meinen Blicken vor.
»Ich ... ähm ... muss dir etwas gestehen. Ich ... hab dir auch manchmal zugehört.«
»Was meinst du?« Aber noch bevor er antwortete, kroch eine üble Vorahnung in mir hoch.
»Du bist am liebsten in der Uni, wenn keiner mehr da ist«, hörte ich Jacks wie aus weiter Ferne sagen. »Ich mag das auch. Die tiefe Stille in dem verlassenen Gebäude, so einnehmend, dass man das eigene Blut in den Ohren rauschen hören kann. Oder auch eine junge Frau, die heimlich ganz für sich allein in einem Proberaum singt.«
Ich konnte nicht mehr sprechen. Mein Hals war komplett zu.
Er wird lachen. Wenn er jetzt lacht, renne ich. Egal wohin. Nur weg.
Aber er lachte nicht.
Er lächelte sanft. »Ich bekam jedes Mal Gänsehaut.«
Meine Augen prickelten. Jacks verschwamm vor mir. Verwirrt strich ich mir die Tränen weg und starrte meine feuchten Fingerspitzen an, weil ich mir nicht erklären konnte, woher diese Gefühle kamen.
»Ich habe dich nicht absichtlich belauscht.« Er hob beschwichtigend die Hände. »Zumindest nicht beim ersten Mal. Danach konnte ich einfach nicht anders, als hinzuhören, wenn ich am Proberaum vorbeiging. Deshalb wollte ich dich so oft dazu bringen, mit uns in eine Karaoke-Bar zu gehen. Aber du hast dich jedes Mal vorher in Luft aufgelöst.«
»Ich singe nicht gut«, würgte ich hervor.
»Das stimmt.« Sein Lächeln vertiefte sich. »Du singst *unglaublich*.«
Ich stieß ein unsicheres Lachen aus und ging rasch weiter. Allein die

Vorstellung, dass Jacks mir zugehört hatte, verknotete meinen Magen. Erst nach ein paar Metern wurde mir klar, dass ich in Richtung Bühne lief. Die U-Bahn lag hinter mir, aber ich konnte mich nicht umdrehen, weil da Jacks war.

»Hast du mir überhaupt zugehört?« Er überholte mich und schnitt mir kurz vor dem Backstage-Bereich den Weg ab. »Hasca hätte nicht mich ausgewählt. Sondern dich. Sie hätte dich dafür nur ein einziges Mal hören müssen.«

»Ha!« Ich warf meinen Kopf in den Nacken und lachte humorlos in den Himmel hinauf. Er war tiefgrau und ohne Sterne.

»Das ist mein voller Ernst. Du solltest den Silvestersong singen.«

»Pffff! Das ist das Lächerlichste, was ich jemals von dir gehört habe.«

Er zögerte kurz. Dann zog er ein zusammengefaltetes Blatt Papier aus seiner Hosentasche und hielt es mir hin. Es war leuchtend pink.

»Der ... der Songtext?« Mein Herz raste los. »Hast du mich etwa die ganze Zeit verarscht?!«

»Wir könnten ihn gemeinsam singen.«

Das brachte das Fass zum Überlaufen. Was dachte er sich eigentlich? Das war eine einmalige Chance für ihn. Die Chance, entdeckt zu werden! So etwas gab man nicht einfach für einen blöden Scherz auf! Wie konnte er das auch nur vorschlagen?

Mit rasendem Puls wirbelte ich herum und flüchtete zum Bühnenaufgang, weil es die einzige Richtung war, die von ihm weg führte. »Einen Song, den ich nicht mal kenne? Vor Tausenden Leuten im Central Park? Bei einem Event, das live im Fernsehen übertragen wird?!« Meine Stimme wurde mit jedem Satz schriller. »Das ist absolut unmöglich!«

Jacks holte mich ein. Ein Grinsen, das mich keineswegs beruhigte, ließ seine Zähne aufblitzen. Es feuerte meinen Herzschlag nur noch mehr an. »So unmöglich, wie sich für ein Konzert die Haare blau zu färben?«

Mein Herz pochte mir bis zum Hals. »Das kannst du nicht ernst meinen.«

»Doch.« Er hielt mir seine Hand hin. »Gehen wir gemeinsam auf die Bühne?«

Ich wich vor ihm zurück und stieß mit der Ferse gegen die Treppe, die hinauf zur Bühne führte. »Ich ... würde keinen Ton herausbringen.«

»Dann bleib einfach nur bei mir«, schlug er leise vor. »Schließ die Augen und lass dich von der Melodie einfangen. Sing mit, wenn du dich danach fühlst. Oder eben nicht. Erlebe einfach nur diesen Moment mit mir zusammen.«

Er hielt mir immer noch seine Hand hin.

Ich starrte ihn sprachlos an. Plötzlich mischte sich unter meine Bühnenangst eine andere Angst, eine noch unerträglichere. Die Angst, sein Angebot anzunehmen – und ihn maßlos zu enttäuschen.

»Ich bin wirklich nervös«, stieß er mit unsicherem Lachen hervor. »Bitte komm mit.«

Natürlich sollte ich ablehnen. Nur ... ich konnte sehr, *sehr* gut verstehen, dass er nicht allein da hoch wollte. Ich hätte damals auf der Bühne der Junior High School auch gern jemanden an meiner Seite gehabt. Außerdem musste ich ja nicht singen. Und es würde höchstens fünf Minuten dauern ...

Zögernd nahm ich seine Hand.

Sein Griff war warm und sicher.

Es fühlte sich unwirklich an, als wir die Bühne betraten. Plötzlich standen wir vor all den Leuten, die uns in angeheiterter Silvesterstimmung entgegengrölten. Ein Moderator hatte Jacks bereits angekündigt. Ich fühlte einen leichten Ruck im Arm, Jacks wollte nach vorn zum Mikro gehen, hielt meine Hand aber fest umklammert. Nein, das stimmte nicht ganz. *Ich* war diejenige, die ihn fest umklammerte. Mein Blick schoss panisch zu ihm. *Lass mich bloß nicht los!*

Er schüttelte fast unmerklich den Kopf und lächelte.

Wir gingen zusammen nach vorn. Jacks nahm das Mikro und begrüßte das Publikum. Die Leute lachten uns entgegen und ich brauchte meine ganze Willenskraft, um mich davon zu überzeugen, dass sie das nur aus reiner Freude taten. Eliza und ihre neue Flamme Jasper, den sie zu Weihnachten wie ein Geschenk ausgepackt hatte, schlangen in der ersten Reihe ihre Arme umeinander und feuerten uns lautstark an. Dass ich neben Jacks stand, schien sie nicht zu überraschen. Ren hatte Grace dicht an sich gezogen und zwinkerte mir zu. Es war ihm anzusehen, wie sehr er sich für mich freute. Auch ein paar andere unserer Freunde stießen sich mit den Ellbogen an und grinsten verdächtig. Fast so ... als hätten sie schon sehr lange auf diesen Moment gewartet?

Ich begriff es nicht ganz.

Der Lärm des Publikums schwoll an. Meine Ohren pfiffen vor Nervosität und übertönten alles andere. Jacks begann zu singen, aber ich verpasste die ersten Zeilen. Erst als ich die Begeisterung in den Gesichtern sah, kamen die Töne nacheinander zu mir zurück.

Jacks sang in seiner tiefen Stimme. »*Sing den Refrain mit mir.*«

Ich wusste nicht, ob das Teil des Songtextes war oder eine Aufforderung an mich. Er hielt mir den pinken Zettel hin und drehte sich so, dass wir beide das Mikro gleichzeitig benutzen konnten. Ich schloss die Augen und versank in der Melodie. Sie war fast perfekt, es fehlte nur noch etwas. Ein immer stärker werdendes Verlangen kam in mir auf, seine tiefen Töne mit einer höheren Lage zu durchweben, sie dreidimensionaler klingen zu lassen. Zuerst summte ich nur mit, dann mischte sich meine Stimme wie von selbst unter seine. Nicht weil ich plötzlich Mut hatte, sondern weil die Melodie es verlangte. Weil ich genau hören konnte, welches Potenzial in diesem Song steckte, und mir einfach keine andere Wahl blieb, als alles daraus hervorzuholen.

Der Refrain endete. Ich schlug die Augen auf, da ich den restlichen

Songtext nicht kannte. Jacks sang bereits weiter. »*Du singst seit Monaten allein für mich. Und ich singe seit Monaten allein für dich.*«

Improvisierte er? Ich suchte die Textstelle. Nein, dort standen genau diese Worte.

Und ... noch mehr.

»*Du hilfst mir, meinen Song zu suchen. Und ich helfe dir, deine Stimme zu finden. Sie ist zu schön für mich allein. So lange versuche ich schon, dir das zu sagen. Hörst du mich endlich? Dieser Song ist nur für dich. Er war es schon immer.*«

Doch das war es nicht, was mir die Kehle zuschnürte.

Es war der Titel des Songs: *Unerwiderte Liebe.*

Gänsehaut raste über meinen Körper.

Er hatte das von Anfang an geplant. Er hatte die ganze Zeit ... *von mir* gesungen.

Es schlug Mitternacht. Der Lärm des Publikums explodierte; alle fielen sich in die Arme; Silvesterraketen erhellten den Himmel über der New Yorker Skyline. Aber ich sah nur Jacks an. Sah meiner eigenen Hand dabei zu, wie sie sich langsam hob und ihm seine unmöglich blauen Haare aus den Augen strich.

Er sog scharf die Luft ein. Eben noch hatte er vor Tausenden Menschen gesungen, aber erst jetzt trat so etwas wie Panik in seine Miene. Er hatte seine Gefühle vor mir offenbart. Er war verwundbar.

Ich strich über seine Wange und drückte mich auf Zehenspitzen hoch in seine warmen Atemwolken. Seine Stirn zog sich zusammen, als würde er Schmerz erwarten. Oder etwas genauso Intensives, nur am anderen Ende des Gefühlsspektrums. So etwas wie ...

Liebe, die endlich erwidert wird.

»Ich hab dich jetzt gehört«, wisperte ich an seinen Lippen.

Und dann küsste ich ihn.

Die Autor*innen

GRETA MILÁN

© Réne Limbecker

Greta Milán war schon immer fasziniert von alten Mythen und Legenden, die sie auch zu ihren Fantasy-Reihen inspirierten. 2013 veröffentlichte sie ihr erstes eigenes Buch und schreibt seitdem gefühlvolle Liebesromane und fantastische Jugendbücher sowie New-Adult-Lovestorys. In ihrer Freizeit widmet sie sich ihrer Familie, liest Romane, sooft es eben geht, und reist gern durch die Welt. Außerdem mag sie Milchkaffee und hat eine besorgniserregende Schwäche für Schokolade.

  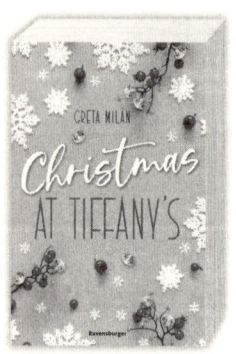 

JANA SCHÄFER

Jana Schäfer ist 1995 nahe Freiburg im Breisgau geboren. Nachdem sie nach der Schule ein Jahr in Schottland verbracht und die rauen Highlands lieben gelernt hat, lebt sie jetzt wieder im Süden Deutschlands. Seit sie ein Teenager war, liest und schreibt sie für ihr Leben gern. Insbesondere Liebesgeschichten und Fantasyromane, die in andere Welten entführen, haben es ihr angetan. Ihre Zeit verbringt sie am liebsten mit einem Kaffee am Laptop, wo sie in ihren Geschichten verschwindet, die häufig von Mut, Hoffnung und großen Gefühlen handeln.

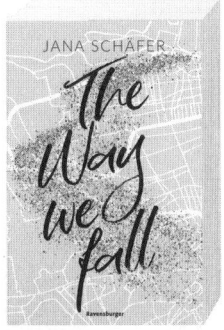 

REBEKKA WEILER

© privat

Rebekka Weiler, 1986 geboren, schrieb bereits in jungen Jahren ihren ersten Roman. Er war ganze vier Seiten lang und ein Weihnachtsgeschenk für ihre Mama. Seither begleitet sie die Faszination für das geschriebene Wort, und ihre Geschichten wurden länger und länger. Meistens widmet sie sich Liebesgeschichten, in denen sie ihre Protagonist*innen vor allerlei Herausforderungen stellt.

Rebekka wohnt in Süddeutschland, reist und liest gern und liebt guten Kaffee. Mehr über die Autorin auf Instagram: @rebekka.weiler.

STELLA TACK

© Gabriele Schwab

Stella Tack, geb. 1995, absolvierte nach ihrem Schulabschluss eine therapeutische Ausbildung. Ihre Leidenschaft für mystische Magier, freche Feen, depressive Vampire, abenteuerlustige Zeitreisende, sexy Dämonen und Bad Boys motivierte sie, selbst in die Computertasten zu hauen. Mit ein wenig Glück, viel Spaß und einer großen Portion Selbstironie schreibt sie seither ihre eigenen knisternden Lovestorys und actiongeladenen Romantic-Fantasy-Stoffe, mit denen sie letztendlich nicht nur sich selbst begeistern konnte. Mit »Kiss me once« landete sie einen Bestseller und erzielte beim Leserpreis 2019 der Lese-Community Lovelybooks in der Kategorie »Jugendbuch – Belletristik« den zweiten Platz. Mehr über die neusten Projekte, das quirlige Schreib- und Familienleben der Autorin gibt es auf www.stella-tack.com, Facebook und Instagram.

SASKIA LOUIS

© Lukas Nuxoll

Saskia Louis kam 1993 mit einer Menge Fantasie zur Welt, die sie seit der vierten Klasse nutzt, um Geschichten zu schreiben. Zusammen mit ihren älteren Brüdern wuchs sie in der Kleinstadt Hattingen auf und hat über die Jahre ihr Zuhause in unterhaltsamer Frauenliteratur und Fantasy gefunden. Heute wohnt sie in Köln und wünscht sich, dass Menschen mehr singen als schimpfen würden. Ihr größter Traum ist es, den Soundtrack zu der Verfilmung eines ihrer Bücher zu schreiben. Mehr findet ihr auf Instagram unter @saskia_louis_.

P. J. RIED

© Emily Bähr

P. J. Ried wurde 1997 geboren und lebt als Autorin und freie Lektorin in Hannover. Durch ihr Studium der Literaturwissenschaft entdeckte sie ihre Leidenschaft fürs Schreiben neu. Seitdem verirrt sie sich regelmäßig in fantastische Welten, was dank ihres mangelnden Orientierungssinns zum Glück kein Problem darstellt. Wenn sie nicht gerade in Geschichten abtaucht, liebt sie es, zu zocken oder Serien und Animes zu schauen. Außerdem träumt sie von einem Leben am Meer mit Sushi-All-you-can-eat-Restaurants und einer Katze.

ANNE LÜCK

© privat

Anne Lück wurde 1991 in Sachsen-Anhalt geboren. 2014 veröffentlichte sie ihr erstes Buch, dem noch viele weitere folgen sollten. Sie schreibt am liebsten berührende Liebesgeschichten und packende Fantasy und hat sich als New-Adult-Autorin einen Namen gemacht. »Silver & Poison« ist ihr Debüt bei Ravensburger. Anne Lück lebt und arbeitet in Leipzig.
Weitere Informationen auf Instagram: @anne_lueck

MARIUS SCHAEFERS

© Picture People

Marius Schaefers wurde 1995 geboren und entdeckte seine Begeisterung für Bücher schon sehr früh, nicht unmaßgeblich durch Tolkiens »Der Herr der Ringe« beeinflusst. Seinen Debütroman veröffentlichte er mit 18 Jahren im Selbstverlag, gefolgt von weiteren Selfpublishing-Erfolgen. Auf Instagram teilt Marius unter @derunbekannteheld spannende Insider-Informationen und Inspirationsquellen zu seinen romantisch-dramatischen wie fantastischen Geschichten, außerdem spricht er offen über seine Transidentität. Seit seinem Coming-out lebt der Autor als Mann. Über den Austausch mit seinen Leser*innen freut Marius sich sehr.

SARAH SAXX

© privat

Ihre Liebe zu romantischen Romanen brachte Sarah Saxx vor Jahren zum Schreiben. Seither hat die 1982 geborene Tagträumerin erfolgreich eine Vielzahl an Geschichten veröffentlicht, die tief im Herzen berühren und dieses gewisse Kribbeln auslösen. Sarah schreibt, liebt und lebt in Oberösterreich und verbringt ihre freie Zeit am liebsten mit ihrem Mann, ihren beiden Töchtern und zwei Hunden. Mehr über die Autorin unter www.sarahsaxx.com und auf Instagram unter @sarahsaxx.

STEFANIE LASTHAUS

© privat

Stefanie Lasthaus war schon in der ganzen Welt unterwegs: Nach dem Publizistikstudium ging sie nach Australien und arbeitete als Story Writer und Tourguide. Anschließend führten sie Projekte im Bereich Text, Film, Tourismus und Onlinespiele in die Schweiz, nach England und zurück nach Deutschland. Heute ist sie leidenschaftliche Autorin für Belletristik sowie Jugendbuch, Lektorin und Redakteurin und bereist in ihren Büchern die Länder, die sie faszinieren.

JENNIFER ALICE JAGER

Jennifer Alice Jager, geboren 1985 im Saarland, veröffentlicht seit 2014 Bücher für Jugendliche und Erwachsene. Schon als Kind sagte man ihr eine stark ausgeprägte Fantasie und große Leidenschaft für Bücher, Tiere und Natur nach. Nach Abschluss ihrer schulischen Ausbildung gab sie Zeichenunterricht, stellte ihre Bilder in Galerien aus und zog später nach Japan, wo sie ihren Hang zum Schreiben erst richtig entdeckte. Zurück in ihrer Heimat begann sie hauptberuflich mit dem Schreiben. In ihrer Freizeit zeichnet sie noch immer, liest Bücher aus jedem Genre und widmet sich ihren geliebten Tieren. Mehr über die Autorin auf Instagram unter @jennifer_alice_jager oder auf Tiktok unter @jenniferalicejager.

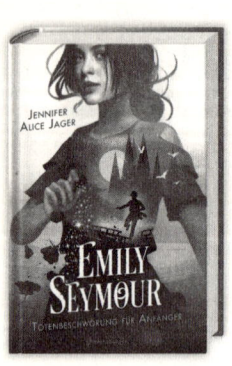   

SANDRA GRAUER

Sandra Grauer wurde in den bunten Achtzigern im Ruhrgebiet geboren, wo sie auch heute nach Stationen in Heidelberg und Karlsruhe mit ihrem Mann und den beiden Kindern wieder lebt. Bücher, alte Filme und amerikanische Serien sind ihre Leidenschaft. Außerdem liebt sie Weihnachten und alles, was mit Tanzen zu tun hat. So hätte sie sich als Plan B eine Karriere als Balletttänzerin oder Rhythmische Sportgymnastin vorstellen können – leider ist sie dafür viel zu ungelenkig. Ihren Traum vom Schreiben jedoch konnte sie sich erfüllen, denn ihr Motto lautet: Gib niemals deinen Traum auf! Für diverse Verlage schreibt sie Fantasy, Liebesromane und Bodenseekrimis. Ihr Fantasyroman »Clans of London – Hexentochter« wurde 2020 für den DELIA-Jugendliteraturpreis nominiert. Unter www.sandra-grauer.de und auf Instagram hält sie euch auf dem Laufenden.

KIM NINA OCKER

Kim Nina Ocker, geboren 1993, wuchs in Nordrhein-Westfalen auf und lebt heute mit ihrer Familie in der Nähe von Hannover. Ihre ersten literarischen Meisterwerke bestanden aus bereits existierenden Geschichten, bei denen sie lediglich die Protagonistin in »Kim« umbenannte. Leider war die Welt noch nicht bereit für diese Sternstunde der Kreativität, und so musste der große schriftstellerische Durchbruch noch ein wenig warten. Zehn Jahre später veröffentlichte Kim schließlich ihren ersten »richtigen« Roman, auf den viele weitere folgten. 2016 machte sie ihr Hobby zum Beruf und arbeitet seitdem als Autorin. Inspirationen und Neuigkeiten zu ihren Büchern teilt sie auf Instagram unter @kimninaocker.

© Tarik Güven

NINA MACKAY

© Sarah Kastner

Nina MacKay begann ihre schriftstellerische Karriere auf der Onlineplattform Wattpad, wo sie mehrere Preise für ihre Geschichten gewann. Bis heute schreibt sie humorvolle Romane für Jugendliche und junge Erwachsene. Im realen Leben arbeitet sie als Marketingmanagerin. Außerhalb ihrer Arbeitszeiten erträumt sie sich eigene Welten und führt imaginäre Interviews mit ihren Buchfiguren. Vorzugsweise mit literweise Kaffee im Gepäck. Gerüchten zufolge hat sie früher als Model gearbeitet und einige Misswahlen auf der ganzen Welt gewonnen. Schreiben ist und war allerdings immer ihr größtes Hobby. Es lebe die moderne Technik und Pseudonyme, weswegen nichts von dieser Biografie irgendwo bewiesen werden kann.

Mehr über die Autorin auf Instagram: @nina.mackay

ALEXANDRA FLINT

© Maximilian J. Dreher

Alexandra Dreher wurde 1996 in der Nähe von Hannover geboren und schreibt unter dem Pseudonym Alexandra Flint. Nachdem sie Elektro- und Informationstechnik in München studiert hat, widmet sie sich nun ganz der Literatur.
Ihre ersten Geschichten verfasste Alexandra bereits mit sieben Jahren. Neben dem Schreiben bloggt sie als @alexandra_nordwest auf Instagram über Bücher und das Autorinnenleben oder reist mit Rucksack und Zelt um die Welt.
Zu ihren liebsten Genres gehört alles, was mit fantastischen Welten, tiefen Gefühlen, Spannung und Magie zu tun hat. Genauso wie ihr Herz an dunklen Geheimnissen, verworrenen Schicksalen und Charakteren hängt, die immer wieder über sich hinauswachsen.
Alexandra lebt mit ihrem Mann im Herzen Münchens.

SABINE SCHODER

© Sabine Schoder

Sabine Schoder ist auf einem Bergbauernhof aufgewachsen und entfloh mit achtzehn Jahren der ländlichen Idylle, um in Wien Grafikdesign zu studieren. Dort hat sie sich auf einem Weihnachtsmarkt Hals über Kopf verliebt – ausgerechnet in einen jungen Mann aus ihrem Nachbardorf, den sie vorher nie gesehen hat. Heute lebt sie mit ihrem Mann in den tief verschneiten Alpen Österreichs und kuschelt sich während der Feiertage am liebsten mit ihren zwei Katzen auf die Couch. Seit dem Erfolg ihres Debütromans, der in fünf Sprachen übersetzt wurde, widmet sie sich hauptberuflich dem Schreiben. 2021 hat sie den DELIA-Jugendliteraturpreis gewonnen. Mehr über sie und ihre Bücher findest du auf www.sabineschoder.de.

Folge uns auf Instagram und TikTok und entdecke dein nächstes Lieblingsbuch!

 **@ravensburgerbuecher**

 **@ravensburgerde**

Tauche ein in unsere traumhaft schönen Bücherwelten, knisternden Lovestories und fantastischen Abenteuer.

Exklusive Insiderinformationen zu unseren neuen Büchern, Cover-Reveals, E-Book-Deals, Q&As mit unseren AutorInnen und zahlreiche Gewinnspiele erwarten dich.

Wir freuen uns auf dich!
#ravensburgerbuecher #readravensburger